Svende Merian

DER TOD DES MÄRCHENPRINZEN

Frauenroman

Vorwort an Männer

Ich möchte nicht, daß ein Mann dieses Buch aus der Hand legt und sagt: „Ja, ja, der Arne. Das ist vielleicht ein Chauvi!"

Arne ist ein ganz normaler Mann. Ein Mann wie Du.

die woge
die uns heute nacht fortriß
wirft uns am morgen
an den strand.

im warmen sand
erwachen wir
und taumeln
hand in hand
der sonne entgegen.

linke frau, 24, möchte gerne
unmännliche männer, gerne
jünger, kennenlernen.
chiffre 9003

'ne Zweierbeziehung brauch ich im Moment nicht. Vielleicht 'n paar Typen, mit denen ich mich ganz gut verstehe, und mit denen ich auch ab und zu mal schlafen kann.

Früher hab ich in solchen „lockeren" Beziehungen meine Sexualität nie einbringen können und mich nur benutzen lassen. Und mir dann noch eingeredet, i c h hätte die Typen aufgerissen. Ich sei emannzipiert.

Es ist doch gar nicht gesagt, daß eine lockere Beziehung das zwangsläufig mit sich bringt. Das lag nur an meiner eigenen weiblichen Unsicherheit. (Vielleicht kriegen andere Frauen ja doch einen vaginalen Orgasmus ...? ... emannzipierte Frau muß aktiv im Bett sein, auch wenn sie eigentlich Bock hat, sich verführen zu lassen.) Heute mache ich nichts mehr, was ich nicht will. Heute wäre ich stark genug, meine sexuellen Bedürfnisse auch in einer „lockeren" Beziehung auszuleben und mich jeglichem Leistungsdruck zu entziehen.

Und außerdem will ich die Leute über 'ne Anzeige im Oxmox genauso kennenlernen, als wenn ich sie nicht über 'ne Anzeige kennengelernt hätte. Also erstmal gucken, was ich mit jedem anfangen kann. Nicht gleich 'n festes Schema im Kopf haben und mit solchen Erwartungen die Möglichkeiten einengen.

Ob ich jetzt schon mal anrufen kann, ob auf meine Anzeige was gekommen ist? ... nicht daß die denken: die steht auf'm Schlauch! ... aber schließlich ist ja der 12. des Monats. Also anrufen! ...

„Ja ... Tag ... ich wollt mal fragen, ob auf meine Anzeige schon was gekommen ist. Das ist Chiffre 9003."

„Augenblick, ich guck mal nach." ... Pause ... Nach einigen Minuten: „Ja. Aber reichlich!"

Ich gleich hin, die Briefe abgeholt. 16 Stück in 12 Tagen. Endlich merk ich auch mal was vom Männerüberschuß. 16 Briefe, von denen mich nur zwei wirklich ansprechen. Einer von den beiden schreibt mir ein Gedicht, das mir unheimlich gut gefällt. Sieht so aus, als hätte der junge Mann das Gedicht selbst geschrieben: den nehm ich!

Wieso schreibt mir einer so'n Gedicht von sich selber, wenn er mich noch gar nicht kennt und gar nicht weiß, daß ich auch Gedichte schreibe. Und daß mich das deshalb unheimlich anspricht.

Ich hab sofort das Gefühl: mit dem kannst du was anfangen!

bevor der Nebel geht
ist es am kältesten
danach
ein unterschiedlicher Tag
bis zum Abend.

Ich bin zur Zeit ein bißchen down, weil ich einige sehr wichtige und schöne Dinge verloren habe (Arbeit, Wohnung, Freundin). Aber es kommt wieder.

Ich suche nicht jemand, an den ich mich anklammern kann, sondern mit dem ich reden (über persönliche und politische Dinge), spazierengehen und Bier saufen kann.

Arne, 26 J.

Am besten bin ich morgens zwischen 7.00 und 9.00 zu erreichen.

Der Brief haut mich spontan um. Seine Schrift gefällt mir. Nicht diese krackelige Kinderschrift, die die meisten Männer haben. Ich versuche sofort, ihn anzurufen. Erreiche ihn nicht.

Wie das Gedicht wohl gemeint ist? – Er schreibt, daß er down ist. Und daß es am kältesten ist, bevor der Nebel geht. Will er mir damit sagen, daß ihm kalt ist? So kalt, daß alles darauf hindeutet, daß der Nebel bald geht? Habe ich etwas damit zu tun, daß ihm bald wärmer werden wird?

Es ist nicht meine erste Kontakt-Anzeige. Früher hab ich bei den Antworten immer erstmal alle durchtelefoniert, bis ich einen hatte, der noch am selben Tag Zeit hat; gleich zwei, drei Verabredungen getroffen.

Diesmal versuche ich nur, diesen Typen anzurufen. Den ganzen Tag. Stell mir für den nächsten Morgen den Wecker auf 7.00 Uhr, damit ich ihn anrufen kann. Die anderen interessieren mich nicht. Ich will erstmal alles für diesen jungen Poeten offenhalten. Schlaftrunken wähle ich seine Nummer am nächsten Morgen. Er meldet sich. Wachwerden! „Ja, hier ist Svende. Du hast dich auf meine Anzeige im Oxmox gemeldet ... Ist das Gedicht von dir selber? ... Ich schreib auch Gedichte ... Ich will meine grade mit anderen Leuten zusammen rausbringen."

„Das ist gut", meint er. Hat gleich heute nachmittag Zeit zum Spazierengehen, der junge Mann. – Ist ja toll, gleich nach meinem Maklertermin. (Telefonnummer mit 39 am Anfang ...) „Du wohnst in Altona?" – „Ja." – „Wo wollen wir denn spazieren gehen?" – „An der Elbe ..." – „Ist okay. Bis halb drei ... tschüß."

Aufstehen, Scheißwetter ... Hoffentlich regnet's heut nachmittag nicht. Wenn er dann vorschlägt, zu sich nach Hause zu gehen ...? Elbspaziergang und Altona ist ja naheliegend. (Geh nicht mit fremden Männern in ihre Wohnung!)

Die Freundin von Sabine hat auch 'n netten Typen in der Kneipe kennengelernt. Er schlägt dann vor, bei ihm zuhause noch 'nen Kaffee zu trinken, weil das billiger ist als in der Kneipe ... Und kaum hat er die Wohnungstür hinter ihr zu, geht er mit dem Küchenmesser auf sie los und vergewaltigt sie. („Die meisten Frauen kennen ihren Vergewaltiger vorher." – „Die Frau wollte ja! Sie ist ja mit ihm in seine Wohnung gegangen.")

Aber das kann ich ihm doch nicht sagen: daß ich nicht mit ihm in seine Wohnung gehe, weil ich Angst habe, daß er mich vergewaltigt. Der denkt doch, wo kommt die denn her? Heutzutage ist es doch üblich, sich sofort gegenseitig auf die Bude zu schleppen, auch ganz harmlos. Frau darf nicht von vornherein ein Mißtrauen gegen Männer haben. Es wird erwartet, daß sie ihnen erstmal sowas nicht zutraut ... bis der Typ zum Mißtrauen Anlaß gibt. Und dann ist es für viele Frauen zu spät. Wie für Bines Freundin.

Ich spreche mit Tom darüber. Sage, daß ein Typ, der solche Gedichte schreibt, bestimmt kein Vergewaltiger ist. Ich hab nach diesem Brief das Gefühl einer ganz starken Vertrautheit, obwohl ich diesen Menschen noch nie gesehen habe.

Tom warnt mich: auch wenn einer noch so tolle Gedichte schreibt, so sagt das noch nicht viel. – Ich beschließe, daß Tom Recht hat. Ich muß vorsichtig bleiben, auch wenn ich den Wunsch habe, daß diese Vorsicht unnötig ist.

Ich denke mir Möglichkeiten aus, was ich vorschlage, wenn's wirklich regnet ...

Bahnhof Altona.
Hier war ich nicht, seit er neu gebaut ist. Moderner verwirrender Bau. Überall Kacheln, Schilder. Ich finde den Ausgang nicht, verlaufe mich. „Bismarckbad? Da müssen Sie auf die andere Seite." – „Danke" – Na endlich. Da steht er. Oder ist er das nicht? Am Telefon sagte er doch, er wolle eine Tageszeitung in der Hand haben (rote Nelke ist ja unzeitgemäß). Aber da steht kein anderer, der es sein könnte. Komisch sieht er ja aus. Diese Nase!

Er guckt mich an, als wenn er auf mich wartet. Ich gehe auf ihn zu. Er ist es.

Gottseidank, das Wetter ist gut. Spazierengehen. Keine Vergewaltigungsängste mehr ... Da sagt der Typ, er muß noch mal kurz zu sich nach Hause, 'n paar Flugblätter mitnehmen. Panik. Scheiße. Ich fluche innerlich. Doch zu ihm nach Hause. Scheißfluchblätter.

Ruhig bleiben. Wenige Minuten, um mit diesem Konflikt klarzukommen ... Ich gehe mit. Bleibe in Sprungstellung neben der Wohnungstür stehen, während er in einem der Zimmer rumkramt. Der Typ wohnt alleine hier. Auf dem Flur bleiben! Dann bist du am schnellsten wieder draußen, wenn er dir was tun will.

Als wir nach knappen drei Minuten die Wohnung wieder verlassen, atme ich auf.

Der wollte mich ja gar nicht vergewaltigen!

Auf dem Spaziergang erzähle ich ihm, warum ich die Anzeige aufgegeben habe. Daß ich mich im letzten halben Jahr selber aktiv isoliert habe. Vorher Frauenarbeit gemacht habe und dabei natürlich tausend nette Frauen kennengelernt habe aus allen möglichen Frauengruppen und so. Aber eben nie Männer. Daß mein ganzer Bekanntenkreis aus Frauen besteht, weil ich in der politischen Arbeit und im Studium eben lieber mit Frauen zusammenarbeite. Aber daß ich in der Freizeit auch was mit Männern machen möchte. Daß ich dann auch noch meine Antifaarbeit aufgegeben hab, weil ich wieder nicht mit den Typen in der Gruppe klargekommen bin. Diese unsensible, freundlich-kalte Atmosphäre, in der ich trotz allen Mutes am Anfang irgendwann doch nicht mehr zugeben mag, daß ich von den ganzen Faschismustheorien nicht die Bohne verstehe. Die Typen scheinen diese wissenschaftlich theoretischen Texte in sich reinfressen zu können. Ich kann das nicht. Ich möchte mir auch eine fundierte Einschätzung des historischen Faschismus und der heute wieder schärfer werdenden Repression erarbeiten. Deshalb sitze ich hier in der Antifa-Gruppe. Aber sowie ich mit Männern in einer Arbeitsgruppe bin, zwingen die mir ihre „Arbeits"weise auf. Ich habe gar keine Zeit mehr, meine eigene Arbeitsweise zu entwickeln, wenn die sofort anfangen, loszureden, Hauptsache, die reden. Ob da eine g e m e i n s a m e Diskussion draus wird, von der alle was haben, scheint ihnen nicht so wichtig. Wenn ich dann mit Frauen am gleichen Thema arbeite, traue ich mich viel mehr, zuzugeben, was ich alles nicht verstehe, keinen Ansatzpunkt weiß usw. Dann fängt die Diskussion meistens mit dem Backen viel „kleinerer" Brötchen an, aber im Endeffekt kommt da mehr bei raus, weil ich mir nur so was erarbeiten kann, was wirklich auf festem Boden gebaut ist.

Mit Frauen geht sowas immer besser. Deshalb macht es mir auch keine Schwierigkeiten, Frauen kennenzulernen. Aber ich weiß halt nicht, wie ich Männer kennenlernen soll. Ich sage, daß ich es in Kneipen und auf Feten Scheiße finde. Und daß ich auch nicht weiß, wie ich mich verhalten soll ... und so ... früher war alles einfacher ...

„Da hat man sie einfach angemacht", sagt er.

Ich nicke. Er hat mich verstanden. Hat verstanden, daß ich nicht mehr auf Aufreiße oder weibliches Rollenverhalten machen will und keine Alternativen weiß.

Die beste Alternative ist natürlich, sich in den alltäglichen Lebenszusammenhängen kennenzulernen. Aber genau da ist es mir eben zu aufreibend, mich ewig mit Männern auseinandersetzen zu müssen. Weil ich da auf sie angewiesen bin. Ich will wenigstens im Studium und in der politischen Arbeit meine Ruhe vor ihnen haben. Weil ich da nicht im Notfall sagen kann: Scheiß-Macker, wenn du dich so chauvinistisch verhältst, pfeif ich auf dich. Weil ich mich dann eventuell mit faulen Kompromissen zufrieden geben muß, damit die Arbeit nicht gefährdet ist. Mit Frauen ist alles einfacher.

Aber, daß er sagt „da hat man sie einfach angemacht", zeigt doch, daß er durchschaut, daß ich doch Hintergedanken habe. Auch wenn in meiner Anzeige steht, daß ich Männer kennenlernen will und nicht 'ne Zweierbeziehung suche. Daß die Hintergedanken sich vielleicht auch auf ihn beziehen könnten. Wie peinlich! Ich kann doch keine Beziehungen mehr anfangen. Weil ich es früher zu gut konnte. Weil ich früher irgendwie 'ne Masche drauf hatte, wie ich mit jedem Typen noch am selben Abend ins Bett steigen konnte. Irgendwie konnte ich damals flirten.

Und dann hab ich geschnallt, daß die Rumbumserei mir absolut nichts bringt und daß Emanzipation wohl doch was anderes sein muß, als am selben Abend mit drei Typen nacheinander zu bumsen. Daß doch nur die Typen mich benutzen und nicht umgekehrt. Und daß ich mich als Sexualobjekt anbiete.

Und dann wollte ich dieses weibliche Flirten verlernen. Radikal verlernen. Mich nie mehr anbieten. Alles verlernen, was ich in der Zeit gemacht habe, als ich jeden Abend mit 'nem anderen Typen im Bett lag. Damit es mir nie wieder passieren kann.

Und ich habe es verlernt. Sehr gut verlernt. Alles verdrängt. Wenn ich versuche, mich zu erinnern, wie ich es eigentlich gemacht habe ... welche Masche ich draufhatte ... fällt mir nichts mehr ein. Radikal verdrängt. Ich weiß nur noch, daß es ekelhaft gewesen sein muß.

Aber was soll ich denn machen, wenn ich jemannden wirklich gerne mag und was von dem will? Früher ging das irgendwie. Da hatte ich keine Schwierigkeiten ... emanzipierte aktive Frau ... selber die Initiative zu ergreifen. Da konnte *ich* „ihm" den ersten Kuß geben.

Heute geht das nicht mehr. Ich weiß gar nicht mehr, wie das geht. Ich wollte verlernen. Und ich habe verlernt. Zu gründlich verlernt. Wieso können andere Frauen flirten?

Und die Typen! Was nützt es mir, weibliches Rollenverhalten abbauen zu wollen, wenn die Typen weiterhin auf Arschwakkeln und Augenaufschlag reagieren. Und nicht darauf, wenn ich ihnen ganz vorsichtig zeigen will, daß ich sie gerne mag.

Was ist denn die Alternative? Wie kann ich als Frau aktiv werden, ohne mich „anzubieten". Typen bieten sich doch auch nicht an, wenn sie den Anfang machen. Typen „nehmen". Nehmen sich die Frauen, die sie wollen. Und wenn sie wirklich mal 'nen Korb kriegen, dann schmettert das ihr männliches Selbstbewußtsein auch nicht gerade nieder. Bei den meisten jedenfalls nicht. Sie sind vielleicht traurig, wenn sie die Frau wirklich gern mochten und nicht nur bumsen wollten. Aber sie kommen sich nicht so gedemütigt und „nuttig" vor wie Frauen, wenn sie abgewiesen werden.

Deshalb konnte ich mich dann leichter dazu durchringen, den Typen das zu sagen, wenn ich mich in sie verliebt hatte, als sie nonverbal anzumachen. In so einem vertraulichen Gespräch eine Absage zu bekommen, ist lange nicht so demütigend. Das erste Mal war's noch ganz schön schwer. Obwohl ich die Möglichkeit schon lange mal ins Auge gefaßt hatte. Als wir in der neunten Klasse waren, also so 15 ungefähr, hat mal 'ne Deutschlehrerin eine Werbung für so 'ne Deo-Seife durchgenommen. Es war eine Comic-Werbung mit lauter Bildchen. Auf dem ersten steht „sie" im Geschäft und überlegt, warum Edgar sie wohl nicht liebt. Er ist ihr Chef. Auf dem zweiten Bildchen schüttet sie ihr Herz ihrer Freundin aus, die ihr ganz im Vertrauen sagt, daß sie Körpergeruch hat und sich doch mal mit Rexona waschen soll. Sie wäscht sich also mit Rexona, und noch am selben Tag lädt Edgar sie zum Essen ein. Jetzt ist er endlich auf sie aufmerksam geworden, weil sie nun nach Rexona stinkt.

Unsere Deutschlehrerin fragt uns, was sie denn sonst noch für Möglichkeiten gehabt hätte, ihn auf sich aufmerksam zu machen. Wir überlegen ... eine Klasse von dreißig 15jährigen Mädchen überlegt. Uns fällt nichts ein ... Sich vielleicht besonders hübsch anziehen oder so. Mal 'ne neue Frisur ... nein? ... Auch nicht richtig?

„Na, sie hätte ihm doch sagen können, daß sie ihn liebt", meint unsere Deutschlehrerin endlich ganz verzweifelt. Dreißig 15jährigen Mädchen fällt der Kinnladen herunter ... Ach ja, ... hätte sie ja auch ... da wären wir gar nicht drauf gekommen.

Eine Deutschstunde, die in meinem Gedächtnis haftet, wie keine andere. Manchmal ist Schule doch zu was nütze.

Beim ersten Mal war's ganz schön schwer, diese Erkenntnis in die Tat umzusetzen. Meine ganze Frauengruppe mußte mir wirklich ganz autoritär das Lernziel stecken. Gab mir eine Woche Zeit. „Du sagst es ihm! Und nächste Woche wollen wir den Bericht hören!" Ohne diesen Druck hätte ich es bestimmt wieder nicht gemacht. Einen Tag später kommt „er" nach'm Termin mit zu mir nach Hause. Hab ihm nur gesagt, daß ich ihn um ein „vertrauliches" Gespräch bitte. Stelle mich tapsig an. Ungeschickt und plump. Endlich ist es raus. Habe lange dafür gebraucht. Genauso lange braucht er, um mir rüberzubringen, daß er schwul ist. Wir unterhalten uns noch sehr dufte. Ich lerne ihn ein bißchen besser kennen, finde ihn noch viel netter als vorher und verknalle mich noch doller in ihn. Aber es ist alles gar nicht schlimm. Zwar schade, aber nicht irgendwie erniedrigend. Wenn ich den jetzt so angemacht hätte, hätte ich es viel schlimmer gefunden.

Ich frage ihn, wie ich war. Daß es das erste Mal ist, daß ich sowas mache. Dafür war es schon ganz gut, meint er.

Ab jetzt mache ich es immer so. Habe Mut, weil es gar nicht schlimm war. Finde das viel befreiender, als immer nicht zu wissen, ob „er" nicht vielleicht doch auch in mich verknallt ist. Meistens ist das natürlich nicht der Fall. Die Typen sagen mir immer freundlich aber bestimmt, daß sie nicht wollen. Nur einer ist mal drauf reingefallen.

Aber ich finde es toll, daß ich das jetzt immer packe. Habe zwar jedesmal Herzklopfen und Angst, daß ich wieder 'n Korb kriege. Aber ich habe keine Angst mehr, mich daneben zu benehmen. Keine Angst mehr, mich blöde anzustellen. Ich finde das ganz normal. Finde allmählich, daß da gar nichts zugehört. Andere Frauen bewundern mich. „Ich könnte das nicht." Ich bewundere mich gar nicht. Ich möchte endlich mal den Mund halten können und jemannden, in den ich verknallt bin, einfach so in den Arm nehmen können. Da gehört viel mehr Mut zu, finde ich.

Der zweite Typ, bei dem ich es so mache, sagt mir drei Jahre später, daß er eigentlich doch gewollt hätte und sich nur nicht getraut hat. Ich hätte mit ihm zusammensein können, wenn ich den ersten körperlichen Schritt gemacht hätte! Obwohl er „nein" gesagt hat ... Da verstehe eine die Männer. Wenn Männer „nein" sagen, meinen sie „ja". Und ich habe immer gedacht: Ein Mann. Ein Wort!

Das weiß der junge Mann neben mir natürlich alles nicht, aber irgendwie ist es rübergekommen, daß ich Männer nicht einfach anmachen kann. Das hat er verstanden. Das reicht mir. Mehr will ich ihm jetzt auch nicht erklären. Sonst könnte er ja denken, ich will was von ihm.

Ich erzähle ihm mehr von mir. Daß ich alleine wohne, aber jetzt mit Freunden zusammenziehen will. Wir schon seit Monaten 'ne Wohnung suchen.

Ich frage ihn, weshalb er denn auf meine Anzeige geantwortet hat. Er wollte mal sehen, was dahinter steckt und ... natürlich auch, um vielleicht 'ne nette Frau kennenzulernen. Er sagt das einerseits ganz unverbindlich, andererseits aber doch so, daß frau die Hoffnung zwischen den Zeilen raushört, es könnte sich ja 'ne „Beziehung" daraus entwickeln.

Und dann fängt er an, mir von seiner letzten Freundin zu erzählen. Ganz selbstkritisch. Und warum sie mit ihm Schluß gemacht hat. „Ich hab mich öfter mit ihr verabredet und bin dann nicht gekommen und hab Zuhause andere Sachen gemacht. 's war auch Scheiße, was ich da gemacht hab." Ganz überzeugt sagt er das. So richtig so, daß frau denkt: Der hat aus seiner letzten Beziehung gelernt und wird dieselben Fehler nicht wieder machen.

Und daß sie ihm zu unpolitisch war. Daß ihm in der Beziehung die politische Auseinandersetzung gefehlt hat, erzählt er. Ich werde hellhörig. Neben mir geht ein Mann. Ein Mann, der über seine letzte Freundin sagt, daß ihm bei ihr die politische Auseinandersetzung gefehlt habe.

Ich erinnere mich. Erinnere mich an Beziehungen, wo die Typen immer mehr politische Praxis hatten als ich. Mir erzählt haben, wo's langgeht. „Nun emannzipier dich doch mal, Mädchen. Werd mal 'n bißchen politischer." Sehe alle diese linken emannzipierten Männer vor mir, die ihren Frauen auf die Sprünge helfen wollen, sich politisch weiterzuentwickeln. Sehe Frauen vor mir.

Frauen, die verschüchtert und verängstigt sich an das anpassen, was er emannzipiert findet. Richtige Politik zum Beispiel, nicht nur Frauengruppe. Erinnere mich an einen Typen, der mir ganz klar gesagt hat, ob wir seine Freundin nicht in unsere Frauengruppe aufnehmen können, damit sie später dann mal „richtig" politisch arbeiten kann. Erinnere mich daran, daß Männer es immer nur geschafft haben, mich zu hindern, m e i n e n politischen Weg zu gehen. Auch wenn sie mir ehrlich helfen wollten, politisch „weiterzukommen". Dahin, wo sie waren. Aber die armen Schweine können ja gar nicht anders. Die haben nämlich nicht am eigenen Leib erfahren, was es heißt, hier als Frau aufzuwachsen und systematisch dazu erzogen zu werden, daß uns Politik nicht zu interessieren hat. Die sind einfach durch ihre eigene Erziehung viel zu unsensibel, auf die wirklich akuten Widersprüche einzugehen. Zu sehen, daß frau nur da eine politische Praxis anfangen kann, wo es sie wirklich interessiert. Und ich selber war lange Zeit viel zu verunsichert, um zu sehen, daß ich mir diesen Anspruch selber aufpfropfe. Internationalismus ist politischer als Frauenfrage. Erinnere mich, daß es ganz lange Zeit gedauert hat, bis ich mit ganz aufrechtem Blick und geradem Rücken sagen konnte: über Vietnam habe ich keine Ahnung. Und ich fühle mich trotzdem nicht minderwertig!

Weiß, daß ich bestimmt viel schneller 'ne politische Praxis hätte entwickeln können, wenn nicht 'n Typ ewig versucht hätte, mir hilfreich in die Seite zu treten. Daß mich das eher bockig und vernagelt gemacht hat, wenn da einer interessiert von oben herab zuguckt: mal sehen, wie sich die Kleine politisch entwikkelt. Dann hab ich erst recht nichts getan.

Oder einfach sagen zu können: „Ich hab keine Ahnung über die Kulturrevolution in China. Aber ich will jetzt mit dir über dein Mackerverhalten in unserer Beziehung diskutieren. Das find ich politisch genug."

Und daß ich erst richtig loslegen konnte, als ich überhaupt nicht mehr auf den Typen gehört habe. Mich erstmal der Auseinandersetzung mit ihm entzogen habe. Und „nur" Frauenpolitik gemacht habe. Und dann fing's plötzlich ganz von alleine an, mich zu interessieren, was in der Welt passiert. Und dann war's m e i n Interesse. Und nicht nur eine „politische Notwendigkeit".

Bei mir läuft der ganze Film meiner politischen Laufbahn ab. Eine typische Frauen-Laufbahn. Und neben mir geht ein Mann, der mir erzählt, daß ihm seine Freundin zu unpolitisch war.

So krass sagt er's natürlich nicht. Aber ich habe scharfe Ohren, wenn Männer mir den Beziehungskonflikt „Mann hat mehr politische Praxis als Frau" darstellen.

Und daß er dann alleine in den Urlaub gefahren ist, erzählt er mir. Und daß ihm da die Erkenntnis gekommen ist, daß er die Beziehung zu ihr doch will und man sich auch über andere Sachen auseinandersetzen kann als Politik. „Und das war mir so grade klargeworden. Und dann kam ich aus dem Urlaub wieder und dann hat sie gesagt, es ist Schluß. Das ist Scheiße, wenn dir das so grade klar geworden ist, was du falsch gemacht hast. Obwohl ich das verstehen kann, daß sie Schluß gemacht hat. Ich kann's verstehen. Aber es ist Scheiße."

Irgendwie wundert es mich, daß er mir so viel von seiner letzten Beziehung erzählt. Der kennt mich doch erst 'ne halbe Stunde. Und in meiner Anzeige stand doch nun wirklich nicht, daß ich 'ne Beziehung suche. Da steht, daß ich Männer kennenlernen will. Und dann auch noch in der Mehrzahl. Wieso erzählt der mir so viel von seiner letzten Beziehung, obwohl er mich erst 'ne halbe Stunde kennt? Und ich habe ihn nicht drauf angesprochen.

Als wir auf seine Wohnungssituation zu sprechen kommen, werde ich zum zweiten Mal hellhörig. Er hat mit 'ner Frau zusammengewohnt. „Und dann hab ich mich auch manchmal abends mit ihr zusammengesetzt und geschnackt. Und einmal ... sowas hab ich noch nicht erlebt ... als ich ihr dann einmal gesagt habe, daß ich mich nicht dauernd mit ihren Problemen beschäftigen kann, da ist richtig so 'ne Klappe gefallen. Sowas hab ich noch nicht erlebt. Da war nichts mehr möglich. Und deshalb bin ich dann ausgezogen, weil sie auch nicht mehr mit mir zusammenwohnen wollte. Aber sowas hab ich noch nicht erlebt."

Den Konflikt möchte ich ja zu gerne mal von der anderen Seite geschildert kriegen, klickert es in meinem Kopf augenblicklich. Was die Frau da wohl zu zu sagen hat? Ich könnte mir vorstellen, daß ich sie wahrscheinlich besser verstehen könnte, als den jungen Mann neben mir. Wie sie das wohl sieht, daß er sich abends „öfter mal mit ihr unterhalten" hat? Wie sie mir diese Gespräche wohl schildern würde? Ach du lieber Himmel: Ist das etwa einer von den Typen, die einfach so mit jemandem zusammenziehen. Ohne persönliche Beziehung. Und die sich dann ab und zu ein etwas aufgesetztes Interesse abringen, auch mal über persönliche Sachen zu reden. Mit so einem könnt' ich es auch nicht in einer Wohnung aushalten. Ich brauche ein Zuhause, nicht eine Mietgemeinschaft.

In mir schaltet etwas auf gelbes Blinklicht: Achtung! Du unterhältst dich mit einem Mann. Und hast jetzt schon zwei Ansatzpunkte in diesem kurzen Gespräch, die dich haben aufhorchen lassen. Zwei Ansatzpunkte, die dafür sprechen, daß es sich um einen typisch männlichen Mann handelt. Um einen Mann, der ganz typisch männliche Denkschemata in seinem hübschen Kopf hat. Ja ... hübsch ist er wirklich. Und nett auch. Und er hört dir ja auch zu, wenn du was sagst. Es ist ja nicht so, daß er die beiden Frauen, mit denen er diese Konflikte hatte, als bescheuert darstellt. Es ist ja noch nicht mal so, daß er das Verhalten der Frauen kritisiert. Von oben herab darstellt oder irgendwas falsch findet, was sie gemacht haben. Er stellt es scheinbar ganz neutral dar.

Nur ... aus der Art und Weise, wie er es erzählt, wird klar, daß er die Frauen nicht versteht. Daß er einfach nicht begreift, wie der Konflikt für die Frauen wahrscheinlich ausgesehen hat. Ihm ist gar nicht bewußt, daß es sich bei beiden Konflikten um typische Mann-Frau-Problematik handelt. Und daß ich es deshalb gleich einordne. Vor meinem Erfahrungshintergrund als Frau einordne. Als 24jährige Frau mit feministisch geschulten Ohren.

Der Typ hat sich mit der Frauenfrage bestimmt noch nicht groß beschäftigt. Das wird aus seinem Reden deutlich.

Aber dann kommt etwas, das das Bild vom unsensiblen Polit-Macker etwas trübt. Als ich erzähle, daß ich Literatur studiere und mich auf Märchen spezialisieren will, hakt er nach. Weshalb ich Märchen gut finde? Was ich für Vorstellungen habe und so? Wieso interessiert den das denn? So'n individueller Spinnkram von mir. Mir wird die Unterhaltung unangenehm. Ich habe das Gefühl, ihn zu nerven. Daß er vielleicht nur aus Höflichkeit nachbohrt, und es ihn in Wirklichkeit gar nicht interessiert.

Wie kann einen unsensiblen Polit-Macker interessieren, was ich an Märchen gut finde? Aber er ist hartnäckig. Scheinbar interessiert es ihn wirklich. Scheinbar interessier *ich* ihn wirklich. Ich wundere mich. Lasse mich auf die Diskussion ein. Wir kommen auf meine Märchenphantasien zu sprechen.

Daß ich die Natur liebe und doch niemals aus der Großstadt wegziehen könnte. Aber doch davon träume, morgens aus meiner kleinen Holzhütte im Wald barfuß auf die Wiese laufen zu können. Daß ich Märchen, trotz allem reaktionären Kram, der da drin ist, gerne lese. Sage, daß ich ein Gedicht geschrieben habe, das „Märchenprinz" heißt. Ich will's ihm aufschreiben. Wir haben beide nichts zu schreiben dabei. Ob ich's ihm nicht sagen könnte? Natürlich hab ich's im Kopf, aber ich mag keine Gedichte von mir „aufsagen". Ziere mich. Habe es lieber, wenn die Leute meine Gedichte selber lesen. Aber ich möchte doch jetzt gerne, daß er das Gedicht kennt.

Ich überwinde mich. Rezitiere mein eigenes Gedicht. Mag ihn gar nicht ansehen, weil er doch der aus der zweiten Strophe ist. Das wird mir allmählich klar, wie er da so neben mir geht. Die Hände auf dem Rücken. Mit seinem schwarzen Pagenkopf und seinem Schnurrbart. Mag ihn gar nicht ansehen. ... muß aber doch hingucken. Ab und zu. Um auf seinem Gesicht zu lesen, wie mein Gedicht bei ihm ankommt. Merke plötzlich, daß ich mit diesem Gedicht meine ganzen erotischen Phantasien offenbare. Will auf seinem Gesicht lesen, wie diese Offenbarung bei ihm ankommt. Er lächelt.

Ich merke, daß ich Herzklopfen kriege, wenn ich ihn angucke. Wieso kriege ich Herzklopfen, wo ich den doch noch keine Stunde kenne? Ich gucke ihn von der Seite an. Seine Augen, wenn er mich anlacht. Ich möchte mit ihm schmusen.

Wir gehen weiter. Unterhalten uns. Und er sieht wirklich so aus wie der aus der zweiten Strophe.

Im Park setzen wir uns auf eine Wiese. Ich lege mich hin. Er sitzt neben mir. Ruft dauernd irgendwelche Köter, die im Park rumlaufen, freudig angetobt kommen und über mich rüberspringen, um zu ihm zu kommen. Ich bin sauer. Ich will keine fremden Hunde über mir rumspringen haben. Schreie das arme Vieh an, das gar nichts dafür kann, verdutzt in die Gegend starrt und gar nichts mehr versteht. Wieso es erst gerufen und dann angeschnauzt wird, es solle abhauen. Endlich hat er begriffen, daß ich keine Hunde abkann und hört auf mit dem Scheiß.

Wir unterhalten uns 'ne Weile nicht. Erst ist es mir noch unangenehm, weil ich ihn ja noch nicht so gut kenne. Fange allmählich an, es schön zu finden. Kann die Stille im Park genießen. Ich liege im Gras. Er sitzt neben mir. Der Wind weht. Es ist still. Ich fühle mich wohl. Kann die Augen schließen. Kann die Augen öffnen. Den Hügel runter auf die Bäume sehen, die sich sachte im Wind bewegen. Ich liege da und schweige mich mit jemanndem an, den ich erst 1 1/2 Stunden kenne und fühle mich wohl. Fühle mich wohl mit ihm. Ich öffne die Augen und sehe ihn an. Er sieht mich auch an. Sieht mich lange an. Er hat schöne Augen. Sieht mich lange an. Ich muß wegsehen. Kann seinen Blick nicht lange ertragen. Kriege Herzklopfen. Herzklopfen. Herzklopfen.

Und irgendwann sagt er plötzlich: „Ich leg mich mal zu dir, wenn du nichts dagegen hast." Legt sich neben mich. Und umarmt mich ganz leicht.

... Wenn du nichts dagegen hast ...

Und ich habe nichts dagegen. Er liegt noch gar nicht ganz, hat mich kaum berührt, da kuschel ich mich an ihn an. Erste zarte Berührungen. Ich versinke mit meinem Gesicht in seinem weichen Haar. Wir liegen ganz still. Kein übereilter Kuß. Kein zu hastiges Aneinanderrücken. Erste zarte Berührungen. Wärme. Ruhe. Sanftes Streichen von Fingerkuppen durch Haare. Über Wangen. Und Lippen. Zarte Küsse auf Stirn und Augen bevor sich unsere Lippen zum ersten Mal finden. Ganz weich und zaghaft. Erste Begegnungen unserer Augen so nah beieinander. Wärme in meinem ganzen Körper, als seine Hand sich zum ersten Mal unter meinen Pullover schiebt. Vorsichtig und langsam den Weg zu meiner Brust findet. Ganz sanft und zärtlich damit spielt. Mir wird heiß und feucht zwischen den Beinen. Ich könnte jetzt schon ... könnte jetzt schon mit ihm schlafen ... obwohl ... ich ihn erst zwei Stunden kenne.

Irgendwann liege ich dann auf ihm, meine Lippen an seinem Hals ... sein Ohrläppchen zwischen meinen Zähnen ... seine braunen Augen ... „du hast unruhige Augen", sagt er zu mir ... ja ... noch ... habe ich unruhige Augen. Noch ganz verwirrt. Noch nicht die Sicherheit, ihm ganz ruhig in seine schönen braunen Augen zu sehen.

Ich liege auf ihm. Spüre seinen harten Schwanz durch die Hose. Höre sein Stöhnen. Spüre seine zarten Hände in meinem Gesicht. Wieso nehmen seine Zärtlichkeiten denn so gar nichts Forderndes an? Wieso drängelt er denn nicht, wie andere Männer, wenn sie geil sind? Wieso bleibt er denn nur lieb und zärtlich?

Er flüstert mir Sachen zu, von denen ich nur die Hälfte verstehe, rein akustisch. Verdammt, nicht durch ewige Nachfragerei die Romantik stören.

Hat er mir eben gesagt, ich sei schön? Was anderes kann das nicht geheißen haben. Aber wieso sagt der mir, daß ich schön bin? Ich muß das falsch verstanden haben! Recht hätte er ja, ich find mich auch schön. Aber wieso sagt der mir das? Hab ich doch was Falsches verstanden? Ich kann doch jetzt nicht: „Wie bitte?" fragen. Sowas Blödes! –

Ich blicke verstohlen auf die Uhr, weil ich noch mit Gabi verabredet bin. Und er auch gesagt hat, daß er noch Flugblätter verteilen muß. Ich frage ihn, wann er denn seinen Termin hat.

„Ich will aber noch nicht weg hier", ist seine Antwort. Der sagt nicht: Ich möchte jetzt mit dir nach Hause. Ich möchte jetzt mir dir schlafen. – Der sagt, daß er hier mit mir liegen bleiben und schmusen will, obwohl – ich könnte jetzt sogar schon mit ihm schlafen. Ich möchte auch mit ihm schlafen. Aber es ist mir egal. Es braucht nicht jetzt zu sein. Ich kann mir Zeit lassen und weiß, daß ich's machen kann, wenn ich will. Daß ich bei diesem Typen nie die Angst zu haben brauche, daß es ihm nicht schnell genug geht.

Das ist doch gar kein Mann. Das ist doch wirklich ein Märchenprinz.

Als wir aufstehen, um zu gehen, verziehe ich mich erstmal ins Gebüsch, weil ich pinkeln muß. Ich kann gar nicht pinkeln. Bin noch viel zu aufgeregt. Stelle fest, daß ich vor Nässe fast zerflossen bin.

Als ich wiederkomme, steht er da immer noch. Er ist noch da. Es gibt ihn wirklich. Ich habe nicht geträumt. Er steht da mit meiner Tasche. Wartet auf mich. Lächelt. Umarmt mich. Nimmt mich auf sein Pferd und ...

Nein. Wir müssen schon zu Fuß gehen.

Plötzlich fängt er unaufgefordert an zu erzählen, wie er sich eine „Beziehung" vorstellt. Redet was von Freiheit. (Wenn Männer reden, ist jedes dritte Wort „Freiheit".) Und nach der Freiheit kommt dann: „Ich bin schon für 'ne intensive Beziehung. Aber das wirst du schon noch sehen."

Wieso werd ich das schon noch sehen? Wieso geht der Typ davon aus, daß ich 'ne „Beziehung" mit ihm will? (Will ich ja, aber – der kann mich ja vielleicht auch mal fragen ...)

Sowas sollte frau sich mal erlauben. 'ne Stunde mit 'nem Typen auf der Wiese rumschmusen und dann plötzlich von Beziehung reden. Die sicherste Methode, den Typen zu verscheuchen, auch wenn er vielleicht selber wollte. Der Typ säße garantiert verängstigt hinter dem nächsten Busch und würde was erzählen, wobei jedes dritte Wort „Freiheit" wäre. Aber Mann ist eben nicht Frau und kann sich sowas erlauben, ohne daß frau wegläuft. Und das Ganze nennt sich dann Selbstbewußtsein. Verdammt, worauf soll ich denn dieses Selbstbewußtsein aufbauen können? Auf den 'zig Typen, die mich zum einmaligen Gebrauch benutzt haben und mir dann was von Fixierung und bürgerlichen Besitzansprüchen erzählt haben?

Wir gehen den ganzen langen Weg zu Fuß zurück. Bleiben oft stehen. Um uns immer wieder zu streicheln. Zu küssen. Uns in die Augen zu sehen. Seine Augen, die ich nicht beschreiben kann. Aber sie gehören zu den schönsten Dingen, die ich je gesehen habe. Ich habe noch nie in solche Augen gesehen.

Plötzlich sagt er: „Gleich kommt der Abschied – und ich will es gar nicht." Ich frage: „Wieso?", und meine natürlich, wieso der Abschied kommt, weil ich die Gegend nicht kenne. Er versteht mich falsch, ist empört: „Wieso?!", sagt er empört. (Wie kannst du mich fragen, wieso ich den Abschied nicht will?) „Ich mein doch wieso, wo sind wir denn?"

Als wir uns umarmen, sagt er: „Ich möchte ganz in dich reinkriechen." – Reinkriechen, ... Männer sind alle gleich. Wenn sie mich wirklich gerne mögen, wollen sie immer in mich reinkriechen. Ich bin der Wärmespender, der Mutterschoß. Ich nehme sie auf, gebe Geborgenheit.

Verdammt, ist mir das alles klar. Über'n Kopf! Ideologie, gegen die ich mich wehren müßte? – Ich wehre mich nicht. Ich freue mich sogar unendlich, daß er das gesagt hat. Obwohl ich leise schmunzel und denke: Typisch Mann!

Aber mein Schmunzeln wird zum Lächeln. Ich bin glücklich. Glücklich, weil er in mich reinkriechen will. Ich darf zu jemanndem lieb sein, den ich lieb habe. – Ich habe diesen Menschen lieb, den ich erst zwei Stunden kenne.

Dann sagt er, daß er die nächsten 5 Tage keine Zeit hat, weil er am Wochenende nach Brokdorf fährt. „Und heute abend? Nach dem Termin?", frage ich, sehe in seine Augen. Mir lag das schon die ganze Zeit auf der Zunge. Ist doch egal, wann der Termin zu Ende ist. Ich möchte heute nacht mit ihm zusammensein. Es ist alles so sonnenklar, was laufen wird, und doch ist nichts von der üblichen peinlich verkrampften Lockerheit, die so oft am Anfang da ist. Ich habe vor nichts Angst. Ich kenne einen Menschen zwei Stunden und weiß, daß ich heute noch mit ihm schlafen kann – ohne Angst ... ohne Fremdheit ... wie konnte ich dieses Vertrauen in zwei Stunden entwickeln? – Ich weiß es nicht. Verstehe es nicht. Aber eins weiß ich: Mir ist sowas noch nie vorher passiert! Noch nie! Ich habe immer Zeit gebraucht, um das Vertrauen zu entwickeln, ohne Angst und ohne Fremdheit mit jemanndem schlafen zu können. Weshalb habe ich das bei ihm nicht gebraucht?

Seine Augen leuchten: „Ja, heute abend."

Ich fahre zu Gabi. 16 Oxmox-Briefe in der Tasche. In der U-Bahn denke ich an heute abend. Heute abend. Heute abend.

Ich bin mit Gabi verabredet, weil wir die Kontakt-Anzeige zusammen aufgegeben haben, und sie sich die Briefe jetzt auch durchlesen soll.

Als Gabi mir die Wohnungstür aufmacht, sage ich nur: „Ich hab einen. Du kannst die anderen 15 kriegen." Gabi fragt: „Was ist denn das?" Lacht. Ich erzähle von meinem Märchenprinzen. Von seinem schillernden Rappen und seiner silbernen Rüstung. Von seinen braunen Augen und seinen sanften Händen. Von unserer ersten Begegnung auf grüner Au.

Endlich klingelt es. Ich rausche im langen Rock die Treppe hinunter. Hoffentlich denkt der nicht, ich hab den Rock seinetwegen angezogen (hab ich doch aber!). Sehe sein strahlendes Gesicht hinter der Glasscheibe, schließe die Tür auf, einen Moment noch dieses strahlende Gesicht hinter Glas, dann dicht vor mir diese leuchtenden Augen, diese leidenschaftliche Umarmung, die ich noch nicht fassen kann und noch kaum ertragen kann.

Oben setze ich mich ganz locker verkrampft neben ihn aufs Bett. Er schenkt Wein ein. In meine langstieligen Gläser, die ich immer nur bei Herrenbesuch raushole, weil ich da nur 2 von habe. Er guckt sich auf meinem Tisch um, schlägt die Brecht-Prosa auf, die ich gerade rumliegen hab. Das Märchen vom Geierbaum, das ich vorhin gelesen, aber nicht verstanden hab. Frag ihn, ob er's versteht. Er liest es. Macht zwischendurch Pausen, blickt vom Buch auf, in die Luft, schließt die Augen und denkt demonstrativ nach. Eine Geste, mit der ich erstmal nicht klarkomme. Fühle mich unwohl, kämpfe es aber nieder. Das ist wohl so bei dem. Da mußt du dich dran gewöhnen.

Plötzlich meint er: Ja, das kann es sein, sagt, wie er das Märchen verstanden hat. Ja, natürlich, das klingt ganz logisch. Und wieso sind wir da vorhin zu zweit nicht drauf gekommen? Barbara und ich? Der Typ ist ja nicht unintelligent.

Irgendwann hat er dann meine Gedichte in der Hand. Ich will ihm einige zeigen, aber plötzlich fängt der an, da drin rumzublättern. Hoffentlich findet er jetzt nicht ausgerechnet ... da hat er's schon aufgeschlagen:

tage
möchte ich vervögeln
in schweißgeruch
baden
in wohliger nässe
mein unterleib
heiß zerfließend
dem lieben herrgott
den tag stehlen.

Mußte er jetzt ausgerechnet dieses Gedicht von mir aufschlagen? Mein Gott, ist mir das peinlich! Erstens, weil ich mit ihm schlafen möchte und das auch sowieso total im Raum schwebt. Von mir aus hätte es auch schon längst losgehen können, ohne Brecht-Prosa und andere Umwege. Nur ich bring das nicht (natürlich mal wieder), den Typen anzumachen. Ich möchte, verdammte Scheiß-Emannzipation, daß er mich verführt, daß er mir die Initiative abnimmt. Und außerdem, das hab ich ja heute auf der Wiese schon gemerkt: schüchtern ist der junge Mann weiß Gott nicht. Wenn der jetzt hier sitzt und Brecht liest, dann nicht, weil er sich nicht traut, mich anzumachen, und darauf wartet, daß ich den Anfang mache, sondern weil er im Moment scheinbar wirklich noch Brecht lesen will. Und ich warte die ganze Zeit drauf, daß er den Anfang macht, trau mich selber nicht und dann findet der ausgerechnet das Gedicht!

Und außerdem, was mir noch viel peinlicher ist, der Typ könnte ja bei dem Gedicht denken, daß ich nur mit ihm schlafen will, weil ich geil bin. Und das bin ich ja gar nicht. Ich möchte mit ihm schlafen, weil ich mich in ihn verliebt habe. Der soll doch nicht denken, ich bin „so eine". Der muß mir glauben, daß ich mich in ihn verliebt habe.

Und außerdem kann ich das Wort „vögeln" heute nicht mehr ab. Und es trifft eben auch nicht das, was ich von ihm will. Verdammt, warum mußte der das Gedicht aufschlagen?

Er lacht kurz, blättert weiter, guckt sich noch andere Gedichte an. Und dann findet er das Gedicht, das ich geschrieben habe, als ich zuletzt verknallt war und mich mal wieder nicht getraut habe.

kleine blitze
aus deinen lachenden augen
werden zu strom
schnellen – rasen
durch mein herz – wild
klopft es und

ich senke
meinen blick, damit du
nicht siehst,
wie gerne
ich dich ansähe.

„Du könntest etwas selbstbewußter sein", sagt er zu mir und legt meine Gedichte zur Seite. Was soll denn so'n Spruch? Erwartet der von mir, daß ich d i e emanzipierte Frau bin? Ohne Schwierigkeiten? Frei von allen Restbeständen weiblicher Passivität, die sich so hartnäckig in den hintersten Gehirnwindungen festkrallen. Dem feministischen Besen immer wieder trotzen, wenn ich endlich radikal ausfegen will. Ich bin nicht d i e emanzipierte Idealfrau. Ich bin ... aber weiter komme ich nicht, als ich gerade anfangen will, meine Verwunderung über diesen Spruch zu artikulieren, da ... strahlen mich seine Augen wieder an, seine Augen ... seine Umarmung ... ich sinke mit ihm in die Kissen ... sinke, versinke ... berauscht von seiner Zärtlichkeit ... nur Fragmente aus diesem Rausch überwintern in meinem Kopf ... als ich nochmal aufstehe, um meine Wohnungstür abzuschließen ... dann später, als er mir schon den Pullover ausgezogen hat ... wir uns auf dem Bett gegenübersitzen ... ich nur noch im Rock ... ohne den Zwangsgedanken: „aktive emannzipierte Frau" muß jetzt ganz schnell den Typen auch ausziehen ... wie wir uns im Schneidersitz gegenübersitzen und er mit seinen Händen meine Brüste umschlossen hält ... seine Hände, die ganz still halten dabei ... ich spüre ihn ... nur durch seine Hände ... ganz ruhig ... seine Augen geschlossen ... dann später, als wir beide nichts mehr anhaben ... eng umschlungen daliegen und uns streicheln.

Eigentlich ist ja jetzt allmählich der Zeitpunkt gekommen, wo auch dem jungen Mann mal einfallen könnte, daß es sowas wie Empfängnisverhütung gibt und daß eine Frage nach Verhütungsmitteln hier vielleicht am richtigen Ort wäre. Oder gehört der etwa zu den Typen, die selbstverständlich davon ausgehen, daß ich meinen Körper mit Hormonen vollpumpe oder mir 'ne Spirale in die Gebärmutter einsetzen lasse, um allzeit bereit zu sein ... damit mann sich keine Gedanken um sowas zu machen braucht ... „Geburtenregelung ist in erster Linie eine Angelegenheit der Frau" (Originalzitat aus der Gebrauchsanweisung von „Pharma" spermicides Gelee).

An meiner Wand prangt deutlich und unbemerkt ein Din A 3-großes Bild mit lauter Babyköpfen und der Aufschrift:

making love
makes babies.

„Du, ich möcht dich mal was fragen", übernehme ich nun also zwangsläufig doch wieder diesen Part. Es bleibt mir ja nichts übrig ... natürlich, ich hab meine Tage und könnte einfach weitermachen, um die Romantik nicht zu versauen. Aber das sehe ich nicht ein. Ich will den Typen hier und jetzt darauf stoßen, daß wir beide dafür verantwortlich sind, und nicht nur ich alleine, weil ich die Folgen zu tragen hätte.

Ich frage ihn: „Nimmst du die Pille?" Er reagiert nicht. Was ist denn nun los? Der muß doch mal reagieren. Der hat keine Lust, sich aus seiner Stimmung rauszureißen, dieser Schluri ... und ich? ... muß ich doch auch ...!

Ich rüttel ihn ganz sanft: „Eh, sag doch mal!" – „Nee", sagt er endlich. „Ja, ich auch nicht!", sage ich freundlich aber bestimmt. Er blinzelt mich ganz zärtlich und verliebt an und zieht mich sanft zu sich heran. Ein unheimlich zärtlicher Mann!

Der tickt ja wohl nicht ganz richtig ... der hat meine Frage überhaupt nicht verstanden ... der sagt schon wieder nichts dazu, obwohl das Problem doch nun auch für ihn klar auf der Hand liegt. Der macht sich auch gar nicht groß Gedanken darüber, wieso ich ihm ausgerechnet in der Situation eine absurde Frage stell ... Gutmütig interpretiert könnte seine Reaktion noch heißen: na, dann geht's eben nicht. Ist mir egal. Ich find's auch so schön mit dir.

Und da seine ganze Zärtlichkeit so gar nichts Forderndes an sich hat wie bei anderen Männern, bin ich natürlich geneigt, seine Reaktion so zu interpretieren ... oder aber, der hat einfach im Moment keine Lust, sich darüber Gedanken zu machen. Der will einfach nur noch mit mir schlafen. Mehr hat der im Moment nicht im Kopf. Und genau damit zwingen die Typen uns immer, genau dieses bißchen mehr im Kopf zu haben. Diese Schweine! ... aber ich will doch jetzt auch mit ihm schlafen. Diskutieren kann ich das auch später mit ihm.

„Ich hab meine Tage", sage ich ihm dann. Und daß „es" also geht.

Bin ich zurückweichlerisch? Nicht radikal genug? Ich möchte mit ihm schlafen! Er ist so lieb und so zärtlich, dieses Schwein! Ich diskutiere es morgen mit ihm. Heute ... will ich diesen Rausch genießen. Diese Wärme ... diese weichen Bewegungen ... unsere Körper, die sich zum ersten Mal finden und ganz ineinandergehen. Ich halte nichts von mir zurück ... gebe mich ganz ... gehe auf in dieser Einheit, in dieser Wärme ... mit ihm ... lasse ihn ganz an mich heran ... in mich herein ... nichts trennt mich mehr von ihm ... von ihm, den ich vor wenigen Stunden zum ersten Mal gesehen habe ... keine Fremdheit ... keine Mauern, die noch sanft gemeinsam zur Seite geschoben werden müssen und die das „erste Mal" meistens zum vorsichtigen Aneinanderherantasten machen ... wir brauchen uns nicht mehr aneinander heranzutasten ... wir sind schon beieinander, ganz nah ... mein Lächeln, weil ich glücklich bin ... das Zusammensein mit ihm genieße ... seine Stimme ... „man sieht richtig, daß du dich freust" ... ich öffne die Augen, wir sehen uns an ... er bewegt sich in mir ... wir schließen die Augen nicht wieder ... sehen uns an dabei ... tauchen ineinander ein, ganz tief ... ich spüre ihn in mir ... verliere mich in seinen Augen ...
In diesem Moment ..... beginne ich zu ahnen .... daß ich ihn lieben werde ....

„Danach" bleiben wir so liegen. Ein bißchen fange ich an, Distanz zu kriegen, die ich eigentlich nicht will ... weil ich mich doch die ganze Zeit mit ihm wohl gefühlt habe ... kann mich aber nicht ganz entspannen ... weil ich so erregt war und doch keinen Orgasmus hatte ... kann mein unwohles Gefühl nicht verdrängen, weil es halt meistens so war, wenn Männer mich nur zu ihrer Befriedigung benutzt haben und ich halt ihre Einstellung gespürt habe ... das sitzt zu tief ... zu viele Jahre nur solche Erfahrungen, um mich jetzt auch ohne Orgasmus so richtig wohl zu fühlen ... ich will diese Distanz zu ihm nicht so spüren ... sie verliert sich ... allmählich ... als ich wieder seine Zärtlichkeit genieße ... seine Zärtlichkeit, die mir ganz deutlich macht, daß er mit mir schläft, weil er mit mir zusammen sein will ... fange an, mich wieder wohler zu fühlen ... empfinde die Vertrautheit wieder, die für einige Minuten weg war ... fühle ihn wieder wachsen in mir ... und dieses Mal kommt mein Orgasmus ganz von alleine ... kann ihn hinterher noch stärker genießen in mir ... seine Bewegungen ... schwebe mit ihm ... ganz leicht ...

Hinterher, als wir nebeneinander liegen ... diese ganz entspannte Nähe und Vertrautheit, die mir zeigt, daß wir wirklich zusammen waren und nicht nur miteinander geschlafen haben ... ganz heiß läuft es aus mir heraus ... von ihm ... es gibt bestimmt einen Riesenblutfleck ... die Zeit der Tempo-Tuch-Wischerei habe ich hinter mir ... ich will dieses Gefühl genießen ... will spüren, wie er ganz heiß aus mir herausfließt ... ein letztes Mal diese Hitze von ihm zwischen meinen Beinen fühlen ...

Brauche dieses Gefühl, es fließen lassen zu können ... untergehen in diesem Meer von heißer Feuchtigkeit ... nicht hinterher diesen „Schmutz" von meinem Körper oder meinem Bett zu entfernen.

> „nach dem Verkehr empfiehlt sich ein gründliches Reinigen der Geschlechtsorgane. Das heißt jedoch nicht, daß unmittelbar nach dem intimsten Erlebnis zwischen Mann und Frau überstürzt das Badezimmer aufgesucht wird. Man sollte im Gegenteil die Erregung langsam abklingen lassen und dann in Ruhe die notwendige Säuberung vornehmen."

Originalzitat aus einem DDR-Aufklärungsbuch von 1976: „Wie ist das mit der Liebe?"

Wenn es wirklich schön war, habe ich nicht das Bedürfnis nach dem „Verkehr" meine „Geschlechtsorgane gründlich zu reinigen". Ich möchte seinen Schweiß und seine Feuchtigkeit so lange wie möglich an mir haften lassen. Finde es manchmal richtig schade, mich am nächsten Morgen waschen zu müssen.

Wir krabbeln zusammen unter die Bettdecke ... Zärtlichkeiten, die kein Ende nehmen ... kann in seiner Umarmung einschlafen ... auch, als wir uns dann irgendwann auseinanderrollen, fühl ich mich noch mit ihm zusammen ....

Schlage am Morgen kaum die Augen auf, da dreht er sich schon zu mir, küßt mich, streichelt mich ....

Wie kann man so zusammen aufwachen, wenn man sich noch keine 24 Stunden kennt?

Erinnere die Nacht mit Klaus, wo ich mich auch wohl gefühlt habe, mit ihm zu schlafen, aber dann hinterher eigentlich hätte nach Hause gehen sollen. Nur noch dageblieben bin, weil er mich darum gebeten hatte. Dem es eigentlich wichtiger war, nachts nicht alleine zu sein und morgens mit mir frühstücken zu können, als mit mir zu schlafen. Wo ich nach dem Frühstück froh war, endlich allein sein zu können, weggehen zu können, gar nicht mit ihm zusammenbleiben konnte, gar nicht mit ihm zusammen war, als ich mit ihm geschlafen hab. Obwohl es ganz schön war. Es war halt genug Vertrautheit da, um zusammen zu schlafen, aber nicht genug, um danach auch noch was miteinander anfangen zu können, wirklich nahe in einem Bett die Nacht miteinander zu verbringen, sich am nächsten Morgen noch wohlzufühlen miteinander.

Wir stehen auf. Frühstücken. Ich muß um 8.00 Uhr auf der Arbeit sein. Am Frühstückstisch lächelt Arne mich an, sooft sich unsere Blicke begegnen. Kein peinliches Wegschauen. Kein verkrampft lockeres „es ist nichts besonderes, miteinander geschlafen zu haben ...” Es ist was Besonderes! Wir lächeln uns an. Einfach so. Ohne was sagen zu müssen.

Mit einer kurzen Geste mit der Teetasse in der Hand meint er: Kleiner Tip am Rande. Ich mag keinen parfümierten Tee. Ich trink ihn jetzt, aber normalerweise nicht. Ganz selbstverständlich sagt er das. Mit dem Unterton: Wir werden ja jetzt öfter zusammen essen und Tee trinken. Wir sind ja jetzt zusammen.

Heute Nachmittag werde ich unparfümierten Tee kaufen. Bevor er geht, will er sich noch meine Telefonnummer aufschreiben. Ich sag sie ihm. Mit einem ein ganz klein bißchen verlegenen Blick fragt er mich: „Wie heißt du eigentlich?”. Lächelt etwas. Seine Zähne spielen entschuldigend auf seiner Unterlippe. Mir müssen beide lachen.

Ich sitze um 8.00 Uhr auf der Arbeit und bin glücklich. Werde ihn erst in drei Tagen wiedersehen. Freue mich darauf. 3 Tage sind doch keine Zeit. Heute nicht mehr. Früher, mit 16, 17, da war es lange, „ihn" drei Tage nicht zu sehen, weil „er" der einzige Lebensinhalt war. Weil man viel kurzfristiger in die Zukunft geplant hat. Nichts anderes zu tun hatte, was man wirklich wichtig fand. Gebangt hat, was „er" wohl wieder macht in der Zwischenzeit. Mit anderen Frauen und so ....

Nach der Arbeit bin ich eine geraume Weile damit beschäftigt, den Blutfleck zu beseitigen, der durch sämtliche Bettdecken bis auf die helle Segeltuch-Matratze durchgegangen ist. Als Tom zufällig in meine Wohnung kommt und diesen riesigen Blutfleck sieht, meint er: „War's wenigstens schön?" Was für eine Frage!

Wie packe ich denn nun die Verhütungsmittel-Auseinandersetzung an? Da waren doch vor kurzem zwei gute Artikel im Arbeiterkampf. Einer über Sterilisation und der andere von einem Genossen, der schreibt, daß er auch vor kurzem mit einer Genossin geschlafen hat, ohne sich um irgendwas zu kümmern. Und daß sie dann schwanger geworden ist. Und daß frau jeden Typen aus dem Bett schmeißen sollte, der nicht von sich aus danach fragt. Und in dem anderen Artikel stand drin, daß das mindeste, was ein linker, „frauenfreundlicher" Mann zu bringen hat, die Frage ist: „Ich hab einen Präser dabei. Brauchen w i r den?" (und dann natürlich hoffentlich auch wirklich einen dabei zu haben!) und daß viele Männer die Sterilisation für sich überhaupt nicht in Betracht ziehen, obwohl sie keine Kinder haben wollen.

Vielleicht fotokopiere ich ihm lieber den Artikel. Dann brauch ich die Diskussion nicht so freischwebend anzufangen. Das fällt mir bestimmt leichter.

Es ist wirklich eine Unverschämtheit, daß die Typen von sich aus nichts sagen. Daß sie warten, bis frau sich traut, das Thema anzusprechen. Meinen die vielleicht, uns fällt sowas leicht? Wir sind nur eher gezwungen, dieses Tabu zu durchbrechen. Gelernt haben wir das auch nicht grade. Im Gegenteil: Wir haben gelernt, die Pille zu fressen oder uns 'ne Spirale in die Gebärmutter einpflanzen zu lassen, um jederzeit unkompliziert gebrauchsfertig zu sein. Gesundheitliche Risiken in Kauf zu nehmen, das haben wir gelernt! Vom Mann Mitarbeit und Mitdenken in dieser Frage zu fordern, das haben wir nicht gelernt. Dieses Bewußtsein mußten wir uns selber hart erkämpfen. Gegen all die weibliche Scheiße an, die wir selber im Kopf haben.

Und dann fällt mir zu allem Überfluß noch die Geschichte von Gesa ein. Die mit einem Typen ins Bett geht und zu ihm sagt „du mußt aber ‚aufpassen'." Der dann mit ihr schläft, nicht „aufpaßt", und als sie dann sagt: „ich hab dir doch gesagt, du sollst aufpassen" doch tatsächlich antwortet: „Verhütung ist Frauensache."

Natürlich war's bescheuert von ihr, sich überhaupt auf sowas einzulassen. Das lernt mann/frau ja nun inzwischen schon in der Schule, daß „aufpassen" eher eine Zeugungsmethode, denn eine Verhütungsmethode ist. Aber davon mal abgesehen: Erst nichts zu sagen, voll abzuspritzen und hinterher ... hinterher(!) zu sagen: „Verhütung ist Frauensache."

So einem Typen gehört wirklich ein gewisses Körperteil um einige Zentimeter gekürzt!

So'n Schwein ist Arne ja nun Gott sei Dank nicht. Er hat nur die allgemein übliche ignorante Haltung zu diesem Thema drauf. Wahrscheinlich hat das noch keine Frau scharf genug mit ihm diskutiert. Also werde ich damit anfangen. Ich fotokopiere die beiden Artikel.

Was mach ich denn jetzt am Wochenende, wo er nicht da ist?

linke frau, 24, möchte gerne
unmännliche männer, gerne
jünger, kennenlernen
chiffre 9003

Da war doch noch ein zweiter ganz netter Brief. Von einem Ervin, der geschrieben hat, als ob er mich auch nur einfach so mal kennenlernen möchte. Wie komm ich denn dazu, mir die Chance entgehen zu lassen, einen netten Typen kennenzulernen? Einfach so. Daß ich mit dem jetzt nichts anfang, ist doch klar. Ich will mich nur mit dem unterhalten.

Das will ich ja eigentlich immer bei meinen Anzeigen-Geschichten. Einfach nur meinen männlichen Bekanntenkreis erweitern, nette Frauen kenne ich ja genug. Daß mal aus sowas 'ne Beziehung wird, ist natürlich im Rahmen des Möglichen. Aber daß sowas nicht von heute auf morgen losgeht, hab ich von vornherein im Kopf. Daß mir mal sowas wie mit Arne passiert, hätte ich sowieso nie gedacht. Nicht mit und auch nicht ohne Anzeige. Deshalb formuliere ich meine Anzeigen ja absichtlich immer so, daß sich da keine Typen drauf melden, die auf Krampf 'ne Zweierbeziehung suchen. Die Frau fürs Leben oder gar nichts. Also ruf ich diesen Ervin mal an, verabrede mich für Sonnabend abend mit ihm.

Als er am nächsten Tag bei mir in der Tür steht, registriere ich, daß es kein Zufall war, ihn in die zweite Wahl genommen zu haben. Ich finde ihn unheimlich nett ... aber er ist überhaupt nicht mein Typ. Hat lange Haare. Ich mag keine langhaarigen Männer leiden. 'n Vollbart hat er auch. Da steh ich ja nun auch nicht mehr drauf. Früher bin ich ja mal auf Vollbärte ausgeflippt. Auf so richtig bärtige Papi-Typen, an die ich mich anlehnen konnte. Brauchte es als Bestätigung, daß ich 'ne „reife Frau" bin. Daß solche Typen, die auch was Älteres hätten haben können, mit mir glücklich waren. Ich habe natürlich nicht gesehen, daß die so'n kleines, unsicheres Mädchen von 17, 18 Jahren wie mich besser unterdrücken konnten als 'ne Frau mit mehr Lebenserfahrung, die weiß, was sie will.

Ich hatte immer denselben Typ. Möglichst zehn Jahre älter als ich. Und immer das gleiche Schema: relativ kurze Haare, Vollbart, sehr weiche Gesichtszüge. Meine Freundinnen haben immer, wenn ich mal wieder 'n neuen Typen hatte, gesagt: wieso hast du denn überhaupt 'n neuen genommen? Der sieht doch genauso aus wie der alte!

Ich konnte diese langhaarigen Pubertierlinge nicht ab. Ich wollte schon immer 'n richtigen Mann und nicht so'n halbgaren Bubi. Manche Männer sehen ja mit langen Haaren ganz hübsch aus. Aber damals, als ich so 17, 18 war, da hat halt alles, was „in" sein wollte, lange Haare getragen, egal, ob es dem jeweiligen Typ nun stand oder nicht. Sehr attraktiv, diese jungen Männer, denen ihre dünnen, spiddeligen Haare fettig und strukturlos vom Kopf runterhängen. Hauptsache antiautoritär!

Ich werd schon wieder jugendfeindlich. Schließlich war ich auch mal jung und ziemlich unfertig. Hab mich bestimmt auch pubertär verhalten. Nur eben nicht mehr ganz so, wie die gleichaltrigen Typen. Deshalb konnte ich immer nur mit Älteren was anfangen. Wenn ich wirklich mal 'n Gleichaltrigen hatte, fand ich den immer nach ganz kurzer Zeit uninteressant. Hab mich gewundert, weshalb die anderen Mädchen aus meiner Klasse sich mit Gleichaltrigen zufrieden geben konnten.

Diese Erfahrungen mit destruktiv-motzigen, unerwachsenen, langhaarigen Typen haben sich in meinem Kopf so festgesetzt, daß ich heute noch langhaarige Männer als uninteressant empfinde. Männerfeindlich, übel ... ich weiß.

Aber so ganz auch wieder nicht. Denn ich merke bei mir selber, daß ich doch ganz unbewußt differenziere: in Männer, die wirklich ganz schöne Haare haben und denen es auch steht. Und in Typen, die wirklich den Eindruck machen, als tragen sie ihre langen Haare wirklich mehr aus antiautoritärer Apo- oder Anarcho-Überzeugung. Und außerdem ist es ja wirklich so, daß überwiegend so junge Bengels lange Haar tragen, die noch zur Schule gehen oder so. Die ich vielleicht ganz sympathisch finden kann, die aber für mich nicht weiter „in Frage" kommen.

Kurz und gut: Ich finde lange Haare jedenfalls total unerotisch. Nebenbei bemerkt, mag ich auch bei den meisten Frauen kurze Haare lieber, nur bei Frauen stört's mich nicht so, weil ich mich sowieso nur ganz selten von Frauen erotisch angezogen fühl ... aber wenn, dann sind's auch immer Frauen mit kürzeren Haaren. Jedenfalls sitzt das mit den Haaren ganz schön tief bei mir.

Wir gehen ins Kino. Woyzeck. Mit Klaus Kinski.

Kann sein, daß der Film schlecht ist. Kann sein, daß Klaus Kinski Büchner überhaupt nicht gerecht wird. Heute abend kann ich an diesem Film keine literarischen Maßstäbe anlegen. Sehe nur das Eifersuchtsdrama. Daß „lieben" wieder „leiden" heißt. Büchner in seiner Zeit. Der Woyzeck war ein revolutionäres Stück. Sicher. Immer in seiner Zeit zu sehen.

Aber Mord aus Eifersucht ist etwas, was ich nicht in seiner Zeit lassen kann. Über mir schlägt etwas zusammen. Ich bin gerade wieder dabei, eine Beziehung anzufangen. Und nicht irgendeine. Sondern eine Beziehung, wo mir jetzt schon klar ist, daß ich mit meinen Gefühlen nicht auf Sparflamme kochen kann, daß meine Gefühle mich jetzt schon überfrauen.

Aber den Woyzeck haben seine Gefühle doch nur deshalb übermannt, weil ... die Beziehung zwischen den beiden ... da spielt sich doch gar nichts ab ... da kann ich mich doch gar nicht mit identifizieren. Ich spinn doch ... darum geht's doch gar nicht ... ich lasse mich wieder darauf ein, jemannden zu lieben ... und genau das wird mich eines Tages vielleicht, bestimmt wieder so fertig machen ... weil es doch meistens so war ... die Typen hatten doch immer was mit anderen Frauen ... schöner Anspruch, nicht eifersüchtig sein zu wollen ... ich kann das nicht ... ich will das nicht ... eines Tages wird der Typ dann auch ankommen und sagen ... und übrigens hab ich da was mit 'ner anderen Frau angefangen und ich bin sowieso dagegen, sich so aufeinander zu fixieren ... ich will nicht ... ich will nie wieder jemannden so lieb haben, daß er mir damit so weh tun kann ... ich bin schon wieder dabei ... ich will nicht ... Woyzeck ... warum bringst du Marie um ... ich kann dich ja so gut verstehen ... aber dadurch hast du sie doch auch nicht wieder ... ich will ihn nicht lieben ... soll ich wirklich eine solche Beziehung wieder anfangen ... ich kann doch von einem Mann keine „Treue" erwarten ... die sind doch alle so ...

Hinterher im Leewenzahn unterhalte ich mich mit Ervin über meine Anzeige. Ich will gleich vorbauen, daß meine Anzeige weder eine Heiratsannonce, noch was für schnelle Nächte sein soll. Er ist erleichtert. Dachte, ich hätte schematische Erwartungen an ihn. Atmet auf, daß ich nichts von ihm will. Ich atme auf, daß er nichts von mir will.

Wenn wir schon soweit sind, kann ich ihm auch von Arne erzählen. Tu ich auch. Mit dem nachdrücklichen Hinweis, daß ich sowas von 'ner Anzeige normalerweise nicht erwarte.

Irgendwann gehen wir, stellen noch fest, daß wir uns gegenseitig ganz sympathisch finden, aber beide doch nicht wissen, ob wir Lust haben werden, uns wiederzutreffen.

Muß ich Arne eigentlich sagen, daß ich mich mit den anderen Typen treffe? „Hintergehe" ich ihn, wenn ich ihm nicht sage, daß ich nicht sofort alle anderen Briefe wegschmeiße? Denkt er vielleicht, ich wolle ihm „untreu" werden?

Ich bin ja wohl nicht ganz dicht. Außerdem weiß er ja, daß ich noch 15 andere Angebote hab. Soll er mich doch mal fragen, wenn's ihn wirklich interessiert ... Aber das frustigste an der Sache ist, daß Arne mich eben nicht fragt. Es interessiert ihn nicht. Dabei möchte ich ihm so gerne sagen, daß ich ihm treu bin ...!!! Will ich ihm denn wirklich treu sein? Im letzten halben Jahr hab ich doch so darauf beharrt, daß mir keiner reinreden kann. Daß ich mich da nicht einschränken lasse. Daß ich schlafen kann, mit wem ich will ... (und hab's nicht getan ...)

Am Sonntag abend klingelt das Telefon schon um sieben. Er wollte doch erst spät oder am Montag zurück sein. Ich melde mich.
„Ja, hier ist Arne."
Mein Gott, so tief hatte ich seine Stimme gar nicht in Erinnerung. Er hat eine ganz schöne sanfte und tiefe Stimme. Ganz weich. Er fragt mich: „Was meinst du? Sollen wir uns heute abend treffen?" Richtig süß. Doch noch'n bißchen unsicher. Hätte ich ihm gar nicht zugetraut. „S o l l e n tun wir gar nichts", antworte ich, „aber ich m ö c h t mich gerne mit dir treffen."

Er kommt. Wieder dieser leuchtende Blick hinter der Glasscheibe, als ich ihm die Tür aufschließe. Wieder seine Umarmung. Immer noch genauso lieb. Ich sehe in seine Augen, spüre seine Lippen. Seine weiche Haut. Er möchte noch auf'n Bier in 'ne Kneipe. Wir gehen in den Leewenzahn. Ich unterhalte mich gerne mit ihm in ner Kneipe. Jochen wollte das auch immer mit mir. Da hab ich das dann meistens abgeblockt. War zu faul. Hatte keinen Bock auf den Rauch in der Kneipe. Wußte nicht, was ich mit ihm da sollte. Traurig, daß mir das jetzt erst bewußt wird, daß wir uns einfach nichts mehr zu sagen hatten, als daß ich mich auf'n Abend mit ihm in ner Kneipe freuen konnte. Es sei denn, wir hatten uns wirklich mal wieder was zu erzählen. Mit Arne hab ich mir jetzt viel zu erzählen. Muß mit ihm unbedingt über sein Verhalten neulich im Bett reden.

Ich fange schon an, mich zu ärgern, daß nicht wir miteinander reden müssen, sondern daß ich mit ihm reden muß. Er würde nicht auf die Idee kommen. Für ihn ist das ja kein Problem. W i r haben 'ne Beziehung und i c h hab die Probleme. Ich als Frau bin mal wieder dafür zuständig, das erste Problemgespräch unserer drei Tage alten Beziehung zu initiieren.

Er reagiert total unerwartet: doch, das Problem kennt er. Seine letzte Freundin hat auch nicht die Pille genommen. Und er könne das verstehen, daß Frauen sich weigern, die Pille zu nehmen.

Was sind denn das für Klänge? Hört sich ja ganz vernünftig an. Das ist ja schon mal wenigstens etwas. Trotzdem. Ich kritisiere an ihm, daß er das Thema nicht von sich aus angesprochen hat. Daß ich von fortschrittlichen Männern verlange, daß sie sich genauso verantwortlich dafür fühlen. Auch beim ersten Mal. Grade beim ersten Mal. Daß sie grundsätzlich erstmal davon ausgehen müssen, daß die Frau nicht gebrauchsfertig daliegt, sondern daß man sich gemeinsam Gedanken über Verhütung machen muß.

Daß diese Scheißtypen sich nicht über die Folgen Gedanken machen, bevor sie ihren Schwanz irgendwo reinstecken! Wenn frau sie mit der Nase drauf stößt, dann sagen sie, ja, sie wissen auch schon was über Verhütung. Aber immer bin ich es, die dieses etwas peinliche, die Erotik profan unterbrechende, Thema ansprechen muß.

Mit dem Tonfall der Entrüstung füge ich noch hinzu, daß es erst ein halbes Jahr her ist, daß mir ein Typ allen Ernstes angeboten hat, „aufzupassen"!

„Daß sowas überhaupt noch in den Köpfen drin ist! Und das ist 'n einigermaßen intelligenter, aufgeklärter und fortschrittlicher Mann gewesen." „Das heißt gar nichts", meint Arne, und natürlich muß ich ihm Recht geben.

Ich habe das Gefühl einer grundsätzlichen Übereinstimmung. Daß er geschnallt hat, was ich ihm gesagt habe, daß er es richtig findet. Auch meine Empörung über den „Aufpasser". Jedenfalls widerspricht er mir nicht. Nimmt alles, was ich gesagt habe, so hin. Sagt sogar noch „das heißt gar nichts". Wir haben uns verstanden, bilde ich mir ein. Sage ihm noch, daß ich jetzt noch meine Tage habe, aber daß das Thema in wenigen Tagen akut wird.

Ja, und was machen *wir* denn nun?

Ich sage ihm, daß ich ein Pessar habe. Erkläre ihm die Wirkung des Pessars. Daß die Versagerquote in skandinavischen Ländern viel geringer ist als in der BRD, weil dort die Aufklärung über die Anwendung besser ist. Daß ich mit Uschi zusammen im Prospekt für das Pessar festgestellt habe, daß die Pharma-Industrie selber die Anwendung so falsch beschreibt, daß frau das Pessar falsch einsetzen *muß*, ginge sie nach dem Prospekt vor. Daß es ein relativ unschädliches Verhütungsmittel ist, weil es nicht längerfristig in den Körper eingreift wie Pille oder Spirale und nur mit ganz wenig spermicider Creme benutzt zu werden braucht, die obendrein nicht so ätzend ist wie patentex brutal, wo ich mir mal die ganze Scheidenflora mit kaputt gemacht habe. Und frau kann das Ding eben jahrelang benutzen. Ein relativ billiges Verhütungsmittel also obendrein. So daß die Pharma-Industrie kein Interesse daran hat, das Ding groß abzusetzen. Und deshalb die Versagerquote absichtlich hoch angegeben wird. Damit die Frauen wieder die Pille fressen.

Es erfüllt natürlich auch nicht die Anforderung, die an jedes „moderne" Verhütungsmittel gestellt wird: nämlich daß mann nichts sieht, hört oder merkt. Aber ich bin nicht mehr bereit, meinem Körper irgendwelche unerforschten Fremdkörper zuzumuten, nur um vorher für eine filmreife Erotik präpariert zu sein. Diese kurze Unterbrechung, wenn man merkt, man will zusammen schlafen, tötet bei einem wirklich offenen Verhältnis zur Sexualität auch nichts von der Erotik. Und mann sollte es auch wieder ins Bewußtsein kriegen:

„making love makes babies"

Arne hört mir interessiert zu. Manchmal sagt er Sachen, aus denen hervorgeht, daß er selbstverständlich auch für die Gleichberechtigung der Frau und so ist. Doch, da ist er auch für. Findet er richtig. Aber daß er sich gar nicht darüber klar ist, wie unterschwellig bestimmte Unterdrückungsmechanismen ablaufen können.
„Ich hab das Gefühl, du hast dich mit der Frauenfrage noch nicht groß beschäftigt."
„Nö, hab ich auch nicht", meint Arne etwas nuschelig.
„Das hört man, wenn du redest."

Ich fange an, so ganz vorsichtig ... daß Frauenunterdrückung eben nicht nur Leichtlohngruppen und § 218 heißt, sondern auch ganz verschleierte Sachen ablaufen. In privaten Beziehungen und so.

Arne will in seinen Beziehungen keine Frauen unterdrücken. „Ich versuch, mich nicht so zu verhalten", meint er. Ganz ehrlich. Ganz naiv. „Nein!", haue ich mit der Faust vorsichtig auf den Tisch. – Arne zuckt demonstrativ zusammen. Lächelt mich an. Spielt ein bißchen mit der Rolle des Eingeschüchterten. „Nein?", fragt er. „Nicht richtig?". Ich erkläre ihm, daß es nicht reicht, sich als Mann hinzusetzen und keine Frauen mehr unterdrücken zu wollen. Daß jeder Mann so viel frauenfeindliche Ideologie in den Kopf gebimst gekriegt hat, daß die nicht von alleine weg ist, wenn mann sich nie mehr frauenfeindlich verhalten will. Auch wenn mann es noch so ernst meint damit. Daß eine aktive Auseinandersetzung notwendig ist, um das aus dem Kopf zu kriegen, was einem zwanzig oder mehr Jahre da reingepflanzt worden ist. Daß es nicht reicht, sich passiv hinzusetzen und keine frauenfeindlichen Verhaltensweisen mehr haben zu wollen. Arne hört mir zu. Widerspricht nicht. Wir schmusen. Und dann sage ich ihm noch, daß ich einen Horror davor hatte, was da mit ihm an Auseinandersetzung auf mich zukommt. Ob ich das durchhalte. Weil wir ja auch sonst politisch sehr unterschiedliche Positionen haben. Und dazu dann noch, daß ich grade bei Frauenthemen ganz kleine Brötchen mit ihm backen muß. „Es ist doch immer gut, wenn man sich über etwas auseinandersetzen kann. Das ist doch immer gut. Wehe den Tag, wo das nicht mehr ist. Wehe den Tag!" ... Seine Augen ... die Dramatik, die er da hineinlegt, wie er das sagt!

Da kommt so viel an bei mir. Da kommt an, daß er nicht irgend 'ne Feierabendbeziehung will, sondern ein wirkliches Sichmiteinander-beschäftigen. Und daß er das mit mir will. Daß er es schön findet, wenn es mit mir lange so bleibt. Und hoffentlich nicht so schnell vorbei ist. „Wehe den Tag!" und daß er das auch als den Tod einer Beziehung ansieht, wenn keine Auseinandersetzung mehr stattfindet. „Wehe den Tag!"

Arne erzählt mir, wie's in Brokdorf war. Ganz nebenbei, aber doch nicht ohne daß ich merke, daß er sich ganz gut gefällt, erzählt er mir, daß er da ganz gut action gemacht hat. Und das mir! Wo ich in Brokdorf immer in der letzten Reihe stehe.

Ich hab keinen Bock, daß ich in 'ner Beziehung wieder der weniger radikale, weniger mutige Teil bin. Typische Rollenverteilung. Aber ich hab auch keinen Bock, mich unter Zugzwang setzen zu lassen. Will mir nicht an „ihm" ein „Vorbild" nehmen. Ich will m e i n e n politischen Weg gehen. Dabei hatte ich doch extra nach „unmännlichen" Männern verlangt. Ich will keinen Helden als Mann! Auf Marlboro-Typen steh ich nicht. 3 Tage Beziehung. Die Probleme beginnen.

Mitten in unserer Unterhaltung wird mir plötzlich bewußt, daß er öfters die Mundwinkel nach hinten zieht, wenn er im Satz eine kurze Pause macht: eine harte männliche Geste. Bemerke mit Entsetzen die Wärme, die mich durchströmt, als ich das beobachte. Ich fahre total auf so 'ne harte männliche Mimik ab. Umso schlimmer, als ich mich erinnere, daß der letzte Typ, in den ich verknallt war, genau das gleich Mundwinkel-nachhinten-ziehen drauf hatte und ich es da schon so männlich und hinreißend fand. Wärme in meinem Bauch und in meiner Brust, als ich feststelle, daß der Mann, der hier neben mir sitzt und den ich streicheln kann, sobald ich nur die Hand ausstrecke, mit dem ich jetzt zusammen bin und den ich anfange, lieb zu haben, genau dieselbe harte männliche Mimik drauf hat.

Linke Frau, 24, möchte gerne
unmännliche Männer ...

Widerspruch zwischen Kopf und Bauch ... auch bei einer Radikal-Feministin wie mir.

Irgendwie hat Arne mir ganz schön den Wind aus den Segeln genommen. Erst hat er gesagt, daß er es verstehen kann, daß Frauen sich weigern, ihren Körper mit Pille, Spirale oder ähnlichem zu belasten. Da bin ich also offene Türen eingerannt. Und dann, als ich ihm grade erkläre, daß Spermien erst, wenn sie den Gebärmutterhals passieren, befruchtungsfähig werden, da hat er mir prompt dazwischen geredet: „das weiß ich." Da hab ich gedacht, wenn er das weiß, dann brauchst du dem ja nichts mehr zu erzählen. Denn das weiß ich selber erst ein paar Wochen.

Ich bin nämlich selber mit der Frage zur Frauenärztin gegangen, wieso frau das Pessar schon nach 8 Stunden rausnehmen darf. Spermien können doch länger als drei Tage lebensfähig sein. Da hat die Ärztin mir erklärt, daß sie aber innerhalb dieser ersten Stunden durch den Gebärmutterhals durch sein müssen. Sonst sterben sie ab. Eine Information, die auch nicht gerade in jedem Aufklärungsbuch drin steht. Ich habe sie jedenfalls noch nirgends gelesen. Und ich hab nun wirklich viel über Verhütungsmittel gelesen. Und dann sagt der Typ ganz selbstverständlich: „Das weiß ich."

Da denk ich natürlich, daß er Ahnung hat. Und dann mochte ich nicht weiterreden, um ihm nicht Sachen zu erzählen, wo er dauernd „das weiß ich" sagt. Und als ich das Thema Sterilisation auf die Platte gebracht hab, hat er was von „später vielleicht mal eigne Kinder" und so erzählt. Was soll ich mit jemanndem, der vielleicht mal eigne Kinder haben will, über Sterilisation reden? – Also werd ich ihm die Artikel wohl erstmal nicht geben. Der denkt ja, ich halt ihn für blöd! – Wo er doch das mit den Spermien schon längst wußte! Und auch sonst alles richtig fand, was ich gesagt habe.

Arne geht auf Klo. Ich bezahle mein Bier und warte auf ihn. Als er wiederkommt, wundert er sich, warum ich nicht für ihn mit bezahlt habe. Ich erzähle ihm, daß ich es bisher immer mit „Heiratsschwindlern" zu tun gehabt habe. Daß die Typen immer halbwegs bei mir gewohnt haben und ich sie miternährt habe.

Daß ich immer Geld verliehen habe und die Typen mir das nicht, oder nur nach massiven Mahnungen zurückgezahlt haben. Daß ich von Jochen aus Bochum immer noch das Geld nicht habe, was ich ihm vor zwei Jahren geliehen habe, damit er mit mir in den Urlaub fahren kann. Daß das Schwein sich in Sicherheit wiegt, weil er da unten in Wattenscheid sitzt und ich hier von Hamburg aus nicht an ihn rankomme. Und daß ich gedacht hatte, sowas gäb's unter Genossen nicht, daß der sich frech hinstellt und behauptet, ich würde kein Geld mehr von ihm kriegen. Und daß ich deshalb unheimlich vorsichtig geworden bin, meinen Männern immer gleich Geld zu leihen oder einen auszugeben. Und daß ich keinen mehr auf meine Kosten durchfüttere.

Als ich von Jochen Heiratsschwindler erzähle, lacht Arne. Sagt, daß er nur mit meiner Reaktion nichts anfangen konnte, daß ich entrüstet „nein" gesagt habe, als er mich gefragt hat, ob ich sein Bier mitbezahlt habe. Und daß ich die Angst bei ihm nicht zu haben brauchte. Mir ist das ein bißchen unangenehm. Daß ich aufgrund einschlägiger Erfahrungen mit anderen Männern ihn der gleichen Haltung „verdächtige" und das völlig zu Unrecht. – Wir gehen nach Hause.

Als wir bei mir zu Hause im Bett liegen, reicht die erste Umarmung, um das Verlangen nacheinander unbändig und überwältigend aufkeimen zu lassen ... schon fließen wir zueinander ... ich habe Lust ... habe Lust, mit ihm zu schlafen ... ich habe Lust ... mir wird warm ... heiß ... heiß und feucht zwischen den Beinen ... möchte ihn aufnehmen in mich ... wenn ich seine Hände an meinen Brüsten spüre, sterbe ich fast ... so schön ist es ...

Mit einer sanften Armbewegung zieht er mich zu sich heran, holt mich auf sich herauf ... ich sitze auf ihm ... bleibe ganz still ... bewege mich noch nicht ... genieße es, ihn in mir zu haben ... ganz ruhig ... nehme ihn mit meinem ganzen Körper auf ... sehe sein schönes Gesicht unter mir ... seine weichen dunklen Wimpern ... seine warmen Augen ... küsse seine Stirn ... seine Augen ... seine Wangen ... zeichne behutsam mit meinen Fingern die Linien seines Gesichts nach ... fast ängstlich, es in seiner Zartheit zu verletzen ... ängstlich, daß die zarteste Berührung schon zu hart sein könnte ... möchte nur lieb zu ihm sein ... unendlich lieb ... spiele mit seinen Haaren ... möchte für immer so liegenbleiben ... er in mir ... ich habe das Gefühl, mein Körper reicht nicht aus, ihm die Zärtlichkeit zu geben, die ich für ihn empfinde ... mein Lächeln reicht nicht aus, ihm zu zeigen, wie glücklich ich bin ... ich höre sein Lachen ... sein ganz entspanntes und verspieltes Lachen ... schlage die Augen auf und sehe ihn unter mir lachen ... leise ... mit geschlossenen Augen ... daß es so etwas gibt! ... warum löst die Welt sich nicht auf jetzt ... springt aus den Angeln, sprüht und blitzt .. wie kann die Erde sich so weiterdrehen, als wenn nichts wäre ...

Wieder dieses Meer, das aus mir herausfließt und mich ein letztes Mal von ihm besoffen macht ... das mich ganz naß noch ein letztes Mal die Hitze spüren läßt, die er in mir hinterlassen hat ...

Am Morgen hat Arne einen dicken roten Knutschfleck am Hals ... ich kann mich an nichts erinnern ...

Meine Fotokopien landen erstmal in der Versenkung. Die kann ich ihm doch jetzt nicht mehr geben! Er fand doch alles richtig, was ich gesagt habe. Daß er genauso verantwortlich ist. Und daß er das nicht mir überlassen kann. Das fand er doch alles richtig. Und das mit den Spermien wußte er auch! Der denkt doch, ich halte ihn für blöd, wenn ich ihm jetzt noch die Artikel gebe!

Die ganze Zeit denke ich: Scheiße, daß er kein KB-Genosse oder Sympathisant ist. Dann hätte ich schon längst ganz unkompliziert fragen können „Sag mal, hast du vor vier Wochen nicht die beiden Artikel auf den Frauenseiten gelesen? Dann wäre der Arbeiterkampf u n s e r e Informationsquelle. Dann könnte ich ihn viel lockerer darauf aufmerksam machen, daß er da wohl was „überlesen" hat. Aber Arne ist ein „Autonomer", der den AK nur liest, um sich hinterher besser vom KB abgrenzen zu können. Damit hat er mich sowieso schon oft genug genervt. Daß er immer in knapper und prägnanter Kurzform abfällige Bemerkungen über die Politik des KB macht. Und das, wo er doch weiß, daß ich schon einige Jahre mit dem KB sympathisiere. Die Politik auch im Wesentlichen richtig finde. Nur in der Frauenpolitik. Da war mir der KB immer nicht radikal genug. Aber trotzdem bin ich Sympathisantin. Und das weiß er. Und dann soll er nicht dauernd auf so einer oberflächlichen Spruchebene solche Anmachen gegen den KB loslassen. Und jedes Mal ohne mich zu fragen, ob ich da vielleicht eine andere Position zu habe. Er kotzt sein Statement raus und ist zufrieden. Und ich ärgere mich die Platze, daß er den KB so runtermacht. Immerhin identifiziere ich mich ja doch zu einem gewissen Grade damit. Nur meistens wählt er Beispiele aus seinem Arbeitsbereich. Aus der Anti-AKW-Bewegung. Und da kann ich natürlich nicht kontern: du spinnst. Da hat der KB 'ne richtige Politik gemacht, sondern ich könnte nur sagen: Ich hab das zwar nicht miterlebt, weil ich nicht in der Bewegung aktiv bin, aber ich kann mir nicht vorstellen, daß der KB da so'ne Scheiße gemacht hat, wie du das darstellst. Da, wo ich bisher in praktischen Arbeitszusammenhängen steckte, hat der KB 'ne vernünftige Politik gemacht. Mit Fehlern zwar, die macht jeder, ... aber in den Grundzügen immer eine konsequentere und realistischere Politik als andere Organisationen und die Autonomen.

Aber ich habe noch nicht einmal Lust, überhaupt etwas zu sagen, wenn es ihn scheinbar gar nicht interessiert, wie das bei mir ankommt. Entweder er will mir hintenrum sagen „Du bist ja nicht ganz dicht, daß du mit so einer Scheiß-Organisation sympathisierst." Oder er will mir gar nichts damit sagen und macht sich überhaupt keine Gedanken darüber, wie das bei mir ankommt. In beiden Fällen nimmt er mich jedenfalls nicht ernst.

Ein paar Mal lasse ich mich von seinen Sprüchen einschüchtern. Fühle mich in diesen Situationen beschissen, kann es aber selber noch nicht so richtig fassen, was da eigentlich für eine „Kommunikation" abläuft in solchen Momenten. – Als es mir endlich klarer wird, spreche ich es an. Arne sieht sofort alles ein. Findet meine Kritik richtig. Gelobt Besserung.

Eine andere Sache, die ich auch schon nach einigen Tagen „Beziehung" anspreche, ist seine Selbsteinschätzung. Wie er zum Beispiel von Brokdorf erzählt hat. Und noch andere Sachen.

„Ich hab das Gefühl, du findest, daß du'n ganz toller Typ bist. So mit ganz vielen Kleinigkeiten, die du so machst, vermittelst du, daß du dich unheimlich gut findest." Arne grinst. Besonders als ich das mit dem tollen Typen sage. Da grinst er ganz besonders. Es ist ihm ein bißchen unangenehm. Und daß ich ihn gar nicht für so'n „tollen Typen" halte, sage ich ihm auch noch. Wir grinsen uns an und umarmen uns. Ich mag ihn, weil er er ist ... und nicht, weil er in Brokdorf immer der erste bei der Revolution ist. – Wir umarmen uns. Er hat mich verstanden.

Am Dienstag hab ich Lyrik-Termin bei Andrea in Rissen. Vorher Folklore-Tanz im Sport-Institut. Bin halb fünf mit Gabi beim Sport-Institut verabredet und will sie auch abends auf den

Lyrik-Termin mitnehmen. Danach zu Arne. Wenn Gabi Lust hat, kann sie mitkommen.

Gabi kommt nicht, ruft auch nicht an. Der Folklore-Tanz findet nicht statt. Der Lyrik-Termin fällt aus. Erfolg auf ganzer Linie. Ich versuche Arne zu erreichen, weil er sich eigentlich schon am frühen Abend mit mir treffen wollte und das nur wegen meinem Lyrik-Termin nicht ging. Jetzt ist es natürlich zu spät. Er ist nicht zu Hause, weil er sich auf den späten Abend eingestellt hat. Gegen neun erreich ich ihn. Habe eigentlich keine Lust, nach Altona zu fahren, weil das unter der Voraussetzung geplant war, daß ich aus Rissen komme und sowieso mit dem Auto über Altona gefahren wäre. Aber das Auto hab ich nun heute abend doch nicht, weil mir eben auf der Fahrt von meinen Eltern hierher der Sicherheitsgurt kaputt gegangen ist, und ohne Gurt fahre ich nicht.

Frage: „Willst du herkommen oder wie machen wir das?"
Er: „Ich hab hier sowas gemacht, mit Früchten und so." – Er druckst 'n bißchen rum.

Süß ...! Warum sagt er denn nicht einfach: Es wäre besser, du kommst her, weil ich extra für uns was zu essen gemacht habe? Die Art und Weise, wie er seine kleinen Unsicherheiten überspielen will und gerade damit ganz unverkennbar zeigt, läßt mich schmunzeln. Ich fahre nach Altona. Die Adresse sagt er mir nochmal. Vage hab ich sie noch im Kopf. Von unserem ersten Treffen. Wo ich gegen meine Vorsätze doch mit einem „fremden Mann" in seine Wohnung gegangen bin.

Als ich in Altona mit gerafften Röcken die letzten Meter der Rolltreppe hinter mich bringe, steht er da in der Bahnhofshalle. Unerwartet und lächelnd. Mein Märchenprinz. „Wieso bist du denn hier?" „Ich dachte, dann ist es einfacher für dich ..."

Der kommt einfach zum Bahnhof und wartet hier auf mich, obwohl er gar nicht genau wußte, welchen Zug ich nehme und wann ich komme. Der kommt einfach zum Bahnhof, weil es dann leichter für mich ist. Ich nicht nach der Straße zu suchen brauch. Obwohl er's mir am Telefon ganz ausführlich beschrieben hat. Und es nun wirklich nicht weit ist vom Bahnhof. Der kommt einfach hierher.

Bei ihm angekommen, essen wir erstmal was. Er hat da sowas gemacht, mit Früchten und so ... Quarkspeise. Schnaps ist auch drin. Eine Riesenschüssel voll. Viel zu viel.

„Ich dachte, deine Freundin kommt auch mit." Eigentlich ist mir die Quarkspeise viel zu bitter, aber sie schmeckt süß, unendlich süß, wenn ich mir vorstelle, wie er in der Küche steht und diese gewaltige Menge an Quarkspeise herstellt, weil er denkt, ich bringe meine Freundin mit. Und nun ist alles viel zu viel. Hat er sich viel zu viel Mühe und Arbeit gemacht. Macht so einen Berg Quarkspeise für zwei Frauen, und nun sitze ich alleine hier und mag die noch nicht mal. – Ich drücke mir noch ein Schälchen voll rein, obwohl ich eigentlich viel zu satt bin.

Er holt seine Brecht-Lyrik aus dem Keller und liest mir was vor, worauf ich mich gar nicht mehr konzentrieren kann. Will ihn nicht abwürgen. Als ich hinterher gar nichts zu dem Gedicht sage, scheint er das normal zu finden. Er sitzt am Tisch, ich liege auf dem Fußboden. Er ist so weit weg. Ich kann ihn nicht wie zufällig berühren. Ich müßte aufstehen. Das ist zu deutlich. Vielleicht will er gar nicht schmusen. Ich kann keine nonverbalen Körbe kassieren. Wenn er gewollt hätte, hätte er sich ja auch hier zu mir auf die Kissen setzen können, als er aus dem Keller wieder hochkam. Da lag ich ja schließlich schon hier. Also will er wohl nicht.

Meine nackten Füße gucken unter meinem langen Rock hervor. Eigentlich liege ich doch so richtig malerisch hier. Warum kommt er denn nicht mal von seinem blöden Stuhl runter und verführt mich?

Mir wird meine weibliche Passivität und Unfähigkeit so grauenhaft bewußt. Ich werde müde. Endlich sagt e r, daß er jetzt ins Bett will. (Ich schon lange.)

Wieder machen unsere ersten Zärtlichkeiten deutlich, daß wir beide Lust haben, miteinander zu schlafen. Ich hab das so lange nicht mehr erlebt ... daß man sich nur anzusehen braucht ... und ... schon ist alles zu spät ... daß man nichts weiter braucht, als einen Blick ... eine Berührung ...

Aber wieder überläßt der junge Mann sich seinem Verlangen und mir die Verhütungsfrage. Wozu hab ich das denn mit ihm diskutiert? „Äi, du, ab heute ist es wieder gefährlich", sage ich endlich, als es auch schon ganz schön gefährlich ist. Ich hätte erwartet, daß e r diesmal das Thema auf die Platte bringt. Aber nix da. Wieder mein Part.

Ja, was soll ich denn nun machen. Ihn anschreien? Ihn aus dem Bett schmeißen? Wie es eine Frau mal für sich formuliert hat? Jeden Mann, der nicht von sich aus die Verhütungsfrage stellt, aus dem Bett zu schmeißen. Wo soll ich meinen Radikal-Feminismus hintun, wenn er mich aus seinen dunklen warmen Augen anpliert, wenn ich seine Haare auf meinem Arm spüre ...

„Ich hole mal mein Pessar", sage ich endlich. Die Tasche hab ich im Wohnzimmer stehen lassen, weil er bestimmt gefragt hätte, weshalb ich meine Aktentasche mit ins Schlafzimmer nehme. Und nur das Pessar rausnehmen und neben's Bett legen ... Dann hätte er ja gemerkt, daß ich denke, daß ...

Meine Güte, sitzt das tief. Immer noch ein Thema, dessen Nicht-Selbstverständlichkeit uns Frauen so oft zum Verhängnis wird. Immer noch meine eigene Zaghaftigkeit. Aber wenn er sich genauso dafür verantwortlich fühlen würde, müßte ich nicht die Planung übernehmen, wann ich möglichst unbemerkt mein Pessar ins Schlafzimmer schmuggel!

Als ich mein Pessar auspacke, frage ich ihn: „Hast du das schon mal gesehen?" – „Nein."

Ich streiche die Creme auf das Pessar. Arne liegt neben mir. Guckt zu. Sein Blick wandert zwischen seinen dunklen zippeligen Wimpern heraus auf dieses fremdartige Gummiding in meiner Hand. Er kann überhaupt nichts mit mir anfangen in diesem Moment. Liegt da und wartet ..... bis ich ihn wieder umarme. Männer sind so süß unbeholfen manchmal ...

Er hätte mich doch weiterstreicheln können. W i r hätten doch zusammen u n s e r Pessar einsetzen können ... Zu fremd für ihn. Ich bin in diesem Moment „die Frau, das unbekannte Wesen" für ihn. Ich muß ihm Zeit lassen ...

Allmählich verliert sich meine Wut und Verzweiflung über seine Ignoranz zur Verhütungsmittelfrage und es ist mal wieder nur noch schön mit ihm. Als ich kurz nach ihm meinen Höhepunkt habe, schmeiße ich ihn dabei raus. Schade ... das wollte ich doch gar nicht ... versuche, ihn wieder reinzustecken ... geht natürlich nicht mehr ... fummel ungeschickt und tapsig an seinem Schwanz rum ... bis er sagt: „Du, laß mal 'n Augenblick" ... erst in dem Moment wird mir mein eignes Verhalten bewußt und ich muß über mich selber grinsen ... wir haben ja noch so viel Zeit vor uns, um zu lernen, miteinander umzugehen ...

Als Arne am nächsten Morgen vor mir aufsteht, sehe ich ihm durch die offene Schlafzimmertür zu, wie er zwischen Küche und Wohnzimmer hin und herläuft, um den Tisch zu decken.

Zum ersten Mal kommt mir ganz ernsthaft der Gedanke, ob ich nicht ganz schnell, noch heute, diese Beziehung hinter mir lassen soll ... raus hier, bevor es zu spät ist ... wenn ein Typ zu so einem elementaren Thema wie Verhütungsmittel nicht für 5 Pfennig was im Kopf hat, was hab ich dann da noch vor mir? Bei dem muß ich in der Frauenfrage ja am Punkt Null anfangen ... ich bin verliebt ... aber kann ich mich darauf einlassen??? ... ohne mich selber aufzureiben? ... Jetzt noch schnell raus hier ... noch bin ich nur verliebt, wenn ich ihn erst länger kenne und ihn wirklich liebe, ist es vielleicht zu spät. Drei schöne Tage und Nächte kann man vielleicht noch schnell wieder vergessen ... Wenn es erst mehr wird, fällt es viel schwerer ...

Ich bin ja wohl verrückt ... resignieren, bevor ich es versucht habe? Bevor ich die Auseinandersetzung mit ihm überhaupt richtig angefangen habe? Nein! Erst versucht man zu kämpfen und dann kapituliert man. Und vielleicht brauche ich ja nicht zu kapitulieren. Aber wenn ich das feststellen kann, ist bestimmt der Zeitpunkt, wo die Trennung noch keine Lücke in mein Leben reißt, überschritten ... na und? ... Ich bin verliebt ... ich will's versuchen ... ich will's wenigstens versuchen ... ich bin verliebt ... bin verliebt ... bin verliebt ...

Als wir uns am Donnerstag treffen, gehen wir erst ein Stück im Park spazieren. Wir kommen auf Nina Hagen zu sprechen. Arne sagt, daß er mit ihr nichts anfangen kann. Okay, einige, oder sogar die meisten ihrer Texte sind ziemlich plakativ. Nicht gerade tiefschürfende Überzeugungsarbeit. Die kann man in der Popmusik aber auch nicht verlangen. Aber immerhin trifft sie klare Aussagen. Deutlich genug ist sie nun wirklich. Ich verstehe nicht, wie mann damit „nichts anfangen" kann. Ganz vorsichtig formuliere ich, daß er wirklich unheimlich naiv an die ganze Frauenproblematik rangeht. Unheimlich naiv.

Arne hört sich das an. Und dann sagt er was von Freiheit. Daß das Hauptproblem doch die Freiheit ist. Daß der Mann die Frau nicht in ihrer Freiheit einschränken darf. Er hat damit zwar einen wichtigen Punkt angesprochen. Aber so wie er das sagt, hört es sich so an, als wenn nur alle Männer ihren Frauen „Freiheit" bzw. was sie darunter verstehen, „geben" müßten ... und die Frauenfrage wäre gelöst. Was soll das mit der Freiheit? Welche „Freiheit" eigentlich? Die Freiheit, zu tun und zu lassen was ich will, die habe ich als unverheiratete intellektuelle Frau.

Jedenfalls relativ. Die kann mir auch keiner streitig machen. Dazu bin ich zu viele Jahre schon daran gewöhnt. Habe die meiste Zeit, seit ich mich im „heiratsfähigen" Alter befinde, ohne feste Beziehung zugebracht. Bin jahrelang sexuell ausgebeutet worden. Habe Bumsbeziehungen gehabt. Sicher. Aber nie so enge Beziehungen, daß Männer mir in beruflichen, politischen oder zwischenmenschlichen Entscheidungen reinreden konnten. Ich hab meine Freiheit. Was erzählt der mir von Freiheit? Ich hab meine Freiheit! Die braucht mir kein Mann zu „gewähren".

Wenn ich mit anderen Frauen rede, stelle ich immer fest, daß ich eine total untypische Frauenvergangenheit hinter mir habe. Die anderen erzählen immer, daß sie in langjährigen Beziehungen zu Typen wirklich ihrer Freiheit beraubt waren. Aber sowas habe ich ja nicht gehabt. Bei Uli war ich drei Jahre lang Mätresse eines verheirateten Mannes. Das war keine „feste Beziehung". Und danach habe ich nur zweimal längere Beziehungen gehabt. Und beide haben nur ein Jahr gedauert, das waren die einzigen beiden Beziehungen, wo auch die Männer mich wirklich geliebt haben. Zweimal ein Jahr. Und die restlichen acht Jahre, die ich es jetzt mit Männern zu tun habe, haben sich die Typen immer nur halbherzig auf mich eingelassen. Haben mir was von „Freiheit" erzählt und damit Oberflächlichkeit gemeint. Hatten mit ihrer „Freiheit" das Argument dafür, nicht auf mich eingehen zu müssen. Mich zu benutzen, ohne mir zuzuhören. Der neue Wahlspruch:

„Freiheit statt Gefühle!"

Das ist Männerfreiheit. Und ich habe jedesmal, wenn ich wieder verliebt war, gedacht: Der ist anders. Das ist endlich der Märchenprinz. Der will mich endlich als „seine Frau". Der will „mein Mann" sein. Habe mir immer wieder Illusionen gemacht, auch wenn mir die Typen schon längst Fußtritte verpaßt hatten.

wenn es sinn hätte,
sich illusionen zu machen,

wenn es sein könnte,
daß eines tages doch
der prinz kommt, der mich
für immer
will, – dann
würde ich mir öfter
erlauben,
zu träumen.

aber –

ich habe gelernt,
mich nicht mehr
selber (?)
kaputt zu machen.
ich erlaube mir
keine illusionen mehr.

die scheinprinzen
mit ihren lügenmärchen
sind ja heute
sooo ehrlich.

sie haben ja
die revolution
auf ihrer seite.

sie können sie ja
überall nachlesen,
„ihre" argumente.

offen und
aufrecht suchen sie
das unverbindliche aben-
teuer zahle ich
für meine illusionen
und so
verbiete ich mir
zu träumen.

und doch
träume ich –

noch.

wieviel zeit
werden sie brauchen,
um auch dieses
letzte bißchen
menschlichkeit
in mir
zu töten?

Früher war es nicht so einfach für die Typen. Wenn die so oberflächlich von einer Frau zur anderen, von einem Bett ins nächste ... dann waren sie nach gängiger Moral schon Schufte. Schürzenjäger. Heute handeln sie im Namen der Revolution. Zweierbeziehung ist reaktionär. Und wenn mann zwei, drei Beziehungen auf einmal hat, dann ist es auch nicht so wild, wenn mal irgendwo was nicht so hinhaut. Mann hat ja immer noch Ausweichmöglichkeiten. Mann braucht in keiner Beziehung mehr konsequent dafür zu kämpfen, daß sie wirklich auf allen Ebenen gut läuft. Mann redet was von Freiheit und geht zur Nächsten, wenn die Eine zu schwierig ist.

„Freiheit statt aufeinander eingehen!"

Was Männer Freiheit nennen, das brauch ich nicht. Ich beanspruche die Freiheit, jederzeit zu meinen Gefühlen stehen zu können. Die Freiheit, meine Eifersucht über die Revolution stellen zu dürfen, wenn sie mich kaputt macht. Die Freiheit, mich nie wieder als Zweitfrau benutzen zu lassen, wenn ich jemannden liebe. Diese Freiheit will ich. Für diese Freiheit werde ich kämpfen!

Was erzählt der mir von Freiheit? Ich hab meine Freiheit. Ich will, daß die Männer endlich nicht mehr so oberflächlich und menschenverachtend sind. Ich plädiere nicht für Besitzansprüche, wenn ich von „meinem" Mann rede. Ich meine damit, daß ich mich darauf verlassen kann, daß „er" auf mich eingeht. Daß „er" mich gut kennt. Daß ich mich auf „ihn" verlassen kann, wenn ich Probleme habe. Bisher konnte ich mich nur auf meine Freundinnen verlassen. Die waren immer diejenigen, die mich wieder aufgepäppelt haben, wenn's mir dreckig ging. Frauen heulen sich bei Frauen über ihre Probleme aus. Die Männer sind nur dazu da, ihnen Probleme zu machen.

Ich plädiere nicht für Besitzansprüche. Ich brauche ja selber meine Freiheit. Aber ich meine damit etwas anderes als die Rechtfertigung, oberflächlich sexuelle Beziehungen zu pflegen. Ich meine mit Freiheit etwas anderes, als jemanndem, der mich liebt, Schlagworte wie „Besitzansprüche" an den Kopf zu knallen und ins nächste Bett zu steigen. Ohne mir Gedanken darüber machen zu müssen, ob ich ihn nicht wirklich weniger liebe als er mich. Wenn ich jemannden liebe, habe ich gar nicht das Bedürfnis, diese Art von „Freiheit" in Anspruch zu nehmen. Das Bedürfnis habe ich nur, wenn in der Beziehung Probleme schwelen, die nicht so einfach zu lösen sind. Oder wenn ich nicht so viel Gefühle entwickelt habe. Aber solche Beziehungen gehe ich gar nicht erst ein. Die Typen waren immer diejenigen, die Beziehung ohne Gefühle mit mir gemacht haben. Ich fühle mich gar nicht wohl bei sowas. Ich verbringe meine Zeit lieber alleine, – mit mir selber, als mit jemanndem, dem ich gar nicht richtig nahe bin. Früher habe ich das auch gemacht. Da war die Sucht danach, einen Freund zu haben, wichtiger als ich selber. Da war ich oft mit Männern zusammen, nur um nicht alleine zu sein. Das kann ich heute gar nicht mehr. Wenn ich mit den Typen nicht viel anfangen kann, dann kann ich auch keine langfristigen Gefühle entwickeln. Das reicht dann vielleicht für zwei Tage. Dann denk ich, ich bin verknallt. Und wenn ich mich dann das dritte Mal mit dem unterhalte, dann stelle ich fest, daß der ganz furchtbar uninteressant ist. Und daß ich gar nichts mehr von dem will. Und dann bin ich wieder froh, nichts gemacht zu haben. Verliebtheit entwickelt sich bei mir heute nur noch da, wo ich ganz viele Gemeinsamkeiten spüre. Wo ich das Gefühl habe, trotz häufigen Zusammenseins meinen Interessen nachgehen zu können.

Und natürlich brauche ich auch ganz viel Zeit für den Kram, den ich alleine machen will. Da könnte ich auch keinen ab, der mir dazwischen funkt. Aber ich würde mir von niemanndem dazwischen funken lassen. Ich bin das gar nicht gewohnt. Ich bin es seit Jahren gewohnt, diese Freiheit zu haben. Da soll mal einer ankommen und mich „besitzen" wollen. Da würd ich aber ganz schön bockig werden.

In der Kneipe beginne ich eine Neuauflage der Verhütungsmitteldiskussion. Diesmal allerdings in einem etwas schärferen Tonfall. Daß er wieder gewartet hat, bis ich das Thema anschneide. Und mir auch wieder nichts anderes übrig blieb, weil *ich* unter dem Druck stand, nicht schwanger werden zu wollen. *Er* mal wieder solange keinen Gedanken darauf verschwendet, bis frau das tut. Und daß ich mir unsicher bin, ob ich mich auf mein Pessar verlassen soll, wo jetzt die gefährlichste Zeit losgeht.

Und bei aller Ernsthaftigkeit und Wichtigkeit dieses brisanten Themas ist es möglich, zwischendurch miteinander zu schmusen ... und dann mit aller Schärfe weiter zu diskutieren.

„Meinst du, ich hab nicht genauso'n Bock, einfach loszumachen, ohne an was zu denken", schnauze ich ihn zärtlich an ... Er lächelt. Wir umarmen uns. Kuscheln. Ich glaub, es ist rübergekommen, was ich ihm vermitteln wollte.

Als wir am nächsten Morgen aufwachen und anfangen zu schmusen, kriegen wir beide wahnsinnige Lust aufeinander. Als sich in meinem Kopf eigentlich nur noch die Frage abspielt, *wann* ich mein Pessar einsetze, sagt Arne plötzlich: „Du. Ich weiß gar nicht, wie ich mich jetzt verhalten soll. Nach unserer

Diskussion gestern." „Das ist klar, daß du das nicht weißt. Ich möcht mich jetzt eigentlich auf mein Pessar verlassen ...? Doch ... das möcht ich." (Trotz 2 % Versagerquote.)

Arne sagt: „Ich möcht's lieber nicht. Ich möchte mir das lieber nochmal überlegen. Und dann neu mit dir diskutieren."

Ich muß ihn ganz fest umarmen. Klammer mich richtig an ihm fest. Mir wird warm, unheimlich warm. Er hat mich endlich so ernst genommen, daß ihm die Klärung dieser Sache wichtiger ist als sein eigener Bock. Damit habe ich nicht gerechnet. Das haut mich um. Ich kann ihn gar nicht so fest umarmen wie ich ihn liebhabe. Ein bißchen schade find ich's schon, daß wir nicht zusammen schlafen jetzt. Aber das andere ist wichtiger. Unendlich viel wichtiger. Ich fühle mich ihm so nahe durch seine Entscheidung. Wir sind uns viel näher als wenn wir jetzt miteinander geschlafen hätten.

Das Wochenende fährt Arne zur Bundeskonferenz für die Gorleben-Demo im Oktober. Wieder das Wochenende allein. Aber das find ich eigentlich gar nicht so schlimm. Was ich viel schlimmer finde, ist, daß heute abend die Demo gegen den Giftmüll-Skandal in Eidelstedt ist. Endlich mal etwas, wo Arne und ich trotz unserer unterschiedlichen politischen Positionen gemeinsam an einer politischen Aktion teilnehmen könnten. Könnten ... wenn er da wäre.

Er hat noch gesagt, daß er vielleicht am Anfang kommt und dann früh wieder geht. Ich halte Ausschau. Groß genug ist er doch nun, daß ich ihn sehen müßte, wenn er da wäre.

Er ist nicht da. Aber ich treffe einen Haufen anderer Leute. Und alle kriegen von mir zu hören, daß ich glücklich verliebt bin. Daß ich eine neue „Beziehung" habe. Egal, ob es sie interessiert oder nicht. Alle kriegen das zu hören. Das ist doch wichtig, Mensch! Die Welt sieht doch plötzlich ganz anders aus. Das müssen die doch wissen! Das kann ich doch nicht für mich behalten! Warum tun die denn alle so, als wenn das nichts Besonderes wäre? Die können doch nicht so tun, als wenn die Welt noch die gleiche wäre wie vor vierzehn Tagen! Die spinnen wohl! Die sind ja verrückt!

Als ich Charlie treffe, bin ich schon vorsichtiger geworden. Frage sie, ob es sie interessiert, ... ob ich ihr was von meiner neuen Beziehung ...? Doch, ja ... soll ich ...

Ein Wasserfall schwappt auf die arme Frau hernieder: Daß „er" ein Autonomer ist. Daß ich am Anfang nicht wußte, ob ich mich darauf einlassen soll. Daß ich in den letzten Jahren immer nur mit Männern zusammen war, die im KB oder in dessen Umfeld angesiedelt waren und somit immer schon von anderen Genossinnen vor„bearbeitet" waren. Immer den Stand der Diskussion mitkriegten, wie sie im AK gerade lief. Daß ich bestimmte Sachen einfach voraussetzen konnte. Daß jeder KB-Genosse in seiner Grundeinheit Frauenthemen mitdiskutieren mußte. Daß die Frauen einfach auf der Tagesordnung standen. Und das nicht bloß einmal. Und daß „mein Autonomer" natürlich in seiner BI Anti-AKW-Arbeit macht. Und dann vielleicht nach'm Termin in der Kneipe auch mal was von Frauenfrage hört. Aber eben nie so kontinuierlich und organisiert von den Genossinnen damit konfrontiert worden ist wie die Genossen im KB. Und daß ich das an allen Ecken und Enden merke, daß mein Autonomer wirklich von den grundlegendsten Sachen keine Ahnung hat. Daß ich mich immer wieder wundere, weil ich das aus meinen letzten Beziehungen nicht mehr gewohnt war. Daß ich bei den Typen nie am Punkt Null anzufangen brauchte. Daß ich immer auf die Auseinandersetzung zurückgreifen konnte, die gerade innerhalb der Organisation lief.

Als ich Arne neulich gefragt habe: „Ich hab das Gefühl, du hast dich mit der Frauenfrage noch nicht groß beschäftigt!?", da hat er auch ganz murmelig gesagt: „Nö. Hab ich auch noch nicht." –

Da kann so ein Typ jahrelang in der autonomen Bewegung bei den aktivsten Aktivisten mitmachen, ohne sich mit der Frauenfrage auseinandersetzen zu müssen! Für mich macht das nur wieder deutlich, daß gerade wir Frauen zur Durchsetzung unserer Interessen alles andere als „autonome Strukturen" in der linken Bewegung gebrauchen können. Daß der Diskussionsstand zur Frauenfrage nicht zufällig im KB weiter entwickelt ist als bei den Leuten, die so lauthals aus autonomer Warte gegen den KB wettern. Daß wir Frauen davon profitieren, wenn feste organisatorische Strukturen vorhanden sind, die es ermöglichen, daß die Frauenthemen auch wirklich verbindlich bei jedem Genossen ankommen. Daß keiner „autonom" entscheiden kann, ob er sich damit beschäftigt oder nicht. Aber daß mein Autonomer sich eben in den letzten Jahren ganz autonom dafür entschieden hat, sich mit der Frauenfrage nicht groß zu beschäftigen. Und daß ich erstmal ganz klein anfangen muß bei ihm. Und zu keiner KB-Genossin hinrennen kann, bei der ich die gleiche Einschätzung voraussetzen kann. Nicht fragen kann: sag mal, habt ihr in der Diskussion um Frauenthemen auch solche Schwierigkeiten mit ihm. Und daß ich mich trotz allem dafür entschieden hab, es zu wagen. Daß ich eben am Punkt Null anfangen werde. Daß ich trotz allem glücklich verliebt bin. Daß einige KB-Genossen bestimmt auch nur Sprüche bringen, hinter denen sie gar nicht wirklich stehen. Nach dem Motto: je besser ich in theoretischen Diskussionen frauenfreundliche Standpunkte vertrete, desto besser komme ich bei den Genossinnen an. Solche Typen hab ich auch schon erlebt. Dagegen ist Arne noch richtig schön unverdorben. Der läßt seinen Chauvi wenigstens raus, weil er sich dessen noch nicht bewußt ist. Vielleicht ist es ja sogar in einigen Punkten einfacher, so ein unverdorbenes Feld zu beackern, als diese ganzen KB-Genossen, die aus dem AK wissen, wie frauenfreundlich sie eigentlich sein müßten und es aber auch gar nicht sind. Daß die alle nur bessere Täuschungsmanöver drauf haben.

Charlie und ich gucken uns an und lachen. In diesem kurzen Seitenblick fliegt durch die Luft: wem sagst du das? Ob nun unsere eignen Genossen oder Autonome. Männer sind Männer.

Ohne ein Wort. Von Frau zu Frau. Ein Blick und ein Lachen. Wir haben uns verstanden.

Sonntag abend. Arne kommt wieder.
„Heute möchte ich mal in die andere Kneipe, die da unten im Keller." Auf dem Weg ins Hinkelstein fang ich schon eins der Themen an, die mir heute abend auf der Seele liegen. Daß ich in einem ganz merkwürdigen Zwiespalt bin. Weil er Anti-AKW-Arbeit macht und ich im Moment überhaupt nicht in der Auseinandersetzung drinstecke. Daß es für mich klar ist, daß ich auf der Platte stehe, wenn die nächste Großaktion anliegt. Aber daß AKW-Fragen für mich im Moment nicht zu meinen zentralen Auseinandersetzungspunkten gehören. Daß ich mehr in der Frauen- und Antifa-Arbeit drinstecke und keinen Überblick habe, was es in der Anti-AKW-Bewegung grade für Differenzen innerhalb der Linken gibt. Und daß es mich fuchst, wenn er immer seine Sprüche losläßt, die auch gar nicht dazu angelegt sind, mich wirklich zu einer Diskussion aufzufordern, sondern wo er

erstmal nur seinen Ärger über ihm konträre politische Positionen auskotzt. Und zwar über Positionen, die ich wahrscheinlich eher teilen würde als seine, *wenn* ich mich damit beschäftigen würde. Ich hab dann das Bedürfnis, ihm Kontra zu geben, aber ich seh auch nicht ein, weshalb ich mich in die AKW-Sachen reinwurschteln soll, wo ich im Moment keine praktische Arbeit mache. Ich will *meinen* politischen Weg gehen. Es ärgert mich, wenn ich nur wegen einem Typen meine politischen Schwerpunkte verlagern soll. Das mach ich nicht! Ich will *meinen* politischen Weg gehen!

Aber andererseits heißt Beziehung doch gerade die Auseinandersetzung mit dem anderen, mit seinem Leben, seinem Alltag, seinen Interessen. Und das ist doch nun mal in erster Linie die Anti-AKW-Arbeit. Ich will mich nicht anpassen. Ich will *meinen* politischen Weg gehen. Ich könnte ihm ja doch nie so richtig gewachsen sein, weil ich mich immer nur theoretisch über die AKW-Arbeit informieren würde und er in der Praxis steckt. Er würde mir immer einen vom Pferd erzählen können. Und ich müßte dann erstmal nachfragen bei anderen Leuten, weil ich seinen Informationen nicht trauen kann. Nicht, weil er mich anlügt, sondern weil man ganz einfach Informationen filtert, immer, wenn man etwas wiedergibt. Und dieses Filtern geschieht natürlich immer mit der politischen Einschätzung, die man mitbringt. Ich würde wahrscheinlich ganz andere Dinge wahrnehmen, wenn ich mit ihm auf der gleichen Diskussion säße.

Mein Gott, ist es schwierig, miteinander befreundet zu sein, wenn man so unterschiedliche politische Positionen hat. Ich weigere mich also erstmal, mich mit der Anti-AKW-Bewegung stärker auseinanderzusetzen als ich es ohne die Beziehung zu ihm tun würde. Ich muß meine Kraft in erster Linie in meine eigene politische Arbeit investieren, brauche zu viel Zeit für meine eigene politische Entwicklung.

Eine falsche Entscheidung? Eine richtige Entscheidung? – Auf jeden Fall eine Entscheidung! – Er akzeptiert sie.

Dann die Auseinandersetzung um das „Freunde kennenlernen". Ich schildere meine Ängste. Daß ich in meinen letzten Beziehungen immer erlebt habe, daß man gegenseitig mit dem Freundeskreis des anderen gar nicht viel anfangen konnte. Schildere meine „Vergangenheit": Erst 3 Jahre mit einem verheirateten Mann, der 10 Jahre älter war als ich. Mit 16 oder 17 hab ich den kennengelernt. Konnte mich natürlich überhaupt nicht durchsetzen. Seine Frau wußte natürlich von nichts. Und vor seinen Freunden wurde ich unter der Bettdecke versteckt, wo ich hingehörte. Zum öffentlichen Vorzeigen war ich nichts. Als ich dann den Scheiß endlich hinter mir hatte, konnt ich bei meiner nächsten Beziehung gar nicht fassen, daß der Typ mich zu seinen Freunden „mitnimmt". Und daß die mich auch noch als gleichwertige Gesprächspartnerin akzeptieren. Bin voll ausgeflippt, daß er sich öffentlich zu mir bekennt. Sich freut, daß ich mich bei seinen Freunden wohlfühle. Wie glücklich wir beide damals im Dammtor-Bahnhof gesessen haben und uns das gegenseitig erzählt haben. Und dann, bei der nächsten wichtigen Beziehung die totale Scheißerfahrung. Der gleiche Versuch. Der gleiche Anspruch. Ich will nicht als Zweierbeziehung immer nur zu zweit rumhängen. Aber es klappt einfach nicht. Ich kriege keinen Draht zu diesen Jazz-Fanatikern und alten Schulfreunden von ihm. Bin verzweifelt. Will nur noch mit ihm allein sein oder unter meinen Freunden. Erst am Ende unserer Beziehung kriegen wir auf die Reihe, warum das so war. Daß es nicht an meinen Kontaktschwierigkeiten lag, sondern daß seine Freunde wirklich 'ne feste Clique sind, in die kaum noch einer reinkommt. Oder eben Jazz-Anhänger.

Ich hasse Jazz. Wie soll ich da zu seinem Freundeskreis Kontakt kriegen? Und jetzt ist bei mir erstmal eine grundsätzliche Angst entstanden, wieder irgendwo als „Freundin von ..." aufzutauchen und nicht akzeptiert zu werden, obwohl ich die Hoffnung habe, daß das mit der festen Clique eine Ausnahme unter fortschrittlichen Menschen sein sollte. Daß ich wahrscheinlich erstmal die Erfahrung machen werde, daß die Leute mir gegenüber offen sind.

Aber da ist ja die viel schlimmere Angst, daß ich trotzdem nichts mit denen anfangen kann. Daß da kein Draht entsteht, trotz beiderseitigem guten Willen.

Arne sagt: „Ich hab schon Lust, deine Freunde kennenzulernen." – Aha, er hat da also keine Ängste, nur als „Freund von ..." irgendwo aufzutauchen. Braucht er ja auch nicht. Männer werden ja von vornherein als „Persönlichkeit" akzeptiert. Müssen nicht wie Frauen erstmal „beweisen", daß sie keine farblosen Anhängsel sind. Ich will nicht wieder irgendwo als die unscheinbare Freundin eines Politmackers erscheinen. Die sollen gleich merken, daß ich meine eigene Meinung hab und mich nicht meinem Herren und Gebieter anpasse. 'ne Ex-Freundin hat mal hinter meinem Rücken über mich gesagt, daß ich meine politische Meinung mit meinem jeweiligen Freund wechsel. Und das zu einem Zeitpunkt, wo ich mich endlich aus der dreijährigen Beziehung zu Uli gelöst hatte, *weil* ich meine ersten politischen Aktivitäten *gerade ohne ihn* entwickelt hatte und zum ersten Mal einen eigenständigen Lebens- und Schaffensraum hatte. (Beim KBW, muß ich ja kleinlaut zugeben!) Und daß ich mich ein halbes Jahr später genau gegen meine eigenen sozialen Kontakte vom KBW gelöst habe; ohne Alternative erstmal. Mußte dabei zwangsläufig meinen ganzen grade geschaffenen Freundeskreis allmählich sausen lassen, weil die Leute zwar sehr nett waren, aber ich mit ihnen auf die Dauer nichts mehr anfangen konnte.

Mir soll nochmal jemand vorwerfen, ich würde meinen politischen Weg nicht selbständig gehen, von sozialen Kontakten abhängig machen ... oder gar mich von Typen beeinflussen lassen!

Meine nächste Beziehung habe ich dann kennengelernt, *weil* ich meine Fühler in Richtung KB ausgestreckt habe und nicht umgekehrt. Zu dem Zeitpunkt saß es bei mir sogar schon so fest, daß ich mich gegen dieses Vorurteil wappnen muß, daß ich mich am Anfang mit Händen und Füßen gegen jeden politischen Vorschlag meiner „Beziehung" gewehrt habe. Ich wollte meine eigene politische Praxis entwickeln. Wollte mir keine Impulse geben lassen. Hab total übersteigert reagiert. Finde meine übersteigerte Reaktion verständlich. Richtig. Genauso richtig wie meine Weigerung, mich von Arne in der AKW-Frage „beeinflussen" zu lassen. Mir ist klar, daß ich ein bißchen damit auch meine eigene Unsicherheit zugebe, aber lieber heute noch Unsicherheit zugeben als morgen Selbständigkeit aufgeben. An diesem Punkt verbeiße ich mich, kämpfe mit Zähnen und Klauen. Ich will meinen politischen Weg finden.

Zu meinen Ängsten bezüglich der Freundes-Problematik meint Arne, ich soll das nicht von vornherein so schwarz sehen. Er findet es falsch, es gar nicht erst zu versuchen. Erstmal abwarten, versuchen ... Ich finde, er hat recht. Habe schon weniger Angst. Was kann denn schon schiefgehen? Verlieren kann ich nichts. Höchstens meine negativen Erfahrungen bestätigen. Aber das muß ja nicht sein.

Ich erzähle von meiner letzten Beziehung. Daß der Typ mir ein Jahr lang mit erhobenem Zeigefinger gesagt hat: Ich glaube ja nicht, daß unsere Beziehung das aushält, wenn du fremd gehst. Und ich Trottel hab mir natürlich gesagt: Okay, die Beziehung ist mir wichtiger, also laß ich's. – Und dann geht der mit so 'ner total blöden Frau, die ich noch nie abkonnte, ins Bett. Wie kann 'n Typ, der mit mir zusammen ist, sich ausgerechnet mit so 'ner unnatürlichen Frau mit so viel Fassade und Maske abgeben? Wenn er sich wenigstens eine gesucht hätte, wo ich's verstehen könnte. Was hat er denn an der?

Arne fragt: „Warum hat er denn mit der gepennt?". Schließt während seiner Frage kurz die Augen in meine Richtung. Aber nur so, daß man unten noch das Weiße in seinem Auge schimmern sieht. Verzieht fragend und etwas verständnislos das Gesicht. Eine Geste, die seine Frage mit so viel Ernsthaftigkeit schwängert, daß sie mir heute noch hartnäckig im Gedächtnis klebt.

„Weil sie ihn sexuell gereizt hat", antworte ich. Was soll ich dazu auch sagen. So hat Jochen es mir ja auch gesagt.

Irgendwie ist mir die Art, wie er diese Frage eben gestellt hat, durch und durch gegangen ... weil ich daraus so zwischen den Zeilen lese, daß er sowas nicht machen würde.

Ich sage, daß ich auch die ganze Zeit Bock auf andere Typen hatte. Daß ich vor der Beziehung schon im Kopf hatte, daß was an der Beziehung nicht in Ordnung ist, wenn man Lust hat, mit anderen zu schlafen. Aber daß ich das während der Beziehung wieder verdrängt habe, weil ich nicht wahrhaben wollte, daß was nicht in Ordnung sein könnte. Weil mir ganz unterbewußt schon schwante, daß es ganz tiefsitzende Probleme sind. Und letztendlich haben wir sie auch nicht lösen können. Da hab ich sie halt verdrängt und die etwas einfacher zu handhabende Theorie von notwendigen Seitensprüngen, die die Beziehung beleben, wieder rausgekramt. Erst, als die Beziehung vorbei ist, gestehe ich mir wieder ein, daß die unüberwindlichen Schwierigkeiten der Grund waren.

Wir sprechen über unsere Sexualität. Ich erzähle ein bißchen über mich, er erzählt ein bißchen über sich. Es ist alles ganz unproblematisch, darüber zu reden. Ich sage ihm, daß ich es unheimlich schön mit ihm finde. Als er mich fragt: „Hast du das Gefühl, daß es schwierig werden könnte mit mir?" antworte ich ganz spontan und radikal: „Da will ich nicht drüber nachdenken!" – Es ist schön mit ihm. Was soll ich meine Gedanken darauf verschwenden, ob es schwierig werden könnte?

Und dann sagt er noch ... nicht seine letzte Freundin, aber die Frau, mit der er davor zusammen war ... „die hat ganz, ganz selten einen Orgasmus gekriegt, wenn sie mit mir geschlafen hat. Ich weiß nicht, ob das an mir lag."

Wieso weiß er nicht, ob das an ihm lag? Hat er da mit ihr nicht drüber geredet? Frau kann ja nun auch anders einen Orgasmus kriegen als beim Zusammenschlafen. Einige Frauen finden das sogar schöner. Trauen sich nur nicht, das zu sagen; die „normale" Art der Sexualität infragezustellen. So ratlos, wie er das sagt, scheint er da nicht sehr offen mit der Frau drüber geredet zu haben.

Arne geht auf Klo. Als er wiederkommt, will er kickern. Da haben ihn welche gefragt, ob er mitmacht. Ein, zwei Spielchen nur. Ich bin frustriert. Ich hab keinen Bock, hier zu sitzen und zu warten, bis er ausgekickert hat. Andererseits ... wenn er Bock auf Kickern hat ... „sich nicht gegenseitig einschränken" schaltet es in meinem Hirn. Aber frustriert bin ich trotzdem. Wir sind doch hierher gegangen, um uns zu unterhalten. Was muß er plötzlich kickern?

Ich gehe ohne zu murren nachhause. Sage ihm, daß er ja kikkern und dann nachhause kommen kann. Es dauert wirklich nicht lange und Arne ist auch da. In mir macht sich das Gefühl breit, daß solche Bedürfniskonflikte ja gar nicht so schwer zu lösen sind.

Sind sie auch wirklich nicht in dieser ersten Zeit. Egal, worüber wir uns streiten. Sekunden später strahlen mich seine Augen wieder an. Umarmen wir uns. Auch wenn wir uns nicht einigen können. Wenn unsere unterschiedlichen Positionen immer noch ganz scharf gegeneinander abgegrenzt im Raum stehen. Wir uns beide auch unheimlich ereifert haben. Immer wieder dieses Lächeln, das mir sagt, daß Meinungsverschiedenheiten eben dazu gehören. Daß sie Bestandteil unserer Beziehung sind. Irgendeine Auseinandersetzung auf einem Spaziergang an der Elbe. Und gleich danach eine liebevolle Umarmung. Seine Augen ... voller Wärme ... ganz dicht ... ganz verliebt ... irgendein Streit bei mir zuhause. Ich liege mit einem dicken Wollpullover auf dem Bett. Irgendein Streit. Und gleich danach beugt

Arne sich zu mir runter und schmust sich mit der Nase an meinen Brüsten an. Kommt mit dem Kopf wieder hoch und lächelt mich an.

Und jedesmal, wenn wir abends im Bett liegen, reicht die erste Berührung ... und wir haben Lust, miteinander zu schlafen. Und dann liegen wir da und haben Lust. Und haben natürlich nichts weiter diskutiert. Liegen da mit unserer Lust und unserem Verhütungsproblem. Arne ist unheimlich lieb. Streichelt mich. Küßt mich. Aber ich will keinen Orgasmus ohne ihn. Ich will ihn in mir haben, wenn mein Orgasmus kommt.

Wir machen das Licht aus. Es geht heute nicht. Es ist auch schon so spät. Jetzt wird geschlafen.

Das Licht ist aus. Wir haben Lust. Arne und ich. Alle beide. Ob das Licht nun an oder aus ist. Wir haben Lust. Das hat mit dem Licht nicht viel zu tun. Der Trick hat nicht geklappt. „Ich möchte mit dir schlafen", sage ich zu ihm. Mache das Licht wieder an. Sehe ihm voller Verzweiflung in die Augen. Wir liegen nebeneinander. Umarmen uns. Streicheln uns. Arne legt mir seinen Schwanz auf den Oberschenkel. Es wäre so leicht, ihm jetzt die paar Zentimeter entgegen zu rutschen, ihn in mich hineingleiten zu lassen. Ich möchte jetzt ...

Ich zucke zurück. „Du, ich hab Angst." Angst vor diesen kleinen, teuflisch agilen Dingern, die sich Spermien nennen und ihren Weg auch finden können, wenn mann sie außen am Scheideneingang „ablegt". Die schon vorm Samenerguß in geringen Mengen vorwitzig nach draußen spazieren, was ja den ganzen coitus interruptus so sinnlos macht. Diese verhängnisvollen, winzig kleinen Viecher. Klein, aber oho!

Ich habe Angst. Und ich habe Lust. Wahnsinnige Lust. Arne sagt nichts. Arne macht nichts. Arne sagt nichts und Arne macht nichts. Und dann treffe ich irgendwann die einsame Entscheidung ... setze mein Pessar ein ... ohne daß Arne ein Wort gesagt hat.

Und wieder diese unendliche Ruhe, als wir endlich so ganz fest ineinanderstecken. Uns ansehen. Einander endlich so spüren, wie wir schon die ganze Zeit das Verlangen danach haben.

Arne, der unter mir liegt und seine Arme um mich schlingt. Arne, der Ruhe und Wärme ausstrahlt. Nichts als Ruhe und Wärme.

Ich höre sein Liebesgeflüster. Sein Liebesgeflüster, mit dem ich die ersten Male gar nichts anfangen konnte, als wir zusammen geschlafen haben. Und das mir inzwischen so vertraut geworden ist. Es ist so schön, wenn er einfach anfängt zu reden, wenn wir miteinander schlafen. Ich höre ihn gerne so. Ich kann nichts sagen in diesen Momenten. Kann ihn nur anlächeln.

Irgendwoher ... ganz von alleine ... und ohne daß ich an ihn gedacht hätte, ... kommt plötzlich mein Orgasmus. Und trägt mich davon.

Ich brauche mich nicht mehr „anzustrengen", möglichst schnell einen Orgasmus zu kriegen, bevor der Mann ihn hat und der Spaß vorbei ist. Ich brauche mir keine „Mühe mehr zu geben." Mit Arne habe ich Ruhe und Zeit. Mit Arne geht alles von alleine.

Und auch sonst ist alles unheimlich toll in diesen ersten Beziehungswochen. Wenn ich morgens auf der Arbeit sitze, geht mir die stupideste Kartenzählerei leicht von der Hand. Heute nacht war ich mit meinem Märchenprinzen zusammen. Was kratzen mich da die Karteikarten? – Oder ich sitze an der Schreibmaschine und träume vor mich hin. Dann schreckt mich die Stimme einer Arbeitskollegin auf: „Was grinst du denn so?" – „Och ... nüchts ...", lüge ich dann. Nun muß ich aber mal was tun. Und während irgendwelche uninteressanten Goethe-Zitate aufs Papier fliegen, sind meine Gedanken schon wieder bei meinem Märchenprinzen. Freue ich mich auf den Abend.

Wenn ich mit Arne am Frühstückstisch sitze, fühle ich mich wohl. Auch wenn er seine taz liest. Aber ich will sie nicht lesen. Ich habe noch nie taz gelesen. Ich fang doch nicht wegen einem Typen an, die taz zu lesen. Ich laß mich doch nicht von einem Typen politisch beeinflussen! Ich schenke dieser Zeitung keinen Blick. Aber es stört mich nicht, wenn er liest. Andere Typen haben nicht beim Frühstück Zeitung gelesen und mir trotzdem das Gefühl einer unheimlichen Fremdheit beim Frühstück gegeben. Wenn ich mit Jochen Heiratsschwindler über den Kaffeetassen hing, dann brauchte der keine Zeitung, um mir zu vermitteln, daß er nicht von mir gefragt werden will, wann er denn wieder Zeit hat. Ein beklemmendes Tauziehen über französischem Streichkäse und belgischen Fleischtomaten: Ich, die versucht, unseren Tagesablauf zu koordinieren. (Schließlich sehen wir uns nur alle paar Wochen für ein paar Tage.) Und er, der möglichst unkonkrete Antworten gibt, um sich nicht festzulegen. Um dann, wenn er Bock hat, plötzlich bei mir in der Tür zu stehen. Jeden Morgen beim Frühstück das gleiche Tauziehen:

Ihn nicht unter Druck setzen ... ich will doch, daß er sich freiwillig mit mir trifft. Nicht fragen. Warten, bis er ...

Nein. Nicht wieder in weiblicher Passivität verharren. Auch wenn ich Angst habe.

Meine Frage, zaghaft und mutig quer über den Frühstückstisch: „Wann hast du denn wieder Zeit?" Arne überlegt kurz: „Heute abend. Nach'm Termin." – Schon wieder? Wieso will der sich jeden Tag mit mir treffen? Wieso erzählt der mir nicht wie andere Männer was von „Freiraum in der Beziehung" und daß man sich nicht so oft treffen sollte? Wieso will der mich heute abend schon wieder sehen? – Ich schlucke meine Verwunderung mit dem Brotbissen zusammen still herunter und verabrede mich natürlich für den Abend mit ihm. Nach'm Termin.

Arne strahlt für mich Selbständigkeit und Ausgeglichenheit aus. Ich finde das unheimlich beruhigend. Früher hatte ich immer Freunde, die zehn Jahre älter waren als ich. Und als ich dann geschnallt hatte, daß die Typen die zehn Jahre Lebenserfahrung, die sie mir voraus hatten, fleißig genutzt haben, um mich unterzubuttern, da bin ich erstmal auf jüngere „umgestiegen". Hatte mir gedacht, daß das die normale Mann-Frau-Hierarchie wenigstens etwas ausgleicht, wenn ich älter bin als der Typ.

Verhängnisvolle Illusion. Wenn mann an meinen Mutterinstinkt appelliert, macht mich das genauso unfrei. Kann ich mich noch schlechter gegen diesen verkappten Chauvinismus wehren, weil „er" doch im Grunde noch kleiner und schwächer als ich ist.

Als ich feststelle, daß Arne nicht diesen mystischen Bemutterungstrieb in mir erweckt, atme ich auf. Endlich heißt Beziehung mal nicht, sich mitverantwortlich fühlen für jemannden, der mit sich selber noch weniger klar kommt als ich.

An der Art, wie er einkauft oder kocht, merkt frau, daß er es gewohnt ist, seit Jahren seinen eigenen Haushalt zu führen. Alles mit einer ganz großen Selbstverständlichkeit macht. Nicht so unbeholfen wie andere Männer in Haushaltssachen. Manchmal muß ich echt weggucken, wenn Männer in der Küche rumwurschteln. Kann das gar nicht mit ansehen, wie tapsig mann mit so einfachen Gegenständen wie Bratpfannen oder Scheuerbürsten umgehen kann. – Arne kann ich in der Küche zugucken, ohne mich aufregen zu müssen. Manchmal gibt er mir sogar kleine Haushaltstips. Was man beim Kochen beachten muß und so. Zum Beispiel, was mann tun muß, damit die Milch nicht anbrennt. Ist ganz stolz, daß ich das noch nicht wußte. „Tja, das sind so die kleinen Hausmännertricks", meint er verschmitzt.

Als ich eines Morgens vorm Kleiderschrank stehe und mich anziehe, meint Arne: „Oh. Mal 'n Rock." Er hat mich die paar Tage, wo wir uns kennen, überwiegend in Hosen erlebt. Aber trotzdem wundere ich mich, daß er das registriert. Daß ihm diese Nebensächlichkeit eine Bemerkung wert ist. „Ja", sage ich. „Ich trage öfter Röcke. Magst du das leiden?" Ich will rauskriegen, was das für ihn für eine Bedeutung hat. – „Das ist doch bestimmt ganz praktisch, so'n Rock", antwortet Arne gezielt an meiner Frage vorbei. Ich muß lachen. Umarme ihn. Und als ich nachbohre, gibt er dann auch zu, daß er es leiden mag und nicht bloß „praktisch" findet (für wen eigentlich?).

„Dann sag das doch auch und komm nicht damit, daß es praktisch ist. Dann steh doch dazu, daß du's einfach gerne leiden magst." Arne grinst auch. Und dann erzählt er, daß die Mini-Mode aufkam, als er 14 war. „Fand ich natürlich gut, damals." Das Blitzen in seinen Augen ist mit ein bißchen Verlegenheit gekoppelt. Es ist ihm doch etwas unangenehm, das zuzugeben. Weil er früher gerne den Frauen unter die Miniröcke geschielt hat, denkt er heute, es sei frauenfeindlich, Röcke überhaupt leiden zu mögen. Und daß das etwas ist, was mann nicht so ohne weiteres „zugeben" darf.

Die Wochenenden ist Arne immer weg. Immer für die Revolution unterwegs. Wenn ich abends alleine im Bett liege, geht meine Phantasie mit mir durch. Ich möchte ein Kind mit ihm machen. Möchte mit ihm schlafen und wissen: Jetzt passiert es. Möchte seine sanften Hände auf meinem schwangeren Bauch spüren. Ich möchte ein Kind von ihm haben.

Ich male mir die dramatischsten Situationen aus, unter denen wir dieses Kind machen. Arne im Knast und so. Weil wir da neulich mal drüber gesprochen haben, daß man eben immer mal wegen politischer Sachen eingelocht werden kann. Und was das für 'ne Beziehung bedeutet.

Seit vier Jahren habe ich keine konkreten Kinderwünsche mehr gehabt. Nur nie ausgeschlossen, daß ich vielleicht mal später ... und so ... seit vier Jahren. Ich kenne Arne seit ein paar Tagen und will ein Kind mit ihm machen. „Wenn das meine Freundinnen aus der Frauenbewegung wüßten!", würde Susanne sicher sagen.

Jan und Uschi kommen aus dem Urlaub wieder. Rufen mich von Uschi aus an, daß sie wieder in Hamburg sind und heute abend noch kommen. „Hier ist in der Zwischenzeit einer vorbeigeritten gekommen", sage ich zu Uschi am Telefon. Erst versteht sie nicht, aber dann fällt der Groschen. Was es denn für einer ist und so ...? „Regina und Barbara sagen, er sieht aus wie Prinz Eisenherz. Aber das stimmt gar nicht." Uschi lacht. „Bis heute abend dann."

Ich stelle in Jan's Wohnung die Heizung an. Warte. Als die beiden nachher da sind, kommt Arne auch schon. Uschi winkt mich ins Nebenzimmer: „Der sieht ja wirklich aus wie Prinz Eisenherz."

Als wir später allein sind, fragt Arne: „Was hat sie dir denn da im anderen Zimmer gesagt?" Mir ist es peinlich. Ich sage ihm, daß er mich das jetzt nicht fragen soll. Weil ich nicht lügen kann und es ihm jetzt nicht sagen will. Er bleibt hartnäckig. Also sage ich es ihm doch. Er findet es gar nicht schlimm. Sagt, daß das früher schon Leute zu ihm gesagt haben. Auch, als er noch nicht diese typische Prinz Eisenherz-Frisur hatte. Also muß es wohl an seinem eisernen Gesichtsausdruck liegen. Ich wundere mich.

AntiFa-Termin in der Frauenkneipe. Mindestens zweimal läuft die Platte „I know I don't take you to heaven anymore" von Bonny Tyler. Ich singe mit. Das Lied kenn ich gut. Zu gut. Ich hab's immer gehört, als die Beziehung mit Jochen schon total kaputt war.

„ in the middle of a sleepless night
got a feeling and it just ain't right
the feeling it grows in my mind
something's missin' in the way we kiss
never had so many nights like this
feels like dream
but it's true
I know I don't take you to heaven anymore
can tell by the way you touch me
it's nothin' like before

can tell by the way you love me
it's nothin' like before
in the middle of a lonely day
though you're with me you're so far away ..."

Erinnere mich, daß ich dieses Stück einmal aufgelegt hatte, nachdem wir zusammen geschlafen hatten. Daß ich nicht in der Lage war, was zu tun. Aber daß ich gespürt habe, daß es mit uns so war wie in dem Lied. Scheiße. Ich sitze in der Frauenkneipe und singe dieses schön-traurige Lied mit. Zweimal. Danach bin ich auch wieder ansprechbar. Der Termin bringt Spaß. Ich freue mich drauf, daß ich hinterher mit Arne verabredet bin. Daß ich zu ihm fahren werde. Weil ich nicht weiß, wann mein Termin zu Ende ist und er keinen Termin hat heute abend. Und daß es mir eigentlich gar nicht so lieb war, weil ich morgen früh 8.15 einen Termin bei der Frauenärztin habe und nicht abschätzen kann, wie lange ich von Altona dahin brauche.

Erinnere mich an die Szene bei mir am Küchentisch, als wir überlegt haben, bei wem wir uns den Abend denn nun treffen wollen. Und daß ich meinen Arzttermin als Argument dafür angeführt habe, sich doch bei mir zu treffen. „Ich habe Mittwoch morgen einen Termin bei der Frauenärztin." „Da solltest du dann auch hingehen", meint Arne vollkommen ernst. Als wenn es zur Diskussion gestanden hätte, daß ich da nicht hingehe! Ich bin so baff über seine Reaktion, daß ich nur schlucke und nichts sage. Naja, und dann haben wir eben abgemacht, daß wir uns bei ihm treffen, weil er keinen Termin hat. Und jetzt sitze ich hier und freu mich drauf. Aber was denkt der Kerl eigentlich, sone blöde Bemerkung zu machen. „Da solltest du dann auch hingehen."!!! – Hätte lieber mal fragen können: Was machste denn da? Dann hätt ich ihm nämlich sagen können, daß i c h einen Termin habe, um u n s e r e Verhütungsprobleme zu diskutieren. „Da solltest du dann auch hingehen"!!! Als wenn ich mir von ihm reinreden ließe, wann ich zur Frauenärztin gehe! – Komische Bemerkung. Aber schließlich verdränge ich die Sache schnell wieder. Und nun sitze ich im Zug nach Altona und freue mich auf ihn.

Wir gehen an der Elbe spazieren. In der Zwiebel ist Musik. Da muß Arne rein. Mir ist es egal. Mal gucken will ich auch. Wir ergattern im verqualmten Halbdunkel zwei Stehplätze. Mit einiger Mühe sogar einen Sitzplatz. Arne steht irgendwo vorne. Mir macht das nichts aus. Man braucht sich ja schließlich nicht den ganzen Abend miteinander zu beschäftigen. Ich überlege, ob ich mich unterbuttern lasse. Ob ich eigentlich gar nicht hier sein will. Oder will, daß er sich um mich kümmert? Ob ich rebellieren soll?

Aber ich stelle fest, daß ich mich ganz wohl fühle. Gar nicht sagen könnte, was ich anderes machen wollte jetzt. Und daß ich es auch nicht schlimm finde, mal 'ne halbe Stunde 'n paar Meter von einander entfernt zu sein. Und dann taucht ein ehemaliger Studienkollege von mir auf. Aus der Zeit, wo ich noch Holzwirtschaft studiert habe. Ich unterhalte mich mit ihm. Finde es toll, auch unabhängig von Arne hier jemanden zu kennen. Aus dem Augenwinkel registriere ich, daß Arne mitkriegt, daß ich mich auch ohne ihn gut unterhalte hier. Ha! Der soll nicht glauben, ich warte nur drauf, daß er hierherkommt.

Endlich kommt er. Nachdem er die ganze Zeit da vorne stand und einen nach dem anderen begrüßt hat. Setzt sich neben mich auf die Treppe. Wir sitzen da. Mal Händchen haltend. Mal umarmt. Arne säuft. Ein Guiness nach dem anderen. Bis er auf Whisky umsteigt. Bzw., er hat mich gefragt, und ich hab für Whisky plädiert, weil ich nachhause will und mir'n Bier zu lange gedauert hätte. Arne ist besoffen.

Zuhause wird er total albern. Macht das Licht im Schlafzimmer aus und als er aufs Bett steigen will, tritt er daneben und fällt auf mich rauf. Wir müssen beide lachen. Ich werde auch albern. Er erzählt mir was von „gleich schlafen wollen" oder so. Mensch Typ, denk ich. Ich hab schon verstanden. Aber das brauchst du doch nun wirklich nicht so rüberzubringen, daß du heute abend nicht mit mir schlafen möchtest. Das braucht mann ja nun nicht in die Aussage zu verpacken: „Ich bin so müde. Ich will gleich schlafen." Aber sagen tu ich natürlich nichts. Frau hat es gelernt, in so einem Fall non-verbal zu vermitteln, daß sie n i c h t frustriert ist und ihn n i c h t für impotent hält. Diese ewig-weibliche Scheiße im Kopf!

Warum sag ich jetzt nicht: „Du kannst es ruhig direkter sagen, wenn du nicht mit mir schlafen möchtest." Außerdem ist dieses Vorbauen auch ein Zeichen dafür, daß er meint, daß ich denke, daß wir jede Nacht, die wir zusammen sind, auch zusammen schlafen. Was für ein Quatsch! Aber stattdessen vermittel ich ihm schüchtern und weiblich durch Nicht-Anmache bei meinen körperlichen Annäherungsversuchen, daß ich es ganz normal finde, nicht zusammen zu schlafen. Daß ich einfach nur in seinen Armen einschlafen will.

Wir wüscheln eine ganze Weile rum mit unseren Bettdecken, unseren Armen, unseren Köpfen und kriegen keine Einschlafstellung hin. Gackern dabei rum. Sind beide albern. Es bringt mir Spaß, mit ihm rumzualbern. „Meine Güte, ist das ein Gewurschtel!", lache ich schließlich. „Ja, ich muß das auch mal anders machen. Ich muß mich mal von der Seite anschleichen", meint er und versucht zum wiederholten Male, seinen Kopf irgendwie auf meinen Arm zu legen. Wir kuscheln uns aneinander an, sind aber so albern, daß wir noch 'ne ganze Weile brauchen, bis wir endlich einschlafen können.

Als der Wecker morgens klingelt, sagt Arne: „Ich bleib heute liegen." Scheiße. Ich bin frustriert. Das ist noch keinmal passiert, daß wir morgens nicht zusammen aufgestanden sind. Ich muß alleine frühstücken. Ihm ist es wichtiger, auszuschlafen, als mit mir zu frühstücken. – Ach. So'n Quatsch, verdränge ich diesen Gedanken. Schließlich bin ich neulich auch liegengeblieben, als er so früh rausmußte. – Aber das war schließlich morgens um 4.00. Wenn er gestern abend nicht gesoffen hätte, würde er jetzt bestimmt mit aufstehen.

Ich frühstücke und fahre dann los bzw. will losfahren. Hoffentlich reicht die Zeit, die Arne mir ausgerechnet hat. Vielleicht hätte sie gereicht, wenn mir nicht der Altonaer Bahnhof in die Quere gekommen wäre. Treppen, Schilder, Rolltreppen, S 1, S 11. Wer hat sich in Hamburg noch nicht verfahren, weil er die S 1 mit der S 11 verwechselt hat? Ich jedenfalls schon öfter. Deshalb will ich auf keinen Fall in die falsche Bahn einsteigen. Bin schon auf dem Bahnsteig, weiß nicht, ob es der richtige ist, laufe nochmal die Treppe hoch, um oben auf dem Schild zu gucken. Stelle fest, daß der Zug, der eben abgefahren ist, der richtige gewesen wäre und jetzt der falsche kommt. Nu isser weg. Scheiße. Nachdem ich zehn Minuten lang mit geschürzten Röcken die Treppen hoch und runtergefegt bin und immer grade dann auf dem jeweiligen Bahnsteig ankomme, wenn wieder ein Zug abgefahren ist, kann ich natürlich nicht mehr rechtzeitig kommen.

Bin etwas zu spät bei der Ärztin. Frage nochmal nach der Sicherheit des Pessars. Und ob die Wahrscheinlichkeit eines zweiten Eisprungs im Monat wirklich so gering ist, daß frau davon ausgehen kann, daß es nicht vorkommt. Ich beschließe, mich darauf zu verlassen, daß nach einem per Temperatur nachgewiesenen Eisprung nichts mehr passieren kann. Entschließe mich, dieses Risiko in Kauf zu nehmen, wozu ich früher nie bereit war. Dieses geringe Risiko dafür in Kauf zu nehmen, daß ich dann jeden Monat eine Woche ohne Pessar mit Arne schlafen kann. Bin ich verrückt?

Mir wird bewußt, daß ich in meiner Liaíson zu Thomas nicht das geringste Risiko eingegangen wäre. Daß ich in der gefährlichen Zeit nur auf doppelte Sicherheit gegangen bin. Mit Pessar und Präsern. Daß ich mich nie auf das Pessar alleine verlassen hätte, obwohl ich mir der Sicherheit des Pessars da auch bewußt war. Auch jetzt ist in meinem Kopf noch drin, daß es 'ne Versagerquote von 2 oder etwas höher hat. Aber ich bin bereit, die in Kauf zu nehmen. Spinne ich?

Das Risiko ist so gering und das Schlafen mit Arne so schön, daß ich es einfach will. Ohne Präser. Und nach dem Eisprung ohne alles. Einfach so. Ohne an irgend etwas denken zu müssen, mit ihm schlafen können. Bei keinem anderen Mann hätte ich mich so entscheiden können. Es ist das erste Mal, daß ich bereit bin, auch nur das geringste Risiko einzugehen. Bin ich verrückt?

wenn
meine hände
deine sanfte
unbewegliche haut streicheln,

dann
wünsche ich mir
nichts mehr
als daß nur ein kleiner teil
meiner zärtlichkeit
deine poren durchdringt
und nicht

am metall zersplittert,
prinz eisenherz.

Arne und ich haben eine leichte Darmgrippe. Schon die erste Zeit, wo wir uns kennen. Eines abends im Bett sagt Arne, er möchte nicht, daß wir uns immer wieder gegenseitig anstecken. Er möchte nicht, daß wir uns küssen. Ich selber wäre zwar auf die Idee nicht gekommen, aber ich akzeptiere das Argument. Ich will den Kram ja auch loswerden. Also küssen wir uns nicht. Heute abend nicht, und auch die nächsten Abende nicht. Wir schlafen auch nicht mehr miteinander. Ich habe zwar dauernd Lust, mit ihm zu schlafen, aber ich denke mir, daß es diese kurze Zeit, bis wir gesund sind, nichts macht. Daß wir ja hinterher alles „nachholen" können. Wir haben ja Zeit. Es muß ja nicht alles heute sein. Außerdem ist im Moment sowieso die gefährlichste Zeit. Und ich bin erstmal um den Gewissenskonflikt mit der Verhütung rum. Wenn mein Eisprung vorbei ist, sind wir bestimmt auch die Grippe los. Dann steht uns nichts mehr im Wege.

An einem der Wochenenden, wo Arne weg ist, schreibe ich ein Papier, um über meine eigene politische Arbeit Klarheit zu kriegen. Seit ich vor einem halben Jahr aus der Antifa-Gruppe rausgegangen bin, habe ich nichts Neues angepackt. Habe mir ganz bewußt eine unbestimmte Zeit „Pause" von jeglicher politischer Arbeit gegönnt. Habe gemerkt, daß ich mir Zeit lassen muß, mein politisches Arbeitsfeld zu finden. Nicht wieder übereilt irgendwas neues anfangen. Mich nicht mehr unter den Zwang setzen: weil ich Studentin bin, muß ich auch Uni-Politik machen. Ich kann die Gründe noch nicht analysieren, aber mir wird klar, daß ich noch nie eigene Ansatzpunkte für Politik an der Uni hatte. Daß ich noch nie eine eigenständige Politik da entwickeln konnte. Immer nur gucken konnte: was machen die anderen? Find ich das richtig? Kann ich da m i t machen? Daß mir die Politik an der Uni immer so undurchsichtig war, daß ich nie eigne Ideen entwickeln konnte. Und so kann frau sich natürlich nie richtig mit etwas identifizieren.

Aber ich kann nur da eine eigenständige Politik entwickeln, wo ich selber direkt betroffen bin. Ich stecke nicht im Berufsleben. Also ist es Blödsinn, wenn ich mich schwerpunktmäßig im Kampf gegen Leichtlohngruppen engagiere. Ich bin Studentin. Frauenpolitik muß es sein. Darüber bin ich mir klar. Ich kann keine Arbeit machen, die Frauenthemen nur unter „ferner liefen" mitführt. Ich könnte nicht wieder in irgendeine Bürgerinitiative, Antifa-Gruppe oder so gehen. Ich will Frauenpolitik machen. Aber nicht an der Uni. Aber ich kann auch nicht an den Arbeitsbedingungen der Kolleginnen im Betrieb rumdiskutieren, wenn ich selber nicht im Betrieb bin. Ich will irgendwo eine praktische Politik entwickeln. Nicht nur rumdiskutieren. Seit Jahren habe ich eine Sache nach der anderen angepackt und wieder beiseite gelegt. Ich bin immer noch auf der Suche. Und suche etwas, wo ich Beruf und politische Arbeit miteinander verbinden kann.

Was wird mein Beruf später? Ich studiere unter anderem Literaturwissenschaft. Das Gelaber in den Seminaren nervt mich. Hat keine praktischen Konsequenzen. Warum eigentlich nur studieren? Warum nicht selber schreiben? Frauenbücher zum Beispiel. Aber das trau ich mir nicht zu.

Ich sitze einen ganzen Tag an der Schreibmaschine und mache mir Gedanken darüber, ob Bücher schreiben eine sinnvolle politische Arbeit ist. Oder ob Literatur sowieso immer nur eine kleine privilegierte Minderheit erreicht. Tippe fünf Seiten damit voll. Als Arne wiederkommt, sage ich ihm, daß ich ein Papier zu meiner politischen Perspektive geschrieben habe. Daß ich mit ihm darüber diskutieren möchte. In unseren ersten Diskussionen haben wir viel darüber gesprochen, daß ich nach einem politischen Arbeitsfeld suche. Jetzt reagiert er überhaupt nicht. Fragt mich nicht einmal nach dem Papier. Vergißt, daß ich mit ihm darüber reden möchte. Arne, der mir in einer unserer ersten Diskussionen gesagt hat, er brauche die politische Auseinandersetzung in einer „Beziehung" wie Brot und Wasser. „Wie Brot und Wasser brauch ich die! Wie Brot und Wasser!"

Mehr als zweimal sag ich ihm das nicht. Wenn er nicht mal nachfragt, hat er offensichtlich kein Interesse, sich mit mir darüber auseinanderzusetzen. Kann er offensichtlich auch ohne Brot und Wasser ganz gut leben.

Aber auch in anderen Diskussionen komme ich nicht mehr an ihn ran. Besonders über persönliche Themen kann ich nicht mehr mit ihm reden. Ich habe immer das Gefühl, ihn interessiert das gar nicht. Ich habe immer mehr Hemmungen ihm gegenüber. Kann nicht mehr unbefangen irgendein Thema anschneiden. Von ihm kommen persönlichere Themen sowieso nicht. Wenn wir uns nach einem Termin treffen, initiiert er höchstens „politische" Gespräche. Um alle intimeren Themen ist inzwischen eine Schweigemauer gezogen. Wenn tatsächlich mal sowas auf die Platte kommt, reden wir aneinander vorbei. Ich kann mich ihm nicht verständlich machen. Er versucht auch gar nicht ernsthaft, mich zu verstehen. Zum Beispiel diese eine Diskussion beim Fernsehen.

Irgendwie kommt ein Gespräch darüber auf, daß wir es beide Scheiße finden, wenn man eine Nacht zusammen verbracht hat, und dann am nächsten Morgen nichts mehr läuft. Daß wir beide schon solche Frusts erlebt haben, wenn wir mehr von jemandem wollten.

Ich werde wütend, weil aus dem, was er sagt, hervorgeht, daß er überhaupt nicht im Kopf hat, was es für 'ne Frau heißt, jahrelang als Sexualobjekt benutzt zu werden. Daß er es auf das Problem reduziert, daß eine(r) von beiden halt mehr Gefühle investiert, und daß das ebensogut der Mann sein kann. „Es ist aber in der Regel nicht der Mann," versuche ich ihm zu verklickern. Er hat scheinbar das Gefühl, daß ich es nicht ernst nehme, daß er als ganz individuelles Individuum da wohl auch schmerzhafte Erfahrungen gemacht hat. Das nehm ich ihm ja ab. Und trotzdem schnallt er nicht, was sexuelle Unterdrückung heißt. Was „sexuelle Ausbeutung am eigenen Körper erfahren" heißt. Welch klebrigen Ekel das hinterläßt. Daß Frauen hierbei noch was ganz anderes, viel schlimmeres erfahren wie Männer.

Ich mache zwei, drei Ansätze, es ihm zu erklären. Die Sprache versagt angesichts des Problems, einem Mann zu vermitteln was eine Frau empfindet. Schlimm genug, die Benutzung meines Körpers jahrelang ertragen zu haben. Schlimmer noch, diesen Abgrund an Ekelgefühlen jetzt nicht einmal in Worten verpackt zwei Meter weiter zu einem Männerkopf schicken zu können.

„Laß uns die Diskussion abbrechen und ein andermal weiterführen," sage ich endlich. „Ich werd gleich wütend."

„Ja, ich werd auch wütend," sagt Arne und seine Augen blitzen. Er konzentriert sich wieder auf die Tagesschau.

Mir kommt meine ganze sexuelle Vergangenheit hoch. Von der ich jede Einzelheit, alle Fakten, erzählen kann. Aber doch Männern nie vermitteln kann, was das alles wirklich bedeutet hat. Was das alles in mir kaputt gemacht hat. Welchen Ekel ich heute noch empfinde. Daß der bloße Gedanke an das, was ich selber mit mir habe machen lassen und was Millionen Frauen heute noch über sich ergehen lassen müssen, mir das Würgen in die Kehle treibt. ...„habe mit mir machen lassen" ... weil ich mich nicht wehren konnte ...nicht gelernt habe, mich zur Wehr zu setzen, wenn ich benutzt werde ...mein nackter Körper benutzt wird ...wehrlos und angreifbar ...schutzlos ...ausgeliefert ...

Als Mädchen jeden Tag zu hören gekriegt, daß eines Tages ein Mann mich „nimmt" ...aber natürlich nur, wenn ich mich entsprechend weiblich verhalte ...mich anpasse ...eine Antenne dafür entwickele, was Männer an mir gut finden ...bzw. wie sie mich gut fänden ...tja ...und dann hab ich nie einen abgekriegt, weil ich nicht hübsch war ...sone knubbelige Nase hab und Sommersprossen ...dünne zippelige Haare ...Speckfalten aufm Bauch ... aber vor allem eben kein weiblich weiches Gesicht.

Auf Tanzfesten und so ...die anderen haben immer einen abgekriegt ...nur ich nicht ...weil ich so häßlich war ...'ne knubbelige Nase hatte und Sommersprossen ...nur meine Beine ...die waren ganz gut ...lang und sexy. Nur oben an den Oberschenkeln zu dick ...aber für Miniröcke echt geeignet ...und mein Busen ... der entsprach nun auch wirklich allen Schönheitsidealen ...und schließlich kommt es ja auch nicht darauf an, wie ich aussehe ...die Männer sollen schließlich auf meinen Charakter achten ...und der ist doch nun echt gut ...intelligent bin ich ... und ich find mich ganz schön erwachsen für mein Alter ...

Und als ich mit 16/17 Uli kennengelernt hab, da war ich natürlich froh, endlich einen abgekriegt zu haben. Und dann noch 'n erwachsenen Mann, der 10 Jahre älter war als ich. Der 3 Jahre Zeit gehabt hat, meine Sexualität von Grund auf kaputt zu machen. Weil das arme Schwein selber so kaputt ist. Heute tut er mir manchmal fast leid, weil er nie eine wirklich schöne Sexualität entwickeln können wird. Er wird immer nur bumsen können. Wird es nie können, wirklich mit einer Frau zu schlafen. Aber dann tut er mir auch wieder nicht leid, weil mir allmählich klar geworden ist, daß meine ganzen heute noch vorhandenen Schwierigkeiten in meiner Sexualität alle ihre Wurzeln in diesen drei Jahren mit ihm haben. Ich mich in allen möglichen Stellungen von ihm bumsen lassen mußte, weil er das geil fand und ich ihn nicht verlieren wollte ...halt den Mund, Frau, und tu es ihm „zuliebe" ...meine Schuld? Daß ich mich nicht gewehrt habe?

Daß ich natürlich nie 'n Orgasmus kriegen konnte, wenn er unbedingt von schräg oder von quer oder von hinten bumsen mußte ... meine ständigen Blähungen und Bauchschmerzen, wenn ich mit ihm nur das Schlafzimmer betrat ... Blähungen und Bauchschmerzen, die natürlich meinen Unterleib erstmal unbrauchbar für die coitale Benutzung machten ... dann im Bett liegen und darauf warten, daß die Blähungen aufhören und losgerammelt werden kann. Uli, der sich wundert, daß ich immer seltener Lust habe, mir von ihm hinterher noch einen runterholen zu lassen. Ich will keinen Orgasmus. Was hab ich davon? Er will aber, daß ich einen habe. Damit er sich dann hinterher sagen kann: Ich habe die Frau befriedigt.

Ich will aber nicht. Bin froh, wenn ich ganz schnell mit Tempo hinterherwischen kann und mich wieder anziehen kann, wenn er endlich abgespritzt hat.

Manchmal dauert es so verflucht lange, bis er endlich fertig ist. Von hinten ist es besonders schlimm. Dann tut es immer ganz tierisch weh zum Schluß. Wahnsinnige Schmerzen an den Eierstöcken. Besonders, wenn er kurz vorm Orgasmus ist und zustößt wie'n Preßlufthammer. Dann beiße ich immer die Zähne zusammen und hoffe, daß es bald vorbei ist.

„Andere Frauen kriegen von hinten einen Orgasmus. ...", erzählt er mir. Ich kann doch auch nicht, wenn er kurz vor'm Orgasmus ist, sagen: „Hör auf" und ihm s e i n e n Spaß verderben. Ich muß doch eine möglichst allseitig verwendbare Sexualpartnerin sein ... sonst sucht er sich 'ne andere ... dafür, daß ich nicht hübsch bin, muß ich doch wenigstens gut im Bett sein ... Zähne zusammenbeißen ... und wenn andere Frauen eben von hinten 'n Orgasmus kriegen ... dann bin ich wohl nicht normal ... Ich gehe zum Arzt wegen der Schmerzen an den Eierstöcken ...

Allein das sogenannte Vorspiel. Den kann man ja nirgends streicheln. Der findet es überhaupt nicht schön, wenn ich ihn streichel. Der hat außer seiner Schwanzspitze nur eine einzige erogene Stelle am Körper ... und das sind seine Brustwarzen ... und da muß frau beim Vorspiel so lange dran rumrubbeln, bis er steht ... und dann beim Hauptprogramm so lange, bis er abspritzt ...

Biologiebuch-Sexualität: Vorspiel ... Hauptprogramm ... Nachwäsche ... ich halte meine Brüste zu, wenn er daran rumfummeln will. Er nimmt meine Hände weg. Will meine Brüste. Er hat ein R e c h t darauf.

Wenn er schon meinen Unterleib ständig benutzt, kann er mir doch wenigstens meine Brüste lassen. Ich kann dieses Gegrabbel nicht ab. Er merkt doch, daß es mir unangenehm ist.

Er findet meine Brüste geil.

Ich habe allmählich den Trick raus, meinen Pullover beim Bumsen anzubehalten, ihn an meinen Brüsten rumfummeln zu lassen, bis er abgespritzt hat und ziehe meinen Pullover dann sofort wieder runter. Solange er noch am Rammeln ist, kann ich ihm das Recht auf meine Brüste nicht absprechen. Danach will ich sie wieder für mich haben. Ekelt mich die Berührung so, daß es einfach nicht geht. Mein Unterleib ist viel weiter weg von mir. Ich schalte ab, solange er den benutzt. Meine Brüste kann ich nicht abschalten. Sie sind zart und verletzlich und werden dauernd angegafft und angegrabbelt.

Ich werde nie feucht. Wir nehmen Spucke, damit er überhaupt reingeht. Jede Woche zwei, dreimal. Vorschmieren mit Spucke. Montags und freitags oder öfter, wenn er sich unauffällig von seiner Frau wegschleichen kann. Zwei, dreimal die Woche vorschmieren mit Spucke. Ich kenne nichts anderes. Ich bin 17. Denke, das muß so sein. Vorschmieren mit Spucke, damit er reingeht. Sonst geht er doch nicht rein! Und er muß doch rein! Dafür ist er doch da!

Vorschmieren mit Spucke. Jedesmal. Ich bin 17, 18, 19. Denke, das muß so sein. Kenne nichts anderes. Vorschmieren mit Spucke. Drei Jahre lang. Zwei, dreimal die Woche.

Später beginne ich zu lernen, daß ich fließen kann. Daß ich fließe, wenn ich selber wirklich Lust habe. Und daß er auch gar nicht reingehen soll, wenn ich trocken bin. Daß ich dann nämlich gar nicht will. Ich beginne zu begreifen, daß mein eigener Körper mir mehr sagt, als alle Bücher über „sexuelle Revolution".

Ich muß erst drei Jahre Spucke über mich ergehen lassen, um das zu lernen. Ich war 17. Der Typ 27 und Arzt. Er hätte das wissen müssen. Aber es hat ja nicht gestört. Er ging doch rein. Mit Spucke.

Uli liest Bücher über sexuelle Revolution. Da steht drin, daß Frauen es geil finden, am Kitzler geleckt zu werden. Daß Frauen es geil finden, so einen Orgasmus zu kriegen. Ich finde das auch ganz schön manchmal. Aber: Meinen Orgasmus habe ich viel lieber beim Zusammenschlafen. Uli liest Bücher über sexuelle Revolution. Da steht drin, daß Frauen es geil finden, geleckt zu werden. Wenn er *nur einmal* Augen und Ohren aufsperren würde, wenn er mit mir zusammen ist ... dann würde er schon mitkriegen, was ich schön finde. Uli liest Bücher über sexuelle Revolution. Da steht das doch drin. Was braucht er mir noch zuzuhören?

Er bringt mir bei, wie man mit Tempos so hinterherwischt, daß es keine Spermaflecken auf der Bettwäsche gibt. Ich entwickle darin eine gewisse technische Perfektion. Drei Jahre lang. Zwei, dreimal die Woche. Ich finde das normal. Ich bin 17. Kenne es nicht anders.

Jahre später: Meine eigene Nässe fängt an, eine der schönsten und wichtigsten Sachen beim Zusammenschlafen zu werden. Fast das Wichtigste für mich. Ich bin jedesmal wieder erstaunt, daß das so geht. Daß ich so naß werden kann. I c h h a s s e T e m p o - T ü c h e r. Will es fließen lassen. Will in Feuchtigkeit und Nässe baden. Feuchtigkeit und Nässe. Die mir drei Jahre lang gefehlt haben.

Vor und nach jedem Coitus wird sich gewaschen. Damit es auch sauber und steril zugeht. Wir sind ja moderne aufgeklärte Menschen ... drei Jahre ... zweimal die Woche ... oder öfter ... manchmal abends, wenn er nur wenig Zeit hat, weil seine Frau wartet ... noch schnell ein 5 Minuten-Fick im Auto ... Uli findet das geil ... ich sage auch, daß ich es geil finde ... schließlich bin ich 'ne emanzipierte Frau ... 3 Jahre Blähungen und Bauchschmerzen ... Rumgerubbel an seinen Brustwaren ... Rumgefummel an meinen Brüsten ...

Uli wundert sich, warum ich so selten einen Orgasmus von ihm haben will .... Uli wundert sich ....

Als ich ihm Jahre nach unserer Trennung sage, daß mir inzwischen bewußt ist, daß meine Blähungen und Bauchschmerzen psychosomatisch waren, weil ich keine Lust hatte und es nicht gewagt habe, mich ihm als Sexualobjekt zu verweigern, zeigt Uli mir 'n Vogel ...

Er hat noch nie Frauen sexuell unterdrückt ... und im Übrigen fand er das alles sehr schön damals ...

Die Beziehung hat mein Verhältnis zu meinen Brüsten bis heute geprägt. Noch heute gibt es für mich nur zwei Reaktionen. Entweder ich merke, daß jemannd mich wirklich streichelt und es ihm wichtig ist, daß ich es schön finde. Dann ist das Streicheln meiner Brüste das Schönste für mich überhaupt. Oder ich merke, daß jemannd an meinem Fleisch rumgrabbelt und klinke sofort voll aus. Ekel mich. Will nichts mehr. Alle Erotik dahin. Dazwischen gibt es für mich nichts. Ich kann nicht gar nicht reagieren. Cool bleiben, wie ich es zum Beispiel könnte, wenn mir jemannd zwischen die Beine geht und ich keinen Bock habe. Das greift mich längst nicht so an ... Meine Brüste sind die empfindlichste Stelle meines Körpers geworden.

Bis heute empfinde ich jeden Orgasmus, den ich nicht beim Zusammenschlafen kriege, als unbefriedigend, schlimmer, als wenn ich keinen gehabt hätte. Sehe Uli, wie er mit der Zunge an meiner Klitoris ist und mit den Händen an meinen Brustwarzen rumfummelt. Wenn er das Gefummel lassen würde, hätte ich viel schneller 'n Orgasmus. Je schneller ich fertig bin, desto eher hört das Gegrabbel an meinen Brüsten auf. I c h w i l l k e i n e n O r g a s m u s. W a s h a b i c h d a v o n? Uli mit der Zunge an meiner Klitoris ... modernes junges Paar ... interessante Sexualpraktiken ... technische Perfektion ... e m a n z i p i e r t e S e x u a l i t ä t ... D i e F r a u h a t t e a u c h i h r e n O r g a s m u s.

Als ich ihm das erste mal im Auto im Wald einen runtergeholt hab ... sein Schwanz in meinem Mund ... Sperma ist Eiweiß ... runterschlucken ... Männer finden mich gut im Bett ... was ist dagegen schon dieses leichte Würgen im Hals? ... runterschlukken ... fragt er mich auf der Autofahrt nach Hause ... „Du weißt, daß ich nicht alleine wohne. Stört dich das?" ... Als wir uns kennenlernten, hat er gesagt, daß er mit einem „Mädchen" zusammenwohnt. Und daß das aber gar nichts heißt ... daß das Mädchen zwei Jahre älter ist als er und er mit ihr verheiratet ist, erfahre ich erst später ... daß das Mädchen auch nur noch alle paar Wochen Lust hat, mit ihm zu schlafen und er mich wahrscheinlich unkomplizierter bumsen kann mit meinen unerfahrenen 16 Jahren, noch viel später.

Auf jeden Fall stört es mich nicht. Es ist ja Apo-Zeit ... wer zweimal mit derselben pennt, gehört schon zum Establishment ... Eifersucht ist bürgerlich, reaktionär ... Mehrfachbeziehungen heißt der Ruf der Zeit ... Männer finden mich emannzipiert, wenn ich genauso gefühlskalt durch die Gegend vögel wie sie ... also tu ich's ... außerdem soll der Typ nicht denken, ich sei auf ihn fixiert ... er hat seine Frau zu Hause und vögelt neben mir auch noch mit anderen Frauen ... ich darf mich nicht auf ihn fixieren ... das wäre mein Untergang.

Eine richtige Erkenntnis ... doch die falsche Konsequenz ... bilde mir ein, Typen genauso zu benutzen, wie sie Frauen benutzen ... Spucknapf für Sperma sei ich für die meisten Männer, hat Helmuth mal zu mir gesagt ... nachdem ich mit ihm geschlafen hatte ... Helmuth, mit seinem blonden Pagenkopf und seiner ejaculatio präcox ... kurz vorm Loch in die Hose, wie Jan immer sagt ... Helmuth, der wirklich lieb war und mit dem ich trotz der Unverbindlichkeit unserer Beziehung und obwohl wir uns kaum kannten, eine viel schönere Sexualität erlebt habe als mit Uli. Helmuth, der vor lauter Versagungsängsten eben einfach zu früh abspritzt ... und dem es schon das zweite Mal, als wir zusammen schlafen, nicht mehr so geht, weil wir Vertrauen zueinander gewonnen haben ... Helmuth, dieser kleine Spinner, der jedesmal wenn ich ihn wiedertreffe, gerade wieder die Parteizugehörigkeit gewechselt hat ... während ich immer noch beim KBW rumtanze ... Helmuth, der mir jedesmal 3 neue berufliche Zukunftsperspektiven auf die Platte bringt, wenn ich ihn sehe ... und doch immer noch das Gleiche studiert ...

Ich fange an, reihenweise mit anderen Typen ins Bett zu gehen ... will genauso gefühlskalt sein, wie die ... es klappt nicht ... ich verknalle mich mindestens jedes zweite Mal ... Liebeskummer ...

Die Male, die ich mich nicht verknalle, genieße ich es, meine Gefühlskälte zu zeigen ... ich bin eine emannzipierte Frau ... ich kann genauso schweinisch sein wie ihr ... daß ich dabei noch nicht mal ... *noch nicht mal* ... einen Orgasmus hab, tut meiner Emanzipation keinen Abbruch ...

Oder eben doch ... eine emanzipierte Frau hat ihren Orgasmus zu kriegen ... sonst ist sie wohl verklemmt ... Zeitschriften an den Kiosken ... „Soll eine Frau ihrem Mann einen Orgasmus vortäuschen?" Die Zeitschriften sind zu teuer für meine 15 DM Taschengeld im Monat ... muß mir die Frage alleine beantworten ... ich bin doch nicht verklemmt ... wenn die Typen merken, daß ich keinen Orgasmus habe, denken die doch, ich bin verklemmt ...

Also ...

Außerdem ist es doch meine Berufung, „ihm" mit sanfter Hand die Sorge von der Stirn zu streichen, *er* sei der Versager.

Wenn dann tatsächlich mal einer nicht so losrammelt, ich meine emannzipierten Leistungsängste etwas verliere und der

Typ ganz langsam macht, krieg ich auch tatsächlich manchmal 'n Orgasmus. Wenn ich unten liege ... Meine Güte, bin ich verkorkst ...

Aber ist doch klar. Jahre später geht mir das Licht auf: Wenn ich auch noch oben liegen muß, habe ich ständig das Gefühl, die Leistungsnorm erfüllen zu müssen, die doch wieder die Typen setzen. Fühle mich gezwungen, mich möglichst schnell zu bewegen, weil Männer das geil finden ... und ich will doch gut im Bett sein ... wenn die schon bestimmen, wie gerammelt wird, dann sollen die wenigstens oben liegen und auch die Arbeit haben.

Wenn ich mal versuche, meinen Rhythmus „an den Mann zu bringen", schnallt das kein Typ, fängt doch an, schnell zu rammeln. Zaghafte Versuche, das zu verbalisieren ... in längeren Beziehungen jedenfalls ... kein Echo ... geht wohl nicht ... Männer sind eben zu geil, um auch noch an mich zu denken, wenn sie mit mir zusammen sind ... z u s a m m e n s i n d ? ... naja ...

Dann sollen die wenigstens oben liegen und selber ihr Gerammel übernehmen.

Ganz selten ... ganz, ganz selten ... gibt's mal Männer, bei denen das anders ist ... wo ich beim Zusammenschlafen einen Orgasmus kriege, der viel schöner ist als das technische Rumgebastel an meiner Klitoris. Sage das Uli. Uli lacht. Missionarsstellung. Wie altmodisch. Von der Seite vögeln ist geil.

Als Elke mich eines Tages fragt, wie wir in unserer Beziehung das Problem lösen, wenn einer von beiden keine Lust hat, miteinander zu schlafen, ihr ginge das öfter so ..., antworte ich ... von mir selber überzeugt: „Das Problem gibt es bei uns nicht." (Wir sind eine emannzipierte Beziehung, wo immer gebumst wird !)

Nach drei Jahren endlich ... nach drei langen Jahren schaffe ich es endlich, mich Uli sexuell zu verweigern ... und drei Wochen später, mich von ihm zu trennen.

Wochen nach unserer Trennung laufen mir zum ersten Mal Schauer über den Rücken, als er meinen Nacken küßt ... geht er zum ersten Mal so wirklich auf mich ein, als ich mit ihm schlafe ...

Zu spät. Ich habe mich von ihm gelöst.

Verknalle mich in Mivo. Schlafe mit ihm im Alkoven, obwohl ich mich eigentlich mit Wilfried hier hingelegt hatte, mit dem ich alles auch schon durch einen plumpen Flirt vorbereitet habe. Wilfried, der dunkle Haare und 'n Schnauz hat, und braune freundliche Augen. Genau mein Typ ist, weil seine Augen so nett sind, obwohl ich eigentlich auf blond mit Vollbart stehe. Bilde ich mir ein. Vollbart ist schon richtig, aber daß es immer blonde Typen sind, liegt wohl eher an unseren Breitengraden, und ist Zufall. Auf jeden Fall haben die Typen, in die ich mich verknall, immer unheimlich nette Augen.

Es liegen also schon zwei Schlafsäcke auf Wilfrieds Bettlaken und einer davon ist „zufällig" meiner. Mivo setzt sich beim Abendbrot neben mich, obwohl da keine Tasse und nichts steht. Fragt mich später mehrmals, egal wo ich grade bin, ob ich nicht auch müde bin. Ob ich mich nicht auch hinlegen will. Ich kann doch jetzt nicht sagen: „Eigentlich hab ich ja Wilfried geplant heute nacht." Bringe es auch nicht zu sagen: „Wenn du müde bist, leg dich doch hin." Lege mich mit ihm hin. Auf Wilfrieds Bettlaken. Wilfried liegt neben uns und noch ein anderer Typ. Es passen vier Leute in den Alkoven.

Mivo nimmt meine Hand. Nimmt nur meine Hand. Ich habe keine Lust, mit ihm zu schlafen. Ich schlafe mit ihm.

Weil ich denke, das muß so sein. Ein Typ, der meine Hand küßt, erwartet von mir, emannzipierte Frau, daß ich auf ihn raufkrabbel. Ich habe keinen Orgasmus, finde es überhaupt nicht erotisch. Aber auch nicht unangenehm, weil er 'n ganz weicher Typ ist. Mivo schläft mit mir. Er will gar nicht mit mir schlafen. Er schläft mit mir, weil er denkt, ich will das. Das kommt drei Tage später raus, als wir uns darüber unterhalten.

Am Morgen nach diesem Coitus, den keiner wollte, grinsen uns die beiden anderen, die neben uns im Alkoven gelegen haben, immer so komisch an. Mir ist es peinlich.

Am Abend Fete. Als ich gehe, möchte ich Mivo sagen, daß ich heute nacht wirklich mit ihm zusammensein möchte. Habe Herzklopfen. Warte, daß er mich fragt, ob er nicht mitkommen kann. Er fragt nicht. Wartet, daß ich ihm sage, daß ich mit ihm zuammensein möchte. Kein Wort. Ich gehe. Emannzipierte Frau ...

Gehe mit Dietrich zu einem Typen, der in der Nähe wohnt und angeboten hat, daß nach der Fete Leute bei ihm schlafen können. Es ist nur noch ein Zimmer frei. Ein Zimmer. Ein Bett. Mit Dietrich. Mit dem ich auch schon manchmal gebumst habe.

Hoffentlich will er nicht. Gehe mit ihm in die Badewanne, um es rauszuzögern. Als wir im Bett liegen, will er doch. Nervig. Warum liegt der Kerl denn jetzt auf mir? Emannzipierte Frau ...

Tage später besuche ich Mivo zuhause. Seine Freundin ist nicht da. Wir gestehen uns gegenseitig, daß wir die erste Nacht eigentlich beide nicht miteinander schlafen wollten und uns am zweiten Abend beide nicht getraut haben, uns zu sagen, d a ß wir beide wollten. Mivo schnauzt mich an, daß ich als emanzipierte Frau doch sagen soll, was ich will. Schnauzt mich lieb und solidarisch an. Will, daß ich diese Nacht bei ihm bleibe. Läßt mich nicht in Ruhe auf Klo gehen, kommt hinterher. Ich will pinkeln. Mivo macht mich an. Auf dem Flur umarmt er mich so, daß ich wirklich nicht aus seinen Armen rauskomme. Drückt seinen steifen Schwanz an mir platt. Seine Freundin kommt heute nacht nicht nach Hause. Ich habe Lust, mit ihm zu schlafen. Ich gehe nach Hause, weil ich ihm mal zeigen will, daß ich auch „nein" sagen kann. Zuhause ärgere ich mich.

Habe mich ein bißchen in Michi verknallt. Der keine Freundin hat. Nehme von Mivo Abstand, weil ich endlich was Vernünftiges will. Nicht wieder Zweitfrau sein.

Michi, mit dem ich seit Wochen jeden zweiten Abend 'n Termin zusammen hab. Der mir am Anfang gar nicht aufgefallen ist, weil er so blond und farblos aussieht. Fast jeden Tag irgendwas zusammen. Und das in der Zeit, wo ich zum ersten Mal praktisch politisch arbeite. Jede Auseinandersetzung mit ihm führe. Die Gespräche mit ihm für mich und meine ersten zaghaften politischen Schritte so wichtig sind.

Mit Michi auf der Fete. Gespräch mit ihm und einem anderen Typen über China. Der andere Typ meint, daß Kommunismus Scheiße ist, weil in China die Frauen mit 26 noch Jungfrau sind. Wörtlich sagt er: „Du kannst mir doch nicht 'ne Frau anbieten, die mit 26 noch Jungfrau ist."

„Ich biete dir gar keine Frauen an", sagt Michi.
Mir wird ganz warm. Ich flippe aus. Wie er das gesagt hat. Ein Mann, der Frauen ernst nimmt. Er geht mit mir nach Hause.

Schläft mit mir. Ich finde es schön mit ihm. Bin total verknallt. Es stört mich nicht, daß ich mal wieder keinen Orgasmus gehabt habe und den Typen das gar nicht interessiert. Ich bin verknallt, das reicht mir. Es sind ja auch *meine* Orgasmusschwierigkeiten. *Meine* Unfähigkeit. Am Morgen meckert er über die Margarine und den Käse, den ich im Haus habe. Ich bin glücklich, daß ich nach einer „Nacht mit ihm" zusammen frühstücken kann. Will ihn umarmen. Er macht sich steif. Keinerlei Zärtlichkeit, kein Wort. Ich umarme ihn. Er meckert über die Mackerine. Scheiß-Macker. Geht nach Hause. Ich gehe zum Termin. Vorbereitung einer Aktion gegen einen reaktionären Dozenten. Sitze zwischen den anderen Genossen. Kann der Diskussion nicht folgen. Nach dem Termin rufe ich mittags gleich Michi an. „Ich würd gern mit dir reden."

Sagt der Typ doch in einem Tonfall, als ob's um Sinuskurven oder rechte Winkel geht: „Ja? Worum geht's denn?"

Ganz freundlich sagt er das, als wenn er sich überhaupt nicht denken kann, was eine Frau von ihm will, die er nachts bumst und morgens nicht mehr anfaßt.

„Es geht darum ... es ist wohl so, daß wir da mit unterschiedlichen Erwartungen rangegangen sind und da wollt ich gerne mit dir drüber reden."

Ich bin ja wohl nicht ganz dicht. Anstatt ins Telefon zu schreien: Du Scheiß-Macker. Ich hab mich in dich verliebt und du hast mich nur gebumst du Schwein!

Nein, da hat frau gelernt, ganz ruhig und sachlich was von „unterschiedlichen Erwartungen" ins Telefon zu theoretisieren. Emannzipation.

Nach der „Strauß in China"-Veranstaltung fragen die anderen Genossen ihn, ob er mit 'n Bier trinken kommt. Er macht es davon abhängig, ob ich mitkomme. Wie fortschrittlich von ihm, daß er das Gespräch mit mir über das Bier mit den Genossen stellt ...

Erzählt mir was von Fixierung und Freiheit. Daß es da noch zwei, drei andere Frauen gibt, mit denen er ab und zu mal ...

Ich höre nichts mehr. Mich will keiner. Ich alleine reiche keinem Mann. Bin nicht gut genug, als daß einer mit der Beziehung zu mir zufrieden sein könnte. Mann braucht andere Frauen neben mir. Zweierbeziehung ist reaktionär. Ich darf nicht eifersüchtig sein. Man darf sich nicht so aufeinander fixieren. Und bumsen ist doch gar nichts Besonderes.

Als wir auf meine politische Entwicklung zu sprechen kommen, sage ich, daß ich Widersprüche zur Politik des KBW habe. Er schafft es, dieses Schwein schafft es, mir einzureden, es seien keine Widersprüche, sondern Unklarheiten. Fragt nur: „Widersprüche oder Unklarheiten?" Aber so rhetorisch, daß ich nur noch antworten kann: „Unklarheiten." Verschüchtert sitze ich da neben dem gefestigten Polit-Macker, der keine Zweierbeziehung braucht und keine politischen Unklarheiten hat. Das war nicht das erste Mal. Ich erwarte von Männern nichts anderes mehr.

1975. Die Frauenbewegung beginnt, sich zu bewegen. Ich höre von meinem derzeitigen Freund, daß sich an der Uni auch eine Frauengruppe gründet. Ich gehe heimlich mit meiner Freundin zum ersten Termin. Ihm sage ich, wir gehen „aus." Es geht ihn gar nichts an. Er soll es erst erfahren, wenn ich da war. Ich habe Angst. Was das wohl ist: Frauengruppe? Ich sag da sowieso nichts. Seit ich an der Uni und auf politischen Terminen bin, sage ich nichts mehr. Ich war auf einer Mädchenschule. Da war ich im Mündlichen eine der besten in der Klasse. Seit ich an der Uni bin, unter Männern, sage ich nichts. Ich gehe zur Frauengruppe. Ich habe Angst. Auf politischen Terminen sage ich sowieso nichts. Ich sitze eine Stunde unter wildfremden Frauen und fange an zu reden. Ich beteilige mich an der Diskussion. Ich wundere mich.

Es kursiert das Buch: Der kleine Unterschied. Von Alice Schwarzer. Da steht drin, daß ein vaginaler Orgasmus eine Absurdität ist. Daß andere Frauen es auch nur geduldig ertragen, von hinten gebumst zu werden und eigentlich gar keinen Bock darauf haben. Da steht drin, daß andere Frauen sich auch nicht dagegen wehren können, wenn er dauernd will. Daß die auch ganz lange gebraucht haben, um sich durchzusetzen. Es sind ja gar nicht *meine* individuellen Orgasmusschwierigkeiten. Andere Frauen haben dasselbe durchgemacht wie ich. *Ich bin gar nicht alleine mit meinen Problemen.*

Ganz allmählich dämmert mir die Erkenntnis, daß es mein Recht ist, mich sexuell zu verweigern. Daß ich „nein" sagen darf, wenn ich nicht will. Die nächsten Beziehungen gehe ich unter dieser Prämisse ein. Ganz klar im Kopf, daß man nur zusammen schlafen kann, wenn *beide* es wollen. Grundgedanken, die sogar ausgesprochen sind. Lange diskutiert werden. Die Typen kennen meine Vergangenheit. Kennen das Problem, daß Frauen dazu erzogen werden, nicht „nein" sagen zu können. Ganz klar im Kopf, daß es Ursachen hat, wenn frau über längere Zeit keine Lust mehr hat. Daß es meistens Ursachen hat, die nicht nur in der sexuellen Beziehung liegen. Daß die Sexualität der Spiegel dessen ist, was sich sonst in der Beziehung abspielt. (Szene mit Uli im Auto. Er sieht den Zusammenhang auch. „Wenn's im Bett nicht klappt, dann klappt's nirgends", sagt er ... und meint es genau in dieser Reihenfolge. Sexualität als Grundlage für 'ne Beziehung. Sexuelle Revolution!) Es ist mein Recht, „nein" zu sagen. Wenn ich immer nicht will, dann ist was in der Beziehung nicht in Ordnung. Muß das diskutiert werden. Keine Diskussionen mehr über die Verbesserung irgendwelcher Sexualtechniken, größere Perfektion, technisches Rumgebastel ... Mir ist soviel klar geworden. Ich lasse mich nicht mehr benutzen. Finde es toll, daß die Männer das auch so sehen. Gehe neue Beziehungen ein. Scheitere an der Praxis. Das fortschrittlichste Männerhirn entgleist, wenn ihm der Schwanz in die Quere kommt. „Natürlich mußt du nicht mit mir schlafen, wenn du nicht willst. Aber ich bin so enttäuscht, daß du jetzt nicht willst." Er ist enttäuscht ... schlechtes Gewissen ... vielleicht will ich ja doch ... vielleicht krieg ich ja noch Lust ... rede mir ein, Lust zu kriegen, weil ich nicht will, daß er enttäuscht ist ... Blähungen ... Bauchschmerzen ... das kenn ich doch ... will's aber nicht wahrhaben ... bin immer noch nicht stark genug, mir wirklich einzugestehen, daß ich jetzt nicht will und daß sein Enttäuschtsein nur Psychoterror ist ... er liebt mich doch ... und findet auch, daß man nur zusammen schlafen kann, wenn beide wollen ... hat er doch gesagt am Anfang unserer Beziehung.

Immer noch Psychosomatik anstatt eines klaren Neins. Andere Frauen haben ihre Migräne. Ich bekomme Bauchschmerzen und Rippenstechen. Mein Unterleib verkrampft sich, wenn er zur Benutzung angefordert wird. Schaffe es immer noch ... manchmal ... die Bauchschmerzen solange zu verdrängen, bis ich ... unter Krampf ... meinen eigenen Orgasmus gehabt habe. Danach kann ich nicht mehr abschalten. Wird mir doch bewußt, daß ich eigentlich gar nicht will. Kann mich nicht weiter benutzen lassen, weil die Bauchschmerzen zu stark werden. Ekel mich hinterher. Ekel mich vor meinem eigenen Orgasmus, den ich nicht wollte.

Plötzlich heißt es, Alice Schwarzer sei politisch schädlich, weil sie den Geschlechterkampf über den Klassenkampf stelle. Ich lese nochmal im Kleinen Unterschied nach. Es ist tatsächlich nicht so einwandfrei politisch hergeleitet, welche Funktion die Frauenunterdrückung hier hat. Es fehlt tatsächlich die sozialistische Perspektive. Es fehlt tatsächlich die Perspektive, wie es vielleicht auch mit Männern gehen könnte. Ich habe auch Widersprüche zu dem, was sie da im zweiten Teil ihres Buches schreibt. Sicher. Aber die Protokolle von Frauen im ersten Teil, die haben mir ganz enorm geholfen, mich gegen meine sexuelle Unterdrückung zu wehren. Ich finde dieses Buch nicht „politisch schädlich". Sexuelle Unterdrückung sei ein Nebenwiderspruch, wird mir gesagt. Alice Schwarzer stelle diesen Nebenwiderspruch zu sehr in den Vordergrund, sagt mann mir. Das Buch sei politisch schädlich. Ich kann nichts mehr sagen. Um die zu überzeugen, müßte ich denen erzählen, was ich alles erlebt habe. Wie schlimm Sexualität sein kann. Ich müßte denen alles das erzählen, wovon es mir so schwer fällt, darüber zu reden. Ich will hier nicht in aller Öffentlichkeit losheulen, wenn die mir erzählen, sexuelle Unterdrückung sei ein Nebenwiderspruch, wir linken Frauen müßten „richtige" Frauenpolitik machen: Leichtlohngruppen und § 218. Ich sehe das ein. Schließlich bin ich auch gegen Leichtlohngruppen und § 218. Selbsterfahrung ist unpolitisch. Sexuelle Unterdrückung ein Nebenwiderspruch. Die Termine sind für Politik da. Wenn ich vom Termin komme, will mein Freund mit mir schlafen.

Ich habe bei jedem Mal Angst, daß ich vielleicht wieder Blähungen kriege. Meine Blähungen haben sich so verselbständigt, daß sie sogar einsetzen, wenn ich mal von mir selber aus Lust habe. Sie gehören zu meiner Sexualität wie der Pfarrer zum Kirchturm.

Kriege Lust. Kriege Blähungen. Weil ich Angst habe ... wenn ich den Typen jetzt anmache, und dann vielleicht feststelle, daß ich doch lieber nur schmusen will, dann ist der schon geil und dann gibt's kein Zurück mehr. Wenn ich den „männlichen Trieb" erwecke, muß ich ihn auch ausbaden. Deshalb kommen meine Blähungen gleich mit meinen eigenen erotischen Bedürfnissen zusammen.

Wieder einen Schritt mehr ... muß lernen, daß ich auch im letzten Moment noch das Recht habe zu sagen: „Du, ich möchte nur schmusen." Daß ich nicht verpflichtet bin, jeden steifen Schwanz, den ich „angerichtet" habe, wieder kleinzukriegen.

Habe lange Zeit keine Beziehung. Habe sexuelle Bedürfnisse. Erwische mich auf einer Veranstaltung, wie ich jedem Typen, der in den Hörsaal kommt, erstmal auf die rundliche Wölbung unter dem Reißverschluß gucke. Will auch mal „nur so" mit jemanndem schlafen. Tu es nicht, weil ich zuviel Angst habe. Zu oft die Erfahrung gemacht habe, daß es in der Realität doch nicht so toll ist, wie in meinen erotischen Phantasien. Die Typen machen ja doch immer ihren Kram. Haben ihren Trieb. Sind nicht in der Lage zu schnallen, daß *ich* auch noch da bin ... und nicht nur mein Loch.

Ich kann mir keine kurzfristigen Abenteuer leisten. Es gibt keinen Märchenprinzen, der alles so macht, wie ich es gerne möchte. Männer sind alle gleich ...

Endlich lerne ich mal einen kenne, wo es genau umgekehrt ist. *Er* will dauernd nicht. Hat Angst. Ich habe zwar dauernd Lust, mit ihm zu schlafen, verzichte aber gerne drauf. Weil ich nicht das machen will, was sieben Jahre lang mit mir gemacht worden ist. Ich bin glücklich. Endlich mal ein Mann, dem ich meine Liebe beweisen kann, indem ich nicht mit ihm schlafe. Genieße die Sexualität mit ihm. Obwohl sie eigentlich auch ganz schön kaputt ist, weil kein Vertrauen da ist, das Problem gemeinsam anzugehen. Aber lieber verzichte ich, wenn ich Lust habe, als wieder dieser ewige Druck, wenn die Typen ihren Trieb haben ... und ich mein ewig weibliches schlechtes Gewissen.

Er hat genauso erogene Brustwarzen wie Uli. Ich brauche eine Zeit, um das schön finden zu können. Bei Brustwarzen assoziiere ich Uli ... Orgasmuszwang ... unerotisches Rumgerubbel ... Krampf.

Szene mit Uli im Kino ... als ich mich von ihm mal wieder in einen Sex-Film schleppen lasse. Erotische Szene. Frau lutscht Mann am Arm rum. Uli sagt: „Das ist doch gar nicht geil. An som Arm ist doch gar nichts dran ..."

An som Arm ist nichts dran ... Uli will Brüste und Arsch. Das übrige Fleisch eines Körpers fällt nicht unter die Kategorie „erogene Zonen."

Nächste Beziehung ... wieder was Neues. Am Anfang ist es ganz schön ... auf die Dauer ist es ihm zu anstrengend, auf meine langsamen Bewegungen einzugehen. Er findet es geil, wenn's ganz schnell geht ... geht gezwungenermaßen auf mich ein. Vermittelt mir aber durch seinen immer schlapper werdenden Schwanz, daß er das nicht geil findet, sondern nur „für mich" macht ... daß es ihm zu lange dauert, bis ich zum Orgasmus komme ...

Es dauert lange ... dauert immer länger ... je mehr sich in meinem Kopf die Realität festsetzt, daß es schnell gehen muß. Damit ich auch noch was davon habe ... bevor er fertig ist.

Ich kann nicht, wenn sein immer schlapper werdender Schwanz mir vermittelt, daß er es nicht geil findet. Schneller wird. *Ich will* doch, daß es *uns beiden* Spaß bringt. Wie kann *ich* 'n Orgasmus kriegen, wenn ich merke, daß es *ihm* keinen Spaß bringt ... bzw. wenn ich *nicht* merke, *daß* es ihm Spaß bringt ...

Der kann das ... wieso kann der eigentlich 'n Orgasmus kriegen, *ohne darauf überhaupt zu achten, ob* es mir Spaß bringt? Wieso kann der das ?????

Es muß schnell gehen ... es geht immer langsamer ... („Frauen haben eine längere Erregungskurve als Männer beim Geschlechtsverkehr"...Wenn ich wirklich Spaß dabei habe, dann geht es mitunter ganz wahnsinnig schnell bei mir. Eine „längere Erregungskurve" habe ich nur, wenn der „Geschlechtsverkehr" den Rammelbedürfnissen des Mannes entsprechend durchgeführt wird. - aber das Märchen von der längeren Erregungskurve ist Jahrtausende alt und hält sich hartnäckig in allen „modernen" Aufklärungsbüchern.)

Es muß schnell gehen ... immer öfter fängt er, sofort nachdem er drin ist, an, ganz schnell zu rammeln. Wenige Minuten ... und er ist fertig ... hinterher tut es ihm immer ganz furchtbar leid ... wenn ich merke, daß es wieder so losgeht, schaltet es bei mir auf Resignation. Ich weiß nicht, was ich noch machen soll. Noch hundertmal dasselbe diskutieren? Warum müssen Männer ihre Sexualität auf ihre Schwanzspitze und mich auf mein Loch reduzieren ...? Immer noch bin ich nicht stark genug, wenn dieses Gerammel losgeht, und mir sonnenklar ist, daß schon alles zu spät ist, wirklich konsequent „absteigen" zu befehlen. Zu sagen: „Eh, hör auf, mich zu benutzen. Hallo ich bin auch noch hier oben, nicht nur da unten." Ich kann ihm doch nicht s e i n e n Spaß verderben, wenn er so kurz davor ist. Resignation anstatt Radikalität. Frauenschicksal.

Ohne daß wir es schaffen, diese Probleme auch nur im Ansatz anzugehen, stehen wir beide hilflos davor, wie unsere Beziehung auf allen Ebenen auseinanderbricht. Und dabei wollten wir doch ganz lange zusammenbleiben ...

Verknalle mich neu. Es geht auch los. Nach zwei Wochen fühlt der Typ sich „eingeengt", redet was von Freiheit, erotischen Bedürfnissen bezüglich anderer Frauen. Will keine Fixierung ... er braucht nicht weiterzureden. Mir ist schon alles klar ... Männerfreiheit ...

Ich ziehe mich zurück ... (kommt er hinterher?) ... ich ziehe mich konsequenter zurück ... und tatsächlich ... plötzlich werde ich für ihn wieder interessant ... er fühlt sich nicht mehr eingeengt, will wieder mit mir schlafen ...

Es ist zwar ... auch bei mir jetzt ... nicht die große Liebe ... aber es ist trotzdem ganz schön mit ihm, weil er nicht so losrammelt ... ohne daß ich ein Wort sagen muß, genau den gleichen Rhythmus schön findet wie ich ...

Aber immer noch bin ich verknallter in ihn als er in mich ... mir wird mal wieder bewußt, daß Frauen von Männern sexuell viel abhängiger sein können als umgekehrt. Weil es so wenige Typen gibt, mit denen es für Frauen schön ist. Weil Männer eben meistens in erster Linie Sexualität und in zweiter Linie Zärtlichkeit wollen. (Wie schaffen die Typen es überhaupt, diese perverse Trennung zu machen?)

Er will auch mit anderen Frauen schlafen. Ich will nicht mit anderen Männern schlafen, weil es unter zwanzig Typen doch höchstens einen gibt, der nicht diese verkorkste Männersexualität drauf hat. Und die Wahrscheinlichkeit, daß ich den zufällig treffe, ... naja ...

Männer dagegen können sich immer ein ganz schönes Erlebnis organisieren. Ich will jetzt mal von den Typen absehen, die die Frau bewußt unterbuttern und so auf ihre Kosten kommen. Ich meine jetzt nur die Männer, die es geschafft haben, ihre Sexualität zu verändern. Für die ist die Wahrscheinlichkeit viel größer, 'ne Frau zu finden, mit der es schön ist, als für mich, 'n Mann zu finden. Ich gerate nur alle paar Jahre mal an einen ... und häng dem dann immer unheimlich hinterher, weil ich weiß, daß solche Männer rar gesät sind.

Ich will nicht wieder einen, den ich erst noch verändern muß. Ich bin radikal ... und ich kämpfe mit Zähnen und Klauen, wenn es um meine Interessen geht. Aber ich kämpfe nicht mehr auf allen Ebenen. Nicht im Bett. Sexualität soll doch was Schönes sein. Nicht etwas, wo ich erst für kämpfen muß, daß es für mich auch schön wird.

Ich spreche mit anderen Frauen. Höre mich um. Bin mal wieder nicht alleine mit meinem Problem. Höre andere Frauen, die genau so alt sind wie ich und auch erst ein oder zwei Typen gekannt haben, mit denen es wirklich schön war. Frauen, die auch sagen, daß sie irgendeinem Typen hinterherhängen, weil es sexuell mit ihm so toll war. (Wenn das andere Frauen auch sagen, dann muß es doch mehr Typen geben, die „anders" sind als die meisten Männer). Ich werde wütend, daß ich und andere Frauen in meinem Alter sich erst zehn Jahre lang bumsen lassen mußten, um mal ein oder zwei Typen kennenzulernen, mit denen es wirklich schön ist.

Ich sag's ja: Frauen können von Männern sexuell viel abhängiger werden als umgekehrt. – Gitta sagt mir: Das stimmt nicht. Grade für Männer, die nicht nur im Kopf, sondern auch schon mit'm Schwanz 'n bißchen weiter sind, kann es schwer sein, an 'ne Frau zu geraten, die es noch nicht wagt, ihre sexuellen Wünsche „an den Mann zu bringen".

Ich überlege mir, daß ich auch mal sowas hatte. Ein Typ, der sicher auf mich eingegangen wäre, wenn ich mich nur getraut hätte, mich wirklich einzubringen. Daß ich ihm die Möglichkeit genommen habe, meine wirklichen Bedürfnisse zu erkennen, indem ich selber den ewig weiblichen Anpassungskurs gefahren habe. Das getan habe, was Männer gerne mögen. Laut Bravo oder Jasmin. Weil ich dachte, das muß so sein. Trotzdem höre ich Gitta nur unwillig zu. Bin nicht davon überzeugt. Weil ich doch auch heute noch, wo ich den Mund doch nun wirklich aufmache, *immer wieder* doch noch sexuell benutzt werde, Typen nicht verstehen, was ich ihnen eigentlich sagen will. Mich immer noch nicht erfolgreich wehren kann, weil Männerköpfe zu verkrustet sind. Und ich wehre mich doch! *Wie laut soll ich denn noch schreien?*

Bin verzweifelt, daß der Typ, mit dem ich es ganz toll finde, nur alle paar Wochen mit mir schlafen will. Habe plötzlich Lust, oben zu liegen, weil ich weiß, daß ich mich bei ihm trotzdem oder gerade deshalb so verhalten kann, wie ich möchte. Nicht unter Rammelzwang, Leistungsdruck stehe.

Monate nach Beendigung unserer Liaison sage ich ihm, daß es mich bei ihm gestört hat, daß ich mit ihm nie schmusen konnte, immer nur knutschen. Daß ich diese sogenannten Zungenküsse, wo der Typ mir mit der Zunge im Mund rumbohrt, total unerotisch finde. Brutal und halb vergewaltigend. Daß ich ganz zarte Berührungen mit den Lippen und mit der Zunge viel schöner finde.

In jedem amerikanischen Serien-Krimi fängt dieser amerikanische Rotlicht-Plastic-Sex mit sonem brutalen Zungenkuß an ... und das soll dann die totale Erotik sein. Als wenn das das einzig Wahre ist! – Es ist richtig zwingend, daß der Anfang einer Beziehung ein Kuß ist. Als wenn es nicht andere Möglichkeiten der ersten körperlichen Berührung miteinander gibt!

Sich umarmen, sich ankuscheln, ohne zu küssen schmusen ... das sind alles nur Vorläufer ... die „richtige" filmreife Erotik fängt beim Knutschen an.

Vorspiel ... Hauptprogramm ... Nachwäsche ... (und Zärtlichkeiten fallen nur unter Punkt 1, höchstens noch unter 3, und das nicht, weil Männer auch hinterher noch schmusen möchten, sondern weil sie gelesen haben, daß Frauen das möchten). In anderen Kulturen gibt's den Zungenkuß überhaupt nicht. Und da geht's bestimmt auch hocherotisch zu. Für mich ist der Zungenkuß eine Zivilisationskrankheit. Plastic-Sex.

Als Andrea auf einem Lyrik-Termin erzählt, wie ein Typ sie zum ersten Mal „mit Zungenschlag" (s c h l a g!) geküßt hat, kriege ich einen Lachanfall. Das Wort existiert seit zehn Jahren nicht mehr in meinem Sprachschatz. Hab es wohl zum letzten Mal in der Bravo gelesen, als ich 14 oder 15 war.

Ich will keine Schläge. Ich will Liebe.

Als ich Tom das sage, erzählt er mir, daß er bei der Frau, mit der er jetzt zusammen ist, auch festgestellt hat, daß er ganz zarte Küsse viel aufregender findet als dieses Rumgebohre. Tom ist verliebt.

In mich war er scheinbar nicht verliebt. Mir hat er mit der Zunge im Mund rumgebohrt. Auch wenn es mit ihm sonst ganz schön war. Die zarte Erotik war es nicht gerade. Aber ich bin auch während der Liaison nicht auf die Idee gekommen, ihm das mal zu sagen. Habe mich nur defensiv diesem Rumgebohre zu entziehen versucht. Weil ich schon ganz froh war, daß ich überhaupt mal wieder richtig Spaß an Sexualität haben kann. War ganz glücklich, daß er nicht son Rammler ist.

Erst als ich Arne kennenlerne, stelle ich fest, daß plötzlich alles geht, was ich schön finde. Und daß es von alleine geht. Daß da jemannd ist, der genau dasselbe schön findet wie ich. Genau die gleiche Zärtlichkeit. Ohne, daß ich ein Wort zu sagen brauche.

Und ausgerechnet mit diesem Mann sitze ich jetzt hier und kann ihm nicht vermitteln, was sexuelle Ausbeutung heißt. Er sagt, daß Männer genauso für eine Nacht benutzt werden können und guckt Tagesschau.

Ich sage Arne, daß es mir immer schwerer fällt, irgendwelche persönlichen Sachen anzusprechen ihm gegenüber. Daß ich immer das Gefühl habe, ihn interessiert das eigentlich gar nicht.

„Das solltest du ruhig machen dann." Meint er. Redet irgendwas davon, daß es mein Problem ist, wenn ich nichts sage. Daß es mein Problem ist, wenn ich ihm gegenüber den Mund nicht mehr aufkriege. Und daß ich das doch ruhig machen sollte. Die Sachen ansprechen. Das sollte ich ruhig machen. Ich weiß da nichts mehr gegen zu sagen. Er sagt, er hat nichts dagegen, wenn ich solche Themen anspreche. Er hat n i c h t s d a g e g e n. Was will ich eigentlich? Er hat doch nichts dagegen!

Vielleicht liegt es auch nur daran, daß wir uns immer erst so spät abends treffen. Wenn er oder ich einen Termin hatte. Daß wir dann beide immer zu müde sind. Vielleicht liegt es daran.

„Ich möchte mich mal wieder mit dir treffen, wenn wir nicht beide todmüde sind, nach'm Termin. Nur noch zusammen ins Bett fallen". – „Ja okay, Freitag abend. Wir können ja was kochen".

Um sieben bin ich bei ihm, das Essen ist fast fertig. Seine BI sitzt ein Stockwerk tiefer und spielt Gitarre. Er will sich auch noch dazusetzen. Nicht lange. Ich krieg Schiß. Freundin von ... aber Schnickschnack. Probier doch erstmal aus, ob du dich da unten wirklich nicht wohl fühlst. Hinterher spazierengehen. Okay. Dann kann ich ja auch noch mit ihm reden. Nach dem Essen gehen wir runter. Ich fühl mich auch wirklich ganz locker und wohl in einem Haufen von Leuten, die mich nicht kennen. Freundin von ... Arne geht hoch, um das Geschirr abzuwaschen.

Jetzt sitzenbleiben. Hochgehen wäre das Eingeständnis meiner Unsicherheit. Und noch fühl ich mich wirklich nicht unwohl, obwohl ich mich hier nicht aktiv einmischen kann. Außerdem ist mir auch bewußt, daß ich solche Situationen früher viel unerträglicher fand. Daß ich schon wahnsinnig an Sicherheit gewonnen habe, daß ich nicht bei jedem Blick dieser „fremden Leute" auf mich rot werde. Irgendwie will ich hier gar nicht weg. Fang an, mich wohlzufühlen, weil mir mein eigener Fortschritt im Verhalten klar wird.

Aber ich würd mich lockerer fühlen, wenn ich per Zufall in diesen Haufen reingeschneit wäre, und nicht als Freundin von ... Obwohl es dann doch genauso „fremde Leute" wären. Es wäre mir lieber. Ich stünde nicht unter dem Zwang, zu beweisen, daß ich nicht die farblose Freundin eines Politmackers bin. Dann müßte ich nur beweisen, daß ich keine farblose Frau bin. Obwohl ich mich von diesen Zwangsgedanken schon weitgehend befreit habe ... 'n bißchen sind sie doch noch da. Aber eben nur noch in dem Maße, daß ich trotzdem da sitzen bleibe. Früher wäre ich in einer solchen Situation abgehauen, unter dem Vorwand, Arne beim Abwaschen zu helfen oder so. (Soll der Kerl doch alleine abwaschen) Ein emannzipierter Mann, der kochen und abwaschen kann!

Immer noch die Ängste, daß keiner mich will. Daß ich anderen auf die Nerven falle. Irgendwie müssen sie mir ganz gründliche Ablehnungsängste anerzogen haben. Ich war ja früher auch immer das schwarze Schaf. Beim Spielen wollten sie mich nicht haben. Ich muß ein unheimlich nerviges Kind gewesen sein. Aber ich sitze hier ganz gut. Habe schon fast gelernt, daß ich erstmal davon ausgehen kann, daß mich keiner ablehnt, solange ich nichts gesagt bekomme. Daß das Ignorieren meiner Person nicht immer Desinteresse, sondern meistens Unsicherheit anderer Leute ist. Die sind ja genauso unsicher wie ich! Die wissen genausowenig, wie sie das erste Wort an mich richten sollen, wie ich.

Arne kommt wieder. Es werden Lieder gesungen, die ich schon mal gehört habe, aber nicht so recht mitsingen kann. Will mich aber hier kommunikativ integrieren. Singe ein bißchen falsch dazwischen. Werde etwas leiser. Kann den Text sowieso nicht. Arne guckt mit einer Frau zusammen in ein Textheft. Ich sitze dazwischen. Arne fällt es gar nicht auf, daß ich nichts sehen kann. Die Frau hält das Heft mit einer ganz selbstverständlichen Geste näher zu mir. Find ich unheimlich lieb von ihr. Arne wäre auf die Idee nicht gekommen. Ihm ist wahrscheinlich gar nicht klar, wie ich mich fühle. Obwohl ich's ja ausführlich mit ihm diskutiert habe. Oder er weiß wieder mal einfach nicht, wie er auf mich eingehen soll. Jetzt muß ich natürlich wieder mitsingen, oder will auch irgendwie, weil ich sone nette Geste auch nicht unbeantwortet lassen will.

Später an der Elbe geht plötzlich ein Gespräch über Kinderkriegen los, das ich gar nicht wollte. Ich verbeiß mich aber trotzdem darein, weil ich zwischen den Zeilen raushöre, daß Arne auch zu diesem Thema wieder Scheiße im Kopf hat. Halbe KBW-Position, „gemeinsame Entscheidung", „betrifft den Mann genauso" und ähnliches krieg ich zu hören. So'n Mist! Eigentlich will ich ja was anderes mit ihm diskutieren, aber das, was er da von sich gibt, kann ich doch auch nicht unwidersprochen hinnehmen. Gehe halbherzig aber dennoch kämpferisch an die Sache ran, biege es aber dann doch ab, indem ich auf die etwas problemlosere Konstellation komme, daß beide 'n Kind haben wollen. Sage, daß ich natürlich auch lieber mich mit dem Mann zusammen für ein Kind entscheiden würde. Habe keine Lust, jetzt mit ihm die Möglichkeit: Frau will, aber Mann nicht und sowas durchzudiskutieren. Möchte ihm jetzt sagen, daß ich ein Kind von ihm haben möchte. Ein Kind mit ihm machen möchte. Jetzt und hier. Ich möchte ihm nahe sein ... und er ist so weit weg.

Aber eigentlich will ich ja gerade kein Kind machen. Eigentlich ist mir bewußt, daß das Spinnereien sind. Daß ich nur dann ein Kind in die Welt setzen würde, wenn ich's auch wirklich in mein Leben einbeziehen kann. Auch dann, wenn die dazugehörige Beziehung vorbei ist. Wenn ich mich selber fertig genug fühle, diese Verantwortung zu übernehmen. Und das fühle ich mich im Moment absolut noch nicht. Bin noch viel zu sehr auf der Suche danach, wie ich leben will, als daß ich ein Kind in meine unsichere Zukunft setzen könnte. Ich will ja gerade nicht schwanger werden. Ich habe ja gerade davor die größte Angst. Habe Angst, bereits schwanger zu sein. Von diesem ewigen Hin und Her neulich, bevor ich mein Pessar eingesetzt habe. Von dieser langwierigen Licht an – Licht aus – Licht an – Licht aus – Geschichte, bevor wir uns endlich zu was entschließen konnten. Und wo ich dann plötzlich seinen Schwanz zwischen meinen Beinen liegen hatte. Wo ich mich selber kaum noch beherrschen konnte, ihm nicht einfach entgegen zu rutschen. Ich weiß nicht mehr, was da genau los war. Aber ich weiß, daß es hart an der Grenze dessen war, was mann/frau ohne Verhütungsmittel tun darf. Ich habe Angst. Angst, daß ich vielleicht doch was „abgekriegt" habe. Ich will mit Arne darüber sprechen. Darüber sprechen, daß sowas schon gefährlich sein kann. Daß sowas nicht nochmal „passieren" darf. Und darüber, daß ich Angst habe. Daß ich auf meine Tage warte.

Ich gehe mit ihm spazieren. Ich kriege den Mund nicht auf. Er ist so weit weg. Wieso kann ich ihm sowas nicht einfach sagen?

„Das solltest du ruhig tun," dringt es naiv an mein Ohr.

Wieso fragt er auch nicht mal nach? Ich hab doch extra gesagt, ich will mich mal wieder früher mit ihm treffen, um was diskutieren zu können. Wieso fragt er nicht mal, was ich diskutieren will? Wir gehen nach Hause. Naja, denk ich. Wir können ja auch zu Hause diskutieren. Auf dem Nachhauseweg rennt er plötzlich in die nächste Kneipe rein. „Ich will noch inne Kneipe", stellt sich an einen Tisch und fängt an, sich mit einer Frau zu unterhalten, die er kennt. Ich stehe daneben und wundere mich. Der hätte mich auch mal fragen können, ob ich in 'ne Kneipe will. Den könnte es auch mal interessieren, daß ich neben ihm steh und nicht mal zuhören kann, was er mit der Frau redet. Er besetzt den einzigen Stehplatz, der an dem Tisch noch frei war. Und ich stehe hinter ihm und habe noch nicht mal die Möglichkeit, mich passiv in dieses Gespräch zu integrieren. Er fängt an, sich zu unterhalten, ohne mich vielleicht mal darüber zu informieren, ob er vorhat, hier länger zu bleiben. Ich will ihn gerade nach dem Wohnungsschlüssel fragen, um alleine nach Hause zu gehen, da will er selber auch raus. In die nächste Kneipe.

Draußen frage ich ihn, warum er denn jetzt in 'ne Kneipe will.

„Ich will mal sehen, ob ich jemanden treffe, mit dem ich mich unterhalten kann."

Mir verschlägt es die Sprache. Wieso kann er sich denn nicht mit mir unterhalten?

Aber ich trau mich nicht, diese Forderung zu stellen. Sage, daß ich dann schon nach Hause gehe. Gucke aber erst noch mit in die nächste Kneipe rein und treffe da Leute, die ich kenne. Unterhalte mich am Tresen mit denen, während Arne sich an einen Tisch setzt. Rede mir selber ein, daß ich das ja auch ganz gut finde.

Als wir zu Hause sind, halten meine Verdrängungsmechanismen nicht mehr länger vor. Komme endlich mit meiner Kritik daran rüber, wie er sich heute abend verhalten hat. Und dann will ich ihm noch klar machen, warum ich nicht prompt reagiert habe. Warum ich zu seinem Kneipenspruch nicht gleich gesagt habe, daß das 'ne Unverschämtheit sei. Weil ich selber ja auch noch so 'ne Scheiße wie Männerfreiheit im Kopf habe. „Ich schalte dann selber erstmal auf solche Kategorien wie: Ihm seine Freiheit lassen. Und dann fällt es mir auch schwer, mich gleich gegen sowas zu wehren!" versuche ich ihm zu erklären.

„Ich laß dir doch auch deine Freiheit." meint Arne ganz verständnislos. Das ist alles, was er dazu zu sagen hat. Es hat keinen Zweck. – Um solche Lappalien hätte es in seiner letzten Beziehung keine Auseinandersetzung gegeben, sagt er dann noch.

„Freiheit" statt aufeinander eingehen. „Freiheit" statt *einmal* zu fragen: Möchtest du auch noch in 'ne Kneipe? Wenn das Freiheit ist, dann will ich keine Freiheit.

Männerfreiheit!

Ich schalte trotz aller inneren Widerstände auf das Verhütungsthema um. „*Freiheit statt Verhütung?*" Das lasse ich nicht länger mit mir machen. Ich will, daß das Wort „Verhütung" auch endlich mal in seinem aktiven Sprachschatz auftaucht! Sage ihm nochmal, daß er genauso mitdenken soll wie ich. Daß ich ihm eine zweite Temperatur-Tabelle von mir machen will, damit er auch zu jeder Zeit weiß, in welcher Zyklusphase ich bin. Damit er das genauso zu jeder Zeit im Kopf hat.

Ich frage ihn, wie denn das mit seiner letzten Freundin gelaufen sei. „Doch, die hat auch immer gerechnet. Und dann haben wir immer die Tage vor der Periode und die Tage danach ..."

Ich erkläre ihm, daß „die Tage danach" die fruchtbarsten sind. Daß das von der Zykluslänge abhängt, und daß nur bei Frauen mit einem langen Zyklus die „Tage danach" noch unfruchtbar sind. Daß man vom kürzesten Zyklus 21 Tage abziehen muß, um wirklich sicher zu gehen. Daß der Eisprung bis zu

16 Tagen vor der Periode stattfinden kann. Und daß Sperma 3 Tage lebensfähig sein kann. Eventuell sogar noch länger, daß man sich da nicht sicher ist, und deshalb noch fünf Tage vor dem Eisprung abzieht. Und dann also 21 Tage insgesamt abziehen muß. Daß ich zum Beispiel manchmal einen Zyklus von 26 Tagen habe. Und deshalb nur die ersten fünf Tage sicher unfruchtbar bin. Daß es auch ein weitverbreiteter Irrtum ist, während der Periode könnte nichts passieren. Daß bei mir die beiden letzten Tage der Periode schon unter diese 21 Tage fallen. Daß die Spermien sich gut während der Menstruation nach oben arbeiten können, um da heimtückisch auf das Ei zu warten. Und daß zwischen Befruchtung und Einnistung des Eies sowieso nochmal 7 Tage vergehen, sodaß in der Zwischenzeit die Gebärmutterschleimhaut aufgebaut ist. Auch wenn die Befruchtung selber ein paar Tage nach der Periode stattgefunden hat.

Und daß ich immer nur die Hände über dem Kopf zusammenschlagen kann, wie viele falsche Informationen zu diesem Thema kursieren. Z.B.: „Es war doch erst kurz nach der Periode. Wieso bin ich denn schwanger?" Daß ich immer wieder von Frauen höre, die auf diese Methode ungewollt schwanger geworden sind. Immer wieder mit der Bemerkung: „Es war erst ganz kurz danach." Daß genau diese Uninformiertheit die Methode „unsicher" macht. Wenn frau sie richtig anwendet, ist diese Methode sicher! Und dann erzähle ich ihm noch, daß ein Spermatropfen außen an der Scheide schon ausreichen kann. Daß er mich, wenn das Schicksal uns böse gesonnen ist, damit schon schwängern kann.

Arne sitzt auf seinem Stuhl und hört sich das an. Fünf Meter von mir weg auf seinem Stuhl. Und dann sage ich ihm endlich, daß ich solche Diskussionen nicht immer über solche Distanz führen kann. Daß es mir immer noch schwer fällt, überhaupt über Sexualität zu diskutieren, daß ich das lieber mache, wenn man sich dabei aneinander ankuscheln kann.

Arne sitzt in seinem Stuhl und hört sich alles an, was ich ihm sage. Fünf Meter von mir weg.

Wir gehen ins Bett. Ich möchte mit ihm schlafen. Ich möchte ihm nahe sein. Jetzt ist doch endlich die absolut ungefährlichste Zeit. Wieso will er denn nicht?

Als wir am Morgen aufwachen, schlafen wir miteinander. Endlich kann ich ihm wieder nahe sein. Arne schlingt seine

Arme um mich, als ich auf ihm sitze. Ich finde das schön. Fühle mich wohl. Eigentlich ist alles wie immer. Eigentlich. Aber dann fühle ich mich plötzlich von einer Minute auf die andere ziemlich ernüchtert. Weiß plötzlich ganz genau, daß ich keinen Orgasmus kriegen werde.

Aber es ist nicht nur der Orgasmus. Irgendwas ist nicht in Ordnung. Noch bin ich nur ernüchtert. Als Arne hinterher ins Badezimmer geht, fange ich an, mich richtig unwohl zu fühlen. Nachdem ich onaniert habe, fühle ich mich wenigstens körperlich etwas entspannter. Insgesamt fühle ich mich immer noch beschissen. Versuche krampfhaft, ein paar Zärtlichkeiten von Arne zu erheischen, weil ich es nicht wahrhaben will, was sich da eben abgespielt hat. Ich will ihm nahe sein. Ich fahre nach Hause. Arne fährt zu einem Anti-AKW-Kongress. Auf dem Weg zum Bahnhof fange ich an, mir Vorwürfe zu machen: Ich hätte ihm gleich sagen müssen, was ich will. Das nächste Mal werde ich ihm gleich sagen, wenn mir was nicht paßt. Das lag an mir. Daran, daß ich den Mund nicht aufgekriegt habe.

Aber meine Verdrängung funktioniert nicht ganz. Ich kann selber nicht daran vorbei, daß die Scheiße, die ich gebaut habe, auf einer anderen Ebene liegt. Daß unser Zusammenschlafen heute morgen nicht mehr der körperliche Ausdruck einer vorhandenen Vertrautheit war. Sondern daß ich die Hoffnung hatte, damit eine Vertrautheit wieder zu erlangen, die auf anderer Ebene nicht da war.

Aber wieso spüre nur *ich* das so deutlich, daß ich nicht mehr kann? Wieso stört das *ihn* nicht genauso wie mich? Aber dann werden diese Gedanken mir zu unangenehm und ich verdränge sie schnell wieder. Am Sonntagabend habe ich für Jan, Uschi und Arne gekocht. Beim Essen versuche ich Arne mal zu streicheln oder seine Hand zu erwischen. Irgendwie ein bißchen körperliche Nähe zu ihm zu haben.

Arne sitzt da wie ein Holzklotz. Boykottiert jede Berührung mit mir. Ich verstehe nicht, was los ist.

Wir legen uns schlafen ... ganz zarte Umarmung nur ... mir ist klar, daß er nicht mit mir schlafen wird ... und doch ... reicht diese leise Berührung mit ihm ... und mein ganzer Körper öffnet sich ... fließt ihm entgegen ... mir wird ganz warm ... ich spüre mein Herz ... mein Brustkorb scheint sich zu öffnen ... ihn aufzunehmen ... mir wird heiß zwischen den Beinen ... ich

beginne zu fließen ... eine Woge schwappt über mich hinweg und trägt mich in tausend Einzelteilen zu ihm hin ... ich will ihn umfangen ... ihn aufnehmen in mir ... mich erst wiederfinden mit ihm ... strukturlos ... zerfließend, will ich erst wieder Konturen annehmen, wenn ich mit ihm zusammen bin ... mich wiederfinden als Einheit mit ihm ... meine Wärme ... verhallt unbemerkt. Er –
hat mich nur umarmt.

Montag. Einen Tag später. Halb vier.

Halb zwei wollte er kommen. Ich hab keine Lust mehr, zu warten. Will kurz was besorgen. Als ich über die Straße gehe, sehe ich ihn plötzlich die Grindelallee hochkommen. Gehe auf ihn zu.

„Wo kommst du denn jetzt her?"

„Die Schule hat 'n bißchen länger gedauert. Und dann mußte ich noch nach Altona. Was abholen."

„Ja und? Hätt'st du nicht mal anrufen können, daß du später kommst?"

„Ach ja." Sein Gesicht bekommt einen etwas dümmlich erstaunten Ausdruck. Aber ehrlich erstaunt. Es ist keine Schau, die er da abzieht. Er ist wirklich verwundert. Ganz plötzlich fällt es ihm ein, daß es ein Telefon gibt. Und daß mann anrufen kann, wenn mann sich verspätet.

Wie er da steht! Mit leicht geöffnetem Mund und großen braunen Kinderaugen. „Ach ja." Richtig etwas zurückzuckt bei seinem „Ach ja." Kann ich ihm böse sein? – Ich mache meine Besorgungen. Er geht einkaufen. Heute abend wollen wir kochen.

Als wir abends auf dem Bett liegen, fang ich an, mit ihm zu diskutieren. Weil ich ja weiß, daß er in seiner letzten Beziehung die Frau auch dauernd versetzt hat. Weil er „Unklarheiten" hatte, ob er die Beziehung „fortführen" soll. Rede mit ihm darüber, daß es ja immer mal sein kann, daß man sich verspätet, oder gar nicht kann. Aber daß mann dann anrufen muß, damit der andere seine Zeit sinnvoller verwenden kann als mit Warten.

Er findet alles richtig. Ich bin zufrieden. Denke, er hat's geschnallt.

Etwas später. Arne liegt bei mir auf dem Bett. Erzählt mir von seiner letzten Beziehung: Es war eigentlich immer sehr schön, wenn wir uns getroffen haben. Es war eigentlich immer sehr schön. (Betonung auf „sehr")

Wieso erzählt er mir das ausgerechnet mitten in einer Beziehungsauseinandersetzung? Will er mir damit sagen, daß ich ihn zu sehr nerve mit meinen ewigen Problemdiskussionen, dieses Schwein. Daß die andere Frau unkomplizierter war? Daß es mit ihr halt einfach „schön" war, wenn man sich getroffen hat?

Entweder die Frau hat sich'n Haufen mehr von ihm gefallen lassen als ich, oder er stellt mir das nur so dar, damit ich auch was dafür tue, daß es mit mir mal nur „schön" ist. Nicht immer diese inhaltsschweren Diskussionen. Und dann auch noch Kritik! Das scheint der junge Mann nicht gut zu vertragen. Außerdem möchte ich die Frau mal fragen, ob die's auch immer „sehr schön" fand, wenn sie sich mit ihm getroffen hat. Ich gehe auf solche Provokationen nicht mehr ein. Denke mir meinen Teil dumme Sau: Bilde dir nicht ein, daß du auf diese Art und Weise meine Kritik an deinem Verhalten abwürgst.

„So hab ich das gar nicht gemeint," würde Arne sicher sagen. „Das hast du da nur reininterpretiert. Ich komm mit euch Intellektuellen nicht klar. Ich komm viel besser mit Arbeitern zurecht. Die nehmen alles viel einfacher." Sprüche, die immer dann kommen, wenn ich von ihm fordere, sich mit sich selber auseinanderzusetzen. Ich bin verzweifelt. Unsere Diskussionen kommen immer an einem bestimmten Punkt ins Stocken. Ich möchte endlich mal rauskriegen, woran das liegt.

Ich merke, daß ich oft einige Tage später vergessen habe, wo wir aneinander vorbeigeredet haben und die Diskussion nicht wieder aufnehmen kann. Ich will mir für mich selber Klarheit verschaffen, wo die Ursache liegt, wenn ich mit Arne nicht weiterdiskutieren kann. Dazu ist es wichtig, festzuhalten, w a n n wir w a s diskutiert haben. Was er gesagt hat. Ich muß mir das aufschreiben. Vielleicht schaffe ich es dann, die Linie zu erkennen. Mit etwas zeitlicher Distanz die Sachen nochmal lesen können. Ich kaufe mir ein Tagebuch. Seit Jahren habe ich nicht mehr Tagebuch geschrieben. Ich stelle das Schild an meiner Wohnungstür auf „möchte nicht gestört werden" und setze mich hin. Mit meinem Tagebuch und meinem lila Füllfederhalter. Ich brauche Ästhetik beim Arbeiten. Runde gleichmäßige lila Buchstaben auf weißem Papier. Als ich zwei Seiten geschrieben habe, höre ich ein Knacken hinter mir. Drehe mich am Schreibtisch um. Sehe im anderen Zimmer Arne mit erhobenen Armen abwehrend rumwedeln: „Ich geh auch gleich wieder. Ich will gar nicht stören. Will mir nur was rausholen." „Schon passiert" sage ich und klappe mein Buch zu. Ich will nicht, daß er geht. Und dann sitzt er neben mir auf der Fensterbank und sieht auf meinem Schreibtisch, daß ich von „Bravo" Post bekommen habe. Peinlich. Aber wo sollte ich denn sonst hinschreiben, wenn ich ein Poster von Marc di Napoli haben will? Der so tolle strubbelige Haare und Sommersprossen hat und in Tom Sawyer den Huckleberry Finn gespielt hat. Und in den ich mich jedesmal wieder verknalle, wenn ich den Film wieder sehe. Hucky, der mit zerrissenen, weit offenen Hemden und barfuß durch Wiesen und Wälder streifen darf, während ich immer alles nicht durfte, weil ich ein Mädchen war.

erst hieß es,
an mir
sei ein Junge
verlorengegangen.
ich Wildfang.

dann hieß es,
Hosen
darf ich nur
im Wald tragen,
wo mich keiner sieht.
vielleicht
wollte ich deshalb
Förster werden.

oft hieß es,
daß der Prinz
das arme Mädchen
nahm,
weil es so keusch
auf ihn gewartet hatte.

immer hieß es,
daß der Prinz
das Mädchen
geküßt habe.

später hieß es,
du kannst nicht
Förster werden, aber
du kannst
einen heiraten.

dann verliebte ich mich,

in Robinson Crusoe,
und in Arpad, den Zigeuner,
und in Huckleberry Finn
und in mich.

barfuß
mit zerschlissenen Ärmeln
viel zu weit das Hemd
zerzaust meine Haare
liebe ich mich
am meisten.

so
möchte ich
unkeusch
auf den verdutzten Prinzen zueilen und
ihn küssen
auf dem weichen Moos ihm
seine Kleider
vom Leib reißen
und meiner Lüste frönen.

noch
bin ich mir nicht
verlorengegangen.

Arne fängt an, in mir rumzubohren, was meine Schwärmereien für irgendwelche Marc di Napolis und Gregory Pecks zu bedeuten haben. Er hat ja Recht, aber ich empfinde diese Diskussion als total aufgesetzt. Er sitzt auf der Fensterbank und diskutiert mit mir meine verkorksten Männerphantasien und zeigt dabei keinerlei emotionale Regung. Total cool. Kein Lächeln. Bei so einem Thema, wo ich mit meinen verborgensten Intimitäten rausrücken soll. Ich fühle mich unwohl, will ihn verbal nicht an mich ranlassen, aber kann auch im Moment noch nicht fassen, daß das an seiner Coolheit liegt. Ich merke nur, daß ich s o nicht über ein solches Thema diskutieren will.

Aber ich diskutiere weiter. Weil ich froh bin, daß er überhaupt Interesse zeigt, sich mit so persönlichen Macken von mir auseinanderzusetzen und nicht nur über Strauß und Schmidt mit mir reden will. Aber ich empfinde es als aufgesetztes Interesse, nicht als emotionales ehrliches Interesse, das man einem Menschen entgegenbringt, den man gerne mag.

Arne sitzt auf der Fensterbank und redet mit mir über Huckleberry Finn. Kein Lächeln. Kein lieber Blick. Er „setzt sich mit mir auseinander."

Zu Hause setzt er sich sicher hin und sagt: Heute habe ich mich über ihre persönlichen Probleme mit ihr auseinandergesetzt. Und bestimmt glaubt er da selber dran.

Er ist müde und will sich noch hinlegen. Ich bin froh, denn ich habe heute nachmittag noch eine Oxmox-Verabredung und weiß schon die ganze Zeit nicht, wie ich ihm das beibringen soll.

„Ich bin um vier zum Klönschnack verabredet," sage ich, so beiläufig wie es geht. Wenn er jetzt nachfragen würde, würd ich ihm auch alles sagen. Und daß ich ihm treu bleibe.

Aber er fragt nicht. Und ich kann doch nicht von mir aus, so ohne Veranlassung anfangen, ihm zu erzählen, daß ich mich jetzt mit 'nem Typen treffe und ihm aber treu bleiben will. Der denkt doch, ich bin bescheuert. Aber andererseits. Wenn es nun doch mal „raus" kommt. Nachher denkt er doch, ich wollte ihn „betrügen", ... weil ich nichts gesagt habe.

Als ich wiederkomme, schläft Arne noch. Ich lege mich zu ihm. Er muß sowieso erst in zwanzig Minuten aufstehen. Wenn ich mich jetzt dazulege, fällt es bestimmt nicht so auf, daß ich eigentlich gar nicht schlafen will, sondern nur darauf warte, daß sich vielleicht ein paar Streicheleinheiten ergeben.

Als Arne aufwacht, drehe ich mich zu ihm um. Überlege, ob ich mich jetzt trauen soll, ihn zu umarmen. Nachher erwidert er meine Zärtlichkeiten wieder nicht. Vielleicht sollte ich lieber warten, ... vielleicht umarmt er mich ja von sich aus. Als ich mich ganz erwartungsvoll zu ihm hindrehe, meint Arne „So!" und setzt sich ruckartig auf. Ich bin frustriert. Aber mir ist das auch peinlich. Ich habe zwar nichts gesagt, aber trotzdem war es offensichtlich, daß ich mich ihm „angeboten" habe. Und er hat mich „verschmäht". Und dann überspiele ich die Situation mit einer locker verkrampften Bemerkung, daß er ja sehr abrupte Bewegungen drauf hätte oder so.

Ich bin nicht schwanger. Ich habe meine Tage. Heute und die nächsten drei Tage geht es noch ohne Verhütungsmittel. Die Sache ist immer noch nicht geklärt. Er hat sich neulich meinen Vortrag angehört, daß er mitrechnen soll und seitdem hat er nichts mehr dazu gesagt. Er fragt auch überhaupt nicht mal nach, wie denn das nun ist mit der zweiten Tabelle. Ich hab mich nicht getraut, sie ihm einfach so in die Hand zu drücken. Am Morgen nach der letzten Verhütungsdiskussion hat er mit mir geschlafen. Ohne zu fragen. Freiheit statt Verhütung! Nichts mit Mitrechnen und so! Er hat sich darauf verlassen, daß ich das schon im Kopf habe, wenn ich mit ihm schlafe. Ich habe mit ihm geschlafen. Ich hatte keine Lust, zum fünften Mal das leidige Thema anzusprechen. Zumal es ja nicht nötig war zu der Zeit. Aber nun wird es wieder nötig. In vier Tagen wird es wieder nötig.

Mir ist neulich eine Idee gekommen. Mit Arne kann ich mir alles schön vorstellen. Vielleicht auch eine andere Sexualität, als unbedingt zusammen zu schlafen während der gefährlichen Zeit. Andere machen doch auch „Petting" und finden das sehr schön. Warum betrachte ich das als Ersatzbefriedigung? Warum sage ich: Lieber gar keinen Orgasmus als so einen? Mir wird klar, daß diese „Petting"-Orgasmen nie Ausdruck einer gemeinsamen Sexualität waren. Daß sie immer der Trostpreis für mich waren, wenn die Typen vorher über mich hinweggevögelt haben. Daß es keine organische Erklärung dafür gibt. Daß ich mich halt angeschissen fühle, wenn einer erstmal in mir rumrammelt und mich dabei vergißt. Das kann keine noch so revolutionäre Sexualtechnik vertuschen. Ich will keinen Orgasmus, weil ich ein „Recht" darauf habe. Ich will eine gemeinsame Sexualität. Und wenn die Typen dazu nicht in der Lage sind, dann können sie es sich schenken, mich hinterher zu „befriedigen". Ich will nicht in erster Linie einen Orgasmus. Ich will in erster Linie eine gemeinsame Sexualität. Wirklich mit jemanndem zusammen sein. Dabei ist die Form des Zusammenseins wirklich nebensächlich. Ich habe plötzlich das Gefühl, mit Arne ginge das. Mit Arne kann alles schön sein. Ich verstehe gar nicht, wieso ich da nicht eher drauf gekommen bin. Mit Arne ist es doch wirklich egal, was ich mit ihm mache. Hauptsache, ich bin mit ihm zusammen. Es wäre bestimmt unheimlich schön. Ich muß mit ihm darüber sprechen.

Elbspaziergang.

Arne hat beide Hände in den Hosentaschen. Wenn ich meine Hand in seine schiebe oder mich bei ihm einhake, läßt er mich. Bis er seine Hand beim Reden für irgend 'ne Geste gebraucht. Danach landet sie wieder in der Hosentasche. Ich muß sie mir neu erkämpfen.

Es ist mühsam, aber ich gebe nicht auf. Weshalb will er sich denn nicht von mir anfassen lassen? Ich will mit ihm ein Gespräch über Sexualität anfangen, und das fällt mir schwer genug. Wenn jetzt auch noch diese körperliche Distanz dazukommt .... ich krieg den Mund nicht auf. Ganz lange.

Wir reden über irgendetwas, was mich jetzt gar nicht interessiert. Ich will mit ihm über was anderes reden. Das Thema anzuschneiden fällt mir schwer genug. Dafür jetzt auch noch ganz direkt sagen zu müssen: Du, laß uns dieses Gespräch mal abbrechen. Ich möchte mit dir über was anderes reden. Das bring ich erst recht nicht.

Irgendwann schläft die Unterhaltung dann von alleine ein. Jetzt könnte ich. Los, anfangen, bevor er wieder ein anderes Thema anschneidet.

Ich kann nicht. Ich kann nicht. Ich kann nicht. – Minutenlang ringe ich mit mir. Dann ... endlich bringe ich die ersten Sätze über die Lippen. Rede was von Sexualfeindlichkeit der Neuen Linken. Erinnere ihn an das, was er in unseren ersten Diskussionen gesagt hat. Daß er nicht so'n Interesse daran hat, mit 'ner Frau zu pennen. Daß ihm Zärtlichkeit wichtiger ist. Ich frage ihn, ob das immer so war bei ihm.

Nö, früher hat er auch mit Sexualität andere Sachen verdrängt und Beziehungsschwierigkeiten zukleistern wollen. Da haben wir also die gleichen Erfahrungen, registriere ich. Sowas will ich auch nicht wieder. Aber in 'ner guten Beziehung ... ich argumentiere mit dem Buch „Die Scham ist vorbei", wo an einer Stelle steht „ zusammen schlafen ist fast so wichtig wie zusammen reden". Sage, daß ich diesen Satz richtig finde. Er wiederholt, daß er da nicht so'n Interesse dran hat. Ich weiß nicht, wie ich weitermachen soll. Es ist so schwierig. Irgendwie ist es bestimmt alles sehr konfus, was ich sage. Habe ich nicht den Mut, das ganz direkt zu sagen, was ich will: Daß ich eigentlich immer Lust habe, mit ihm zu schlafen. Und daß ich nicht verstehen kann, weshalb er so selten mit mir schlafen möchte. Es fällt mir unheimlich schwer, nach seinen coolen Statements von „Ich hab da nicht so'n Interesse dran", nochmal direkt zu sagen, daß ich da aber „ein Interesse dran habe." Bei aller Emanzipation regt sich jetzt bei mir das schlechte Gewissen. Das schlechte Gewissen, daß ich als Frau „sexuelle Bedürfnisse" habe. Und es auch noch wage, sie zu äußern. Und dann auch noch abgewiesen zu werden. Sich angeboten haben und nicht „genommen" zu werden. Er darf doch nicht denken, daß ich „so eine" bin. Daß ich eine sex-besessene, gefühlskalte Frau bin.

So ein Quatsch, der sich da in meinem Kopf abspielt. So ein Quatsch! Erstens ist es mein gutes Recht, „sexuelle Bedürfnisse" zu haben. Auch als Frau. Weshalb habe ich immer noch dieses Männerschema in meinem Kopf, daß es zwei Sorten Frauen gibt: die einen, die selber sexuelle Bedürfnisse zu erkennen geben und die mann als Sexualobjekt benutzen darf. Und die anderen, die mann ernster nimmt, denen mann Gefühle zuspricht, die mann heiratet, nachdem mann sich die Hörner bei der ersten Kategorie abgestoßen hat. Immer noch meine Angst, beim Äußern meiner sexuellen Wünsche in die erste Kategorie einsortiert zu werden. Ich habe ein Recht auf meine Sexualität! Das war erstens.

Und zweitens sind es ja gar keine losgelösten „sexuellen" Bedürfnisse, die ich Arne gegenüber habe. Ich will mit ihm schlafen, *weil* ich ganz, ganz starke Gefühle für ihn empfinde. Es macht mich fertig, daß er immer nicht mit mir schlafen will. Warum will er das nicht?

Ich weiß nicht, wie ich weiterreden soll. Rede erstmal über meine Schwierigkeiten, diese Diskussion überhaupt zu führen. Sage ihm, daß es mir sehr schwer fällt, sowas mit so einer körperlichen Distanz zu diskutieren. (Meine Hand wird gerade wieder in seiner Hosentasche geduldet.) Sage ihm, daß ich immer Schwierigkeiten habe, über Sexualität zu reden, und daß ich es am liebsten in einer Atmosphäre mache, wo ich mich ankuscheln kann. Am liebsten zu Hause im Bett mit ihm darüber reden würde. Ich sage das nicht das erste Mal.

Arne hört mir zu. Sagt nichts zu diesem Punkt.
Mein Gott, es macht mich wahnsinnig, wenn ich so viel aus mir raushole und dann keine Reaktion kommt.

Aber ich gebe immer noch nicht auf. Ich muß es direkter sagen. Wir setzen uns am Strand auf einen Holzstamm. Es ist dunkel und man kann nicht sehen, ob da eventuell Teer drauf ist. (Hoffentlich gibt es keinen Teerfleck in meinem Rock) Ich umarme ihn. Er muß doch verstanden haben, daß ich nicht mit ihm reden kann jetzt, wenn ich nicht seine körperliche Nähe spüre. „Bei mir ist es so ...... daß ...... bei mir ist eigentlich so 'ne ständige ..... Bereitschaft will ich es nicht nennen ..... aber .... doch ..... das ist so ..... bei mir ist so 'ne ständige Bereitschaft, mit dir zu schlafen ....."

Vorbehalte, weil ich „Bereitschaft" als etwas typisch weiblich Passives empfinde. Aber ich mußte es so ausdrücken, weil es mir darauf ankommt, ihm zu sagen, daß meine Bedürfnisse zwar da sind, aber nichts Forderndes annehmen. Ich nicht Sexualität v o n ihm will, sondern Sexualität m i t ihm will.

Erzähle ihm, was Jan mir gesagt hat. Daß er, wenn er Lust hat und merkt, Uschi hat keine Lust, daß er dann auch keine Lust mehr hat. Daß er nur Lust hat, wenn sie auch Lust hat. Sage ihm, daß es mir bei ihm auch so geht. Daß ich zwar dauernd Lust habe, aber daß es nicht sein muß. Daß ich nicht frustriert bin, wenn „es" dann nicht passiert.

„Es ist zum ersten Mal so, daß ich wieder das Gefühl habe, mit dir könnte ich sowas wie eine gemeinsame Sexualität entwickeln. Das konnte ich vorher nicht." Und daß ich meine, daß es schon einen Ansatz von Objekthaftigkeit ausdrückt, weiterhin Lust zu haben, wenn man merkt, der andere hat keine Lust. Daß das in meiner letzten Liaison so war, und daß es jetzt mit ihm ganz, ganz anders ist.

Es war schwer, unheimlich schwer, das alles über die Lippen zu bringen. Es diesem Mann zu sagen, der hier neben mir sitzt und fast nie mit mir schlafen will. Aber nun ist es raus. Was nun wohl kommt. Ich warte.

Arne sieht hinaus auf die Elbe. Auf die Schiffe und auf die Lichter.

„Ich weiß, daß ich ... verknallt bin", sagt er dann. Den mittleren Teil des Satzes habe ich akustisch nicht verstanden. Frage nach: „Daß du in mich verknallt bist?"

„Daß ich n i c h t in dich verknallt bin", korrigiert Arne cool und trocken.

Ruhig bleiben. Nach außen hin ruhig bleiben. Schlucken. Stille. Dunkelheit. Lichter auf der Elbe. Ein Holzklotz unter mir. Ein Holzklotz neben mir. Ein Holzklotz, der dann mit ganz unbeteiligter Stimme fragt: „Schockt dich das jetzt?"

„Ja!" sage ich, ohne lange zu überlegen. Das schockt mich wirklich. „Weshalb bist du denn dann mit mir zusammen?"

„Weil ich unsere Auseinandersetzung gut finde."

In mir brodelt es. Heiß und undefinierbar. Irgendwie bekannt und doch anders. Er hat eben nicht so'n großes Interesse mit mir zu schlafen, weil er nicht in mich verknallt ist, sagt er. Das leuchtet mir ein. Aber es ist ja nun so gar nicht das, was ich erwartet habe, zu hören. Er sagt, daß er in seine letzte Freundin auch nicht verknallt war. Daß er lange nicht mehr verknallt war. In die Frau davor, in die war er verknallt, ja. Aber in seine letzte Freundin auch nicht. Und er glaubt nicht an Liebe auf den ersten Blick. Sowas kann sich höchstens langsam entwikkeln.

Allmählich fange ich mich wieder. Sage, daß ich es übel finde von ihm, daß er sowas nicht mal von alleine sagt, und eher sagt. Daß das typisch männlich ist, daß er sich keine Gedanken darüber macht, in was für eine Situation er Frauen damit bringen kann. Daß es meistens so ist, daß er sich keine Gedanken darüber macht, in was für eine Situation er Frauen damit bringen kann. Daß es meistens so ist, daß Frauen mehr Gefühle investieren und dann die Angeschissenen sind. Daß er sich darüber Gedanken machen muß, in was für eine Scheißsituation er die Frau bringt, wenn die nämlich Gefühle investiert. Daß ich es hundert Mal erlebt habe, daß ich mehr Gefühle entwickelt hab als die Typen, und, und, und ...

Arne sieht das nicht. Das mit den Frauen schon gar nicht. Es kann doch ebensogut sein, daß der Mann abhängiger ist. Das kann doch genausogut sein ....

Und daß er das hätte ansprechen müssen, und nicht so zufällig in einer Diskussion fallen lassen, wenn ich grade ein damit zusammenhängendes Thema wie Sexualität anspreche, daß er es von sich aus hätte ansprechen müssen, sieht er auch nicht.

„Es kommt doch nicht drauf an, ob ich verknallt bin oder nicht, sondern wie ich mich in der Beziehung verhalte." sagt er. „Und es ist ja nun nicht so, daß ich gar nicht mit dir schlafe. So ist es ja nun auch nicht." Und seine Augen bekommen einen fesselnden durchdringenden Ausdruck bei den letzten Worten. Seine dunklen weitgeöffneten Augen im schwachen Licht, das von der Elbe herüberscheint. Wie er sie nur für einen kurzen Augenblick weit aufreißt und mich ernst anguckt, während er das sagt: „So ist es ja nun auch nicht!" Diese dunklen drohenden Augen, die zu diesem letzten Satz keinen Widerspruch dulden. Deren Feuer mich in einem Sog fortreißt und mir wieder diese Hitze durch den ganzen Körper treibt.

Herzklopfen.

Nein, so ist es ja nun wirklich nicht. Seine feuersprühenden Augen fordern von mir, sich daran zu erinnern, daß wir ja letzte Woche miteinander geschlafen haben. Und ich erinnere mich. Erinnere mich gut. Zu gut. Ich will mit ihm schlafen. Ich will ihn wieder ganz. Ihn, und nicht nur das Feuer in seinen Augen.

Es dauert. Dauert eine ganze Weile, bis ich mich von diesem Blick wieder erholt habe und weiterreden kann.

In meinem Kopf haben sich zwei Augen festgebrannt und der Satz: „So ist es ja nun auch nicht!"

Ich versuche ihm klar zu machen, daß es immer so war, daß Typen sich mit mir eingelassen haben und wenn ich dann emotional total drinhing, hieß es plötzlich: Ach nee, Moment mal, so hab ich das gar nicht gemeint. Ich wollte nur ....

Arne begreift nichts. Will nichts begreifen. Kommt mir wieder damit, daß es aber auch der Mann sein k a n n und daß es doch drauf ankäme, wie er sich in der Beziehung verhält.

Ich geb's auf. Was mach ich falsch, daß er mich nicht versteht? Wo ist der Punkt, an dem wir aneinander vorbei reden?

In der Kneipe unterhalten wir uns erstmal über belanglosere Dinge. „Welche Augenfarbe hast du eigentlich?", frage ich ihn, weil ich sie immer für braun gehalten habe und sie mir eben plötzlich grün vorkommen. Er sagt auch, daß es beides sei. Braun und grün. „Also khaki", lache ich. Ein hartes, bitteres, aufgesetztes Lachen. Ein Lachen, das ihm zeigen soll: Du hast mich nicht verletzt. Du schaffst es nicht, mich mit deiner Gefühllosigkeit kleinzukriegen. Ein Lachen, das sagt: Ich habe keine Gefühle. Ich bin nicht so abhängig von dir, daß die Tatsache, daß du mir eiskalt sagst, du seist nicht in mich verknallt, mir das Lachen verschlägt. Bilde dir bloß nicht ein, du könntest mich traurig machen.

„Also khaki!", lache ich ihm hart entgegen. Die Situation plump überspielend. Und genauso geht er darauf ein: „ ... so ne Scheißfarbe hab ich", lacht er.

Ich lache mit ihm. Dabei bin ich verletzt. Tief verletzt. Ich habe einem Menschen gerade meine Gefühle offenbart. Meine ganz starken und tiefen Gefühle für ihn. Und habe als Antwort erhalten: „Ich bin nicht in dich verknallt!" Und jetzt sitze ich hier und lache mit ihm darüber, daß seine Augen khaki-farben sind. Wie verlogen! Warum habe ich nicht geschrien: Aber ich! Ich bin in dich verknallt, Mensch. Begreif das doch mal. Daß wir hier nicht eine theoretische Diskussion darüber führen, ob Männer sich genauso unglücklich verlieben können wie Frauen, sondern daß ich .... i c h .... dir gerade meinen Abgrund an Gefühlen offenbart habe und du .... d u .... mir brutal und gefühllos zu verstehen gegeben hast: „Na und? Ich aber nicht."

Nach einer Weile sage ich dann, daß mir jetzt klar geworden ist, weshalb wir uns eben nicht verstanden haben. Daß es bisher immer so war, daß die Typen gesagt haben, ich bin nicht in dich verknallt und dann abgehauen sind.

„Aber so verhältst du dich ja gar nicht. Du haust ja gar nicht ab." „Nee, eben", sagt er. „Das meinte ich ja, wenn ich sage, es kommt drauf an, wie ich mich in der Beziehung verhalte." Ich atme auf. Ich hab die Lösung gefunden. Er ist zwar nicht in mich verknallt, aber er bleibt ja bei mir.

Als wir nach Hause gehen, glaube ich selber daran, daß ich damit zufrieden bin. Als ich zwei Tage später auf meinem Bett liege und nachdenke, fällt es mir plötzlich wie Schuppen von den Augen. Mir kommen die ersten Tage mit Arne hoch. Wie schön das alles war. Und mir wird plötzlich klar, daß ich seine Zärtlichkeit verloren habe. Daß ich die ganze Zeit daran vorbeigucken wollte, daß alles total abgekühlt ist. Daß ich seine verliebten Augen schon ganz lange nicht mehr gesehen habe. Ich weine. Stundenlang liege ich auf meinem Bett und weine. Jede Einzelheit kommt mir wieder ins Bewußtsein. Jede Einzelheit. Alles, was so schön mit ihm war. Wie er mich angesehen hat, als wir zusammen geschlafen haben. Die ersten Stunden mit ihm.

Wie er mich angepliert hat, wenn er sich bei mir angeschmust hat. Wie lieb er war. Und ich kann nur noch weinen.

Aber dann reift in mir der Entschluß, ihm einen Brief zu schreiben. Gleich morgen.

Ich gehe am nächsten Tag nur ein paar Stunden zur Arbeit. Nehme mir den ganzen Nachmittag für diesen Brief Zeit:

Hamburg, den 12.10.79

Lieber Arne! Mir ist heute nacht klar geworden, was eigentlich in den letzten 4 Wochen mit uns gelaufen ist, und daß es so wie jetzt nicht weitergeht. Die ganze Nacht und heute morgen auf der Arbeit wußte ich noch Satz für Satz, was ich dir schreiben wollte, und jetzt weiß ich nicht mehr, wo ich anfangen soll. Vielleicht am besten damit, daß du nicht in mich „verknallt" bist, wie du es nennst. So, wie du dich mir gegenüber verhältst, kann ich das nur bestätigen. Das war auch die Ursache dafür, daß ich von einem bestimmten Zeitpunkt dir gegenüber den Mund nicht mehr aufgekriegt habe. Ich habe einfach gespürt, daß du mich nicht mehr an dich ranläßt, abschottest, mir plötzlich mit einer Gefühlskälte entgegentrittst, die ich nicht einordnen konnte. Am Anfang ist sie mir noch nicht mal bewußt aufgefallen. Ich habe nur unterschwellig gemerkt, daß etwas „nicht in Ordnung" war, daß wir schon nach 2 Wochen anfingen, eine Gewohnheitsehe zu führen.

Aber das Entscheidende ist für mich im Moment nicht, daß du nicht in mich verknallt bist, sondern daß du nicht *mehr* in mich verknallt bist. Ich habe nach dem Dienstag abend, wo du mir das so beiläufig gesagt hast und nachher sehr hartnäckig darauf bestanden hast, daß das ganz unwesentlich für eine Beziehung sei, erstmal gedacht, okay, er hat Recht, wichtig ist, wie wir unsere Beziehung gestalten. Aber ich hab auch versucht, die ersten Tage mit dir in dieses Bild vom „Nicht-verknallt-sein" einzuordnen, aber das ging nicht so recht, und jetzt ist mir auch klargeworden, daß es nicht gehen konnte. Es paßt nämlich vorne und hinten nicht zusammen, wie du dich am Anfang verhalten hast und daß du mir dann erzählst, du seist nicht verknallt, glaubst nicht an „Liebe auf den ersten Blick". (Wo hast du *das* überhaupt her? *Davon* hab *ich nicht* geredet!) Seist vor 'n paar Jahren zuletzt verknallt gewesen und sowas könne sich höchstens langsam entwickeln. Woran ich gemerkt habe, daß auch du am Anfang in mich verliebt warst, darauf gehe ich nachher noch ein. Für mich ist im Moment nur erstmal wichtig, daß es so war und daß ich glaube, daß du irgendwann vor diesen Gefühlen weggelaufen bist, – warum, und ab wann das so war, kannst in erster Linie nur du selber beantworten, ich kann da nur spekulieren. Für mich kann ich sagen, daß ich auch schon nach ein paar Tagen von meiner rosaroten Wolke runtermußte, als ich mich gezwungen sah, die erste wesentliche Auseinandersetzung konsequent durchzustehen. Verliebt sein und konsequent bleiben ist nicht leicht miteinander zu vereinbaren, und da ich nicht mehr bereit bin, einem Mann zu „liebe" hinter meine eigenen Forderungen zurückzufallen und von Anfang an ich selber bleiben will, hat erstmal meine Verliebtheit darunter gelitten. (Wenn ich ehrlich bin, meine Konsequenz aber auch ein bißchen, aber nicht mehr so doll wie früher)

Ich hab zwar die ersten Zweifel gekriegt, ob ich eine Beziehung zu dir überhaupt haben kann, ohne mich selber aufzureiben. Aber meine Verliebtheit war nicht schlagartig zu Ende. Richtig eingefroren bin ich erst, als du für mich immer unnahbarer wurdest. Ich find es auch falsch, wenn du mir den schwarzen Peter zuschiebst und sagst, es sei mein Problem, wenn ich Sachen aufstaue und nicht mit dir reden kann. Ich Trottel hab das erstmal so hingenommen. Jetzt ist mir klargeworden, was das für ein hanebüchener Quatsch ist.

Kommunikation und auch Nicht-Kommunikation ist immer die Sache von mindestens zwei Menschen. Ich weiß gar nicht, wo ich ansetzen soll, um dir das zu erklären, weil es meiner Ansicht nach sonnenklar ist. Du schiebst mit deiner These schön alle Verantwortung von dir ab und hast dann deinen Kopf wieder für „höhere" Dinge frei. Über Beziehungs- und Kommunikationsprobleme nachzudenken, ist dann meine Sache, wie es sich für eine gutbürgerliche Durchschnittsehe gehört. Vielleicht überzeugt es dich, wenn ich dir sage, daß ich mit anderen Menschen, auch mit einigen Männern, diese Schwierigkeiten nicht habe/hatte. Dir muß doch klar sein, daß auch du einen Anteil an so einer Situation hast.

Und meiner Ansicht nach besteht dieser Anteil eben zu einem Teil aus deinem Abschotten, mich nicht mehr an dich Ranlassen. (Bei all dem frag ich mich immer wieder, wie konntest du eigentlich dazu kommen, dich selbst als „unmännlicher Mann" einzuschätzen ?????????)

Das schlimmste ist, daß du noch nicht mal merkst, daß sich das Klima zwischen uns geändert hat, ich hätte mich dir gegenüber nicht anders verhalten, sagst du. Du siehst es deshalb nicht, weil du mir gegenüber genauso eingefroren bist und dir erstmal subjektiv nichts fehlt. Was hat es bei dir eigentlich ausgelöst, daß ich dir nach einer Woche „Beziehung" gesagt habe, ich hätte schon den Gedanken gehabt, bloß raus hier, bevor es dir zu schwer fällt. Im Moment bist du noch „nur" verliebt, wenn's erst mal mehr wird, läufst du noch mehr Gefahr, dich *für* die Beziehung und *gegen* dich selber zu entscheiden. Und daß das bei uns zur Alternative werden *kann*, hab ich ziemlich früh gesehen.

Bin ich dir vielleicht zu „schwierig" gewesen, daß ich dir nach einer Woche schon mit solchen Klamotten gekommen bin? Mir fällt jetzt auch auf, daß du damals gar nichts dazu gesagt hast. – Ich wüßte gerne, was sich in dem Moment in deinem Kopf abgespielt hat.

Und dieser Widerspruch, dich einerseits unheimlich gerne zu mögen, aber andererseits zu sehen, daß du ein ganz schön unverdaulicher Brocken sein kannst, hat ganz schön an mir gezerrt. Ich hab damals immer an ein Gedicht denken müssen, das eine Freundin von mir geschrieben hat:

eine zarte
und unausweichlich harte
liebe,
nur in
    schmerzen
    vergewaltigung
    traum
enthalten.

Ich will nicht, daß sie mit diesem Gedicht „recht" hat. Ich will nicht wieder lieben um zu leiden. Eine „Beziehung" soll mir Kraft geben, um meinen Alltag zu bewältigen, und der Alltag soll mir wieder Kraft für die Beziehung geben. Aber ich will keine „Beziehung", die mir die Kraft raubt, die ich für meinen Alltag brauche. „Liebe" soll nichts Mystisches sein, das mich aus undurchschaubaren Gründen kaputt macht.

Aber – ich will auch lieben dürfen, und meine Gefühle dir gegenüber nicht hinter Formulierungen verschanzen, wie „ich finde unsere Auseinandersetzung gut", oder „ich hab Interesse an dir". Männer haben mich oft genug mit ihren Sprachnormen vergewaltigt und ich habe mich ihnen unterworfen. Gefühle hat mann nicht, mann hat Interesse, mann hat eine gute intellektuelle Beziehung, mann braucht seine Streicheleinheiten ... – tote Streicheleinheiten, ohne Gefühle.

Seinen brutalsten Ausdruck hatte das darin, wenn mann eine gute sexuelle Beziehung zu mir hatte. Ich finde diesen Rationalismus ganz schön kaputt. Ich hab mich auch von dir im ersten Moment wieder unterkriegen lassen, indem ich dir (etwas indirekt) zu verstehen gegeben habe, ich sei auch nicht in dich verknallt. – Anstatt zu sagen: Der Typ sagt, er ist nicht in mich verknallt. – Wie sieht es denn bei mir aus? – Aber nein, frau ist natürlich gleich dabei, sich seinen Ansprüchen anzupassen.

Nach deinem Weltbild ist das jetzt wieder *mein* Problem, aber das ist es nicht! Es ist *unser* Problem. Und außerdem glaube ich dir deine eigene Problemlosigkeit sowieso nicht. Gerade die Tatsache, daß du dich als gefühlsamputierter „harter Mann" gibst, zeugt davon, daß du *genau da* Probleme haben mußt. (linke Frau, 24, möchte gerne unmännliche Männer kennenlernen!)

Mir fällt es im Moment selber nicht ganz leicht, meine eigenen Gefühle dir gegenüber zu benennen. Einerseits merke ich wirklich nichts mehr von dem, was ich Verliebtsein nenne. Andererseits ist da aber mehr als „Interesse" oder „gute Auseinandersetzung". Ich glaube, daß ich mich wieder in dich verlieben könnte, wenn ich es mir erlauben würde. Aber das werde ich nicht tun, solange du dich mir gegenüber wie ein Kühlschrank verhältst, der sich ab und zu zu ein paar obligatorischen Streicheleinheiten hinreißen läßt. Wenn du jetzt sagen willst, es hätte sich doch nichts geändert: Ich merke sehr wohl einen Unterschied,. ob mann mich streichelt, oder ob mann mir mit der Hand durch die Haare fährt. – Wenn du mich früher umarmt hast, habe ich *dich* gespürt, wenn du mich heute umarmst, spüre ich nur noch deinen Arm. – Ich habe sehnsüchtig auf den Moment gewartet, wo „es" mal wieder so schön ist, wie am Anfang. Aber „es" gibt's nicht mehr, „es" ist weg, im Moment jedenfalls.

Bloß nicht ansprechen, Männer laufen weg, wenn frau zu früh zu deutlich wird, ihm Zeit lassen, vielleicht läuft sich das irgendwie von alleine zurecht. – Aber Scheiße, nichts läuft sich von alleine zurecht. Es läuft dir höchstens weg, und irgendwann hat sich so viel ereignet, daß du es gar nicht mehr aufarbeiten kannst. Und los bist du den Typen sowieso. – Oder was hast du von jemanndem, der neben dir sitzt und doch nicht bei dir ist?

Aber was willst d u eigentlich? Du dringst ja genausowenig noch zu mir durch wie ich zu dir. Du bist ja auch nicht mit mir zusammen, wenn du bei mir bist. Wieso merkst d u das eigentlich nicht? Brauchst du 'ne Frau, um dir und anderen sagen zu können: Ich hab eine!?

Gewohnheitsehe – tote Streicheleinheiten – gute Auseinandersetzung – Interesse ...

Aber – wieso warst du eine Woche lang zu etwas anderem fähig? – Ich weiß nicht, wie gut deine Verdrängungsmechanismen funktionieren, aber an etwas mußt du dich doch noch erinnern. Daran, daß du mich wirklich streicheln konntest am Anfang, daß wir wirklich zusammen waren, wenn wir uns umarmten, daß wir ineinander untertauchen konnten, wenn wir uns in die Augen sahen, daß wir wirklich zusammen waren, wenn wir miteinander geschlafen haben. –

Bevor du jetzt sagst, das hat sich alles nur in meinem Kopf abgespielt, versuch einmal, dich wirklich zu erinnern. H a s t du das vergessen, oder w i l l s t du es vergessen?

Sagst du immer noch, daß sich nichts geändert hat, daß du nicht in mich verliebt warst?

Gefühle machen angreifbar, verletzlich, sicher, aber sie müssen nicht schwach machen. Ich riskiere eine Enttäuschung, wenn ich mich verliebe. Aber ich verbaue mir die Möglichkeit, so etwas wie mit dir die ersten Tage zu erleben, wenn ich mir verbiete, mich zu verlieben. Und dazu ist es mir einfach zu schön. Ich kann mich kaum noch erinnern, wann ich mich zuletzt so wohl gefühlt habe mit jemanndem, es passiert nicht oft, alle paar Jahre mal, aber wenn es passiert, will ich es ausleben, genießen.

Ich habe mich zum ersten Mal nach langer Zeit mit jemanndem, mit dem ich abends ins Bett gehe, auch am nächsten Morgen noch wohl gefühlt. Das ist mir seit 1 1/2 Jahren oder noch länger nicht mehr passiert. Und genau dieses „sich am nächsten Morgen noch wohl fühlen" drückt bei mir aus, ob ich wirklich mit jemanndem zusammen war. Und es war mir am Abend bevor du kamst schon klar, daß es so werden würde. Ich hatte zum ersten Mal seit langer Zeit die Gewißheit: Es wird schön mit ihm.

die woge
die uns heute nacht fortriß
wirft uns am morgen
an den strand.

im warmen sand
erwachen wir
und taumeln
hand in hand
der sonne entgegen.

Das hab ich nach der ersten Nacht mit dir geschrieben, und es gibt nichts, was ich heute anders sehen würde, nur – auch die Sonne geht am Abend wieder unter, und der Sand wird kalt.–

Als ich vorhin die Gedichte meiner Freundin durchgeblättert hab, hab ich noch eins gefunden, das sehr gut beschreibt, wie ich mich im Moment mit dir fühle:

vor uns die luft
zerfließend in feuer
hinter uns die luft
erfrierend in blau

wir tranken
roten wein
eingehüllt
in das zarte lachen
der nacht.

gegen morgen blieb
graue asche
kühle dämmerung
fahler sand

Dies gefällt mir.

Wenn ich schon soweit bin, kann ich dir auch alles schreiben. Für mich gibt es kein Zurück mehr. Wenn es für mich noch einen Weg zu dir gibt, dann besteht der daraus, dir alles zu sagen, was in meinem Kopf vorgeht.
eingehüllt
in das zarte Lachen
der Nacht.

Ich habe noch dein Lachen im Ohr, als wir das erste Mal zusammen geschlafen haben. Ich sehe noch deine Augen vor mir, wie wir das erste Mal zusammen geschlafen haben. Ich erinnere mich noch an alles, was du gesagt hast, als wir das erste Mal zusammen geschlafen haben. Es ist schön, daß ich jetzt wenigstens wieder weiß, daß man *so* zusammen schlafen kann und daß ich im Moment alles andere nicht mehr will.

Ich habe zum ersten Mal seit Jahren keine „sexuellen" Bedürfnisse mehr. Ich werde warten, bis mir wieder sowas wie mit dir „passiert". Und ich kann jetzt zum ersten Mal traurig sein und weinen, daß es schön *war* mit dir.

Und was will ich jetzt von dir, mit dir?

Ich habe kein Patentrezept. Ich will an der „Lösung" all der Probleme auch nicht alleine basteln, (falls es eine gibt). Ich kann nicht von dir verlangen, daß du mir gegenüber Gefühle *hast*, aber ich kann verlangen, daß du mit deinen Gefühlen *offener umgehst*. Ein Ansatzpunkt ist dazu auch, in deinem Kopf klarzukriegen, was da am Anfang bei dir war und wie sich das entwickelt hat.

Ich wollte eigentlich noch viel mehr schreiben, aber ich hab schon hier das Gefühl, daß ich bei einigen Sachen die Zusammenhänge nicht klar genug hingekriegt habe. Aber wie gesagt, ich kann nicht alleine *unsere* Beziehung analysieren.

Warum ich dir das schreiben mußte?

Zum Teil wirklich, weil ich nicht mehr mit dir reden konnte, weil ich alleine meine Gedanken erstmal ordnen kann, weil ich bei deiner Coolheit im Gespräch gar nicht mehr wage, noch Gefühle von mir rauszulassen. Und so bin ich erstmal mit mir, meinen Gefühlen und dem Briefpapier alleine, und fühl mich nicht durch dich gleich so abgeblockt.

Ich möchte mich erst wieder mit dir treffen, wenn du dir zu diesem Brief Gedanken gemacht hast, und wir darüber sprechen können. Ich hab im Moment keine Lust mehr, diese „Gewohnheitsehe" so fortzusetzen, solange wir über diese Sachen nicht gesprochen haben, – bzw. die „Gewohnheitsehe" fortzuführen, bin ich sowieso nicht bereit. Wenn es weitergehen soll, müssen wir (das bist du u n d ich) uns schon was anderes überlegen.

Gruß und (wenn du möchtest) Kuß

Svende

Ich bringe den Brief am Abend zu der Adresse, wo er jetzt überwiegend wohnt. Wenn ich Pech habe, kommt er erst morgen wieder dahin. Schläft heute nacht vielleicht woanders. Weil Freitag ist und er sich freitags sowieso meistens irgendwo bis spät in die Nacht hinein besäuft.

Sonnabend mittag klingelt das Telefon. „Hier ist Arne. Ich hab deinen Brief heute gekriegt ...., und find ihn größtenteils richtig."

Ich atme auf. – Und ob ich denn heute nachmittag Zeit hätte? – Ich erinnere ihn nochmal daran, daß ich mich erst wieder mit ihm treffen will, wenn wir über den Brief reden.

Den hätte er aber erst einmal überflogen. – „Denn möcht ich mich erst Montag mit dir treffen. Dann kannst du ihn nochmal lesen."

Wir verabreden uns für Montag. Sonntag ist die Gorleben-Demo in Bonn. Als Gabi und ich Sonntag morgen um 5.00 am Hauptbahnhof stehen, sehe ich plötzlich Arne auf der Treppe. Arne, der mit seiner BI mit dem Bus fahren wollte. Mit dem ich hier nun wirklich nicht gerechnet habe. Ich gehe zur Treppe. Stehe einen halben Meter unter ihm. Er sieht mich nicht. Liest ein Flugblatt. Ich faß ihn am Bein an. „Hallo Arne!"

Und dann erzählt er, daß seine BI ohne ihn abgefahren ist, daß er die irgendwie verpaßt haben muß. Und daß er sich grade 'ne Karte für den zweiten Charterzug gekauft hat.

Wir haben Karten für den ersten Zug. Arne versucht völlig selbstredend, seine Karte zu tauschen. Schafft es auch in letzter Minute. Ich freue mich. Wir fahren zusammen.

Ohne daß noch ein Wort über den Brief fällt, gehen wir von Anfang an sehr vertraut miteinander um. Keine Berührungsängste mehr. Kumpelhafte Vertraulichkeiten.

Er versucht dann, zwei Frauen in unserem Abteil dieses KB-feindliche Flugblatt aufzuschwatzen, was die Autonomen zu dieser Demo rausgebracht haben. Aber die beiden Frauen fallen da nicht drauf rein. Ich freu mich da unheimlich drüber. Die eine sagt, ihr Sohn hätte ihr das gestern schon gezeigt. Und daß sie den Stil der Auseinandersetzung unmöglich findet. Als Arne kurz rausgeht, sage ich den beiden Frauen, daß ich auch finde, daß er spinnt. Daß ich ihm auch schon gesagt habe, daß ich das Flugblatt bescheuert und inhaltlich platt finde.

Nicht daß die denken, nur weil ich unseren körperlichen Vertraulichkeiten nach zu schließen seine Freundin bin, teile ich seine Position! Später erzählt er den beiden Frauen noch beiläufig, daß er gestern auf einem Geburtstag war und mit Kindern Gespenst gespielt hat.

Auf der Rückfahrt klappen wir die Sitze runter und legen uns hin. Arne's Schweißmauken genau vor meinem Gesicht. Ich habe Bock, ihm die Füße zu streicheln und tue das einfach. Arne sagt nicht, daß ich damit aufhören soll. Also findet er das wohl gut. Und ich denk mir, wenn der nach dem Brief plötzlich wieder mehr auf so kleine zärtliche Gesten von mir eingeht, dann kann das doch nur heißen, daß er auch will, daß alles wieder besser wird. Am Hauptbahnhof verabschieden wir uns, Arne sagt von sich aus, daß er es für besser hält, heute nicht bei mir zu schlafen, also hat er meine Entscheidung akzeptiert, erst zu diskutieren, bevor wir wieder „Freizeit" zusammen machen. Daß er nun mit dem Zug nach Bonn fahren mußte, war ja Zufall. Zum Abschied küßt er mich ganz lieb. Zum ersten Mal nach langer Zeit wieder.

Als ich alleine nach Hause fahre, bin ich happy. Es wird alles gut werden.

Am nächsten Tag kommt Arne, um mit mir über den Brief zu diskutieren. Gleich am Anfang des Gesprächs sagt er, daß er noch was für die Schule tun muß, weil er morgen 'ne Arbeit schreibt. Und daß er deshalb nachher nach Hause will. Ich versuche, ihn zu überreden, erst zu lernen und dann zu diskutieren. Ich will nicht, daß er nachher nach Altona fährt. Er soll hier arbeiten. Und ich will nicht unter Zeitdruck stehen. Und ich will, daß er bei mir schläft. Aber er ist hartnäckig. Unsere Diskussion ist ein zeitlich begrenzter Termin.

Und das erste, was er sagt, ist, daß er sich überlegt hat, ob es nicht besser wäre, das abzubrechen. „D a s" abzubrechen! – Und ich sage, daß ich dazu noch gar nicht bereit bin.

„Ja, das merk ich. Und das ist auch gut so." meint Arne. Und dann sagt er, daß er die Beziehung ganz lasch angehen würde, wenn wir sie weiterführen. Ganz lasch. Und das Ganze spricht er auch so betont lasch aus, daß es in mir einen ganz dollen Knacks gibt. Mit der Haltung kann mann sich immer gut allen Forderungen entziehen. Wieso, was willst du denn? Ich hab dir doch gleich gesagt, daß ich ganz lasch und so ... wieder dasselbe: Männer wollen mit mir immer nur ganz lasch.

Ich weiß doch genau wie das aussieht. Ich sitze zu Hause und warte darauf, daß das Telefon klingelt. Und ich sitze da alles andere als lasch. Ich sitze da sehr angespannt. Und mann läuft irgendwo ganz lasch rum und denkt ganz lasch gar nicht daran, mich anzurufen. So sieht das doch aus.

Aber lieber einen laschen Arne, als gar keinen Arne, entscheide ich mich dann. Und als ich dann nochmal was aus dem Brief anspreche, da sagt er, er hätte ihn nicht so genau im Kopf. Er hätte ihn nicht nochmal gelesen. Ich hab mich extra nicht am Sonnabend mit ihm getroffen, damit er den Brief nochmal lesen kann! Und er tut es dann nicht! – Er geht Sonnabend nachmittag auf einen Geburtstag und spielt Gespenst! Ich sage, daß mich das frustriert. Ich sage nicht, daß es eine Unverschämtheit ist. Ich will ihn doch behalten. Er ist doch jetzt nur noch ganz lasch bei mir. Dann darf ich doch auch nur ganz lasche Erwartungen an ihn haben. Z.B. so lasch, daß er einen Brief von mir einmal „überfliegt" und dann nie wieder liest. Ganz lasch.

Und außerdem hat er sich überlegt, ob das politisch überhaupt möglich ist mit uns. Er verzieht ganz ernsthaft und verzweifelt das Gesicht, als er das sagt. So, daß frau merkt, er glaubt das wirklich selber, was er da sagt. Wenn er in der DKP wäre, dann würd ich mir schon auch die Frage stellen: ist so eine Beziehung tragfähig? Aber so weit auseinander liegen unsere politischen Standpunkte ja nun wirklich nicht, daß das der Grund wäre, die Beziehung abzubrechen. Und schon gar nicht am grünen Tisch. Einfach von vornherein sagen: Mit unterschiedlichen Positionen ist keine Beziehung möglich! Ich würde das auf jeden Fall immer versuchen. Es kommt doch auch auf die jeweiligen Menschen an, ob so eine Auseinandersetzung trotzdem fruchtbar ist.

Ob das politisch überhaupt möglich ist mit uns ....???? Und dann dieses Gesicht dazu! Die personifizierte Skepsis. Der spinnt doch! Ich halte das für ein vorgeschobenes Argument.

Und dann erzählt er mir noch, daß er von seiner letzten Freundin emotional noch nicht abgenabelt sei. Und dann muß er nach Hause, weil er sich auf die Arbeit vorbereiten will.

Wir haben nun also eine ganz lasche Beziehung. Wenn Arne sich abends auszieht und ins Bett kommt, sagt er „zupp" und verschwindet unter seiner Bettdecke. Andere Leute räuspern sich oder kratzen sich am Ohr, wenn sie ihre Verlegenheit überspielen wollen. Arne sagt „zupp".

Als wenn es das Normalste von der Welt ist, „zupp" zu sagen, wenn mann sich die Unterhose auszieht und ins Bett kommt. Nach dem „zupp" verbarrikadiert er sich dann hinter seiner Bettdecke. Es läuft nichts. Wir haben eine ganz lasche Beziehung. „Zupp".

Ich rede mit ihm darüber, daß ich ihn nicht mehr streicheln mag, wenn von ihm nichts zurück kommt. Daß ich dann denke, ihn nervt das.

Aber Arne sagt, ihn nervt das nicht. Ich wundere mich. Denke an meine „Beziehung" zu Tom. Der in aller Öffentlichkeit: „Bäh ... faß mich nicht an!" geschrien und mich weggescheucht hat, als ich ihn streicheln wollte. So daß auch alle mitkriegen: Guckt mal. Die Frau will was von mir. Aber ich hab das nicht nötig, darauf einzugehen. – Tom, dem ich dann gesagt habe, daß er mir auch etwas solidarischer sagen könnte: Laß mal. Ich hab im Moment keinen Bock zu schmusen. Der dann zustimmend mit dem Kopf genickt hat und das nächste Mal auf einer Fete wieder genau dasselbe macht.

Ich erzähle Arne, daß ich nach diesen Erfahrungen mit Thomas eben Angst habe, jemannden zu streicheln, der meine Zärtlichkeiten nicht erwidert. Daß ich Angst vor so einer demütigenden Abfuhr habe.

Nein, sagt Arne, so ist das nicht. Er findet es ganz schön, von mir gestreichelt zu werden. Er kann mir das nur im Moment nicht geben. Bei ihm sei das Bedürfnis, mich zu streicheln, eben nicht da. Und dann fände er es unehrlich, es dann trotzdem zu tun. Aber ich könne deshalb ruhig zärtlich zu ihm sein.

Irgendwo hat er schon recht. Es wäre unehrlich, mich zu streicheln. Aber ich laß mich doch auf die Rolle des weiblichen Wärmespenders ein, wenn ich das mitmache: Ihm Wärme zu geben, ohne Wärme zu bekommen. Typische Rollenverteilung. Ich bin mal wieder der wärmespendende Mutterschoß, in dem der Mann sein müdes Haupt bettet. Sein warmes Nest bei mir findet, wenn er aus dem feindlichen Leben nach Hause kommt. Kann ich mich darauf einlassen? Ist das Emanzipation? – Ich rede mit anderen Frauen darüber. Inse sagt, daß sie sich auch nicht immer danach entscheiden kann, was emanzipiert ist. Daß sie sich auch oft für das entscheidet, worauf sie Bock hat.

Worauf ich Bock habe, weiß ich. Ich will lieb zu Arne sein. Daß Emanzipation was anderes ist, ist mir bewußt. Ich entscheide mich für meinen Bock.

Als Arne das nächste Mal bei mir schläft, traue ich mich, ihn morgens ganz lange zu streicheln. Ganz lange. Und ganz lieb. Arne rührt sich nicht. Arne schafft es, die ganze Zeit unbeweglich wie ein Sack Kohlen neben mir zu liegen.

wenn
meine hände
deine sanfte
unbewegliche haut streicheln

dann
wünsche ich mir
nichts mehr
als daß nur ein kleiner teil
meiner zärtlichkeit
deine poren durchdringt
und nicht

am metall zersplittert,
prinz eisenherz

Als Arne geht, verabreden wir uns für Sonntag. „Ich komm dann aber 'n bißchen früher. Dann können wir mal wieder spazieren gehen."

„Was heißt denn 'n bißchen früher?" frage ich. – „So gegen 10, halb 11", meint Arne, „ich ruf dich aber noch vorher an."

Ich freue mich auf Sonntag. Komme ich endlich doch noch zu meinem Spaziergang mit Arne. Ich will nach Aumühle. Im bunten Herbstlaub spazieren gehen. Am Sonnabend kaufe ich noch Leber, weil er auch bei mir essen wollte am Sonntag. Können wir mal wieder zusammen kochen. Toll.

Am Sonntag so gegen neun denk ich: ab jetzt könnte er anrufen, wenn er 10, halb 11 kommen wollte und sagt: ich ruf noch vorher an. So gegen 10 denk ich, ist ja 'n bißchen spät zum Anrufen, wenn er halb 11 hier sein will. Ab halb 11 denk ich, naja. Er ruft vielleicht nicht mehr vorher an, sondern kommt gleich so her. So ab 12 werden meine Versuche, mich mit trickreichen Gedankenkonstruktionen zu beruhigen, erfolgloser. Ich kann meine Zweifel, ob er überhaupt noch so rechtzeitig kommt, daß wir spazieren gehen können, nicht mehr vor mir selber verstecken.

Ich brate mir die Hälfte der Leber. Ärgere mich, daß ich extra was zum Mittagessen für ihn mit kaufe, und er dann nicht kommt. Würge mir die Leber runter, weil ich Hunger habe. Schmecken tut es mir nicht besonders. Ich habe überhaupt keinen Appetit. Hatte mich auf das Essen mit ihm gefreut. So gegen 1 Uhr nachmittags bin ich mir sicher, daß wir nicht mehr zum Spazierengehen kommen. Um vier wird es dunkel sein. Ist das Telefon kaputt? Nein. Es ist so heil wie immer. Er ruft nicht an. Deshalb klingelt es nicht.

Irgendwann rufe ich dann bei Brigitte an, weil das die einzige Telefonnummer ist, die ich von Arne habe. Bei den anderen meldet sich im Moment keiner. Brigitte meldet sich. Ich kenne Brigitte nicht. Habe sie noch nie gesehen. Ich frage sie, ob sie mir sagen könne, wo Arne ist. Nee. Das weiß sie auch nicht. „Aber er wollte heute nachmittag um fünf herkommen." sagt sie.

Das ist ja nicht wahr. Das ist einfach nicht wahr. Der ist heute mit mir verabredet und kommt nicht nur nicht, sondern sagt sich auch noch für fünf Uhr woanders an.

„Wann hat er das denn mit dir abgemacht?" frage ich. In der Hoffnung, daß das war, bevor er sich mit mir verabredet hat.

„Das hat er gestern gesagt" meint sie.

„Ja, danke", sage ich und lege auf.

Dieser Scheißkerl. Obwohl er mit mir verabredet war, sagt er gestern zu Brigitte, daß er heute um fünf „bei ihr vorbei kommt". In einer etwas unverbindlichen Formulierung zwar. Aber jedenfalls sagt er das. Obwohl er zu dem Zeitpunkt schon eine Verabredung mit mir hatte. Das gibt es doch nicht! Wozu hab ich das eigentlich mit ihm diskutiert? Wenn er mich jetzt doch wieder stundenlang sitzen und warten läßt. Schwein!

Als ich das zweite Mal bei Brigitte anrufe, ob sie in der Zwischenzeit was von Arne gehört hat, frage ich sie, ob sie einen Augenblick Zeit hat. Ich möchte etwas länger mit ihr telefonieren. Ich kenne Brigitte nicht. Ich habe sie noch nie gesehen. Weiß nur, daß sie in Arne's BI ist und ihn in ihrer Wohnung hat wohnen lassen, während sie im Urlaub war. Brigitte ist eine Frau. Eine Frau, die in einer Anti-AKW-Initiative mitarbeitet. Eine linke Frau also. Auch unter linken Frauen gibt es viele, die mit Frauenbewegung nicht viel am Hut haben. Sich im Konkreten manchmal ziemlich unsolidarisch anderen Frauen gegenüber verhalten. Da hab ich genug Erfahrung mit. Aber sie muß ja nun nicht ausgerechnet eine von denen sein. Wenn es für mich überhaupt einen Weg gegen Arne's Mackertum gibt, dann den, sich an Frauen aus seiner BI zu wenden. Der Typ verhält sich ja bestimmt nicht nur in unserer Beziehung so. In der politischen Arbeit wird er auch seinen Chauvi drauf haben. Es gibt in jeder BI Frauen, von denen ich in Frauenfragen keine große Unterstützung erwarten kann. Wenn ich Arne's BI jetzt kennen würde, dann könnte ich mir 'ne Frau aussuchen, an die ich mich wenden könnte. Aber die Möglichkeit hab ich nun mal nicht. Ich habe nur Brigittes Telefonnummer. Also muß ich schon drauf hoffen, daß gerade sie eine von denjenigen ist, die mich unterstützen würden.

Ja, sie hat etwas Zeit, mit mir zu telefonieren. Ich schildere ihr den „Fall". Daß ich mit Arne verabredet war und er mich hier sitzen läßt. Daß das nicht das erste Mal ist. Daß ich es mit ihm diskutiert habe. Und dachte, das kommt nicht wieder vor. Daß ich dachte, daß er aus seiner letzten Beziehung gelernt hat. Daß er mir dauernd erzählt, daß seine letzte Beziehung sehr schön war. Daß es da nicht solche banalen Probleme wie mit mir gegeben hätte. „Das stimmt ja nicht", sagt Brigitte „das weiß er auch selber." Und daß Arne immer die Tour drauf hat, daß es m e i n e Probleme sind, wenn ich mit ihm nicht klar komme, und ... und ... und ....

Brigitte sagt: „Ja. Das kenn ich alles, was du da von Arne erzählst. Das kann ich mir sehr gut vorstellen. Aber ich find's nicht gut, das jetzt ohne ihn weiter zu diskutieren. Vielleicht sollten wir uns mal zu dritt zusammensetzen. Wenn du das möchtest."

„Ja! Das find ich toll." sage ich ihr. Und dann verabreden wir, daß wir uns nächste Woche treffen.

„Du mußt ihn immer wieder auf den Pott setzen." sagt sie zu mir.

„Nee." sage ich. „Ich werde ihn nicht ‚immer wieder' auf den Pott setzen. Ich diskutier das zweimal mit ihm. Und ein drittes Mal laß ich mich nicht von ihm versetzen. Dann diskutier ich nichts mehr. Dann ist Schluß."

Nach dem Telefongespräch fühle ich mich bedeutend stärker. Ich bin nicht mehr allein. Brigitte wird mich unterstützen. Ich kenne Brigitte nicht. Habe sie noch nie gesehen. Brigitte ist eine Frau aus Arne's BI. Eine Frau, die mir eben angeboten hat, sich mit Arne und mir zusammenzusetzen, um unsere Beziehungsprobleme mit uns zu bereden. Ich habe vier Jahre Frauenbewegung hinter mir. Vier Jahre, in denen ich gelernt habe, in meinen „Beziehungen" nicht mehr alleine zu wurschteln. Nicht mehr zu privatisieren. Sondern mir andere Frauen zur Unterstützung dazu zu holen. Vier Jahre, in denen ich immer wieder festgestellt habe, daß „meine" Beziehungsprobleme nicht meine privaten Probleme sind. Daß sich in anderen Beziehungen das Gleiche abspielt. Daß andere Frauen die gleichen Auseinandersetzungen mit ihren Männern haben wie ich. Daß wir Frauen nur gewinnen können, wenn wir diese Privatsphäre öffentlich machen und die Gemeinsamkeiten in unseren Beziehungskonflikten erkennen. Daß wir nichts zu verlieren haben außer unseren vergoldeten Ketten.

Vier Jahre Frauenbewegung, in denen ich auch gelernt habe, daß es immer Frauen geben wird, die so ganz versteckt ablaufende Frauenunterdrückung nicht so schnell erkennen wie ich, weil sie sich noch nicht so lange damit beschäftigen. Noch nicht so „sensibilisiert" dafür sind wie ich. Und daß es sogar Frauen geben wird, die mir in den Rücken fallen.

Aber ich habe auch gelernt, mit diesen Erfahrungen umzugehen. Frauen differenzierter einzuschätzen. Nicht gleich zu sagen „Die hat zur Frauenfrage nichts drauf", wenn sich eine Frau mir oder anderen gegenüber in einem Punkt unsolidarisch verhält. Erstmal zu gucken, ob ich nicht an anderen Punkten doch gemeinsame Sache mit ihr machen kann. Sich trotzdem gegenseitig zu unterstützen, auch wenn frau sich nicht in allen Frauen„fragen" einig ist. Nicht frustriert zu sein, wenn eine erhoffte Unterstützung mal nicht kommt.

Egal, wieviel Unterstützung ich von Brigitte erwarten kann. Auf jeden Fall ist es besser, als mit Arne alleine zu diskutieren. Ich habe sie zwar noch nie gesehen, – aber nach dem, was sie eben am Telefon gesagt hat, wird sie mich in einigen Punkten ganz sicher gegen Arne unterstützen.

Nur das eine fand ich komisch. Daß sie gesagt hat, sie fände es nicht gut, sich ohne ihn jetzt weiter zu unterhalten. Das kann ich nicht so recht einordnen. Hatte sie nur einfach nicht so große Lust jetzt, oder zweifelt sie generell das oberste Prinzip der Frauenbewegung an: Daß Frauen immer das Recht haben, sich ohne Männer erstmal untereinander abzusprechen. Und nicht nur das Recht haben, sondern daß das auch nützlich ist. Und daß das nicht „unfair" gegenüber Arne ist. Wie sie das wohl gemeint hat?

Aber eigentlich ist das weniger wichtig. Sie hat mir ein Gespräch zu dritt angeboten, obwohl sie mich nicht kennt. Mich noch nie gesehen hat. Also kann ich einen gewissen Grundkonsens voraussetzen. Ich bin nicht mehr allein mit meiner „Beziehungsdiskussion."

Es wird immer später. Ich wollte doch heute spazieren gehen. Und wenn der Scheißkerl nicht an den Laden kommt, dann eben ohne ihn.

Aber es könnte doch sein, daß er ausgerechnet in der Zeit anruft, wo ich weg bin. Das könnte doch sein. Soll ich lieber hierbleiben?

Ich bin doch nicht seine Diva, die den ganzen Tag zu Hause auf dem Chaiselongue liegt. Jederzeit gebrauchsbereit. Und er kann kommen und gehen, wann er will. Der soll ruhig sehen, daß ich nicht mehr da bin, wenn er sich nicht an Verabredungen hält. Hat er selbst Schuld.

Aber ich will ihn doch sehen! Ich schneide mir doch ins eigne Fleisch, wenn ich nicht für ihn erreichbar bin. Ich will doch, daß er endlich kommt.

Ich gehe los. Fahre in den Volkspark zum Spazierengehen. Es ist Sonntag und überall Sonntagsspaziergänger, die einem die letzte Illusion rauben, frau befände sich in „unberührter" Natur. Ich bin genervt. Suche mir die halbwegs unbevölkerten Wege aus, und immer wenn ich denke, ich kann mal fünf Minuten nur Bäume, Wind und Eichhörnchen um mich haben, kommt das nächste Sonntagsnachmittags-Pärchen um die Ecke.

Angezogen als wollten sie ins Trinity gehen. Ich will allein sein. Möchte die Natur genießen, ... setze mich auf eine Bank und fange an, todtraurige Gedichte zu schreiben. Daß ich mich nie wieder verlieben will und so ... Wenn der Scheißkerl gekommen wäre, hätten wir genug Zeit gehabt, nach Aumühle zu fahren. Da wäre Wald gewesen. Und nicht so viele Leute. Ich fahre nach Hause. Rufe wieder bei Brigitte an.

„Hier hat mir eben jemand gesagt, daß Arne zum Fußballspielen nach Hannover gefahren ist." sagt sie. „Heute morgen."

„Weißt du, wann heute morgen?" frage ich. „Kann ja sein, daß es so früh war, daß er mich nicht wecken wollte und deshalb nicht angerufen hat."

„Nee, nee, nee." meint Brigitte. „Da würd ich mich gar nicht drauf einlassen."

Sie hat recht. Jetzt fange ich schon an, mir für Arne Entschuldigungen auszudenken. Ich bin wirklich nicht ganz dicht! Anrufen kann mann immer. Auch aus Hannover, wenn mann weiß, daß frau zu Hause sitzt und wartet. Und außerdem weiß er das bestimmt nicht erst seit heute. Er hat sich bestimmt kein Stück drum geschert, mich wenigstens nochmal anzurufen. Schmerzhaft genug, daß ich uninteressanter bin als Fußballspielen. Aber absagen ist ja nun das Mindeste.

Abends halb neun, also zehn Stunden nachdem wir verabredet waren, klingelt das Telefon: „Hier ist Arne. Ich wollt Bescheid sagen, daß ich nicht mehr komm. Mir tut mein Rücken so weh." „Wieso rufst du denn jetzt erst an? Wir waren heute morgen verabredet."

„Heute morgen? Nee! Ach so? Ich dachte ..." Schweigen ... Ich schnauze ihn an, daß ich den ganzen Tag auf ihn gewartet habe. Schweigen am anderen Ende der Leitung. Meine Güte, wie ich das kenne. Wenn die Typen wissen, daß sie eh nichts zu ihrer Entschuldigung vorzubringen haben, dann halten sie den Mund und spielen das personifizierte schlechte Gewissen. Schweigen und gucken ganz schuldbewußt. Damit kann mann die tobende Furie dann erstmal auflaufen lassen. Was soll ich auch noch sagen, wenn das andere Ende der Leitung aus Schweigen besteht?

Dann sagt er noch, daß er bei einer anderen Brigitte schläft heute und nicht mehr raus will, weil ihm sein Rücken so weh tut. Aber daß er morgen kommt.

„Wann denn?"

„So gegen halb zwei, zwei. Schätz ich", meint Arne.
„Nee! Mit ‚schätz ich' ist nichts. Ich will einen Termin, an den du dich hältst", fahre ich ihn an.

Okay, dann will er pünktlich kommen. Ganz ruhig sagt er das. So, als wenn ein ganz gemütlicher Tonfall herrscht zwischen uns. Meine Güte, ist der denn durch nichts aus seiner gottverdammten Ruhe zu bringen? Ich blubber ihn die ganze Zeit wütend an, ... und er ist ganz ruhig und freundlich. Warum lasse ich mir dadurch den Wind aus den Segeln nehmen? – Aber klar. Wie kann frau jemannden anschreien, der die ganze Zeit freundlich und gelassen bleibt. Das kann ich nicht lange. Aber vielleicht ist das auch ein Fehler. Das ist ja eine Taktik von den Typen. Frau durch ihre „Ruhe" auflaufen zu lassen, bis sie still ist. Frau sollte weiterschreien. Und wenn mann dann dasitzt und sagt: Warum bist du denn so hysterisch? Dann hat er eine gescheuert zu kriegen. Das wollen sie mit ihrer Ruhe doch nur erreichen: Daß frau völlig ausklinkt. Und eine schreiende Frau braucht mann nicht mehr ernst zu nehmen. Kann sie in die Schublade „hysterisch" packen. Und vor allem: Die Leute, die die Szene von außen mitkriegen: Die tun's bestimmt! Darauf kann mann sich verlassen. Egal, wie frau auf ihre Ruhe reagiert. Ob sie still ist oder weiterschreit: In jedem Fall haben die Typen erreicht, daß sie um die inhaltliche Auseinandersetzung rumkommen, wenn sie nur still sind. Arne ist still am anderen Ende der Leitung. Und schafft es, mich damit einzuschüchtern. Ich bin auch still. Wir legen auf.
Was ich zu diesem Zeitpunkt noch nicht wissen kann: Arne hat am Sonnabend abend in der Kneipe seine letzte Freundin wiedergetroffen. Zufällig. Und sich mit ihr unterhalten. Und ihr erzählt, daß er in der Zwischenzeit jetzt eine Beziehung h a t t e , die aber schon wieder vorbei ist. Und daß er auch 'n bißchen mit rumgeschmust hat. Das kann ich alles noch nicht wissen. Auch nicht, daß er sich Hoffnungen macht, daß die Beziehung zu ihr wieder losgeht.

Und einen Tag später spielt er dann Fußball in Hannover und „vergißt", daß er mit mir verabredet ist. Und ich sitze zu Hause und weiß von nichts. Und abends ruft er mich dann an, daß er nicht mehr raus will, weil ihm sein Rücken so weh tut.
Was ich zu diesem Zeitpunkt noch nicht wissen kann: Arne hat am selben Sonntag abend bei selbiger letzter

Freundin von ihm angerufen und wollte sie zum Essen einladen. Wollte sich mit ihr treffen. Ich habe mir am Sonntag mittag noch gedacht: Wenn es jetzt ein anderer Typ wäre, hättest du Schiß, daß er bei 'ner anderen Frau versackt ist. Aber bei Arne! Der ist nicht der Typ dafür. War mir ganz sicher, daß ich mir bei Arne nie die Sorgen machen brauche, daß er mir mal kurzfristig mit 'ner anderen Frau wegflippt.

Am Montag kommt Arne schon so gegen zwölf. War gar nicht zur Schule, sondern nur zum Arzt. Ist krank geschrieben worden. Hat 'ne Bronchitis. Legt sich gleich ins Bett und will schlafen.

Ich muß ihm doch noch irgendwie beipuhlen, daß wir heute abend mit Brigitte zum Beziehungsgespräch verabredet sind. Ich habe Angst, das Thema anzuschneiden. Nachher fragt er nach und ich muß ihm erklären, was ich da diskutieren will, warum ich das zu dritt will und so. Ich habe Angst. Angst vor so einer Diskussion jetzt. Brauche Zeit, mich darauf einzustellen. Ich kann es ihm ja auch nachher noch sagen, wenn er wieder aufwacht.

Aber ich soll Brigitte doch schon um fünf anrufen. Wenn Arne dann noch schläft!? Ich kann doch nicht so einen Termin abmachen, ohne mit ihm vorher darüber geredet zu haben .....

Die Zeit, die Arne schläft, verbringe ich schwitzend. Wie sag ich's ihm? Wie bring ich's ihm bei?

Als Arne aufwacht, fange ich ganz zaghaft damit an. Daß ich mich heute abend mit Brigitte und ihm und so ...

„Ich weiß" sagt Arne.

Wenn er das die ganze Zeit wußte, hätte er das Thema doch auch mal anschneiden können. Hätte ich gar nicht so zu schwitzen brauchen. Er sagt das so, als wenn er da nichts gegen hat. Er findet das in Ordnung, daß ich mit Brigitte ein solches Gespräch verabrede, ohne ihn vorher zu fragen. Wenigstens etwas. Andere Männer würden aufschreien: „Wie kannst du unsere privaten Probleme so in der Öffentlichkeit ‚rumtratschen'? Das geht keinen außer uns was an." Oder zumindestens hartnäckig darum flehen, doch noch einmal zu versuchen, es alleine zu diskutieren. Arne akzeptiert das einfach so. Er scheint keine Angst davor zu haben. Ich rufe Brigitte an, daß Arne krank ist, ob sie nicht zu mir kommen könnte. Sie möchte auch nicht mehr raus heute. Arne fühlt sich sowieso nicht so gut. Wir verschieben das Gespräch auf Donnerstag. Arne will diese Woche nicht zu

Terminen gehen, weil er die verrauchte Luft mit seiner Bronchitis nicht abkann. Raucht auch selber nicht mehr. Als er sich am Nachmittag hingelegt hat, hat er mir gesagt, daß er heute Nacht nicht bei mir schlafen will, weil er bei jeder Bewegung solche Schmerzen hat, daß er mich die ganze Nacht stören würde. Alles Sachen, die zeigen, daß Arne wirklich krank ist. Sich also nicht nur vor dem Gespräch drücken will.

Brigitte fragt mich: „Wohnt er denn jetzt bei dir, solange er krank ist?" Ich gebe die Frage an Arne weiter, nicht ohne deutlich zu machen, daß es mich nicht stört, wenn er nachts rumwühlt, und daß ich es ganz gerne hätte. Arne sagt ja. Wir verabreden uns für Donnerstag.

Arne liegt dann drei Tage bei mir rum. Ich finde es schön, wieder jemannden um mich zu haben. Jemannd der immer da ist, wenn frau nach Hause kommt. Der nicht mehr hauptsächlich in Form eines nicht-klingelnden Telefons existent ist, sondern immer greifbar. Immer für einen Klönschnack bereit daliegt. Mich nicht mehr dadurch einschränkt, daß ich mir dauernd Gedanken machen muß, warum er denn nun wieder nicht rechtzeitig kommt, oder überhaupt nicht. Ich komme einfach zu mehr. Eigentlich ist es doch eine Belastung, wenn da so'n Typ ständig in der Gegend rumliegt. Aber für mich ist es jetzt eine E n t lastung, weil meine Energie nicht mehr dadurch aufgefressen wird, daß ich mir Gedanken mache, wann ich Arne wohl endlich wiedersehe. Er ist ja da.

Zwei oder dreimal am Tag schmiere ich ihn mit Pinimenthol ein. Arne zieht sich aus und hält mir seine Brust und seinen Rücken zum Einreiben hin. Arne, der sich seit Wochen körperlich immer stärker vor mir zurückzieht. Arne, den ich streicheln möchte, sobald ich ihn nur sehe. – Arne, den ich streicheln möchte, wenn er da ist und wenn er nicht da ist. Jetzt soll ich ihn mit Pinimenthol einreiben. Soll ihn wieder anfassen, aber aus rein medizinischer Indikation. Ich kann nicht. Ich möchte ihn streicheln ... und nicht dieses doofe Pinimenthol auf seiner Haut verreiben müssen. Ich möchte ihn streicheln.

Ich reiße mich zusammen. Lange in den Pinimenthol-Topf und verteile das Zeug auf seiner Brust. Arne stützt sich mit den Armen seitlich auf dem Bett ab. Sitzt im Schneidersitz und hält den Kopf nach oben. Schließt die Augen. Meine Hand will langsamer werden. Will zärtlicher werden. Nicht mehr die Salbe verteilen. Will die Berührung mit seiner Haut genießen. Ich beherrsche mich. Nehme mich zusammen. Ich reibe ihn ein. Er dreht sich um. Jetzt ist der Rücken dran. Ich möchte mich jetzt zu ihm rüberlehnen und seinen Nacken küssen. Ich möchte ... ich möchte ...

Ich darf nicht daran denken. Ich reibe ihn ein. Zweimal am Tag. Oder dreimal. Dreimal am Tag dieser Kampf in mir. Und jedesmal siegt der Feind meiner Zärtlichkeit. Ich kann ihn nicht streicheln. Er ist so weit weg. Ich reibe ihn ein.

Arne fängt dann an, hinter seiner letzten Freundin her zu telefonieren. Will sich mit ihr treffen und redet dauernd davon, daß er mit ihr über sein Diskussionsverhalten sprechen will. Daß sie da wohl auch Kritik an ihm hat. Und daß er sich unbedingt vor dem Gespräch mit Brigitte mit ihr treffen will.
Sie hat nur am Donnerstag Zeit, und er meint, daß er dann lieber das Gespräch mit Brigitte auf Freitag verschieben will. Ich bin damit einverstanden. Denke mir nichts Böses dabei. So, wie er das gesagt hat, will er ja nur nochmal die Kritik an seiner Person aus seiner letzten Beziehung auffrischen. Das kann nur nützlich sein.

Er ruft Brigitte an, um den Termin zu verlegen, verabredet sich für Donnerstag mit Sabine. Irgendwann beim Abendbrot sagt er dann ganz beiläufig, daß er vielleicht Donnerstag da auch schläft. Ich registriere das nur mit einem halben Ohr, weil Arne zu dieser Zeit keine Wohnung hat und sowieso jede Nacht woanders verbringt. Und nun schläft er Donnerstag vielleicht bei Sabine. Ich messe dem keine Bedeutung bei. Nehme das nur als Anmeldung, daß er die Nacht eben nicht bei mir ist.

Abends beim Fernsehen traue ich mich, ihm die Füße zu streicheln. Arne läßt mich gewähren. Zurück kommt nichts. Aber er nimmt seine Füße auch nicht weg. Ist aber ganz unbeteiligt. Ich verstehe das nicht. Ich würde ausflippen, wenn mich jemand unter der Fußsohle krault. Ich würde ausflippen. Wie kann der sich so regungslos von mir die Füße streicheln lassen?

Abends beim Zubettgehen sagt er nochmal irgendwas, daß er mit Sabine sein Verhalten in Diskussionen besprechen will. „Darum wird's wohl Freitag hauptsächlich gehen."

Ich schlucke das erstmal. Später denke ich mir, daß es eigentlich eine Unverschämtheit ist, daß er plötzlich festsetzt, daß es am Freitag hauptsächlich um sein Diskussionverhalten gehen wird. Es interessiert ihn scheinbar gar nicht, was ich denn Freitag hauptsächlich diskutieren möchte. Gefragt hat er mich jedenfalls noch nicht.

Mittwoch. Zwei Tage später.

Plötzlich am Abendbrotstisch beginnt Arne eine Diskussion, daß er mit mir nicht klarkäme. Mit meiner Naivität. Mein Hang zu Märchen und meine Vorstellungen vom Leben im Wald. Meine Huckleberry Finn-Phantasien. Oder wenn ich mich abends ausgezogen habe und ins Bett gehe. Daß ich dann immer die Schultern hochziehe und bibbere. Wie so'n kleines Kind. Damit käme er nicht klar. Er empfindet eine viel größere Nähe zu seiner letzten Freundin. Und die sei auch viel selbstbewußter als ich. Viel selbstbewußter! (Aufstehen, ausholen und zulangen. Aber kräftig! Für diesen Spruch hat der junge Mann ja nun wahrhaft links und rechts 'n paar an die Ohren verdient.) Ich lasse mir von Männern nicht mehr erzählen, wie selbstbewußt sie mich gerne hätten, wie ich mich zu emannzipieren habe. Was sie selbstbewußt und emannzipiert finden, diese Schweine. Auf Veranstaltungen ans Mikrofon geschubst werden, mit dem Spruch: „Nun geh doch nach vorne und sag was. Emannzipier dich doch mal!"

Das finden Männer selbstbewußt. Aber wenn frau es wagt, zu Hause im Bett das Selbstbewußtsein an den Tag zu legen, sich gegen männliche Sexualnormen durchzusetzen, oder wenn frau es endlich schafft, die Konkurrenz unter Frauen zu überwinden und sich mit anderen Frauen gemeinsam gegen den Chauvinismus im eigenen Privatleben vorzugehen: Welcher Mann kommt da noch an und sagt „Das find ich aber selbstbewußt von dir!" ???

Aber ich stehe nicht auf. Hole nicht aus. Lange nicht zu. Ich bleibe sitzen und sage ihm nur ziemlich wütend, daß ich mir von Männern nicht mehr erzählen lasse, was sie selbstbewußt und emannzipiert finden. Daß ich das schon alleine entscheiden kann, wie ich mich emanzipiere.

Und dann lasse ich Trottel mich auf eine Diskussion über meine Schwächen ein. Spreche über meine Unsicherheiten in meinem Auftreten, weil ich den Mann, der mir gegenübersitzt, immer noch für eine Vertrauensperson halte. Weil ich denke, es kommt an, was ich ihm vermitteln will. Daß ich mich im Grunde für sehr selbstbewußt halte, aber eben auch meine kleinen und großen Unsicherheiten habe. Erzähle ihm von diesen Unsicherheiten. Daß ich immer noch Schwierigkeiten habe mit der Frage: Was bin ich für 'ne Frau? Was will ich für 'ne Frau sein? Wie wirke ich auf andere? Daß ich eine gewisse Naivität in meinem Verhalten auch kultiviere. Vielleicht aus Unsicherheit. Aber auch, weil ich auch fordere, trotz meines sehr jugendlichen Aussehens als erwachsene Frau ernst genommen zu werden. Auch wenn ich dann auch noch einen Hang zur Spontaneität und sehr temperamentvollen Reaktionen habe. Und daß ich manchmal auch sehr bewußt darauf achte einen ernsten oder weniger ernsten Gesichtausdruck zu machen.

Aber es ist natürlich illusorisch zu glauben, es käme das bei ihm an, was ich wirklich denke. Er hat das Bild im Kopf, ich sei eine naive Frau ohne Selbstbewußtsein. Ich habe im Kopf, daß ich eine erwachsene und selbstbewußte Frau mit Schwächen und frauenspezifischen Schwierigkeiten bin. Auf dieser Grundlage erzähle ich ihm von meinen Unsicherheiten. Bei ihm kommen natürlich nur die Unsicherheit und die Schwäche an und fügen sich nahtlos in das Bild, das er sich in seinem hübschen Köpfchen zurechtgezimmert hat. Wenn er es doch auch bei solchen Diskussionen mal zum Denken gebrauchen würde!

Ich strampel mich ab, ihm zu vermitteln, daß das, was ich heute bin, schon das Ergebnis eines harten Kampfes gegen meine Mädchenerziehung ist. Daß ich jahrelange schmerzhafte Kämpfe mit mir selber kämpfen mußte, um das Selbstbewußtsein zu erarbeiten, was ich heute habe. Ich will ihm klarmachen, was ich früher alles mit mir habe machen lassen, damit er endlich mal sieht, wo ich herkomme. Meine heutige Persönlichkeit endlich mal vor ihrem historischen Hintergrund sieht und endlich mal zu schätzen weiß.

Deshalb überwinde ich mich, ihm von meiner Vergewaltigung zu erzählen. Meiner Vergewaltigung, die keine war. Weil ich mich ja nicht gewehrt habe. Wenn Frauen sich nicht wehren, wollen sie ja.

Der Typ in England, in den ich mich Hals über Kopf verliebt oder sowas ähnliches habe. Weil ich seit Monaten mit Uli zusammen war und immer noch mit keinem anderen Mann gebumst hatte. Ihm doch zeigen wollte, daß ich das auch kann.

Dieser „John", der nicht so hieß, wie ich ein halbes Jahr später erfuhr, auch nicht arbeitete, wie er mir erzählt hat, sondern von Einbrüchen lebte. Der mich auf den Strich schicken wollte ... geschickt hat ... Beischlafdiebstahl zu zweit ...

Der mal wieder ... mal wieder nicht zur Verabredung kam ... ich liege am Strand und heule ... es ist schon halb sieben ... um sechs waren wir verabredet ... schlucke die Tränen herunter ... nicht heulen ... handeln ... losziehen ... ihn suchen ... in den Kneipen, wo denn sonst ... finde ihn ... mit einem Freund in der Kneipe ... einem Freund von ihm, der ungefähr fünfzig ist ... kein Wort des Vorwurfs von mir, daß er hier steht und sich besäuft ... mich am Strand sitzen läßt, obwohl er mit mir verabredet ist ... keinen Vorwurf machen ... Männerfreiheit ...

Er erzählt dem Alten, daß er gestern abend mit mir making love und so. Der Alte sagt: You made love with this girl? Guckt taxierend an mir hoch und runter ... ich fühle mich beschissen ... lächele peinlich ... der soll aufhören, mich so anzuglotzen ... wir gehen los ... ins ‚King and Queen' ... als wir dran vorbeigehen, frage ich zaghaft: „Wir wollten da doch rein?" ... jaja ... sie gehen mit mir weiter ... in Johns Zimmer ... ich drücke meinen Argwohn herunter ... vielleicht haben sie ja doch keine bösen Absichten ... und ich tu doch einem Typen Unrecht, wenn er mir gar nichts tun will und ich ihn verdächtige. Tagelang schon hat John mir vorgeschlagen, daß ich mit irgend 'nem Typen bumsen soll und er in der Zwischenzeit seine Taschen nach Geld durchsucht ... ich wollte das nicht ... John bringt das Thema immer wieder auf die Platte ...

Und jetzt sitz ich hier auf dem Zimmer mit zwei besoffenen Kerlen und habe ein schlechtes Gewissen, sie zu verdächtigen ...

Als ich auf Klo gehe, sagt John zu mir: „But come back!" – Und ich Trottel denk immer noch, vielleicht wollen die mir ja gar nichts tun. Lasse mich von John überreden, mit ihm ins Bett zu gehen, während der Alte im Dunkeln in einem Sessel sitzt. „He wants to sleep." sagt John erst. Dann: „He wants to watch ..." Als der Alte anfängt, an seiner Krawatte rumzufummeln: „He likes to undress ..."

Allmählich kann ich nicht mehr umhin zu schnallen, was hier läuft. Zu spät. Ich bin nackend. Zwei besoffene Kerle. Die Zimmertür abgeschlossen. Der Alte kommt auch zum Bett. I c h w i l l n i c h t . „He only wants to lick you", meint John. Ich kann mich nicht mehr wehren. Und plötzlich ist er drin. Hoffentlich geht's schnell. Ich drehe meinen Kopf zur Seite, um der Säuferfahne zu entgehen, die dem Alten aus dem Mund schlägt. Er versucht, meinen Kopf zu drehen. Will mich küssen. Ich will nicht kotzen. Halte den Atem an, um den Gestank nicht einzuatmen. Er will mich küssen.

John kramt in der Zwischenzeit in seinen Klamotten rum ... irgendwann steht der Alte auf ... sein Pimmel immer noch auf Halbmast ... ich atme auf ... es ist vorbei ..

John fragt ihn: „Did you come" –

„No" sagt der Alte.

John fragt ihn: „Did she come?" ....

Ich fahre nach Hause. Im Zug treffe ich Gottseidank Marion. Die auch schon mal vergewaltigt worden ist. Oder eben nicht. Sie hat sich ja auch nicht gewehrt. Nicht geschrien. Sie wollte ja.

Im Zug. Zugtoilette. Kernseife. Mir egal. Ich wasche mich mit Kernseife. Auf der Zugtoilette. Jeden Quadratzentimeter Haut, den der Alte berührt hat. Zu Hause schmeiße ich alle Kleidungsstücke, die ich diesen Abend anhatte, in die hinterste Schrankecke. Ziehe sie erst wieder an, nachdem alles gekocht ist.

Wochen, Monate später immer noch die Bilder, wie der Alte sich im Halbdunkel auszieht. Nur die Straßenlaterne von draußen. Seine scheckige Haut. Hat er Ausschlag oder ist er tätowiert?

Ich bin nicht vergewaltigt worden. Ich hätte mich ja wehren können.

Am nächsten Tag zeigt John mir twenty pence. Mehr hat der Alte nicht in seiner Tasche gehabt. Ich bekomme die Hälfte. Ten pence. Keine Vergewaltigung. Beischlafdiebstahl. John sagt, daß es nice war gestern abend. Ich sage, es war awful. John lacht. Gibt mir ein Bild von Barry. So hieß der Alte. Das Bild klebt heute in meinem Foto-Album. Ich kann nicht sagen warum. Es klebt da.

Keine Vergewaltigung. Beischlafdiebstahl. Twenty pence. Ich glaube ihm, daß er von dem Alten kein Geld gekriegt hat. Ich glaube ihm. Ich bin 17.

Als ich Wochen später aus England wegfahren muß, weine ich, weil ich John liebe. Ich will, daß er mich besucht. Er sagt, er besucht mich. Schreibt mir.

Gottseidank tut er nichts von beidem.

Trotzdem brauche ich Monate, um zu schnallen, was der Typ mit mir gemacht hat. Daß er mich nächsten Abend schon wieder verkauft hat. Für 2 Pfund. An einen alten Farmer, der das Pech hatte, nicht so schnell laufen zu können wie John und ich, nachdem John das Geld in der Hand hat. Dieses Mal bekomme ich ein Pfund. Und brauchte noch nicht mal zu bumsen. Ich bin froh. Fish and chips für ein Pfund. Cola. Und John. Ich bin glücklich.

Immer noch fällt es mir schwer, diese Geschichte zu erzählen. Erst habe ich sie jahrelang niemandem erzählt. Jetzt überwinde ich mich manchmal, weil ich damit klar machen will, wie sehr meine Mädchenerziehung reingehauen hat. Warum der Ekel so tief sitzt. Warum ich über Vergewaltigung nicht sachlich diskutieren kann. Deshalb erzähle ich sie auch jetzt Arne. Am Küchentisch.

Als ich ... stockend ... gerade bei „He only wants to lick you" ankomme, meint Arne: „Das interessiert mich jetzt eigentlich weniger." ....

Ich verstumme augenblicklich. Bin so tief verletzt, daß ich noch nicht mal mehr den Mund aufkriege, um zu sagen, wie mich das fertig macht. Bloß schnell hinter mir lassen, diese Situation. Diese Situation, in der ich mit tiefer persönlicher Betroffenheit die übelste Erniedrigung, die mir als Frau widerfahren ist, einem Mann erzähle, der eine Weile desinteressiert zuhört und dann beiläufig sagt: „Das interessiert mich jetzt eigentlich weniger."

Arne will weiter darüber reden, weshalb er mit mir nicht klarkommt. Daß er eine viel größere Nähe zu seiner letzten Freundin empfindet.

Irgendwann sagt er: „Weshalb ich diese Diskussion jetzt angefangen hab, ist ... ich hab sie Sonnabend in der Kneipe getroffen und ... es ist unklar, ob wir die Beziehung wieder aufnehmen!" –Während er das sagt, schneidet er sich ein Stück Wurst ab.

Was ist denn das? Um mich dreht sich alles. Mein Bauch. Aua. Ich muß scheißen. Hab ich das eben richtig gehört? Das kann doch nicht wahr sein. Ich gehe auf Klo. Habe prompt Durchfall.

Bauchschmerzen. Eine Welt bricht zusammen. Ich will nicht. Ich will nicht. Das kann nicht wahr sein. Eine andere Frau also. Das Schicksal, gegen das ich nichts machen kann. Nichts. Wenn er eine andere Frau lieber mag als mich, dann mag er sie, weil sie so ist, wie sie ist. Und mich liebt er nicht, weil ich so bin, wie ich bin. Da kann die andere Frau nichts für und da kann ich nichts für. Das ist so. Damit muß frau fertig werden. Ich will nicht. Ich will nicht. Aua, mein Bauch. Ich muß schon wieder auf Klo. Dieser Schmerz soll aufhören. Es soll nicht so weh tun. Ich will nicht. Will nicht wieder in diese Tiefe von Schmerz und Trauer fallen, die eine unglückliche Liebe so vernichtend und aussichtslos aufreißt. Nach außen hin bleibe ich ruhig. Schlucke den Schock geübt und erwachsen hinunter. Es ist ja nicht das erste Mal. Ich bin ja nicht mehr 18. Ich bin kein kleines Mädchen mehr, das losheult, wenn mann es mit Gefühllosigkeit vor den Kopf stößt. Ich habe die Gefühlskälte der Männer schon zu oft erlebt, um mich noch zu wundern. Ich habe gelernt, die Tränen herunterzuschlucken und zu sachlichen Diskussionen über Emotionen überzugehen.

Nur mein Körper läßt sich immer noch nicht bescheißen. Er reagiert gesünder als ich. Mit Durchfall.

Ich diskutiere also, von ständigen Gängen zur Toilette unterbrochen, mit Arne weiter. Lasse mich auf seine Diskussionsart ein. Konfrontiere ihn nicht mit meinen Gefühlen.

Er sagt: „Vielleicht kommt sie am Freitag auch zu der Diskussion. Das steht noch nicht fest."

„Wovon hängt denn das ab?" frage ich vorsichtig.

„Davon ob sie das will und ob ich das will. Dazu gehören immer zwei."

Mir verschlägt es die Sprache. Ich muß erstmal tief Luft holen. „Und wenn ich nun was dagegen habe?" Er schnallt überhaupt nicht, was er sich da eben geleistet hat. Er meint, ich könne das ja sagen, wenn ich was dagegen hab. „Es geht mir aber darum, daß du von dir aus mich hättest fragen müssen. Du kannst dir doch denken, daß ich was dagegen haben könnte in dieser Situation."

Er begreift nichts. Nichts. Absolut nichts.

Als wir fertig sind mit Essen, gehen wir rüber. Ich setze mich aufs Bett. Arne sitzt auf dem Stuhl vor meinem Schreibtisch oder auf der Heizung. Jedenfalls weit weg von mir.

Als ich von ihm hören will, was er denn nun eigentlich noch von mir will, wird er undeutlich. Allmählich schnalle ich, daß ich zweite Wahl bin. Daß er sich deshalb erst so dringend mit ihr treffen wollte, vor unserem Gespräch, weil er eigentlich mit ihr zusammensein will und von dem Gespräch morgen abend die Entscheidung erwartet. Und daß er d a n n e r s t entscheiden will, was er mit mir für 'ne Beziehung haben will. Daß er hier rumlabert und sich ein Hintertürchen offen lassen will. Noch nicht Schluß machen will, damit er mich warm halten kann, für den Fall, daß er morgen 'ne Abfuhr kriegt. Daß ich gut genug bin, wenn er was Besseres nicht kriegen kann.

Aber dafür bin ich mir zu schade. D a s l a s s e i c h n i c h t m i t m i r m a c h e n . Ich werde hartnäckig. Will von ihm eine Entscheidung heute abend. Als er von sich aus nach langem Rumgerede immer noch keine Position bezieht, lege ich es ihm schließlich in den Mund: „Dann ist es also so, daß es unabhängig von deiner Beziehung zu Sabine mit mir sowieso nicht ginge."

Zögernd willigt er ein. Es ist Schluß. eine Beziehung ist zu Ende. Ich muß auf's Klo. Durchfall.

Eine ganz normale „Diskussion" mit Arne. Erst erzählt er mir, daß er mit mir nicht klarkommt und führt das auf mein vermeintliches mangelndes Selbstbewußtsein zurück. Dann hört er mir desinteressiert fünf Minuten bei der Schilderung meiner Vergewaltigung zu, bis er endlich sagt: „Das interessiert mich jetzt eigentlich weniger." Dann erzählt er mir, was er schon seit Sonnabend weiß, nämlich daß er eventuell die Beziehung zu seiner letzten Freundin wieder aufnimmt. Das erzählt er mir heute, am Mittwoch, wo er die ganze Woche bei mir gewohnt hat.

Wenige Minuten nachdem er mir das b e i m W u r s t a b s c h n e i d e n gesagt hat, kommt er mit der Neuigkeit, daß sie vielleicht am Freitag mit zu dem Gespräch kommt. Mit der Aussicht, daß er zu dem Zeitpunkt wieder mit ihr befreundet ist. Und dabei kann er sich gar nicht denken, daß er mich mal fragen müßte, ob ich was dagegen habe. Das hängt davon ab, ob sie das will und ob er das will. „D a z u g e h ö r e n i m m e r z w e i ." Und dann drückt er sich in der Diskussion drum herum, die Beziehung mit mir heute zu beenden, sondern will erstmal abwarten, ob er mich vielleicht doch noch gebrauchen kann, wenn's morgen abend schief geht.

Als ich vom Klo komme und wir uns im kleinen Zimmer begegnen, leistet Arne sich die einfühlsame Frage: „Wie fühlst du dich denn jetzt?" Ich zögere nur kurz. „Beschissen," antworte ich. „Deshalb hab ich auch den Durchfall. Das ging in dem Moment los, wie du gesagt hast, daß du die Beziehung zu ihr vielleicht wieder aufnimmst. In dem Moment fing es an. So Übelkeit und Bauchschmerzen."

Arne führt seine beiden Fäuste an meine Wangen und schließt die Augen. Wieder so, daß man noch das Weiße zwischen den Lidern sehen kann. Keine Umarmung, unsere Körper berühren sich nicht. Nur seine Fäuste an meinen Wangen und seine geschlossenen Augen. Ich schließe die Augen nicht. Sehe ihn an. Diese theatralisch geschlossenen Augen. Und seine Fäuste, die er ganz lange und ganz still an meinen Wangen hält. Eine Geste, die wohl zärtlich sein soll. Bestimmt irgendwie bedeutungsschwanger gemeint ist von ihm. Mir wohl sagen soll, daß er die Tragik der Situation erfaßt.

Aber wenn er wirklich was begriffen hat, wie er es mir mit seiner theatralischen Gestik sagen will, dann hätte er sich eben in der Diskussion mal etwas einfühlsamer verhalten sollen. Ich kann mit dieser dramatischen Zärtlichkeit jetzt nichts anfangen. Ich lasse sie mit mir geschehen. Wehre mich nicht. Bei ihm wird es den Eindruck hinterlassen, als hätte er mir gezeigt, daß er mich versteht.

Arne will jetzt Fußball gucken. Ich schließe ihm Jans Wohnung auf und mache ihm den Fernseher an.

Als ich oben in meiner Wohnung allein bin, überlege ich, ob ich ihn heute in Jans Wohnung schlafen lasse. Jan ist im Urlaub. Ich kann es nicht ertragen, heute nacht mit ihm in einem Bett zu liegen. Ich will nicht, daß Arne bei mir schläft heute nacht. Ich hasse ihn. Ich hasse ihn. Ich hasse ihn.

Ein Messer. Ein schönes spitzes Messer. Spitz und scharf. Einfach zustechen. In seinen Rücken. Oder seine Brust. Schnell und kraftvoll zustechen. Blut. Hellrotes Blut. Dieses Schwein. Zustoßen. Zustoßen. Los. Rein mit dem Messer in die Rippen. Ein schönes scharfes Messer. Und zustoßen. Und nochmal und nochmal. Und nochmal. Immer wieder. Schönes hellrotes Blut auf seiner weißen Haut. Dieses Schwein. Ich hasse ihn. Ich hasse ihn. Ich hasse ihn. Ein Messer zwischen die Rippen. Und zustossen. Mit aller Wut und allem Haß zustoßen. Ihm alles wiedergeben. Alles. Dieses Schwein. Einfach zustoßen. Immer wieder. Die Faust fest um den Messergriff geschlossen. Und nochmal. Und nochmal. Und nochmal. Schönes hellrotes Blut. Ich hasse ihn. Ich hasse ihn. Ich hasse ihn.

Als Arne nach dem Fußball hochkommt, liege ich schon im Bett. Ich will nicht allein sein heute nacht. Ich bin froh, daß er wenigstens noch hier ist. Daß er wenigstens neben mir liegt heute nacht. Ich will nicht allein sein.

Als er neben mir im Bett liegt, sage ich ihm, daß ich noch eine Sache diskutieren will jetzt. Sage ihm, daß es eine Unverschämtheit ist, zu mir zu sagen: „Da gehören immer zwei zu." Daß ich ja wohl vielleicht auch was dazu zu sagen hätte.

Arne fängt wieder auf die Tour an, daß ich doch was hätte sagen können, wenn ich was dagegen hätte. Aber ich habe inzwischen nichts mehr dagegen, weil ich mir gedacht habe: Verlieren kann ich sowieso nichts. Entweder ich stelle in dem Gespräch fest, daß es wirklich 'ne total bescheuerte Frau ist, und dann weiß ich: Aha, sowas braucht er also! Oder es ist 'ne wirklich vernünftige Frau und dann wird sie sich auch mir gegenüber solidarisch verhalten. Vielleicht hat sie ja die gleiche Kritik an ihm.

Ich sage ihm, daß ich nichts dagegen habe, aber daß es mir darum geht, daß er sich hätte überlegen müssen, daß ich was dagegen haben k ö n n t e. Daß es doch nun wirklich nicht sehr schwer sei, sich vorzustellen, daß mir das die Situation noch erschweren könnte.

„Hätte, wollte, könnte." Das sei ihm zu blöd. Hähä! Sowas bescheuertes. Intellektuelle müssen immer alles so kompliziert machen. Hähä!

Als ich einen zweiten und dritten Ansatz mache, ihm das ernsthaft zu verklickern, verarscht er mich immer mehr. Veralbert alles, was ich sage. Blödelt rum, während ich Trottel immer noch versuche, ihm etwas zu erklären, was er nicht verstehen w i l l.

Ein Messer. Ein schönes spitzes Messer. Einfach zustoßen. Zwischen die Rippen. Schnell und kraftvoll. Immer rein. Und nochmal. Und nochmal. Und nochmal. Blut. Hellrotes Blut. Und nochmal.

Da liegt dieses Schwein mit feistem Grinsen neben mir im Bett und veralbert jeden verzweifelten Versuch von mir, eine ernsthafte Diskussion in die Gänge zu bringen.

Ich habe kein Messer. Aber ich habe Augen. Augen, die hassen können. Ich sehe ihn an. Sehe ihm mitten in seine schönen braunen Augen. Mit allem Haß und aller Verachtung, die ich in meinen Blick legen kann. Sein Rumalbern nützt ihm nichts. Er kann sich mit seiner Albernheit vielleicht der Diskussion entziehen, aber nicht meinem Haß.

Ich sehe ihn an. Ob er es spürt? Er, der so viel nicht sieht, nicht hört und alles verdrängen kann, was er nicht wahrhaben will.

Und dann komme ich nochmal auf seinen Spruch, daß es wohl Freitag abend hauptsächlich um sein Diskussionsverhalten gehen wird, und stelle das in den Zusammenhang: „Ich habe das Gefühl, daß du mir das Gespräch aus der Hand nehmen willst."

Arne lacht. „Dann mußt du's dir nicht aus der Hand nehmen lassen. Da gehören immer zwei zu, wenn einer einem was aus der Hand nimmt. Haha."

Also wieder mal m e i n Problem. Wir machen das Licht aus. Diese Nacht wird genauso schlaflos für mich, wie die beiden vorangegangenen. Und der Kerl liegt neben mir und schläft.

Am Donnerstag morgen fragt Arne mit einem ganz blöden Grinsen, ob er in Jan's Wohnung mal duschen und sich rasieren könne: „Ich muß mich mal wieder mannbar machen." Kann auch sein, daß er mannhaft gesagt hat. Das weiß ich nicht mehr genau. Jedenfalls irgend so einen blöden Spruch. Und ob ich ein frisches Hemd für ihn hätte.

Da liegt der Kerl vier Tage in meinem Bett ohne sich einmal zu waschen. Und jetzt am Donnerstag, wo er die Hoffnung hat, heute abend in ein anderes Bett kriechen zu können, da will er plötzlich duschen. Da lohnt es sich plötzlich, sich zu rasieren.

Ich hab ihm das ein paarmal zaghaft angedeutet. Er könne doch unten bei Jan mal duschen. Aber da war es ihm immer zu kalt. Die paar Minuten! Ich dusche da ja schließlich auch und bin noch nicht gestorben. Auch wenn ich erkältet war.

Okay. Vielleicht hätte ich deutlicher werden müssen. Ich habe ihm n i c h t gesagt: „Typ du stinkst. Wasch dich mal."

Ich habe nur zaghaft gefragt, ob er denn nicht ...?

Aber da hätte er ja auch mal von alleine drauf kommen können. Männer haben irgendwie komische Reduktionskomponenten in ihrem Reinlichkeitsbedürfnis. Jochen Heiratsschwindler hat auch mal fünf Tage bei mir gewohnt und es geschafft, sich n i c h t e i n m a l zu waschen in dieser Zeit. Ich habe kein Badezimmer. Ich habe nur ein Waschbecken in der Küche. Wie bei Bredels. Mann kann nicht die Tür hinter sich zumachen, wenn mann sich bei mir am Waschbecken waschen will. – Aber ich tu das doch auch! Ich wasch mich doch auch, wenn da ein Typ in meiner Küche rumkrebst.

Aber bei Männern scheint die Horrorvision, daß eine Frau sie dabei beobachten könnte, während sie ihr Heiligtum mit Wasser benetzen, um ein Vielfaches schlimmer zu sein als die Tatsache, tagelang mit 'nem ungewaschenen Schwanz rumzurennen. Da wird sich ans Waschbecken gestellt und einmal kurz Hände und Gesicht gewaschen. Wie im Western. Westernhelden fahren sich auch einmal kurz mit den nassen Fingern durch's Gesicht, wenn sie morgens aufstehen. Ganz männlich. So vor einer Pumpe. Oder an einer Regentonne. Wenn's hoch kommt, stehen sie da mal mit freiem Oberkörper. Dann kann man e r a h n e n, wo sie sich vielleicht noch gewaschen haben könnten.

Aber die Hose behalten sie immer an. Diese heldenhaft männlichen Waschszenen setzen doch in den Köpfen wirklich die Vorstellung fest, daß das alltägliche Waschen sich auf Hände und Gesicht, bestenfalls den Oberkörper beschränkt. Alle übrigen Körperteile kommen nur alle paar Tage dran.

Frau stelle sich John Wayne vor, den der unerbittliche Kampf für Recht und Ordnung wieder einmal rastlos durch die Prärie treibt. Der nach Tagen endlich wieder einmal auf einer einsamen Farm ankommt. In markigem Tonfall den Farmer bittet, ob er sich mal waschen könnte. Sich an die Regentonne stellt, seine Hose runterläßt und seinen Schwanz reinhängt. Während er die Vorhaut zurückzieht, um sich die Eichel zu waschen, den Farmer um eine frische Unterhose bittet.

Der Farmer würde sich wahrscheinlich verwundert nach dem Regisseur umgucken. Da muß doch irgendwas im Drehbuch nicht stimmen!

Aber dann ist es Arne doch wieder zu kalt und er telefoniert mit irgend jemand anders, ob er da heute abend baden könnte.

Und dann fahren wir nach Aumühle. Spazieren gehen. Im Wald spreche ich dann noch einmal das Thema an, daß Arne von sich aus die ganze Zeit n i c h t e i n m a l auf die Platte gebracht hat: Daß er mich am Sonntag sitzen lassen hat.

„Nee. Ich wußte nicht, daß wir vormittags verabredet waren. Ich dachte, wir sind nachmittags oder abends verabredet."

Ich lasse mich darauf ein, ihm nochmal die Verabredung auseinanderzudröseln. Daß es s e i n e i g e n e r Vorschlag war, sich morgens zu treffen. „Und s e l b s t w e n n du denkst, wir seien nachmittags o d e r abends verabredet. Dann kannst du auch nicht erst abends halb neun anrufen: Ich wollt mal Bescheid sagen, daß ich nicht mehr komm. Mir tut mein Rücken so weh!"

Ich gucke ihn an. Warte. – Arne sagt nichts. Nichts. Absolut nichts!

Ich kann doch nicht auf einen Haufen schweigender Watte einreden!

Wir gehen spazieren. Ich denke daran, daß Arne heute abend seine alte Beziehung wieder aufnehmen will. Und vorher will er duschen.

Ich bin traurig.

Arne macht Witze. Ich kann nicht lachen. „Darüber kann ich gar nicht lachen", sage ich zu ihm.

„Womit kann man dich denn erfreuen?" fragt er.

„Mit gar nichts." – Das müßte ihm doch endlich mal klar sein, wie ich mich fühle.

Wir gehen spazieren. Neben mir geht Arne. Unrasiert und ungewaschen. Heute abend wird er sich rasieren. Und duschen. Und ein frisches Hemd von mir anziehen. Und seine alte Beziehung wieder aufnehmen.

Ich bin traurig.

Neben mir geht Arne und singt.

Zuhause kocht Arne uns noch was zum Mittag. Ich kriege nichts runter. Fünf Minuten nachdem er aus der Tür ist, fällt mir ein, daß ich ihn nicht nach der Telefonnummer gefragt habe. Daß ich wenigstens die Nummer von der Sabine haben wollte, damit ich sie vielleicht anrufen kann. Und daß ich vergessen habe, ihm zu sagen, daß sie unbedingt dabei sein soll bei dem Gespräch am Freitag. So eine Scheiße! Jetzt kann ich wieder auf seinen

Anruf warten. Weiß bis Freitag nicht, ob sie dabei ist oder nicht. Weiß nicht, worauf ich mich seelisch einstellen soll. Ich drehe durch. Warum hab ich ihn nicht nach der Nummer gefragt? Es läßt sich nicht ändern. Ich muß warten.

Am Freitag ruft Arne an, daß Sabine mitkommt. Ich atme auf. Sage ihm, daß Jan auch mitkommt. Er hat nichts dagegen. Für mich ist das das letzte Gespräch mit Arne. Ich will mit ihm abrechnen. Ich will hinterher jemanden haben, den ich mal fragen kann: Wie war das noch? Was hatte Arne da gesagt? Damit ich es hinterher verarbeiten kann. Und ich selber erinnere mich bestimmt nicht mehr an alles. Weil ich viel zu emotional da drinsteck, um jederzeit den Diskussionsverlauf im Griff zu haben. Deshalb soll jemand mitkommen, der mich sehr gut kennt. Deshalb soll Jan mitkommen.

Aber eine Stunde später ruft Arne nochmal an, daß Sabine nun doch nicht kommt, weil sie mit 'ner dicken Zahnentzündung im Bett liegt. Scheiße, denk ich. Jetzt lern ich sie doch nicht kennen.

„Dann gib mir mal ihre Nummer", sage ich und Arne gibt sie mir ohne zu zögern. Ohne zu fragen: Was willst du denn von ihr? Er gibt sie mir einfach so.

Ich rufe bei ihr an. Sie ist ganz nett am Telefon. Überhaupt nicht reserviert und abwartend. Ich sag ihr, daß ich es schade finde, daß sie nicht kommt. Daß ich skeptisch bin, was Arne mir immer so erzählt, und daß ich einige Sachen mal ganz gern aus ihrer Sicht hören würde. Sie kann aber wirklich nicht. Sie hat Zahnschmerzen und kann sich auf nichts konzentrieren.

Aber ob wir uns denn nicht mal so ... ein andermal treffen könnten ... wir beide ... ohne Arne ...???

Ja. Natürlich, meint sie. Sie will mich wieder anrufen, wenn sie gesund ist.

Ich bin ganz happy. Die war ja unheimlich nett. Hat sich auch gar nicht gewundert, daß ich sie einfach so anrufe. Die fand das ganz normal, daß die gerade verflossene Freundin von ihrem verflossenen (oder vielleicht schon-wieder?) Typen sie anruft und sich mit ihr treffen will.

Endlich kommt Jan nach Hause. Ich habe mir einen Waschzettel gemacht. Bin total aufgeregt. Wir fahren los.

Jan und ich schneien bei Brigitte in eine mittlere Fete rein. Ich muß erstmal rumfragen: Bist du Brigitte? Nein? Wer ist denn Brigitte? (Früher wäre mir sowas peinlich gewesen). Irgendwo in der Küche oder auf dem Flur treffe ich Arne, von dem ich dachte, er sei noch gar nicht da. Wir gehen mit Kaffee runter in eine andere Wohnung. Arne sitzt auf dem Bett wie Adonis, im Schneidersitz, mit frischgewaschenen Haaren und relativ rasiert, (für seine Verhältnisse). Brigitte vergewissert sich nochmal über den Sinn des Gesprächs. „Ihr seid doch fertig miteinander?"

„Ja, aber trotzdem will ich ..." (Was will ich eigentlich diskutieren?) Arne ist gegen so'n „Aufrechnen". Ich will, daß das Schwein endlich mal begreift, daß es eins ist!

Ich sitze da mit einem DIN-A-4-Zettel voller Stichworte in meinem Hosenlatz. Ganz klein zusammengefaltet in der Latztasche. Habe mir alle meine Stichworte gut geordnet. Ich will mit ihm abrechnen. Erstmal daß er so unzuverlässig ist. Daß er mir, als er mich 'ne Viertelstunde kennt, davon erzählt, daß er eingesehen hat, daß er Sabine gegenüber Scheiße gebaut hat. Und daß er dann dasselbe mit mir wieder macht. Mich auch wieder versetzt. Daß es einfach gelogen ist, wenn er sagt, er hätte nicht gewußt, daß wir Sonntag vormittag verabredet waren. Daß er auch sonst mal so Sprüche gebracht hat, wenn ich eine Uhrzeit mit ihm abmachen wollte. Da hat er doch einmal tatsächlich gesagt: „Ich bin immer der Meinung, du siehst doch, wenn ich da bin." Wo ich dann sehr hartnäckig darauf bestanden habe, daß er doch nochmal anruft, wenn er absehen kann, daß es später als 20.00 Uhr wird.

„Ich bin immer der Meinung, du siehst doch, wenn ich da bin!" Was ist das eigentlich für ein b l ö d e r Spruch? Männerfreiheit!

Dann, daß er mit Sabine eine Beziehung total vom Freundeskreis losgelöst geführt hat. Das ist mir am Donnerstag aufgegangen, als ich Brigitte angerufen hab, um sie nach Sabines Telefonnummer zu fragen. Da hat sie gesagt: „Wir kennen die hier auch alle nicht."

Ich reite wochenlang auf der Problematik rum, von wegen Beziehung in den Freundeskreis integrieren und so, daß ich Angst davor habe. Und Arne sagt immer, das wird schon werden. Gibt n i c h t e i n m a l zu, daß er das mit seiner letzten Beziehung auch nicht geschafft hat. Tut die ganze Zeit so, als wenn es da in seiner letzten Beziehung keine Probleme gegeben hätte.

Als ich ihn mal gefragt hatte, wie er das sieht, mit Beziehungsauseinandersetzungen und so zu privatisieren, da hat er ganz selbstverständlich gesagt: Das sollte man nicht tun. Und mit Sabine hat er alle diese Auseinandersetzungen nur alleine geführt. H a t p r i v a t i s i e r t.

Sagt zu mir, sein Freundeskreis sei hauptsächlich seine BI. Und seine BI kennt seine Freundin nicht. Mit der er monatelang zusammen war. „Wir kennen die hier auch alle nicht."

Dann seine Brot & Wasser-Ideologie. Da hab ich ihn mal gefragt, ob er eigentlich schon mal mit 'ner Frau befreundet war, die in der Frauenbewegung aktiv war, daß ich das Gefühl hätte, ihn hat bisher noch keine so richtig rangekriegt. „Wie meinst du das: Rangekriegt?" – „ Na, daß du noch nie mit 'ner Frau zusammen warst, die wirklich konsequent in Frauenthemen an dich rangegangen ist. Die nicht locker gelassen hat. Die sich wirklich intensiv mit dir auseinandergesetzt hat. Und selber in der Frauenpolitik sehr engagiert ist. Weil solche Frauen auch immer mehr sehen, als welche, die sich nur nebenbei mit der Frauenfrage beschäftigen. 'ne Frau, die wirklich intensiv in der Auseinandersetzung der Frauenbewegung drinsteckt. Das meine ich mit ‚rangekriegt'."

Arne macht wirklich nicht den Eindruck, als wenn ihn schon mal eine konsequente Feministin bearbeitet hätte.

„Doch, die Anke. Die war in 'ner Frauengruppe", sagt Arne.

„In welcher denn?"

Das weiß er nicht. „Aber da war mal sone Veranstaltung ... ich bin da mal mit hin ... und hab mir das mal angehört."

Ich kann nur noch grinsen. „I c h b i n d a m a l m i t h i n u n d h a b m i r d a s m a l a n g e h ö r t." Er war 'n paar Monate mir ihr zusammen und weiß nicht, in welcher Frauengruppe sie war. Aber er braucht die politische Auseinandersetzung in 'ner Beziehung wie Brot und Wasser. Wie Brot und Wasser.

Aber wahrscheinlich hat er das bei ihr auch so wie bei mir gemacht. Er will ja gar nicht diskutieren. Er will mir ja nur seine Sprüche vor die Füße kotzen. Er will seine politischen Bemerkungen los sein. Das nennt er politische Auseinandersetzung. Das nennt er Brot und Wasser. Was die Frau politisch macht, interessiert ihn so wenig, daß er mir noch nicht einmal sagen kann, in welcher Frauengruppe sie war. Und das ausgerechnet bei Anke. Wo er mir die Beziehung immer als d i e tolle politische Beziehung darstellt. Wahrscheinlich hat er die genauso verarscht wie mich. Er brabbelt seinen Kram runter und das nennt er Auseinandersetzung. Mich hat er ja nie gefragt, wenn ich was mit ihm diskutieren wollte. Wenn ich mich mit ihm über meine politische Arbeit auseinandersetzen wollte.

Und dann immer seine aufgesetzten Sprüche, besonders zu Frauensachen. Da sagt irgendso'n Pope im Fernsehen was von Unterordnung der Frau in der Ehe. Und daß Gott das so will. Und Arne fängt an, sich total gekünstelt aufzuregen.

„Oh Gott! Oh Gott!", ruft er immer und faßt sich voller Verzweiflung mit der Hand an die Stirn. „Oh Gott! Oh Gott!"

Ich weiß gar nicht, was das soll. Es laufen einem doch genug Frauenfeindlichkeiten jeden Tag über den Weg. Und daß die katholische Kirche nun die schärfsten Sprüche drauf hat, weiß ja nun auch jeder. Was regt Arne sich so auf? Und warum ruft er immer: „Oh Gott! Oh Gott!" Und tut so, als wenn er was ganz Besonderes entdeckt hat.

Aber g e n a u d a s ist es wahrscheinlich. Arne hat e n d l i c h m a l eine Frauenfeindlichkeit entdeckt, wo der Zusammenhang relativ leicht durchschaubar ist, und nun möchte er auch mal zeigen, daß er was frauenfeindlich findet. Nun freut er sich. Und nun soll ich das vor allem auch mitkriegen. Gebärdet er sich so, daß frau nicht daran vorbei kann, daß er auch auf Frauenfrage und so achtet.

Und dann werd ich ihm noch sagen, daß ich ihm das mit der Naivität sowieso nicht abnehme. Meine angebliche Naivität ist nicht der Grund dafür, daß er mit mir nicht klarkommt. Ich bin ihm am Anfang zu schnell zu radikal geworden. Ich hab ihm doch gleich am Anfang gesagt, daß ich schon mit dem Gedanken gespielt hatte, die Beziehung zu beenden, weil ich nach dem Verhütungsdilemma schon geahnt habe, wie unbedarft er in punkto Frauenfrage ist und was da noch auf mich zukommt. Und daß ich auch gleich kritisiert habe, daß er sich immer so toll findet. Das ist ihm wahrscheinlich alles zu schwierig geworden, daß frau nach ein paar Tagen Beziehung mit sowas schon anfängt.

Und dann seine Begründung, weshalb er die Beziehung zu mir angefangen hat. Daß er Distanz zu seiner letzten Freundin kriegen wollte. Das hat er explizit so begründet. Dieses Schwein. Es war ihm klar, daß er mich benutzt. Er hat mich schließlich nicht irgendwo kennengelernt, sondern mir kurz nach Ende seiner letzten Beziehung auf eine Kontaktanzeige geantwortet. Als ich Brigitte das am Telefon gesagt hatte: „Arne hat mit mir angefangen, um über seine letzte Freundin wegzukommen", da hat sie ganz spontan gesagt: „Das ist ja schweinisch."

Und dann, wie er sich überhaupt die ganze letzte Woche verhalten hat. „Ich bin nicht in dich verknallt. – Schockt dich das jetzt?" Dann, daß er es von Sonnabend bis Montag nicht schafft, den Brief noch einmal zu lesen. Und daß er schon seit einer Woche weiß, daß er die Beziehung mit Sabine wieder aufnehmen will; daß er sich diese Woche mit ihr treffen will. Ihm war klar, daß das Gespräch 'n hohen Stellenwert für ihn hat. Er hat mich warmgehalten. Auch in der Diskussion am Mittwoch wollte er sich immer nicht festlegen. Das Gespräch mit Sabine sollte unbedingt vor diesem sein. Warum, hat er nicht gesagt. Und dann seine Andeutung, es könnte sein, daß er Donnerstag bei Sabine schläft, ohne mir die Hintergründe zu erzählen. Wenn dieses Gespräch mit Brigitte wie ursprünglich geplant, am Montag stattgefunden hätte, hätte er mich unter völlig falschen Vorausetzungen in das Gespräch gehen lassen. Als ich ihm das vorgeworfen habe, hat er gesagt: „Nee. Ich hätte dir das kurz vorher gesagt." –

Ich verabrede ein Gespräch über unsere Beziehung mit Brigitte. Arne weiß das. Legt sich bei mir hin und schläft. Und kurz vor dem Gespräch will er mir sagen, daß er vielleicht doch lieber mit seiner letzten Freundin wieder ... K u r z v o r h e r will er mir das sagen! Und erst legt er sich noch hin und schläft bei mir. Daß der überhaupt noch ruhig schlafen kann, nach dem, was er sich inzwischen alles geleistet hat.

Und dann, daß er sich bei mir nicht wäscht und dann diesen blöden Spruch bringt. Diese Unehrlichkeit in seinem Grinsen, das so tun soll, als wenn er sich ganz zufällig heute waschen will. Mensch Typ, denk doch nicht, daß ich nicht weiß, für wen du dich duschst. Ich muß an Karin denken. Ihr Freund duscht sich auch nicht allzu oft. Aber immer, wenn er mal wieder 'ne Verabredung mit 'ner anderen Frau hat, dann ist plötzlich die Dusche naß. Karin lacht dann, wenn sie nach Hause kommt und die nasse Dusche sieht. Sie kennt das schon.

Und das Schärfste war ja überhaupt, wie meine Wohnung aussah, als Arne am Donnerstag weg war. In 10 kleinen Häufchen hatte er seinen Dreck über alle Zimmer verteilt. Dreckige Wäsche, seine Turnschuhe, noch vom Fußball spielen, seine Tasche mit Schulsachen, hier ein Paar Strümpfe, da eine Jeans, und da noch eine dreckige Unterhose. Bücher, Zettel und Zeitungen überall dazwischen. Seine Medikamente und eine ganze Dose mit Stiften ... Meine Wohnung ist eine Gerümpelkammer. Die Sachen liegen auch nicht irgendwo am Rand. Nein. Mitten im Zimmer! Wo Arne seine Unterhose auszieht, da bleibt sie liegen.

Ich stolpere über seine Turnschuhe und fange an, aufzuräumen. Typisch Mann!

Das alles habe ich auf meinem Zettel stehen. In Stichworten. Damit ich auch keine seiner Schweinereien vergesse. Heute kriegt er alles zu hören. Und dann fängt das Gespräch an. Ich mit einem Zettel im Hosenlatz. Gut vorbereitet. Und dann läuft alles ganz anders. Wir reden über die Sache mit dem Benutzen. Arne sieht das etwas anders. Er würde es nicht benutzen nennen. Aber wir sehen das so. Alle drei. Jan, Brigitte und ich. Wir nennen das benutzen. Finden das menschenverachtend. Mit jemandem 'ne Beziehung anzufangen, um Distanz zu einer anderen zu kriegen.

Arne ist hartnäckig. Er würde es nicht benutzen nennen. Er sieht das anders. Auch nachdem wir eine halbe Stunde auf ihn eingeredet haben, sieht er das immer noch anders. Aber er hört sich das mal an und will das überdenken.

Auch die anderen Sachen, die wir ihm sagen. Daß er nicht immer so lange mit seinen Sachen rumschleppen soll, bevor er sie mal äußert. Daß er nicht immer alles in seinem Kopf abmachen kann. Daß er auch unfertige Gedanken rauslassen muß. Besonders, wenn sie andere mitbetreffen. Z.B. die Frage, ob er in mich verknallt ist oder nicht. Daß er mit sowas mal eher rausrücken muß. Arne hört sich das an.

Und dann komme ich nochmal auf die Sachen aus dem Mittwochsgespräch. Meine Vorliebe für Märchen. Sein Naivitätsvorwurf. Und Brigitte geht da auch ganz gut drauf ein. Fragt ihn, ob er nie von irgendwelchen Sachen träumt. Daß das nichts mit Realitätsflucht zu tun haben muß, wie er das immer gleich in die Ecke schieben will. Ich habe sowas im Kopf, mit Märchen auch politische Gedanken ausdrücken zu können. Es als literarische Form für heute zu nutzen, weil die Klischees noch sehr gut in den Köpfen abrufbar sind. Und das ist nicht nur rückwärts gerichtet. Realitätsflucht.

Arne hört sich das an. Auch was Brigitte sagt. Endlich kriegt er das auch mal von jemand anders zu hören, daß das nicht nur naiv ist, was ich da im Kopf habe.

Als das Gespräch auf seine letzte Freundin kommt, hört man zwischen den Zeilen heraus, daß es wohl doch nichts geworden ist gestern. Aber nicht sehr deutlich. Jan fragt nach. Ich horche gespannt auf. Nein, sie wollte doch nicht wieder mit ihm zusammen sein. „Das ist gestern so rausdiskutiert worden", meint Arne ganz nüchtern und sachlich.

Mann geht zu seiner verflossenen Freundin, möchte „die Beziehung wieder aufnehmen", und dann wird das so rausdiskutiert, daß die Beziehung doch nicht wieder aufgenommen wird. Ganz nüchtern. Ganz sachlich. Arne sagt nicht: Sie hat mir 'n Korb gegeben. Arne sagt: Das ist so rausdiskutiert worden, daß sie nicht mehr will. Und im gleichen Atemzug erwähnt er, daß sie sich mehr auf ihr Studium konzentrieren will. Daß das als Begründung da mit reinspielt.

Auf der Heimfahrt frage ich Jan, was er davon hält. „Das macht er sich vor", meint Jan auch.

Als ich zuhause bin, frage ich mich, was da eigentlich gelaufen ist. Eigentlich sind die Sachen doch gar nicht geklärt worden. Arne hat doch kaum was dazu gesagt. Als wir ihn gefragt haben, was da eigentlich bei ihm gelaufen ist. Wieso er erst in mich verknallt war und dann plötzlich nicht mehr. Da hat er immer nur gesagt, er weiß es nicht. Alle Vermutungen, die ich angestellt habe, hat er als völlig unzutreffend abgewehrt. Und er selber hat überhaupt keine gehabt. Er macht sich gar keine Gedanken darüber. Er sitzt da und hört sich das an. Und sagt nichts. Und ich will hören, ob ich nicht vielleicht auch irgendwas falsch gemacht habe. Damit ich es in der nächsten Beziehung nicht wieder mache. Aber Arne sitzt im Schneidersitz auf dem Bett und meint: „Ich kann da nichts zu sagen. Ich kann mir das erstmal anhören."

Und dann hat er den ganzen Abend nicht einmal gesagt, daß er wenigstens einsieht, daß er 'n Schwein ist. Das wäre ja nun das Mindeste gewesen. Er sollte doch einsehen, daß er 'n Schwein ist! Dazu war das Gespräch doch da! Auch die anderen sind gar nicht so richtig auf ihn losgegangen. Das war alles viel zu lahm. Wieso haben die denn auch nicht gesagt, daß er 'n Schwein ist?

Und dann mochte ich auch meinen DIN-A-4-Zettel gar nicht mehr aus der Tasche holen. Hab ihm gar nicht alle Sauereien an den Kopf geknallt, die er sich geleistet hat. Der ist viel zu gut davon gekommen.

Und wie er mich am Schluß angelächelt hat. Da bin ich doch wieder weich geworden. Ich hatte mir doch so fest vorgenommen, mit ihm abzurechnen. Ich wollte nichts mehr mit ihm zu tun haben. Nichts. Und dann sagt Arne plötzlich am Ende des Gesprächs, daß er diese Auseinandersetzung gerne fortsetzen möchte. Daß er für heute genug hat. Aber daß er es gut fand und ein andermal weitermachen möchte. Und dann hat er mich angelächelt. Dieses Schwein! Und dann hab ich ihn auch angelächelt. Ich kann doch nicht nein sagen, wenn so'n Chauvi eine Diskussion, in der solche Kritik an ihm gekommen ist, weiterführen möchte. Da kann ich doch nicht nein sagen. Das zeigt doch, daß er sich damit ernsthaft auseinandersetzen will.

Und dann hab ich ihm gesagt, daß ich eigentlich mit dem Gedanken hergekommen bin, daß ich mich nie wieder mit ihm unterhalten will. Nie wieder. Und daß ich aber heute abend doch das Gefühl hatte, daß er was lernen will. Und daß ... ich mich doch wieder mit ihm treffen will.

Arne lächelt mich an. Ich ihn auch.

Und dann sagt Brigitte noch, daß sie es gut fände, daß ich die Diskussion so sachlich geführt habe. Daß ich nicht in Tränen ausgebrochen bin oder so.

„Du, ich bin drüber weg", sage ich zu ihr. Mit einem Seitenblick auf Arne. Soll er bloß nicht denken, daß ich noch was von ihm will! Ich bin drüber weg. Obwohl es erst seit vorgestern vorbei ist. Für so einen Scheißkerl wie dich, brauche ich knappe zwei Tage, um drüber weg zu kommen. Ich bin drüber weg.

Als ich mit Brigitte zusammen in ihre Wohnung gehe, um mir aus Arne's Jackentasche meinen Wohnungsschlüssel rauszunehmen, sagt sie zu mir: „Das ging aber schnell."

„Ich hab mir vorgenommen, daß mich nie wieder 'n Typ so lange runterreißen soll. Ich seh das nicht mehr ein, Liebeskummer zu haben. Das sollen die Typen nicht mehr schaffen!" Ich bin drüber weg.

Mit Arne verabrede ich mich für Sonntagabend. Er sagt, daß er auch zum Bunte-Liste-Kongreß kommt und daß wir da dann ja was Genaues abmachen können.

Ich will es zu Ende lesen, auch wenn es mich die letzte Kraft kostet.

heute
sterb ich

morgen
leb ich

übermorgen
weiß ich auch nicht, wie's heute
weitergehen soll.

ach wie gut, daß niemand weiß –

Am Wochenende ist der Bunte-Liste-Kongreß.
Die Diskussion am Sonnabend ist so beschissen, daß ich nachmittags halb vier abhaue. Am Sonntagmorgen sind Arbeitsgruppen. Ich bin pünktlich um 10.00 da, habe aber mein Portemonnaie vergessen. Da die Leute sowieso erst spärlich einklekkern, beschließe ich, nochmal nach Hause zu fahren. Mein Strickzeug habe ich auch nicht mit.

Als ich wiederkomme und in den Raum der AntiFa-Gruppe reingehe, sitzt Arne da. Scheiße. Mich ärgert das, daß er eher hier ist als ich. Die AntiFa-Plena sind nun schließlich mein Ressort. I c h habe schließlich AntiFa-Arbeit gemacht. Nicht er. Er macht Anti-AKW-Arbeit. Da gehört er hin. Was will er hier?

Kann er mich nicht wenigstens auf AntiFa-Plena in Ruhe lassen? Dies hier ist m e i n politisches Zuhause, wo e r dazu kommen müßte. Und nun sitzt er eher hier als ich, obwohl ich vor 'ner Stunde schon hier war und brabbelt auch noch am laufenden Band, während ich mal wieder den Mund nicht aufkriege. Er sitzt da und brabbelt und findet sich toll und für die Diskussion unentbehrlich. Im Hintergrund sitzt seine unscheinbare, farblose Ex-Freundin und sagt nichts.

Von mehreren Leuten ernte ich freundliche Blicke, als ich mich in der Runde umgucke. Mann/frau kennt mich hier. Als seit längerem auf AntiFa-Plena anwesende, stille Frau.

Arne redet.

Als Mittagspause ist, frage ich andere Leute, ob die Diskussion, bevor ich kam, besser war. Die Zeit, wo ich da war, war es eigentlich keine Diskussion, sondern ein Schlagabtausch von Argumenten. Ohne daß die Leute richtig aufeinander eingegangen sind.

Nee, sagen die anderen mir. Es war die ganze Zeit so und sie fanden's auch beschissen.

Der Verdacht, daß es die ganze Zeit so gelaufen ist, kam mir schon, als jemand das Diskussionsprotokoll vorgelesen hat. Da folgte nur ein Statement auf das andere und ein roter Faden oder eine Entwicklung in der Diskussionsrunde war aus dem Protokoll nicht zu erkennen. Die anderen bestätigen mir meinen Verdacht.

Nur Arne findet das nicht. Er findet, daß es 'ne Diskussion war. Ich sage, es war nur ein Schlagabtausch von Argumenten.

Es wundert mich schon nicht mehr, daß er es nicht gemerkt hat. Schließlich ist das seine Art zu diskutieren, wie ich sie oft genug bei ihm erlebt habe. Hauptsache er hat seine Position dargestellt. Ob man aufeinander eingeht, ist nicht so wichtig. Ob andere einen verstanden haben, auch nicht. Er merkt gar nicht, daß aus der Diskussion außer einem schon vorher vorhandenen Minimalkonsens nichts rausgekommen ist.

Man ist sich einig, daß Strauß schlimmer ist als Schmidt. Daß man im Wahlkampf klar machen muß, daß Strauß ein Faschist ist. Und man ist sich einig, daß man über der Anti-Strauß-Kampagne nicht vergessen darf, daß für die verschärfte Repression der letzten Jahre eine SPD-Regierung verantwortlich ist. Und daß die Strauß-Kandidatur das Image der SPD wieder aufpoliert und wir dagegen auch kämpfen müssen. Das sind aber alles Sachen, über die man sich schon vor diesem historischen Sonntag morgen einig war. Die wirklichen Kontroversen innerhalb der Linken sind gar nicht klar rausgearbeitet worden. Sie schwelten vielleicht untergründig mit, aber mehr auch nicht. Diese Diskussion hat nicht eben viel zur Klarheit beigetragen.

Beim Mittagessen setzt sich Arne neben mich. Ich erzähle ihm, daß die Diskussion gestern eine Farce war und daß eine Abstimmung mit den Füßen stattgefunden hat. Daß ich hoffe, daß es heute nachmittag im Plenum besser wird als gestern im Plenum und heute morgen in der Arbeitsgruppe.

Und das wird es denn auch tatsächlich. Als es um die Anti-Strauß-Kampagne geht, geht Arne auch ein paarmal ans Mikro und erzählt den gleichen Scheiß, den er mir seit Wochen zu Hause erzählt. Prophezeit der Anti-Strauß-Kampagne ihren Mißerfolg, den sie seiner Ansicht nach schon im Keime mit sich trägt. Leitet diesen Mißerfolg nicht etwa aus einer falschen politischen Art und Weise her, sondern aus der Kampagne als solche. Wenn's nach Arne geht, dann ist es nicht so, daß wir aufpassen müssen, in der Anti-Strauß-Kampagne keine Fehler zu machen. Sondern dann ist die Anti-Strauß-Kampagne an sich schon der Fehler. Ich finde seine Argumente nach wie vor verwirrend und uneinsichtig, ob ich sie nun zu Hause am Frühstückstisch höre oder hier durch's Mikophon. Aber ich kann sie nach wie vor nicht widerlegen. Mir ist es genauso unklar wie am Frühstückstisch, womit er mich eigentlich so durch'n Tütel bringt. Und weshalb ich hinterher immer noch nichtmal wiedergeben kann, worin unsere Kontroverse eigentlich besteht.

Dabei bin ich doch nicht blöd, Mann! Das muß auch an ihm liegen.

Sein Nachredner widerlegt ihn mit guten Argumenten und erntet tosenden Applaus. Besonders von mir. Was hat er damals eigentlich gesagt? Ich weiß es nicht mehr.

Als es zur Resolution der Frauen-AE kommt, in der unter anderem die Entwicklung der Pille für den Mann gefordert wird, gibt es Gemurre aus den hinteren Bänken. Das finden einige junge Herren nun gar nicht gut. „Aufstehen! Wer ist dagegen? Aufstehen!", rufen vorne einige Frauen. Gelächter. Alle gucken voller Spannung nach hinten. Ob sich einer traut, aufzustehen?

Und tatsächlich traut sich einer. Es ist Arne.

„Wenn da dieselbe Scheiße bei rauskommt wie bei der Pille für die Frau, dann bin ich dagegen", sagt er.

„Aber wir dürfen sie fressen!", ruft ihm eine Frau ganz richtig zu. Gemurmel. Gebrabbel. Unsicherheit. Der Satz wird aus der Resolution gestrichen.

Ich bin sauer. Wenn es die Pille für den Mann gäbe, wären das wenigstens ganz andere politische Voraussetzungen. Dann müßten sich die Männer wenigstens mal Gedanken machen, ob sie bereit wären, ihrem eigenen Körper solche unerforschten Belastungen zuzumuten. Dann könnten mann/frau gemeinsam immer noch die Entscheidung fällen, daß keine(r) von beiden den Scheiß frißt. Aber dann wäre es den Männern vielleicht mal eher im Kopf, daß Verhütung was ist, wofür sie auch was tun müssen. Dann sollen sie erstmal zu der Entscheidung stehen: Ich pumpe meinen Körper nicht mit Hormonen voll. Aber was machen w i r denn nun stattdessen?

Ich koche und habe Herzklopfen. Soll ich mich ans Mikro trauen? Und wenn Arne mir dann was entgegenholzt und ich mich persönlich angemacht fühle, weil ich mir denke: dieser Scheißkerl! Im Bett die Verhütungsfrage mir überlassen, aber auf 'nem Bunte-Liste-Kongreß große Töne spucken. Diese Unverfrorenheit.

Daß der sich auch noch traut, ohne rot zu werden, aufzustehen. Mich fast schwängert, und es auf so einem Kongreß schafft, einen Satz aus der Resolution streichen zu lassen, der die Pille für den Mann fordert.

Und ich sitze wieder mal da und kriege den Mund nicht auf, weil mir seine Unverfrorenheit die Sprache verschlägt.

So am frühen Abend steht Arne auf. Ich beobachte ihn. Wo er jetzt wohl hingeht? Wir waren ja heute nach dem Kongreß verabredet. Er kommt zu mir nach vorne.

Er hätte da endlich 'ne Wohnung an der Hand ... und er kann den Abstand nicht bezahlen ... und müßte jetzt nach Altona ... mit Leuten diskutieren, ob die ihm das Geld leihen ... ob er die Wohnung nehmen soll ... und nun wollte er mal fragen ... wir sind ja jetzt verabredet ... und morgen muß er sich entschieden haben, ob er die Wohnung nimmt ... und ob er denn nun darf?

„Ja natürlich", sage ich, „Wohnung geht doch immer vor." Ich war ja selbst ein halbes Jahr auf Wohnungssuche. Ich weiß, wie das ist. Da braucht er doch nicht so eingeschüchtert zu fragen, ob er dafür die Verabredung mit mir abblasen darf. Ich wundere mich. Wundere mich über Arne, der sonst keine Skrupel hatte, mich einfach zu versetzen. Und der jetzt ganz zaghaft fragt, ob er denn nun dürfe? – Wir umarmen uns. Arne geht.

Als er mich am nächsten Tag anruft: „Kann ich vorbei kommen?", habe ich keine Zeit.

Ungefähr eine Woche nach diesem Gespräch kommt Arne zum ersten Mal wieder zu mir. Wir diskutieren 'ne Weile. Er sitzt auf der Heizung. Ich auf dem Bett. Ich frage ihn, was er denn aus der Diskussion am Freitag gelernt hat. Mal sehen, was kommt. Ich bin gespannt.

Was kommt, ist die Problematik des „Mit-sich-rumschleppens" von Problemen, die die Beziehung angehen. Daß er zum ersten Mal begriffen hat, daß er nicht Probleme mit sich selber abmachen kann, die eine zweite Person genauso betreffen. Daß er damit rausrücken muß, auch wenn er die Klarheit noch nicht hat. Daß er ja in der Zwischenzeit, wo er diese Probleme in seinem Kopf wälzt, weiter mit der betreffenden Frau zusammenlebt, und die auch was mitkriegt. Zwar nicht genau was, aber daß was los ist, spürt sie eben. So gesagt bekommen hat er das zwar schon ein paar Mal, aber so richtig klar geworden sei ihm das erst in der Diskussion am Freitag, daß er eben immer nicht gesehen hat, daß da noch jemand anderes dranhängt. Und daß er da nicht immer so rangehen kann: Ich mach meine Probleme mit mir selber ab.

Naja. Das ist ja wenigstens etwas. Und sonst?

Nö. Mehr erstmal nicht. Das ist erstmal das, was er im Kopf behalten hat.

Ich wundere mich. Aber was soll's. Wenn er mehr nicht im Kopf behalten hat, dann ist das eben so. Auch wenn ich denke: Es kann doch nicht wahr sein. Ich darf eben nicht nur vom input ausgehen, wenn ich mir den output angucke. Ich muß eben sehen, daß Arne länger braucht. Also fange ich von mir aus an, nochmal einige Punkte aus der Diskussion am Freitag anzuschneiden. Die Sache mit dem „Benutzen" zum Beispiel. Aus dem, was er sagt, geht hervor, daß er es immer noch nicht geschnallt hat. Irgendwann werde ich wütend und sage: „... und bei der nächsten Frau machst' das wieder so?"

„Da würd' ich vorsichtig sein! Mit solchen Aussagen würd' ich ganz vorsichtig sein", meint Arne im Tonfall des erhobenen Zeigefingers. Ich sage nichts mehr. Wundere mich nur, mit wieviel Unverfrorenheit er in dieser Situation sich auch noch die Position des Lehrmeisters anmaßt. Es hat keinen Sinn. Er hat gar nicht geschnallt, wie übel das eigentlich ist, was er mit mir gemacht hat. Hat immer noch nicht geschnallt, daß er mich benutzt hat. Und was er nicht geschnallt hat, das wird er natürlich das nächste Mal wieder machen. Aber ich kanns ihm nicht verklickern. Was wir zu dritt nicht in seinen Kopf reingekriegt haben, schaffe ich jetzt alleine erst recht nicht.

Irgendwann sagt Arne dann auch, daß er nicht so viel an einem Abend diskutieren kann und jetzt aufhören möchte. Sonst könne er das nicht verarbeiten. Ich akzeptiere das. Was soll ich auch anderes machen? Wenn am Freitag abend nur eine Sache in seinem verkorksten Gehirn hängengeblieben ist, hat es wirklich keinen Zweck, jetzt noch weiter mit ihm zu diskutieren. Und außerdem habe ich auch das Gefühl, daß er ein bißchen ja wirklich gelernt hat. Daß es also Stück für Stück vorangeht.

Also gehen wir zum gemütlichen Teil des Abends über. Arne will ins Kino. Wenn's 'n guten Film gibt, will ich auch. Aber es ist schon halb neun. Im Abaton hat die Vorstellung schon längst angefangen. Im Thalia gibt's 20.45 die Blechtrommel. Da will ich rein. Arne nicht. Er hat von jemand gehört, daß der Film schlecht sein soll. Ich will da trotzdem rein, weil ich immerhin seit 3 1/2 Jahren Literatur studiere und kaum ein Buch angefaßt habe. Weil mich die meisten Bücher nicht interessieren. Und ich mich ganz gut mit Filmen austricksen kann. Dann hab ich hinterher eher Bock, das Buch zu lesen. Oder hab wenigstens Ahnung, worum's geht. Irgendwie muß ich ja mal einen kleinen

Einblick in die Literaturwelt kriegen. Und wenn ich solche Schwierigkeiten zu lesen hab, geh ich eben erstmal ins Kino, wenn sowas wie die Blechtrommel verfilmt wird.

Arne will aber nicht. Der Film soll doof sein. Was anderes steht aber jetzt Viertel vor neun nicht mehr zur Diskussion. Also läßt er sich breitschlagen. Ich verlange zwei Studentenkarten und lege meinen Studentenausweis hin. Die Frau guckt mich erwartungsvoll an. Ich frage Arne mit ganz selbstverständlichem Tonfall: „Hast du deinen Studentenausweis mit?" Er wüschelt ein bißchen in seinem Portemonnaie rum und findet ihn natürlich nicht, weil er gar keinen hat. Die Frau verkauft mir zwei Karten zum Studentenpreis. Ich freue mich, daß das so unabgesprochen geklappt hat. Wir gehen rein.

Während des Films fange ich an, mich unwohl zu fühlen. Mich ekelt die Sexualität an, wie sie in dem Film dargestellt wird. Liegt das am Film? Liegt das an mir? – Einmal wird mir richtig übel. Ich könnte fast kotzen. Das halbvolle Kino lacht an dieser Stelle. Arne meint: „Nu geiht aber los!" und lacht.

Nach dem Film überlegen wir uns, ob wir noch 'n Bier zusammen trinken. Es ist schon ziemlich spät. So spät, daß Arne keine Bahn nach Altona mehr kriegen würde. Als wir über die Kneipenfrage beraten, fragt er: „Könnt ich eventuell bei dir pennen?" Ganz beiläufig im Nebensatz antworte ich mit „ja, kannst du", und schlage den Leewenzahn vor.

Wie sich die Zeiten ändern. Ab jetzt ist es keine Selbstverständlichkeit, daß er bei mir schlafen kann. Er muß mich fragen. Natürlich will ich, daß er bei mir schläft. Klar. Aber genauso selbstverständlich finde ich es, daß er fragt. Eigentlich komisch.

Leewenzahn. Bier. Gespräch über den Film. Ich fühle mich unwohl. Immer noch der Ekel über die Sexualität in dem Film. Aber vielleicht wollte Grass das ja so darstellen?

Unsicherheit. Ekel. Vielleicht bin ich nur zu doof, um die „Aussage" des Films zu verstehen.

Sage zu Arne, daß ich den Film nicht „verstehe". Daß mir unklar ist, was der Dichter uns damit sagen wollte. Arne faselt was von der übergeordneten Aussage, die mir auch schon längst klar war. Aber ich will mehr. Ich will diese ekelhafte Sexualität einordnen können. Welche Funktion hat die in dem Film? Hatte sie überhaupt eine, wollte Grass das wirklich so, oder sind da einige Sachen nicht doch nur dem Chauvi in die Feder geflossen? Ich habe das vage Gefühl, daß Grass nicht nur 'ne kaputte Sexualität darstellen wollte, sondern daß ihm einige Frauenfeindlichkeiten auch ganz undurchdacht unterlaufen sind.

Vielleicht ist der Film auch nur so schlecht. Ich nehme mir vor, das Buch zu lesen. Frage Arne, ob er es hat. Er weiß es nicht. Mir brennen Fragen unter den Fingernägeln. Liegen mir auf den Lippen. Ich möchte sie mit Arne diskutieren.

Ich schlucke sie runter. Würgen im Hals. Grummeln im Magen. Ich betreibe Konversation mit Arne. Was mich wirklich bewegt, kann ich ihm gegenüber nicht aussprechen.

Ich kämpfe noch eine Weile mit mir, doch einen Ansatzpunkt zu finden, wo ich es vielleicht unauffällig von hintenrum antesten kann, was er dazu meint. Wage es nicht, meine unsichere Kritik ihm gegenüber zu äußern. Wenn es um irgendwas anderes ginge, dann vielleicht. Aber wo's hier um Sexualität geht. Wenn er dann irgendwas angreift von dem, was ich sage, klink ich aus. Das weiß ich. Wenn es um etwas geht, womit ich mich total identifiziere. Wenn mir dann meine ganz eigene Unterdrückung in der Sexualität hochkommt und ich wieder versuchen muß, mich ihm zu erklären. Und er mich wieder nicht versteht. Ich muß bestimmt heulen.

Mir wird die ganze Tragweite meiner sexuellen Unterdrückung bewußt. Ich traue mich nicht, Frauenfeindlichkeiten in einem Film anzusprechen, weil ich mir in meiner Argumentation, warum das frauenfeindlich ist, noch nicht sicher bin. Ich habe Angst, daß der Mann, der mir gegenübersitzt, sachlich-politisch dagegen argumentiert und nicht im Ansatz begreift, was meine ekelhaften sexuellen Erfahrungen für mich in so einer Diskussion bedeuten. Daß er nicht im Ansatz begreift, wie wichtig es für ihn wäre, zu begreifen, was er da eigentlich nicht begreift. Habe Angst, daß ich dann heulen müßte. Ich brauche jetzt einen Gesprächspartner, der mir dabei helfen könnte, in meinem Kopf klarzukriegen, woher dieses vage Gefühl der Frauenfeindlichkeit kommt bei diesem Film. Einen Gesprächspartner, der sich auf meine Gedanken und Gefühle einlassen kann, bevor er mir eine sachliche Gegenposition entgegenholzt.

Ich sitze hier im Leewenzahn mit Arne. – Arne ist ein Mann, mit dem ich vor wenigen Wochen noch geschlafen habe. Mit dem ich sogar eine unheimlich schöne Sexualität erlebt habe. Eine Sexualität, die nichts mit dem gemeinsam hatte, was in diesem Film abgelaufen ist. Eigentlich kann ich davon ausgehen, daß er die Sexualität in dem Film genauso einschätzt wie ich.

Kann ich das? Nur weil er in den paar Wochen, wo wir zusammen waren, die gleiche Sexualität schön zu finden schien wie ich?

Ich sitze im Leewenzahn und möchte mich über die Sexualität in der Blechtrommel unterhalten. Ich sitze hier mit Arne. – Arne ist ein Mann, mit dem ich vor kurzem noch geschlafen habe. Ich halte den Mund.

Wir gehen nach Hause. Als wir im Bett liegen und das Licht ausgemacht haben, nimmt Arne ganz selbstverständlich meine Hand. Ich wundere mich und finde es schön. Arne schläft ein. Ich nicht.

In meinem Kopf hämmert und trommelt es. Blechtrommelt es. Ich kann nicht schlafen. Verbringe eine wahnsinnig unruhige Nacht. Eine grauenhafte Nacht. Arne liegt neben mir und schläft.

Arne ist bei mir. Ich bin alleine. Müde und hellwach zugleich. 1000 Fragen im Kopf, die mich nicht schlafen lassen, und die ich aber auch nicht mehr lösen kann heute nacht. Aber ich will doch schlafen. 1000 Fragen, die ich alleine sowieso nicht lösen kann heute abend. Manchmal wird einem sowas ja mit der Zeit klar. Auch alleine. Ohne daß man mit jemand darüber spricht. Aber ich will doch schlafen können. Ich müßte jetzt mit jemandem reden können.

Aber ich bin alleine. Arne ist ja bei mir.

Am nächsten Morgen habe ich Arbeitsgruppe mit Ellin. Ich erzähle ihr, daß ich am Abend vorher die Blechtrommel gesehen habe. Daß mich die Sexualität angeekelt hat und daß ich mir unsicher bin, ob das am Film liegt oder an mir. Ohne Angst. Ohne Scheu.

Ich fange an, Ellin von dem Film zu erzählen. Anfangsszene: Frau sitzt mit langen weiten Röcken auf dem Feld und ißt heiße Kartoffeln. Mann kommt angelaufen. Polizei ist hinter ihm her. Er bittet die Frau, ihn unter ihren Röcken zu verstecken. Sie tut es. Er legt sich auf den Boden. Sie setzt sich auf ihn und breitet ihre Röcke so aus, daß man nichts mehr von ihm sieht. Die Bullen kommen an, fragen sie, ob sie einen hat hier langlaufen sehen. Sie sagt ja und zeigt ihnen eine Richtung, wo er hingelaufen sei. Die Bullen bedanken sich und rennen weiter.

Als sie aufsteht, kommt er unter ihren Röcken hervor und knöpft sich die Hose zu. Das Kinopublikum lacht.

Die beiden gehen wie selbstverständlich zusammen nach Hause und sind von Stund an zusammen. Sie ist schwanger.

Als ich Ellin das jetzt erzähle, wird mir plötzlich bewußt, daß hier eine Vergewaltigung derart verharmlost dargestellt wird, daß sie nicht mal mehr als Vergewaltigung zu erkennen ist. Keiner der Leute, die den Film gesehen haben, wird sagen, es war eine Vergewaltigung. Nicht mal ich habe das gestern abend gleich geschnallt. Ich habe mich nur unwohl gefühlt und mich nicht getraut, mit Arne drüber zu sprechen.

Mir wird allmählich klar, was da eigentlich gelaufen ist: Da versteckt eine Frau einen flüchtigen Sträfling, und während sie sich mit den Bullen absabbelt, um ihn nicht auszuliefern, benutzt er ihre Geschlechtsorgane, um mal eben kurz abspritzen zu können.

In einer Situation, wo sie sich nicht wehren kann, weil sie damit den Bullen gegenüber hätte zugeben müssen, daß sie einen entlaufenen Sträfling vor ihnen versteckt. Wo sie noch nicht mal die Möglichkeit hatte, sich wie bei einer „normalen" Vergewaltigung zu wehren.

Aber wahrscheinlich wollte sie sich gar nicht wehren. Sie hat ihm ja noch nicht mal eine gescheuert, als die Bullen weg waren. Wahrscheinlich meint Günter Grass, daß sie das auch ganz geil fand, und unten noch 'n vaginalen Orgasmus gekriegt hat, weil der Typ seinen Schwanz in ihr drin hatte, während sie sich oben mit den Bullen absabbeln muß. Es gibt ja immer noch genug Männer, die sich einbilden, daß ihr Schwanz in unserer Scheide das einzig Seligmachende für uns Frauen ist.

Jedenfalls gehen die beiden ganz selbstverständlich zusammen nach Hause. Die Frau beschwert sich mit keinem Wort. Also muß sie es wohl auch ganz gut gefunden haben.

Ich möchte mal wissen, wieviel Prozent der Kinobesucher oder der Leute, die das Buch gelesen haben, gemerkt haben, daß es sich hier um eine Vergewaltigung handelt. Arne hat es sicher nicht geschnallt.

Im Gespräch mit Ellin komme ich zu der Überzeugung, daß frau das Buch nicht gelesen haben muß. Daß der Film das Buch nicht so entstellen kann, daß diese Frauenfeindlichkeit vielleicht nicht aus Grass' Feder geflossen ist.

„Sowas kann sich nur ein krankes Männerhirn ausdenken", meint Ellin. Ich schnalle allmählich die ganzen Zusammenhänge: Da stellt ein Film eine Vergewaltigung so verharmlosend dar, daß Frau nicht mal auf Anhieb merkt, daß es eine ist. Frau fühlt sich in und nach dem Film so beschissen, daß sie es nicht mal verbalisieren kann. Und Günter Grass wird als bedeutender Autor in die männliche Literaturgeschichte eingehen. Und ich wahrscheinlich als verklemmte Feministin, die keinen vaginalen Orgasmus kriegt. Vorausgesetzt, mann nimmt mich überhaupt zur Kenntnis. Eine verklemmte Feministin, die die Aussage des Buches nicht verstanden hat und alles zu überspitzt sieht. Sich an Nebenpunkten hochzieht. Frauenunterdrückung in der Sexualität ist eben ein untergeordneter Punkt. Was regt die sich so auf?

Aber weiter geht's im Film. Andere Szene: Frau heult und ist total fertig. Schmeißt sich auf's Bett und heult. Mann kommt hinter ihr her. Streichelt ihr einmal kurz über den Rücken. Schiebt ihr den Rock hoch und ist mit einem Griff schon in ihrer Unterhose. Ihr verzweifeltes Schluchzen geht augenblicklich in geiles Stöhnen über.

Auch der Chauvinismus dieser Szene wird mir jetzt erst so richtig klar. Es kann wirklich nur einem kranken Männerhirn entspringen, daß eine heulende und schluchzende Frau durch e i n e n männlichen Griff in ihre Unterhose zur sexbesessenen Bettgespielin wird.

So hätte mann es wohl gerne. Mann hält sich für den Nabel der Welt. Das Bumsen mit Männern muß für uns Frauen scheinbar wirklich die Allheilmethode bei aller Art von Problemen sein.

So hätte Grass es wohl gerne.

Aber dann die Szene, die das Ganze so widersprüchlich macht. Die Szene, wo uns der Dichter nun wirklich was mit sagen wollte. Mann bumst mit 15jährigem Mädchen. Beide halb angezogen in einer Sofaecke. Er die Hose halb runtergelassen. Sie den Unterrock hochgezogen. Gegenseitiges Angeschreie, während er in ihr rumrammelt. Sie schreit ihn an, er solle aber aufpassen. Er schreit sie an, sie solle ruhig sein.

Als er dann doch in ihr abgespritzt hat, wird das Ganze noch ekelhafter. Während sie sofort losheult, zieht er sich die Hose hoch und schreit sie an, daß *sie* Schuld sei, daß er nicht „aufgepaßt" habe: „Du hast doch immer gesagt: noch'n bißchen, noch'n bißchen. Ihr Weiber könnt ja nie genug kriegen." Sie sitzt auf dem Sofa und schluchzt. Mir wird immer übler. Ich muß fast kotzen. Was da abläuft, ist nicht nur Film. Es ist tagtägliche Realität für Tausende von Frauen. Kotzüble Realität.

Das Kinopublikum sieht einen Film.

Ob die Männer überhaupt im Ansatz schnallen, was diese heulende, durch „Aufpassen" geschwängerte Frau, die da von dem Typen angeschrien wird, wohl empfindet? Ob die Männer überhaupt schnallen, daß das nicht nur Film ist?

Wie sich die anderen Frauen hier im Kino jetzt wohl fühlen? Ob da auch noch anderen so übel ist wie mir? Die genauso still dasitzen wie ich jetzt.

Die Frau sitzt auf dem Sofa und heult. Der Typ, der schon draußen war, reißt noch einmal die Tür auf und schreit sie an: „Damit du's weißt! Ich stell mir unter Liebe was anderes vor als nur Sauereien!" Das Kinopublikum lacht.

Arne auch. „Nu geiht aber los!", sagt er.

Mir bleibt das Lachen im Halse stecken.

Obwohl an dieser Stelle die chauvinistische Haltung dieses Typen eigentlich sehr gut dargestellt ist, fühle ich mich unwohl bei dem verständnisvollen Lachen im Kino.

Weil ich bei dem männlichen Teil dieses Kinopublikums das wirkliche Verständnis für das Elend dieser Frau anzweifle. Die lachen und finden sich furchtbar frauenfreundlich, weil sie sich so nicht verhalten würden. Es ist ja auch toll, zu sehen, daß andere Männer noch frauenfeindlicher sind als mann selber. Das wertet jeden Chauvi auf.

Die heulende Frau stellt sich in der Küche über eine Schüssel mit Wasser, die sie sich auf einen Stuhl gestellt hat und wäscht sich das Sperma ab. Die Übelkeit in meinem Magen wird schlimmer. Da hängt eine gerade durch „Aufpassen" geschwängerte Frau über einem notdürftig selbsterrichteten Bidet und heult. Neben mir sitzt Arne. Mir ist kotzübel und ich kann mit ihm nicht darüber reden.

Am Sonntag bin ich mit Sabine verabredet. Drei Stunden vorher ruft Arne an: „Kann ich vorbeikommen?"

Das ist das dritte Mal diese Woche. Der hat doch letzten Freitag mit mir „Schluß" gemacht. Wieso ruft er mich plötzlich dreimal die Woche an: „Kann ich vorbeikommen?" Wieso macht er das? Was will der hier? „Wärme", sagt Regina ganz spontan.

Aber heute kann er wieder nicht vorbei kommen. Weil Sabine nämlich kommt. So gegen 19.00.

„Wie lange denn?", fragt Arne. Ob er nicht hinterher kommen könnte.

„Du, das kann ich nicht sagen. Ich möchte so'n Gespräch nicht nach hinten begrenzen." Ich biete ihm noch die zwei Stunden, bevor Sabine kommt, an. Aber die will er nicht haben. Dann wieder abgeschoben werden, das will er nicht.

Ich warte auf Sabine. Irgendwie freut es mich richtig, daß der junge Mann sich für heute abend was anderes suchen muß, weil die beiden Frauen, die sich nach gängigen Klischeevorstellungen eigentlich die Augen auskratzen müßten, miteinander verabredet sind. Und dann noch nicht mal Bock haben, diese Verabredung zeitlich zu begrenzen, weil sie sich Zeit füreinander nehmen wollen.

Und dann klingelt es plötzlich und sie steht in der Tür. Ganz anders, als ich sie mir vorgestellt habe. Kleiner als ich, lange mittelblonde, etwas lockige Haare und ein unheimlich freundliches Lachen bei allem, was sie mir sagt in diesen ersten fünf Minuten. Sie sieht auch viel jünger aus, als ich dachte. Ich hatte eine von den Frauen erwartet, die ich immer um ihr seriöses, gesetzteres Aussehen beneide. Die ein ernsteres und erwachseneres Gesicht haben als ich. Obwohl ich wußte, daß sie auch 24 ist. Irgendwie hatte ich wohl eine Frau erwartet, die schon vom äußeren Erscheinungsbild her erwachsener, seriöser, selbstbewußter, eben einfach „besser" ist als ich, weil Arne sie mir vorzieht.

Und jetzt sitzt mir eine Frau gegenüber, die genauso ist wie ich. Die mir vom ersten Eindruck her unheimlich ähnlich ist. Gar nicht gesetzt, ruhig und ernst. Sondern ganz spontan und lachend auf mich zugehend in diesen ersten belanglosen Sätzen, die wir miteinander reden. Eigentlich schon fast zu freundlich.

Mir ist noch etwas mulmig. So ganz kann ich mich auf ihre spontane Freundlichkeit noch nicht einlassen, weil ich sie noch nicht einschätzen kann. Ich habe Angst vor einem übereilten „Frauen gemeinsam fühlen sich wohl", das dann in der Diskussion nachher vielleicht zusammenbricht. Was mich zurückhält, ist die Erfahrung, die ich mit Carola gemacht habe. Carola, mit der mein letzter Freund „fremd" gegangen war. Aber eigentlich war er eher „bekannt" gegangen, denn er kannte sie schon lange vorher. Carola, mit der ich mich getroffen habe, weil ich von früher in Erinnerung hatte, daß ich meine Eifersucht besser in den Griff kriege, wenn ich die andere Frau näher kenne, einschätzen kann. Wenn ich feststelle, daß das eine ganz normale Frau wie du und ich ist, mit den gleichen Problemen und Schwierigkeiten, die wir alle haben. Deshalb habe ich mich mit Carola unterhalten, ihr meine ganze Gefühlswelt offenbart, meine Schwierigkeiten mit Männern und noch vieles mehr.

Kennengelernt habe ich dabei eine Frau, die mit Männern solche Schwierigkeiten nicht hat. Heute mit diesem, morgen mit jenem ins Bett geht, die Pille nimmt und emannzipiert ist ...

Als ich sie vorsichtig darauf angesprochen habe, daß sie immer einen Schwarm von Männern um sich rum hat ... daß ich das früher auch hatte ... zu meiner Selbstbestätigung brauchte ... auch nicht darauf hätte verzichten können, dauernd mit anderen Typen zu pennen, weil mir das ja den „Beweis" brachte, daß ich als Frau attraktiv bin ... daß ich mich auch oberflächlich „wohl" dabei gefühlt habe ... dann aber gemerkt habe, daß Emanzipation nicht heißen kann, das Bedürfnis nach Bestätigung durch d e n M a n n durch das Bedürfnis nach Bestätigung durch d i e M ä n n e r zu ersetzen ... und ... und ... und ..., da ist sie geschickt auf ein anderes Thema gekommen. Überhaupt nicht drauf eingegangen. Hat mir was erzählt, daß sie keine Zweierbeziehung will, keine Fixierung auf einen Menschen, eben mit diesem und jenem ganz gerne mal schläft ... und unter anderem eben auch mit meinem Freund. Alles Sprüche, die ich früher auch mal runtergeplappert hab. Den Typen nachgeplappert habe, die mir was von sexueller Revolution vorgeschwätzt haben.

Ich bin frustriert. Ich habe mich einer anderen Frau in meiner ganzen Emotionalität dargestellt, und als Antwort kriege ich die Sprüche, die ich mit 19 auch drauf hatte, als ich meine Gefühle noch geleugnet habe und auch so eine gefühlskalte Fassade zur

Schau trug, um meine Unsicherheit zu verstecken. Und weil diese Frau auch die ganze Zeit freundlich lächelte bei dem, was sie sagte, bin ich noch skeptisch bei Sabines Freundlichkeit.

Aber andererseits will ich mich drauf einlassen. Wenn ihre Spontaneität ernst gemeint ist, mit der sie auf mich zugeht, dann will ich auch bei mir alle Türen öffnen. Wenn sie mir wirklich offen entgegenkommt, und ich das nur aus einem Mißtrauen heraus nicht erwidere, das ich durch das Gespräch mit Carola und ähnlichen Erfahrungen entwickelt habe, dann ist das unheimlich schade. Dann nehme ich mir nicht nur die Möglichkeit, selber einem unheimlich tollen Menschen nahe zu kommen, sondern ich lasse auch noch so einen offenen Menschen dieselbe Erfahrung machen, wie ich sie mit Carola gemacht habe. Und damit würde ich selber dann meinen aktiven Beitrag zur Unoffenheit der Welt leisten. Ich kann gegen die Unoffenheit der Welt nur mit meiner eigenen Offenheit ankämpfen.

Als der Tee fertig ist, ziehen wir von der Küche ins Zimmer um. Es dauert nicht lange, und alle meine Ängste sind den Bach runter. Ich erzähle, was ich mit Arne erlebt habe, und sie erzählt mir dasselbe. In kleinen Variationen zwar, aber in den Grundzügen wirklich genau dasselbe. Ein „Aha – bei dir auch"-Erlebnis reiht sich an das andere. Es ist unverkennbar, daß wir beide es mit dem gleichen jungen Mann zu tun gehabt haben. Und daß wir beide die gleiche Einschätzung von ihm haben. So wie Arne sie mir geschildert hat, hätte sie eine total unfeministische Frau sein müssen, die zwar auch Kritik an ihm gehabt hat, aber die ganze Beziehung überhaupt nicht in den Zusammenhang Mann-Frau-Problematik gestellt hat.

Das Gegenteil ist der Fall. Sie sieht die Dinge genauso wie ich. Ist sauer, daß er mit mir wieder das Gleiche gemacht hat, wie mit ihr. Ist sauer, daß er nichts gelernt hat. Nichts!

Und auch ich schnalle allmählich, was ich mir da mit Arne eingefangen hab. Ich bin ja gar nicht die erste Frau, die versucht, ihm was zur Frauenfrage zu verklickern. Da hat sich schon mindestens eine vor mir abgestrampelt, der er auch nicht zugehört hat. Es kommt einfach nicht in seinem festgefahrenen Männergehirn an.

„Mir hat Arne immer erzählt, daß bei euch alles so toll war. Das kann ich mir ehrlich gesagt nicht vorstellen, daß er da nicht auch Scheiße gebaut hat."

„Der spinnt ja!", fällt sie mir ins Wort, „mit mir hat er das doch genauso gemacht."

Ich erzähle ihr von seinem Kneipengang plötzlich beim Spazierengehen: „Ich will mal sehen, ob ich da jemanden treffe, mit dem ich mich unterhalten kann."

Sabine schnappt nach Luft. „Das ist ja unverschämt!"

Und die ganze Geschichte, wie er sich letzte Woche mir gegenüber verhalten hat. Daß er sich am Donnerstag plötzlich duschen wollte und sich ein frisches Hemd von mir geliehen hat.

„Das muß ja frustrierend für ihn gewesen sein", meint Sabine lachend. Sie hatte den Abend immer noch Zahnschmerzen und wollte ihre Ruhe haben. „Und er merkt ja auch immer nicht, wenn er lieber gehen sollte."

Und dann werde ich stutzig, als sie erzählt, Arne hätte ihr vor dem Donnerstag gesagt, er hätte was mit 'ner Frau g e - h a b t. Das sei aber schon wieder vorbei. Und dann rekonstruieren wir, daß das am Sonnabend war. Am Sonnabend, bevor er nach Hannover gefahren ist. Da erzählt er ihr, daß es mit mir vorbei ist. Und mir erzählt er es erst vier Tage später. Und in der Zwischenzeit wohnt er bei mir.

„Ach. Und dann hab ich auch noch 'n bißchen mit ihm rumgeknutscht. Das hätte ich auch nicht gemacht, wenn ich gewußt hätte, daß er noch was mit 'ner anderen Frau laufen hat", sagt Sabine.

Das hat Arne mir natürlich auch nicht erzählt. Mir hat er nur gesagt, er hätte sie wiedergetroffen. Nicht, daß er mit ihr „rumgeknutscht" hat.

Und dann hat er sie am nächsten Abend zum Essen eingeladen. Aber da konnte sie nicht.

Mir fällt der Kinnladen herunter. An dem Abend, wo er mich anruft, ihm täte sein Rücken so weh, er wolle nicht mehr zu mir kommen, an dem Abend hat er Sabine zum Essen eingeladen.

Ich erzähle von Arnes Spruch: „Da gehören immer zwei zu."

„Weißt du, was er zu mir gesagt hat?" Sabine schnappt empört nach Luft. „Er hat mich gefragt, ob ich an dem Gespräch teilnehmen will. Da hab ich gesagt: Ist denn die andere Frau damit einverstanden? Da sagt er: Ja. Die will das."

„Ja. Nachher wollte ich das ja auch. Aber zuerst hat mich das ganz schön geschockt. Das weiß Arne auch. Und zu dir sagt er einfach: Ja. Die will das."

„Und als du mich dann angerufen hast, hat mich das natürlich noch bestätigt in dem Glauben. Ich hätte da nie dran teilgenommen, wenn ich weiß, daß du das nicht so gerne willst." Und nach einer Weile sagt sie dann: „Weißt du, ich glaub manchmal, er ist einfach ein unheimlich unsensibler Trampel."

Allmählich habe ich so viel Vertrauen zu ihr gewonnen, daß ich nun auch das Verhütungsmittel-Thema ansprechen kann. Am Anfang wußte ich noch nicht so genau ... ich kenn d i e doch noch gar nicht ... und solche Gefühle.

Aber ich weiß ja von Arne, daß sie die Pille auch nicht genommen hat. Ich frage sie, wie sie das denn gemacht hätten. Daß Arne in der Auseinandersetzung total zähflüssig war. Absolut nichts zum Thema „Mann und Verhütung" im Kopf hatte. Daß ich verlange, daß Männer mitdenken. Und in einer längeren Beziehung mitrechnen.

„Nee. Da hat er sich immer voll auf mich verlassen", sagt sie.

Und dann fange ich an, zu erzählen, wie er sich bei mir verhalten hat. Sabine, die vor zehn Minuten schon ihre Tasche gepackt hatte und die nächste Bahn nehmen wollte, holt den Fahrplan nochmal raus. Wir beschließen, daß sie die letzte Bahn nimmt heute abend. Jetzt, wo's spannend wird!

Und dann erzählt sie: Daß sie ihm auch nach ein paar Tagen gesagt hat, daß sie Pille und Spirale ablehnt. Und daß er sich mal was überlegen soll. Er hatte irgendwann zu ihr gesagt: „Wann hast du mal Zeit? Ich muß mal'n Termin mit dir machen. Wie du so politisch stehst ... und zur Sexualität."

„Und ich Trottel hab mich darauf eingelassen", sagt Sabine. „Er will 'n Termin mit mir machen, wie ich zur Sexualität und politisch steh! Da war ich total eingeschüchtert."

Wir müssen beide lachen. Sowas kann auch nur einem Mann einfallen. In barschem Tonfall einen Termin mit seiner Freundin einzuberufen, wie sie zur Sexualität steht. Einen T e r m i n !

Auch wenn hinter so einem schroffen Auftritt eigentlich nur eine geballte Ladung Unsicherheit zu vermuten ist: sowas kann wirklich nur einem Mann passieren.

Ich werde neugierig: „Ja und wie ging es denn nun weiter?"

„Wir haben das dann gar nicht diskutiert. Wir haben dann nur das diskutiert, mit der Politik und so. Ich hab mich richtig von ihm an die Wand gedrängt gefühlt. Das mit der Sexualität haben wir nie wieder diskutiert. Ich hab zu ihm gesagt: Ich nehme weder die Pille noch die Spirale. Denk dir mal was aus ... Schweigen ... Arne hat n i c h t s dazu gesagt. Damit war die Diskussion beendet. Wir haben das nie wieder diskutiert."

In mir fällt wieder die Klappe der Resignation. Natürlich fällt es uns allen schwer, über Sexualität zu sprechen. Einfach ist das nie. Aber immer sind es wir Frauen, die darunter leiden, wenn nicht darüber gesprochen wird. Immer sind es wir Frauen, für die dieses Tabu letztendlich die schlimmeren Folgen hat.

„Aber was habt ihr denn nun gemacht?" Sabine zögert. Lacht und meint: „Das darf ich gar nicht sagen". Lacht mich aus den Augenwinkeln an und meint dann zwischen hmm ... und ... äääh ... coitus interruptus ...

Als seine Freundin zu ihm sagt: ich nehme weder die Pille noch die Spirale, sagt Arne nichts. Arne schweigt. Arne macht coitus interruptus. Arne steht auf einer Bunte-Liste-Vollversammlung auf, damit die Forderung nach der Pille für den Mann gestrichen wird, weil künstliche Hormone ja auch für den männlichen Körper schädlich sein können. Arne macht lieber coitus interruptus.

Ich sitze da und starre sie mit offenen Augen an. Starre sie an und erinnere mich daran, wie Arne zu mir gesagt hat: „Meine letzte Freundin, die hat auch immer gerechnet. Und manchmal haben wir dann auch Scheiß gemacht." Ihm ist also selber klar, daß das „Scheiß" ist.

Als ich mich von meinem Schock erholt habe, erzähle ich ihr, daß ich mich mit Arne in einer unseren ersten Diskussionen über's „Aufpassen" unterhalten habe. Bzw., daß ich mich über ein Aufpaß-Angebot von einem Typen aufgeregt habe und Arne den Eindruck erweckt hat, als wenn er meiner Meinung sei. Mir nie mit einem Wort zugegeben hat, daß er auch ... mir wird schwarz vor Augen. Wie unehrlich dieser Kerl ist. Wie unehrlich! Der hatte wahrscheinlich Angst vor mir. Weil ich mich gleich so über den „Aufpasser" aufgeregt habe, daß er sich nicht mehr getraut hat, das zuzugeben. Weil er Angst hatte, ich würde ihn zur Sau machen.

Sicher. Hätte ich auch. Ich hätte ihn zur Sau gemacht. Selbst wenn 'ne Frau von sich aus so ein Angebot macht, dann hat der Typ trotzdem „nein" zu sagen, wenn er weiß, daß das gefährlich ist. Und das weiß doch nun heute wirklich fast jeder. Jedenfalls traue ich Arne nicht zu, daß er es nicht wußte. Aber bei Männern ist wahrscheinlich nur im Kopf, daß „Aufpassen" vielleicht doch etwas ungefährlicher ist, als gar nichts zu machen.

Und dieses „etwas ungefährlicher" reicht denen, um ihr Gewissen zu beruhigen. Das reicht denen!

„Arne ist aber auch der erste Mann, der mich so richtig verführt hat!", sagt Sabine. „Irgendwie war alles daneben an dem Kerl. Aber seine Sexualität, die war meine. Seine Zärtlichkeit..." ... und dann bricht sie mitten im Satz ab, als sie meinen Blick sieht: „Aber das brauch ich dir ja nicht zu erzählen. Du kennst das ja selber."

„Ja. Das kenne ich selber", seufze ich wehmütig. Arne ist auch für mich der erste Mann, mit dem mir ein Ausrutscher passieren könnte. Das war ja schon fast soweit, das eine Mal. Da wäre ich ja fast durchgedreht. Arne ist wirklich der Mann, mit dem auch ich eine Dummheit machen könnte.

Kurz bevor Sabine fahren muß, frage ich sie, was an dem Typen eigentlich dran ist. Wir sind nochmal dabei, wie er uns in der letzten Woche gegeneinander ausgespielt hat. „Der bringt doch nur Sauereien", sage ich. „Das einzige, was bleibt, ist seine Zärtlichkeit."

„Und selbst die ist 'ne Sauerei!", lacht Sabine. Ja. Da hat sie recht. Bei dem, was sie mit ihm erlebt hat.

Als sie geht, verabreden wir, daß wir uns unbedingt mal wieder treffen. Und daß wir uns auch mal mit Arne zu dritt treffen. Ihn zusammen in die Zange nehmen. Damit er nicht mehr zu der einen dies und zur anderen das sagen kann.

„Damit er mal sieht, daß er bei zwei Frauen verschissen hat", sagt Sabine.

Ich werde etwas kleinlaut. „Weißt du. Ich muß ehrlich sagen ... ich weiß gar nicht ... ob er bei mir wirklich verschissen hat ...?"

Sabine sagt, daß sie restlos mit ihm fertig ist. Die Sache emotional abgeschlossen hat. Absolut nichts mehr von ihm will. Ich sage ihr, daß es bei mir nicht so ist. Aber das Gespräch zu dritt ist trotzdem eine gute Sache. Auch wenn er nur bei ihr richtig verschissen hat.

Und dann beginnt die Zeit unserer Renovierung. Wir haben endlich eine Wohnung gefunden. Klotzen von morgens bis abends ran. Ohne Feierabend. In der ersten Woche besucht Arne mich einmal abends. Als er das Gespräch mit Sabine anspricht, sage ich ihm, daß ich jetzt keine Lust habe, darüber zu reden. Mir ist das zu anstrengend. Ich will noch Zeit dafür haben. Mich seelisch darauf vorbereiten, ihm die Schweinereien vorzuknallen, die erst jetzt im Gespräch rausgekommen sind. Wir machen uns einen gemütlichen Abend.

Als wir ins Bett gehen, nimmt Arne meine Hand, spielt ein bißchen damit und sieht einige Minuten schweigend und ganz bedeutungsschwanger auf unsere Hände: „Wie siehst du mich eigentlich?", fragt er dann.

„Bedeutend klarer als vor zwei Wochen", antworte ich betont kühl und überlegen.

Ich bin aber auch gemein. Da habe ich endlich mal Macht über ihn und spiele sie gleich so aus. Er liegt da und weiß nicht, was ich mit Sabine über ihn geredet habe. Und ich deute ihm nur ganz ahnungsvoll an, ich würde ihn „bedeutend klarer als vor zwei Wochen" sehen.

Aber ich hatte vorhin wirklich keine Lust, was von dem Gespräch zu erzählen. Das war mein gutes Recht, mich so zu entscheiden. Aber trotzdem hätte ich ihn nicht absichtlich so zu verunsichern brauchen. Das war gemein.

Aber ich brauchte das mal. Der war schließlich auch gemein genug zu mir. Der hat das verdient. Geschieht ihm ganz Recht, daß er jetzt daliegt und nicht weiß, was Trumpf ist.

Als Arne morgens geht, wird es etwas schwierig, was Neues zu verabreden. Arne ist ja telefonisch nie zu erreichen. Wohnt mal hier, mal da. Und wenn er tatsächlich mal eine Adresse hat, wo er überwiegend wohnt, dann „vergißt" er auch nach zweimaliger Aufforderung, mir mal die Nummer zu geben. Als ich ihm mal gesagt habe, es sei ihm wohl ganz recht, daß immer nur *er mich* anrufen kann, da kam er mit der Ausrede, daß er doch sowieso so selten da ist. Trotzdem: wenn er ein Interesse daran hätte, von mir angerufen zu werden, dann würde er alles tun, was die Wahrscheinlichkeit erhöht, daß ich ihn erreiche. Auch wenn er da selten ist. Arne sieht das nicht ein: „Ich bin da doch sowieso so selten".

Naja. Und nun bin ich auch nicht mehr zu erreichen, weil in der neuen Wohnung kein Telefon ist. Ich sage ihm, daß er mich am besten spät abends oder morgens um sieben oder acht erreicht. Arne meint, daß sei schlecht, ob es denn auch früher ginge. So viertel nach sechs. Weil er so früh zur Arbeit muß. „Ja", sage ich. Und stelle von nun an das Telefon ins Schlafzimmer. Damit ich es auch höre, wenn er morgens um sechs anruft. Nicht, daß ich seinen Anruf verpasse. Wo er mich doch jetzt so schlecht erreichen kann.

Ich telefoniere jeden zweiten Tag mit Sabine. Manchmal auch noch öfter. Kriege immer die neuesten Nachrichten, was zwischen ihr und Arne läuft. Sie hat ihn zufällig getroffen und ist mit ihm 'n Kaffee trinken gegangen. „Ich habe grade einmal an meinem Kaffee genippt, da legt Arne mir zwei Mark hin und springt auf. Er würde das nicht aushalten, mit mir hier zu sitzen. Er müßte gleich heulen.

Und zwei Tage später steht er dann unangemeldet bei mir vor der Tür. Ich hab ihm das ein paarmal gesagt, daß er mich anrufen soll, bevor er kommt. Daß ich ungerne Leute rausschmeiße. Er akzeptiert das einfach nicht. Ich hab ihm dann gesagt, daß ich keine Zeit habe und weg muß und daß er gerne hier auf dem Stuhl sitzenbleiben könne. Er ist dann auch gegangen. Abends hab ich ihn dann zufällig auf der Straße nochmal getroffen. Er wollte mich umarmen, aber ich wollte das nicht. Hab ihm das nochmal gesagt. Daß er das akzeptieren muß, wenn ich vorher Bescheid wissen will, wenn er kommt. Er meint, das sei doch seine Mühe, wenn er umsonst kommt. Ihm macht das nichts aus.

Sabine erzählt alles ganz ausführlich. Sie ist von Arne genervt. Wenn ich die gleichen Geschichten dann immer ein paar Tage später von Arne höre, hört sich das ganz anders an. Er erzählt immer nur die Hälfte. Ich sage nichts. Denke mir meinen Teil. Ich verstehe auch nicht, wieso er hinter 'ner Frau herrennt, die ganz offensichtlich von ihm genervt ist.

Irgendwie beneide ich Sabine, daß sie ihn wenigstens so lange genossen hat, daß sie so total genervt ist. Rational sehe ich auch, wie verkorkst der Kerl ist. Daß er mich nach einigen Monaten bestimmt genauso genervt hätte wie sie. Ich habe ja jetzt in den paar Wochen schon vor dem Widerspruch gestanden, einerseits mit ihm zusammensein zu wollen, aber andererseits gegen sein Verhalten nicht anzukommen. Und sie hat in diesem Zwiespalt einige Monate zugebracht. Logisch, daß irgendwann die eine Seite den Ausschlag gegeben hat. Daß nach ein paar Monaten die Nervereien mehr ins Gewicht fielen, als die schönen Sachen. Ich habe die Nervereien nicht lange genug gehabt, als daß meine Gefühle dabei hätten draufgehen können. Bei mir überwiegen immer noch die schönen Erinnerungen. Ich muß mir ganz rational einhämmern, daß ich es nach ein paar Monaten auch satt gehabt hätte. Ich komme mit meiner rationalen Einsicht nicht gegen meine Gefühle an. Ich beneide Sabine. Sie hat die Schnauze von ihm voll kriegen können. Ich nicht.

Als ich sie das nächste Mal besuche, stellen wir gegen Abend fest, daß wir uns den ganzen Nachmittag nicht über Arne unterhalten haben. Daß wir auch andere Gemeinsamkeiten haben, als von Arne angeschissen worden zu sein. Ich mag sie. Mir gefällt ihre offene, spontane Art. Daß sie mit ihren Empfindungen so offen umgeht. Ich sehe den verschlossenen Arne neben uns beiden. Daß Sabine und ich uns im Umgang mit unseren Gefühlen relativ ähnlich sind. Und Arne das genaue Gegenteil. „Ich verstehe nicht, wie der nacheinander zwei so tolle Frauen wie uns kriegen konnte." Sabine sagt, sie versteht es auch nicht. Der hat uns gar nicht verdient.

Ich renoviere und schufte wie ein Pferd. Gehe drei Wochen weder zur Uni noch zur Arbeit. Von morgens bis abends in der neuen Wohnung. Ich höre ein oder zwei Wochen nichts von Arne. Eines Tages rufe ich bei Brigitte an. Arne ist 'ne Woche in Urlaub gefahren.

Der fährt einfach 'ne Woche in Urlaub, ohne mir was zu sagen. Und ich warte darauf, daß das Telefon morgens um sechs klingelt. Ich Trottel. Und dann rufe ich bei Brigitte an, weil wir endlich Telefon in der neuen Wohnung haben. Will ihr die Nummer geben, damit sie sie heute abend auf dem Termin Arne geben kann. Und dann erfahre ich, daß es ihn einen feuchten Kehrricht interessiert, was ich für 'ne neue Nummer habe. Daß er nicht mal meine alte wählt, um mir Bescheid zu sagen, daß er 'ne Woche nicht da ist. Mich nicht morgens um sechs anrufen wird. Und ich stelle jede Nacht mein Telefon ans Bett.

Aber irgendwann ist er dann auch wieder da. Besucht mich noch einmal in der alten Wohnung. Wir verabreden, daß er uns Sonnabend beim Umzug hilft.

Arne erzählt aus Dortmund. Daß es da sehr schön war. Sehr schön. – Er hat seine erste Freundin wiedergetroffen. Hat sie mit Kind auf dem Arm im Bus getroffen, als er gerade zu ihr wollte. „Zweieinhalb Jahre waren wir zusammen damals. Es war sehr schön. Sehr schön."

Da möchte ich ja auch mal die Frau zu hören. Von Sabine hat er jedenfalls auch gesagt, es war immer sehr schön. Aber ich sage nichts. Lasse ihn weitererzählen. Er ist dann mit zu ihr nach Hause gegangen: „Wir haben uns unterhalten. Es war sehr schön. Aber ich bin dann nachher früher gegangen ... weil ich mir gedacht habe, daß ich da nichts machen sollte ..."

Aha! Er hat sich gedacht, daß e r da nichts machen sollte. Mit anderen Worten: Die Frau hätte sowieso gewollt, bzw. wird in die Entscheidung gar nicht mit einbezogen. Arne entscheidet ganz ritterlich, daß e r da nichts macht! ... und außerdem: wieso ist er denn f r ü h e r gegangen? Früher als was eigentlich? Wollte er erst länger bleiben und hat sich denn der Frau zuliebe ruckartig losgerissen, damit „es" ihn nicht übermannt? Oder sich selbst zuliebe? Oder was soll das eigentlich heißen, daß er f r ü h e r gegangen sei? Woher weiß er eigentlich so genau, daß die Frau gewollt hätte? Das setzt er doch voraus, wenn er sagt: Er hätte gemerkt, daß e r da nichts m a c h e n sollte. Arne, der Macher, dem die Frauen zu Füßen liegen.

Ich habe gut reden. Ich liege ihm schließlich zu Füßen. Aber unabhängig davon, ... es geht hier nicht um mich. Es geht um eine Frau, von der er erstmal nicht voraussetzen kann, daß sie mit ihm schlafen möchte. Oder hat sie ihm das gesagt oder anders deutlich gemacht? Wenn ja, dann ist es ja auch gar nicht so, daß e r g e m a c h t hätte. In jedem Fall ist diese Formulierung total deplaziert.

Aber wahrscheinlich ist es für ihn wirklich so. Wenn was mit Frauen losgeht, dann ist Arne der Macher. Das war bei uns am Anfang ja auch so. In einer Situation, wo ich mich absolut noch nicht getraut hätte, hat er die Initiative ergriffen. Er hat den Anfang gemacht. Und er hat es auch mal direkt gesagt, daß er keine Schwierigkeiten hat damit. Ich werde wütend. Ein Mann nimmt sich Frauen. Er „n i m m t" sie sich. Wenn ich was von jemanndem will, dann überlege ich mir erstmal wochenlang, ob er vielleicht auch möchte ...? Ob und in welcher Form ich etwas „machen" könnte. Arne nicht. Arne hat „gemacht", als wir uns zwei Stunden kannten. Zu einem Zeitpunkt, als ich mich noch lange nicht getraut hätte. Er war sehr vorsichtig bei seinem ersten Annäherungsversuch. Er hat mich nur ganz leicht umarmt. Ich war es, die dann ganz eng an ihn herangerückt ist. Arne würde nie zu aufdringlich werden, wenn er merkt, daß eine Frau nicht mit ihm schmusen möchte. Da bin ich mir sicher.

Aber darum geht es mir nicht. Es geht darum, daß er es schafft, das erste eindeutige „Bündnisangebot" zu machen. Er wagt den ersten körperlichen Schritt. Er hat nicht solche Angst, einen Korb zu kriegen wie ich. Angst hat er vielleicht auch. Aber er schafft es, sie zu überwinden und seine männliche Rolle wahrzunehmen. Er ergreift die Initiative. – Ich weiß, daß Männer unter diesem Druck, aktiv sein zu müssen, auch ganz schön leiden können. Das weiß ich. – Aber sie können sich wenigstens leichter dazu durchringen, den ersten Schritt zu machen. Ich habe es da viel schwerer. Ich muß gegen die normalen Ablehnungsängste *und* meine Erziehung ankämpfen! Arne hat gemerkt, daß *er* da lieber nichts *machen* sollte. Ich bin wütend. Arne kann da gar nichts für. Ich finde es ja eigentlich erstrebenswert, daß sowohl Frauen als auch Männer ihre Sympathien angstfrei zeigen können. Was mich ärgert, ist, daß Arne sich nicht damit auseinandersetzt, daß das für Frauen schwerer ist. Obwohl ich das Thema ein paarmal angeschnitten habe. Ich bin wütend. Weil aus seinem „Redebeitrag" nämlich noch mehr hervorgeht. Er kann sich bei jeder Frau, die er ganz gerne mag, überlegen, ob *er* da was *macht* oder nicht. Weitere Probleme bringt das für ihn nicht mit sich. *Ich* müßte da erst noch tausend andere Sachen mit im Kopf haben. Was kann ich tun, wenn der Typ nicht auf mich eingeht? Wenn der die übliche verkorkste Männersexualität draufhat, in der ich als Frau nicht vorkomme, sondern nur als weiblicher Körper. Was mach ich dann? Wie kann ich den „männlichen Trieb" bremsen? Wie reagiere ich, wenn der anfängt, über mich hinwegzuvögeln?

Alles Gedanken, die Arne sich nicht zu machen braucht. Er kann ohne diese Ängste mit jeder Frau ins Bett gehen, die er gerne mag. Ich kann das nicht. Die Männer, die über mich hinweg gerammelt haben, mochte ich auch alle gerne. Das waren nicht alles totale Ekel und Frauenfeinde. Es war denen nicht auf den ersten Blick anzusehen. Ich habe das immer erst gemerkt, wenn's schon zu spät war. Es gehört viel Mut dazu, dann noch „Absteigen" zu sagen. Mut, den ich jahrelang nicht hatte. Ich weiß nicht, ob ich ihn heute hätte. Ich weiß es nicht. Ich hoffe es. Aber die Angst ist auf jeden Fall da. Ich sehe es keinem Softi auf den ersten Blick an, ob ihn im Bett vielleicht der „männliche Trieb" alle Frauenfreundlichkeit wieder vergessen läßt. Vielleicht bin ich blind, aber ich sehe sowas wirklich nicht vorher. Ich habe Männer erlebt, die auf den ersten Blick schwach und beschützenswert wirkten. Weich und unmännlich. Aber dann eine total objekthafte Männersexualität draufhatten. Ein Softi ist ein Chauvi, der Kreide gefressen hat, nichts anderes. Ich weiß nicht, auf welche Verhaltensweisen ich achten soll, bevor ich mit jemanndem ins Bett gehe. Absolut unmännliche Softis können im Bett plötzlich zum Totalmacker werden, und so ein harter Polit-Macker wie Arne entpuppt sich als unheimlich weich und zärtlich.

Ich habe Angst. Ich habe jedesmal Angst, bevor ich mit einem Mann ins Bett gehe. Auch, wenn ich selber gerne möchte. Ich habe Angst. Ich kann nicht so angstfrei wie Arne mit jedem Mann ins Bett gehen, den ich gerne mag.

Wir unterhalten uns noch über Gott und die Welt. Aber ich bin ziemlich geschafft von den letzten drei Wochen Renovieren, und wir gehen früh ins Bett.

Arne nimmt wieder meine Hand. Wieder der gleiche bedeutungsschwangere Blick. Das Schweigen vorher. Und dann seine Frage: „Findest du mich zu radikal?" Ich sage ihm, daß es für mich kein „zu radikal" gibt. Aber daß mich das, was er an sich selber „Radikalität" nennt, auch stört, weil ich unter radikal etwas anderes verstehe. Für mich gibt es kein „zu radikal", weil ich Radikalität immer positiv definiere. Was „zu radikal" ist, ist nicht mehr radikal, sondern sektiererisch. Radikalität ist für mich immer die der Situation angemessene Militanz.

Arne sagt, daß die Leute aus seiner BI es zu radikal gefunden hätten, was er das letzte Mal in Brokdorf gemacht hat. Ich sage ihm nochmal, daß es für mich kein „zu radikal" gibt. Wenn andere Arne zu radikal fanden, dann heißt das für mich, daß er die der Situation angemessene Militanz überschritten hat. Daß er nicht „zu radikal", sondern zu sektiererisch war. Außerdem kann ich zur Situation selber wenig sagen. Da müßte ich schon mal die Leute aus seiner BI zu hören. Aber eigentlich bin ich auch viel zu müde für so eine Diskussion jetzt.

Und dann schlafen wir Hand in Hand ein. Bzw. Arne schläft ein. Ich liege wach. Irgendwie kann ich in den Nächten, wo Arne neben mir liegt, immer nicht schlafen.

Als er am Morgen geht, läßt er Sachen bei mir liegen, die er nicht mit zur Arbeit nehmen will. Donnerstag nach dem Plenum will er sie sich abholen. Als er Donnerstag abend kommt, habe ich schon ganz viel gepackt. Alle kleinen Lampen z.B., weil die vorher in die Wohnung gebracht werden sollen. Im großen Zimmer leuchtet nur noch eine blanke 100-Watt-Birne. So richtig schön ungemütlich. Wenn Arne nun ein bißchen länger bleibt, will ich lieber im Kerzenschein mit ihm reden. Arne sucht seine Sachen und findet sie nicht. Ich mache in einem unbeobachteten Moment zwei Kerzen an. Mache das große Licht aber noch nicht aus. Das wäre zu auffällig. Nicht daß er denkt, ich will mit plumpen Mitteln auf Krampf eine vertrauliche Atmosphäre schaffen. Und dann gehe ich wieder ins kleine Zimmer. Das Licht kann ich ja gleich wie zufällig ausmachen.

Arne geht einmal kurz ins große Zimmer durch, findet seine Sachen immer noch nicht. Wird etwas sauer, weil er denkt, ich hätte sie mit eingepackt. Und dann meint er: „Ich will aber gleich wieder gehen".

„Jaja", sage ich. So selbstverständlich wie möglich. Nicht daß er denkt, ich will, daß er länger bleibt. Der hat ja eben die Kerzen gesehen. Und hat mitgekriegt, daß sie noch nicht anwaren, als er kam. Nicht daß er denkt, ich will was von ihm.

Hätte ich bloß die Kerzen angemacht, bevor er kam! Dann hätte es wirklich wie zufällig ausgesehen. Der hat doch bestimmt geschnallt, daß ich die seinetwegen angezündet habe.

Arne geht. Scheiße. Ich hatte mich doch so darauf gefreut, daß er hier bleibt heute abend. Auch wenn nichts abgemacht war. Ich hatte damit gerechnet.

Aber er kommt ja Sonnabend. Zum Umzug.

Am Sonnabend morgen fange ich voller Elan in aller Herrgottsfrühe mit der Arbeit an. Wir packen den Wagen voll. Halb zehn. Eigentlich hatten wir neun Uhr gesagt. Die meisten sind noch nicht da. Arne auch nicht. Aber bis wir hier abfahren, kommen die sicher noch. Mit einem ständigen Auge auf die Hofeinfahrt arbeite ich weiter. Jetzt müßte er aber eigentlich kommen.

Als wir losfahren, machen wir noch einen Zettel mit der neuen Adresse und Telefonnummer an die Tür: „Für alle Zuspätkommer!", schreibe ich und meine damit natürlich nur Arne. Ob die anderen noch nachkommen, ist mir egal. Hauptsache Arne kommt.

Arne kommt nicht. Nicht am Vormittag. Nicht am Nachmittag. Arne ruft auch nicht an.

„Typ, du versetzt mich einmal – ich diskutier das, du versetzt mich ein zweites Mal – ich diskutier das, du versetzt mich ein drittes Mal, ich diskutier nichts mehr. Dann ist Schluß.” Das hab ich mir immer gedacht. Und jetzt ist der Punkt erreicht. Jetzt hat er's ein drittes Mal gemacht. Ich bin mit ihm fertig. Es macht mir wirklich nichts mehr aus. Ich merke, daß ich es ganz gleichgültig registriere. Daß ich nichts mehr von ihm will. Er ist für mich gestorben. Ich bin nicht mehr traurig. Ich rege mich nicht mehr auf. Ich bin ganz cool und nüchtern. Es kratzt mich nicht mehr. Wenn er mich nochmal anruft, sage ich ihm, daß er ein Schwein ist und ich nichts mehr mit ihm zu tun haben will. Und dann lege ich auf.

Aber er ruft nicht an. Er ruft noch nicht einmal an, um zu sagen, warum er Sonnabend nicht gekommen ist. Er muß doch nun mal anrufen. Damit ich ihm sagen kann, daß ich nichts mehr mit ihm zu tun haben will!

Als ich am Donnerstag abend vom Termin komme, liegt da ein Zettel für mich. Ich soll Sabine ganz schnell anrufen. Sie will sich heute abend mit Arne treffen und mich unbedingt noch vorher sprechen.

Ich rufe sofort bei ihr an. Diese dumme Sau. Bei mir ruft er nicht mal an, um sich zu entschuldigen, aber für Sabine nimmt er sich einen ganzen Abend Zeit.

Sabine sagt, daß er grad gekommen ist und geht mit dem Telefon in ein anderes Zimmer. Fragt mich, was sie jetzt mit ihm diskutieren darf. Ob es irgendwelche Sachen gibt, die ich ihm lieber selber sagen möchte.

Nee, das eigentlich nicht, aber ich find's schon schade, daß wir nicht zu dritt miteinander sprechen. Das hatten wir eigentlich abgemacht. Sabine und ich. Und Arne war damit einverstanden gewesen. Und jetzt rennt er doch zu ihr hin und sie will ihm heute abend alles an den Kopf knallen. Ich überlege kurz, ob ich jetzt noch mit dem Auto nach Altona fahre. Sabine fände das auch gut. Aber mir ist es zu spät. Und dann sage ich ihr, daß sie man selber entscheiden soll, was sie mit ihm diskutiert. Sie wird das schon richtig machen. Wir haben in der Zwischenzeit ja ein paarmal miteinander telefoniert. Ich kenne sie ja. So viel Vertrauen habe ich zu ihr. Und dann gehe ich ins Bett. Sie wird das schon machen.

Mir fällt auf, wie ruhig ich dabei bin. Ich habe die Chance, an einem Treffen zwischen Arne und der Frau, mit der er gerne möchte, teilzunehmen. Und ich ziehe mein eigenes Bett vor. Früher hätte ich das nicht gekonnt. Da hätte ich der Frau nicht über den Weg getraut. Hätte die ganze Nacht nicht schlafen können. Ob die beiden nun wohl ...? Hätte mich vielleicht gezwungen, nicht hinzugehen, damit es nicht so aussieht, als wenn ich was befürchte. Aber befürchtet hätte ich es in Wirklichkeit schon. Hätte mich nur äußerlich zur Ruhe angehalten.

Aber heute bin ich ruhig. Sabine hat zu mir gesagt, sie will nichts mehr von ihm. Da kann er von ihr wollen, was er will. Auf Sabine kann ich mich verlassen.

Am nächsten Abend telefonieren wir gleich, weil ich vor Neugier platze, wie die Diskussion gelaufen ist.

„Wieso Diskussion?", sagt Sabine. „Diskussion kann man das gar nicht nennen. Ich hab die ganze Zeit geredet. Er ist gar nicht zu Wort gekommen."

Ich muß lachen. Und dann erzählt sie mir, daß sie ihm ein Ding nach dem anderen an den Kopf geknallt hat. Daß es eine Unverschämtheit war, wie er sich mir gegenüber verhalten hat. Die Sache mit dem Duschen. Der Spruch mit „da gehören immer zwei zu". Daß er ihr schon am Sonnabend sagt, daß die Beziehung zu mir vorbei ist. Und mich noch vier Tage in dem Glauben läßt, er hätte eine „Beziehung" zu mir. Daß er sie am gleichen Abend zum Essen einlädt, wo er sich bei mir aus Krankheitsgründen abmeldet. Und, und, und ... Sie hat gründlich mit ihm abgerechnet.

In mir fängt es an zu brodeln. Ich wäre ja doch ganz gerne dabei gewesen. Mir hätte das echt gutgetan, daneben zu sitzen, wenn Arne fertig gemacht wird. Ich selber bring das ja nicht. Wenn ich alleine bin und mir überlege, was der Kerl alles mit mir gemacht hat, dann möchte ich ihm jedesmal ein Messer zwischen die Rippen stoßen. Und wenn er dann da ist, dann ist meine ganze Radikalität wieder den Bach runter. Dann sitze ich da und warte auf den Augenblick, wo wir uns umarmen. Wo ich ihn streicheln kann. Seine Wärme spüre.

Ich kann nicht so radikal mit ihm sein wie Sabine. Ich will ja immer noch was von ihm. Habe Angst, daß er mir ganz wegläuft, wenn ich ihn so zusammenscheiße wie sie gestern. Sie kann sich das leisten. Hinter ihr ist er ja her. Hinter mir nicht. Ich bin hinter ihm her.

Sie ist von ihm genervt und rennt vor ihm weg. Dreht sich ab und zu mal um, um ihm noch mal einen vor'n Dassel zu hauen. Arne läßt sich nicht abschütteln. Bleibt ihr auf den Fersen. Und ich renne hinter ihm her und brate ihm immer von hinten einen über. Mit der gleichen Keule wie Sabine. Nur daß ich nicht mit der gleichen Kraft zuschlagen kann wie sie, damit er nicht noch schneller vor mir wegläuft.

Ich wäre zu gerne dabei gewesen. Kann mich ärgern, daß wir nicht schon längst dieses Gespräch zu dritt gemacht haben. Daß ich mich nicht darum gekümmert habe. Wegen Renovierung und Umzug mir keine Zeit dafür genommen habe. Ich wäre zu gerne dabei gewesen.

Sabine sagt, daß sie am Schluß etwas sanfter geworden ist, weil sie gemerkt hat, daß er kurz vor'm Heulen war.

Ich ärgere mich. Dieser Scheißkerl. Wieso nimmt sie auf ihn Rücksicht? Die hat er nicht verdient.

Wieder ein Zeichen dafür, daß Sabine mit ihm fertig ist und ich nicht. Sie kann von einer „höheren Warte" aus handeln. Kann Mitleid mit ihm haben. Ich bin noch viel zu sehr von ihm verletzt, als daß ich mein Mitleid, wenn er heulen muß, über meine Wut auf ihn stellen könnte. Ich würde ihn hassen, wenn er heult.

Als ich später mit Lothar am Abendbrotstisch sitze, labere ich den armen Mann damit voll, wann Arne wohl anruft. Woher soll Lothar das denn wissen? Ich kann nichts essen. Warum ruft Arne nicht an? Vor einer Woche war der Umzug. Hat er mich versetzt. Und jetzt ruft das Schwein eine Woche lang nicht an. Hat es nicht einmal nötig, sich zu entschuldigen.

Ich kann ihn ja nicht erreichen. Was soll ich machen? Wieder alle Telefonnummern aus seiner BI durchtelefonieren? Nach Altona fahren? Aber ich kann da doch nicht einfach aufkreuzen und Arne suchen. Dann kriegen ja alle mit, daß ich hinter ihm her bin. Ich kann ihm doch nicht so offensichtlich nachlaufen. Das geht doch nicht. Was denken denn die Leute!

Ich sitze zu Hause und werde verrückt. Kann überhaupt nichts mit mir anfangen. Ich wollte doch mit ihm fertig sein. Und jetzt sehne ich mich schon wieder danach, daß er anruft. Dieses Schwein schafft es jedesmal, daß ich wieder umkippe. Jedesmal! Ich denke: Nun bin ich aber endgültig mit ihm fertig! Und dann meldet er sich wieder so lange nicht, daß ich vor Sehnsucht fast zerflossen bin, wenn das Telefon dann endlich klingelt.

Das Telefon klingelt.

„Hier ist Arne."

„Ja", sage ich nur.

„Oh, den hat man aber richtig gehört. Den Stein, der dir da eben vom Herzen gefallen ist."

Dieses Schwein. Dieses Schwein. Jetzt kriegt er auch noch mit, wie viel er mir bedeutet. Ich will nicht, daß er das mitkriegt. Der soll nicht denken, ich will noch was von ihm.

Wir verabreden uns für den nächsten Abend. Als wir aufgelegt haben, springe ich wie ein junges Reh durch die Wohnung. Er kommt morgen. Er kommt morgen.

Als ich schlafen gehe, lege ich den anderen noch einen riesigen Zettel auf den Tisch: „Er hat freiwillig angerufen. Und kommt morgen abend." Male Blumen und Herzchen daneben. Er kommt morgen.

Ich werde ihm auch endlich mal alles vorknallen. Ihm seine ganzen Widersprüchlichkeiten aufzeigen. Auch, daß er mir die Sachen, die zwischen ihm und Sabine in den letzten Wochen vorgefallen sind, immer ganz anders darstellt als sie. Daß er immer Sachen wegläßt. Sabine erzählt mir alles viel zusammenhängender. Er läßt immer die kleinen Feinheiten aus.

Arne fängt an, von dem Gespräch zu erzählen. Daß wohl einiges dran ist, an dem was Sabine gesagt hat. Aber einiges hält er für Spekulationen. Reine Spekulationen. Z.B. die Sache mit dem Duschen. „Du wirst mich noch sehr oft gewaschen, und du wirst mich noch sehr oft ungewaschen erleben. Das hatte mit Sabine nichts zu tun. Sowas nenn ich Spekulationen. Reine Spekulationen."

Und als ich nachfrage, was er denn noch mit Sabine diskutiert hat, sagt er: „Die Diskussion war gut. Sehr gut. Aber ich werd nicht alles, was ich mit Sabine bespreche, dir erzählen."

Das ist ja wieder die gleiche Masche, die er vorher schon drauf hatte. Mir erzählt er immer, daß sein Verhältnis zu Sabine „gut, sehr gut" sei. Und Sabine ist genervt, wenn sie den Namen Arne nur hört. Ein sehr einseitiges „gutes Verhältnis!" Und jetzt wieder das Gleiche. Er erzählt mir, daß die Diskussion mit Sabine sehr gut war. Und daß er mir nicht alles erzählt. Mit anderen Worten: Daß er mit Sabine Geheimnisse hat.

Das Pech für ihn ist nur, daß Sabine mit ihm keine Geheimnisse hat. Daß sie mir gesagt hat, es war gar keine „Diskussion". Geschweige denn war sie „gut". Er ist gar nicht zu Wort gekommen.

Eigentlich etwas unverständlich, daß ausgerechnet Arne eine Diskussion gut findet, in der er nicht zu Wort kommt!

Ich sage ihm, daß Sabine ihr Verhältnis zu ihm gar nicht so „gut" darstellt wie er. „Das kann ich mir denken", meint Arne ganz cool. Ihn verunsichert das überhaupt nicht. Und auch als ich ihm sage, daß ich die letzten Wochen jeden zweiten Tag mit Sabine telefoniert habe. Und sie mir sowieso alles aus dem Gespräch erzählt hat, scheint ihn das nicht zu kratzen. „Ja. Wieso? Könnt ihr doch machen. Hab ich nichts gegen." Arne ist durch nichts zu verunsichern. Durch nichts.

Es macht mich rasend. Da hab ich ihm nun heute abend seine ganzen Widersprüche in dem, was er macht, sagt und tut aufgezeigt. Wirklich einen nach dem anderen. Und alles, was er nicht wahr haben will, hab ich ihm nochmal vor Augen gehalten. Tausend kleine Einzelpunkte nochmal aufgerollt. In Zusammenhänge gestellt. Ihm gezeigt, daß er sich wirklich vorne und hinten am laufenden Band widerspricht und Blödsinn labert. Und der sitzt nur da und sagt: „Ja, ja" dazu. Der ist durch nichts zu erschüttern.

Oder er zerpflückt mir die logischsten Gedankenketten einfach in der Luft. Der läßt das einfach nicht an sich heran. Und ich stehe unter Beweiszwang. Bevor ich mit ihm rede, ist mir immer alles klar. Und dann macht er mich mit seinem Gerede immer total konfus.

Und dann komme ich nochmal auf seinen üblen Spruch: „Da gehören immer zwei zu." Und was noch übler war; meine Kritik daran noch nicht einmal ernst zu nehmen. Daß er mich richtig veralbert hat, als ich mit ihm darüber reden wollte.

Arne liegt neben mir und grinst. Ich werde sauer. Ich kritisiere an ihm, daß er damals eine Kritik von mir veralbert hat und der liegt wieder da und grinst. Frech, dieser Hund. Ich sage ihm, er soll aufhören zu grinsen. Arne grinst weiter. „Hörst du jetzt mal auf!", fahre ich ihn an und im selben Moment hat er eine sitzen. Gut getroffen. Und richtig schön geklatscht hat es. Ich habe ihm eine Ohrfeige verpaßt. Was nun wohl kommt?

Arne faßt mich ganz freundschaftlich am Arm. „Was wirst du denn jetzt so wütend?"

Aber ich bin gar nicht wirklich wütend. Ich wollte ihm nur mal zeigen, daß ich das kann: ihm eine scheuern. Ich hatte das schon lange mal vor. Hab nur noch auf eine passende Gelegenheit gewartet. Die Ohrfeige war gar nicht so spontan wie sie aussah. Die war schon lange fällig. Daß er endlich mal merkt, daß er nicht alles mit mir machen kann. Daß ich mir nicht alles bieten lasse!

Arne erklärt, daß er gegrinst hat, weil er sein Verhalten damals auch bescheuert findet. Daß er über sich selber lachen mußte.

Naja. Ist trotzdem egal. Auch wenn die Ohrfeige in dieser Situation „zu Unrecht" war. Mir tut sie nicht leid. Er hat wenigstens mal gesehen, daß ich auch mal zulangen kann, wenn mir einer zu frech wird. Darauf kam es mir an.

Und dann liegt er irgendwann ganz dicht bei mir, so daß ich ihn umarmen kann. Ich hab ihm grade nochmal gesagt, daß er 'n Chauvi ist. Da guckt er mich ganz frech aus den Augenwinkeln an und meint: „Aber 'n ganz lieber Chauvi, nicht?" und wir kuscheln uns aneinander.

Als er sagt, er müßte jetzt mal nach Hause, überrede ich ihn, bei mir zu schlafen. Das heißt, eigentlich brauche ich ihn gar nicht zu überreden. Ich frage ihn nur: „Willst du nicht hier schlafen?"

Er überlegt dann ganz lange. Sagt, daß er morgen früh noch was ausarbeiten muß. Ob er denn hier in einem der Zimmer arbeiten könne. Blöde Frage! Eins von fünf Zimmern wird sicher frei sein. Und er kann auch morgen früh nach Hause fahren. Wenn er Lust hat, hier zu schlafen, kann er das auch unabhängig davon, ob hier morgen irgendein Schreibtisch frei ist.

Er bleibt. Und dann fragt er mich: „Wie siehst du eigentlich dein Verhältnis zu mir?"

Ich sage ihm, daß ich ihn erstens nicht mehr ernst nehme, komme aber sofort ins Schleudern, als ich ihm erklären will, wie ich das meine. Daß er zweitens 'n totaler Chauvi und Mackertyp ist, und daß ich drittens manchmal ganz gerne mit ihm zusammen bin. Eigentlich ist das ja doch wieder eine Liebeserklärung.

Und dann frage ich ihn, wie er denn sein Verhältnis zu mir sieht. „Ich bin heute abend gekommen, um zu diskutieren", sagt Arne. Kalt, hart und unerschrocken. Ich werde wütend. I c h sage ihm, daß ich gerne mit ihm zusammen bin. Und e r ist gekommen, um zu diskutieren.

„Ich hab die Frage 'n bißchen umfassender gemeint. Ich habe sie dir ja auch nicht nur für heute abend beantwortet."

„Aber ich beantworte sie nun mal so. Ich brauch ja nicht immer dasselbe zu tun, was du machst."

Wir gehen ins Bett. Als wir das Licht ausgemacht haben, nimmt Arne wieder meine Hand. Wie immer. Aber nein. Nicht wie immer. Er nimmt sie nicht nur. Er fängt an, meine Hand zu streicheln. Ganz lieb ... und ganz lange ... wie kann mann so viel Zärtlichkeit in das Streicheln einer Hand legen? Warum tut er das? Wieso streichelt er mich so lieb? Ich will ... ich will mehr! In meiner Hand staut sich die Elektrizität, die von seiner Berührung ausgeht ... fließt allmählich in meinen ganzen Körper ... er ist mir so nah plötzlich ... ich möchte einfach zu ihm rüberkriechen ... unter seine Bettdecke ... einfach so ... ganz einfach und unkompliziert fast ... fast ...

Fast habe ich den Mut dazu ... den Mut, die Zärtlichkeit aus mir herausbrechen zu lassen, die sich seit zwei Monaten in mir angestaut hat ... nur wenige Zentimeter, die ich zurücklegen müßte ... und ich könnte meine Finger sanft auf seinem Gesicht spielen lassen.

.... Könnte .... wenn ich den Mut dazu hätte. Aber ich habe ihn nur fast ... zuviel Ängste ... zuviel Fremdheit in den letzten Wochen, die diese wenigen Zentimeter unüberwindbar machen ... auch wenn er mir wieder viel näher ist ... wie er meine Hand streichelt ...

Irgendwann schläft Arne ein. Ich liege wach. Liege wach mit meinem „fast Mut". Warum habe ich es nicht geschafft eben? Warum bin ich nicht einfach zu ihm rübergerutscht? Jetzt ist wieder alles zu spät. Eben hätte ich es noch fast gekonnt. Morgen wird es wieder nicht mehr gehen. Wann wird wieder so ein Moment sein, wo er mir so nahe ist wie eben? Warum habe ich diesen Moment so verstreichen lassen? Diesen Moment, auf den ich seit zwei Monaten warte. Warum? Grausame Wachheit. Unruhe. Spannung.

Und er schläft. Noch nie hab ich Typen wecken können. Noch nicht mal, wenn ich nicht schlafen konnte, weil sie auf meinem Arm lagen. Oder sich diagonal über das ganze Bett ausgebreitet hatten, so daß ich ihretwegen nicht schlafen konnte. Immer diese Scheiße im Kopf: Du kannst ihm doch nicht seinen Schlaf rauben. Daß frau ihren Schlaf opfert, ist ja so klar! Jahrelang diese Anpassung. Heute nacht werde ich sie durchbrechen!!!!!

Es ist mir plötzlich ganz klar. Ich werde ihn wecken! Er ist die Ursache für mein Nicht-schlafen-können. Es ist mein Recht, ihn zu wecken. Ich werde nicht alleine weiterleiden. Weiblich. Still und passiv. Mir vornehmen, morgen mit ihm zu reden. Nein. Wieso denn morgen? Und was ist jetzt mit mir? Soll ich weiter alleine wach sein? Nein! Ich werde ihn wecken!

Genauso klar ist mir aber auch, daß ich dafür noch eine Weile brauche. Mich mit diesem Gedanken vertraut machen muß, bis ich mich auch sicher fühle, wie ich es machen will. Ganz überzeugt von meinem eigenen Handeln. Keine Entschuldigung auf den Lippen. Einfach fordern, daß er aufwacht.

Wie bei Behördentelefonaten oder anderen Sachen vor denen ich Angst hab. Da nehm ich mir auch immer 'ne Weile Zeit, ums Telefon rumzuschleichen, zögere es raus, bis ich mich seelisch lange genug drauf eingestellt hab. Die wissen ja nicht, daß ich hier sitze und auf mich selber warte. Ich habe ja Zeit. Die kriegen mich ja erst in dem Moment mit, wo ich mich mit ganz sicherer Stimme melde.

Arne auch. Der liegt da ja und schläft und weiß nicht, daß ich hier liege und mich seelisch auf einen Frontalangriff auf ihn vorbereite.

Jetzt. Ich bin soweit. Warum hat der doofe Kerl sich denn das Kissen so über'n Kopf gezogen? Jetzt muß ich mir erst ausrechnen, wo sein blöder Kopf nun ist unter diesem Scheißkissen. Nachher patsch ich ihm total ungeschickt ins Auge oder so und alle Romantik ist versaut.

Unerwartet dreht er sich um. Das Licht der Straßenlaterne reicht, um zu sehen, daß er die Augen geöffnet hat. Er sieht mich an. „Bist du wach?" – „Nein", sagt er.

„Doch, du bist wach! Und ich will auch, daß du wach bist."

Endlich hört mein Scheißkopf auf, mich mit Berührungsängsten zu blockieren. Ich nehm den Zipfel seiner Bettdecke hoch und krieche mit darunter. Kuschel mich an ihn an. Beuge mich über ihn. Streichel seine Schulter. Bedaure es, daß ich so ungeschickt, wie ich daliege, ihn nur an der Schulter streicheln kann. Möchte sein Gesicht streicheln. Lege verzweifelt all die Zärtlichkeit, die ich nicht länger zurückhalten kann, in das Streicheln dieser paar Quadratzentimeter Haut.

„Kannst du nicht schlafen?", fragt er.

„Nein."

„Und weil du nicht schlafen kannst, soll ich auch wach sein?"

(Nein, Arne. Ich möchte dir jetzt sagen, daß ich mit dir schlafen will. Aber meine Lippen sind wie zugenagelt. Außerdem kann ich doch nicht sagen, daß ich mit ihm schlafen w i l l. Höchstens daß ich m ö c h t e. Wie hört sich denn das an. Wollen! Ich will doch, daß er auch will. Ich will doch nicht gegen seinen Willen.) Minutenlanges Schweigen. Ich genieße diese Minuten. Genieße es, seinen Körper zu spüren, seine Haut. Und seine Wärme. Ich höre mich schon sprechen, aber immer noch kommt kein Wort über meine Lippen. Sehe im Halbdunkel sein Gesicht, das ich mit meinen Küssen überschütten möchte.

„Ich möcht mit dir schlafen."

Endlich ist es raus. Harre der Reaktion. Küsse ihn noch zärtlich auf die Nasenspitze. Und damit sackt mein Mut in sich zusammen. Nichts mehr von Überschütten mit Zärtlichkeit. Angstvolles Abwarten.

„Es ist schön, daß du das sagst." – Mehr sagt er nicht.

„Ja was ist denn nun," dränge ich zaghaft.

„Ich weiß nicht," kommt es von ihm zögernd.

„Ja, ich weiß nicht, ist keine Antwort," antworte ich schnell, aber ruhig, meine Sicherheit wiedergewinnend. Kann noch einmal für ein paar Minuten mich entspannen und seine körperliche Nähe genießen.

„Ich wär nicht so dabei, daß es schön werden würde, und dann möcht ich's lieber nicht."

(oh, Arne. Das ist es ja gerade, weshalb ich dich so liebe. Daß du nicht diese oberflächliche Männersexualität drauf hast wie andere Typen. Aber andererseits hätte ich mir doch in diesem Moment gewünscht, daß du einfach mit mir geschlafen hättest. Auch wenn es für dich weniger bedeutet hätte als für mich. Das hätte ich in Kauf genommen, um noch einmal so ganz mit dir zusammen zu sein, dich in mir zu spüren.

Aber das wäre ja gar nicht gegangen. Das ist ja Selbstbetrug. Wie kann ich ganz mit dir zusammen sein, wenn du diese Nähe gar nicht willst. Das hätte ich ja gemerkt, wenn wir trotzdem zusammen geschlafen hätten.

Aber dann wär's mir vielleicht leichter gefallen, endlich einen Schlußstrich zu ziehen, wenn ich in der Realität gemerkt hätte: Die körperliche Nähe zwischen uns ist nicht mehr möglich. Dann würden heute nicht nur so wahnsinnig schöne Erinnerungen an die Sexualität mit dir in meinem Kopf rumspuken, die mich immer noch danach dürsten lassen, wenigstens noch einmal mit dir zu schlafen. Ich will das in meinem Kopf nicht wahr haben, daß das nicht mehr möglich sein soll zwischen uns.)

Aber ich kann mich mit seiner Antwort nicht zufrieden geben. Bohre nach. Ob das für immer so ist, oder ob er vielleicht doch irgendwann mal wieder mit mir schlafen könnte. Er schließt es nicht ganz aus. Ein Hoffnungsschimmer bleibt ... „Und schmusen?", frage ich.

Es ist für ihn kein Unterschied. Er möchte aus denselben Gründen nicht mit mir schmusen. Ihm fehlt die Nähe zu mir.

Ich sehe das ja alles so verdammt noch mal ein. Er hat ja recht. Ich find es toll, daß er 'n Typ ist, der nicht mal einfach so mit 'ner Frau ins Bett gehen kann, zu der er keine Nähe empfindet. Aber was ich nicht einsehe ist, daß er sie ausgerechnet bei mir nicht empfindet! Aber trotzdem fühle ich mich besser, ruhiger als vorher. Habe das Gefühl, jetzt schlafen zu können. Er umarmt mich beim Einschlafen plötzlich wieder. Viel näher als sonst. Sonst hat er immer nur meine Hand genommen.

Er bleibt so nahe bei mir liegen, daß ich seine weichen Haare in meinem Gesicht spüre. Ich atme ihn ein. Sauge seine Nähe in mich ein. Sein Gesicht ganz nahe bei mir. Und doch unerreichbar. Ich liebe ihn.

Am Morgen stehen wir zusammen auf, als wenn „nichts gewesen ist." Wenn ich daran denke, daß es erst ein paar Jahre her ist, daß mir sowas total „peinlich" war. Mich einem Mann „angeboten" zu haben und „verschmäht" worden zu sein. Mit Gerd zum

Beispiel. Wenn ich dem nachts zu verstehen gegeben hatte, daß ich mit ihm schlafen wollte, und er mich dann „verschmäht" hatte, war morgens immer eine total verklemmte Stimmung. Ich hatte immer das Gefühl, ich muß es irgendwie „wieder gut machen", daß ich als Frau es gewagt hatte, sexuelle Bedürfnisse zu äußern. Damit er nicht denkt, ich sei „so eine". Wenn ich schon anfange, den Typen zu streicheln, dann nur an ganz unverfänglichen Körperstellen. Daß es so aussieht, als wenn ich nicht mit ihm schlafen will. Und wenn ich dann merke, daß *er* Lust kriegt, dann trau ich mich auch, weiterzugehen. Immer noch abwartend, daß *er mir* zuerst in die Unterhose geht und nicht umgekehrt. Und wenn ich dann wirklich mal den Mut hatte, deutlich zu werden und er nicht wollte, schäme ich mich hinterher. Peinliches Schweigen am Frühstückstisch. Keine Kommunikation darüber möglich.

Heute Nacht war ich auch deutlich. Ich habe Arne gesagt, daß ich mit ihm schlafen möchte. Bin unter seine Bettdecke gekrabbelt. Und er wollte nicht. Keine Peinlichkeit am Frühstückstisch. Keine Kommunikation darüber nötig. Ich schäme mich nicht mehr.

Arne versucht meine „Stereo-Anlage", die aus einem Plattenspieler und einer blechern tönenden Lautsprecher-Box besteht, anzuschließen. Es funktioniert nicht. Irgendwo ist ein Wackelkontakt. Ich hab's auch schon versucht. Ohne Erfolg.

Ich war schon im Bad. Komme nochmal zurück, um ihm was am Plattenspieler zu zeigen. Setze mich nackt auf den Fußboden. Stelle fest, daß Arne meine Nacktheit mit einem Seitenblick registriert. Früher hätte ich ... hätte ich in einer solchen Situation fein säuberlich alle „anzüglichen" Stellen meines Körpers bedeckt, um „ihn" nicht aufzureizen. Oder den Eindruck zu erwecken, daß ich ihn aufreizen wolle. Weil der nackte Frauenkörper als solcher ja schon die Sünde verkörpert. Weil der nackte Körper einer Frau von vornherein mit Sexualität identifiziert wird. Ideologie, die sich auch in meinem Kopf festgefressen hat. Logisch, – ... kommt frau doch auch tagtäglich an 'zig dieser Zeitungskioske vorbei, an denen Busen, Beine und nackte Frauenärsche ab 1,50 DM zu haben sind.

Aber ich kann doch nichts dafür! Ich habe nun mal Busen, Beine und noch einiges andere. Und ich bin nun mal nackt, wenn ich gerade in die Badewanne will. Ist der weibliche Körper so vermarktet, daß ich meinen eigenen peinlich verstecken muß, um nicht den Eindruck zu erwecken, ich wolle „ihn" aufreizen? „Ihn," dem ich mich heute nacht bereits „angeboten" habe. Und dann nach gängigen Klischeevorstellungen wengistens jetzt erwarte, daß er mit Heißhunger über mich herfällt. Und es als erneutes „Verschmähen" betrachte, wenn er das nicht tut.

Genauso habe ich mich Gerd gegenüber immer gefühlt. Deshalb habe ich peinlich jeden Quadratzentimeter Haut vor ihm versteckt. Damit er ja nicht auf die Idee kommt, ich wolle ihn auf diese plumpe Art und Weise anmachen. Ein paar Jahre ist das erst her. Und heute kann ich mit Arne zusammen aufstehen und empfinde das alles nicht mehr so. Habe nicht mehr das Gefühl, mich dafür entschuldigen zu müssen, daß ich einen weiblichen Körper habe.

Als wir in der Küche Brot abschneiden und Tee kochen, frage ich ihn, ob er in der taz und im AK eigentlich die Artikel zur Verteidigung von Vergewaltigern gelesen hat. Arne schwingt den Holzhammer. „Ich hab da 'ne etwas andere Position zu. Ich find schon, daß man einen Vergewaltiger verteidigen kann, wenn dadurch abzusehen ist, daß der das nicht wieder macht. Ich hab mich da auch neulich mit 'ner Frau drüber unterhalten."

Ja, – na und? Daß er sich da mit 'ner Frau drüber unterhalten hat, ist noch lange keine Legitimation dafür, daß er sich damit nicht weiter auseinanderzusetzen braucht. Er hat ja noch nicht mal gesagt, was er eigentlich mit der Frau diskutiert hat. Daß er sich einmal mit 'ner Frau darüber unterhalten hat, reicht für ihn als Legitimation, mir mal wieder seine Position vor die Füße zu kotzen.

Arne fragt nicht, was ich für eine Position dazu habe. Ich sage nichts. Warte ab ... es kommt nichts.

Arne hat mir seine „Position" entgegengeholzt. Für ihn ist die Sache so in Ordnung. Arne fragt nicht, was ich dazu meine. Arne ist sein Statement los. Er hat ja neulich schon mit 'ner Frau darüber diskutiert. Was interessiert ihn da noch meine Meinung.

Nach dem Frühstück geht Arne. Ohne zu arbeiten. Plötzlich war nichts mehr mit Arbeiten, obwohl er davon gestern abend scheinbar die Entscheidung abhängig gemacht hat, hier zu schlafen oder nicht.

Als er seine Lederjacke anhat und schon halb aus der Tür ist, umarmt er mich zum Abschied. Nicht flüchtig, sondern ganz lange. Auch als das Telefon genau neben uns zu bimmeln anfängt, lösen wir uns nicht aus dieser Umarmung. Lassen die anderen rangehen.

Ich kann ihn gar nicht richtig umarmen, weil er seine schwere Lederjacke anhat. Habe vielmehr das Gefühl, seine Lederjacke zu umarmen. Sein Körper kommt irgendwie gar nicht bei mir an. Aber was bei mir ankommt, ist seine Umarmung. Wieso umarmt der mich so lange? Und so ruhig. – Da muß doch irgendwas sein. Der muß mich doch irgendwie sehr gerne mögen. Sonst würde er mich doch nicht so umarmen!

Ich bin ganz stolz auf mich, daß ich endlich mein Schweigen gebrochen habe. Mich endlich getraut habe zu sagen, was ich seit Wochen als stille Sehnsucht mit mir rumschleppe. Und ich werde noch mehr sagen. Ich will endlich Offenheit in unsere Beziehung bringen. Wenn ich Mittwoch abend Sabine besuche, werde ich bei ihm vorbeigehen. Er ist ja jetzt umgezogen. Hat endlich eine eigene Wohnung. Ich weiß endlich auch mal, wo ich ihn erreichen kann. Ich geh da einfach hin. Einfach so. Frag ihn, ob er Freitag Zeit hat. Dann soll er mich besuchen.

Arne hat grade geschlafen. Kommt ganz verschlafen an die Tür und macht mir auf. Geht wieder ins Schlafzimmer und sagt, daß er gleich zum Termin muß.

„Ich weiß. Ich hab auch keine Zeit. Wollte dich nur fragen, ob du Freitag zu mir kommen willst?"

Arne überlegt. Weiß noch nicht, ob er Freitag bei einem Umzug helfen muß. Er sieht ganz zerknittert und zerknautscht aus. Ganz kleine Augen. Er will mich noch anrufen.

Ich gehe zu Sabine. Ich esse bei Sabine in der WG mit Abendbrot. Wir klönen über Gott und die Welt. Ich frage Sabine, ob sie nicht auch noch Lust hat, in 'ne Kneipe zu gehen. Ich schlage die Tulpe vor. Weiß, daß Arne da vielleicht nach'm Termin hingeht. Wenn er dann da nichtsahnend reinkommt und uns beide in trauter Eintracht da sitzen sieht ... Wir unterhalten uns 'n bißchen über Sabine's neuen Liebeskummer, 'n bißchen über Arne, und irgendwann steht er dann plötzlich in der Tür. „Nicht so auffällig hingucken!", flüstern wir uns zu.

„Was hat er denn für'n Gesicht gemacht?", frage ich.

„Sein Gesicht erhellte sich ... aber doch nicht so ganz!", lacht Sabine. „Aber mir würd auch ganz schön mulmig werden, wenn ich irgendwo reinkomm, und meine Verflossenen rotten sich da gerade zusammen."

Arne begrüßt uns kurz und geht an die Theke. Er kommt mit einem Bier wieder und fragt uns mit einer ganz selbstverständlichen Handbewegung: „Wollt ihr euch unterhalten? ... Oder kann ich mich dazusetzen?" Rührt mit einer Hand dabei in der Luft rum. Sabine und ich gucken uns an. Mich stört er nicht. Sie auch nicht. Arne holt sich einen Stuhl ran. Sabine und ich unterhalten uns darüber, daß sie mir ein Original von ihren Bildern schenken will. – Ich weigere mich zwar beharrlich, eins anzunehmen, aber es freut mich auch, daß Arne mitkriegt, daß wir inzwischen ein so intimes Verhältnis zueinander haben. Dann erzählt sie von ihrem Zeichenunterricht. Sie unterrichtet eine Jugendgruppe. Die ersten Stunden waren wohl ganz gut. „Dann wollten die gerne Portraitzeichnen lernen. Ich bereite mich also auf Portrait vor. Komm da mit meiner riesigen Mappe angeschleppt. Da sagen die zu mir: Wieso Portrait? Heute wollen wir Füße malen."

Wir müssen alle schallend lachen. Auch Arne. Und während er so lacht, wird mir plötzlich bewußt, wie selten ich ihn habe lachen sehen. So richtig herzhaft wie jetzt. Neulich auf dem Kongreß ist mir das aufgefallen. Wenn der ganze Saal lachte, saß Arne da mit todernstem Gesicht. Da stellt sich ein Hund auf's Podium. Bellt und stört damit die ganze Versammlung. Und der ganze Saal lacht. Nur Arne verzieht keine Miene. Hat mir auch mal gesagt, daß er früher nie gelacht hat. Nie.

Und jetzt sitzt er da und lacht. So wie neulich. Als Ellin da war und von dem Kind erzählt hat, das zu jedem zur Begrüßung sagt: „Ich will'n Bonscheeee!" In ganz aggressivem Tonfall. Und wenn es dann einen kriegt: „Ich will aber 'ne ganze Tüteeee!" Da hat Arne auch gelacht. Ich weiß noch, wie er da in seinem Fußballhemd bei mir auf dem Bett gesessen hat. Sein blaugestreiftes Fußballhemd. Ganz wüschelig in die Hose reingestopft. Und jetzt sitzt er auch wieder da und lacht. Ich finde es schön, mit ihm lachen zu können.

Arne will sich noch zu den anderen setzen. Als er aufsteht, sagt er: „Ich will euch noch sagen, warum ich geh ... es ist wegen dir." Er guckt Sabine an und ist weg. – „Da hab ich ja wieder mein Fett weg", sagt Sabine.

Wir unterhalten uns ohne ihn weiter. Als er mal wieder an unserem Tisch vorbeikommt, frage ich ihn nochmal nach Freitag. Arne antwortet ausweichend.

„Ich finde, daß er sich dir gegenüber ziemlich unverschämt verhält", sagt Sabine. Ich schlucke. Sie hat recht. Ich wollte da nur nicht drüber nachdenken. Ich will ja schließlich mehr von ihm, als er von mir. Das ist sowieso klar. Das hat er mir nur nochmal wieder vor Augen geführt, indem er mich hinter sich herlaufen läßt wegen Freitag. Als wir bezahlen, klärt Arne die Sache mit dem Umzug. Er kann Freitag. Wir machen ab, daß er mich um acht Uhr besucht.

Freitag.

Mir ist klar, was ich von Arne will, wenn er heute abend kommt. Ich will ihm alles sagen. Alles. Will ganz ehrlich zu ihm sein. Nichts mehr verschweigen. – Es ist doch klar, daß ich so ein verkrampftes Verhältnis zu ihm hatte die letzten Wochen. Wenn ich immer noch alle möglichen Bedürfnisse an ihn habe und mich ihm gegenüber aber so verhalte, als hätte ich sie nicht ..... Wie soll ich mich da noch natürlich verhalten können ihm gegenüber? Und für ihn gilt das doch auch! Auch wenn ich ihm nichts sage. Irgendwie kommt sowas auch non-verbal an. Irgendwie muß Arne das auch spüren. Auch wenn es ihm nicht bewußt ist. Er wird es bestimmt als verschwommenen, undeutlichen Druck empfunden haben. Deshalb konnte er sich mir gegenüber nicht mehr ungezwungen verhalten. Es war ein Fehler, es ihm nicht zu sagen. Mein Fehler.

Auch ich mache Fehler. Nicht nur Arne. Das werde ich ihm sagen heute abend. Ab jetzt werde ich ganz ehrlich zu ihm sein. Das ist der einzige Weg, ein entspanntes Verhältnis zu ihm zu haben. Und den ersten Schritt habe ich ja schon gemacht. Ich habe ihm zum ersten Mal sagen können, was schon seit unserer „Trennung" in mir weiter rumort: Daß ich mit ihm schlafen möchte.

Arne kommt, als wir beim Abendbrot sind. Setzt sich dazu. Es entwickelt sich ein politisches Gespräch, das mich heute abend nun eigentlich gar nicht interessiert. Arne fragt, ob er bei uns baden könne. Natürlich kann er. Ich bin ganz begeistert von der Perspektive, heute abend einen frischgeduschten Arne im Bett zu haben. Gehe an meinen Schrank, um ihm ein Handtuch rauszusuchen.

„Wieso? Hast du noch was vor?", fragt Jan scherzhaft.

Die Frage könne er nur unterstützen, oder sowas ähnliches, sagt Arne daraufhin. Die beiden Männer lachen. Ich stehe vor meinem Schrank und könnte im Erdboden versinken. Mein Gott, ist mir das peinlich. Diese blöde Bemerkung von Jan. Ich kann da gar nicht drüber lachen. Schließlich wissen doch alle dieser Situation beiwohnenden Personen, daß *ich* noch was vorhabe mit ihm. Daß *ich* Arne vor einer Woche gesagt habe, daß ich mit ihm schlafen möchte und er sich mir „verweigert" hat.

Als Arne endlich in der Badewanne ist, gehe ich zu Jan und Uschi in die Küche und schnauze Jan an. Was das denn soll? Diese blöde Frage. Daß klar ist, daß Arne den Rest des Abends bei mir verbringen wird. Und daß sich so eine blöde Frage, ob er duschen will, weil er noch was vorhat, nur auf mich beziehen kann. Und daß Jan auch weiß, daß die Beziehung zwischen Arne und mir im Moment total verkrampft ist. Daß Jan sich denken kann, daß er mich mit so einer dummen Bemerkung in Verlegenheit bringt.

Jan guckt mich an wie ein Auto. Nee, wieso denn? So hätte er das gar nicht gemeint. Uschi versteht es auch nicht. Alle in der Wohnung befindlichen Personen können über diesen „Witz" lachen. Nur ich nicht. Bin ich verklemmt?

Aus dem Badezimmer tönt lautstarkes, lebensfrohes Gesinge. Die ganze Zeit, während Arne badet. Ein revolutionäres Lied nach dem anderen. Und ich sitze in meinem Zimmer und warte darauf, endlich mit ihm reden zu können. Vorhin am Tisch schon. Da hatte Jan ihn noch darauf aufmerksam gemacht, daß Uschi und ich schon eine ganze Weile nicht mehr an dem Gespräch teilgenommen hatten. Uschi hat es nicht mehr interessiert, und sie war in ihr Zimmer gegangen. Und mich hat es nicht mehr interessiert und ich habe drauf gewartet, wann die endlich aufhören, über die Grünen und die Bundestagswahlen zu diskutieren. Arne weiß, daß ich heute abend was mit ihm beschnacken will. Jan sagt: „Merkst du, daß die beiden Frauen schon die ganze Zeit nichts mehr sagen? Svende will ganz was anderes mit dir besprechen."

Nee! Arne hat das nicht gemerkt. Hab ich auch nicht anders erwartet. Es ist kein böser Wille von ihm, daß er hier ein Gespräch über meinen Kopf hinweg führt, obwohl eigentlich ich mit ihm verabredet bin. Er merkt sowas wirklich nicht. Als ich mich einmal tatsächlich eingeschaltet hab, unterbricht er mich mitten im Satz. Ich trete ihn sanft aber plötzlich: „Eh! Hast du eigentlich gemerkt, daß du mich eben unterbrochen hast? Ich hatte grade 'n Satz angefangen."

Nee! Das hat er nicht gemerkt. Es ist kein böser Wille von ihm. Er merkt sowas wirklich nicht! Aber böser Wille hin, böser Wille her. Auf jeden Fall setzt er mit so einem Verhalten jedesmal seine Interessen durch. Und ich muß dauernd aufpassen, mich nicht von ihm einmachen zu lassen. Ob er es nun will oder nicht: Objektiv unterdückt er mich damit. Selbst wenn ich es mir heute in den meisten Situationen nicht mehr gefallen lasse: Er zwingt mich dazu, ständig gegen seine Ignoranz anzukämpfen, wenn ich meine Interessen auch einbringen will. Und dieser Kampf verzehrt wertvolle Kräfte.

Frauen müssen immer stärker sein als Männer, wenn sie das Gleiche erreichen wollen. Brauchen immer doppelten Krafteinsatz, um das gleiche Resultat zu erzielen.

Arne ist ein fortschrittlicher Mann. Arne will keine Frauen unterdrücken. Er will es ehrlich nicht. Aber er tut es. Und er wird es bei allem guten Willen immer weiter tun, wenn er sich nicht endlich damit beschäftigt, wie subtil Frauenunterdrückung ablaufen kann. Er hat diese Verhaltensweisen erstmal durch seine Erziehung und Umwelteinflüsse drauf. Er müßte a k t i v was dafür tun, diese Sachen in seinem Kopf abzubauen. Aber das tut er nicht. Er meint, wenn er sich passiv hinsetzt und sich sagt: Ich will keine Frauen unterdrücken, dann reicht das. Das meint er ganz ehrlich so. Daß es so nicht geht, sieht er nicht.

Und er ist nicht alleine. Die meisten Männer denken so. Wenn sie erstmal theoretisch den Anspruch richtig finden, Frauen gleichberechtigt behandeln zu wollen, dann denken sie auch, sie tun das ganz automatisch.

Nun ja. Arne sitzt also in der Badewanne und schmettert sein ganzes revolutionäres Gesangsrepertoire in die Luft. Als er endlich in mein Zimmer kommt, hat er natürlich nasse Haare und will erstmal noch nicht raus. Fönen tut er sie grundsätzlich nicht. Weil die Haare davon kaputt gehen. (Arne, der sich darüber lustig macht, wenn ich mal einen Blick in den Spiegel riskiere). Wir sitzen also bei mir auf dem Bett und Arne hat mein Heilpflanzen-Buch in der Hand. Blättert darin herum. Und plötzlich fängt er an, mir was zu erzählen von einer Salbe aus vier Kräutern, die man sich selber machen kann. Die man sich unter die Achseln und in die Schamhaare einreiben muß. Und dann wird man tierisch geil. Tierisch geil.

Ich kann damit nichts anfangen, wenn Arne etwas „tierisch geil" findet. Irgendwie verbinde ich mit „tierisch geil" eine Sexualität, die ich nicht mehr will. Eine Sexualität, die ich mit Arne auch nie erlebt habe. Ich schließe es nicht aus, daß ich auch noch öfter mal mit jemanndem ins Bett gehen werde, weil ich selber „tierisch geil" bin. Ich schließe das nicht aus. – Aber es ist nicht die Sexualität, die ich eigentlich will. Wahrscheinlich würde ich das nur machen, wenn ich das, was ich eigentlich will, mal wieder über längere Zeit nicht finde und sich dann so ein Bedürfnis aufstaut. Aber das sind alles Spekulationen. Was ich in erster Linie will, ist, mit jemanndem zu schlafen, in den ich verliebt bin, mit dem ich eine „Beziehung" habe. Weil ich eben bei Arne wieder gemerkt habe, daß das viel schöner ist, als dieses beiläufige Miteinanderschlafen, weil mann/frau „sexuelle Bedürfnisse" hat.

Ich kann nichts damit anfangen, wenn Arne mir was von „tierisch geil" erzählt. Ich kann mir nicht vorstellen, daß Arne auf Aufreiße geht. Genauso, wie ich nichts damit anfangen konnte, wie wir eines Tages bei mir am Küchentisch saßen und über Urlaub gesprochen haben. Und Arne mir plötzlich was von „fressen, saufen und Frauen" erzählt. Da hab ich auch nur betreten gelächelt und gesagt: „Das kann ich wohl nicht ganz ernst nehmen."

Mir wird mal wieder klar, daß ich mit Arne nie, fast nie über Sexualität geredet hab, weil ich ihn immer nur so erlebt habe, daß er das Gleiche möchte wie ich. Und daß ich deshalb automatisch davon ausgegangen bin, daß er meine Einstellung zur Sexualität in allen Fragen teilt. Und jetzt sitze ich hier und kann nichts damit anfangen, wenn er mir was von „tierisch geil" erzählt. Ich will endlich Offenheit in unserer Beziehung, auch wenn es keine „Beziehung" mehr ist. Ich will endlich mit Arne über alles reden können.

Als seine Haare endlich trocken sind, schlage ich vor, ins Geelhaus zu gehen. Uschi kommt mit. Ich finde das gut. – Weil ich inzwischen schon wieder soviel Angst vor dem Gespräch mit Arne habe, daß ich noch nicht mit ihm alleine sein will. Dann hab ich wenigstens eine Entschuldigung vor mir selber, das Thema noch nicht anzuschneiden.

Geelhaus. Bier. Unterhaltung über Gott und die Welt. – Als wir wieder zu Hause sind, einigen wir uns auf Fernsehen. Mir ist alles recht, was mir die Begründung dafür liefert, mich vor dem Gespräch drücken zu können. Daß Arne heute bei mir schläft, ist von Anfang an eine unausgesprochene Selbstverständlichkeit. Es ist schon elf, als der Film anfängt. Daß ich hinterher nichts mehr diskutiere, ist mir selber klar. Aber – ich hab auch gar keine Lust mehr zu diskutieren. Ganz ehrlich. Ich hab keine Lust mehr. Und vielleicht „ergibt sich" ja auch von alleine was. Ich meine ... – ich hab doch deshalb so dringend darauf bestanden, mich diesen Freitag mit ihm zu treffen, weil es noch in der „ungefährlichen" Zeit ist ... ich meine ... falls sich was ergibt ...

Der Film ist doof. Wir schalten den Fernseher ab. Ich bin schon unter der Bettdecke. Arne zieht sich auch aus. Kommt ins Bett. Wieder die Hand, die vorm Einschlafen in meiner landet. Ganz selbstverständlich. Arne schläft ein ... es ergibt sich nichts.

Ich liege wach. Fange an, mich über mich selber zu ärgern. Irgendwie habe ich „selber Schuld". Aber das hilft mir jetzt auch nicht weiter. Ich liege wach, und der Kerl schläft. Ich weiß, daß ich ihn wieder wecken werde. Das weiß ich. Ich mache nicht alleine eine schlaflose Nacht durch. Auch wenn Arne nicht „schuld" daran ist, daß ich es mal wieder nicht gebracht habe, – auch wenn er nichts dafür kann: Ich habe das Recht, ihn zu wecken! Und diesmal brauche ich dafür auch nicht bis nachts um drei.

Es ist so gegen eins, als ich das Licht anmache. „Eh, wach mal auf!" Arne wacht auf. Wahrscheinlich denkt er: „Was will die Alte denn nun schon wieder? Jetzt will die wieder mit mir pennen." Aber er sagt nichts. Guckt nur etwas verwirrt. Die Situation als solche ist ihm ja nicht unbekannt.

„Ich wollte heut abend was mit dir diskutieren, ... aber ich hab das vorhin nicht gebracht. ... Es gibt zwei Möglichkeiten: Entweder wir diskutieren das jetzt, oder ich fahr dich jetzt nach Hause."

Arne guckt eine Weile in die Luft und meint dann: „Ich versteh nicht, warum ich nicht hierbleiben kann, wenn wir das nicht diskutieren?"

„Weil ich dann lieber allein sein möchte." Das reicht als Begründung. Das muß er akzeptieren. Er guckt wieder in die Luft. Eine ganze Weile.

„Was ist denn nun?"

„Ja, ist gut. Laß uns das diskutieren!"

Mir ist nicht wohl dabei. Draußen regnet es. Arne liegt hier im warmen Bett und versteht erst nicht, warum er nicht hierbleiben kann, wenn wir das nicht diskutieren. Und als ich deutlich mache, daß ich nur die Alternative diskutieren oder nachhause zulasse, entscheidet er sich für's Diskutieren.

„Laß uns das diskutieren", sagt er.

„Warum hast du dich denn jetzt so entschieden?", frage ich etwas argwöhnisch.

„Das laß man meine Sache sein."

„Nee!", kontere ich spontan und empört. Das ist nicht seine Sache, wenn ich das Gefühl habe, er diskutiert nur mit mir, weil das das kleinere Übel ist.

„Dann geh ich jetzt!" Arne springt aus dem Bett.

Mir fällt ein Stein vom Herzen. Obwohl mir das die ganze Zeit selber nicht klar war. Ich dachte wirklich, ich könnte jetzt mit ihm diskutieren. Aber plötzlich merke ich, daß mir das jetzt viel zu anstrengend gewesen wäre. Daß ich ihn in erster Linie doch los sein wollte. Mir wird wirklich wohler, als er sich jetzt anzieht.

Als er auf der Bettkante sitzt und sich seine Strümpfchen anzieht, sagt er plötzlich ganz bockig: „Ich wär sowieso hinterher gegangen!" Mit anderen Worten: Bild dir bloß nicht ein, du hättest mich rausgeschmissen. Ich bin ganz von alleine gegangen.

Ich sage nichts dazu. Glaub es ihm nur nicht.

Als er seine Lederjacke anhat und nach der Türklinke faßt, sagt er ganz „normal", richtig etwas freundlich: „Tschühüß!"

Zum ersten Mal ahne ich, daß ich den armen Kerl ganz schön verunsichern kann. Die Wohnungstür klappt zu. Einige Minuten später die Haustür unten. Arne ist weg. Ich schlafe ein.

Am nächsten Tag setze ich mich nach langer Zeit zum ersten Mal wieder hin, um ein Bild zu malen. Ein Bild in unheimlichen, kalten Grau- und Blautönen. Ein blutbeflecktes Bett in einem kahlen Raum. Ein offenes Fenster. Kein Schutz mehr vor dem, was draußen im fahlen Mondlicht herumgeistert. Ein alles durchziehendes Spinnennetz. Erste Zeichen von Zerfall und Verwesung.

Was ist in diesem Zimmer geschehen? Wessen Blut ist das? Ist jemand tot? Oder nur verletzt? Ist das mein Blut? Verblute ich im Schmerz um den verlorenen Geliebten? Ist das das Blut des Märchenprinzen? Wer hat ihn getötet? Das war ich doch nicht selber. Oder? – Wo ist die Leiche? Vielleicht ist wirklich noch niemand gestorben. Der Mordanschlag mißglückt.

Ich male ein Bild. Ich male Blut. Ich weiß nicht, wessen Blut das ist. Die Idee zu diesem Bild gärte seit einer Woche in mir. Ich mußte es malen.

Ich kann nicht mehr schreiben, seit ich Arne vor drei Tagen aus dem Bett geschmissen habe. Obwohl mir die ganze Zeit durch den Kopf ging, was ich schreiben wollte. Aber zu Papier hab ich die Worte einfach nicht gekriegt. Vordergründig keine Lust. Aber ich glaube, ich brauchte erstmal drei Tage Abstand davon. Und dann wußte ich auch überhaupt keinen Weg mehr, mit mir umzugehen. Wußte nicht, wie ich diesen Schmerz verarbeiten soll. Warum tut es immer noch so weh? – Meinen letzten „Liebeskummer" habe ich immer viel schneller verarbeitet als Arne. Es ist jetzt schon fast 2 Monate „aus". – Und ich habe noch nichts verarbeitet. – Irgendwas muß da viel tiefer gegangen sein, als bei meinen letzten unglücklichen Lieben.

Ein verzweifeltes Suchen danach, was dieses „Etwas" ist. Eine ganz andere Art von Liebe, als ich sie bisher erlebt habe. Eine Liebe wie aus einer anderen Welt und doch ohne Probleme sofort in den Alltag integriert. Morgens um 8.00 auf der Arbeit sein können. Nicht dieses nervige Studentenleben, wo der Tag morgens um 10.00 anfängt. „Beziehung" hieß für mich zum ersten Mal seit langer Zeit nicht mehr, den Vormittag darauf verwenden zu müssen, irgendsoein verschlafenes männliches Etwas aus meinem Bett zu zerren. Das frau erst dreimal wecken muß und dann doch noch unter der Bettdecke liegend vorfindet, wenn sie vom Bäcker wiederkommt. Oder mitunter sogar noch, wenn sie mittags vom ersten Seminar nach Hause kommt. Das alles war für mich in den letzten zwei, drei Jahren zwangsläufig mit dem Wort „Beziehung" verbunden.

Und plötzlich ist das nicht mehr so. Keiner mehr, der mir den halben Tag die Hälfte meines einzigen Wohn- und Schlafzimmers blockiert, indem er diagonal die 4 Quadratmeter große Bettfläche einnimmt. Banalitäten vielleicht. Aber immerhin Banalitäten, die mich in meinem Alltag behindert haben. Und plötzlich ist das nicht mehr so. Plötzlich heißt Beziehung, daß mann/frau morgens zusammen aufstehen kann. Nach einer schönen Liebesnacht morgens um 7.00 das Wächterlied singen.

Und genau das ist es, was mir heute klar geworden ist: Arne ist wirklich vorbeigeritten gekommen. Der Märchenprinz hat mich auf sein Pferd genommen. Ich war ständig in meiner Welt meiner ganzen mittelalterlichen Märchenklischees.

Aber lag das nur an mir? – Mit Arne ist mir doch auch wirklich ein Klischee „passiert". Nicht nur, weil ich sowas im Kopf hatte, sondern weil er sich auch so verhalten hat. Eine ganz romantische Liebe, wie ich sie bisher wirklich nur in meinen Märchenbüchern oder mittelalterlicher Minnelyrik gefunden habe, – nie in der Realität. Da waren vielleicht mal Anflüge von Romantik da. – Aber spätestens im Bett hörten die auf, wurden profan – Leistungsdruck – Männersexualität = Schwanz-Loch-Sexualität, – wir sind ja nicht verklemmt – ich muß ihm sagen, was ich will – ich will nicht reden müssen – warum begreifen Männer nicht von alleine, daß *ich* mit *ihnen* zusammensein möchte, und nicht nur mein Loch für ihren Schwanz da ist? – Ach ja, – und von Klitoris haben wir ja inzwischen auch mal was gehört; wir sind ja emannzipiert.

Und plötzlich liegst du mit 'nem Typen im Bett, wo du von all dem nichts spürst. Du spürst Wärme und Zärtlichkeit und Ruhe, – bist entspannt und denkst, das darf gar nicht wahr sein. Wo kommt der denn her??? Aus einer anderen Welt? – Und schon kam er aus meiner Traumwelt, aus meiner Märchenwelt: Mein Märchenprinz! Ich bin in meine mittelalterliche Traumwelt abgeflogen und habe Arne im Kopf mitgenommen.

Meine mittelalterliche Märchenwelt. Wie sieht die eigentlich aus? Was will ich eigentlich? – Wenn ich ehrlich bin ... ganz ehrlich ... dann muß ich ja gestehen ... ich sehe mich mit einem geflickten Dirndlkleid ... barfuß ... mit einem Korb durch Wald und Wiesen gehen ... die Röcke gerafft ... und dann ... kommt „er" ... und flirtet mit mir ... und ... verführt mich.

Aber, – wie oft triffst du schon einen Mann, mit dem du nach wenigen Stunden schlafen möchtest ... in den du dich innerhalb weniger Stunden verliebt hast. Wie oft „passiert" dir sowas schon?

Genau genommen eigentlich nie! – Genau genommen ist es eine Hedwig Courths-Mahler-Spinnerei, die ich da im Kopf habe. Es gibt keine Liebe auf den ersten Blick. Es gibt keinen Märchenprinzen. Es gibt keine große Liebe, die ein ganzes Leben lang hält. Das einzige, was es gibt, ist die Ideologie, die uns einhämmert, sowas gäbe es. Die Ideologie, die uns eingehämmert wird, damit wir dasitzen, und auf den Märchenprinzen warten, der sich auf Anhieb in uns verliebt. Damit wir ja nicht auf die Idee kommen, unser Leben in die eigenen Hände zu nehmen!

Bin ich Trottel dem etwa aufgesessen? – Ich?

Ich denke an die Wochen mit Arne, an die Wochen ohne Arne, die Wochen vor der „Trennung", die Wochen nach der „Trennung". Welche Platte habe ich damals immer gehört? Jeden Tag drei, viermal. Und mitgesungen? Das Lied von dem „einfachen Bauernmädchen", das im groben Linnen seines Weges wandelt, um seine Arbeit zu verrichten. Das Lied von dem jungen Mann, der ihr zufällig über den Weg läuft, ihr den Hof macht und sie heiratet. Und all das unter freiem Himmel, auf grüner Au.

Was ist denn nun eigentlich passiert?

Da kam ein gutaussehender junger Mann, begann auf einem Elbspaziergang mit mir zu flirten, machte mir auf einer Wiese im Jenisch-Park Komplimente, und all das, nachdem er mich eine Stunde kannte. Der Teil mit dem Heiraten fehlt dann zwar, – aber es war ja auch so ganz schön.

Heißt das etwa, daß ich ... daß ich meine ganzen schönen Märchenphantasien über Bord werfen muß, um nicht nochmal auf so einen Charmeur reinzufallen? Ist da wirklich soviel Unkraut in meinem Kopf, das ich radikal entwurzeln muß, wenn ich mich vor weiteren Erfahrungen dieser Art schützen will? Nein. Ich will nicht! Ich will nicht! Ich will sie behalten: Meine Vorstellungen vom Märchenprinzen. Sie sind zu schön, um sie einfach als Ballast abzuwerfen. Ich kann nicht!

Aber wo sind sie denn? Wo sind sie denn, die jungen Männer, die plötzlich aus dem Busch gesprungen kommen und mir den Hof machen? – An jeder Straßenecke, auf jedem Bahnhof, überall sind sie. Und sie sitzen noch nicht mal im Gebüsch. Sie haben es gar nicht nötig. Sie stehen einfach da und zischen mir „hallo Süße" zu, wenn ich an ihnen vorbeigehe. Pfeifen, schnalzen.

Da stehen sie ja. Die ganzen Märchenprinzen, die mir die Bestätigung liefern, daß sie mich als Frau attraktiv finden. Da stehen sie. Und der Schwanz steht ihnen schon halb aus der Hose. Meine Güte, bin ich blind. D a s sind die Männer, die mich umwerben, obwohl sie mich vor ein paar Minuten zum ersten Mal gesehen haben.

Aber, – es ist doch gar nicht so, daß alle Männer immer nur „das Eine" wollen. Arne kam doch auch aus dem Nichts. Und der wollte nicht nur mit mir schlafen. Der war doch nun wirklich mein Märchenprinz. Also gibt es sowas doch. Brauch ich das Unkraut in meinem Kopf nicht zu jäten. Es gibt ihn vielleicht doch, den Märchenprinzen. Vielleicht muß ich nur noch ein bißchen warten ... warten ... warten ... warten ...

Wie sieht es denn in der Realität aus bei mir? Mit dem Warten zum Beispiel. Wie sah es denn die letzten drei Jahre aus? Wer hat denn da wem den Hof gemacht? Wer hat da wen umworben? – Wochenlang bin ich hinter irgendwelchen Männern hergelaufen, in die ich verknallt war. Hab angerufen, diverse Freizeitangebote gemacht, mich nicht abschütteln lassen, bis ich einen endgültigen Korb gekriegt hatte. Wie es sich für eine emanzipierte Frau gehört. Ich hatte keine Lust mehr, weiblich, still und passiv zuhause zu sitzen und drauf zu warten, bis mich mal einer umwirbt. (Da könnt ich auch lange warten.) Dann schon lieber aus der weiblichen Rolle ausbrechen und den aktiven Teil der Balz übernehmen. Daß frau dabei Körbe kassieren muß, ist klar. Warum auch nicht? Das muß frau schließlich lernen.

Ich erinnere mich an ein Gespräch mit Arne in der Anfangszeit unserer Beziehung, wo ich ihm erzählt hatte, daß ich es gewohnt bin, Männern immer ellenlang hinterherzurennen.

„Mir bist du nicht hinterhergerannt," meint er.

„Dazu ging es bei uns ja alles etwas zu schnell. Wenn du nicht den Anfang gemacht hättest, dann wäre ich hinter dir hergerannt. Das hättest du haben können."

Etwas scherzhaft bedauert Arne es, daß er sich diese Möglichkeit genommen hat. Damals. In dem Gespräch. Aber nun hat er sie ja, diese Möglichkeit. Seit einigen Monaten ... Nun renn ich ja hinter ihm her. Das kann ich. Das hab ich jetzt gelernt. Wenn ich jemannden gerne mag, kann ich sehr hartnäckig sein. Und die Körbe, die ich kassiere, kratzen nur noch leicht an der Oberfläche meines Selbstbewußtseins. Schüchtern mich nicht mehr ein. Das nächste Mal mach ich's wieder. Und immer wieder.

Daß ich es kann, weiß ich. Aber es ist etwas anderes, was mich auf den Märchenprinzen warten läßt: Ich werde müde ... entsetzlich müde ... Emannzipation ist ja ganz schön ... aber auf die Dauer ... ich möchte auch mal wieder dasitzen und umworben werden. Ich finde das nicht unemanzipiert. Daß ich aktiv werden kann, das weiß ich. Das brauche ich mir nicht mehr zu beweisen. Aber es ist so anstrengend, wenn es immer nur so rum läuft. Und wenn dann mal wieder einer angeritten kommt ... und mir die Arbeit abnimmt ... dann ...

Ja, – was mache ich dann eigentlich? Dann ruhe ich mich ganz gemütlich auf meinen Märchenklischees aus und „erhole" mich von meiner Emanzipation.

Ist das Emanzipation?

Aber es ist nicht nur in solchen Nebensächlichkeiten das Märchenprinz-Klischee gewesen, das Arne in meiner Phantasie angesprochen hat. Nicht nur, daß er mich verführt hat. Nicht nur, daß es Liebe auf den ersten Blick war. Zu meinem Märchenprinzen gehörte auch immer, daß ich ohne Angst mit ihm schlafen kann. Ohne die Angst, daß ich meine sexuellen Bedürfnisse erst gegen ihn durchsetzen muß, damit es auch für mich schön wird. Der Märchenprinz in meiner Phantasie hat sich immer mit mir zusammen ins weiche Moos gelegt und genau das gemacht, was ich schön fand. Mit den ganzen anderen Männern war das immer so, daß ich erst stundenlange Diskussionen führen mußte, um ihnen zu erklären, was ich schön finde. Und dann haben sie's noch nicht mal begriffen. Sexualität hieß immer, erstmal einen Haufen Worte verlieren zu müssen. Worte, um *gegen* die männliche Sexualität anzukommen. Bei Arne brauchte ich das nicht. Ich mußte ein paar Worte zur Verhütung verlieren, sicher. Da mußte ich *einige* Worte verlieren. Aber über alles andere nicht. Ich brauchte meine Bedürfnisse gegen nichts durchzusetzen. Er hatte dieselben. Emanzipation hieß für mich bisher immer, meine Bedürfnisse endlich auszusprechen. Hier hieß Emanzipation plötzlich, sie nicht einmal mehr aussprechen zu brauchen. Keine Trennung mehr zwischen Zärtlichkeit und Sexualität. Bei anderen Männern ist es mit der Zärtlichkeit vorbei, wenn sie ihren Schwanz erstmal in mir drin haben. Dann geht der ernstere Teil der Sache los. Da ist kein Platz mehr für Ruhe und Wärme. Da ist nur noch Platz für die Jagd nach dem Orgasmus. Da wird gerammelt. Und wenn sie sich auch dabei noch ein paar Streicheleinheiten abringen, dann merkst du genau, daß sie es in Bravo oder Jasmin gelesen haben. Daß Frauen Zärtlichkeiten möchten. Daß das der Preis ist, mit dem sie sich ihr Gerammel erkaufen können.

Bei Arne habe ich gespürt, daß er es macht, weil er es selber schön findet. Daß auch er die gleichen Zärtlichkeiten braucht. Auch während wir miteinander schlafen. Daß er es nicht „für mich" macht, sondern daß es aus ihm selber kommt. Daß es ehrliche Zärtlichkeit ist. Deshalb war Arne mein Märchenprinz. Deshalb ist er für mich so etwas ganz anderes als andere Männer. Deshalb bin ich immer noch nicht über ihn hinweg. Weil er für mich bisher der einzige Mann ist, mit dem ich so etwas erlebt habe. Wenn ich mal bedenke, mit wieviel Männern ich schon geschlafen habe, dann komme ich auf den statistischen Wert, daß 3% aller Männer so sind wie Arne, 3%! Ich werde wahnsinnig. Wo soll ich die denn suchen? Mit den anderen 97% will ich jedenfalls nichts mehr zu tun haben. Ich will nicht wieder einen, mit dem ich erst noch diskutieren muß. Ich will nicht wieder einen, der sich M ü h e g i b t, zärtlich zu sein, weil er das irgendwo gelesen hat. Dann will ich lieber gar keinen.

Hamburg, 10.12.79

Lieber Arne!

Ich will Dir seit drei Tagen schreiben, mir war nur immer nicht klar, was ich Dir eigentlich schreiben will, weil immer zwei Sachen durcheinandergingen. Nämlich einmal die inhaltliche Auseinandersetzung mit Dir, wo auch noch vieles nicht ausgesprochen ist, und zum anderen meine nicht verarbeiteten Gefühle Dir gegenüber.

Als ich Dich Freitag nacht geweckt habe, ging es mir noch um beides. Inzwischen ist mir klar geworden, daß ich mich selber bescheiße, wenn ich beide Themen gleichrangig behandel, bzw. mir sogar sag: Wenn ich die inhaltliche Auseinandersetzung weitermache, verarbeite ich dabei auch meine Gefühle.

Ich tue das Gegenteil: Ich schüre meine eigenen Illusionen. Ich weiß gar nicht, wo ich anfangen soll, Dir zu erklären, was sich in den letzten 2 Monaten seit unserer „Trennung" bei mir abgespielt hat. Ich hab jedenfalls gemerkt, daß ich meine Trauer am Anfang nur verdrängt habe. Ich habe mich auf eine „freundschaftliche" Beziehung zu Dir eingelassen, weil ich dann wenigstens einen Bruchteil von dem bekomme, was ich mir eigentlich von Dir wünsche – immer noch.

Aber mit jedem bißchen Zärtlichkeit von Dir wachsen auch meine Illusionen. Ich dachte, ich könnte im Zusammensein mit

Dir verarbeiten, aber meine „Verarbeitung” bestand bisher darin, daß ich die Trauer in Unwohlsein, die Tränen und den Kloß im Hals in einen Druck im Bauch und Übelkeit verwandelt habe. (Wieso Liebeskummer? Ich weine doch nicht!)

Als ich Freitag die Elbchaussee entlangfahren mußte, und an eine Stelle kam, wo wir uns auf unserem ersten Spaziergang geküßt haben, war sie wieder da, – diese maßlose Übelkeit.

Wann werde ich an die schönen Stunden mit Dir denken können, ohne daß sich mein Magen verkrampft? Und wieso überhaupt kann eine Beziehung von wenigen Wochen so tief gehen, daß ich Monate brauche, um wieder auf die Füße zu kommen?

Mir ist heute so etwas klarer geworden, was die Gründe dafür sind, aber auf die will ich jetzt nicht eingehen.

Als ich das vorhin mit Jan und Uschi diskutieren wollte, meinte Uschi, daß ich die Trauer nicht wegdiskutieren kann, sondern sie rauslassen muß. – Und ich finde, sie hat recht. Ich habe die ganze Zeit versucht, meine immer noch vorhandenen Gefühle über'n Kopf wegzukriegen, sie auch gar nicht richtig hochkommen zu lassen, sie Dir vor allen Dingen nicht zeigen wollen, damit Du Dich nicht eingeengt, belastet oder sonstwas fühlst, Dich mir gegenüber unbefangen verhalten kannst, so „als wenn nichts wäre”.

Verdammte Scheiße, und ich? Bin ich denn Dir gegenüber unbefangen? Wieso hast Du eigentlich die ganze Zeit nichts gemerkt? – Bist Du so blind oder kann ich so gut Theater spielen? –

Mein Hauptproblem ist im Moment, wie ich diese Trauer, die ich jetzt in mir hochkommen lasse, verarbeiten kann. Ich glaube, ich mache es mir selber viel schwerer, wenn ich mich dauernd mit Dir treffe. Deshalb mußte ich Dich Freitag nacht auch wegschicken. Ich konnte es einfach nicht ertragen, mit Dir in einem Bett zu liegen und Dir doch nicht nahe zu sein. Es hätte in der Nacht auch wirklich nichts genützt, noch irgendwas zu diskutieren, weil ich da noch gar nicht trennen konnte, was eigentlich wesentlich war/ist ...

Als Du dann weg warst, konnte ich schlafen ... Vorher ging's einfach nicht, weil 1000 unausgesprochene Sachen im Raum standen.

Aber andererseits will ich Dich ja sehen und fühle mich dann auch manchmal sehr wohl mit Dir.

Als Du mich neulich gefragt hast, was ich für'n Verhältnis zu Dir habe, habe ich gelogen. Ich hatte gesagt, daß ich Dich nicht mehr ernst nehme, das dann aber sofort abgemildert, daß Du 2. 'n totaler Chauvi und Mackertyp bist, und daß ich 3. manchmal ganz gern mit Dir zusammen bin.

Bis auf Punkt 2 war alles untertrieben. – Es ist wirklich so, daß ich Dich manchmal nicht mehr ernst nehme. (Ich möchte Dir das jetzt erklären, aber mir fällt es schwer, das zu beschreiben, was ich damit meine. Ganz klar ist es mir also selber nicht).

Und es ist eben nicht so, daß ich „ganz gerne mit Dir zusammen bin", sondern daß ich Dich immer noch unheimlich lieb habe.

An dem Abend, wo wir dieses Gespräch hatten, ist mir in der Nacht so klar geworden, daß ich erstmal nichts mehr von Dir wollte, als mit Dir schlafen. Ich hatte nur noch im Kopf, daß jede Auseinandersetzung mit Dir umsonst ist, weil Du doch nichts lernst und es blieb für mich nur noch der Wunsch nach Deiner Zärtlichkeit. Und erst in der Situation konnte ich Dir sagen, daß ich mit Dir schlafen möchte, weil ich zum ersten Mal das Gefühl hatte, nichts mehr verlieren zu können. Ich wollte ja nur noch das.

Bestätigt hast Du mich in meiner Haltung auch noch, als Du dasselbe Diskussionsprinzip, das ich Dir am Abend 3 oder 4 mal mit 'ner ganz ausführlichen Kritik auseinandergenommen habe, mir am Morgen wieder vor die Füße knallst, ohne es zu merken! Da war in meinem Kopf nur noch: Der lernt nix mehr! ... Aber lieb kann er sein. –

Aber verdammt, – ich kann doch nicht mit jemanndem schlafen wollen, der nur Chauvi und Mackertyp ist und den ich nicht mehr ernst nehme! Irgendwas stimmt doch da nicht! – Von Jan hab ich auch mal gesagt, der kriegt nix mehr in seinen Kopf, mit seinen 32 Jahren, der lernt nix mehr! Nachdem ich ihn ein Jahr lang bearbeitet habe, hat es noch Monate gedauert, bis bei ihm was geklickert ist ... aber dann ist der Groschen auch gefallen. Und heute ist Jan mein bester Freund.

Das war das, was ich im Kopf hatte, als ich mich am letzten Freitag mit Dir getroffen habe. Ich wollte endlich mal alles rauslassen, auch noch viele Sachen, die ich jetzt nicht mehr alle schreiben kann, ich wollte wenigstens von meiner Seite aus 'ne total ehrliche Beziehung zu Dir. Aber inzwischen ist mir halt klar geworden, daß die Ehrlichkeit gar nicht das Problem war/ ist.

Das einzige Problem für mich ist jetzt, daß ich unheimlich gerne mit Dir zusammen bin, aber jede Berührung mit Dir, jede Umarmung und jedes Streicheln alle notdürftig verschütteten Sehnsüchte in mir wieder aufreißt, und ich glaube, daß es für mich besser ist, Dich erstmal nicht mehr zu sehen.

Schwierig ist für mich jetzt, daß so viele Sachen noch in meinem Kopf rumoren, die ich mit Dir besprechen wollte, und ich mir denke, daß mich das genauso belastet, wenn ich Dich ab sofort nicht mehr sehe.

Ich habe in den letzten Tagen oft an den einen Morgen gedacht, wo ich Dich erst 3 Tage kannte und mir gesagt habe: Bloß raus hier, solange es noch geht. Noch bist du nur verliebt in ihn, wenn du ihn erst länger kennst, und anfängst, ihn wirklich zu lieben, ist es zu spät ....

Ich hätte mich damals entscheiden sollen.

Ich will Dich nicht mehr sehen ..... will ich Dich wirklich nicht mehr sehen?

Ich kann mich nicht entscheiden!

Svende

Ich bringe den Brief nach Altona. Gleich am Montag. Damit er ihn gleich heute nachmittag hat, wenn er von der Arbeit kommt. Und danach fühle ich mich eine Woche lang wohl. Sauwohl. Hab erstmal so richtig Ruhe. Gehe zur Uni und zur Arbeit. Schreibe Tagebuch:

Überwintern ...

Heute morgen hat es zum ersten Mal geschneit. Bei den ersten Schritten im frischen Schnee heute morgen ist es mir klar geworden: Ich muß überwintern.

Gestern abend war mir schon klar, daß ich mir Zeit lassen muß, viel Zeit, unbestimmte Zeit, um die Trauer zu verarbeiten. (Werde ich mich im Frühling wieder verlieben können?) So idiotisch ist die Frage gar nicht. Ich muß mir eingestehen, daß ich mich danach sehne. Aber es passiert ja nur dann, wenn frau gar nicht damit rechnet.

Aber klar machen muß ich mir jetzt, daß ich mich jetzt noch nicht wieder verlieben kann. Und ich muß diese Zeit jetzt erstmal überstehen: Überwintern ....

W i e will ich überwintern?

Warum kann ich immer dann nicht mehr schreiben, wenn ich endlich am Schreibtisch sitze? In der U-Bahn fliegen die Sätze nur so durch meinen Kopf. Aber wenn ich dann endlich könnte, habe ich keine Lust mehr zu schreiben.

Soll ich mich zwingen? – Oder ist das eine ganz gesunde innere Weigerung, die Qual noch einmal zu durchleben?

Aber ich durchlebe sie doch täglich! In der U-Bahn, am Arbeitsplatz, wenn ich draußen herumlaufe. Was will ich denn eigentlich? Will ich Arne vergessen, verdrängen, endlich los werden?

Mir muß erst ganz endgültig klar sein, daß es absolut aus ist. Dann kann ich richtig verarbeiten. Ich war nur deshalb manchmal ganz gut drauf in den letzten Wochen, weil ich mich so in den Gedanken reingesteigert habe, daß es doch nochmal irgendwann wieder was wird mit Arne.

Ich liege bei mir auf dem Bett. Vor mir meine Postkarten mit naiver Malerei ... In eins von diesen Häusern flüchten, die so geheimnisvoll schillern. – Leuchtend grün oder purpurrot. In eins von diesen Traumhäusern flüchten. Mein Traumhaus. Ich möchte in diese schöne heile Welt, die so bunt mit ihren Farben lockt.

Was erwarte ich im leuchtenden Dunkel? ..... Arne?

Ich bin nicht geschaffen für diese Welt. Ich lebe wirklich in einer anderen. Wo in geheimnisvollen Wäldern und verwunschenen Dörfern und Städtchen schöne Prinzen mir auflauern. Gutaussehende junge Männer, die so lieb und nett sind, daß ich mich auch ad hoc in sie verlieben kann. – Wie in Arne.

realität

sind die illusionen,
die mich nicht
loslassen.

Bis zum Wochenende kann ich mich mit Tagträumen hinhalten. Dann kann ich nicht mehr daran vorbei, daß ich Arne wiedersehen will. Ich habe versucht, über ihn hinweg zu kommen, indem ich mich weiter mit ihm treffe. Das hat nicht geklappt. Und ich habe versucht, über ihn hinweg zu kommen, indem ich mich nicht mit ihm treffe. Das hat auch nicht geklappt. Mir wird bewußt, daß ich jeden abend im Bett liege und an Arne denke. Daß ich jeden Tag in der Gegend rumlaufe und an Arne denke. Daß es keinen Unterschied macht, ob ich ihn sehe oder nicht. Mit meinen Gedanken bin ich doch permanent bei ihm. Also schreibe ich ihm eine Postkarte:
„Lieber Arne!
Ich möchte Dich doch sehen. Ruf mich mal an."

Telefonnummer schreib ich ihm vorsichtshalber drauf, damit er sie nicht wieder irgendwo in Hannover oder sonstwo liegen hat. Die Karte steck ich am Wochenende ein. Spätestens Dienstag wird sie da sein.

Am Freitag abend bin ich mit Sabine verabredet. Arne hat noch nicht angerufen. Er weiß doch nun Bescheid, was mit mir los ist. Und daß ich ihn sehen will. Warum ruft er denn nicht an?

Eine halbe Stunde bevor Sabine kommt, klingelt das Telefon. Arne. Ich gehe mit dem Apparat in mein Zimmer. Setze mich auf den Boden. Brauche Ruhe. Arne fragt, ob ich heute abend Zeit hätte. Übermorgen fährt er weg und kommt erst in vierzehn Tagen, drei Wochen wieder. Auf jeden Fall erst nach Neujahr. Und morgen hat er lauter Termine. Ich sage, daß ich nicht kann, weil Sabine mich gleich besucht. „Welche Sabine?" Fragt Arne. – „Sabine Z." – „Ach! Ihr habt euch verabredet", sagt Arne leicht erstaunt, aber doch so, daß ich ja nicht denken soll, es sei ihm nicht recht. Eine blöde Antwort! Natürlich haben wir uns verabredet. Sonst würde ich ja nicht wissen, daß sie gleich vorbeikommt. Aber wundern tut er sich doch etwas. Damit hat er nicht gerechnet. Das ist übrigens das zweite Mal, daß Arne mich anruft, ob er gleich vorbeikommen kann, und ich ihm leider absagen muß, weil ich mit Sabine verabredet bin. Irgendwie freut mich das.

Ich sage, daß es ja auch nicht so eilt, daß wir uns ja ruhig nach Silvester treffen können. Ich bin ja schon so froh, daß er überhaupt anruft. Er fragt mich sogar, wie's mir geht. Und dann machen wir ab, daß er mich anruft, wenn er wieder da ist. Ich lege auf. Ich habe ein Gespräch mit Arne. In drei Wochen vielleicht erst, aber immerhin. Das Gespräch wird stattfinden. Und ich habe wieder ein paar Wochen Zeit, mich auf dieses Gespräch vorzubereiten. Mir zu überlegen, was ich sagen werde. Mir Gedanken zu machen, was er wohl sagen wird.

Sabine kommt. Ich esse gerade mit Uschi und Jan Abendbrot. Erzähle von Arne's Anruf. Und während ich davon erzähle, wird mir selber bewußt, daß es eigentlich eine ganz schöne Unverschämtheit ist, daß er heute erst anruft und mir die Alternative bietet: Entweder du hast heute abend Zeit oder erst in drei Wochen wieder. Und das, obwohl er die Karte seit mindestens vier Tagen hat. Daß er sich ja auch denken kann, daß ich auch nicht nur hier sitze und mir jeden Abend für ihn freihalte. Daß es sehr wahrscheinlich ist, daß ich keine Zeit mehr habe, wenn er erst am selben Abend um sieben anruft, ob ich heute abend Zeit hätte. Hätte er am Dienstag angerufen, dann hätte ich für heute abend noch nichts vorgehabt. Aber so ...

Alle reden auf mich ein, ich soll heute abend noch zu ihm hingehen. Ich hatte mit ihm abgemacht, daß er entweder bei Borbe oder in einer Kneipe zu finden sein wird. Und daß ich eventuell noch vorbeikomme, wenn ich Sabine nach Hause bringe.

Alle reden auf mich ein, ich solle da heute abend noch hingehen. Sabine und Uschi und Jan. Alle wollen, daß ich da jetzt hingehe. Nur ich will nicht. Bin ganz zufrieden mit dem Termin in drei Wochen.

Aber dann muß ich mal wieder vor mir selber zugeben, daß ich mir nur drei Wochen Zeit nehmen will, meine Hoffnungen noch einmal aufkeimen zu lassen. Daß ich nicht schon jetzt von Arne zu hören kriegen will, daß alles beim Alten ist. Daß er sich ja vielleicht in den drei Wochen auch Gedanken macht. Und daß ihm dann endlich einfällt, daß er mich doch liebt. Die anderen haben recht. Ich will mich nur drücken.

Aber ich will wirklich nicht heute abend hin. Ich werde ihn bei Borbe anrufen und von ihm verlangen, daß er sich gefälligst morgen für mich Zeit nimmt. Auch wenn er Termine hat. Ich gebe Sabine den Brief zu lesen. Sie findet ihn gut. Sagt, es sei meine Stärke, solche Briefe schreiben zu können. Daß der Brief unheimlich ehrlich ist. Und daß es eine Sauerei von Arne ist, sich auf so einen Brief nicht zu melden. Ich finde das allmählich auch. Auch wenn ich geschrieben habe, ich könne mich nicht entscheiden, ob ich ihn sehen will oder nicht. Wenn ich von jemandem so einen Brief kriegen würde, würd ich wenigstens anrufen und fragen: „Sag mal, was möchtest du denn jetzt?" Wenn ich weiß, daß der andere mich schlecht erreichen kann. Oder selbst, wenn ich mich so unter Druck fühle, daß ich mich absolut nicht mit ihm treffen möchte, wenn ich weiß, der ist in mich verknallt, aber ich nicht in ihn. Selbst dann kann man anrufen und sagen, „Du, sei mir nicht böse, aber ich fühl mich nicht in der Lage, auf dich einzugehen." Wenigstens das kann mann sich abringen.

Allmählich hab ich mich auch soweit beruhigt und mit dem Gedanken vertraut gemacht, daß ich Arne anrufen kann. Sage ihm, daß ich es nicht einsehe, noch vierzehn Tage lang durchzuhängen und daß ich mich morgen mit ihm treffen will. Mehr sage ich nicht. Die Forderung, daß er dafür auf einen seiner politischen Termine verzichtet, steht klar genug im Raum.

Er schlägt dann auch tatsächlich ohne Widerrede vor, sich abends zu treffen. Um neun am Bahnhof. Alles paletti!

Den Rest des Abends bin ich wieder für alles zu gebrauchen. Lese in Sabines Tagebuch und kann mich tatsächlich darauf konzentrieren. Es bringt mir Spaß, mich mit ihr darüber zu unterhalten. Und über Literatur und Kunst im Allgemeinen. Ich kann mich endlich mal wieder über ganz andere Sachen als Arne wirklich angeregt unterhalten. Nicht immer nur mit den Gedanken bei diesem Scheißkerl.

Bahnhof Altona.

Übelkeit. Rumoren in der Bauchgegend.

Erste Rolltreppe. Ganz ruhig gehen, nicht laufen. Zweite Rolltreppe. Da steht er. Prinz Eisenherz. Lächeln. (Warum eigentlich?) Keine Berührung. Ich bewege mich cool und abrupt, damit er nicht auf die Idee kommt, mich zu umarmen.

Wie er da steht.

Er ist schön. So hatte ich ihn gar nicht mehr in Erinnerung. Es kommt mir lange vor, daß ich ihn zuletzt gesehen habe.

„Wo gehen wir hin? Zu mir?"

Eigentlich wollte ich nicht zu ihm. Lieber in 'ne Kneipe. Wo man ganz nah beieinander sitzen kann und doch nicht allein ist. Andere Menschen drumherum. Andere Geräusche. Aber mir ist es auch egal. „Ich hab aber Durst. Hast du Bier im Haus?"

Nur Wein, aber könnte man ja noch kaufen, meint er. Aber da ist noch was. Die Diskussion ist noch nicht zu Ende und er würde da gern noch wieder hin. Wenigstens für 'ne Weile.

Ich denk nach. Mal wieder typisch Arne. Aber so uninteressant fände ich es im Moment gar nicht, einer Brokdorf-Diskussion beizuwohnen. Aber nur kurz. Und wenn wir erstmal dasitzen, habe ich bestimmt wieder Skrupel von Arne zu fordern, jetzt abzuhauen. Und außerdem, jetzt wo der Scheißkerl weiß, wie es in mir aussieht, kann er wohl mal auf die Diskussion verzichten. Die Revolution findet auch ohne ihn statt.

Ich frage, ob sich sein da-noch-mal-kurz-Hingehen auf 'ne Viertelstunde / zwanzig Minuten begrenzen lassen könnte. Und daß es mich nervt, wenn es in ne Dreiviertelstunde oder so ausartet. – Ja doch, sowas hätte er aber schon im Kopf gehabt.

„Nö, dann bin ich dagegen. Ich bin gekommen, weil ich heute abend mit dir diskutieren will."

„Ja, natürlich das ist schon klar."

„Mir wird's aber zu spät. Es ist jetzt schon nach neun."

„Ach, wolltest du noch wieder nach Hause heute abend?"

Erstauntes „Ja", stottern, „ja, natürlich", stocken, „eigentlich schon." Verunsichert, kleinlaut ... empört.

Ist der Kerl nicht ganz dicht? Oder will er was von mir? Nee. Das kann ich mir gleich abschminken. Der hat's nur einfach nicht begriffen!!! Der hat nichts begriffen. Der bietet mir an, bei ihm zu schlafen, wie man es einem guten Freund anbietet. Der spinnt wohl! Wozu schreib ich denn so'n Brief? Wozu schmeiß ich ihn mitten in der Nacht aus meinem Bett? Und erklär es ihm im Brief auch noch? Dem müßte doch klar sein, daß ich mich so nicht mehr mit ihm in ein Bett legen kann!

Dem ist gar nichts klar .... ein unsensibler Trampel.

„Wir können uns ja in die Kneipe setzen, wo die anderen diskutieren. Da kannst du dein Bier trinken und wir können da auch diskutieren.

„Nee Arne, ich will nicht mit dir diskutieren, wenn du mit einem Ohr bei mir und mit dem anderen bei einer Brokdorf-Diskussion bist."

Wir machen uns auf den Weg in besagte Kneipe, ohne richtig geklärt zu haben, was denn nun läuft. Aber ich bin innerlich allmählich wild entschlossen, mich diesmal nicht von ihm kleinkriegen zu lassen. Unterwegs gucke ich noch mal wütend auf die Uhr, beschwere mich über den langen Weg zu dieser Scheißkneipe. Er ist genervt durch meine Uhrguckerei. Soll er auch. Heute abend ist er für mich endlich mal 'n zeitlich begrenzter Termin.

Als wir in der Kneipe sitzen, fällt kein Wort mehr von Brokdorf-Diskussion. „Eigentlich dachte ich, daß d u mal was sagst."

Tja, und dann sagt er was: Daß er auf diesen zweiten Brief von mir so reagieren wollte, daß er sich erstmal nicht mehr meldet, sondern 'ne Zeit verstreichen läßt. Und daß er sich denkt, daß es besser ist, „das" zu beenden. Ich stimme ihm spontan und cool zu. Meine es auch ernst in diesem Moment. Weil mir alles zu anstrengend ist mit ihm. Wirklich! Auch wenn's mir wieder keiner glaubt.

Später dann kommen mir Zweifel. Hab ich nicht doch nur deshalb so reagiert, damit er nicht nochmal die Gelegenheit hat, mich zu verschmähen? War es doch ein Anflug von Stolz? Wie läßt sich das damit vereinbaren, daß ich mich ihm im Brief doch grade wieder vor die Füße geschmissen hab, sozusagen. Hier bin ich Arne, nimm mich! Je n'attends que toi.

Ich zerreiße ihm seine ewige Telefonnummern-nicht-dabei-Haberei. Er beharrt hartnäckig auf seinen Geschichten vom Vergessen und Verlegen seiner Portemonnaies. Ich geb's auf. Daß ich ihm nicht glaube, scheint nicht angekommen zu sein. Auch nicht, daß ich ihm gesagt habe: Sei wenigstens einmal ehrlich. Aber es ist ihm auch nicht wichtig, sich zu vergewissern, ob ich ihm seine Erklärungen nun abnehme. Er ist seine Ausrede los. Das reicht ihm. Weiter im Text. Ich will von ihm wissen, ob er unsere Beziehung auch als total verkrampft empfunden hat in der letzten Zeit. Weil aus dem, was er sagte, durchklang, daß er sich mit mir nicht mehr wohlgefühlt hat. Nein, als verkrampft hat er sie gar nicht empfunden. (Armer blinder Prinz Eisenherz!) Nur diese ewige Diskutiererei! Er möchte sich lieber nur so treffen und einfach was zusammen machen.

„Mensch Arne! Diese ewige Diskutiererei kommt doch genau daher, daß die Sachen nicht abgeklärt sind, daß unausgesprochene Dinge mich belasten. Das ist doch genau die Verkrampfung." Ich gebe mein eigenes Taktieren zu. Sage, daß es Scheiße war. Daß er das gespürt haben muß und daß es ganz klar ist, daß er sich mit mir unwohl gefühlt hat. Aber bewußt ist davon nichts bei ihm angekommen. Er hat wochenlang nur gesehen: Die will immer diskutieren! Wie nervig! Daß „die" vielleicht damit was zwischen den Zeilen vermitteln könnte, auf die Idee ist der junge Mann natürlich nicht gekommen. Das wäre von einem Männerhirn ja auch zuviel verlangt. Bei Arne muß frau schon Klartext reden. Alles in diskussionsreife Satzgefüge packen. („Ich komme mit euch Intellektuellen nicht klar.") Ich muß die ganze Zeit mitleidig grinsen. Tut mir leid, aber ich kann ihn nicht mehr ernst nehmen. Rede mit ihm darüber, daß ich ihn nicht mehr ernst nehme. Aber natürlich sehe, weshalb er so geworden ist. Er bringt es auf den Widerspruch zwischen Anspruch und praktischem Verhalten. Nein, den meine ich gar nicht. Den gestehe ich jedem Linken zu. Das ist für mich klar, daß wir immer mit unserem Verhalten hinter unseren theoretischen Einsichten hinterherhinken werden. Nur bei ihm ist es 'n bißchen happig. Seine ganzen Verdrängungsmechanismen. Sein sich-nicht-mit-sich-selber-Auseinandersetzen.

Er findet meine Position nicht richtig. Findet es falsch, so pädagogisch an jemanden ranzugehen wie ich an ihn, wenn ich sage, diskutieren mit ihm bringt nichts, also muß ich mir wirklich methodisch-didaktische Mittel ausdenken, um ihm was klar zu machen.

Er findet meine Position nicht richtig. Mehr nicht. Unsere Ausgeburt an Selbstbewußtsein ist natürlich in keiner Weise verletzt, daß ihm jefrau sagt, sie nehme ihn nicht ernst.

Wie unsicher muß ein Mensch sein, um nicht einmal zugeben zu können, daß ihn das verunsichert? („Ich finde deine Position nicht richtig.")

Arne fragt: „Wie war denn die Diskussion gestern mit Sabine?" – Was für 'ne Diskussion? Ich treff mich mit Sabine ja nun nicht nur, wenn ich was mit ihr diskutieren will.

„Wir haben gar nichts diskutiert. Wir haben uns über Gott und die Welt unterhalten. Bißchen über Kunst. Bißchen über Literatur." Aber wie er mich an Sabine erinnert, fallen mir doch noch 'n paar Sachen ein. Und ich breite ihm nochmal die Einschätzung seiner Person aus, die ich von ihm habe. Die Sabine von ihm hat. Und die so ganz im Gegensatz zu dem steht, was er immer gerne für ein Bild von sich selber zeichnen möchte. Und irgendwie muß ich da in ein Wespennest gestochen haben.

Arne flippt aus: „Bei mir läuft nicht alles übern Kopf. Da konnte Sabine auch nicht mit umgehen, als sie diese zwei Seiten von mir gesehen hat. Erst hat sie nur gesehen, daß bei mir alles übern Kopf läuft und dann hat sie festgestellt, daß es doch nicht so ist und dann stand sie davor und konnte nichts damit anfangen." Seine Augen sprühen. Mit den Händen fuchtelt er wild in der Luft herum. Wiederholt das ganze zwei, dreimal. Immer wilder seine Gestik. Er kann gar nicht ruhig sitzen. Sein ganzer Körper arbeitet.

Ich frag: „Warum wirst'n jetzt so aufgeregt?" Nochmal dasselbe. Er geht nicht auf meine Frage ein, auch nicht als ich sie wiederhole. Reagiert nur noch mit ausgeflippteren Bewegungen und erzählt mir das Ganze nochmal.

Er ist so kaputt. Kann überhaupt nicht mit sich selber umgehen. Kann sich gar nicht drauf einlassen, wenn ich ihn ganz ruhig frage: „Warum bist'n so aufgeregt?" Unfähig, seine eigenen Verdrängungsmechanismen überhaupt als vorhanden zu akzeptieren.

Ich mag ihn.

Und ich nehme ihn nicht ernst. Das heißt wirklich, daß ich pädagogisch an ihn rangehe. Aber das muß man bei so einem kaputten Typen doch auch. Ich durchschaue seine Unfähigkeiten, und er durchschaut sie nicht. Ich hab's ja hundertmal „diskutiert". Und wenn das nichts nützt, muß ich mir halt andere methodisch-didaktische Mittel einfallen lassen, um ihm was klarzumachen. Und bei allem Nicht-ernst-nehmen:
Ich mag ihn.
Ich mag ihn nicht trotzdem, sondern
ich mag ihn mit allen seinen Schwächen und Kaputtheiten.

Ich frage ihn, was er eigentlich gedacht hat neulich Nacht. Das interessiert mich wirklich mal. Was sich in Arne's Kopf abspielt in einer solchen Situation.

„Nichts hab ich mir gedacht. Was soll ich mir gedacht haben?"

Ganz selbstverständlich sagt er das. Als wenn es das normalste von der Welt ist, nachts aus undurchsichtigen Gründen von einer

Frau aus dem Bett geschmissen zu werden und sich nichts dabei zu denken. So einfach ist das.

„Ich hatte mir grade gedacht: Jetzt diskutierst du das und dann gehst du danach", setzt er noch hinterher. Er sagt mir also noch einmal unaufgefordert, daß er sowieso hinterher gehen wollte. Daß ich mir nicht einbilde, ich hätte ihn rausgeschmissen!

Ich höre ihm die ganze Zeit mit einem ziemlich arroganten Lächeln zu. Einem Lächeln, das ihm noch einmal non-verbal zu verstehen geben soll, daß ich ihn nicht mehr ernst nehme. Ein Lächeln, das so tun soll, als wenn ich diese Distanz will, die jetzt zwischen uns ist. Ein cooles, arrogantes Lächeln. Genauso distanziert, wie unser körperliches Miteinanderumgehen.

„Was wolltest du eigentlich von mir. Weshalb hast du dich immer noch mit mir getroffen?", frage ich.

„Ich bin immer dann gekommen, wenn du das wolltest."

Ich schnappe nach Luft: Das glaubt er vor allen Dingen bestimmt selber! Hat er nichts Besseres zu tun, als zu jedem hinzurennen, der zu ihm sagt: „Arne, komm Freitag abend zu mir."?

Aber er glaubt da selber dran! Damit er sich nicht darüber Gedanken machen muß, was sein eigenes Interesse daran ist, sich mit mir zu treffen. I c h b i n i m m e r d a n n g e k o m m e n, w e n n d u d a s w o l l t e s t. Weshalb hat er dann meine Hand gestreichelt vorm Einschlafen? Und weshalb hat er mich am Morgen auf dem Flur so umarmt? Macht er das bei jedem, der zu ihm sagt: „Arne, komm Freitag abend zu mir."?

Irgendwie hat das doch alles keinen Zweck. Es ist wieder eine dieser sinnlosen Diskussionen, die uns kein Stück weiterbringen. Arne blockt alles ab, was auch nur ein bißchen in sein Seelenleben Einblick gewähren könnte. Und dann sage ich ziemlich plötzlich: „So. Ich geh jetzt." Und bin auch schon aufgestanden. Gehe zum Thresen und bezahle. Und dann entdecke ich Imke und unterhalte mich noch zehn Minuten mit ihr. Lasse mir von ihr den Weg zum Bahnhof erklären. Arne ignoriere ich ganz bewußt. Soll er nicht denken, daß er mich noch interessiert!

Als ich gehe, sage ich ihm noch, daß er seinen Kaffee nicht nochmal bezahlen braucht. Er fragt mich, ob er mir 'ne Mark geben soll.

„Ach weißt du, Arne, 'n Kaffee kann ich dir schon nochmal ausgeben." – Er steckt sein Portemonnaie wieder ein.

Draußen nieselt es. Den Weg zum Bahnhof hab ich nicht verstanden. Schreie zwei Leuten zu: „Eh, könnt ihr mir sagen, wo's zum Bahnhof geht?" Da kommt Arne rausgelaufen: „Ja, das wollt ich dir grade erklären." Arne. In seinem Philadelphia-University-Pullover. Streckt schon den Arm aus in Richtung Bahnhof: „Es ist schön daß du gekommen bist du mußt hier gradeaus, etwas links und dann siehst du die Gleise." Guckt mich dabei nicht an.

Wie kann man jemandem sagen: Es ist schön, daß du gekommen bist, ohne ihn dabei anzusehen? Armer Prinz Eisenherz!

Ich überlege, ob ich noch auf die Fete fahre, zu der ich heute abend eingeladen bin. Warum eigentlich nicht? Soll ich mich jetzt zuhause hinsetzen und mich grämen?

Die Fete ist, wie Fete nun mal so ist. Man kann sich mit jemandem unterhalten, wenn man hier jemanden kennt. Ich kenne kaum jemanden hier. Ein paar Leute, ganz oberflächlich. Was soll ich plötzlich mit denen reden? Ich weiß gar nicht, worüber. Wer außer mir noch keinen Gesprächspartner abgekriegt hat, hängt mit seinem Drink in einem Sessel und versucht den Einduck zu erwecken, er würde sich nicht langweilen. Kommunikation zwischen Leuten, die sich nicht kennen, entwickelt sich höchstens über's Essen. Ich fahre nach Hause.

Immer dasselbe. Früher hab ich es nur darauf geschoben, daß ich zu feige bin, einfach mal jemanden anzuquatschen, den ich noch nicht kenne. Aber das ist gar nicht der Grund. Ich weiß wirklich nicht, worüber ich mich mit Leuten unterhalten soll, von denen ich nichts weiß. Die von mir nichts wissen. Ich habe einfach unheimlich wenig Lust, in den blauen Dunst hinein jemand auf sein freundliches Gesicht hin anzusprechen, um dann erstmal vorsichtig abzutasten, ob man was miteinander anfangen kann. Ich habe in den letzten Jahren nie mehr Leute auf Feten „kennengelernt". Wirklich interessante Gespräche entwickeln sich meistens rein zufällig. Mit den Leuten, mit denen man zusammen arbeitet. Mit denen man in seinem Alltag zu tun hat.

Man sitzt unter lauter Leuten, die man nicht kennt und soll plötzlich Freizeit mit denen machen. Ich bin fetenmüde. Bin froh, als ich endlich zuhause bin. Unter Leuten, die ich kenne. Krabbel erstmal zu Jan und Uschi aufs Hochbett. Wie's denn war, fragen sie.

Und plötzlich merke ich, daß ich das Gespräch überhaupt nicht wiedergeben kann. Was hab ich eigentlich mit ihm diskutiert? – Ich erinnere mich konfus an irgendwelche Einzelpunkte. Aber wie die zusammenhingen ...? Ich weiß es nicht.

„Aber ich mußte nochmal hin. Es war nicht umsonst dieser Abend. Ich mußte mir noch einmal in der Realität zeigen, daß die Gespräche mit Arne nichts bringen. Noch nicht mal jetzt, wo ich ehrlich bin!"

Als Uschi zu einem ganz wichtigen Punkt fragt: „Was hat er denn dazu gesagt?", antworte ich: „Oh! Das hab ich ganz vergessen zu erwähnen!" – Ich war mal wieder so durch'n Tütel, daß ich ihm die wichtigsten Sachen gar nicht gesagt habe. Sachen, die mir vorher ganz klar waren. Einfach vergessen. Und ich kann jetzt im Nachhinein noch nicht einmal den Gesprächsverlauf rekonstruieren. Alles leer in meinem Kopf. Wie schafft der Kerl das jedesmal? Schade, daß ich mit ihm allein war. Ein neutraler Beobachter könnte sich wahrscheinlich besser erinnern. Ich stecke wahrscheinlich einfach viel zu emotional in der Debatte drin, um den roten Faden im Auge zu behalten.

Ein schönes, scharfes, spitzes Messer in sein weißes Fleisch stoßen. Hellrotes Blut. Sauber und schmerzlos.

Schmerzlos? Nein, ich denke gar nicht daran, ob es ihm weh tut. Meine Phantasien reißen immer in dem Moment ab. Ich sehe nur seinen schönen weißen Oberkörper. Stoße zu. Sehe Blut. Hellrot. Schön auf der weißen Haut.

Will ich ihn umbringen? Ich weiß es gar nicht. Ich denke gar nicht daran. Will nur zustoßen. In seine Brust. Oder in den Rücken. Auf jeden Fall zwischen die Rippen. Es wird schwierig, gut zu zielen. Nachher treff ich genau 'ne Rippe. Es muß schnell gehen. Und er muß still halten. Darf sich nicht bewegen. Am Besten, wenn er schläft.

Warum reißen meine Assoziationen immer in dem Moment ab, wo es um die Konsequenzen meines Handelns geht? Es ist nicht in meinem Kopf, ob es ihm wehtut, ob er stirbt. In meinem Kopf ist, daß ich es nie tun würde. Ich weiß noch nicht mal, warum nicht. Ich will ja gar nicht, daß er tot ist. Ob er tot ist oder lebt, das ändert ja nichts. Ich wußte ja damals auch, daß ich Carola nicht umbringen würde, obwohl ich mir überlegt habe, wo ich sie in meiner Wohnung aufbewahre, nachdem ich sie blutrünstig zerstückelt habe. Wie ich die Einzelteile mit dem Auto in den Wald fahre und so.

Ich hätte wegen sowas keinen Bock auf Knast. Da muß man schon 'n Nazi sein, um sowas machen und trotzdem frei rumlaufen zu können.

Und ich will's ja auch gar nicht tun. Mir ist klar, daß es sich nur um Phantasien handelt, die ich nie ausführen könnte. Wenn es Realität wäre, wäre es ja auch nicht mehr schmerzlos. Der Typ würde ja aufwachen und es würde ihm wehtun. Dann würde ich aufhören müssen. Ich will ihm doch nicht wehtun!

Er würde aufwachen und sagen: „Ich versteh dich schon, aber ich finde deine Position nicht richtig." Vielleicht würde er es dann mit mir diskutieren wollen ... Ich diskutiere es mit ihm, streiche mit meiner Hand zärtlich über das hellrote Blut auf seiner Brust. Ich streichle sein Gesicht. Sehe in seine schönen Augen. Schmerz und Liebe. Ich liebe ihn.

Trotzdem weiß ich nicht, was es bedeutet, daß normalerweise meine Assoziationskette abreißt, nachdem ich zugestoßen habe und Blut sehe. Daß im ersten Rausch meiner Phantasie der Aspekt des Schmerzes und der Folgen immer fehlt.

Und außerdem: Wieso eigentlich zwischen die Rippen, das Messer? Eigentlich müßte ich als Feministin bei einem Typen, der mich so typisch mackerhaft fertig gemacht hat, als erstes das Bedürfnis haben, ihm den Schwanz abzuschneiden oder die Eier oder beides ... Aber das ist mir irgendwie zu profan. Zu lächerlich. Unangemessen. Das Messer in der Brust ist irgendwie dramatischer, malerischer. Und vielleicht treffe ich dabei das eiserne Herz ....

folg der möve
nicht.

der blaue himmel
trügt.

und auch die see
ruft dich nicht.

Arne ist für mich nicht irgendeine unglückliche Liebe. In mir ist viel mehr als nur Arne kaputt gegangen. In mir ist der Märchenprinz kaputt gegangen. Ich will nichts mehr von Männern. Nie wieder.

Aber habe ich das nicht jedesmal gesagt? Jedesmal, wenn ich unglücklich verliebt war? Habe ich da nicht jedesmal der Männerwelt abgeschworen, um dann kurze Zeit später auf den Nächsten reinzufallen?

liebes
kummer

jedesmal wieder
der aufschrei
der verzweiflung
und des schmerzes:
nie wieder
will ich mich verlieben!

und
jedesmal wieder
ziehe ich meine konsequenzen:
verbarrikadiere mich
hinter offenen türen.

Es hat doch keinen Sinn, todtraurig zuhause zu sitzen. Ich mache mir doch selber was vor, wenn ich sage: nie wieder. Ich verknall mich ja doch wieder. Irgendwann. Das war doch bisher immer so. Warum sollte es diesmal anders sein?

Arne ist nicht irgendeine unglückliche Liebe. Arne ist mehr. Die Geschichte mit Arne hat so viel in mir kaputt gemacht. Männer sind doch alle gleich. Kurzer Rausch und langer Kater. Anderthalb Wochen Glück, ein Vierteljahr Unglück. Lohnt sich das? Es ist doch immer dasselbe. Woher soll ich noch Vertrauen zu Männern haben? Die wollen ja doch immer nur anderthalb Wochen. Es ist ja doch immer dasselbe. Am Anfang sind sie ganz lieb. Ich lasse mich auf meine Gefühle ein. Denke erst noch: na! Investier lieber nicht so viel. Aber dann kommen so lauter kleine Verhaltensweisen, die mir zeigen: Der ist ja wirklich in mich verliebt. Und dann höre ich auf, meine Gefühle unter Kontrolle zu halten. Und dann ziehen die Kollegen ihren Schwanz ein. Immer dasselbe.

Aber andere Frauen haben da doch mehr Glück als ich. Irgendwie scheine gerade ich dazu prädestiniert zu sein, immer wieder solche Erfahrungen zu machen. Irgendwas an meiner Person muß ja geradezu dazu angelegt sein, daß die Typen meinen, mit mir könne mann's machen. Was ist das? Was habe ich für eine Ausstrahlung? Mir fehlt das gewisse weibliche Etwas, um Männer länger als anderthalb Wochen an mich zu „fesseln". Diese mystische weibliche Ausstrahlung. Die fehlt mir.

„Die hab ich auch nicht", sagt Sabine zu mir. Aber scheinbar hat sie sie ja doch gehabt. Jedenfalls hat sie Arne eine geraume Weile in ihren „Bann ziehen können".

Aber wenn ich mal richtig überlege, habe ich das auch schon „geschafft". Es gab auch Männer, die eine ganze Zeit gebraucht haben, um über mich hinweg zu kommen. Wenn ich das zu meiner Bestätigung brauche: Da kann ich mir genüßlich auf die Schulter klopfen. Aber was hab ich davon eigentlich? Ich will keine Mystik. Kein „gewisses weibliches Etwas". Ich will Klarheit. Klarheit, warum mir mit Männern immer wieder dasselbe passiert. Es muß auch eine Erklärung in mir selber geben, warum ich immer wieder auf das Gleiche reinfalle. Wenn ich das nicht endlich mal aufarbeite, wird es mir garantiert wieder passieren. Es wird Gründe dafür geben. Und wenn ich die rausfinde, kann ich daran gehen, die Sachen in meinem Kopf zu verändern, die immer wieder dazu führen, daß ich mich nicht im Griff habe. Ich muß mit meinen Gefühlen haushalten lernen, anstatt ab und zu mal bockig zu sagen: so! Jetzt verliebe ich mich nie wieder! Und es dann doch wieder zu tun. Ich muß lernen, Situationen realistischer einzuschätzen: wann ich mich auf Männer einlassen darf und wann nicht. Dazu muß ich aufarbeiten. Aufarbeiten, wie das immer so läuft mit Männern und mir. Arne ist ein klassisches Beispiel. Arne ist nicht irgendeine unglückliche Liebe für mich. Arne ist eine besonders schlimme unglückliche Liebe. Aber trotzdem ein klassisches Beispiel. Ich werde die Geschichte mit Arne so gründlich aufarbeiten, daß ich anhand dieser Geschichte für die Zukunft lerne. Ich werde ein Buch schreiben.

Schon am Morgen nach dem Gespräch mit Arne sitze ich an der Schreibmaschine. Ich beginne mit den schönen Szenen. Wie alles angefangen hat. Auf der Wiese. Und die ersten Abende mit ihm. Wenn ich die Augen schließe, kann ich sie fast wiederholen, diese Stunden, wo ich wirklich im Glück versunken war. Und ich hole sie mir wieder. Immer wieder hole ich mir diese Bilder hoch, lasse dieses Gefühl sich ausbreiten in mir, – dieses Gefühl, mit ihm zusammen zu sein. Ihn zu spüren, mit jeder Faser meines Körpers.

Ich will ein Buch schreiben. Und wenigstens ehrlich soll es sein. Ich will ein Buch schreiben, über Arne. Über meine Beziehung zu Arne. Über mich. Warum ich ihn liebe. Damit ich aufhöre, ihn zu lieben. Beim Schreiben Klarheit gewinnen. Klarheit, warum ich ihn immer noch liebe, obwohl ich schon seit einem Vierteljahr weiß, daß er mich nicht liebt. Seit einem Vierteljahr. Eine ganz normale unglückliche Liebe. 3 Monate sind doch gar nichts. Für eine wirkliche Liebe sind drei Monate gar nichts. Aber ich habe ihn doch nur drei, vier Wochen gekannt. Wie kann man jemannden, den man erst so kurz kennt, so lieben, daß man nicht aufhören kann, obwohl so klar ist, daß er die Gefühle nicht erwidert. Daß diese Gefühle einen unglücklich machen werden. Und man das nicht erst seit gestern weiß. Das nicht die erste Erfahrung dieser Art ist.

Frau ist schließlich nicht mehr 14 und in pubertärer Weltfremdheit zum ersten Mal verliebt. Frau ist 24 und hat 10 Jahre einschlägige Erfahrungen mit Männern hinter sich. Wie konnte sie es sich erlauben, sich so schnell so blindlings zu verlieben. In einen wildfremden Menschen. Der heute nicht mehr wildfremd ist, und den sie immer noch liebt.

Ich will ein Buch schreiben. Um Klarheit zu gewinnen. Über Arne. Über mich. Warum ich ihn liebe. Damit ich aufhören kann, ihn zu lieben.

Kann ich aufhören, ihn zu lieben? Wenn nicht, wird mir darüber auch das Schreiben des Buches Klarheit bringen. Deshalb muß es ehrlich sein. Ehrlich vor mir selber. Sonst bringt es mir gar nichts. Und ehrlich gegenüber Arne. Weil dieses Buch vielleicht die letzte Möglichkeit für ihn ist, mich wirklich zu begreifen. Zu verstehen, wer ich bin. Mit wem er es zu tun gehabt hat. Mich noch einmal in meinen ganzen Zusammenhängen, Widersprüchlichkeiten, früheren Erfahrungen und so weiter ihm darstellen. Damit er ... vielleicht ... begreift, wie ich ihn erlebt habe, warum ich ihn so erlebt habe. Damit er vielleicht einiges von dem begreift, was ich ihm zu vermitteln unfähig bin, wenn ich ihm gegenübersitze und in Einzelpunkte zerpflückt, ihm meine Person begreiflich machen will. Er steht vor zerrupften, auseinandergerissenen Tatsachen und kann die Konturen nicht erkennen. Die Frau, die da krampfhaft versucht, ihm ihre ganze Persönlichkeit darzustellen. Er hat Kritik an Einzelpunkten, die er gerne haben könnte ... Wenn er nur erstmal das Ganze begriffen hätte.

Ich schreibe dieses Buch für mich. Und für Arne. Er soll es lesen. Ich kann ihn nicht zwingen. Aber ich hätte gerne, daß er es liest. Indem ich das Buch für Arne schreibe, schreibe ich es aber auch für mich. Weil es für mich ein letzter Versuch ist. Weil es für mich ein letztes Mal wichtig ist, zu versuchen, ob er mich nicht doch noch begreifen kann. Damit wir uns wenigstens dieses Stück näher sind. Vielleicht kann er mir dann verständlich machen, warum er mich nicht begriffen hat. Dann würde ich ihn wiederum besser verstehen. Und vielleicht würde dann alles wieder von vorne anfangen. Vielleicht würde er durch das Buch merken, daß er mich in Wirklichkeit auch liebt ...

Ich betrüge mich selber. Ich darf mir keine Hoffnung mehr machen. Dieses Buch ist nicht dazu da, um mir Arne wiederzubringen, sondern um mir zu helfen, darüber hinwegzukommen, daß ich ihn für immer verloren habe. Mir Klarheit zu verschaffen, warum das so sein mußte. Deshalb muß es ehrlich sein.

Wenn ich ihn am Ende dieses Buches immer noch liebe ... was hat das Schreiben dann für einen Sinn gehabt? Oder wichtiger noch: Was soll ich dann noch machen, um den Schmerz zu überwinden? Wieder lebensfähig zu werden? ...

Ich will ein Buch schreiben.
Und wenigstens ehrlich soll es sein.

U-Bahn. Alltag. Leute. Es gibt noch andere Männer. Überall laufen sie rum. Wirklich nette Männer. In die ich mich bestimmt auch verlieben könnte. Sehe mich um. In der U-Bahn. In der Uni. Bei Freunden, die ich treffe. Es geht nicht. Ich kann keinen Mann interessant finden. Einige Wochen versuche ich krampfhaft, andere Männer wenigstens anziehend zu finden. Der da zum Beispiel wäre normalerweise mein Typ. Etwas schüchtern, nicht so'n Draufgänger und hübsch find ich ihn eigentlich auch ...

Als ich feststelle, daß der und der andere auch, bei dem's mir ähnlich ging, daß beide 'ne Freundin haben, sage ich nur laut, daß ich's schade finde. Später merk ich, daß alles nur Sprüche waren. Daß ich in die Gegend posaune, daß ich den und den ganz attraktiv finde, nur um auch vor mir selber glaubhaft zu machen, ich könnte schon wieder auf andere Typen. Stelle mir vor, meine erotischen Bedürfnisse auf andere Männer zu richten. Männer, die bestimmt genauso zärtlich sind wie Arne. Es geht nicht. Ich will mit niemanndem schlafen. Ich will Arne.

Bin verzweifelt, als mir das so glasklar bewußt wird. 1 1/2 Jahre oder so hab ich jetzt jede Woche 'n neuen Typen ganz geil finden können. Hab zwar nie was gemacht, weil mir doch schon irgendwo schwante, daß mir irgendwelche Kurzzeitbeziehungen gar nicht das bringen, was ich wirklich will. Aber im Kopf hatte ich das schon. Daß frau ja mal hier, mal da mit jemanndem schlafen könnte. Aber eben nur im Kopf, rein theoretisch. – Jedenfalls fand ich auch immer noch tausend andere Männer wirklich attraktiv, erotisch anziehend und was weiß ich nicht alles; auch wenn ich in einen ganz besonders verknallt war.

Sehe mich um. In der U-Bahn. In der Uni. Auf der Straße. Überall. Sehe Männer. Vielleicht hat der eine oder andere von denen ein wirklich hübsches Gesicht, eine wirklich interessante Ausstrahlung, die ich sonst sofort registrieren würde. Bei mir kommt nichts mehr davon an. Ich will Arne.

Wenn ich Arne einfach so in der U-Bahn zum ersten Mal gesehen hätte. Ob er mir wohl aufgefallen wäre? Ob ich ihn wohl einfach vom ersten Eindruck her interessant gefunden hätte? Wie er aussieht? Wie er sich bewegt? Was seine Augen sagen? Hätten mir seine Augen was gesagt, wenn ich vorher nichts über ihn gewußt hätte?

Vielleicht wäre er einfach so in die Bahn eingestiegen, hätte sich mir gegenüber hingesetzt. Weil der Platz zufällig frei war. Vielleicht hätte ich ihn als ganz hübsch registriert und wäre die nächste Station ausgestiegen, ohne weiter an ihn zu denken. Vielleicht hätte ich mir auch eingestanden, daß er genau meinem männlichen Schönheitsideal entspricht und dann aber gedacht: Schöne Männer sind langweilig. Haben nichts im Kopf. Sind nur eingebildet.

Aber er „ist" ja gar nicht schön. Er entspricht nur m e i n e m Schönheitsideal. I c h finde ihn schön. Andere Frauen haben mir schon gesagt, daß sie finden, daß er langweilig aussieht. Die meisten sogar. Er ist also gar nicht schön.

Er setzt sich mir gegenüber hin, weil der Platz gerade frei ist. Ich sehe ihn an. Er ist schön. Seine dunklen Augen. Die tiefschwarzen Augenbrauen. Die seiner Mimik so etwas Satanisches geben, wenn er sie hochzieht beim Reden. Wenn er in Fahrt ist. Vielleicht hätte er sich in der U-Bahn mit irgend jemand angelegt, wie es so seine Art ist. Sich mit einem Kontrolleur geprügelt oder so. Vielleicht hätte er auch nur irgendwas gesagt und mir wären dabei die Bewegungen seiner Hände aufgefallen. Seine Hände.

Ich liebe seine Hände, wenn er damit in der Luft herumfuchtelt und mir erklärt, wie er das Hack in der Pfanne anbrät. Wie er seine langen Finger nach vorne schleudert. Als ob man solche Erklärungen nicht ohne dieses Gefuchtel abgeben könnte.

Er hätte mir gegenüber gesessen und mich angesehen. Seine herausfordernden Augen. Sein Schnauzbart, der leicht rötlich schimmert, ganz weich aussieht und zum Schmusen einlädt. Seine weichen Lippen. Ganz sicher hätte er eine Anti-AKW-Plakette auf seinem Kapuzenjäckchen gehabt. Sein Kapuzen-Nicki, von dem er die Kapuze doch nie aufsetzt. Mir hätten seine schwarzen Haare gefallen, weil sie nicht zu lang sind. Gerade so, wie ich's noch leiden mag. Sein rötlicher Schnauz, der gar nicht zu den schwarzen Haaren paßt. Und bestimmt wäre er wieder unrasiert gewesen. Ich kann keine Männer ab, die sich nicht wenigstens einmal am Tag die Zeit nehmen, sich zu rasieren und sich den Schwanz zu waschen. Aber vielleicht hätte es mich auch erstmal gar nicht gestört, daß er unrasiert ist. Hätte mir gedacht, kann ja jedem mal passieren, daß mann mal einen Tag keine Zeit dafür hatte.

Dann hätten wir zufällig an der gleichen Station aussteigen müssen. Unsere Blicke wären sich begegnet. Ich hätte Herzklopfen gekriegt. Hätte schüchtern meine Augen niedergeschlagen.

Als wir auf dem Bahnsteig stehen, sagt er dann zu mir: „Darf ich Sie ein Stück begleiten, junge Frau?" – Ich ziere mich ein wenig und zögere. Aber nicht zu lange. Damit er nicht auf die Idee kommt, ich wolle nicht. Reiche ihm meinen Arm. Wandle barfuß durch Wiesen und Wälder mit ihm. Kann vor Spannung gar nichts sagen. Die Berührung mit ihm macht mich fiebrig, zitterig. Als wir einen kleinen Bach überqueren müssen, läßt er mich los, springt tapfer und mutig voran, reicht mir seine Hand. Stützt mich, während ich mit gerafften Röcken über die Steine balanciere. Ich bin drüben, will seine Hand loslassen, blicke verschämt zu Boden. Da dreht er mich mit ganz, ganz sanfter Gewalt ... ich könnte mich entziehen ... ich will's nicht ... dreht mich mit ganz, ganz sanfter Gewalt zu sich herum ... zieht mich an sich heran ... ich hebe meinen Kopf ... muß zu ihm hochsehen, weil er ein ganzes Stück größer ist als ich ... ich spüre seine samtenen Lippen auf meinem Gesicht ... sein Schnauz, der mich ein wenig in der Nase kitzelt ... sein Kuß so sanft ... so zart auf meinen Lippen, als würde er mich kaum berühren ... fast wie einen Hauch nur spüre ich seine Lippen ... seine Zunge ... seine Lippen ... seine Hände ... die mich irgendwann ins Moos legen ... irgendwann ... als der Rausch mich schon weit fortgetragen hat ... seine Küsse auf meinem Gesicht ... seine Küsse ... so zart, daß ich sie kaum ertragen kann ... seine Zähne, die ganz zaghaft an meinem Ohrläppchen spielen ... seine Lippen ... die an meinem Hals saugen ... auf meiner Schulter ruhen ... seine Hände ... die behutsam meine Bluse öffnen ... meine Brüste freilegen ... ich sterbe ... seine Küsse auf meinen Brüsten ... ich löse mich auf ... mich gibt's nicht mehr ... alles, was von mir übrig ist, ist das Verlangen nach ihm ... seinen sanften Lippen ... seinen sanften Händen ... seine Hände unter meinem Rock ... das Fieber, als unsere nackten Körper sich berühren ... seine heiße Haut, an der ich zerglühe ... ein Taumel, der mich fortreißt ... hochwirbelt ... ich schwebe ... seine Augen ... seine Hände auf meinen Brüsten ... seine Hände, deren Zärtlichkeit ich kaum noch ertragen kann ... ich zerglühe, zerfließe unter seinen zarten Berührungen ... die Hitze zwischen meinen Schenkeln ... ihm entgegenfließend ... Arne ... komm zu mir ... jetzt ... komm ... ich fühle nur noch, wie ich mich öffne ... will ihn aufnehmen ... ganz aufnehmen in mich ... heiß und glühend fiebere ich ihm entgegen ... kann es kaum noch erwarten ... bis er ganz sachte ... ganz, ganz langsam in meinen Schoß gleitet ... ganz ruhig ... so viel Zeit ... Ewigkeiten von Zeit ... genieße seine Hitze in mir ... die Zartheit seiner Bewegungen ... die Ruhe, mit der wir uns die Zeit nehmen, nur so zusammenzusein ... ich spüre ihn mit jeder Faser meines Körpers ... atme ihn ein ... berauscht ... seine weichen Haare auf meiner Schulter ... sein leises Lachen an meinem Ohr ... Stephansplatz ... beim Ein- und Aussteigen bitte beeilen ... Schneeregen und eisiger Wind in meinem Gesicht ... Warten auf den Bus ... um 8.00 Uhr sitze ich auf der Arbeit.

Sonntagmorgen.

Ich liege mit Uschi und Jan im Bett. Wir klönen. Meine Gedanken schweifen ab. Mein Bauch wird ganz warm. Arne soll mit mir schlafen. Ich will ein Kind von ihm. Er soll mir in meinem Bauch ein Kind machen. Arne. Sehe seine braunen Augen vor mir und fühle die Wärme in meinem Bauch.

Ich sage das Jan und Uschi. Uschi meint, ja, kannst du auch machen. Du darfst nur nicht denken, daß du ihn dadurch wiederkriegst.

Ich will natürlich eigentlich kein Kind alleine haben. Ich will, daß Arne auch ein Kind mit mir will. Aber das will er ja nicht. Und dann will ich wenigstens ein Kind von ihm. Wenn ich ihn schon nicht habe. Oder was ist das, was sich da in meinem Kopf abspielt? Ich spinne. Wo will ich denn 2 Jahre vor'm Examen das Kind hintun. Alleine 24 Stunden am Tag Mutter sein, alleinstehende Mutter. Nur weil ich Arne liebe. Ich spinne.

Mein Bauch ist immer noch ganz warm. Mir ist feucht und heiß zwischen den Schenkeln. Ich will mit Arne schlafen. Ich will ein Kind von ihm.

Wenn ich mich ins Bett lege, um zu onanieren, dann tue ich das, um mit Arne zu schlafen. Ich lege mich nicht hin, um mir einen Orgasmus zu verschaffen. Ich lege mich hin, um in Gedanken seine Wärme zu spüren. Beim Orgasmus sehe ich Arne vor mir. Hinterher erlebe ich seinen Orgasmus mit. Danach muß ich weinen, weil seine Zärtlichkeiten kein Ende nehmen. Der Orgasmus ist eine der schönsten Nebensachen bei diesem Erlebnis. Ich habe mit ihm geschlafen.

Ich bin mit meiner Sexualität auf Männer fixiert. Ich onaniere selten. Wenn ich das Bedürfnis nach Sexualität habe, möchte ich mit einem Mann schlafen. Ich onaniere ungerne. Früher hatte ich deshalb ein schlechtes Gewissen. Abhängig, männerfixiert, unselbständig, unfeministisch. Überall wird mir erzählt, wie wichtig es ist, auch mit dem eigenen Körper allein Spaß zu haben. Daß ich gegen ein wichtiges Prinzip der Frauenbewegung verstoße, wenn ich das nicht habe. Daß ich unemanzipiert bin, wenn mir das Streicheln meines eigenen Körpers nicht genauso viel Spaß bringt, wie das Schlafen mit einem Mann. Ich traue mich kaum noch zuzugeben, daß Onanie für mich nur „Ersatzbefriedigung" ist. Aha! Die ist also noch nicht so weit. Die ist noch so unemanzipiert, daß sie lieber mit Männern schläft.

Ich schlafe nicht mit Männern. Es ist ja keiner da, mit dem es mir Spaß bringen würde. Arne will ja nicht. Ich schlafe nicht mit Männern. Aber ich möchte gerne mit einem Mann schlafen. Mit einem, mit dem es so schön ist, wie mit Arne. Ich möchte eigentlich nicht onanieren. Daß ich es tue, ist eine Notlösung. Ob es nun emanzipiert ist oder nicht. Es ist nicht mein wirkliches Bedürfnis. Wenn ich es tue, dann ist es nur deshalb schön, weil ich Arne dabei fühle. Das ist zwar sehr unfeministisch, aber sehr schön.

Ich bin wütend. Wütend, daß in unserem Kampf für Befreiung von jeglicher Unterdrückung wieder Dogmen aufgestellt werden. Dogmen, die mich jahrelang unfrei gemacht haben. Andrea besucht mich. Im Gespräch sagt sie irgendwann ganz zögernd, daß sie nicht gerne onaniert. Daß sie das schon nirgends mehr sagen mag. Ich sage ihr, daß es mir genauso ging. Ich ärgere mich. Wieder einmal eine Frau, die ganz eingeschüchtert nicht zugeben mag, daß ihr Sexualität mit Männern mehr Spaß macht als onanieren.

Ich hatte ein paar Jahre lang ein schlechtes Gewissen, daß ich so unfeministische sexuelle Bedürfnisse habe. Heute weiß ich, warum ich diese Bedürfnisse habe. Das wichtigste an jeder Sexualität ist für mich, die Wärme und Nähe eines anderen Menschen zu spüren. Wenn ich onaniere, kann ich mir einen Orgasmus verschaffen. Ich kann mich auch streicheln. Aber das ist alles so nebensächlich. Ich brauche Wärme und Zärtlichkeit, Nähe und Zusammensein. Der Orgasmus ist eine der wichtigsten Nebensächlichkeiten dabei. Sollen andere onanieren, wenn es ihnen Spaß bringt. Wenn das ihre Bedürfnisse sind. Meine sind es nicht. Sollen sie onanieren. Aber sie sollen keine Dogmen aufstellen, daß das das höchste Emanzipationsgut ist.

Meine Sexualität bringt Probleme mit sich. Ganz massive Probleme. Das weiß ich. Wenn ich die Wärme und Nähe eines anderen Menschen suche, dann ist das schon etwas, was ich nicht in jeder Kneipe oder Disco finden kann. Ich meine schließlich wirkliche Nähe. Wenn ich nur mal so, ohne diese Nähe mit jemanndem schlafen würde, dann könnte ich mich tatsächlich ins Bett legen und mir meine Körperfunktionen selbst erfüllen. Ich habe kein Interesse an oberflächlichen Bumsgeschichten.

Ich schreibe ein Buch. In den letzten zwei Wochen habe ich an die hundert Schreibmaschinenseiten gefüllt. Meine Nächte verbringe ich in angespanntem Halbschlaf. Kann nicht einschlafen. Sehe im Halbschlaf Schreibmaschinentastatur vor mir. Arnes Gesicht wird ein anderes als das, was es wirklich ist. Ich will ein Foto von ihm haben. Damit ich immer weiß, wie er wirklich aussieht. Ich werde ihn darum bitten. Sein Gesicht auf dem Foto wird nie das sein, was ich aus den ersten Tagen mit ihm erinnere. Seine Augen im Halbdunkel am Elbstrand. Nur Lichter von vorbeifahrenden Schiffen. Seine Augen. Kurz nachdem wir uns gestritten haben. Seine Augen, die mich liebten. Die mir sagten, daß Meinungsverschiedenheiten eben dazu gehören. Das kann doch nicht vorbei sein. Ich will, daß seine Augen mich wieder lieben. Was nützt mir ein Foto? Ich will diese Augen wiedersehen. Ich habe noch nie erlebt, daß ein Mensch mich mit seinen Augen so lieben konnte.

Salzige glänzende Perlen auf weißen Buchstaben. Tränen auf den Tasten meiner Schreibmaschine. Heute nacht werde ich wieder nicht schlafen können. Vor drei Tagen habe ich aufgehört, Alkohol zu trinken, um einschlafen zu können. Werde ich heute abend doch wieder in die Kneipe gehen? Vier Wochen lang habe ich täglich abends was getrunken. Jetzt will ich das durchhalten. Ich bin keine Alkoholikerin.

Ich schreibe ein Buch. Seit zwei Wochen mache ich nichts anderes. Plötzlich wird mir klar, daß sich nichts geändert hat. Ich habe Arne seit zwei Wochen nicht gesehen und schreibe ein Buch. Es hat sich nichts geändert. Ich liebe ihn. Und ich will nicht wahrhaben, daß es vorbei ist. Ich will Arne. Mir wird klar, daß ich anders vorgehen muß.

Als ich Uschi sage, daß ich doch am besten nochmal mit Arne ... reden und so ... mit ihnen zusammen ... da sagt sie: „Fahr hin! Du mußt hinfahren. Fahr heute abend hin. Fahr immer wieder hin. Solange, bis dir klar ist, daß da nichts läuft." Sie hat recht. Wenn ich hier zuhause sitze, kann ich mir Luftschlösser bauen. Mir alles genau so ausmalen, wie ich es gerne möchte. Der reale Arne kann mir nicht dazwischen platzen. Hier zuhause habe ich es nur mit dem Arne zu tun, der auf seinem schillernden Rappen um meine Luftschlösser herumreitet. Ich muß hinfahren. Um mir in der Realität zu beweisen, daß er ganz normal zu Fuß durch seine Anderthalb-Zimmer-Wohnung geht.

Ich fahre nach Altona. Arne ist zuhause. Allein. Sagt: „Das ist schön, daß du kommst", als ich in die Tür komme. „Findest du es wirklich schön?" – „Ja. Es ist doch immer schön, wenn jemand kommt." Umarmt mich, will mich zu sich heranziehen. (Zärtlichkeiten verweigern! Zärtlichkeiten verweigern! Zärtlichkeiten verweigern!) Sanft schmiege ich mich an seine Brust. Und finde es schön. „Na, ich bin ja nun nicht irgend jemand", sage ich und schmiege mich an seine Brust.

Arnes Schlafzimmer. Ein paar Matratzen, ein Bücherregal. Sein „Schreibtisch" besteht aus einem krummen Brett, daß er auf die Heizung gelegt hat. Vorne ragt es ein paar Zentimeter über. Arne sitzt auf seinem Stuhl davor. Ich setze mich auf's Bett. Ich erzähle ihm, daß ich angefangen habe, ein Buch zu schreiben, um die Beziehung zu verarbeiten. „Aber ich komm einfach nicht drüber weg. Es will einfach in meinen Kopf nicht rein, daß es vorbei ist."

„Ich glaub, es ist besser. Ich glaub, es ist besser, wenn es vorbei ist", sagt Arne. Aber vorher macht er noch etwas anderes. Als ich die ersten Sätze raushabe, daß ich nicht über ihn wegkomme, da lacht er plötzlich ganz doof. Total unvermittelt. Ich weiß nicht, was daran lustig ist. Frage ihn, warum er lacht. „Selbstironie", meint er. Als ich das nicht verstehe und nachbohre, sagt er, es war wohl Verlegenheit. Und dann sagt er, daß er g l a u b t, daß es besser ist, wenn's vorbei ist. Arne sagt nicht: „Es ist vorbei!" – „Ich hab mir gestern beim Spazierengehen überlegt, daß ich auch gerne wieder mit 'ner Frau zusammen wäre." – Ich horche auf. Sehe meine Chancen blühen und gedeihen. Aber dann kommt, daß er seinen politischen Weg vor Augen hat und sich überlegt, mit wem er den gehen könnte. Das möchte ich auch mal wissen! Die Frau möchte ich mal sehen!

Ich möchte mal mit Uschi und Jan zusammen mit Arne reden. Wenn ich mit ihm alleine bin, höre ich scheinbar immer an den Sätzen vorbei, die mir deutlich machen würden, daß er nichts mehr von mir will. Wenn ich dann zuhause bin, klingt in meinem Ohr nur noch sowas nach wie: Ich hab mir überlegt, daß ich auch gerne wieder mit 'ner Frau zusammen wäre. Ich möchte mal jemanden dabei haben, der mich mit Gewalt auf die Sätze stößt, die ich scheinbar immer nicht hören will. Arne ist damit einverstanden. Er schlägt Freitag vor. Weiß es aber noch nicht genau und will vorher lieber nochmal telefonieren.

Arne lädt mich zum Essen ein. Ich erzähle ihm, daß ich in den letzten Tagen ganz viele Bilder gemalt habe. Alles Bilder von Zerstörung, Verwesung und Weltuntergang. Und dann erzähle ich dummerweise, daß mich mittelalterliche Geschichte wahnsinnig interessiert. Wie die Masse der Bevölkerung vor Hunderten von Jahren gelebt hat. Die Bauern und Handwerker. „Es wundert mich immer wieder, wie wenig Substanz du hast", sagt Arne. Ich frage, wie er das meint.

Ja, mein Geschichtsinteresse sei so rückwärts gerichtet. Sein Geschichtsinteresse sei vorwärtsschauend. Ich sage ihm, daß der Spruch eine Unverschämtheit ist. Und daß ich mich selber für relativ stark halte. Mich über mangelnde Substanz nun wirklich nicht beklagen kann. Eigentlich hätte er für den Spruch eine Ohrfeige verdient. Eigentlich ...

Ich esse meine Hammelkoteletts. Wir unterhalten uns weiter. Als wir mal eine Weile nichts gesagt haben und uns wieder angucken, zwickt Arne mich ohne was zu sagen in die Wange. Lächelt mich an. Arne, der Charmeur. Ich kriege Herzklopfen.

Ich sage ihm, daß ich Donnerstag auch in der Uni-Gegend einen Termin habe. Er doch auch. Ob wir nicht hinterher noch zusammen ein Bier trinken wollen. Arne weiß noch nicht genau, ob er hinterher Zeit hat. Mal sehen. Er sagt nicht, daß er keine Lust hat. Also hat er wohl Lust. Jetzt sind wir für Freitag wahrscheinlich und für Donnerstag vielleicht verabredet. Und er will noch anrufen. Ich fühle mich wohl mit ihm.

„Oh! Da ist der Christian. Den seh ich so selten!", springt er plötzlich auf. Hin zur Theke und holt zwei andere Typen an unseren Tisch.

Mich siehst du auch selten, denke ich. Aber ich sag nichts. Und die Unterhaltung, die dann losgeht, ist auch wirklich ganz toll. Selbiger Christian spricht mich auch ein paarmal direkt an, obwohl er mich noch nicht kennt. Ich taue sofort auf. Endlich mal nicht diese „Freundin von ..." Situation, wo ich neben Arne sitze und mir meine Redebeiträge erst erkämpfen muß.

Da kommt ein Typ in die Kneipe, trifft einen Freund mit einer Frau, die er nicht kennt, und bezieht die sofort ganz locker ins Gespräch mit ein. Leider keine Selbstverständlichkeit. Ich finde die beiden sympathisch. Unterhalte mich unabhängig von Arne mit dem einen weiter.

Als ich Arne sage, daß ich gehen will, fängt er an, mit meiner Hand zu spielen. Wir verstehen uns kaum, weil es laut ist und wir so weit auseinander sitzen. Uns nur quer über den Tisch unsere Hände zureichen können. Ich stehe auf und gehe um den Tisch herum zu ihm. Setze mich neben ihn auf die Bank, und wir umarmen uns. Ich kann ihn streicheln. Mich bei ihm ankuscheln. „Siehst du, ich find das ganz schön. Auch so zärtlich miteinander zu sein. Das muß nichts mit so 'ner Mann-Frau-Beziehung zu tun haben." Er guckt mich ganz lieb an, während er das sagt.

„Aber kannst du nicht verstehen, daß mir das unheimlich schwerfällt, neben dir im Bett zu liegen? – Weil ich mehr will." Ich sehe ihm die ganze Zeit in die Augen, als ich ihm das sage. Seine schönen braunen Augen. Er muß doch merken, daß ich ihn liebe. „Doch. Das kann ich verstehen. Aber ich find's trotzdem schön."

Irgendwie ist das ganz schön übel, wie er sich verhält. Er geht da ja überhaupt nicht drauf ein, in was für Konflikte er mich da bringt! Aber in welcher Form sollte er denn darauf eingehen? Indem er mir die Zärtlichkeiten, die er selber will, verweigert? Das will ich auch nicht. Ich will doch mit ihm schmusen.

Als ich mich zuhause unauffällig in die Wohnung schleichen will, sind Jan und Uschi grade auf dem Flur. Jan und Uschi, die mir seit Monaten dabei zu helfen versuchen, über Arne hinwegzukommen. Es immer wieder mit mir diskutieren. Und nun komme ich nachhause und muß zugeben, daß ich rückfällig geworden bin.
„Na? Was war?"
„Er war sooo lieb", sage ich nur.
„Ach, du Schande!", meint Uschi. Weitere Worte brauchen nicht gewechselt zu werden.
„Aber es war so schön", setze ich noch ganz bockig hinterher. Und daß er Freitag für das Gespräch Zeit hätte. Wir gehen alle ins Bett. Ich kann nicht schlafen. Ich möchte bei Arne sein.

Am nächsten Abend telefoniere ich mit Jochen. Meine letzte feste Beziehung vor Arne. Ich erzähle ihm von meiner unglücklichen Liebe. Daß es jetzt schon ein Vierteljahr her ist. Daß ich nicht damit fertig werde. Und dann kann ich nicht mehr weiter erzählen, weil ich heulen muß. Unter Tränen lege ich auf. Es ist halb elf. Ich fahre zu Arne.

Er ist nicht zuhause. Auch in seinen Stammkneipen finde ich ihn nicht. Treffe Bekannte von ihm. Frage sie. Keiner weiß, wo Arne ist. Ob sie ihm was bestellen sollen, wenn sie ihn sehen?

„Nee. Eigentlich nicht. Ich will ihn eigentlich noch selber treffen heute abend. Er kann mich mal anrufen!"

Jetzt kriegen die alle mit, daß ich durch sämtliche Kneipen ziehe, nur um Arne zu treffen. Daß ich hinter ihm herlaufe. Aber das ist mir doch egal. Sollen sie doch. Ich laufe hinter ihm her. Das kann ruhig jeder wissen. Sollen „die Leute" doch von mir denken, was sie wollen!

Als ich kurz vor Mitternacht das zweite Mal bei ihm vor der Tür stehe, kommt er gerade die Straße hochgelaufen. Begrüßt mich kurz und beiläufig. Als wenn es das Selbstverständlichste von der Welt ist, daß ich mitten in der Nacht bei ihm vor der Tür stehe. Ich tu auch so. Wozu soll ich sagen: Bin vorbeigekommen, weil ich ... Wenn es ihn interessiert, soll er schon fragen. Als er telefonieren geht, hol ich mir erstmal mein Buch aus seinem Bücherregal. Blättere drin, als er wiederkommt. (Ich bin beschäftigt. Soll er nicht denken, ich will was von ihm.) Wir unterhalten uns über seine Blumen und andere unverfängliche Themen. Lächeln uns an. Warum nicht? Er soll nicht denken, daß mich seine Gegenwart verunsichert. Mitten im Gespräch erwähnt er, daß die Bilder an den Wänden von ihm sind. Nun muß ich sie mir aber mal ansehen. Landschaften, die mir gefallen. Ich wundere mich. Arne malt Bäume, Wiesen und Wälder. Arne, der sich gestern darüber aufgeregt hat, als ich ihm gesagt habe, daß ich gerne Bilder von unberührter Natur male. Der sich daraufhin gewundert hat, wie wenig Substanz ich habe. Arne malt Bilder, die von mir stammen könnten. Als ich ihn darauf anspreche, meint er: „Ja. Das ist mein Verhältnis zur Natur." ...

Ob ich auch noch 'n Stück spazieren gehen will? Ja. Gerne. Ich mach alles heute abend, was den Eindruck aufrecht erhält, ich fühle mich hier wie zuhause. Will ihn solange provozieren, bis er mir sagt, ich soll ihn in Ruhe lassen. (Heute hat er schon nicht mehr gesagt: Schön, daß du kommst!)

Als wir zum Spaziergang losgehen, fragt er mich ganz beiläufig: „Wolltest du hierbleiben heute oder willst du noch wieder nachhause?" „Nein ich wollt hierbleiben."

Erzähle ihm auf dem Spaziergang über den Folklore-Tanz heute morgen und den blöden Pubertierling, mit dem ich getanzt habe. Bißchen über Kinder, bißchen über Politik. Wenn wir nichts zu reden haben, fühl ich mich trotzdem nicht fehl am Platze. Er muß schon sagen, wenn er mich nicht will.

Zuhause gehen wir gleich ins Bett, Arne schläft auch bei Minustemperaturen mit offenem Fenster. Ich lege mich mit Pullover und Wollstrümpfen ins Bett. Arne zieht sich aus. Hat ein Unterhemd mit langen Ärmeln und einem weiten Halsausschnitt an. Während er sich auszieht, erzählt er mir, wie er die Wände hier gestrichen hat und guckt dabei an die Decke. Wie er da steht in seinem weißen Hemd mit diesem weiten Ausschnitt. Seine schwarzen Haare fallen ihm ganz weich in den Nacken. Unter seiner Haut spielen Adern und Sehnen während er redet. Er redet und redet. Guckt an die Decke und zieht sich aus. Und ich starre auf seinen Halsausschnitt und möchte über ihn herfallen. Er sieht so niedlich aus in seinem weißen Hemdchen.

Seine Unterhose hat er sich wieder bis unter die Achselhöhlen hochgezogen. Naja. Das ist vielleicht etwas übertrieben, aber mindestens bis zur Taille. Die Zipfel vom Unterhemd zieht er dann durch die Unterhose, so daß sie ihm links und rechts mindestens zwanzig Zentimeter unten aus den Beinlöchern raushängen und seinem Körper ganz bizarre Konturen verleihen. Die Schiesser-Werbefachleute würden die Hände über dem Kopf zusammenschlagen. Er widerspricht wirklich sämtlichen Idealen männlicher Unterwäsche-Kultur. Ich könnte ihn knuddeln.

Als wir im Bett liegen, warte ich nicht auf seine Hand. Ich nehme sie mir. Aber nicht, wie gewohnt mit meiner rechten Hand, sondern mit der linken, damit ich meinen rechten Arm zum Streicheln frei habe. Lege meinen Arm ganz selbstverständlich auf seine Schulter. Habe keine Lust, ihn zu streicheln. Bin müde. Aber wahrscheinlich lähmt mich nur wieder die Angst und ich bin zu feige.

Aber ich will ihn doch nicht gegen meine eigene Lust anmachen. Ich hab gar keine Lust, mit ihm zu schlafen jetzt. Aber ich hab doch mit Uschi diskutiert, daß ich es „ausreizen" muß. Wenn ich aber doch nun selber nicht will ...

Allmählich fängt meine Hand ganz von alleine an, Lust zu haben. Da sind auch keine Hemmungen mehr. Es bringt mir Spaß, mit seinem weichen Haar zu spielen. Mit meinen Fingern über seine Wangen zu fahren. Ganz sanft. Immer wieder. Ich kann nicht aufhören. Bin süchtig nach seiner weichen Haut. Seine Bartstoppeln sind inzwischen auch schon so lang, daß sie schon weich sind und nicht mehr kratzig. Als ich anfange, ihn zu streicheln, spreche ich dabei mit ihm. Über seine Bartstoppeln und daß er seinen Rasierapparat in Dortmund vergessen hat. Als uns der Gesprächsstoff ausgeht, brauche ich keinen mehr. Habe Mut gewonnen und kann ihn weiterstreicheln. Ohne zu reden. Das Reden hat meinem Streicheln einen so beiläufigen Charakter gegeben. Jetzt habe ich keine Angst mehr. Es muß nicht mehr beiläufig wirken. Er soll ruhig merken, daß ich ihn jetzt streicheln will und nichts anderes. Ich will nicht mit ihm schlafen. Ich will ihn streicheln. Aber nicht beiläufig, sondern wirklich lieb und zärtlich. Seine Haare. Sein Gesicht. Ich wage es, mit meinen Fingerspitzen kleine Ausrutscher zu seinem Hals zu machen. (Achtung: erogene Zone) Werde mutiger, bleibe bei seinem Hals und seinem Nacken. Weiß, wie ich austicken würde, wenn mich jemannd da so ganz zart streichelt. Er sagt nicht, daß ich aufhören soll. Wenn er es nicht schön findet, soll er das sagen. Ich kann nicht aufhören, ihn im Nacken zu kraulen. Finde es schön. Fühle mich wohl. Werde irgendwann müde. Und fauler. Bin entspannt. Habe das ganz sichere Gefühl, heute nacht schlafen zu können. Als ich dann irgendwann meinen Arm von seiner Schulter nehme, läßt er meine Hand los und dreht sich auf die andere Seite.

Ich fühle mich immer noch wohl. Auch wenn wir uns nicht mehr berühren. Ich höre ihn atmen. Spüre seine Nähe. Fühle irgendwie Wärme. Obwohl es eiskalt im Zimmer ist. Ich mit Pullover und Wollstrümpfen unter der Decke liege. Finde es schön, neben ihm zu liegen.

Es wird laut. In der Wohnung über uns scheint jemand nachhause gekommen zu sein. Außerdem hört man jedes Geräusch aus dem Treppenhaus. Ein paarmal werde ich davon am Einschlafen gehindert. Aber nicht schlimm. Kann trotzdem leicht wegnippeln, weil ich mich entspannt fühle. Arne liegt neben mir. Berührt mich nicht. Aber ich spüre seine Nähe. Krieche mit meiner eiskalten Nasenspitze unter den Schlafsack und atme seine Nähe ein. Ich bin bei ihm.

Als der Wecker klingelt, belagere ich ihn sofort wieder. Schmuggel meinen Arm unter seine Bettdecke. Ohne zu zögern. Fange wieder an, ihn zu streicheln. Er will was vom Kopfkissen abhaben. Ich schiebe beide Kissen ein Stück näher zu ihm hin. Er kommt mit dem Kopf zu mir heran, obwohl es nicht nötig wäre. Es sind zwei Kissen, und er könnte sich eins rübernehmen. Aber er kommt mit dem Kopf ganz dicht zu mir heran, und wir liegen beide zusammen auf den beiden Kissen. Seine Haare sind eiskalt, weil das ganze Zimmer eiskalt ist. Ich bade mein Gesicht in seinen eiskalten Haaren. Streichel ihn weiter. Sein Gesicht, seinen Hals, seinen Nacken, seine Haare.

Als er nach dem Wecker guckt, stützt er sich auf mir wie an einem Stück Brett ab. Das ist die einzige Berührung, die er mir seinerseits widmet heute morgen.

Aber ich wollte es ja so haben. Ich mußte herfahren. Mir beweisen, daß es so ist. Daß er meine Zärtlichkeiten nicht erwidert.

Als er aus der Tür geht, strecke ich ein letztes Mal meinen Arm nach ihm aus. „Hast du nun Donnerstag abend Zeit?". Er geht vorbei, ohne sich zu bücken, ohne mich zu berühren. „Ich weiß noch nicht. Ich ruf euch noch an."

Am Dienstag abend am Abendbrotstisch gebe ich Uschi die drei Seiten zu lesen, die ich über meine Vergewaltigung geschrieben habe. Wie ich Arne von meiner Vergewaltigung erzählen wollte, und er dann mitten drin gesagt hat: „Das interessiert mich jetzt eigentlich weniger."

Uschi sagt: „Mit einem Menschen, der sich mir gegenüber so verhält, würde ich nie wieder ein Wort reden wollen. Nie wieder!" Ihr sei richtig schlecht geworden, als sie das gelesen hat. Richtig erschüttert von dem, was ich da erlebt habe. Und wenn jemannd sowas erzählt kriegt und dann nicht versucht, die Frau zu verstehen, die ihm das erzählt ... dafür gäbe es keine Entschuldigung. Ich würde bestimmt wieder Gründe finden, weshalb er in der Situation nicht darauf eingegangen ist und so. Aber dafür gibt es keine Gründe. Wenn mann so reagiert wie Arne, dann zeugt das von Desinteresse und ganz starker Mißachtung.

Ich muß Uschi Recht geben. Ich war wirklich schon wieder dabei zu begründen, daß Arne darauf nicht eingeganegn ist, weil er was anderes diskutieren wollte. Daß wir ja in der Diskussion um unsere Beziehung, seine letzte Freundin und um mich waren. Um mich? Waren wir in der Diskussion um meine Person?..!

Ich sitze da und starre auf den Tisch. Auf die drei schreibmaschinenbetippten Seiten vor mir. Ich lese nichts. Ich sehe nichts mehr. Irgend etwas Dumpfes, Unergründliches geht in mir vor. Ich kann nicht fassen, was es ist, aber irgend etwas geht in mir vor. Ich kann nicht reden und nicht denken. Mein Gehirn arbeitet, aber ich kann nicht denken. Erinnerungsfetzen rumpeln unstrukturiert durch mein Gehirn. Wie dunkle schwere Kugeln, die ich nicht steuern kann, und deren Bewegungen allen physikalischen Gesetzmäßigkeiten widersprechen. Dumpfe Geräusche, wenn sie gegeneinanderschlagen oder gegen eine Wand poltern. Irgendwie gehören sie alle zusammen. Das ahne ich. Aber ich weiß nicht wie. Ich versuche sie zu erkennen. Aber sie verschwinden im nebeligen Grau, wenn ich sie einander zuordnen will. Ich kann nur dasitzen und auf den Tisch starren. Und warten. Warten, bis irgend etwas von alleine passiert mit diesen schweren unhandlichen Kugeln. Manchmal bleiben zwei aneinander kleben, wenn sie zusammengestoßen sind. Bilden eine graue pulsierende Masse, in der es laut und geräuschlos brodelt und hämmert. Ich kann nicht erkennen, was im Inneren dieses fremdartigen und doch nicht unbekannten Gebildes vor sich geht. Ich sehe nur, daß es nach außen hin endlich Konturen annimmt. Daß dieses dumpfe Grau in meinem Kopf plötzlich wieder die Form ganzer Sätze annimmt, die ich aussprechen kann.

Mir wird klar, daß Arne mich immer so behandelt hat. Daß er mich immer mißachtet hat. Daß er mir nie zugehört hat, wenn ich ihm etwas erzählen wollte, was für ihn neu war. Etwas über mich. Etwas, das in seinem festgefahrenen Gedankengebäude keinen Platz hatte. Wo mann erst Platz für hätte schaffen müssen. Und manchmal wird eben eine ganze Mauer brüchig, wenn man unten einen Stein auswechseln muß. Und dann kommt das ganze Gebäude ins Wanken und mann muß sich überlegen, ob mann nicht ganz viele Stellen neu bauen muß. Dann lieber gar nicht erst was akzeptieren. Unsicherheit. Denkfaulheit. So erklärlich, wie dieses Verhalten ist, so unentschuldbar ist aber auch die Menschenverachtung, die damit verbunden ist. Daß er einfach nicht berücksichtigt, daß es nicht nur andere Positionen und Gedanken sind, sondern daß die Gedanken aus einem Gehirn kommen. Daß dieses Gehirn einem anderen Menschen gehört. Daß er es mit Menschen zu tun hat. Mit Menschen, die mit ihm reden. Und nicht nur mit dem, was sie reden.

Als ich abends im Bett liege, habe ich zum ersten Mal nicht mehr das Bedürfnis nach Arnes Zärtlichkeit. Als ich versuche, mir vorzustellen, Arne würde mich jetzt streicheln, spannt sich mein ganzer Körper zu einem einzigen: „Geh weg!" Ich würde ihn mit einer ganz spontanen und schnellen Handbewegung wegscheuchen. Ich überlege. Mache ich mir nichts vor? Ist es nicht nur der Wunsch, ich wäre damit fertig? Bilde ich mir das nicht nur ein? Aber meine Abwehr bleibt. Bei allem, was ich mir vorstelle. Arne soll weggehen!

Aber er ist ja gar nicht da. Ich will, daß er hier ist, damit ich ihm zeigen kann, daß ich jetzt wirklich will, daß er abhaut. Aber er kommt ja Freitag. Mir ist es egal, wann es ist. Ich weiß, daß ich ihm irgendwann meine Ablehnung zeigen kann. Diese Gewißheit beruhigt mich.

In den nächsten Tagen überschlagen sich die Ideen in meinem Kopf, was ich mit ihm alles aufstellen könnte. Meine Abwehr bleibt. Juhu! Ich bin drüber weg. Hat mir das Schreiben des Buches also doch geholfen. Wenn auch nicht in der Form, wie ich dachte.

Ich brauche am Freitag kein Gespräch mehr zu führen, um drüber weg zu kommen. Ich kann mich mit Arne alleine verabreden. In einer Kneipe. Und dann drauf warten, bis er wieder irgendeine Schweinerei sagt. Sowas wie: „Es wundert mich immer wieder, wie wenig Substanz du hast." Irgend sowas. Es braucht ja nicht dasselbe zu sein. Aber wenn ich es geschickt anstelle, dann bringe ich ihn dazu, sich eine Sauerei zu leisten. So gut kenne ich ihn nun inzwischen, daß ich weiß, welche Themen ich anschneiden müßte, um ihn zu frauenfeindlichen Statements zu provozieren. Er ist berechenbar in seinem maßlosen Chauvinismus. Das ist das Gute an ihm. Auf seinen Chauvinismus kann frau sich verlassen. Und dann scheuer ich ihm eine. Setze mich vorher extra so hin, daß ich gut mit rechts ausholen kann und die Ohrfeige auch gut sitzt. Daß es ordentlich klatscht. Nicht so lasch, wie das letzte Mal. Als ich ihm bei mir zuhause eine gescheuert hab, das war ja fast gestreichelt. Das war ja nur, um ihm mal zu zeigen, daß ich das überhaupt kann: ihm eine scheuern.

Aber diesmal soll es richtig knallen und ihm peinlich sein. Deshalb will ich es auch in der Öffentlichkeit machen. In der Kneipe. Und dann nehme ich mein Bierglas, das ich vorher wohlweislich nicht ganz ausgetrunken habe und schütte ihm das Bier ins Gesicht. Daß er klitschnaß und verdutzt ist. Und dann verlasse ich mit aufrechtem Gang das Lokal und sage zum Kellner noch: „Mein Bier bezahlt der junge Mann da drüben." Oder wenn der grade ein neues Bier für mich bringt: „Geben sie das man dem jungen Mann da drüben. Der kann grade ein Neues gebrauchen, glaub ich."

Aber vorher könnt ich ihn eigentlich nochmal versetzen, so wie er es mit mir immer gemacht hat. Wenn er am Freitag abend kommt, gehe ich weg und lasse ihm bestellen, daß es mir leid tut, aber daß mir ein ganz wichtiger politischer Termin dazwischengekommen ist. Und dann verabrede ich mich neu mit ihm. Und dann in 'ner Kneipe. Und dann scheuer ich ihm eine und kipp ihm Bier ins Gesicht.

Mir wird richtig wohler, wenn ich mir das so vorstelle. Abends als ich ins Bett gehen will, stehe ich im Badezimmer vorm Spiegel. Ich finde mich wieder schön.

In den letzten Monaten sah ich immer so schrecklich aus. Ich habe so ein kantiges männliches Profil. Andere Frauen haben viel weiblichere Gesichtszüge. Und dann das ganze Gesicht voller dicker, knallroter Pickel. Ich hatte früher nie Akne. Auch in der Pubertät nicht. Erst, als ich ein Jahr die Pille nicht mehr nahm, da ging es los. Ich habe die Pille gut vertragen. Nie Nebenwirkungen gespürt. Ich spreche mit anderen Frauen. Ein bis zwei Jahre nach Absetzen der Pille haben sie Akne gekriegt. Und hatten vor Einnahme der Pille keine Akne. Wie ich. Haben die Pille gut vertragen. Keine Nebenwirkungen gespürt. Auf keine Pakkung hat die Pharma-Industrie draufgedruckt: Kann nach Absetzen zu Akne infolge von Störungen des Hormonhaushalts führen.

Wer sagt denn, daß Ihre Akne von der Pille kommt, junge Frau? Das muß erstmal wissenschaftlich nachgewiesen werden. Solange steht da weiter: Nebenwirkungen nicht bekannt. Schon gar nicht Langzeitfolgen. Ein bis zwei Jahre danach! Sie spinnen ja, meine Damen! Wie wollen Sie denn da einen Zusammenhang herstellen?

Ich finde mich wieder schön. Ich habe fettige Haare und dicke rote Pickel im Gesicht heute abend. Ich finde mich wieder schön mit zippeligen, strähnigen, fettigen Haaren, den Pony aus der pickeligen Stirn gestrichen, so daß er keine Hautunreinheiten mehr kaschieren kann. Was könnten ein paar dünne fettige Strähnen auch schon kaschieren? Ich finde mich wieder schön, mag mich wieder leiden. Finde meinen Mund schön und meine Augen. Meinen frechen Blick und mein sicheres Lächeln. Ich finde mich wieder schön.

Am Freitag abend gehe ich in einen Film von Anna Seghers. Danach habe ich mich mit Jochen im Leewenzahn verabredet, damit ich nicht auf die dumme Idee komme, doch zuhause zu sitzen und auf Arne zu warten. Als ich um 11.00 nachhause fahre, fühle ich mich wohl. Habe das Gefühl, einen gelungenen Abend verbracht zu haben.

Arne hat nicht angerufen. Ist nicht gekommen. Scheiße. Dabei wollte ich ihn doch versetzen! Aber wenn er nicht kommt, kann ich ihn natürlich nicht versetzen. Aber irgendwann werde ich ihn wiedersehen. Und dann zieh ich das Ding mit der Kneipe durch. Dann wird's zwar nichts mit Versetzen, wichtiger politischer Termin und so, aber das macht nicht so viel. Wär zwar noch besser gewesen, aber mein Hauptbedürfnis war sowieso die Kneipenszene. Das andere war nur 'ne kleine schmackhafte Einlage, die das Ganze noch pikanter gemacht hätte.

Am Sonntag abend rufe ich Sabine an. Erzähle ihr alles, was letzte Woche mit Arne gelaufen ist. Und was ich Freitag mit ihm vorhatte. „Freitag abend war er in der Zwiebel", sagt Sabine. In mir beginnt es zu kochen. Nicht, daß er keine Zeit hatte, und die Tatsache, daß er mit mir verabredet war, mal wieder als derart unwichtig einrangiert, daß er nicht absagt. Nein! Er hatte Zeit und geht stattdessen in die Kneipe und macht sich 'n netten Abend.

Nach dem Telefongespräch sitze ich in meinem Zimmer und starre vor mich hin. Rasend vor Wut. Ohnmächtiger Wut. Was soll ich mit mir machen? Ich könnte ihn zusammenschlagen jetzt. Aber er ist nicht da. Ich halt das nicht aus. Dieses Schwein.

Uschi guckt in mein Zimmer. Sieht mich vor mich hinstarren. „Was ist denn los?" Ich erzähle ihr, daß Arne am Freitag in der Zwiebel war. „Haut dich das um?", fragt Uschi verwundert. Ich wundere mich, wieso sie sich wundert. Aber dann wird mir wieder klar, daß es ja nichts besonderes ist, von Arne sitzengelassen zu werden. Und Uschi diskutiert raus, daß es meine ohnmächtige, hilflose Wut ist, die mich so fertig macht. Daß ich mit meiner Wut noch nicht mal an ihn rankomme.

Ich erzähle Uschi und Jan, was ich in der Kneipe mit ihm vorhatte. Die beiden sagen, daß es egal ist, ob ich es in der Kneipe mache oder bei ihm zuhause. Daß ich jetzt noch nach Altona fahren soll, wenn ich meine Wut jetzt an den Mann bringen muß. Aber ich will nicht heute abend. Auf sowas muß ich mich gut vorbereiten. Und ich würd mich lieber mit ihm in der Kneipe treffen, weil ich will, daß „es" in der Öffentlichkeit passiert. Und daß es aber in 'ner Kneipe sein soll, in der ich mich zuhause fühle. Daß ich Schiß habe, jetzt nach Altona zu fahren und er dann da mit Leuten in 'ner Kneipe sitzt. Uschi meint auch, das sieht zu sehr nach Szene aus. Die Leute können das dann gar nicht einordnen, wenn ich da auftauche und ihm 'n Bier über'n Kopf kippe. Weil die die Zusammenhänge gar nicht kennen. Es ist schon 'ne andere Situation, wenn Frau und Mann in der Kneipe zusammensitzen, und die Frau ihm dann eine scheuert.

Außerdem kommt es mir nicht drauf an, daß es heute ist. Wenn ich weiß, ich mache das und das, und ich mache es morgen oder so, dann beruhigt mich das schon. Aber es ist eben so schwierig, ihn in 'ne Kneipe zu kriegen, wo ich mich zuhause fühle, wenn es einigermaßen bald sein soll. Weil er halt kein Telefon hat und wenn ich zu ihm gehe, dann sind wir in Altona. Dann bietet es sich an, dazubleiben.

Und plötzlich seine Lippen ... zum Kuß geöffnet über meinem Gesicht. Sein weicher zarter Kuß auf meinen Lippen, meine Hände schieben sich ganz von alleine unter seinen Pullover, unter sein Hemd, begierig nach seiner Haut.

Seine Haut. Meine Finger werden wahnsinnig auf seiner Haut. Meine Hände sind betrunken von seiner Haut. Seine Brust, seinen Rücken streicheln, seinen Kuß genießen. Mir wird heiß, ... heiß und feucht. Ich dränge mich ihm entgegen. Warum sind unsere Hosen dazwischen? Ich will ihn in mir haben, jetzt. Dränge mich ihm entgegen, schaudere. Habe fast das Gefühl, ihn schon in mir zu spüren. Mein Stöhnen ist lauter als das Gebrabbel der Leute nebenan. Wir sind nicht allein. Schauer laufen durch meinen Unterleib. Ich bin meiner nicht mehr frau. Will ihn, ihn, ihn. Ein verzweifeltes, übermächtiges Verlangen, dem wir jetzt nicht nachkommen können.

Als ich erwache, erschrecke ich. Warum träume ich doch wieder sowas? Ich wollte doch drüber weg sein. Nie mehr mich nach seiner Zärtlichkeit sehnen. Dieses Schwein. Er soll doch nicht die Möglichkeit haben, mich mit seiner Zärtlichkeit zum Umkippen zu bringen. Stelle mir die Szene vor, wenn ich Arne schlage, ihn anschreie, mit ihm brechen will. Wenn er da wüßte, daß er nur mit seinen sanften Händen nach mir zu greifen brauchte, nur seine weichen Lippen auf meinem Gesicht spielen zu lassen brauchte, wenn er das wüßte ...

Ich will nicht, daß er mich verführt. Ich will's ihm zeigen. Es war so schön heute nacht. Ich möchte von ihm verführt werden.

Jan und Uschi machen mir klar, daß ich nicht so komplizierte Situationen aufbauen kann. Daß ich einfach hingehen soll und irgendwas machen. Irgendwas, daß er merkt, daß ich eine maßlose Wut auf ihn entwickelt habe. Daß er schnallt, daß er sich so verhält, daß eine Frau eine solche Wut auf ihn kriegen kann, daß sie ihm die Wohnung ramponiert oder sonstwas. Ihn aus der Reserve locken, seine Blumentöpfe von der Fensterbank reißen oder sowas.

Bei der Idee mit den Blumen horche ich auf. Arne liebt seine Blumen über alles. Das würde ihn wirklich treffen, wenn frau ihm seine Blumen kaputt macht. Da würde er sich schwarz ärgern. Aber das ist wieder so kompliziert. Weil es ja sein kann, daß ich mit ihm im Schlafzimmer stehe und nicht an der Fensterbank im Wohnzimmer. Ihn anspucken. Das ist die Idee. Ihn einfach anspucken. Das bedarf keiner Vorbereitungen und geht überall. Ihm einfach ins Gesicht spucken. Diesem Schwein. Und das ist viel besser als Blumentöpfe und Ohrfeige. Weil ich mich bei 'ner Ohrfeige bestimmt ärgere, wenn ich nicht gut treffe. Spucken ist nicht so kompliziert. Und drückt auch viel besser aus, daß ich nicht nur einfach wütend auf ihn bin, sondern daß er für mich wirklich ein Schwein ist. Ein so verachtenswürdiges Schwein, daß ich es für angebracht halte, ihn anzuspucken. Ich brauche mir noch nicht mal die Finger an ihm schmutzig zu machen. Spucken ist wirklich die größte Verachtung, die frau jemanndem zuteil werden lassen kann.

Und ich werde ihm einen Brief schreiben. Einen Brief, daß er ein Schwein ist. Und warum er ein Schwein ist. Morgen früh. Und morgen nachmittag werde ich ihm den Brief hinbringen, mein Hemd abholen und ihn im Gespräch zu irgendwas provozieren. So daß ich einen Anlaß habe, ihn anzuspucken. Er wird mir einen Anlaß liefern. Er wird irgendein Chauvi-Verhalten an den Tag legen. Da bin ich ganz sicher. Irgendeinen Macker-Spruch wird er bringen. Da hat er keine Schwierigkeiten. Sowas kann er immer.

Und am Mittwoch morgen werden Uschi und ich hinfahren und ihm mit lila Ölfarbe ans Fenster sprühen: „Auch hier wohnt ein Frauenfeind". Morgens, wenn er auf der Arbeit ist. Und mein ♀ werde ich darunter setzen. Richtig schön in leuchtendem Lila. Wie gut, daß er Parterre wohnt.

Am Montag morgen setze ich mich an die Maschine und tippe Arne fein säuberlich auf vier Seiten, warum er ein Schwein ist. Klar rausgearbeitet und gut strukturiert. So, daß er nicht dran vorbei kann. Daß er weiß, warum er angespuckt wird. Daß er es nicht nach dem Motto abtun kann: Die ist mal im Affekt durchgedreht.

Als ich mir den Brief nochmal durchlese, bin ich zufrieden mit mir.

Lieber Arne! Hamburg, den 13.1.80

Mir ist letzte Woche endlich klar geworden, warum ich Dir seit Monaten hinterherlaufe. Und zwar anhand einer Szene aus meinem Buch, als ich sie Uschi zu lesen gegeben habe.

Vielleicht erinnerst Du Dich: Wir saßen bei mir am Küchentisch und haben uns über mich unterhalten. Ich hatte angefangen, Dir von meiner Vergewaltigung zu erzählen und als ich mittendrin bin, sagst Du plötzlich: „Das interessiert mich jetzt eigentlich weniger."

Total cool. Als wenn Du mich dabei unterbrichst, als ich Dir was von der Mettwurst im Sonderangebot erzählt habe.

Aber große Töne spucken, wenn es um die Frage der Verteidigung von Vergewaltigern geht! Du hast ja den politischen Durchblick. Was brauchst Du da noch 'ner Frau zuzuhören, wenn sie von ihrer Vergewaltigung erzählt? Das interessiert Dich eigentlich weniger. Viel mehr interessiert Dich, daß Du Deine „politisch richtige" Position in die Gegend posaunen kannst. Wozu eine Frau ernst nehmen, die da 'n anderen Standpunkt hat? Mann muß das politisch sehen. Wozu sich von 'ner Frau erzählen lassen müssen, wie sie vergewaltigt worden ist?

Mir ist am Dienstag abend klargeworden, daß das eine Schlüsselszene für unsere Beziehung ist. Daß Du damit die totale Mißachtung meiner Person zum Ausdruck gebracht hast. Mir fällt es heute noch unheimlich schwer, von meiner Vergewaltigung zu erzählen. Und das dürftest Du vielleicht auch inzwischen mal irgendwo gelesen haben, daß es den meisten Frauen nicht angenehm ist, darüber zu reden (wenn Du die Frauen-Artikel in der taz und im AK nicht regelmäßig überschlagen würdest). Und ich habe endlich angefangen, diese Scheu zu überwinden, weil ich es wichtig finde, gerade Männern, aber auch Frauen, zu vermitteln, was es eigentlich heißt, vergewaltigt zu werden. Aber es fällt mir jedesmal schwer und ich muß mich überwinden, der jeweiligen Person, der ich es erzählen will, das Vertrauen dazu entgegenzubringen. Ich bringe einem Menschen das Vertrauen entgegen, ihm von der erniedrigendsten Erfahrung meines Lebens zu erzählen. Und dieses Schwein sagt zu mir: „Das interessiert mich jetzt eigentlich weniger." Kein betroffenes: „Darauf kann ich mich im Moment gar nicht konzentrieren. Kannst du mir das morgen erzählen?" Sondern ein total Cooles: „Das interessiert mich nicht."

Es interessiert Dich nicht, daß die Frau neben Dir vergewaltigt worden ist und mit Dir darüber sprechen möchte. Es interessiert Dich nicht!

Und an dieser Schlüssel-Szene ist mir klar geworden, daß Du mich wirklich die ganze Zeit mißachtet und mit Füßen getreten hast. Und ich Trottel bin Dir hinterhergelaufen, weil ich das nicht wahrhaben wollte. Weil ich von Dir doch noch als gleichwertiger Mensch akzeptiert werden wollte. Dafür wollte ich von Dir einen Beweis haben. Deshalb meine ständigen Diskussionen, aus denen ich immer das Ergebnis rausholen wollte: „Er nimmt mich doch ernst". Ein Ergebnis, das da nie rauskommen konnte, weil Du mich immer mißachtet hast und mich immer mißachten wirst. Und daß Du so'n Schwein bist, wollte ich einfach nicht wahrhaben. Ich wollte mir das Gegenteil beweisen.

Leider ist mir das die ganze Zeit nicht so bewußt gewesen. Deshalb habe ich Dir auch noch so lange die Möglichkeit gegeben, mich zu verarschen. Und Du hast sie fleißig genutzt. Dir immer neue Sauereien geleistet. Wie zum Beispiel: „Es wundert mich immer wieder, wie wenig Substanz Du hast." – Und ich Trottel sage zwar sofort, daß der Spruch eine Unverschämtheit ist, lasse mich dann aber wieder auf eine Diskussion darüber ein. Lasse mich wieder darauf ein, Dir zu beweisen, daß ich doch „Substanz" habe. Du stellst mal wieder, alles durchblickend, fest, daß mein Geschichtsinteresse rückwärtsgerichtetes Bewußtsein ist. Während Du natürlich ein vorwärtsgerichtetes Geschichtsinteresse hast. Wenn ich ein Bild male mit Wiesen und Wäldern, dann ist das weltfremd, reaktionär, nicht ganz ernst zu nehmen. Wenn Du ein Bild malst mit Wiesen und Wäldern, dann drückt das Dein Verhältnis zur Natur aus. Du bist ein Schwein!

Und genau derselbe Konflikt ist an allen Ecken und Enden durchgebrochen. Bei all den Diskussionen, wo ich sagte: „Mir ist unklar, weshalb ich mit Dir immer an einem bestimmten Punkt die Diskussion abbrechen muß. Ich spüre, daß es immer dasselbe ist, aber ich weiß nicht, was es ist." Jetzt weiß ich es. Wenn ich mir jedesmal beweisen will, daß Du doch nicht so voller Frauenverachtung steckst, wie ich es im Grunde spüre, und Du mir jedesmal beweist, daß es doch so ist ... Und wenn ich in der Diskussion genau daran wieder vorbeigucken will, weil ich nicht wahrhaben will, daß Du ein Schwein bist, dann spitze ich natürlich auch die Widersprüche nicht zu. Lasse immer noch eine kleine Möglichkeit offen, wo ich mir sagen kann: „Ja, guck mal, es ist doch gar nicht so sicher, daß er das so schweinisch gemeint hat."

Interessant ist, daß Du das mit Sabine genauso gemacht hast. Sie mit ihrem Kunststudium genauso von oben herab behandelt hast. Und nachdem sie mit Dir Schluß gemacht hatte, plötzlich ein total aufgesetztes Interesse an Kunst zur Schau getragen hast. Worin liegt eigentliche Deine „Substanz", wenn Du es nötig hast, die Frauen, mit denen Du zusammen bist, menschlich derart zu degradieren? Ich war nicht die erste, und ich werde wohl leider nicht die letzte Frau sein, der Du mit so einer Frauenverachtung gegenübertrittst. Du wirst nie in der Lage sein, 'ne wirklich menschliche Beziehung zu 'ner Frau aufzubauen mit dieser Haltung. Oder Du mußt Dir wirklich so'n richtiges Dummchen suchen, die das mit sich machen läßt und zu Dir aufschaut.

Du bist an Sabine so rangegangen. Und auch an mich. Du hast nie meine Persönlichkeit akzeptiert und versucht, mich kennenzulernen. Du hast Deine Schublade gehabt. In der war ich drin: die Frau ohne Substanz. Weltfremd. Rückwärtsschauend. Ohne Selbstbewußtsein. Eine schwache Persönlichkeit. Und das hast Du mir dauernd in allen erdenklichen Formen um die Ohren gefetzt. Und ich habe es lange mit mir machen lassen. Habe mich darauf eingelassen, mich zu rechtfertigen. Dir beweisen zu wollen, was andere Menschen von vornherein akzeptieren: Nämlich, daß ich eine ernstzunehmende, gleichwertige Persönlichkeit bin. Daß ich „Substanz" habe. Du Schwein!

Habe mich darauf eingelassen, weil ich nämlich einen Schwachpunkt ja auch wirklich hatte. Nämlich den, daß ich Dich immer noch geliebt habe. Ich habe mich immer nur mit halber Kraft wehren können, weil ich Dich immer noch geliebt habe und nicht wahrhaben wollte, daß Du meine ganze Person mißachtest. Wie kann man das auch von dem Menschen wahrhaben wollen, den man liebt.

Scheiße, daß ich fünf Monate gebraucht habe, um das zu erkennen. Ach nee, es sind nur vier. Am 13. September hab ich Dich kennengelernt. Aber besser eine späte Erkenntnis als gar keine.

Mich kotzt Deine Unehrlichkeit an. Erst zu mir zu sagen, Du seist zu einem Gespräch mit Jan und Uschi bereit, Freitag abend vorzuschlagen, mit der Bemerkung: „Ich weiß noch nicht genau, ob ich Zeit habe." Am Dienstag morgen noch zu sagen: „Ich ruf Euch noch an." Und Dir dann 'n gemütlichen Abend in der Zwiebel zu machen. Ohne anzurufen natürlich. Sag doch gleich: „Ich bin dazu nicht bereit". Sag doch gleich: „Mir ist es scheißegal, wie's Dir geht". Das wäre wenigstens ehrlich, Du Schwein! Aber ehrlich sein konntest Du ja die ganze Zeit noch nicht, seit ich Dich kenne. Dazu hast Du leider etwas zu wenig „Substanz". Ich frag mich, wie oft ich jeden Abend bei Dir vor der Tür stehen müßte, bis Du endlich mal ehrlich sagst: „Du nervst mich." Und Dich nicht mehr nur wie ein Aal hintenrum rauswindest, indem Du Verabredungen nicht einhältst. Leider war mir meine Zeit zu schade, um das mal 'ne Woche durchzuprobieren.

Ich hab ja auch unter Linken schon viele Sauereien erlebt. Aber so ein frauenfeindliches Schwein wie Du ist mir noch nicht untergekommen.

Mit feministischen Grüßen

Svende

P.S.: Vielleicht könntest Du mir auch mal irgendwann mein Hemd wiedergeben. Solltest Du nicht in die Gegend kommen: Es gibt auch eine Post.

Ach und noch was: Bevor Du diesen Brief aus der Hand legst und sagst: „Die spinnt! Hysterisches Weibsbild!", solltest Du Dir vielleicht mal überlegen, wenn zwei Frauen, mit denen Du mal 'ne Beziehung hattest, genau die gleiche Kritik an Dir haben, ob das dann nicht was zu bedeuten hat.

Ich fahre in den Kopie-Shop, um mir den Brief zu fotokopieren. Dann nach Altona. Je näher ich seiner Wohnung komme, desto größer wird mein Herzklopfen. Aber nicht aus Angst, sondern aus Spannung. Ich klingel. Nichts rührt sich. Er ist bestimmt da. Hat sich nur nach der Arbeit hingelegt und schläft jetzt. Geil. Hoffentlich ärgert er sich, daß ich ihn aufgeweckt habe. Ich klingel nochmal. Endlich ertönt der Summer. Als ich in seine Wohnungstür trete, ist es dunkel auf dem Flur. Ich kann ihn kaum erkennen. Er faßt mit beiden Händen nach meinem Kopf. Will mich streicheln. Ich weiche zurück: „Ich will mein Hemd abholen", sage ich nur. Ich will keine zärtliche Begrüßung. Ich will ihn anspucken. Entziehe mich seinen Händen und weiche ins Dunkel zurück. Ich würde gerne sehen, was für ein Gesicht er jetzt macht. Es ist zu dunkel. Es ist das erste Mal, daß ich ihm Zärtlichkeiten verweigert habe. Das erste Mal. Was er wohl denkt jetzt?

„Oh, hab ich das Licht hier angelassen?", meint er und macht das Licht im Wohnzimmer aus. Geht ins Schlafzimmer. Steht vor der Tür zur Küche. Reibt sich die Augen und brabbelt was von gestern abend, gesoffen haben und so weiter. „Wo ist mein Hemd?", frage ich zum zweiten Mal. Er hat eine ganz schlabberige Unterhose mit kurzen Beinchen an und friert. Steht vor der Küchentür und reibt sich die Augen. Als er merkt, daß er mich mit seinen Saufgeschichten auch nicht hinhalten kann, geht er in die Küche. In der Zwischenzeit lege ich den Briefumschlag neben's Bett.

Er kommt mit dem Hemd. „Ist es denn nun inzwischen gewaschen?", frage ich. Er grinst verlegen. Gibt mir das dreckige Hemd wieder, das er sich vor zwei Monaten von mir geliehen hat, weil er was Sauberes anziehen wollte, den Abend, als er hoffte, seine Ex-Freundin würde ihn wieder aufnehmen. Das dreckige Hemd, mit dem ich ihn schon einmal wieder nachhause geschickt habe, weil ich es eine Selbstverständlichkeit finde, daß *er* es wäscht, wenn er es sich sauber von mir geliehen hat. „Ich find das nicht lustig", sage ich und verstaue das Hemd in meinem Korb. „Ich hab dir da noch 'ne Kleinigkeit mitgebracht." Ich deute mit einem kurzen Kopfnicken auf den Brief. „Weshalb bist du denn Freitag nicht gekommen?"

Er fängt wieder an, sich die Augen zu reiben. Wüschelt in seinem Gesicht rum und murmelt was von: „Freitag? Wieso Freitag, ach, war das Freitag? Nee, wir hatten doch ... Donnerstag war das." – „Mensch, Arne. Ich hab keine Lust mehr." Ich sehe ihn haßerfüllt an.

Er wüschelt wieder in seinem Gesicht rum, reibt sich die Augen und entzieht sich so meinem Blick. Brabbelt wieder was von Freitag und tut so, als wenn er die Tage durcheinander gekriegt hat.

„Und warum hast du nicht mal angerufen?" – „Ja, das stimmt, hab ich nicht gemacht."

„Du lernst es nie", sage ich hart und warte darauf, daß er mich anguckt. Sammel die Spucke in meinem Mund. Aber er guckt mich nicht an. Grabbelt sich wieder im Gesicht rum und reibt sich die Augen. Damit es so wirkt, als hätte er einen Grund, mich nicht angucken zu können. Aber ewig kann er sich auch nicht im Gesicht rumwüscheln. Als er mich wieder anguckt und wieder was brabbelt, als wenn er die Tage verwechselt habe, spucke ich ihn an, drehe mich um, ohne ihn noch einmal anzusehen und knalle seine Wohnungstür hinter mir zu.

Auf dem Nachhauseweg fühle ich mich wohl. Unheimlich wohl. So wohl, daß ich mich spontan entschließe einzukaufen und heute abend zu kochen. Porree, Paprika und Wurzeln. Und das Hack mit Schafskäse angebraten. So, wie ich es bei Arne gelernt habe. Und dazu Reis. Zur Feier des Tages.

Weil ich Arne heute angespuckt habe, gibt es das Essen, was er mir beigebracht hat. Uschi und Jan mögen es auch gerne. Mir schmeckt es heute abend besser denn je.

Ich freue mich auf Mittwoch. Was er wohl für'n Gesicht macht, wenn er von der Arbeit kommt und die Parole auf seiner Scheibe sieht.

Mir wird allmählich klar, warum ich mich so wohl fühle jetzt. Ich habe mit meiner Brief- und Spuckaktion den Bruch vollzogen. Habe etwas gemacht, wovon ich mir denken kann, daß es dazu führt, daß Arne jetzt gar nichts mehr mit mir zu tun haben will. Und daß ich das bewußt in Kauf genommen habe. Daß es mir wichtiger war, meine Wut an ihm auszuleben, als mir seine restlichen Sympathien zu erhalten. Das zeigt mir, daß ich einen ganzen Schritt weiter gekommen bin. Auch wenn ich noch nicht sagen kann, Arne ist für mich erledigt. Aber meine Wut war stärker als das Bedürfnis, mir seine „freundschaftlichen" Gefühle zu erhalten. Dieses Bewußtsein baut mich unheimlich auf. Nicht das Gefühl, ihm eins ausgewischt zu haben. Sondern das Bewußtsein, einen ganz radikalen Schritt in meinem Loslösungsprozeß vollzogen zu haben. Und es ihm auch hautnah vermittelt zu haben. Ich bin stolz auf meinen Brief. Weil ich ganz sauber und klar rausgearbeitet habe, warum er ein Schwein ist. Daran kann er nicht vorbei. Ich fange an zu überlegen, was er wohl für ein Gesicht gemacht hat, als ich ihn angespuckt habe? Schade, daß ich mich nicht noch einmal umgedreht habe. Ich erinnere nur zwei riesige Spuckefetzen auf seinem dunkelblauen Kapuzennicki. Zwei Spuckefladen, die weiß und schnodderig an seiner Brust hängen. Groß und unregelmäßig da kleben, sich vor dem dunklen Hintergrund abheben. Ich bedaure es nicht, daß ich nicht sein Gesicht getroffen habe. Obwohl ich das eigentlich vorhatte. Aber ich hab dann einfach so geradeaus losgespuckt und er ist halt einen Kopf größer als ich. Aber darauf kommt es auch nicht an. Es kommt darauf an, daß ich ihn angespuckt habe. Und getroffen hab ich ja. Zwei schnodderige, weiße Fetzen auf seiner Brust.

Zum ersten Mal fängt Arne an, mir leid zu tun. Nicht wegen der weißen Fetzen auf seiner Brust. Nein. Ich habe ein anderes Bild viel stärker im Kopf. Wie er da mit seinem blauen Nicki und in seinem viel zu großen Liebestöter vor der Küchentür steht und sich die Äuglein reibt. Ich stehe ein paar Meter von ihm weg und sehe ihn von der Seite. Wie er anfängt, mir was von seinen Saufgeschichten von gestern abend zu erzählen, weil er scheinbar ein paar belanglose Sätze mit mir wechseln will, um die Situation aufzulockern. Sich mit beiden Fäusten im Gesicht rumwüschelt. Die kurzen Beinchen seiner Unterhose, die ihm um die Oberschenkel schlabbern. Wie er da in seinem Liebestöter steht, sich die Äuglein reibt und irgendwas brabbelt. Und die Frau neben ihm, die zum zweiten Mal fragt: „Wo ist denn nun mein Hemd?" Irgendwie fängt er an, mir leid zu tun, weil ich plötzlich merke, daß ich weiter bin als er. Daß er mit seinem Leben viel weniger klar kommt als ich. Sein ewiges Gesaufe („manchmal knall ich mir ganz gerne einen"). Warum sollte ein Mensch, der mit seinem Leben wirklich klar kommt, so viel saufen wie Arne. Armer Arne. Er wird noch lange brauchen, um wirklich ehrlich mit sich selber umgehen zu können, vielleicht wird er es auch nie schaffen. Vielleicht wird er es immer nötig haben, in solchen Situationen damit zu kommen, wie toll es wieder war und mit wem er gestern gesoffen hat. Vielleicht wird er es immer nötig haben, sich unangenehmen Blicken durch das Rumgereibe in seinen Augen zu entziehen.

Hinter seiner ganzen männlichen Unsensibilität steckt so viel Unsicherheit, daß sich langsam aber sicher wieder von hinten rum ganz viel Sympathie in mein Mitleid einschleicht. War er nicht niedlich, wie er da in seinem Liebestöter stand und sich die Äuglein rieb?

Aber es bleibt Mitleid. Es ist nicht mehr das Gefühl, was ich vor einer Woche noch für ihn empfunden habe. Es bleibt Mitleid. Auch wenn bei der Erinnerung an die kurzen Beinchen seiner Unterhose ganz viel Zärtlichkeit mitschwingt.

Und ich erinnere mich, daß schon einmal Mitleid in einem sehr schwierigen Ablösungsprozeß eine Rolle gespielt hat. Bei Uli. Daß meine bedingungslose, unterwürfige emotionale Abhängigkeit von ihm nach drei Jahren in Mitleid umschlug, als ich merkte, daß ich ihn hinter mir lassen werde. Daß ich ihm im Endeffekt überlegen bin. Und daß dieses Mitleid der erste emotionale Schritt zur Bewältigung meiner Abhängigkeit war. Erinnere den mittelblauen VW, wie er mich bei meiner Oma vor der Tür abgesetzt hat. Wie er dauernd Gas gibt und noch nicht losfährt. Habe plötzlich die Assoziation eines großen schwerfälligen Käfers, der brummt und nicht von der Stelle kommt. Der Käfer ist nicht mehr das Auto, sondern Uli selber. Ein riesiger Maikäfer, der auf dem Rücken liegt. Hilflos und auf andere angewiesen, die sich seiner erbarmen. Alleine nicht mehr fähig, sein Leben fortzuführen. Hilflos brummt der große schwerfällige Käfer vor sich hin und tut mir leid, weil ich ihn nicht mehr liebe. Ich empfinde nur noch Mitleid für ihn. Und er möchte von mir geliebt werden. Und als mir das bewußt wird, tut er mir noch doppelt leid.

Ich werte das Mitleid, das ich Arne gegenüber empfinde, auch als Zeichen, daß ich anfange, drüber hinwegzukommen. Er ist nicht mehr ein nicht in den Griff zu kriegendes Etwas, das mich in meiner emotionalen Abhängigkeit in der Hand hat. Sondern er ist plötzlich jemannd, der viel schwächer ist, viel unsicherer als ich. Jemannd, den ich hinter mir lasse, wenn ich jetzt meinen Weg alleine weitergehe.

Aber bei allen Erklärungen für sein Verhalten: Es ändert nichts an der Tatsache, daß er sich total chauvinistisch verhält und nur mit Holzhammerschlägen vor den Kopf aufgeweckt werden kann. Dienstag nachmittag kaufe ich eine lila Sprühdose mit Ölfarbe. Im Sonderangebot für 6.95 DM. Immer noch ganz schön teuer. Aber das laß ich mir was kosten.

Am Mittwochmorgen schaffe ich es zum ersten Mal wieder, ohne Schwierigkeiten ganz früh aufzustehen, obwohl ich tierisch wenig geschlafen habe die letzte Zeit. Aufregung und Vorfreude auf der Fahrt. Hoffentlich ist er nicht ausgerechnet heute krank oder aus irgendwelchen anderen Gründen nicht zur Arbeit gegangen.

Es ist dunkel bei ihm in der Wohnung. Wir können uns Zeit lassen. Wir wischen mit einem Lappen erstmal den Dreck von den Fenstern, damit die Farbe auch gut hält. Kann der Kerl froh sein, daß wir ihm noch die Fenster putzen. Und dann fangen wir an. Überlegen uns vorher gut, wie wir uns den Platz einteilen. Lassen uns Zeit. Sprühen sorgfältig. Erst schön dünn, damit die Farbe nicht runterläuft und so dicke Farbnasen gibt. Und bei den wichtigen Buchstaben nochmal drübersprühen. Die Leute, die vorbeikommen, gucken, wundern sich vielleicht kurz und gehen weiter, ohne stehen zu bleiben. Als wir fertig sind, machen wir in aller Ruhe noch Dias. Damit wir auch 'n Erinnerungsfoto an diesen historischen Augenblick haben. Es sieht wirklich toll aus. Auch von weitem gut zu lesen. Das Haus ist ganz dunkel. Rotes Mauerwerk und dunkelgrüne Fensterrahmen. In grellem Lila leuchtet uns „Auch hier wohnt ein Frauenfeind" entgegen.

Schade, daß ich nicht im Haus gegenüber am Fenster sitzen kann, um Arne's Gesicht zu sehen, wenn er nachhause kommt. Nachmittags gegen halb vier werde ich immer aufgeregter. J e t z t kommt er von der Arbeit und steht grade vor seiner Haustür. In mir jubelt alles.

Am Abend kreisen meine Gedanken um die Zukunft. Wie sich mein Verhältnis zu Arne wohl in einigen Monaten oder gar in einigen Jahren gestalten wird? Wie es wohl in seinem Bekanntenkreis aufgenommen wird, was da an seinem Fenster steht? Hoffentlich läßt sich erstmal keine Frau mehr mit ihm ein. Wenn er grade hinter einer her ist und die ihn dann fragt: „Warum steht denn das an deinem Fenster?". Ob er ihr dann wohl meinen Brief zeigt? Ob er ihr die Wahrheit sagt? Ob die Frau dann sagt: „Also hör mal Typ, wenn du so einer bist, will ich nichts mehr von dir." Und dann ist er sie los. Ha! Dann kann er mit ihr nicht so'n Chauvi-Kram machen, wie mit mir. Das geschieht ihm recht. Und wenn er dasteht und die Farbe von seinem Fenster abkratzt. Hoffentlich kommen dann viele Linke vorbei, und es ist ihm ordentlich peinlich. Und alle wissen: Da hat eine Frau Gründe dafür gehabt, „Frauenfeind" an sein Fenster zu schreiben.

So in vier Wochen oder so, da werde ich eines Abends so, als wenn nichts gewesen ist, bei ihm vor der Tür stehen und ihn fragen, in welcher Kneipe er denn jetzt mit mir 'n Bier trinken möchte? Dann werd ich ihn mal fragen, was er aus unserer „Beziehung" gelernt hat. In aller Freundschaft ein Bier mit ihm trinken. Darauf freue ich mich. Aber erst in vier Wochen oder so. Im Moment will ich erstmal meine Ruhe haben. Ich habe nicht mehr das Bedürfnis, ihn bald zu sehen, ihm hinterher zu laufen.

Als ich am nächsten Abend am Abendbrotstisch sitze, kann ich mich zum ersten Mal wieder so richtig drauf freuen, daß ich gleich 'n Termin habe. Daß ich gleich über Afghanistan diskutieren werde. Ich kann mich wieder auf sowas wie 'ne politische

Diskussion freuen. Als es klingelt, steht Uschi auf und fragt durch die Sprechanlage: „Wer ist da?" – „Arne", tönt eine dunkle weiche Stimme durch den Lautsprecher. Uschi drückt den Summer, öffnet die Wohnungstür.

„Hast du das gehört?", fragt sie mich. Ja, natürlich habe ich es gehört. Ich sitze ja schließlich einen Meter daneben und esse. Gehört habe ich es. Aber es dauert doch eine Weile, bis es in meinem Kopf ankommt. Arne steht unangemeldet unten vor der Haustür. Heute. Am Donnerstagabend. Einen Tag nach der Sprüh-Aktion.

Arne kommt in die Tür. Uschi, Jan und ich sitzen im Flur am Tisch und essen Abendbrot. Arne hängt seine Jacke an die Garderobe. „Wenn du Tee willst, mußt du dir 'ne Tasse aus der Küche holen", sage ich. Arne geht in die Küche. Wir drei grinsen uns verhalten an. Arne setzt sich mit seiner Tasse neben mich, schenkt sich Tee ein. Keiner von uns sagt was.

„Schöner Spruch, den ihr da angemalt habt. Aber ich mach ihn nicht weg", meint Arne endlich und eröffnet damit die Konversation. Ich auch nicht, denke ich mir, sage aber nichts. Grinse nur. Arne grinst auch. Ganz freundlich. Er behauptet, daß ihn die Parole am Fenster nicht stört. „Irgendwann mach ich es sicher weg. Irgendwann sicher. Aber nicht sofort. Warum denn? Mich stört es nicht." Er sei gekommen, um den Brief zu diskutieren. Nur wegen des Briefs sei er gekommen. Nicht wegen des Fensters.

Uschi, Jan und ich müssen innerlich grinsen. Wie er da sitzt und uns glauben machen will, ihn hätte das alles nicht berührt. Er sei nur gekommen, weil er die Inhalte aus dem Brief diskutieren will. Keiner glaubt ihm das. Ihm, Arne, der heute am Donnerstag Plenum hätte. Arne läßt einen politischen Termin sausen, um mit mir zu diskutieren. Arne steht einen Tag nach der Spritz-Aktion vor der Tür. Arne, der sich sonst nach jedem Brief von mir erstmal zwei Wochen Zeit gelassen hat, meine Telefonnummer noch mal zu verlegen. Und dann sich dagegen gesträubt hat, für eine Diskussion mit mir mal 'n Termin eher zu beenden. Arne steht einen Tag später vor der Tür und will mit mir diskutieren und behauptet, ihn würde das alles nicht stören, er käme nur wegen des Briefes. Arne, der heute abend Termin hätte!

Aber Gott sei Dank habe ich keine Zeit heute. Endlich habe *ich* mal einen politischen Termin, der mir wichtiger ist als eine Diskussion mit ihm.

Wir bieten ihm den nächsten Abend an. Ich will, daß Jan und Uschi diese Diskussion mitmachen. Morgen abend haben wir alle Zeit. Aber Arne hat 'n Termin. Kann erst ab neun, halb zehn. Ich werde unfreundlich. Halb zehn ist mir zu spät. Sage ihm, daß ich mich auf neun noch einlassen würde, aber halb zehn sei mir zu spät. Wir einigen uns darauf, daß Arne versucht, so schnell wie möglich hier zu sein. Dann frage ich ihn noch, ob er was dagegen hat, wenn Sabine an der Diskussion auch noch teilnimmt. „Nö!", da hat er nichts gegen. Ich rufe Sabine an. Sie ist nicht da. Schade. Aber nicht so wichtig. Wichtig ist mir im Moment, daß ich in Arne's Gegenwart die Telefonnummer aus dem Kopf wußte. Daß Arne mitkriegt, daß sich zwischen Sabine und mir was abspielt. Und er weiß nicht genau, was. Ich möchte zu gerne wissen, was sich in seinem Kopf abspielt, wenn er sagt, das mache ihm nichts aus. Sich demonstrativ so verhält, daß alle Welt mitkriegen muß: Arne ist durch nichts zu verunsichern.

Uschi und Jan wollten mich sowieso mit dem Auto mitnehmen und mich unterwegs absetzen. Jetzt nehmen wir Arne auch noch mit. Im Auto unterhalten wir vier uns über irgendwelche belanglosen, lustigen Dinge. Ich bestehe darauf, daß ich zuerst zu meinem Termin gefahren werde, weil ich es wichtiger finde, daß ich noch rechtzeitig komme, als daß Arne auf seinem Scheißplenum erscheint.

Am Freitag vormittag sagt Jan irgendwann beiläufig zu mir: „Du hast ihn geknackt." Habe ich ihn wirklich geknackt? Wie meint Jan das? – Am Abend sitze ich mit Jan und Uschi beim Abendbrot. Meinen Brief an Arne in der Hand. Eigentlich bin ich viel zu faul, noch was vorzudiskutieren. Arne wollte neun, halb zehn kommen, und es ist schon acht Uhr. Ich will mich vorher noch 'ne halbe Stunde hinlegen.

Jan und Uschi bohren in mir rum. Ich will nicht. Ich bin müde. Na gut. Bis halb neun. Dann hab ich noch 'ne halbe Stunde, wenn Arne um neun kommt. Aber ich weiß gar nicht, was ich diskutieren soll. In meinem Kopf ist alles durcheinander und verschwommen. Ich kriege keine klaren Gedanken zusammen. Irgendwie sage ich dann, ich würde Arne zurückweisen, wenn er was von mir wollte. Uschi sagt, sie sieht nicht, daß er meinetwegen kommt. Er kommt nur seinetwegen. Jan meint auch: „Er will kein Schwein sein. Das hat ihn getroffen. Er ist hergekommen für sich selber. Und das Wichtigste ist für ihn schon gelaufen. Er ist nicht abgewiesen worden. – Er will nicht, daß wir denken, er sei ein Schwein." Und dann meint Uschi noch, daß sie gehofft hätte, daß ich weiter sein würde. Aber ich bin's nun mal nicht. Ich habe schon wieder die Illusion im Kopf, daß der Scheißkerl doch was von mir will. (Du hast ihn geknackt.) Wenn auch nur, damit ich ihn diesmal abweisen könnte. Um ihm endlich mal zu zeigen, wie das ist.

Aber ist ja egal. – Tatsache ist, daß ich mir wieder Hoffnungen gemacht habe, daß Arne nun endlich doch was von mir will. Und es ist nicht das erste Mal so, daß ich denke: So! Jetzt bin ich mit dem Scheißkerl endgültig fertig. Siehe Umzug: Da hab ich auch fast eine Woche lang gedacht, jetzt sei ich drüber weg. Jetzt könne er mir gestohlen bleiben, weil er mich zum dritten Mal hat sitzen lassen. – Und dann meldet dieser Scheißkerl sich immer so lange nicht, bis das Bedürfnis, ihn zu sehen, meine Wut auf ihn doch wieder besiegt hat. – Daß ich doch wieder umgekippt bin, wenn das Telefon endlich klingelt. Und nun muß ich vor Uschi und Jan und mir selber zugeben, daß er es auch diesmal wieder geschafft hat.

Und es ist so wahnsinnig anstrengend, darüber überhaupt nachzudenken. Ich will ins Bett. Es ist auch schon halb neun. Ich will mich endlich hinlegen. Ich habe keine Kraft, mir noch irgendwelche vorbereitenden Gedanken für dieses Gespräch zu machen. Kann bestimmt nicht die einleitenden Worte übernehmen. Ich will nichts sagen, woraus Arne entnehmen könnte, daß ich doch noch Sympathien für ihn hege. Ich will den Eindruck aufrecht erhalten, daß ich ihn für ein Schwein halte. Für ein absolutes Schwein. Ich will ihm keinen kleinen Finger reichen heute abend. Deshalb will ich das Gespräch auch nicht anfangen. Bitte Jan und Uschi, das für mich zu tun. Die wollen es auch nicht. Sagen, daß *ich* schon mit ihm reden muß. Daß ich irgendwie aktiv in die Diskussion reingehen muß. Daß sie mich nur unterstützen können.

Plötzlich klingelt es. Arne steht vor der Tür. Es ist neun Uhr. Nichts mehr mit hinlegen. Nicht einmal eine halbe Stunde Zeit, um noch einmal Abstand zu gewinnen. Noch einmal aufzuatmen.

Wie das Gespräch nun wirklich angefangen hat, kann ich nicht mehr sagen. Als ich ihn frage, was er denn nun meint, meint er erstmal gar nichts. „Ich hab dir doch 'n Brief geschrieben." – Ja, aber da könne er nicht viel mit anfangen. Ich soll ihm das nochmal erklären. Ich fand meinen Brief eigentlich sehr klar. Sehr schlüssig. Ich weiß nicht, weshalb er da nichts mit anfangen kann. Wir fangen also nochmal bei dem Beispiel mit der Vergewaltigung an. Arne sagt, daß er es damals so gemeint hätte, daß ich es nicht zu erzählen b r a u c h e, wenn es mir schwer fällt. Und daß er mit einer Frau, natürlich der Anke, darüber geredet hat und die ihm auch gesagt hätte, es sei klar, daß es bei mir so angekommen ist, wie es angekommen ist. Und auf Jan's Nachfragen hin kommt dann auch, daß er eben selber Schwierigkeiten hat, sich sowas anzuhören, wenn 'ne Frau ihm erzählt, wie sie vergewaltigt worden ist. Und dann bringt er seine Heimerziehung ins Spiel. Daß er praktisch 18 Jahre lang vergewaltigt worden ist, und ...

Den Rest kriege ich nicht so recht mit. Ich hake nach. „Wolltest du damit sagen, daß du auch 18 Jahre lang vergewaltigt worden bist und das ist genauso schlimm. Oder wie?"

Nee. Da hab ich ihn Gott sei Dank falsch verstanden. So hat er es nun doch nicht gemeint. Er meinte, daß es für ihn darauf ankommt, wie jemand diese Erfahrungen verarbeitet hat, da heute mit umgeht. Er findet es unwichtig, in den konkreten Ereignissen der Vergangenheit rumzustochern. Deshalb erzählt er seine Sachen auch nicht.

Okay. Die Entscheidung kann er ja für sich getroffen haben. Deshalb kann er nicht von anderen verlangen, da genauso ranzugehen. Und wenn er merkt, daß ich sehr wohl das Bedürfnis habe, mit ihm über meine ganz konkreten Erfahrungen zu sprechen, ihm zu erzählen, wie ich vergewaltigt worden bin, dann muß er das akzeptieren. Dann kann er nicht sagen: „Ich habe mich aber dafür entschieden, nur noch über die Verarbeitung zu sprechen, nicht mehr über die Sache selber." Und außerdem hätte er dann auch mal d a s sagen müssen, was er im Kopf hatte. Und nicht: „Das interessiert mich jetzt eigentlich weniger." Und er hat ja auch nicht nachgefragt, was diese Erfahrung denn heute für mich bedeutet. Auch wenn er das gestern steif und fest behauptet hat. Obwohl ich ihm gesagt habe: „Das stimmt nicht. Wir haben da nie drüber geredet." Er ist dann „ärgerlich" geworden und meinte immer noch, wir hätten darüber geredet. – Ich bin auch doof. Ich hätte ihn doch einfach fragen können: „Ja? Und was haben wir da diskutiert. Was ist aus der Diskussion rausgekommen? Was weißt du darüber, wie ich es verarbeitet habe?" Dann wäre er nämlich fein still gewesen und hätte selber gemerkt, daß er darüber nichts weiß, weil wir uns darüber nicht unterhalten haben. Aber dazu war frau mal wieder zu blöd, um im richtigen Moment auf diese Frage zu kommen.

Arne hört sich das alles an, was wir ihm sagen. Ab und zu fallen seine beiden Standardsätze: „Das seh ich anders". Manchmal in der Variation: „Das seh ich e t w a s anders" und „ich hör mir das erstmal an". Arne hört sich immer erstmal an. Und überdenkt dann. Bei jeder Diskussion. Ich erinnere mich an keine Diskussion über persönliche, ihn betreffende Themen, wo Arne nicht die Rolle des „ich hör mir das erstmal an" eingenommen hätte. Nur in politischen Diskussionen. Da hört Arne nicht erstmal an. Da legt er los und hört sich leider viel zu wenig an. – Aber heute hört Arne sich erstmal an. Ab und zu bringt er dann auch ein paar längere Monologe. Wie er das sieht. Er sieht das etwas anders.

Er fängt nicht immer sofort an, von sich zu „quatschen". Dazu braucht er auch Vertrauen. Er guckt sich erstmal an, was jemand so macht. Und vor allem, was jemand politisch so macht. Das ist für ihn sehr wichtig, sehr wichtig. Wenn er so sieht, was jemand politisch so macht, dann kann er auch so schrittweise ... so nach und nach ... dann fängt er an, sich zu öffnen. Aber das Politische, das ist sehr wichtig für ihn. Sehr wichtig. Und so schrittweise, von beiden Seiten ... Vertrauen entwickeln, sich lange kennen. Aber nicht gleich sofort anfangen, über so persönliche Sachen zu „quatschen". Dazu braucht er Vertrauen. Und muß jemanden in der politischen Arbeit kennenlernen. Er guckt sich erstmal an, was jemand so macht.

Irgendwie ist das Gespräch dann kurz unterbrochen. Ich versuche, den roten Faden wieder aufzunehmen. „Was hatten wir eben grad am Wickel?"

„Arne hat uns gerade seine Theorie ausgebreitet, Vertrauen zu entwickeln durch schrittweises Nicht-Öffnen", meint Jan.

Alle müssen lachen. Auch Arne. Der so selten richtig lacht. So selten, daß ich die wenigen Male, wo ich ihn richtig habe lachen sehen, in ganz deutlicher Erinnerung behalten habe. Arne lacht so, daß man seine Zahnlücke sieht, die eigentlich ganz schön weit hinten ist. So daß man sie immer nur sieht, wenn er mal ganz doll lacht. So wie jetzt. Ich freue mich immer, wenn ich Arne so lachen sehe. Aber diesmal freue ich mich nicht nur darüber, daß er lacht. Sondern auch darüber, daß er mit uns lachen kann.

„Arne hat uns gerade seine Theorie ausgebreitet, Vertrauen zu entwickeln durch schrittweises Nicht-Öffnen.” Eine Bemerkung, die Arnes ganze breit ausgewalzte Darlegung so treffend ad absurdum führt. So treffend, daß selbst Arne darüber lachen muß. Wir sagen ihm noch, daß wir das etwas anders sehen. Vor allem, daß ich mich ihm ja geöffnet habe. Daß ich ja Vertrauen zu ihm hatte. Daß es ja gar nicht darum ging, daß er was von sich erzählen sollte in dem Moment. Arne hört sich das erstmal an. Und dann reitet er wieder darauf herum, daß er gegen so'n Aufrechnen ist. Daß ihn an mir stört, daß ich auch was von der Gegenseite ,,verlange”, wenn ich mich öffne. Daß ich ihm schon ein paarmal gesagt habe, daß ich mich nicht mehr öffnen kann, wenn ich ein paarmal was von mir rauslasse und nie was zurückkommt. Das findet er nicht gut.

Mit anderen Worten: Arne verlangt einen Vertrauensvorschuß. Den hab ich ihm nun aber reichlich gegeben. Wenn ich bedenke, was ich ihm alles von mir offenbart habe und wie wenig er mich an sich rangelassen hat! Und dann geht wieder die Platte mit dem politischen Vertrauen los. Wir schaffen es sogar, ihn davon zu überzeugen, daß das auch bei ihm nicht immer so einfach läuft. Daß auch er nicht immer nur da menschliche Beziehungen entwickelt, wo er jemand in der politischen Arbeit kennenlernt. Dem stimmt er auch zu. Aber trotzdem meint er, daß seine Theorie weitgehend richtig ist. Muß ich mich erstmal in meiner politischen Arbeit „bewähren”, damit Arne ein rein menschliches Vertrauen zu mir gewinnt? Ich fange an, ziemlich wütend loszuholzen. Wo denn die Leute seien, zu denen er ein Vertrauensverhältnis hat. Ich würde keine kennen. Aus seiner BI höre ich auch immer nur, daß die Leute an ihm kritisieren, daß er sich nicht öffnet.

Nee, in Hamburg hätte er auch nicht solche Beziehungen. Aber in Dortmund. Ich glaub ihm kein Wort. Mit Dortmund kann er natürlich ankommen. Das kann ich nicht nachprüfen. Aber von Sabine hat er mir auch mal erzählt, daß er eine viel größere Vertrautheit zu ihr empfindet als zu mir. Und als ich dann mal bei Sabine selber nachgefragt habe, da hörte sich das auch etwas anders an. „Die in Dortmund wundern sich, daß da nach so langer Zeit immer wieder derselbe ankommt. Nicht kleinzukriegen!”, klingt mir Arnes Satz von neulich im Ohr. Also kennen die Leute in Dortmund ihn auch in erster Linie als den ungebrochenen Polit-Macker. Immer wieder derselbe. Keinen persönlichen Schwankungen unterlegen. Und das sollen die Leute sein, denen er sich öffnet! Naja.

Aber an Arne ist nicht ranzukommen in dem Punkt. Er hat sein abgeschlossenes Weltbild über sich selber. Und die Grundfeste hat er in Dortmund gelegt, wo keiner aus unserer Runde was zu sagen kann. Jan kommt irgendwie darauf zu sprechen, daß er Uschi auch in erster Linie als Mensch kennengelernt hat und nicht geguckt hat: Jetzt muß ich mir erstmal ihre politische Arbeit angucken, bevor ich Vertrauen zu ihr entwickeln kann. Uschi und ich lachen. Und daß Uschi für ihn die wichtigste Vertrauensperson geworden ist, ohne daß er sie nach ihrer politischen Arbeit „beurteilt" hat.

„Das wäre bei mir auch so. In so einer Beziehung", ist Arne ganz schnell dabei. Wenn er eine Beziehung zu einer Frau hätte ... daß wäre für ihn auch so. Da würde er sich öffnen ...

„Das ist ja gelogen", fahre ich ihm dazwischen. „Bei Sabine hast du das ja auch nicht gemacht. Und da hast du ja nun lange genug Zeit gehabt. Das ist ja einfach gelogen." Ich bin wütend. Er soll seine Widersprüche endlich mal einsehen. Wieso bleiben Uschi und Jan denn so ruhig? Und halten mich sogar noch zurück, wenn ich auf ihn losgehen will? Ich bin wütend. Sauwütend. Der Kerl widerspricht sich am laufenden Band und man kann ihn noch nicht mal auf seine Widersprüche festnageln. Weil er dann immer nur noch dasitzt und sich das „erstmal anhört".

Auf meine Frage: „Was hast du eigentlich gedacht, als ich dich angespuckt habe?" kommt: „Nichts. Nichts hab ich mir dabei gedacht. Was soll ich mir dabei gedacht haben?" Und auf das vollgesprühte Fenster hin hat er sich auch nichts gedacht. „Sowas laß ich auflaufen. Einfach auflaufen." Es ist ja auch das Normalste von der Welt, wenn einen eine Frau anspuckt und „Frauenfeind" aufs Fenster sprüht. Was soll mann sich da schon denken?

Und dann sagt Arne plötzlich, daß es ihm jetzt genug sei. Daß er die Diskussion abbrechen möchte. Sonst werde es ihm zuviel auf einmal. Das könne er dann nicht verarbeiten. Wir machen also Schluß. Was sollen wir auch anderes machen? Gehen zum gemütlichen Teil des Abends über. Holen Wein und Gläser. Jan hat Whisky. Das ist natürlich was für Arne. Reden über Horst Mahler. Ich sage, daß es irgendwie nicht in meinen Kopf rein will, wie Leute, die mal ernsthaft auf unserer Seite gestanden haben, so umkippen können. Ich verstehe es wirklich nicht.

Arne sagt, daß er von sich auch nicht sicher sagen kann, daß er nicht umkippen würde. Daß keiner von uns gegen eine Gehirnwäsche ganz sicher gefeit ist.

Er hat recht. Ich war noch nie im Knast. Habe nicht in Isolationshaft gesessen. Ich habe gut reden. Aber daß ausgerechnet Arne sagt, er könne keine Garantie dafür geben, sich nicht umdrehen zu lassen ... damit habe ich nicht gerechnet. Wenn selbst der starke, selbstsichere Polit-Macker Arne sowas sagt ... wahrscheinlich habe ich wirklich keinen Begriff davon, was Isolationsfolter heißt. Ich kann mir zwar anhören, was die Gefangenen selber darüber sagen. Es kommt auch wirklich irgendwo in meinem Kopf an. Aber – kann mann/frau sich das vorstellen, was das wirklich heißt, wenn sie's nicht am eigenen Leibe erfahren hat?

Plötzlich merke ich, daß Arne bewirkt hat, daß in meinem Kopf etwas zu rotieren anfängt. Dabei habe ich doch immer gesagt, daß mir die politischen Diskussionen mit ihm nichts gebracht hätten. Nichts. Und Arne hat gesagt, er sei dagegen, immer alles so einseitig und absolut zu sehen. Er sieht das anders.

Aber es ist doch wirklich so, daß er meistens an meinen Argumenten vorbei„diskutiert" hat. Das ist doch so! Und nun stelle ich plötzlich fest, daß Arne eben was gesagt hat, was mir bei meinen akuten politischen Fragen weiterhilft. Ich will da Grund reinkriegen. Klarheit darüber gewinnen, warum frau manchmal mit ihm diskutieren kann und manchmal nicht.

Irgendwo quer in meinem Gehirn hängt die Anti-Strauß-Debatte. Sperrig und unhandlich.

Als Arne mitkriegt, daß es schon nach zwölf ist, springt er plötzlich auf. Die letzte Bahn ist schon weg. Ich stehe mit ihm auf dem Flur, und wir gucken zusammen in den Fahrplan. Kopf an Kopf. Als ich mich mit meinem Kopf fast in seinen Haaren wiederfinde, weiche ich zurück. Ich will das doch nicht mehr!

Der Nachtbus fährt auch erst in einer Stunde. Scheiße. Was soll ich denn jetzt noch so lange mit ihm anfangen? Jan und Uschi schlagen vor, er könne doch im Hochbett schlafen. Er nimmt das Angebot an. Daß ihm mein Bett nicht mehr zu Verfügung steht, ist von allen Seiten eine unausgesprochene klare Sache. Wieso eigentlich?

Es dauert noch eine Weile, bis wir alle mit Zähneputzen und ähnlichem fertig sind. Ich lasse meine Zimmertür noch offen, als ich schon im Schlafanzug zwischen Bett und Schreibtisch rumturne. Kann mich nicht entschließen, ins Bett zu gehen. Kann mich nicht entschließen, Arne reinzurufen. Obwohl ich jetzt gerne noch ein paar belanglose Worte mit ihm wechseln würde. Arne traut sich von alleine auch nicht. Steht mit seinem Whisky-Glas auf dem Flur rum. Dabei hab ich die Tür doch extra aufgelassen, damit er nochmal ganz zufällig reinguckt! Ich finde noch ein paarmal Gründe, mein Zimmer zu verlassen. Gehe über den Flur. An Arne vorbei. Er hat die totale Fahne. Ich hab das gar nicht mitgekriegt. Der muß mehr als ein Glas getrunken haben. Ich hab das vorhin gar nicht gemerkt.

Ich lege mich mit dem AK ins Bett. Irgendwie auch doof. Der merkt bestimmt, daß ich die Tür nur seinetwegen noch auflasse. Irgendwann ist Arne dann nicht mehr auf dem Flur. Ob er schon im Bett ist? In Jans Zimmer ist noch Licht. Eigentlich möchte ich ihm noch gute Nacht sagen. Die Zimmertür ist angelehnt. Ich gehe nicht rein. Soll der bloß nicht denken, ich will noch was von ihm!

Am Morgen warte ich auf die Geräusche, die mir anzeigen, daß Arne sich Frühstück macht. – Sie kommen nicht. Er wollte so um 8.00 aufstehen, weil er um 10.00 in Altona sein muß. Ich habe auch gesagt, daß ich um die Zeit normalerweise aufstehe. Ich bleibe liegen. Fühle mich unendlich müde. Will ausschlafen. Wenn ich jetzt aufstehe ... müßte ich mit Arne reden ... mit ihm frühstücken. Ich will nicht. Will nicht mit ihm am Frühstückstisch sitzen. Will nicht dieses Tauziehen durchmachen, ob ich ihn zum Abschied umarme oder nicht. Ich will nicht, daß irgend eine kleine liebe Geste von ihm mich wieder zum Umkippen bringt. Er soll denken, daß ich ihn so doof finde, daß ich nichts mehr mit ihm zu tun haben will. So! Deshalb bleibe ich liegen.

So gegen halb zehn höre ich Geräusche. Ganz kurz nur. Die Wohnungstür klappt. Arne ist weg. Hat nicht gefrühstückt. Ist nur aus dem Zimmer gekommen, hat sich auf dem Flur wohl seine Schuhe angezogen und weg war er. Keiner von uns hat ihm gute Nacht gesagt gestern. Er hat uns auch nicht gute Nacht gesagt. Und nun ist er weg. Ohne ein Wort des Abschieds. Irgendwie ist das ganz schön komisch alles.

Aber ich habe ihm gezeigt, daß ich nichts mehr mit ihm zu tun haben will. Das ist gut. Jetzt habe ich endlich Ruhe. Bin mit ihm fertig. Schreibe jetzt mein Buch, um die Sache endgültig für mich abzuschließen. Ob er sich nochmal meldet? Will ich, daß er sich nochmal meldet? Wenn mein Buch fertig ist, werd ich's ihm schicken. Oder vorbeibringen. Und dann wird er Augen machen. Wenn er endlich nochmal im Zusammenhang liest, was er alles gemacht hat.

Am nächsten Tag meint Uschi: „Die Sache mit dem Bruder war auch komisch. Ich wollt nur nicht zuviel auf einmal anschneiden."

Wieso? Mit dem Bruder? – Ach ja. Arne hatte erzählt, daß er letztes Wochenende seinen Bruder besucht hat. Und daß er ihn lange nicht gesehen hatte. „Und dann wird man natürlich gleich zum Saufen eingeladen." Und als er Sonntag abend wieder nach Hamburg kam und in der Kneipe war, da hat auch dauernd einer einen ausgegeben. Und so ist er das Wochenende aus dem Saufen nicht rausgekommen.

Uschi sagt: „Wenn ich jemanden lange nicht gesehen hab, dann besauf ich mich doch nicht mit dem. Dann will ich doch was von dem haben!"

Ja, da hat sie recht. Das war mir gar nicht aufgefallen. Arne besucht jemanden, den er lange nicht gesehen hat, und dann wird er „natürlich" zum Saufen eingeladen.

Ich trete ein. Der alte Mann setzt Teewasser auf. Ich setze mich auf einen Stuhl. Stütze meine Ellenbogen auf den Tisch. Zwischen vertrocknete Käseecken und harte Brotknüste. Eine halbvolle Whiskyflasche und ein paar schmutzige Gläser mit angetrockneten Whiskyresten. Der alte Mann tut das Teesieb in die Kanne, schüttet Teeblätter hinein. Mit ganz selbstverständlichen Handgriffen macht er das. Als wenn er sein ganzes Leben nichts anderes getan hat. Gießt das kochende Wasser über den Tee. Stellt mir eine Tasse hin und bringt die dampfende Teekanne an den Tisch. Eine Fahne von Schnaps und Schweiß, als er mir näher kommt. Ich mag gar keinen Tee im Moment. Will mich nur an der Tasse festhalten können. Die Wärme der Teetasse in meinen kalten Fingern spüren. Ich nehme keinen Zucker. Keine Milch.

Der alte Mann setzt sich mir gegenüber an den Tisch. Schlürft aus seiner Tasse. Seine ehemals starken Hände zittern nur unmerklich. Ich sehe in sein Gesicht. Tief eingefallene Wangen.

Welke Haut. Einige Tage alte Bartstoppeln. Unter dem Tisch hat er seine Füße in meine Richtung ausgestreckt. Ich rieche seinen Fußschweiß. Als er die Teetasse zum Mund führt, sehe ich die schwarzen Ränder unter seinen Fingernägeln. Seine leicht angegrauten Haare, die strähnig und fettig auf den Hemdkragen fallen.

Ich höre kaum, was er mir erzählt. Es sagt ja auch so gar nichts, was er mir erzählt. Ihn anzusehen, sagt so viel mehr. Ich sehe einen alten Mann mit etwas grauen Haaren, unrasiert und ungewaschen, rieche, daß er nach Säufer riecht. Höre, daß er mir irgend etwas erzählen will, das den Eindruck macht, als sei alles in Ordnung. Sehe die halbvolle Whiskyflasche.

Ich lasse meine Teetasse los. Bedecke mein Gesicht mit meinen Händen und weine. Arne, sag, daß du es nicht bist. Du bist es nicht, nein. Ich muß lange weinen. Schluchze laut. Warum konnte ich dir nicht helfen, als wir beide jünger waren? Warum mußt du mit 40 Jahren so ein armer alter Mann sein? Ich weine. Weine lange.

Ob er versteht, warum ich weinen muß, wenn ich ihn ansehe? Auch wenn er es nicht versteht. Er wird etwas spüren. Spüren, daß ich mit meinem Leben etwas anfangen konnte. Daß ich trotz aller Schwierigkeiten vielleicht doch so etwas wie ein Mensch unter Menschen geworden bin. Und daß er allein ist. Entsetzlich allein. Er tut mir leid. Entsetzlich leid. Es tut mir so weh. So weh.

Aber auch dadurch, daß ich mit ihm leide, wird sein Leid nicht geringer. Wenn ich ihm doch durch meinen Schmerz nur etwas, nur etwas abnehmen könnte. Aber irgendwann werde ich diesen Raum verlassen und ihn wieder allein lassen. Allein. Allein. Arne. Sag, daß du es nicht bist!

Langsam senke ich die Hände vor meinem Gesicht. Nehme ihn durch das Meer in meinen Augen wieder verschwommen wahr. Den alten Mann. Den alten Mann, dessen eisgraue Konturen sich vor der fleckigen Wand hinter ihm unwirklich und gespenstisch abheben. Auf dem Herd hinter ihm dampft immer noch Wasser im Kessel. Die Luft über seinem Kopf flimmert von dem aufsteigenden Wasserdampf. Die einzige Bewegung im Raum.

Ist das mein Märchenprinz gewesen? Mein Märchenprinz, der einst mit seiner jugendlichen Schönheit auf grüner Au mein Herz erflammen ließ? Arne. Sag, daß du es nicht bist.

Aber dann sehe ich in seine Augen und erschrecke. Er ist es. Ich sehe in seine Augen und bekomme Angst. Schreckliche Angst. Seine Augen, in denen ich ganz entfernt noch die Schönheit vergangener Tage erkenne. Angst. Angst. Angst. Weil ich nicht weiß, ob ich wirklich nur die Augen sehe, denen ich jetzt gegenübersitze. Aus denen der Teufel immer noch nicht ganz gewichen ist, obwohl sie kraftloser geworden sind. Angst, weil ich nicht weiß, ob in meinem Kopf vielleicht alles durcheinander geht. Die leuchtenden Augen des Märchenprinzen sich dazwischenschieben, so daß ich den Mann mir gegenüber gar nicht mehr erkennen kann. Die Augen, deren Lachen mich auf unserem ersten Spaziergang schon verwirrt haben. Diese Augen, deren ernster Blick mich dann auf der Wiese so durcheinander gebracht haben, daß ich meine Augen schließen mußte. Die Augen, die so schön waren, als sie mich ansahen, während wir miteinander geschlafen haben. Diese braunen Augen, die mich immer wieder anstrahlten, bei jeder Umarmung. Diese Augen, die dann später, als sie mich nicht mehr liebten, unter den schwarzen Augenbrauen so teuflisch blitzen konnten. Die Augenbrauen, aus denen auch die Farbe und Kraft allmählich weicht.

Wovon hat er mir eigentlich erzählt vorhin? Als ich nicht zugehört habe. – Doch, ja. Ich habe die Sätze gehört vorhin. Sie sind nur nicht bis zu mir durchgedrungen. Aber jetzt. Jetzt kann ich sie wieder zurückholen. Habe sie wieder im Ohr und kann ihre Bedeutung erfassen.

Als meine ersten Blicke hier durch die Küche schweiften und an der Fensterbank hängenblieben. Er anfing, von seinen Blumen zu reden. Seine Fensterbank voller Grünzeug.

Arne. Ich bin doch nicht gekommen, um mit dir über deine Blumen zu reden. Ich wollte fragen, wie's dir so geht. Was aus dir geworden ist. Was du so machst. Aber ich brauche nicht zu fragen. Ich sehe es. Ich sehe Arne. Er ist 40. Ein alter abgetakelter Säufer. Abgewrackt, die Furchen auf seinen Wangen noch tiefer, unrasiert und dreckig. Er stinkt nicht mehr nur ungewaschen, sondern auch nach Schnaps. Säuferfahne, nicht nur aus dem Mund. Ich ekel mich vor ihm und mag ihn doch noch, er tut mir leid. Ich möchte ihn in den Arm nehmen, diesen alten Mann. Ihm ein bißchen Wärme geben. Er ist so allein.

Ach ja. Und daß es lustig war gestern abend, hat er mir erzählt. Vorhin. Als die Blumen auf der Fensterbank nicht mehr ausreichten, dieses entsetzliche Schweigen zu füllen, das laut schreiend den Raum zwischen unseren Gesichtern ausfüllte. Daß es lustig war in der Kneipe. Und daß er von einem Freund zum Saufen eingeladen war. Und daß dann noch andere Leute kamen, die er lange nicht gesehen hatte. Und daß sie bis nachts um 3.00 gesoffen hätten. Und ein paar prominente Größen aus der linken Szene waren auch dabei. Es war sehr schön. Sehr schön. Und diskutiert hat er mit dem und dem. Und der eine hatte 'n schwarzen Stern an seiner knallroten Mütze. Das sah vielleicht toll aus. Und lustig war's. Und gesoffen haben sie. Und so viele Leute waren's, die da bis nachts um 3.00 Uhr zusammengesessen haben.

Er ist so allein. Ich sehe ihn an. So viele Leute. Bis 3.00 Uhr nachts. Und er ist so allein. So allein.

Ich muß weinen. Ich kann doch nichts dafür. Bin nicht schuld an diesem Elend.

Als mein Schluchzen verebbt und ich ihn wieder ansehe, seine Augen sehe und erschrecke, bin ich gelähmt. Unfähig, meine Hand zu ihm auszustrecken. Sehe ihn nur an. Unfähig, zu ihm zu gelangen. Sein Blick sagt mir, daß er nicht versteht, was in mir vorgeht. Nur ahnt, welche Trauer mich erschüttert. Daß es mit ihm zu tun hat. Langsam, ganz langsam strecke ich ihm meine Hand entgegen. Lege meine geöffnete Hand auf den Tisch. Sehe in seine Augen. „Komm, Arne. Gib mir deine Hand."

Ich spüre seine große, sehnige Hand in meiner. Erst sachte tastend, abwartend, bevor wir beide wagen, den Druck unserer Hände zu verstärken. Unsere Hände, die sich schließlich ineinanderklammern. Fest. Ganz fest. Was geschieht mit uns, Arne? Was geschieht mit uns? Unsere Körper, die nur durch unsere Hände miteinander in Verbindung stehen. Unsere Blicke, fest ineinander verschweißt. Wie unsere Hände. Was geschieht hier? Fühlen wir uns wirklich? Fühlst du, was meine Hand deiner Hand sagt? Siehst du, was meine Augen deinen Augen sagen? Fühle ich wirklich, was in dir vorgeht? Verstehen wir beide etwas von dem wirklichen Menschen, der uns gegenübersitzt.

Ich halte deine Hand fest. Fest, ganz fest. Und sehe dir in die Augen. Und muß wieder weinen. Weinen. Weinen.

Da war auch mal was mit Frauen zwischendurch. Ja. Mit einer hat es sogar drei Jahre gedauert. Drei Jahre. Und er versteht sich heute noch sehr gut mit ihr. Sehr gut. Aber es gab eben Schwierigkeiten. Und ... da hat sie sich von ihm getrennt. Aber sie verstehen sich heute noch sehr gut. Sehr gut.

Ich kann sie nicht durchbrechen, diese Mauer aus: „Es geht mir gut. Sehr gut. Es ist alles in Ordnung."

Noch einmal meine Zähne in die Mauern dieser Fassade schlagen? Vielleicht eine brüchige Stelle finden. Morsches Mauerwerk. Es müssen doch Steine lose sein! Ein Loch nagen. Ein Loch nagen, um an das Innere zu gelangen!

Aber auch wenn die Fassade von außen die gleiche zu sein scheint: Die Mauern sind dicker geworden im Laufe der Jahre. Er hat innen weitergebaut. Einen Stein an den anderen. Immer dicker die Mauern. Noch einmal meine Zähne in die Mauern dieser Fassade schlagen? Nach zähem Ringen mit blutigem Kiefer zurückweichen.

Vielleicht ist irgendwo noch die kleine Tür, in die er mich früher mal reingelassen hat. Vielleicht hat er sie nicht zugemauert. Die kleine Tür, die aufgeht, wenn er mit einer Frau zärtlich ist, die er liebt. Wenn er eine Frau streichelt und ihr in die Augen sieht. Wenn er mit ihr schläft.

Diese kleine Tür, die wenige Wochen auch für mich offengestanden hat. Und dann plötzlich zu war. Ich ohne den Schlüssel davor stand. Eine verschlossene Tür, an der nicht einmal eine Türklinke zu finden war. Eine Tür, durch die ich gerne gegangen bin, weil der Weg durch sie schön war. Sehr schön.

Aber auch die einzige Tür, die jemals offen war. Die einzige. Ansonsten Mauern. Graue, hohe Mauern. Undurchdringlich. Unanfechtbar. Schutz und Trutz. Eine uneinnehmbare Burg.

Verdammt. Wenn du doch damals begriffen hättest, daß ich zu so vielem bereit gewesen wäre. Daß ich dir geholfen hätte, diese Mauern abzutragen, die du jetzt noch fester um dich gezogen hast. Diese Mauern, die es dir unmöglich machen, andere Menschen zu dir zu lassen und selber zu anderen zu gelangen. Wenn du das doch damals begriffen hättest. Damals. Als ich dich geliebt habe. Heute empfinde ich nur noch Mitleid mit dir. Mit Mitleid kann ich dein Leben nicht ändern. Du kannst dein Leben auch nicht ändern. Du wirst so weiterleben. ... leben ...?

Meine Hand erschlafft in seiner. Unsere Hände sind kalt geworden. Eiskalt in den Fingerspitzen. Ich bin müde. Entsetzlich müde. Ich will hier raus. Will hier raus. Raus.

Ich will vergessen. Alles vergessen. Diese Küche. Den Teekessel. Die fleckige Wand und den alten Mann. Die halbvolle Whiskyflasche. Sein altes Gesicht und seinen Geruch. Und daß ich ihn einmal geliebt habe. Daß er mein Märchenprinz war.

Ich kann hier nicht raus. Es hat keinen Sinn, rauszulaufen, weil ich diese Stunde nie vergessen werde. Sie wird mich verfolgen. Wird mir Vorwürfe machen: Warum hast du ihm nicht geholfen?

Ich bin doch nicht schuld. Konnte doch nicht mehr für ihn tun, als mir den Kiefer blutig zu beißen!

Ich bin müde. Entsetzlich müde. Der Tee in meiner Tasse ist kalt. Er wärmt meine Finger nicht mehr. Mir ist übel. Ich kann nicht gehen. Bin hilflos. So hilflos. Ich kann ihn nicht allein lassen. Wenn ich ihm schon nicht zum Leben verhelfen kann, dann eben ... Aber es darf ihm nicht weh tun. Muß schnell gehen.

Als ich die Tür hinter mir zuziehe und auf die Straße hinaustrete, schlägt mir ein eisiger Wind ins Gesicht. Es ist dunkel geworden. Schnee liegt auf den Bäumen. Der Frühling wird neues Leben bringen. Ich bin 38. Wenn ich damals ein Kind von ihm bekommen hätte, hätte ich jetzt vielleicht einen vierzehnjährigen Sohn mit schwarzen Haaren und leuchtenden braunen Augen.

Schon wieder ein Traum von Arne.

Arne, der neben mir im Bett liegt und sich an mich ankuschelt. Und ich, die seine Umarmung erwidert. Irgendwann muß ich aufs Klo. Überlege mir noch, ob ich jetzt gehen soll. Aber man kann ja hinterher weiterschmusen. Ich gehe auf Klo. Er auch. Ich freue mich darauf, gleich wieder mit ihm im Bett zu liegen. Mein Gesicht in seinem baden zu können. Und in seinen Haaren. Es war so schön warm und kuschelig eben.

Plötzlich Arne angezogen in der Küche. Lauter Leute. Spiegeleier. Jetzt komm ich nicht mehr an ihn ran. Nichts mehr von wegen weiterschmusen. Wäre ich bloß nicht auf Klo gegangen! Was für ein Quatsch! Wenn Arne wirklich mit mir hätte weiter im Bett liegen wollen, dann hätte er sich nicht angezogen. Dann hätte er die Tatsache, daß Leute da sind, nicht als Anlaß genommen, sich auf diese Art und Weise von mir zu entfernen. Er wollte sich von mir entfernen. Die Auf-Klo-Geherei war nur der Anlaß.

Aber vielleicht wäre es doch noch weiter gegangen, wenn ich ihm nicht so einen Anlaß gegeben hätte. Aber das ist doch letzten Endes egal. Mach dir doch nichts vor. Er wollte nicht mehr. Er wollte nicht mehr. Wollte nicht mehr!

Ich sehe ein Bild in der Zeitung, wo ein Mann eine Frau umarmt, die auf ihm liegt. Ich muß an Arne denken. Wie ich das letzte Mal mit ihm geschlafen habe. Wie ich auf ihm saß, und er seine Arme ganz lieb und selbstverständlich um mich schlang. Und sich ganz ruhig in mir bewegte. Ganz langsam. Und dabei seine langen, kräftigen Arme um mich schlang.

Ich habe mich oft gefragt, warum mich diese Umarmung damals so glücklich gemacht hat. Warum eigentlich? Irgend etwas an dieser Geste habe ich als so wahnsinnig zärtlich empfunden. Eine ganz normale Umarmung. Warum hat sich die in meinem Kopf so festgesetzt?

Mir dämmert so ganz allmählich, daß ich das vorher nie so erlebt habe. Ich kann mich nicht erinnern, daß ein Mann mich jemals so umarmt hat, wenn ich mit ihm geschlafen habe. Wie war denn das früher? Wenn ich auf Uli gesessen habe, hat er wohl an meinen Brüsten rumgefummelt. Richtig erinnern kann ich mich nicht mehr. Aber es muß wohl so gewesen sein. Fleischbeschau und Voyeurismus. Und dann wird mir klar, was an Arnes Umarmung so zärtlich war. Er war einfach mit mir zusammen, während er mit mir geschlafen hat. Er brauchte mir nicht an der Brust rumzufummeln oder ich ihm sonstwo. Es war einfach schön, sich nur zu umarmen, wenn man miteinander schläft. An nichts mehr denken. Sich nur umarmen und sich ineinander bewegen.

Ich erinnere mich daran, daß es das einzige Mal war, daß ich nicht im Rausch mit ihm geschlafen habe. Daß ich keinen Orgasmus kriegen konnte. Und daß ich unbedingt wieder einmal mit ihm schlafen wollte. Weil wir so lange nicht mehr miteinander geschlafen hatten und daß ich es lieber hätte bleiben lassen sollen. Mich nicht wohl gefühlt habe hinterher. Onaniert habe, als er draußen war. Daß ich mit ihm schlafen wollte, weil ich ihn geliebt habe. Und wenn er mir schon nicht sagt, daß er mich auch liebt, dann soll er mir wenigstens zeigen, daß er doch Gefühle mir gegenüber hat, indem er mit mir schläft.

Selbstbetrug. Ich wollte eine körperliche Nähe zu ihm, die auf anderer Ebene schon nicht mehr da war. Ich habe es gespürt und konnte deshalb nicht mehr. Ich habe keinen Orgasmus gehabt, weil ich gemerkt habe, daß wir nicht mehr wirklich zusammen sein konnten. Daß wir aneinander vorbeigeschlafen haben. Er hat einen Orgasmus gehabt. Männer können das.

Mir wird klar, daß irgendwas nicht in Ordnung ist. Ich werde traurig. Weiß, daß ich nicht mit ihm hätte schlafen dürfen in dieser Situation. Aber ich wollte doch!

Aber was ich wollte, war doch, seine Liebe zu spüren, wenn ich mit ihm zusammen bin.

Ich habe mit ihm geschlafen. Was bleibt, ist trotz allem eine Erinnerung an seine Umarmung. Seine Umarmung, die trotz allem so zärtlich war, daß ich sie nicht vergessen kann. Daß ein Bild mich an diese Umarmung erinnert. Es war schön. Teufel noch mal. Selbst in dieser Situation war irgend etwas an seiner Zärtlichkeit so schön, daß mir sogar dieses Erlebnis mit ihm als wehmütig schöne Erinnerung hochkommt. Wie er seine Arme um mich schlang, und wir uns ineinander bewegten. Seine Arme. Seine langen kräftigen Arme, mit denen er auch irgend etwas anderes hätte machen können, einfach nur um mich schlang. Vier Monate später. Ich sehe ein Bild, auf dem ein Mann mit nackten Armen eine Frau umarmt, die auf ihm liegt. Ich fühle Arnes Arme um mich. Weich und zärtlich.

In meinem Kopf ist alles durcheinander. Ich träume dauernd von Arne. Ich tagträume dauernd von Arne. Wieso sind andere glücklich verliebt? Wieso haben die einen abgekriegt? Ich kriege bei anderen immer nur mit, daß die nahtlos von einer Beziehung in die nächste schlittern. Ich will auch einen abhaben.

Aber welchen denn? Ich möchte mich wieder verlieben. Versuche mir vorzustellen, wie der wohl aussehen müßte. Was das wohl für einer sein wird, in den ich mich als nächstes verliebe? Ob er wohl blond ist? Oder dunkelhaarig? Ob er wohl groß ist? Oder klein und schmächtig? Ob er wohl 'ne Brille trägt? Oder 'n Bart hat? Ich kann ihn mir nicht vorstellen. In meiner Phantasie ist das absolute Loch, was meinen Traummann anbelangt. Ich kann mir nicht vorstellen, daß da überhaupt nochmal einer ankommt, der mich interessiert. Arne interessiert mich. Aber über den will ich ja grade hinwegkommen. Deshalb will ich mich ja neu verlieben. Warum krieg ich nie einen ab?

„Du kriegst sofort einen", sagt Uschi. „An jeder Straßenecke kriegst du einen. Du kriegst sogar einen, der dich heiratet. An jeder Straßenecke kriegst du 'nen Ehemann. Du mußt nur deine Ansprüche runterschrauben. Du darfst nicht einen verlangen, mit dem du dich über alles auseinandersetzen kannst. Aber wenn du nur 'n Mann haben willst: Den kriegst du sofort."

Sie hat recht. Ich sehe natürlich immer nur die traute Zweisamkeit. Wenn ich in der U-Bahn so einem händchenhaltenden Liebesglück gegenübersitze, verdränge ich, daß die sich vielleicht abends vorm Fernseher oder in der Disco anschweigen. Früher hatte ich auch andere Ansprüche an eine Beziehung. Konnte meine Zeit mit Männern verbringen, mit denen ich mich nicht offen unterhalten konnte. Zum Ausquatschen war die Freundin da. Früher war die Tatsache, einen Mann zu haben, wichtiger als meine eigenen Interessen. Hatte ich kaum einen anderen Lebensinhalt. Heute geht das nicht mehr. Zu viele Sachen haben eine so wichtige Bedeutung in meinem Leben eingenommen, als daß mich Männer noch interessieren würden, mit denen ich mich darüber nicht auseinandersetzen kann. Und dann passiert es eben so selten, daß frau jemannden kennenlernt, mit dem sie so viele Gemeinsamkeiten hat, daß sie sich in ihn verlieben kann. Da gehört ja schließlich sowas wie „die gleiche Wellenlänge" dazu.

Mit 16, 17 war es so einfach, alle drei Wochen einen Neuen zu finden. Sich dauernd wieder zu verknallen. Da wußte ich noch nicht so genau, was ich wollte. Heute weiß ich das. Heute interessieren mich nur noch Männer, mit denen ich das, was ich will, zusammen verwirklichen kann. Ich will keinen Ehemann. Ich will mein Leben leben. Ich kann nur einen Mann gebrauchen, der meinen Lebensstil teilt. Wenn es den nicht gibt, lebe ich lieber allein.

Aber es gibt doch Leute, die haben solche Beziehungen, wie ich sie mir wünsche. Es gibt also Männer, die meinen Vorstellungen entsprechen. Andere Frauen aus meinem Freundeskreis haben doch auch einen abgekriegt. Ich will 'n Mann. Einen, mit dem ich über alles reden kann. Einen, der sich für die gleichen Sachen interessiert wie ich. Einen, mit dem ich meinen Alltag teilen kann, ohne daß er mich einschränkt.

Was soll das? Warum mache ich mir so viele Gedanken über ungelegte Eier? Es steht absolut kein Mann zur Diskussion. Ich kenne keinen, der diese Kriterien erfüllt. Ich kann mich nicht verlieben. Es liegt überhaupt nicht an, mir darüber stundenlang Gedanken zu machen. Ich muß von dieser Männerfixiertheit runter. Anstatt mir über nicht vorhandene Männer Gedanken zu machen, sollte ich lieber mal andere Beziehungen nicht so schluren lassen. Ich isoliere mich immer mehr. Mein Freundeskreis? Ich habe keinen mehr. Eine Handvoll Leute noch. Alle anderen habe ich vernachlässigt. Seit zwei Jahren ungefähr. Gar nicht mal wegen einer Beziehung, sondern schon vorher. Warum, kann ich eigentlich gar nicht sagen. Es war plötzlich so. Ich bin allein. Fühle mich wahnsinnig einsam.

Und plötzlich liege ich nachts im Bett und fange an zu weinen. Ich, die seit Jahren nicht mehr weinen kann. Nur ganz selten. Mir meistens keine Trauer erlaube. Zu oft die Tränen bewußt heruntergeschluckt habe. Heute brauche ich sie nicht mehr runterzuschlucken. Heute funktioniert meine Verdrängung von alleine. Wenn es mir dreckig geht, presche ich die Problemlösung mit Siebenmeilenstiefeln an. Was hilft mir Selbstmitleid?

dickicht ringsum
zweige
peitschen ins gesicht, treffen
auf offene wunden.

der schmerz
ist schon eins
mit mir.

ein lichtstrahl zwingt
den blick nach oben, wo
verschwommene klarheit
in der weite lauert – vielleicht
ist der himmel
blau –

Nachdem ich ein paarmal die Erfahrung gemacht hatte, daß es aus jeder verfahrenen Problemsituation einen Ausweg gibt, habe ich mich immer dazu angetrieben, ihn möglichst schnell zu finden. Auch wenn ich im Moment der Verzweiflung nur meinte, daß der Himmel „vielleicht" blau ist ...

Im Grunde war ich mir immer sicher, daß ich eines Tages wieder blauen Himmel zu sehen kriege. Wozu dann den Schmerz länger als nötig ertragen? Auch wenn ich die Klarheit nur verschwommen erahnt habe ... im Grunde war ich zuversichtlich, daß mir nach der Lösung des jeweiligen Konfliktes wieder etwas klarer sein wird.

Und aus dieser Zuversicht heraus habe ich mich immer zu stark unter Druck gesetzt, den Schmerz schnell zu überwinden. Ich muß wieder lernen, auch Traurigkeit auszuleben.

Aber das weiß ich schon seit Jahren. Seit vier Jahren weiß ich, daß ich meine Tränen eigentlich nur unterdrücke. Daß sie nicht weg sind. Nur schon runtergeschluckt, bevor ich mir ihrer überhaupt bewußt bin. Was nützt mir die Erkenntnis. Ich möchte weinen, aber ich kann es nicht mehr. Ich habe es verlernt. Nur ganz selten geht es noch. Wie jetzt zum Beispiel. Jetzt liege ich im Bett und weine. Halte nichts mehr zurück. Ich brauche meine Tränen. Was habe ich von der noch so emanzipierten Forderung, daß Männer keine Tränen wert sind, wenn sie mich doch nur kaputt gemacht hat?

Am nächsten Abend erzähle ich das Lothar und Uschi. Daß ich nur noch heulen konnte heute nacht und nicht mehr weiß, wie ich mit mir umgehen soll. Zum einen lechze ich nach einer wirklich tollen Liebesbeziehung. Zum anderen fällt mir meine sonstige Isolation auf den Wecker. Ich will soziale Kontakte, aber ich habe keine Lust, welche zu pflegen, weil ich mich doch unzufrieden fühle. Ich sitze da mit Leuten und denke: Ich möchte verliebt sein und jemannden haben. Mit 'ner Zweier-Beziehung würd ich mich auch unter Leuten wohler fühlen.

Und dann setze ich mich unter Druck, kontaktfreudiger zu sein. Und jetzt muß ich mir endlich eingestehen, daß ich im Moment kein, fast kein Interesse an Menschen habe. Ich bin unglücklich so alleine, aber ich habe wirklich kein Interesse, auf andere zuzugehen. Ich merke, daß ich mich mit mir selber beschäftigen muß, will. Daß ich ohne zeitliche Zwänge jetzt eine Einsamkeitsphase ausleben muß. Und daß es schön sein kann, sich vorrangig mit sich selber zu beschäftigen. Es ist keine verschenkte Zeit, die frau mit sich selber verbringt. Und dann wird sicher irgendwann von alleine der Punkt kommen, wo ich wieder Interesse an Menschen habe. Wann der kommt, ist egal. Wie das aussehen wird, auch. In mir gärt und brodelt etwas. Wo es hinführen wird, weiß ich nicht. Ich lasse es brodeln. Es wird schon irgendwann gar sein. Dann werde ich schon sehen, wie es schmeckt.

Mit der Erkenntnis, meine innere Unruhe erst einmal in Ruhe zu lassen, abzuwarten, fühle ich mich wieder stark.

schwarze vögel haben mich verlassen.
wie gut,
daß ich sie fortgeschickt habe.

leiser schon
das schlagen ihrer schwingen.
lichter schon
der nebel um mich.

wo
werde ich aufwachen?

Ich bin so müde geworden im Umgang mit Menschen. Es bringt mir ganz selten Spaß, mich mit jemandem zu unterhalten. Und zu einem solchen Zeitpunkt ist es Blödsinn, mich selber unter Druck zu setzen, auf Menschen zuzugehen. Ich kann nicht, weil ich gar nicht will. Das muß ich erstmal akzeptieren. Auch wenn ich mich alleine nicht glücklich fühle. Ich kann mit den meisten Menschen im Moment nichts anfangen.

Genauso, wie ich immer darauf gewartet habe, mich neu zu verlieben. Und aber tagtäglich festgestellt habe, daß die Männer mich nicht interessieren. Ich finde alle Männer uninteressant im Moment. Ich kann mich nicht verlieben. Es geht nicht.

Die Diskussion mit Uschi und Lothar macht mir klar, daß ich das erstmal akzeptieren muß. Das ist so. Damit muß ich jetzt erstmal leben. Ich gehe spazieren. Einmal ganz um die Alster. Alleine. Nachts um zwölf. Ich fange an zu begreifen, daß ich im Moment alleine sein muß. Daß ich mich nicht unter Kommunikationszwänge setzen kann, die gar nicht aus mir selber kommen.

Es dauert noch einige Tage, aber dann ist es soweit, daß ich es bejahen kann. Ich bin jetzt soweit, daß ich alleine sein *will*. Ich unterhalte mich nur noch mit Leuten, wenn ich Bock habe. Halte mir selber nicht mehr den moralischen Zeigefinger vor: Du kannst dich doch nicht so isolieren!

Als ich mit Rita telefoniere, erzähle ich ihr das alles. „Ja", sagt sie, „das kenn ich. Man möchte immer gerne so'n Bild von sich selber haben, daß man kontaktfreudig ist und viele Leute gut kennt. Und dann macht man sich auch gerne was vor. Will das nicht wahrhaben, daß es nicht so ist."

Ich fange an, mich richtig wohlzufühlen mit mir selber. Kann auch mit viel Spaß wieder meine kleinen Marotten ausleben und dazu stehen. Ich habe nun mal meine kleinen Ticks. Einer davon ist zum Beispiel, in langen weiten Röcken rumzulaufen. Egal, wo ich hingehe. Es hat lange genug gedauert, bis ich begriffen hatte, daß Röcke tragen nicht unemanzipiert sein muß. Mir saß die Mini-Rock-Zeit so in den Knochen, die nur dazu da war, daß die Männer uns besser unter die Röcke gucken konnten. Und dann hatte ich auch Angst, durch meine Kleidung schon von weitem als Frau erkannt zu werden. Angst vor der Vergewaltigung auf der Straße. Jeans und Parka als Selbstschutz. Ich will nicht dauernd angemacht werden. Und plötzlich merke ich, daß ich mich stark genug fühle. Daß ich meine Weiblichkeit nicht länger zu verstecken brauche. Ich glaube, daß ich jetzt auch im langen Rock durch mein Auftreten verkörpern kann, daß mann mich in Ruhe zu lassen hat.

Was ich schade finde, ist die Reaktion anderer Frauen. Ich registriere die Blicke, die regelmäßig erst über meinen Rock gleiten und dann auf mein Gesicht geheftet werden: Was ist denn das für eine? Was bildet die sich denn ein, so aus der Reihe zu tanzen? Die will wohl auf sich aufmerksam machen. Die Blicke der Männer auf sich ziehen.

Besonders von bieder gekleideten Ehefrauen kommt diese Reaktion. Und von poppig gekleideten Teenies. Ich weiß nicht, was ich machen soll. Ich habe nun mal Bock, mich so anzuziehen. Ich will anderen Frauen nicht die Männer wegschnappen. Was gucken die mich so giftig an? Früher habe ich nie solche Blicke geerntet. In Jeans und Parka war ich scheinbar keine ernstzunehmende Rivalin. Plötzlich diese abschätzenden Blicke anderer Frauen.

Hauptbahnhof. Schon auf der Treppe dumme Sprüche hinter mir. „Haha, guck mal. So'n Schlafanzug hab ich auch. Haha, und sone Puschen. Hahaha." – Macker, die mal wieder ihre Sprüche ablassen müssen. Scheißkerle. Als ich auf dem Bahnsteig stehe, gucken mich zwei Mädchen in Jeans etwas scheel von der Seite an.

Naja. Ich geb's ja zu. Ungewöhnlich ist es schon, heutzutage mit 'nem langen weiten Rock und derben Bergstiefeln über'n Hauptbahnhof zu rennen. Aber es ist schließlich 4° C unter Null. Und die Bergstiefel sind meine wärmsten. Außerdem: Ich mag mich leiden. Sollen die doch gaffen. Ungewöhnlich ist es vielleicht, also muß ich die erstaunten Blicke schon in Kauf nehmen. Aber die Macker mit ihren Sprüchen nicht. Ich hab doch wohl das Recht, als Frau 'n langen Rock anzuhaben, ohne daß die Typen daraus für sich das Recht herleiten, mich anzulabern. Ungewöhnlich ist es vielleicht. Aber so bin ich eben.

Als ich in den Zug steige, höre ich plötzlich die Stimmen im Vorbeigehen. „Ach, guck mal. Da ist sie ja wieder. Haha."

Beim Vorbeigehen plötzlich eine Männerhand an meinem Rock. Und genauso plötzlich saust meine Hand kraftvoll auf den dazugehörigen Männerkopf nieder.

Vorbei bin ich. Setze mich einer alten Frau gegenüber hin. Jetzt bloß nicht noch zwischen Typen sitzen. Höre das Gelächter drei, vier Bänke weiter hinter mir. „Hahaha. Ich brech zusammen. Hahaha. Ich brech zusammen. Hahaha. Ich brech zusammen." Das alberne, verklemmte Gelächter des Besiegten, der seine Niederlage als Triumph zu verkaufen versucht. „Hahaha. Ich brech zusammen."

Der Zug steht immer noch. Immer diese Scheißzüge nach Altona, die am Hauptbahnhof so lange halten. Wenn das Ding gleich abgefahren wäre, wären wir jetzt schon längst am Dammtor, und ich könnte aussteigen. Mein Adrenalin-Spiegel ist noch nicht gesunken. Immer noch aufgeregt, aber schön aufgeregt. Ich fühle mich wohl.

„Hahaha. Ich brech zusammen."

Immerhin ist es erste Mal. Ich bin 24, und es ist das erste Mal, daß ich einem Typen, der mich angrabbelt, eine gescheuert hab. Und ich bin alleine. Ich bin alleine in der S-Bahn. Keiner kennt mich hier. Keine Feministin in Sicht, die eingreifen würde, wenn der Typ zurückschlägt. Ich bin alleine und habe es gewagt, einem fremden Typen in der Öffentlichkeit eine zu scheuern.

Ich bin 24. Seit ungefähr 10 Jahren werde ich täglich angegafft, angesabbelt und angegrabbelt. Heute habe ich zum ersten Mal zurückschlagen können. 10 Jahre habe ich dazu gebraucht, lange genug. Aber was sind schon die 10 Jahre, die ich hinter mir habe, wenn ich daran denke, daß ich ab heute täglich den Mut haben werde, mich auch körperlich zu wehren.

Der Zug steht immer noch. „Komm, hör auf. Laß doch. Bleib hier. Komm. Mach keinen Scheiß. Laß das. Bleib doch hier. Komm. Laß das. Bleib hier." Aber er bleibt nicht. Schon bevor ich ihn sehe, spüre ich, daß er hinter meinem Rücken auf mich zukommt.

Ist ja auch klar. Kein Mann kann es auf sich sitzen lassen, in der Öffentlichkeit von einer Frau geschlagen zu werden. Mann ist doch schließlich stärker. Und mann hat doch ein Recht darauf, frau anzugrabbeln. Erst recht, wenn sie aus der Norm fällt und es wagt, sich einen Hauch von Individualität zu geben. Und mit langem, weitem Rock und Bergstiefeln im Hauptbahnhof rumläuft. Warum trägt die nicht Jeans? Oder wenn schon 'n Rock, dann Perlonstrümpfe. Wenn der wüßte, daß ich zwei Paar lange Männerunterhosen unter meinem Rock habe.

Ich drehe mich zur Seite. Da steht er. Breitbeinig und mit in die Hüfte gestemmten Armen. Aufgeplustert und furchterregend. Noch bevor er den ersten Kampfschrei ausstoßen kann, fahre ich ihn an: „Wenn du mir an 'n Rock grabbelst, dann scheuer ich dir eine. Das 's ja wohl klar." Er vibriert. Ich bleibe ruhig sitzen. Sein Freund redet auf ihn ein. „Komm jetzt. Laß doch."

Aber er kommt nicht. Läßt nicht. Versucht, so bedrohlich wie möglich vor mir rumzuhampeln. Körperlich wäre er mir überlegen. Aber die Wut und Kraft, die aus meinen Augen blitzt, ist stärker als sein Bizeps. Ich bleibe ruhig sitzen. Weiche nicht zurück. Stehe nicht auf.

Als er mit dem Arm zuckt und vorgibt, zum Schlag auszuholen, ziehe ich zwar schnell meinen Ellenbogen vor den Kopf. Aber im selben Moment kriegt er es zum zweiten oder dritten Mal zu hören: „Wenn du mich angrabbelst, kriegst du eine gescheuert."

Seine Drohgebärden werden stärker. Aber mit ihnen wächst die Entschlossenheit in meinem Gesicht. Ich bin stark. Unendlich stark und spüre seine Angst. Seine Angst vor einer Frau, die sich nicht einschüchtern läßt. Die da sitzt und ihn vor sich rumhampeln läßt. Eine Frau, die bestimmt weniger Bizeps hat als er und mit blitzenden Augen und sicherem Gesichtsausdruck sagt: „Wenn du mich anfaßt, scheuer ich dir eine."

Verkehrte Welt. Frauen haben sich doch genervt und ängstlich an die Seite zu drücken, wenn sie Anmachen entgehen wollen. Es ist doch männliches Vorrecht, Frauen nicht ernst zu nehmen und sie zu dem zu benutzen, worauf mann grade Bock hat. Wieso schlägt denn die zurück?

Sein Freund redet beschwichtigend auf ihn ein. „Nun komm doch. Es ist doch 'n Mädchen."

Aha. So kann mann aus einer Niederlage auch einen Triumph machen. Es war ja „nur" ein Mädchen. Wenn ich sie nicht für voll nehme, dann kann ich so tun, als wenn es mich gar nicht demütigt, von ihr geschlagen worden zu sein. Aber mir ist es egal. Wenn ihm sein Abgang so leichter fällt. Bitte.

„Hör man auf deinen Freund", sage ich noch.

Ein letztes Aufplustern. Dann eine gnädige Handbewegung. „Na, weil heute Sonnabend ist", meint er großzügig, als er endlich geht.

„Der hat mir an 'n Rock gegrabbelt, da hab ich ihm eine gescheuert", sage ich zu der älteren Frau mir gegenüber laut. So laut, daß alle es hören. All dieses ignorante Pack, daß da die ganze Zeit rumgesessen und zugehört und zugeguckt hat. In der Bahn müßte eine Frau erst zusammengeschlagen und vergewaltigt werden, bevor mal jemand sagt: „Ach, entschuldigen sie bitte, aber ich finde es nicht ganz richtig, was sie da machen."

Die Frau meint nickend zu mir: „Das war auch richtig so. Die waren wohl betrunken."

„Das machen die auch, wenn sie nüchtern sind", sage ich laut. Und gucke aus dem Fenster. Kein Wort mehr. Ich habe jetzt nicht noch die Kraft, auch noch zu reden. Bin stolz auf mich. Aber auch geschafft. Hoffentlich müssen die nicht auch Dammtor raus. Aber selbst wenn. Ab jetzt bin ich stark. Endlich zurückgeschlagen haben. Nach 10 Jahren Angegrabbel und Angetatsche. Er hat es nicht geschafft, mich einzuschüchtern. Ich bin stark. Ich bin stark. Ich bin stark. Und ich werde immer stärker. Ab heute werde ich jeden Tag stärker.

Die Lichter leuchten über der Alster und die Ruhe kehrt wieder ein in meinem Magen. Die Wut im Bauch, die endlich zur geballten Faust geworden ist.

Auch wenn ich mich am Anfang etwas geärgert hab, daß er so ungünstig saß, daß ich ihm nur mit links übern Dassel hauen konnte. Ihm nicht kraftvoll mit der rechten Hand 'ne Ohrfeige verpassen konnte. Aber dann hab ich geschnallt, daß es darauf nicht ankam. Eine Frau, die allein in der Bahn auftaucht, hat gewagt, einen fremden Mann zu schlagen, der obendrein auch noch mit seinem Freund dasaß. Darauf kam es an.

Etwas ungewöhnlich, junger Mann, was? Eine kurzhaarige, sommersprossige Frau im langen Rock mit Bergstiefeln, die einfach zuschlägt. Etwas ungewöhnlich. Sicher. Aber so bin ich nun mal. Und ich hoffe, daß ich nicht die letzte Frau sein werde, von der du eine gescheuert kriegst. Etwas ungewöhnlich schon. Aber ich hoffe, du lernst noch mehr so ungewöhnliche Frauen kennen.

Auf dem Bahnsteig wieder das gewöhnliche „hallo, Süße", als ich es wage, in einem Meter Abstand als alleinstehende junge Frau an einem Typen vorbeizugehen. Und wieder mein gewöhnliches Nicht-Hinhören und schnell vorbei. (Anschreien, los, anschreien, „Halt das Maul" schreien!) Aber heute kann ich nicht mehr. Auch wenn ich mir vorgenommen habe, auf jede verbale Anmache mit Anschreien zu reagieren. Ich habe keine Kraft mehr. Heute abend nicht. Ich habe es zum ersten Mal geschafft, auf eine körperliche Anmache mit körperlicher Gegenwehr zu reagieren. Das reicht für heute. Nach 10 Jahren Angegrabbel zum ersten Mal zurückgeschlagen haben. Und bestimmt nicht zum letzten Mal.

Wenn ich keinen Rock angehabt hätte, wäre mir das nicht passiert. Aber verdammt noch mal. Wieso hat frau nicht das Recht, mit Rock und Bergstiefeln rumzulaufen, ohne angegrabbelt zu werden? Erinnere mich an die Zeiten, wo ich bewußt mit Jeans und Parka rumgelaufen bin, um nicht als Frau identifiziert zu werden, um unscheinbar und unauffällig zu wirken. Ich sehe das nicht mehr ein. Wenn ich aufgetakelt mit knallengen Hosen und tief ausgeschnittenem Dekollete rumlaufen würde, dann bräuchte ich mich nicht zu wundern, okay. Aber ich will doch nur 'n Rock anziehen dürfen und nicht angegrabbelt werden. 'n langen weiten Rock. Nicht 'n Minirock oder geschlitzt an den Seiten oder so. Ist das zuviel verlangt in dieser Gesellschaft? – Ja. Wenn du im langen Rock über'n Hauptbahnhof gehst, mußt du die Faust in der Tasche schon geballt haben. Immer einsatzbereit. Immer drauf gefaßt. Damit sie dir auch nicht in der Tasche steckenbleibt, wenn's drauf ankommt.

Freiheit und Glück, Zorn und Aufbruch im Bauch, sitze ich beim Abendbrot. Erzähle es Jan und Uschi. Jan erzählt auch 'ne Bahngeschichte. Von 'ner Frau, die auch von einem Typen begrabbelt wurde. Der die ganze Zeit neben ihr gesessen und sie begrabbelt hat. Von den Leuten, die zugeguckt haben. Nichts gesagt haben. Auch nicht, als die Frau schon weinte. Weinte, weil sie nicht wußte, wohin. Wohin in einem geschlossenen S-Bahn-Abteil? Die Frau, die sich nicht wehren konnte und deshalb weinte. Bis Jan sich zwischen sie und den Typen gesetzt hat. Und von einer älteren Frau, die zu Jan beim Aussteigen leise, schön leise, damit es keiner hört, sagt: „Das war aber mutig von Ihnen, sich dazwischenzusetzen."

Immer schön leise, ja nichts damit zu tun haben. So viel Angst. Nur raushalten. Und zugucken. Ist ja ganz interessant, wenn Frauen angegrabbelt oder geschlagen werden. Erstmal zugucken. Nur nichts sagen. Der könnte ja mir was tun, wenn ich den Mund aufmache. So viel Angst. Und es ist ja normal, daß Frauen angegrabbelt werden. Erstmal gucken.

Ich erinnere mich an den Typen, der mir, als ich im Treppenhaus saß, plötzlich zwischen die Beine wichste. Ich, die vorher nichts geschnallt hatte, weil er seine Jacke vor'n Schwanz hielt. Ich, die nur dasitzen und ihn dumm angucken konnte, weil ich nicht wußte, wie ich mich verhalten soll. Ich, die damit nicht gerechnet hatte.

Jan erzählt die Geschichte von der Frau, die weinte, weil sie nicht gelernt hatte, sich zu wehren. Ich habe heute nicht geweint.

Ich habe zurückgeschlagen.

Soll ich heute abend zu Arne gehen? Eigentlich wollte ich ja zu ihm, um ihn ein paar Sachen aus unseren Gesprächen zu fragen, die ich nicht mehr so genau im Kopf habe. Ob er sich daran erinnert, was wir in der Werkstatt 3 diskutiert haben z.B. Ich wollte hingehen und sagen: Hallo, da bin ich. Kommst 'n Bier mit mir trinken? Ich will 'n bißchen mit dir schnacken. Du könntest mir bei meinem Buch helfen. Ich erinnere mich nicht mehr so genau an alles. Und dann hätt ich mich mit ihm in 'ne Kneipe gesetzt. Wie alte Freunde, die sich nach langer Zeit mal wieder sehen. Aber eigentlich wollte ich das erst in ein paar Wochen machen. So im März oder so. Weil das immer noch gereicht hätte, wenn ich das Manuskript im Mai fertig haben will.

Aber dann ist mir plötzlich die Idee gekommen, daß ich da auch jetzt schon hingehen könnte. Daß ich mir die Sperrfrist selber eingeräumt habe, um ihm auch wirklich erst dann wieder zu begegnen, wenn ich die ganze Geschichte emotional abgeschlossen habe. Und daß es ja auch nicht eilt, habe ich gedacht, daß ich die Szene dann eben erst später schreibe. Und daß mich ein Treffen mit ihm höchstens wieder in meinem Verarbeitungsprozeß beeinflußt. Ich will das Buch fertig haben, bevor ein Gespräch mit Arne mir wieder neue Aspekte liefert und meinen jetzigen Denkprozeß so verändert, daß ich ganz anders schreibe, als ich heute schreiben würde.

Aber dann hab ich wieder gedacht, daß ich es doch weitgehend abgeschlossen habe und daß es mich auch interessiert, ihn mal zu fragen: Was hast du denn jetzt, vier Wochen nach unserer letzten Auseinandersetzung, aus unserer Beziehung gelernt?

Aber dann hab ich wieder Schiß gekriegt, daß er was sagt, was mich wieder so beschäftigt, daß ich mich wieder stärker auf die aktuelle Auseinandersetzung mit ihm konzentriere als darauf, die bisher gelaufenen Sachen endlich vollständig zu Papier zu bringen.

Aber dann hab ich wieder gemerkt, daß es sowieso in mir arbeitet, wie ich das Buch weiterschreibe. Daß sich meine Konzeption während des Schreibens ändert. Daß ich das Buch jetzt viel stärker für mich schreibe als vor 1 1/2 Monaten noch. Daß das Auge, was ich beim Schreiben auf Arne werfe, immer kleiner wird. Also bin ich weitgehend drüber weg und kann mir auch die Sperrfrist verkürzen. Kann mir erlauben, ihn jetzt zu besuchen. Und außerdem kann mir eine sofortige Auseinandersetzung auch helfen, wirklich vollständiger zu verarbeiten. Vielleicht kommt bei einem Treffen was raus, was die Sache unter einen neuen Blickwinkel stellt, so daß ich das Schreiben auch unter einem übergeordneteren Aspekt fortsetzen kann. Also gehe ich hin heute abend. Wenn ich mit Sabine verabredet bin, gucke ich kurz bei ihm rein und frage, wann er mal für'n Klönschnack Zeit hat.

Irgendwie ärgert es mich schon, daß ihm das wieder zeigt, daß ich immer noch Interesse an ihm habe. Ich wollte ihm doch eigentlich zeigen, daß er so'n Schwein ist, daß ich nichts mehr mit ihm zu tun haben will. Aber wieso soll ich ihm was zeigen, was gar nicht wahr ist? Er ist zwar 'n Schwein. Aber ich will trotzdem noch was mit ihm zu tun haben. Dumme Sau!

Wieso läßt der mich nicht los? Es ist doch jetzt schon fünf Monate her. Und hat nur ein paar Wochen gedauert. Wieso läßt mich die Erinnerung an ihn nicht los? Aber ich bin ja schon so weit drüber weg, daß ich heute abend zu ihm hingehen kann. Wegen eines Gesprächs. Nicht, weil ich Zärtlichkeiten von ihm erwarte. Ich will ihn nur was fragen, weil ich mit meinem Buch nicht weiterkomme.

Ich bin drüber weg? ... Ich? ... Drüber weg? ... Ich? ... Die heute vormittag an der Bushaltestelle ... heute vormittag ... wieder in Gedanken versunken dastand ... seine Hände gespürt habe ... seine Hände unter meinem Rock ... seine Haare gestreichelt habe, wie er seinen Kopf in meinen Schoß schmiegte ... Wie alles, was er berührte, unter seiner Zärtlichkeit wegschmolz ... heiß und fließend zu einem einzigen Verlangen zusammenschmolz ... mit ihm zu schlafen .... Ich bin drüber weg? ... Ich? Die sich dann zuhause erstmal ins Bett gelegt hat ... mit dem Gedanken an ihn ... Meine eigenen Hände mir seine Zärtlichkeiten ersetzen mußten ... ich seine Wärme und seine sanften Bewegungen wirklich körperlich gespürt habe ... wirklich mit ihm geschlafen habe, als ich mich selbst befriedigte ... weinen mußte nach meinem Orgasmus, weil es so schön war mit ihm ... weil ich danach noch seine Zärtlichkeit gespürt habe ... ganz sanft und ganz warm ... weinen mußte ...

Arne hat wieder mal einen Zentimeter lange Bartstoppeln im Gesicht, als er mir die Tür aufmacht. Er umarmt mich nicht. Ich ihn auch nicht. Heute noch nicht. Er fragt nicht, was ich will, warum ich gekommen bin. Als er sich im Schlafzimmer auf seinen Schreibtischstuhl setzt, sage ich noch einmal ganz freundlich: „Guten Abend.” Er harrt der Dinge, die da kommen mögen.

„Ich wollt mal wieder mit dir schnacken.” – „Ja, setz dich”, meint er. – „Nee, nicht heute abend, ich hab keine Zeit ... naja, aber hinsetzen kann ich mich schon 'n Augenblick.” – „Morgen hätt ich Zeit”, meint er, „sonst ist es schlecht.”

Erst schlägt er den Nachmittag vor. Paßt mir gar nicht, aber ich willige ein. Warum will er am Nachmittag? Damit er dann irgendwann sagen kann: Jetzt hab ich keine Zeit mehr, jetzt muß ich noch was tun. Ich fänds besser, mich ohne zeitliche Begrenzung mit ihm treffen zu können. Also abends. Aber dann schwenkt er von selber um, meint, ich solle lieber erst 6, halb sieben kommen. Dann könnte er vorher noch was fotokopieren. Ach nee, ich soll man lieber erst so gegen halb sieben da sein. Okay. Ich stehe auf. Verabschiede mich. Tschüß. Bis morgen. Lächeln. Mehr nicht. Wie er da sitzt auf seinem Stuhl. Hinter der Stuhllehne verbarrikadiert. Damit ich nicht auf die Idee kommen könnte, er würde mich gerne streicheln oder umarmen und traut sich nur nicht. Nein. Es sieht so aus, als findet er es auch ganz normal, daß ich einfach nur noch tschüß zu ihm sage. Der unaufmerksame Beobachter könnte meinen, er wolle mich gar nicht umarmen. Aber ich kenne ihn zu gut. Sehe die maßlose Unsicherheit, die hinter dieser Fassade lebt und fühlt. Spüre, daß er sich einfach nicht mehr traut, mich zu berühren. Daß er Angst hat, zurückgestoßen zu werden. Er, der harte Mann. Der selbstsichere Arne, hinter dem sich ein anderer Arne versteckt. Ein empfindlicher und verletzlicher Mensch. Verwundbar und schutzlos, wenn die Fassade nicht wäre. Deshalb hält er sie so hartnäckig aufrecht.

Als ich aufstehe, um zu gehen, merke ich, daß sein Blick meinen langen Rock registriert. Ich würde jetzt zu gerne wissen, was er denkt. Wie er mich empfindet. Wie diese Frau ihn verunsichert, die da im langen, weiten Rock auftaucht. Weiblich, feminin. Und sagt: „ 'n Abend, Alter. Da bin ich. Wollt mal wieder mit dir schnacken.”

Ich will ihm doch gar nichts tun. Ich bin doch nun mal nur 'ne Frau, die gerne lange, weite Röcke trägt und ab und zu plötzlich bei ihm in der Tür steht und sagt: „Da bin ich. Ich will was von dir." – Warum verunsichert das den armen Kerl denn so? Ich will ihm doch gar nichts tun!

Als ich später bei Sabine bin und wir uns gegenseitig Sachen vorlesen, die wir über Arne geschrieben haben, sagt sie einmal mitten im Gespräch: „Irgendwann konnte ich ihn nicht mehr ernst nehmen." Als ich abends im Bett liege, fängt dieser Satz an, in meinem Kopf zu rotieren. Ich konnte ihn auch nicht mehr ernst nehmen. Ich habe ihm das auch geschrieben. Aber ich konnte es ihm nicht erklären. Und ich bin selber nicht mit diesem Widerspruch klargekommen, daß ich ihn nicht mehr ernst nehme, aber mit ihm schlafen will. Hab mir Vorwürfe gemacht: Will ich ihn als Sexualobjekt?

Spinnkram! Aber ich hab dieses schlechte Gewissen gehabt, weil ich ja gesagt habe: Es hat keinen Sinn, sich mit ihm auseinanderzusetzen. Aber schlafen kann ich mit ihm. Das ist sehr schön mit ihm.

Ich habe aber immer gedacht, ich sei gar nicht mehr in ihn verliebt, sondern in das Bild, was ich von ihm im Kopf habe. Aber plötzlich fällt es mir wie Schuppen von den Augen. Es gibt ja zwei Arnes. Was ich nicht mehr ernst nehme, ist seine Fassade. Den harten Marlboro-Typen. Den in jeder Lebenslage selbstbewußten, harten, unsensiblen Arne. Den nehme ich nicht mehr ernst. Diese Fassade finde ich lächerlich. Aber den Menschen dahinter, den anderen Arne, den nehme ich verdammt ernst. Den unsicheren, empfindlichen, lebensunfähigen Arne. Den nehme ich ernst. Den mag ich wahnsinnig gerne. Mit dem will ich es zu tun haben. Mit dem wollte ich schlafen.

Als ich bei ihm ankomme, steht er in der Haustür, weil er sich gerade Zigaretten holen will. Tritt mir auf den Fuß, ist ganz schnell einen Schritt weiter. Früher hätte er mir in so einer Situation zur Entschuldigung flüchtig den Arm gestreichelt. Früher. Aber er traut sich nicht mehr. Er ist so unsicher. Weiß überhaupt nicht mehr, wie er sich mir gegenüber verhalten soll.

Er lädt mich zum Essen ein. Als wir uns beim Griechen an einen Tisch setzen, sucht Arne sich den Platz mitten auf der langen Bank aus. Entweder kann ich mich neben ihn setzen, dann kann ich ihn aber nicht angucken beim Reden. Oder ich kann mich auf die Bank über Eck setzen. Dann sitz ich aber einen Meter von ihm weg. Ich entscheide mich für das zweite. Arne könnte jetzt mit einer kurzen Bewegung einen halben Meter zu mir ranrücken, damit wir uns besser unterhalten können. Arne bleibt sitzen. Bleibt stur einen Meter von mir weg sitzen, obwohl ich bei jedem dritten Satz nachfragen muß, weil die Musik so laut ist. Warum hat er denn bloß solche Angst vor mir? Jch will ihm doch gar nichts tun.

Ich warte mit dem entscheidenden Thema, bis wir beim Essen sind. Als ich gerade ansetzen will, kommt er mir zuvor: „Warum bist du eigentlich nochmal gekommen?"

„Ja, da wollt ich auch grade mit anfangen. Ich wollt dich fragen: Hat sich eigentlich in deinem Kopf was getan nach unserer letzten Auseinandersetzung."

„Nö, ... nichts Wesentliches. Außer, daß ich Frauen gegenüber unsicherer geworden bin."

Damit hab ich nicht gerechnet. Daß er unsicherer geworden ist, schon. Aber daß er das so zugibt. Einfach so. Arne. Der Mann ohne Schwächen. Ein zaghafter Einbruch in die Fassade. Arne gibt, ohne unter Druck gesetzt zu werden, eine Schwäche zu. Und den Rest glaub ich ihm sowieso nicht. Daß sich in seinem Kopf nichts getan hätte. Und was er dann sagt, straft diesen Satz auch Lügen. Als ich nachbohre, wie das mit den Frauen sei, meint er, daß seine Vorstellungen von Beziehung und so ihm noch klarer geworden sei, so ungefähr das, was er immer schon wollte, aber eben klarer. Also rumort es doch in seinem Kopf, er ist nur halt noch nicht weit gekommen.

„Ich kann dir ja mal sagen, was bei mir abgelaufen ist", beginne ich. „Erst wollt ich eigentlich nur kommen, weil ich einige Auseinandersetzungen nicht mehr erinnere. Ich wollte dich fragen, ob du davon mehr erinnerst als ich. Weil das fürs Schreiben wichtig ist. Und dann, als ich gestern abend bei Sabine war, da haben wir uns gegenseitig Sachen vorgelesen, die wir über dich geschrieben haben. Und dann hat sie irgendwann gesagt: Ich konnte ihn nicht mehr ernst nehmen. Und als ich zuhause im Bett lag und drüber nachgedacht hab, daß ich das ja auch mal gesagt habe, da hat sich dieser Widerspruch plötzlich aufgelöst: Was ich nicht mehr ernst nehme, ist deine Fassade. Aber den Menschen dahinter, den nehme ich verdammt ernst. Und wenn ich jetzt wieder was mit dir zu tun haben will, dann nicht mit der Fassade, sondern mit dir."

„Mir hat grade gestern jemand gesagt, daß ich 'n Holzklotz bin." Arne lacht, als er das sagt.

„Du bist kein Holzklotz. Du bist nur nach außen hin einer. Mir ist klar geworden, daß dein ganzes Verhalten keine Boshaftigkeit ist, sondern daß du einfach unheimliche Schwierigkeiten hast. Und nicht klarkommst." Ich sage noch viel mehr. Führe es aus. Erkläre. Und Arne hört zu. Und dann sagt er nachher, daß es ihm jetzt leichter fällt mit mir. Und daß er das gut findet, dieses vorurteilsfreie Begegnen.

„Du hast mich falsch verstanden. Ich begegne dir nicht vorurteilsfrei. Ich begegne dir auf dem Hintergrund an Erfahrungen, die ich mit dir habe."

Auf dieses „Vorurteilsfreie" ist er gekommen, weil ich von ihm verlangt habe, daß er auch anders an mich rangehen muß. Daß er mal mehr gucken muß, wer ich eigentlich bin, bevor er mich in seine Schublade packt. Das ist ganz was anderes, als das, was ich ihm gegenüber falsch gemacht habe. Und daraus macht er dann, ich hätte vorgeschlagen, sich ab jetzt vorurteilsfrei zu begegnen.

Aber trotzdem. Auch wenn er mich nicht ganz verstanden hat, irgend etwas an seinen nächsten Sätzen zeigt mir, daß er zum ersten Mal begriffen hat, daß ich ihm nichts tun will. Daß er ein bißchen weniger Angst vor mir hat. Irgendwas habe ich heute abend gesagt, daß er anfängt, Vertrauen zu mir zu haben. Irgendwas. Ganz klar ist es mir nicht. Denn richtig verstanden oder, sagen wir mal, richtig wiedergegeben, hat er es ja nicht. Aber da ist etwas. Da ist etwas, was mir zum ersten Mal sagt: Arne verliert seine Angst vor mir. Läßt mich ein kleines bißchen weiter an sich heran. Ich möchte ihn streicheln jetzt. Aber es geht noch nicht. Ich trau mich nicht. Warte auf einen Anlaß. Wo es dann so aussieht, als hätte ich ihn zufällig gestreichelt.

Und der Anlaß kommt auch. Irgendein Satz von ihm, wo ich dann sage: „Es hat sich ja doch was in deinem Kopf abgespielt. So ganz umsonst war es ja nicht." Und dabei lasse ich meine Hand ungeschickt durch seine Haare gleiten. Bleibe mit der Armbanduhr hängen. Lasse meine Hand auf seiner Schulter ruhen. Verhalte mich genauso, wie ich es ihm immer vorwerfe. Ich bin unsicher. Wahnsinnig unsicher und tue so, als wenn ich es nicht wäre. Plumpe, ungeschickte Zärtlichkeiten meiner Hand in seinem Haar. Und ich tue so, als sei alles in Ordnung. Aber nichts ist in Ordnung. Ich will nicht ungeschickt in seinem Haar rumfummeln. In Wirklichkeit will ich ganz, ganz lieb zu ihm sein. Ich trau mich nur nicht.

„Willst du gehen?", fragt Arne. – „Wie kommst du denn da drauf?" – „Weil du eben ‚so!' gesagt hast." – „Ich habe gesagt, so ganz umsonst war es ja doch nicht."

Wie kommt er denn drauf, daß ich ausgerechnet jetzt gehen will? Ausgerechnet jetzt, wo ich es zum ersten Mal geschafft habe, meine Hand etwas tapsig auf seinem Kopf landen zu lassen.

Es setzt sich eine Frau aus seiner BI zu uns, die ich noch nie gesehen habe. Arne bietet ihr spontan an, daß sie zuhören könne bei unserem Gespräch. Mich fragt er nicht, ob mir das recht ist. Die Frau hört zu, schaltet sich auch ab und zu ein. Schon nach wenigen Sätzen ist mir klar, daß sie Arne durchschaut hat. Sie lächelt mich in den gleichen Momenten an, in denen ich schmunzeln muß, wenn Arne was sagt. „Seid ihr befreundet?", fragt sie, als sie eine Weile was gehört hat, wie er mich und Sabine behandelt hat und sieht, daß meine Hand die ganze Zeit ganz selbstverständlich auf Arnes Schulter liegt. Kurze Erläuterung des Sachverhalts. Als Arne aufsteht, um sich einen neuen Wein zu bestellen, rutsche ich kurz zu ihr rüber und erzähle ihr mehr. Daß es schon 5 Monate her ist. Daß es nur ein paar Wochen gedauert hat. Daß ich immer noch nicht drüber weg bin. Und daß ich ihm zuletzt mit lila Farbe „Auch hier wohnt ein Frauenfeind" ans Fenster gesprüht habe. In dem Moment kommt Arne wieder und ich sage: „Das kannst du dir dann ja nach dem nächsten Termin beim Bier von ihm erzählen lassen."

Als Arne und ich uns weiterunterhalten, nimmt Sylvia erstmal eine Weile nicht mehr daran teil. Ich erzähle von meinem Buch. Von meiner Einsamkeitskrise in den letzten Wochen. Und irgendwann werde ich dann mutiger. Als ich ihn umarme, ... anfange, seinen Kopf zu streicheln, erwidert er meine Zärtlichkeiten sofort. Kein Prinz Eisenherz mehr, der mich nur gewähren läßt. Er streichelt mich auch. Umarmt mich. Es ist schön, wieder seine Wärme zu spüren. Als wir uns weiter unterhalten, habe ich keine Angst mehr. Keine Hand mehr, die wie zufällig auf seiner Schulter ruht. Ich kann ihn richtig umarmen. Kann ihn streicheln, während ich ihm etwas sage. Seine Wangen, seine Bartstoppeln, die sich ganz weich anfühlen, obwohl sie erst einen

Zentimeter lang sind. Seine rotblonden Bartstoppeln und sein schwarzes Haar. Kann ihm in die Augen sehen. Einfach so. Ohne reden zu müssen. Kann ihm wieder ganz sicher in die Augen sehen. So ganz aus der Nähe. Ihm mit meinem Lächeln und meinen Augen sagen: Ich mag dich.

Und wir reden weiter. Über alles Mögliche. Und immer wieder kuscheln wir uns aneinander. Kann ich mein Gesicht in seinen Haaren vergraben. Seine Nähe einatmen. Seine weichen Haare. Und dann ist es irgendwann nicht mehr so, daß er meine Zärtlichkeiten nur erwidert. Mitten aus dem Gespräch heraus umarmt er mich plötzlich. Haut mir aus Versehen einen Fingernagel in die Wange, als er die Hand nach meinem Kopf ausstreckt. Streichelt mich. Umarmt mich ganz fest. Ich bin süchtig. Süchtig nach seiner Zärtlichkeit. Süchtig danach, meine Nase in seinen Bartstoppeln zu baden.

„Ich hab das Gefühl, du bist gekommen, weil du mit mir zusammensein willst."

Ich sehe ihn an. „Wie meinst du das?", frage ich. „Kannst du das konkreter sagen, was du damit meinst?" Ich bin verunsichert. Wie meint er das? Zusammen sein. Meint er etwa ...?

„Ich bin nicht von vorgestern ... und du auch nicht", sagt er schließlich.

Wir sehen uns in die Augen. Unter mir bricht der Boden weg. Etwas Gewaltiges und Undefinierbares reißt mich fort. Etwas, das ich kenne und von dem ich dachte, es sei endlich vorbei. Breitet sich in mir aus, kriecht in jeden kleinen Winkel, füllt mich ganz aus. Bis für nichts anderes mehr Platz ist in mir.

„Ich bin nicht von vorgestern ... und du auch nicht." Ich sehe ihm in die Augen. Sage: „Du, es ist mir selber unklar."

Aber was hat es für einen Sinn, ihn mit Worten anzulügen, wenn meine Augen ihm doch die Wahrheit sagen. Ich hätte ihn nicht ansehen dürfen in diesem Moment. Dann hätte er mir meine Lüge vielleicht geglaubt. Aber dann hätte ich sie mir selber vielleicht auch geglaubt. Erst sein Blick in meine Augen gibt mir das Gefühl: Er hat mich durchschaut. Erst sein Blick in meine Augen macht mir klar, daß ich lüge. Daß ich mich selber anlüge. Ich sehe ihn an und bin nicht fähig, ihm meinen Blick zu entreißen. Nichts mehr, was ich vor ihm verbergen könnte. Es steht alles in meinen Augen. Alles. Ich liege ihm zu Füßen in meiner ganzen Schwäche. Schutzlos. Preisgegeben.

Aber wenn ich ihm meine Augen nicht hätte geben wollen in diesem Moment, wenn ich sie ihm wirklich nicht hätte geben wollen, dann hätte ich mich wehren können. Ich hätte die Situation überspielen können. Ich hätte mich nicht so zu offenbaren brauchen. Aber irgend etwas an diesem Menschen, der nur so schwerfällig Vertrauen zu mir faßt, irgend etwas an diesem Menschen hat mir das Vertrauen gegeben, daß ich mich ihm ausliefern darf. Mich ausliefern. So vollständig. So ohne Grenzen. Ich vertraue ihm.

Immer noch keinen Boden wieder unter den Füßen, höre ich seine Stimme. Die mir wieder sagt, was mein Mund gerade verleugnet hat. Mir wieder sagt, was ich wollte. „Streicheln ... und küssen."

Gott sei Dank sagt er jetzt nicht, daß ich gekommen bin, weil ich mit ihm schlafen will. Gott sei ... Aber er hat es doch gesagt. Sogar viel deutlicher. Und viel schöner. Wenn Arne davon redet, machen mich schon seine Worte verrückt. „Und ich weiß nicht, ob ich mich darauf einlassen will", sagt er dann.

Aber eigentlich tut er es doch schon die ganze Zeit. Widerspruch auch bei ihm. Widerspruch zwischen dem, was sein Mund mir sagt und dem, was seine Hände mir sagen.

Und dann fangen wir wieder an, über andere Dinge zu reden. Arne erzählt eine Geschichte, wie er ein Fahndungsplakat abgerissen hat. Und dann plötzlich fünf Leute um ihn rumstanden. Und wie er die Situation gemeistert hat. Mit anderen Worten, Arne erzählt mal wieder, was er für'n toller Kerl ist. Ich muß lachen. „Toll, Arne", sage ich, um das Ganze lächerlich zu machen. Sage ihm nochmal, daß er mich mit solchen Geschichten nicht beeindrucken kann. Frage, ob er solche Sachen eigentlich macht, um sie hinterher erzählen zu können. Sylvia hakt wieder ein. Fragt, ob er nicht auch mal Situationen erzählt, wo er mal so richtig klein war. Daß doch jeder das Bedürfnis hat, über solche Situationen zu reden.

Ich find's gut, wie sie das macht. Daß sie das mal so von der anderen Seite aufzieht. Daß sie ihm jetzt schon zum zweiten Mal heute abend sagt, daß er nicht so hart ist, wie er sich gibt. Daß er im Grunde ganz unsicher ist und dazu auch stehen soll. Die beiden umarmen sich. Ich lächele Sylvia an. In ihren Augen schimmern Tränen.

Auf einmal reißt etwas an mir. Fängt an, innerlich in mir zu zerren. Mein Lächeln friert ein. Ich komme mit der Vertrautheit nicht klar, die sich da plötzlich zwischen den beiden abspielt. Ich fand Sylvia nett. Von Anfang an. Habe sie als meine Verbündete im Kampf gegen Arnes Fassade erlebt. Und jetzt spüre ich, daß auch sie den Menschen dahinter gerne mag. Und daß Arne sie auch ganz heftig umarmt. Ist das eine freundschaftliche Umarmung? Oder sind das die ersten Schritte, die zwei Menschen aufeinander zumachen, die sich ineinander verlieben werden? Ich werde eifersüchtig.

Neben mir sitzt der Mann, den ich liebe und umarmt eine andere Frau. Das Verhältnis der beiden ist für mich nicht durchschaubar. Ein rasender Schmerz in mir.

Arne ist irgendwann aufgestanden und als er wiederkommt, setzt er sich nicht wieder zwischen uns, sondern uns gegenüber. Im weiteren Gespräch langt er ein paarmal einfach so zu Sylvia rüber. Zwickt sie in die Wange. Genau so, wie er es mit mir getan hat. Damals, als er mich zum ersten Mal hier zum Essen eingeladen hat und heute abend wieder. Arne, der Charmeur. Der da zwei Frauen gegenübersitzt und mal mit der linken, mal mit der rechten Hand rüberlangt und Streicheleinheiten verteilt. Mal bei ihr, mal bei mir.

Ich kann dem Gespräch nicht mehr folgen. Auch wenn ich selber grade damit angefangen hatte, von meiner Prügelei in der S-Bahn zu erzählen. Sylvia erzählt, und in mir ist nichts mehr als ein rasender Schmerz. Der Mann mir gegenüber bändelt in meiner Gegenwart mit einer anderen Frau an. Und ich liebe ihn.

Die Unterschiede in seinen Zärtlichkeiten ihr gegenüber und mir gegenüber werden undeutlicher. Dabei hat er sie doch nur umarmt und in die Wange gezwickt. Es tut weh. So weh. Ich höre nicht mehr, was Sylvia erzählt. Als sie endlich eine Pause macht, sage ich zu Arne: „Mußt du nicht mal pissen?" – „Nö", meint er. – „Aber du kannst mir mal Zigaretten holen", meint Sylvia.

Arne ist verwirrt. „Du hast mich nicht verstanden. Kannst du mich mal fünf Minuten mit Sylvia allein lassen?", werde ich deutlicher. Sylvia gibt ihm Geld. Arne geht. Ich sage ihr, daß ich sie erst unheimlich sympathisch fand heute abend. „Aber dann ... es tut mir leid ... aber ich bin eifersüchtig auf dich geworden. ... Weil ich es nicht einschätzen konnte, was zwischen euch beiden läuft."

Sylvias erste Reaktion ist, daß sie ihre Telefonnummer auf einen Zettel schreibt und mir hinschiebt. „Hier, damit du mich anrufen kannst.” Und dann sagt sie was, daß Arne nach 10 Minuten von ihr überfordert wäre. Daß sie Männer immer überfordert. Daß sie meint, daß ich noch unheimlich viel mit Arne am Hut habe.

„Wie meinst du das?”, frage ich. – „Daß du noch unheimlich viel Tauben auf dem Dach mit ihm hast.”

Ich verstehe nicht, was sie meint. Frage sie nochmal, ob sie denn sich darüber klar ist, was zwischen Arne und ihr läuft. Sie sagt Sachen, die ich irgendwie nicht einordnen kann. Einerseits beantwortet sie mir meine direkte Frage nicht, andererseits macht sie mir Mut, Arne mehr zu fordern. Sagt, ich hätte noch Tauben auf dem Dach mit ihm. Erzählt mir, daß sie auch einem Typen hinterherhängt, der schon dreimal mit ihr Schluß gemacht hat. Redet wieder von Arnes Unsicherheit.

Es beruhigt mich nicht so richtig, was sie sagt. Aber ich bin auch nicht mehr ganz so unruhig wie vorhin. Habe doch das Gefühl, daß sie was verstanden hat. Mehr als Arne verstanden hätte. „He, Arne, du kannst dich wieder zu uns setzen!”, rufe ich ihm zu. Es ist mittlerweile Viertel vor zwölf. Vor einer Stunde hat Arne immer gesagt, daß er jetzt ins Bett will.

Sylvia bietet mir an, mich mit dem Auto nach Hause zu fahren. Will mich noch zu einem Glas Wein einladen. Bietet mir an, daß ich bei ihr schlafen könnte. Aber ich will nicht länger hier sitzen. Arne hat sich neben Sylvia gesetzt und unterhält sich mit einem Typen am Nebentisch.

„Das ist ja auch doof, wenn du jetzt gehst. So ohne Abschied.”

„Weißt du”, sage ich zu ihr, „das ist seine Sache, daß er jetzt da drüben sitzt. Wenn er sich von mir verabschieden will, dann kann er es auch tun. Ich sehe nicht ein, jetzt hier noch ’ne halbe Stunde zu warten, bis der Kreis sich von alleine auflöst, nur um ein paar zufällige Zärtlichkeiten abzustauben.”

Sylvia umarmt mich. Ich finde es schön. Stecke tief mit meiner Nase in ihrem Haar. „Du riechst so gut”, sage ich zu ihr. „Scheißmänner”, sage ich auch noch. Wir lösen uns voneinander. Ich tippe Arne an: „Du, ich will gehen.” Er redet einfach weiter. Ich schieße ihm ein Papierkügelchen an den Kopf. „Ja, ich hab es gehört”, meint er. Ich umarme Sylvia noch einmal kurz. Ziehe meine Jacke an und gehe um den Tisch herum. Arne steht auf. „Ach, du wolltest noch was von mir haben.” Ich wühle die Fotokopien aus meiner Tasche, die ich ihm vorhin angekündigt habe. Er umarmt mich. Küßt mein Gesicht. Ich schmiege mich an ihn. Er ist so lieb. So lieb. Umarmt mich fest.

„Meld dich mal", sage ich zu ihm, als er wieder sitzt. „Das wird schlecht in nächster Zeit", sagt er.

„Peng", macht es in mir. – Erst diese Zärtlichkeit, ... und dann ein ganz offensichtliches Desinteresse, mich bald wiederzusehen.

„Aber laß uns das man gegenseitig so machen", meint er dann. Ich verstehe ihn nicht. Frage nach. „Ja, meld du dich ruhig auch".

Wieder typisch Arne. Will er mir die Initiative zuschanzen? Aber andererseits find ich es auch ganz gut. So hab ich wenigstens noch eine Legitimation mehr, nicht passiv und weiblich zuhause zu sitzen und auf seinen Anruf zu warten. Irgendwie gibt er mir ja damit zu verstehen: Auch wenn ich mich nicht bei dir melde, heißt das nicht, daß ich kein Interesse an dir habe. Melde du dich ruhig trotzdem.

Auf dem Weg zum Bahnhof muß ich laufen. Weil ich irgendwie vor Kraft und Lebensfreude überkoche.

Nachts träume ich von Arne. Daß wir zusammen schlafen. Ich streichel seinen Oberkörper. So, wie gestern abend beim Griechen. Es ist schön, unheimlich schön, ihn so zu streicheln. Seine Muskeln unter der Haut zu spüren. Als wir am Morgen zusammen aufwachen, wieder die gleiche körperliche Nähe. Wieder dieselben Zärtlichkeiten. Aber dann schlafen wir doch nicht zusammen. Ist mir sein Körper doch wieder unzugänglich. Aber dann wache ich auf und stelle wieder einmal fest, daß das, was im Traum Realität war, in der Realität nur Traum war.

Als ich am Mittwochabend an der Schreibmaschine sitze und diesen Dienstagabend beim Griechen noch einmal von Anfang bis Ende durchlebe, wird mir plötzlich klar, daß ich Arne beim Abschied ja hätte fragen können, ob er nicht auch jetzt gehen will. Ob wir nicht beide zu ihm gehen wollen? I c h habe ja gesagt: Du Arne, ich geh jetzt. Ich Trottel habe nur die Alternative gesehen, entweder sofort zu gehen, weil Arne sich ja nicht mehr mit mir unterhalten hat, oder zu warten, bis e r geht. Daß ich ihm auch hätte sagen können: „Ich möchte jetzt mit dir zusammen nachhause", auf die Idee bin ich mal wieder gar nicht gekommen. – Und es wäre so einfach gewesen, als wir da standen und uns zum Abschied umarmt haben. So einfach. Wenn ich nur drauf gekommen wäre!

Arne war so lieb zu mir gestern abend, wie ganz, ganz lange nicht mehr. Jetzt kann ich wieder unbestimmte Zeit warten, bis wieder mal so ein toller Abend wie gestern ist, wo so eine Frage angebracht wäre. Ich hätte mich getraut zu fragen, wenn ich nur drauf gekommen wäre. Mir wird jetzt erst bewußt, daß ich Arne ja weggeschickt hatte, und er deshalb nachher so weit von mir weg saß. Daß ich auch keine Anstalten gemacht habe, wieder näher bei ihm zu sitzen. Daß er vielleicht auch gedacht hat, „die will mich im Moment nicht mehr" und sich auch nicht getraut hat, sich wieder neben mich zu setzen. Und daß es dann für ihn auch aus heiterem Himmel gekommen sein muß, als ich sagte: Ich geh jetzt. Unsicherheit auf beiden Seiten.

Ich werde rasend vor innerer Unruhe, als mir die verschenkte Möglichkeit so klar wird. Wie soll ich schlafen können heute abend? Zu Arne hingehen kann ich heute nicht, er hat BI-Sitzung und hinterher sitzt er bestimmt mit den Leuten in der Kneipe. Und bestimmt unterhält er sich heute mit der Sylvia. Ich will den beiden nicht dazwischenpatzen. Wenn sich wirklich was abspielt mit den beiden, kann ich sowieso nichts dagegen machen. Ich bin nicht sauer auf Sylvia. Ich könnte sie trotzdem ins Vertrauen ziehen. Ich hab ihr ja gestern abend schon alles gesagt. Wenn ich wirklich in die Kneipe komme und die beiden flirten da grade rum, würde sie mich bestimmt verstehen, wenn ich ihr sage: Du, ich bin kaputt. Ich hab mir schon gedacht, daß ihr euch unterhalten wollt heute abend, aber ich hab's nicht ausgehalten heute abend zuhause zu bleiben. – Und so schlimm ist es dann für die doch auch nicht. Wenn die sich wirklich ineinander verknallen, können sie das auch noch morgen abend machen. Im Grunde kann ich denen gar nichts versauen. Sylvia versteht mich bestimmt. Auch wenn sie vielleicht etwas genervt sein könnte. Sie würde sich mir gegenüber nicht unsolidarisch verhalten. Da bin ich mir sicher. Wenn ich sie bitten würde, mich diesen Abend mit Arne allein zu lassen, – sie würde es bestimmt machen.

Also vom Prinzip her würde das gehen. Ich hätte den Mut dazu, in die Runde seiner BI reinzuplatzen und zu sagen: Arne kommst du mal bitte. Ich möchte dir alleine was sagen.

Was mich hindert, ist der Gedanke, daß das nach Kontrolle aussieht. Ich hab Sylvia ja gesagt, daß ich eifersüchtig auf sie bin. Nachher denken die beiden, ich bin absichtlich gekommen, um ihnen den Abend zu versauen.

Aber das will ich ja gar nicht. Ich Trottel. Dann kann es mir doch auch egal sein, ob die das denken oder nicht. Wenn Arne heute abend keinen Termin hätte, wäre ich schon längst in Altona. Wenn Sylvia nicht wäre, säße ich schon längst in der Bahn und wäre auf dem Weg zu Arne. Ich will zu Arne fahren, um zu Arne zu fahren. Und nicht um ihm seine eventuellen Frauengeschichten zu verpatzen. Wie komme ich überhaupt auf den Gedanken, daß andere das von mir denken könnten?

Ich werde mich jetzt so verhalten, wie ich mich verhalten würde, wenn ich nicht vermuten würde, daß er mit 'ner Frau anbändelt heute abend. Einfach hinfahren wie immer. Wie immer, wenn ich hier zu Hause durchdrehe. Zwanzigmal grundlos über den Flur jage. Von meinem Zimmer zum Klo. Vom Klo zu meinem Zimmer. Von meinem Zimmer in die Küche. Von der Küche zu meinem Zimmer. Von meinem Zimmer ins Bad. Vom Bad in mein Zimmer. Von meinem Zimmer zum Klo. Weil ich schon wieder pissen muß vor lauter Aufregung. Uschi und Dave sitzen auf dem Flur und essen Abendbrot. Ein paarmal versuche ich mich dazuzusetzen. Aber ich kriege keinen Bissen runter. „What's the matter?", fragt Dave. „I think I'll go to Arne this night", antworte ich und dann müssen wir beide lachen. „Ich werde ihm anbieten, die Rechnung für den Psychiater zu bezahlen, wenn er eines Tages wegen Verfolgungswahn eingeliefert wird", sage ich zu Dave. Wir müssen im Lexikon nachschlagen, daß Verfolgungswahn „persecution mania" heißt, und dann kann Dave auch darüber lachen. Ich warte noch ein bißchen, um nicht in Arnes BI-Sitzung reinplatzen zu müssen. Ich will ihn in der Kneipe antreffen.

Auf dem Weg nach Altona drehe ich immer noch fast durch vor Spannung. In welcher Situation ich ihn wohl antreffe? Ich weiß, daß ich die Situation auf jeden Fall packen werde. Aber trotzdem ist es ganz schön beschissen, daß ich mich nicht drauf einstellen kann.

Als ich beim Anti-AKW-Laden ankomme, ist da noch Licht. Die Vorhänge sind zugezogen. Aber sie sind bestimmt noch alle drin. Ich beginne auf der Straße auf und ab zu gehen. Eiseskälte. Ich hätte doch eine lange Unterhose unterziehen sollen.

Eine halbe Stunde muß ich warten, bis endlich die Tür aufgeht und die ersten herauskommen. Ich bin inzwischen ganz ruhig geworden. Ruhig, weil ich weiß, irgendwann wird Arne da rauskommen. Irgendwann.

Er wird mit Leuten zusammen da rauskommen. Wahrscheinlich mit Sylvia. Und dann werde ich ihn rufen. „Arne, kommst du mal her?" Und werde ihm sagen: „Arne, du mußt mir helfen."

Ich lehne zwei Meter von der Tür entfernt. Leute strömen raus. Einen frage ich mal: Ist Arne da noch drin? – Ja, ist er. Ich bin beruhigt. Ich kann warten.

Endlich kommt er raus. Alleine. Sieht mich sofort. Ich brauche ihn nicht mal zu rufen. Er kommt auf mich zu. Mit selbstverständlichem Gewohnheitsrecht landet meine Hand unter seiner Lederjacke. „Ich wollte zuhause bleiben heute abend. Aber es ging nicht." Ich halte ihn umarmt. „Du mußt mir helfen."

Stille. – Ich sehe ihn an. Warte.

„Es fällt mir schwer. Sehr schwer," sagt er nach einer Weile. „Ich weiß nicht, wie ich mich dir gegenüber verhalten soll. Ob das so richtig ist mit Zärtlichkeiten und so." Er weiß nicht, was ich von ihm will. Wie er mir helfen könnte. Ich sag ihm, daß ich jetzt mit ihm schnacken möchte. Daß er mir helfen kann, wenn er mit mir darüber redet, warum ich nicht von ihm loskomme. Er überlegt kurz. Meint dann, er müßte noch mal eben zum Griechen rein, weil er mit jemandem abgemacht hatte, irgendwas Politisches zu klären. Ich gehe hinterher. Arne setzt sich kurz an den Tisch. Ich kenne die Leute nicht. Bitte den Typen auf der Bank, auch mal 'n Stück zu rücken, damit ich mich setzen kann. Die Frau neben Arne fängt sehr engagiert ein Gespräch mit ihm an. Arne versucht ein paarmal zu sagen, daß er gehen will und nur gekommen ist, um dem einen Typen Bescheid zu sagen. Beim dritten Ansatz kommt er dann auch durch.

Ich habe kein schlechtes Gewissen. Vor zwei, drei Jahren, hätte ich mich bestimmt dafür entschuldigt, daß ich hier mit meinen privaten Problemen einen Genossen vom politischen Kneipengespräch weghole. Heute kann ich sowas fordern. Mich könnte keiner mehr verunsichern, der mir vorwirft, jemannden von der politischen Arbeit abzuhalten. Wozu vier Jahre Frauenarbeit doch gut sind!

Arne schlägt erst den Weg zu sich nach Hause ein. Dann meint er plötzlich er will doch lieber in 'ne Kneipe. Finde ich auch besser. In 'ner Kneipe ist man immer nicht so für die Atmosphäre verantwortlich. Seinen Vorschlag spazieren zu gehen, habe ich gerade noch, ohne zynisch zu werden, ablehnen können. Schließlich stehe ich seit einer Dreiviertelstunde in dieser Eiseskälte vor dem Anti-AKW-Laden.

Wir gehen zu Irmi. Arne setzt sich auf die Bank mir gegenüber. Ich erzähle ihm, daß es immer dasselbe ist. Ich verbringe einen Abend mit ihm. Fühle mich wohl. Gehe nach Hause. Drehe durch, wenn ich merke, daß ich eigentlich mehr wollte. Und dann stehe ich am nächsten Abend wieder bei ihm vor der Tür. Und obwohl nie das passiert, weshalb ich eigentlich gekommen bin, fühle ich mich wohler, als wenn ich nicht gekommen wäre.

„Warum?" fragt er.

„Ich weiß selber nicht. Vielleicht einfach nur um zu sehen, daß du noch da bist. Daß es dich gibt. Ich weiß es selber nicht."

„Weshalb kommst du zu mir? Was suchst du bei mir?" – Ich kann ihm die Frage nicht beantworten. „Irgendwas an mir findest du gut. Was ist das?"

„Ich weiß es nicht."

Arne stellt die gewagte These auf, daß es gar nicht um seine Person geht. Daß es irgendetwas anderes ist, das sich nur an seiner Person festmacht. Ich kann weder etwas dafür, noch etwas dagegen sagen. Ich weiß nicht, was ich bei ihm suche. Ich merke nur, daß es sich hier wahrscheinlich um eine der wichtigsten Fragen handelt, die ich mir unbedingt beantworten muß. Aber ich merke auch, daß sich etwas in mir sperrt, dieser Frage auf den Grund zu gehen. Daß ich abblocke.

Und trotzdem glaube ich nicht, daß das stimmt, was Arne sagt. Daß es gar nicht um seine Person geht. Es geht mir um ihn. Da bestehe ich drauf. Ich versuche nochmal, zusammenzukriegen, was ich „gut" an ihm finde. Da ist ... seine Zärtlichkeit. Die hat mich umgehauen. Sowas habe ich bei einem Mann noch nicht erlebt. Und dann waren da ... so ganz viele alltägliche Kleinigkeiten, wo ich das Gefühl hatte, die Welt mit den gleichen Augen zu sehen wie er. So viele Situationen, wo man zusammen lachen konnte ... aber nicht nur das. – Einfach unheimlich oft das Gefühl, in ganz alltäglichen Situationen ... so ganz banale menschliche Dinge einfach genauso gesehen zu haben wie er. Das Gleiche wahrgenommen zu haben. Und das Gleiche darüber zu denken. Ich kann es nicht konkreter sagen ... mir fallen nicht einmal Beispiele ein. Aber es war so. Ich habe es so empfunden.

Und irgendwann, so ziemlich am Anfang des Gesprächs, sagt Arne ganz spontan und mit Nachdruck: „Ich werd das Gefühl nicht los, daß du gerne mit mir zusammen sein möchtest. Ich werd das Gefühl nicht los."

„Das kannst du auch nicht loswerden ... weil es nämlich so ist", rede ich ihm fast dazwischen, so daß er fast zur selben Zeit sagt: „Und ich kann es nicht. Ich kann es nicht!"

Arne haut dabei mit der flachen Hand auf sein Bierglas. Ganz energisch und mit Nachdruck. Er k a n n es nicht!

Warum sagt er nicht: Ich will es nicht. Ich möchte es nicht???? Warum muß er sich auf ein Nichtkönnen zurückziehen. Und warum diese verzweifelte Geste. Was setzt ihn denn so unter Druck, daß er mit der ganzen Kraft seiner flachen Hand dagegen an hauen muß? Ich sage ihm, daß mir selber klar ist, daß es nicht ginge mit uns. Selbst wenn er wollte, würde es höchstens ein paar Wochen gut gehen. Daß ich eigentlich sowas wie „gute Freunde" mit ihm werden möchte, aber daß da noch zu viele Gefühle bei mir da sind ... aber daß ich eigentlich sowieso weiß, daß er mir nicht das geben kann, was ich brauche, was ich von einer Beziehung will.

Und dann versuche ich, es mal in Worte zu fassen, was ich eigentlich für eine „Beziehung" möchte. Daß ich erstens eine ganz stark emotionale Beziehung möchte, die zweitens nie vorm Fernseher endet, sondern immer 'ne Dynamik in der Auseinandersetzung behält. Und daß ich drittens meinen eigenständigen Bereich brauche, in den ich meinen Partner jederzeit reinlassen kann, ohne Angst haben zu müssen, daß er mir meine Selbständigkeit kaputt trampelt. Aber in erster Linie ist es eben mein Bereich, auch wenn ich ihn jederzeit für den anderen offenhalte. Ich bin zufrieden mit meiner Definition. Es trifft wirklich das, wie ich mir eine gute Beziehung vorstelle.

„Tja, siehst du. Da unterscheiden wir uns. Da unterscheiden wir uns. Ich seh das alles sehr viel nüchterner. Viel nüchterner!", entgegnet Arne voller Überzeugung. Seine Worte werden durch seine entschlossene harte männliche Mimik unterstrichen. Seine Gesichtszüge lassen keinen Zweifel aufkommen: Er meint es ernst!

Und dann erzählt er was davon, daß das mit den Gefühlen für ihn überhaupt nicht wichtig ist. Für ihn kommt es auf die Auseinandersetzung an. Nur auf die Auseinandersetzung. Die politische Auseinandersetzung. Das ist wichtig. Da unterscheiden wir uns. Er guckt sich an, was jemand politisch macht ....

Geht die Platte wieder los? Ich sage nichts. Höre mir zum wiederholten Male das an, was Arne „Vertrauen entwickeln" nennt. Ich werde seltsam traurig-froh. Traurig, weil er immer noch auf seiner unrealistischen Theorie rumreitet, deren Unzulänglichkeit für seine eigene Person er in dem Gespräch mit Jan und Uschi doch auch schon halbwegs eingesehen hatte. Und froh, weil er mir nochmal deutlich macht, daß ich mit so jemanndem tatsächlich nicht die Beziehung haben könnte, die ich will.

Ich sage ihm, daß ich Vertrauen zu ihm habe. Daß ich seine politische Arbeit sehr wenig kenne, und auch finde, daß er manchmal ganz schön Scheiß macht. Aber, daß ich auf einer rein menschlichen Ebene Vertrauen zu ihm entwickelt habe, so wie ich ihn die letzten Monate kennengelernt habe.

„Wir kennen uns keine paar Monate. Ich würd sagen, wir kennen uns höchstens ein paar Wochen."

Ich komme nochmal darauf zurück, was ich an ihm „gut" finde. Daß ein wesentlicher Punkt war, daß ich das Gefühl hatte, wenn ich mit ihm zusammen bin, brauche ich mich nicht wieder mit sowas wie Eifersucht auseinanderzusetzen.

„Ich bin nicht eifersüchtig", sagt Arne prompt.

So hatte ich das gar nicht gemeint! Ich sage ihm, daß es immer die Typen waren, die von mir Mehrfach-Beziehungen gefordert haben. Und daß ich nicht eifersüchtig zu sein habe. Und dann sage ich ihm, daß er mir heute abend wirklich geholfen hat und meine damit eigentlich mehr die Sachen, mit denen er mir nochmal unbewußt vor Augen geführt hat, daß er nicht „der Mann" für mich ist.

Arne sagt ganz hart und von sich selber überzeugt: „Ja. Es hätte zwei Möglichkeiten gegeben heute abend. Entweder Verständnis zu zeigen, oder die Auseinandersetzung. Ich habe den zweiten Weg gewählt. Ich habe die Auseinandersetzung gewählt. Weil ich das für sinnvoller halte." – Arne: Kalt, hart und unerschrocken. Er hat sich mit mir auseinandergesetzt. Verständnis hat er nicht gezeigt.

Es ist mal wieder so total daneben, was er da von sich gibt. Der Widerspruch, den er da konzipiert, geht voll in die Hose. Und das ausgerechnet heute abend, wo er sich tatsächlich mal unheimlich verständnisvoll mit mir auseinandergesetzt hat! Wo er wirklich im ersten Teil unseres Gesprächs beides miteinander vereint hat, was er da gerade als Widerspruch hinstellt. Und dann sagt er noch irgendwas, daß es sowieso nie eine Beziehung war mit uns. „Ich würd es nicht Beziehung nennen. Ich würd eher sagen, es war ein Bedürfnis."

„Da hast du mir aber am Anfang was anderes erzählt. Als du mich zwei Stunden kanntest, hast du mir was von ‚Beziehung' erzählt. Da hab ich mich noch gewundert."

Arne beharrt darauf, daß es ein „Bedürfnis" war. Soll er doch. Ich weiß es besser. Und dann kann er sich nicht mehr daran erinnern, was er da am Anfang mal gesagt haben soll. Verdrängungskünstler. Ich nehme seine Hand. „Ich wollte dich noch um was bitten, Arne. Kannst du die Entscheidung, mit den Zärtlichkeiten und so ... kannst du die bitte mir überlassen?"

„Nein", sagt Arne. Ganz einfach „Nein".

Ich denke, der spinnt ja wohl. Denke, daß er entgegen seinen eigenen Bedürfnisse keine Zärtlichkeiten mehr mit mir will, weil er vorhin gesagt hat, er weiß nicht, ob das richtig ist, mit Zärtlichkeiten und so. Und daß er jetzt meint, *er* müsse das entscheiden, um mich nicht immer in Konflikte zu bringen. Ganz ritterlich.

Aber nein. Arne hat es ganz anders gemeint. Er hatte mich so verstanden, daß ich von ihm verlange, daß er von sich aus nichts mehr macht und mir für alle Zeiten die Initiative überlassen soll. „Nein". Das will er nicht. Dagegen hat er mit seinem prompten „Nein" rebelliert.

Das ist ja eigentlich noch frecher als ich dachte. Das ist ja das genaue Gegenteil von der Ritterlichkeit, die ich ihm unterstellt habe! Er will seine Streicheleinheiten. Da besteht er drauf. Die Entscheidung kann er mir nicht überlassen. „Nein."

Plötzlich stelle ich fest, daß die letzte Bahn in 'ner Viertelstunde fährt und ich sofort los muß. Ich ziehe meine Parka an und gehe um den Tisch herum zu ihm rüber. Umarme ihn, streichel ihn. Frage ihn, ob er meinen Grog bezahlen kann, damit ich nicht noch fünf Minuten an der Theke warten muß.

Auf dem Weg zum Bahnhof fällt mir ein, daß ich vergessen habe, ihn nach Ankes Telefonnummer zu fragen. Schreibe ihm zuhause noch schnell eine Karte.

Ob er wohl die Szene mit dem alten Mann schon gelesen hat? Ich habe die ganze Zeit darüber nachgedacht, wenn ich ihm in die Augen sah. Da war sowas Unausgesprochenes in der Luft. Aber er hat es auch nicht angesprochen. Ob er es wohl schon gelesen hatte?

Am Sonntag ruft Arne an. Gibt mir Ankes Telefonnummer durch. Ich habe neue Sachen für ihn fotokopiert. Szenen über meine Sexualität. Ich will, daß er das liest. Er kommt, holt sich das ab. Es entwickelt sich eine sehr gute politische Diskussion. Es geht um Fragen, die mir schon lange unter den Nägeln brennen. Zur Arbeiterbewegung, zur materiellen Verelendung, die es heute nicht mehr zu geben scheint. Scheint! Den meisten Leuten „scheint" es gut zu gehen. Farbfernseher und Auto. Geht es ihnen gut? Kann ich mich hinstellen und den Leuten erzählen, daß das Fernsehen sie mit Ideologie vollplätschert, ohne daß sie es merken? Daß Farbfernseher und Auto eigentlich gar nicht das höchste menschliche Glück sind. Daß ihnen das nur eingeredet wird. Daß zur gleichen Zeit, wo sie zuhause im Wohnzimmer hören, 1980 gingen die Lichter aus, draußen ein AKW nach dem anderen aufgrund einer kleinen Panne sein radioaktives Wasser in unsere Flüsse leitet. Die sitzen vor'm Fernseher und hören sich geduldig an, daß die radioaktive Strahlung mal wieder weit unter der zulässigen Grenze lag. Wundern sich, daß im Nebenhaus schon wieder 'ne ganz junge Frau an Krebs gestorben ist.

Soll ich den Arbeitern erzählen, daß das alles am Kapitalismus liegt? Die lachen mich aus und sagen: „Geh doch nach drüben."

Aber was soll ich „drüben"? „Drüben" strahlen auch AKW's. „Drüben" müssen die Frauen auch die Pille nehmen, weil keine unschädlichen Verhütungsmittel entwickelt werden. „Drüben" würde ich mit meiner politischen Meinung auch nicht in den Schuldienst kommen. Die DDR ist kein sozialistischer Staat. Aber sie gibt vor, einer zu sein und macht uns damit unsere politische Arbeit schwer. Wenn wir den Leuten sagen, unser Ziel sei eine sozialistische Gesellschaft, dann denken die, wir meinen sowas wie „drüben". Aber wie kommen wir dagegen an? Aus allen Medien werden die Leute mit der Propaganda überschüttet, das, was in der DDR und Sowjetunion läuft, sei Sozialismus. Wie kommen wir gegen diese Propaganda an? 1000 offene Fragen. Und immer noch keine Antworten.

Als Arne geht, hat er Aufruhr in mir hinterlassen. Aber heilsamen Aufruhr. Nicht wie bei der Anti-Strauß-Debatte. Bei aller Unfähigkeit, auf meine politischen Schwierigkeiten einzugehen, hat Arne mich doch im Großen und Ganzen wieder wachgerüttelt. Als ich ihn kennenlernte, hatte ich mir gerade ein halbes Jahr Erholung von jeglicher politischer Arbeit gegönnt. Ich wußte, daß ich irgendwann wieder anfange. Daß ich meine Arbeit in der Frauenbewegung suche. Sie nur noch nicht gefunden habe. Ich wußte, daß ich irgendwann wieder aktiver werden würde. Aber das hätte dauern können. Die Beziehung zu Arne war schon ein wichtiger Impuls für mich. Auch wenn er mir inhaltlich nicht helfen konnte, meine politische Arbeit zu entwickeln. Auch wenn er sehr unsensibel an meinen politischen Vorstellungen vorbeidiskutiert hat. Auch wenn er mich sehr plump unter Druck gesetzt hat: „Ich hör immer nur, du machst Pause. Ich hör nicht, wo das hingehen soll bei dir. Ich hör immer nur Pause." Plump und ungeschickt wie alle Männer, die ihre Freundinnen „politisieren" wollen.

Aber wie soll er mir inhaltlich bei meiner Schwerpunktsetzung helfen, wenn ich weiß, daß ich Frauenpolitik machen will? Wie soll er mir dabei helfen? Wo er doch ausgerechnet auf dem Gebiet von Tuten und Blasen nun wirklich keine Ahnung hat. Wie soll er mir dabei helfen?

Er hätte mir etwas besser zuhören müssen. Und er hätte darauf eingehen müssen, wenn ich ihm sage, ich möchte mit ihm diskutieren, was ich über meine politische Arbeit geschrieben habe. Die Kritik ist nach wie vor richtig.

Aber, daß ich ihm gesagt habe, daß politische Diskussionen mit ihm mir nie was gebracht hätten, das war 'ne reine Trotzreaktion. Das stimmt nicht. Da wollte ich ihm nur mal eins auswischen.

Arne ist weg. Ich rufe Anke an. Verabrede mich für Mittwoch mit ihr. Obwohl ich eigentlich gar nicht so genau weiß, was ich von ihr will. Nur mal gucken, was sie für ein Mensch ist. Was das für eine Frau sein muß, von der Arne in den höchsten Tönen schwärmt.

Was Anke erzählt, fügt sich nahtlos in das ein, was ich inzwischen von Arne weiß. Sie erzählt, daß sie nach ganz kurzer Zeit gemerkt hat, daß bei ihm emotional nichts mehr da war. Und daß er dann auch unzuverlässig wurde. Nicht mehr gekommen ist. Nur, daß sie da nicht drunter gelitten hat, weil sie sich gar nicht so auf ihn eingelassen hatte, wie Sabine und ich. Und daß sie überhaupt vorsichtiger mit ihren Gefühlen umgeht, was Männer anbelangt. Anke ist 10 Jahre älter als Arne und ich. Sie sagt, daß ihr bei dem Altersunterschied von vornherein klar war, daß die Beziehung ihre Grenzen haben wird. Anke ist zehn Jahre älter als ich. Sie weiß, was sie will. Ich weiß das manchmal noch nicht. Sie kann wahrscheinlich realistischer einschätzen, wie weit sie sich auf Männer einlassen darf. Ich kann das nicht. Als ich Arne kennengelernt habe, habe ich noch an den Märchenprinzen geglaubt. Wenn mich jemannd verliebt anblinzelt, dann verliere ich die Kontrolle über meine Gefühle. Anke nicht. Sie hatte von Anfang an niedrigere Ansprüche an Arne. Ansprüche, die er erfüllen kann. Das gilt auch für heute. Ich habe höhere Ansprüche an meine Beziehung zu Arne. Anke nimmt das so hin, daß Arne sich nicht mit ihrer politischen Arbeit auseinandersetzt. Für sie ist Arne nicht so wichtig. Sie fordert nichts von ihm. Ich fordere etwas von ihm. Fordere, daß er sich mit mir auseinandersetzt. Mit meiner politischen Arbeit. Ich kämpfe um Arnes Interesse. Habe immer darum gekämpft. Anke nie. Von mir fühlt er sich unter Druck gesetzt. Von Anke nicht. Mir wird klar, daß Anke sich ganz bewußt für etwas anderes entschieden hat als ich.

Aber ich bleibe bei meiner Entscheidung. Ich will, daß Arne sich mit mir auseinandersetzt und mich nicht bloß vollabert. Ich brauche auch Brot und Wasser. Wenn ich mit Arne politisch diskutiere, will ich, daß er sich auch mit meiner Arbeit auseinandersetzt. Ich will meine Ansprüche nicht runterschrauben.

Ich erzähle Anke von Sabine und mir. Daß wir uns sehr ähnlich sind. Uns auf Anhieb gut verstanden haben. Anke fragt, ob Sabine auch ein sehr emotionaler Mensch sei. Sie hätte das Gefühl, daß Arne das Loch, was er selber da hat, immer versucht, mit sehr gefühlsbetonten Frauen zu stopfen. Eine Hypothese, die sehr einleuchtend klingt. Aber mehr auch nicht. Ob es stimmt, könnte letzten Endes nur Arne beantworten. Und der sperrt sich.

„Arne tut so, als wenn es ihm überhaupt nichts ausmacht, daß ich ein Buch über ihn schreibe. Und das glaub ich ihm einfach nicht. Das glaub ich ihm nicht, daß ihm das nichts ausmacht."

„Das brauchst du ihm auch nicht zu glauben", meint Anke.

Überhaupt haben wir so ziemlich die gleiche Einschätzung von ihm. Nur daß Anke und ich zwei völlig verschiedene Menschen sind, und sich das deshalb so unterschiedlich ausgewirkt hat.

Als ich gehe, sagt Anke, ich soll mich ruhig mal wieder bei ihr melden. Es interessiert sie schon, was ich mit Arne weiter mache. So ganz glücklich sei das ja auch nicht gelöst, mit dem Freiraum, den sie ihm läßt.

Das Gespräch mit Anke hat mich ruhiger gemacht. Sie ist keine unbekannte Variable mehr, die Arne beliebig aus der Tasche ziehen kann, um mich zu verunsichern. Wenn er mir jetzt das nächste Mal erzählt, wie er seine Beziehung zu Anke sieht, dann habe ich dabei auch im Ohr, was sie selber dazu gesagt hat.

Am Freitag nachmittag sitze ich mit Axel im Kleinen Cafe in Altona. Unterhalte mich mit ihm über mein Buch und die Frauenbewegung im allgemeinen. Plötzlich kommt Arne rein. Mit dem hatte ich gar nicht gerechnet. Er setzt sich zu uns. Als ich ihn frage, wie er denn die Szenen findet, die ich ihm Sonntag gegeben habe, kommt ein vernichtendes Urteil: Er findet es oberflächlich. Und daß ich meinem Anspruch nicht gerecht werde. Daß ich die Sicht der Männer nicht einbeziehe.

Ich gebe ihm die Seiten zu lesen, wo ich beschreibe, wie ich jahrelang von Männern als Sexualobjekt benutzt worden bin, und er findet es o b e r f l ä c h l i c h, w e i l i c h d i e S i c h t d e r M ä n n e r n i c h t e i n b e z i e h e.

Ich will mich mit ihm treffen. Nächste Woche. Er will mich Sonntag noch anrufen. Er ruft nicht an. Ich fahre nach Altona. Er hat schon geschlafen. „Ich geh gleich wieder. Ich wollt dich nur fragen, ob du morgen Zeit hast?" Er hat Zeit. Ich küsse ihn und gehe.

Ich habe eine Stunde gebraucht, um eine Verabredung mit ihm zu treffen. Eine Stunde Bahnfahrt und Fußweg. Arne hätte fünf Minuten gebraucht. Er hätte mich anrufen können. Ich bin ihm nicht mehr böse. Ich habe mich bewußt so entschieden. Ich weiß, daß ich ihm nachlaufe. Und da stehe ich zu. Ich will was von ihm. Sehr viel mehr als er von mir. Aus irgendeinem Grunde ist er mir plötzlich eine Stunde Bahnfahrt wert, ohne daß ich mich erniedrigt fühle. Obwohl ich ihm noch nicht mal die fünf Minuten Telefonzelle wert war.

bssssssssss .... macht die dicke, fette Schmeißfliege und läßt sich auf der Nasenspitze nieder. Man kann sie wegscheuchen. bssssssssss .... dann läßt sie sich kurz auf dem Tisch nieder, erholt sich einen Augenblick, krabbelt ein bißchen rum .... und .... bssssssssss .... fliegt sie diesmal die Schulter an ...... man kann mit der Hand nach ihr schlagen ...... oder mit der Zeitung ...... wenn sie auf dem Küchentisch rumkrabbelt .... bssssssssss .... vielleicht nimmt sie eine Weile Abstand. Sitzt ganz still auf der Tapete, um neue Kraft zu sammeln. bsssssssss .... diesmal landet sie auf der Stirn ...... krabbelt in den Haaren rum ...... bssssssssss .... brummt direkt am Ohr vorbei .... wieder auf die Nase.

Was ist das eigentlich? Da ist ein Mann. Und da ist eine Frau. Diese Frau rennt seit vier Monaten hinter diesem Mann her. In unterschiedlichen Variationen zwar, aber beständig. Durch nichts zu erschüttern. – Steht plötzlich in der Tür und sagt: Da bin ich. Hast du Freitag Zeit? – Steht unangemeldet nachts halb zwölf in der Tür und sagt: Da bin ich. Ich schlaf heut bei dir. – Schreibt Briefe: Arne, ich liebe dich. – Weckt ihn nachts um drei auf: Arne, ich möchte mit dir schlafen. – Seit vier Monaten.

Und seit vier Monaten antwortet dieser Mann: Ich weiß nicht, ob ich Freitag Zeit habe. – Es ist mir egal, ob du hier schläfst. – Ich liebe dich nicht. – Ich möchte nicht mit dir schlafen.

Und diese Frau macht weiter. Hartnäckig und mit ungebrochenem Selbstbewußtsein. Was muß der eigentlich noch alles machen, damit sie nicht mehr hinter ihm herrennt? – Warum rennt sie denn immer noch hinter ihm her? Seit vier Monaten. Wie muß so ein Mann sich eigentlich fühlen, dem eine Frau so hartnäckig hinterherläuft? Der muß ja schon unter Verfolgungswahn leiden. E r meint ja, es hat mit seiner Person gar nichts zu tun. Es macht sich nur an ihm fest. Aber es hat mit ihm zu tun. Nur: Er kann es gar nicht glauben! Wahrscheinlich sagt er sich: Das kann gar nicht wahr sein. Die meint gar nicht mich. Er kann es gar nicht glauben, daß eine Frau ihn so gerne mag, daß sie vier Monate lang einen Korb nach dem anderen kassiert und trotzdem weitermacht. Nicht kleinzukriegen.

Aber die Frau meint ihn. Vielleicht sollte er sich mal umgucken und feststellen, daß da nicht seit vier Monaten einer neben ihm ist, den sie gemeint haben könnte. Da steht keiner hinter ihm. Die Frau hat ihn gemeint!

Mein Verhältnis zu Arne hat sich innerhalb weniger Wochen ganz wesentlich gewandelt. Ich fange plötzlich an ihn zu „verstehen."

Es hat mich sehr lange verletzt, daß Arne kein Vertrauen zu mir hat. Jetzt fange ich an zu begreifen, daß er es auch viel schwerer hat, zu jemandem Vertrauen zu fassen, als ich. Daß Arne 18 Jahre lang im Erziehungsheim aufgewachsen ist. Daß er vom dritten Lebensmonat an sein Dasein in einem schreienden Haufen Säuglinge gefristet hat, die mit dreißig oder mehr Kindern auf eine „Bezugsperson" angewiesen sind. Eine sogenannte „Bezugsperson", die es wahrscheinlich gerade schafft, sich neben Füttern und Wickeln fünf Minuten Streicheleinheiten pro Kind abzuringen. Oder noch nicht einmal das. Eine „Bezugsperson", die dreimal täglich beim Schichtwechsel eine andere Gestalt annimmt. Eine „Bezugsperson", die alle paar Jahre sowieso total vom Fenster weg ist, wenn das Kind nämlich mal wieder in eine andere Altersgruppe wechselt.

Ich erinnere mich an meine eigenen Kinderheim-Aufenthalte, die zu meinen schlimmsten Kindheitserlebnissen gehören. Mit sechs Jahren zum ersten Mal. Allein in einem Haufen fremder Menschen, die alles Erdenkliche machen, einen nur nicht lieb haben. Jede menschliche Erfahrung kann man da machen. Wie man hin und her geschubst wird, keine Rechte hat, Sachen essen muß, die man hinterher sowieso wieder auskotzen muß. Bestraft wird, wenn man beim Mittagsschlaf redet. Bestraft wird, wenn man nachts redet. Verprügelt wird, weil man den Stuhl nicht schnell genug beiseite geräumt hat. Verprügelt wird vor allen anderen Kindern im vollen Eßsaal. Bestraft wird, indem man nachts stundenlang eingewickelt in ein viel zu heißes Zimmer gesetzt wird. Bestraft wird, indem wir mit drei Mädchen nachts in ein Jungszimmer gesteckt werden, die die ganze Nacht davon reden, daß sie gleich zu uns rüberkommen und uns nackend ausziehen. Wo einem Sätze aus den Briefen an die Eltern rausradiert werden, weil sie der Heimleitung nicht passen.

Wirklich viel kann man da lernen, nur nicht, wie es aussieht, wenn einen jemand lieb hat. Das erfährt man dort bestimmt nicht. Und das waren nur vierwöchige Kinderheimaufenthalte. Arne war im Erziehungsheim. Achtzehn Jahre lang. Vom dritten Lebensmonat an. Lernt man da Ehrlichkeit? – Arne hat selbst mal gesagt, daß er immer nur angeschissen worden ist. Lernt man, ehrlich zu sein, wenn alles, was man aus sich raus läßt, gegen einen verwandt wird? 18 Jahre lang. Lernt man da, Vertrauen zu entwickeln? Kann ich von Arne erwarten, daß er mir gegenüber Vertrauen hat? Jetzt begreife ich plötzlich, daß es richtig ist, Arne einen Vertrauensvorschuß zu geben. Daß es eine richtige Entscheidung war, daß ich ihm neulich gesagt habe: Ich habe aber Vertrauen zu dir. Ein rein menschliches Vertrauen. Nachdem er mir gerade wieder unterbreitet hatte, daß er sich anguckt, was jemand politisch macht, bevor er sich ihm öffnet.

Da hab ich ihm gesagt, daß ich finde, daß er politisch manchmal ganz schön Scheiß macht, ich aber trotzdem auf einer rein menschlichen Ebene Vertrauen zu ihm habe, weil ich ihn eben auf dieser menschlichen Ebene in den letzten Monaten kennengelernt habe. Wo er mir dann entgegengeholzt hat: Wir kennen uns keine paar Monate. Wir kennen uns höchstens ein paar Wochen, würd ich sagen. Das denkt *er* vielleicht. Aber ich kenne ihn seit Monaten. Habe mich wirklich Monate mit seiner Person auseinandergesetzt. Er kennt mich vielleicht wirklich nur ein paar Wochen. Weil er sich nicht so mit mir beschäftigt hat. Aber warum holzt er mir das so entgegen? Damit ich nicht auf die Idee komme, mir einzubilden, ich würde ihn „kennen". Wieder seine Angst vor mir.

Und ich habe ihm hartnäckig entgegnet, ich würde ihm aber vertrauen. Damals hatte ich das mit seiner Heimvergangenheit noch gar nicht im Kopf. Das war eine rein gefühlsmäßige Entscheidung. Ohne rationale Begründung. Eine Entscheidung, hinter der ich voll gestanden habe. Und jetzt wird mir klar warum. Und daß diese Entscheidung richtig war. Daß ich es ja wirklich viel leichter habe, zu jemandem Vertrauen zu fassen. Weil ich andere Erfahrungen hinter mir habe als Arne.

Und dann wird mir auch klar, woraus dieses Vertrauen besteht, das ich ihm gegenüber habe. Plötzlich kann ich es in Worte fassen: Arne hat mich nie verletzen w o l l e n. Er hat mir immer nur deshalb weh getan, weil er selber mit sich nicht klar kam. Siehe das Vergewaltigungsbeispiel. Siehe seine Reaktion auf die Sachen, die ich geschrieben hab. Eigentlich wäre sein Kommentar eine Unverschämtheit. Ich gebe ihm mehrere 'zig Seiten zu lesen über meine sexuellen Erfahrungen, und das Einzige, was er dazu sagt, ist: „Ich find's nicht gut. Ich find, daß du deinem eigenen Anspruch nicht gerecht wirst. Daß du die Sicht der Männer nicht berücksichtigst. Ich find's oberflächlich."

Erstens habe ich nie gesagt, daß ich die Sicht der Männer berücksichtigen will. Und zweitens kann das doch nicht alles sein, was mann einem Menschen sagt, der einem seine ganze Sexualität offengelegt hat! Eigentlich ist das eine Unverschämtheit. – Eigentlich. Aber Arne kann mich nicht mehr verletzen. Vor ein paar Wochen hätte ich mich durch so ein Verhalten noch mißachtet und verarscht gefühlt. Heute schalte ich sofort: Aha, da hast du also etwas geschrieben, was Arne nicht an sich ranlassen kann. Was er ganz schnell wieder verdrängt und mit dem Stempel „oberflächlich" versehen in die große Kiste packt, in die er nie wieder freiwillig reinguckt. Er kann so wenig mit dem Thema umgehen, daß er noch nicht einmal sagen kann: Ich hab Schwierigkeiten, mich damit auseinanderzusetzen.

Seit ich das weiß, können mich solche Sprüche von ihm nicht mehr verletzen. Weil das, was er sagt, in meinem Ohr ganz anders ankommt. Ich höre nicht, daß ich etwas „Oberflächliches" geschrieben habe, sondern ich höre, daß Arne nicht damit umgehen kann, wenn eine Frau ihm soviel über sich offenbart. Arne kann mir nicht mehr weh tun. Ich habe auch keine Aggressionen mehr gegen ihn. Ich vertraue Arne, daß er nichts, was ich ihm von mir erzähle, gegen mich verwenden will. Das ist das Vertrauen, was ich ihm gegenüber habe. Auch wenn er aus Vielem, was ich sage, nur das raushört, was er dann erstmal dazu nutzt, seine Argumentation zu stärken, ich sei rückwärtsschauend. Ich hätte keine Substanz. Er hat das die ganze Zeit nur deshalb machen müssen, weil er Angst vor meiner „Substanz" hat, weil er Angst vor meiner gegenwartsbezogenen Einschätzung seiner Person hat. Als sich diese Gedanken in meinem Kopf formen, komme ich allmählich ins Schleudern. Ich wollte doch ein feministisches Buch schreiben!!! Ich habe das Gefühl, daß mir die gesamte politische Perspektive meines Buches aus den Händen gleitet, wenn ich plötzlich „Verständnis" für den „armen Chauvi" aufbringe. Ich kann mich doch nicht wieder davon einlullen lassen, daß die Männer doch nichts dafür können, daß sie so geworden sind. Das ist doch genau das Argument, mit dem mann uns Frauen dauernd davon abhält, konsequent gegen das Mackertum im Privatleben anzugehen. Immer haben wir Frauen in erster Linie V e r s t ä n d n i s, warum ein Mensch so handelt. Und mit diesem „Verständnis" im Kopf, können wir dann nur noch mit halber Kraft gegen chauvinistische Verhaltensweisen ankämpfen. Frau muß ihm doch Zeit lassen, sich zu verändern. Kann nicht zu viel auf einmal verlangen. Und dann lassen wir ihnen Zeit, Zeit, Zeit...... Und dulden in dieser Zeit unsere eigene Unterdrückung weiter.

Nein. Darauf will ich mich nicht mehr einlassen.

Aber ich versteh Arne doch wirklich. Kann es doch wirklich nicht unberücksichtigt lassen, daß er diese Heimvergangenheit hinter sich hat. Wie kann ich dieses Verständnis mit meinem eigenen feministischen Anspruch unter einen Hut kriegen?

Eines Tages auf dem Weg vom Bahnhof nach Hause, sagt es plötzlich ganz laut „klick" in meinem Kopf. Ein Groschen ist gefallen. Ich brauche diesen Konflikt ja gar nicht lösen. Ich kann ihn auch gar nicht generell lösen. Es ist der Widerspruch, vor dem jede Frau steht, die einerseits konsequent gegen ihre Unterdrückung kämpfen will, aber andererseits sieht, daß Männer sich nicht von heute auf morgen ändern können. Auch wenn sie sich ehrlich um die Auseinandersetzung bemühen.

Jede von uns wird immer wieder vor diesem Konflikt stehen, ob sie im konkreten Moment auf die Schwierigkeiten des Mannes eingehen darf, oder ob sie das aufreibt und sie ganz radikal sagen muß: Nee Macker. Damit setz ich mich nicht mehr auseinander. Dafür ist mir meine Zeit zu schade. Und meine Energie.

Diese Entscheidung kann frau immer nur im Konkreten fällen, solange sie es noch mit Männern zu tun haben will. Und das will ich. Und ich schreibe mein Buch für Frauen, die das auch wollen. – Aber einen immer gültigen Lösungsvorschlag kann ich nicht entwickeln. Entscheiden kann frau diesen Konflikt nur jedesmal wieder am konkreten Beispiel. Kann immer nur im konkreten Fall mit anderen Frauen diskutieren, sich Unterstützung holen, Ratschläge holen .... und dann entscheiden. Sich vielleicht falsch entscheiden .... neu diskutieren .... beim nächsten Mal vielleicht anders entscheiden .... vielleicht wieder falsch. Ein langwieriger Prozeß. Eine allgemeine Entscheidung nicht möglich. Es sei denn, frau schwört der Männerwelt total ab.

Immer wenn ich vor einem dieser Konflikte stand, habe ich die Lesben beneidet. Die haben es nicht mehr nötig, wenn sie sich weder im Privatleben, noch beruflich, noch in der politischen Arbeit mit Männern auseinandersetzen. Die sind den Ärger los. Haben ihre Kraft für sich selber.

Aber ich bin nicht lesbisch. Ich beziehe mich nun mal auf Männer. Und Millionen anderer Frauen auch. Wollen es mit Männern „zu tun haben". Und trotzdem ihre Kraft in erster Linie für ihre Selbstverwirklichung haben. Das muß doch zu machen sein!

Ich sehe die beiden Arnes vor mir. Den harten, durch nichts zu verunsichernden Fassaden-Arne. Und den anderen. Den nach Zuneigung und menschlicher Wärme suchenden, empfindsamen und verletzbaren Arne. Der nur ganz selten Ausgang bekommt. Meistens hinter den dicken Mauern eingesperrt sitzt. Und so gerne raus möchte.

Und dann fällt mir Arnes Hartnäckigkeit ein, mit der er immer darauf bestanden hat, daß es doch aber auch der Mann sein könnte, der mehr Gefühle investiert. Daß Frauen Männer auch für eine Nacht benutzen und in die Ecke stellen können. Diese permanenten Diskussionen, in denen Arne nicht dazu in der Lage war, davon wegzukommen, daß es auch sein k ö n n t e. Wo ich ihm hundertmal gesagt habe, daß es mir darum geht, daß es in unserer Gesellschaft meistens anders rum ist. Daß es das, worauf er andauernd herumreitet, natürlich auch gibt. Aber, daß es meistens die Männer sind, die die Frau zum einmaligen Gebrauch benutzen.

Ich sehe Arne vor mir, der in keiner dieser Diskussionen mal von seiner „Könnte"-Ebene runter gekommen ist. Nicht zur Verallgemeinerung in der Lage war. Ich habe wieder diese Kluft vor Augen. Die Kluft zwischen seinem ewigen Sich-Einmauern und seiner Sexualität, wo er plötzlich alle Mauern einreißt. Wo kein Stein mehr auf dem anderen bleibt. Wo frau sich wundert, daß so viel scharfkantiges Mauerwerk plötzlich zu Schutt und Asche werden kann. Wo nicht einmal mehr die Trümmer zu sehen sind.

Und dann vergleiche ich ihn mit anderen Männern. Die nach außen hin nicht so hart und unnahbar waren wie Arne, denen ich aber andererseits auch nie so nahe sein konnte, wenn ich mit ihnen geschlafen habe. Und dann geht mir ein Licht auf. Wenn Arne sich wirklich nur auf dieser Ebene öffnet, und da aber auch so vollständig, dann trifft es ihn natürlich unheimlich hart, wenn er sich endlich mal aus sich rausläßt, dem eingesperrten Arne Ausgang gibt, und die Frau dann nichts weiter von ihm will. Und das Ganze hat für ihn so eine Bedeutung bekommen, daß er nicht mal mehr in der Lage ist, in einer Diskussion zu abstrahieren und auf so banale Sachen einzugehen, daß es meistens Männer sind, die Frauen als Sexualobjekt benutzen.

Am Montagabend fahre ich zu Arne. Wir haben gestern weder eine Zeit, noch einen Ort abgemacht. Das hab ich in der Aufregung ganz vergessen. Als ich bei ihm ankomme, hat er gerade bei mir zu Hause angerufen, daß er gleich kommt. Gott sei Dank. Sonst wäre er zu mir gefahren und ich zu ihm. Ein lustiges Treffen.

Wir gehen in die Tulpe. Ich will ihm heute abend alle Gedanken sagen, die ich mir so in der Zwischenzeit über ihn gemacht habe. Will meine ganzen Spekulationen endlich mal mit ihm besprechen. Will ihm sagen, daß ich ihn nicht mehr für ein Schwein halte. Daß mir auch klar geworden ist, daß ich auch Fehler gemacht habe.

Ich sage ihm, daß ich mich ihm gegenüber manchmal wohl wie ein Elefant im Porzellanladen verhalten hätte. Daß ich wirklich zu ungeduldig war. Aber daß er mir auch keine Möglichkeit gegeben hat, ihn zu verstehen. Daß ich ihn gerne verstehen möchte. Daß ich Vertrauen zu ihm habe. Warum ich Vertrauen zu ihm habe.

„Ich finde, daß du mir gegenüber ganz schön rumgeholzt hast", sagt Arne. Mehr sagt er nicht.

Hehe! So habe ich das ja nun nicht gemeint. Ich finde nichts, was ich gemacht habe, „falsch", ich hätte nur wahrscheinlich mehr erreichen können in seinem Kopf, wenn ich in einigen Situationen anders reagiert hätte. Aber es ist nicht „falsch", daß ich rumgeholzt habe. Ich habe mich immer der Situation entsprechend verhalten. Wenn ich wütend auf ihn bin, dann muß ich meine Wut an ihm ausleben. Selbst wenn ein ruhiges Wort vielleicht eher bei ihm angekommen wäre. Ich sehe nicht mehr ein, meine Wut in mich reinzufressen, nur weil Wut bei ihm nicht gut ankommt. Dazu bin ich mir inzwischen zu wichtig. Frauen haben gelernt, ihre Aggression immer gegen sich selber zu richten. Ich zerstöre mich nicht mehr selber. Und wenn meine Wut über sein Verhalten eben so stark ist, dann kann ich mir nicht in erster Linie Gedanken machen, was wohl am meisten bei ihm bewirkt. Sondern dann ist es wichtiger, meine Aggressionen nicht mehr weiblich und selbstzerstörerisch in mich reinzufressen. Mein Rumholzen war nicht „falsch". Es war vielleicht uneffektiv. Aber es war der Situation angemessen. Ich sage ihm, daß ich nichts „falsch" finde, was ich gemacht habe. Nicht, daß er auf die Idee kommt, ich wolle mich bei ihm „entschuldigen".

Da wäre er noch eher dran. Aber er braucht das auch nicht. Ich will nicht mehr auf Arne herumreiten, daß er Selbstkritik leistet. Daß er Scheiße gebaut hat, weiß er schon selber. Ich will endlich mal mit ihm zusammen rauskriegen, was da in seinem Gehirn eigentlich los ist. Aber dazu muß er mich endlich mal an sich ranlassen. Muß Vertrauen zu mir haben. Deshalb setze ich mich heute abend hier mit ihm hin und sage ihm, daß ich ihn verstehen möchte.

Arne sagt, daß er mit seinen Gedanken ganz bei den Sachen ist, die er gerade bearbeitet. Daß ihn dieses Gespräch aus seiner politischen Arbeit rausreißt und er da jetzt nicht drauf einsteigen will.

Was habe ich mir eigentlich eingebildet? Daß ich mich hier hinsetze und sage: Lieber Arne. Hab doch Vertrauen zu mir. Und Arne sagt sofort: Ja, mach ich. Hab ich das allen Ernstes geglaubt? Scheinbar ja, denn in mir gibt es einen ganz gewaltigen Knacks, als er das so cool und trocken sagt. – Ich setze mich hier hin, sage, daß ich mich wie ein Elefant im Porzellanladen verhalten habe. Daß ich jetzt Vertrauen zu ihm habe. Daß ich sehe, daß er mich nicht verletzen w i l l, wenn er sich immer so unsensibel verhält. Und als Antwort kriege ich, daß ihn das jetzt aus seiner politischen Arbeit rausreißt.

„Ich wollte dir noch viel mehr sagen. Aber nach deiner Reaktion jetzt kann ich gar nicht mehr."

„Ich hör mir nicht nur an, was jemand sagt, weißt du. Ich guck mir an, was jemand macht."

Soll er doch gucken! Aber was will er denn sehen? Was soll ich ihm denn zeigen, damit er Vertrauen zu mir hat? Ich kann ihm nichts anderes zeigen, als das, was ich wirklich bin.

Wir gehen noch ein Stück an der Elbe spazieren. Er will in die Zwiebel. Ich will nach Hause. Abschied. Umarmung. Ein kurzer Kuß. Wieso kann er so mit mir kuscheln? – Ich sage ihm, daß ich ihn in vierzehn Tagen ins Kino einladen möchte. Findet er gut. Manhattan. Mit Woody Allan.

„Da schreibt eine Frau ein Buch über ihre verflossene Ehe", sage ich.

Dann möchte er sich den Film lieber nicht angucken.

„Ist gut. Ich lad dich auch gern in einen anderen Film ein." Ich gehe. Ich weiß, daß ich ihn zwei Wochen nicht sehen werde. Ich fühle mich gut. Ich schreibe mein Buch.

Irgendwann registriere ich plötzlich, daß mein Wunsch, mit Arne zu schlafen, nicht mehr da ist. Daß es ziemlich lange her ist, seit ich zuletzt daran gedacht habe. Die ganzen letzten Monate hat dieser Gedanke mich beherrscht. Und plötzlich ist er nicht mehr da. Ich kann nicht einmal sagen, wann „es" aufgehört hat. Aber jetzt ist es jedenfalls nicht mehr da.

Ich denke an seine Zärtlichkeit. Möchte mit ihm im Bett liegen und mich an ihn ankuscheln. An mehr denke ich nicht. Was danach kommt, ist mir egal.

Ich bohre weiter in mir. Was wäre, wenn Arne jetzt Lust hätte, mit mir zu schlafen? – Ich weiß nicht, ob ich wollte oder nicht. Ich merke, daß ich nicht klar „nein" sagen kann. Daß ich es vielleicht doch ganz schön fände. Aber es ist mir nicht mehr so wichtig. Ich möchte mich an ihn ankuscheln. Alles andere ist erstmal nicht in meinem Kopf, wenn ich an Arne denke. Es ist nur da, wenn ich mich dazu zwinge, weiter zu denken. Wenn ich meinen Phantasien freien Lauf lasse, denke ich an Arnes Zärtlichkeit. An mehr nicht. Monatelang hatte ich sofort das Bedürfnis, mit ihm zu schlafen. Monatelang. Tagtäglich. Was ist passiert? Was ist los mit mir?

Ich bin ruhiger geworden. Ruhiger und sicherer Arne gegenüber. Ich habe das Gefühl, ich kenne ihn jetzt. Kenne ihn so gut, daß es mich nicht mehr verunsichert, wenn er mich mal wieder nicht an sich ran lassen will. Ich bin geduldiger geworden. Was ich von Arne will, braucht nicht heute oder morgen passiert zu sein. Er läuft mir nicht weg. Ich habe keine Angst mehr, daß Arne sich jetzt neu verknallt und 'ne Beziehung anfängt. Was ich von Arne will, würde dadurch nicht berührt. Ich habe Zeit. Wenn Arne 'ne neue Beziehung anfangen würde, würde sich das Gleiche abspielen, was ich jetzt von Anke und Sabine gehört habe, was ich selber mit ihm erlebt habe. Arne würde sich Hals über Kopf oder auch langsam aber sicher in eine Frau verknallen. Ein paar Wochen in der Lage sein, sowas wie 'ne Beziehung zu führen. Und dann würde er seine Gefühle wieder abblocken. Würde nicht mehr „verknallt" sein, der Frau was erzählen, daß Gefühle für 'ne Beziehung nicht wichtig sind, Verabredungen nicht einhalten, seine politische Arbeit vorschieben, und ... und ... und ... Die Frau würde hoffentlich auf den Putz hauen, sich hoffentlich nicht so wie Sabine und ich auf ihn eingelassen haben. Und dann würde Arne wieder mit denselben Fragen verunsichert in der Gegend rumstehen. Ich kann nur hoffen, daß die Frau dabei nicht allzu kaputt gegangen ist. Für Arne hätte sich jedenfalls nicht viel geändert. Höchstens noch eine Erfahrung dieser Art mehr, deren Gründe für ihn undurchschaubar sind. Ich weiß, daß seine nächste „Beziehung" nicht plötzlich ganz anders läuft als seine vergangenen. Arne kann sich ruhig verknallen jetzt. Was ich von ihm will, wird dadurch nicht berührt. Ich habe Zeit. Ich kann warten. Warten, daß Arne mir Vertrauen entgegen bringt. Daß er keine Angst mehr vor mir hat. Daß er mir glaubt, daß ich nichts „gegen" ihn tun will. Eines Tages muß er das doch merken. Irgendwann wird er daran nicht mehr vorbei können. Ich habe Zeit.

Und dann wird mir plötzlich der Zusammenhang klar. Ich brauche ja gar nicht mehr mit ihm zu schlafen. Ich bin mir ganz sicher, daß Arne mich eines Tages mit Worten an sich heranlassen wird. Dessen bin ich mir sicher. Was ist es da noch wichtig, ob er mit mir schläft? Ich war die ganze Zeit darauf fixiert, ihm körperlich nahe zu sein, weil das bisher die einzige Möglichkeit war, die er zugelassen hat. Selbst am Anfang unserer Beziehung hat er mich mit Worten nicht so richtig an sich herangelassen. Unsere Sexualität war das einzige, wo er wirklich er selber zu sein wagte. Ein ganz empfindsamer und gefühlvoller Mensch, der ganz viel Wärme und Geborgenheit braucht. Und weil das das einzige Mal war, wo Arne mir einen Blick hinter die Fassade gestattet hat, habe ich mich damit abgefunden, daß es keine andere Möglichkeit gibt, an ihn heran zu kommen. Habe mich praktisch auf seine „Bedingungen" eingelassen. Und seit ich fest daran glaube, daß es auch einen anderen Weg geben muß, sein Vertrauen zu gewinnen, hat das Zusammenschlafen plötzlich seine Funktion verloren. Es gibt zwar immer noch nichts, was mir den Gedanken daran als unmöglich erscheinen läßt. Aber es ist nicht mehr so wichtig. Der Gedanke ist in irgendeiner Schublade weit hinten in meinem Kopf, wo er von alleine nicht mehr nach vorne kommt. Nur, wenn ich ihn mit Gewalt hervorziehe, weil ich mich dazu zwingen will, ehrlich zu mir zu sein.

Ich besuche Sabine. Will noch einmal mit ihr zusammen rekonstruieren, wie das eigentlich war damals . Unser erstes Gespräch. Sie überlegt. „Ich weiß auch nicht mehr, was es war. Aber gleich am Anfang hast du irgendwas gesagt, was so voll ins Schwarze getroffen hat, daß mir sofort klar war: Der Typ hat uns beide angeschissen. Auf die gleiche Methode."

„Was wäre eigentlich passiert, wenn du noch nicht mit ihm fertig gewesen wärst? Wenn wir beide was von ihm gewollt hätten. Dann hätte sich unsere Beziehung nicht so entwickeln können. Wie sähe das aus, mit der Frauensolidarität, wenn wir beide auf denselben Typen scharf gewesen wären?"

Sabine zuckt mit den Schultern. Sie weiß es auch nicht. Aber auf jeden Fall anders. Wir können von Glück sagen, daß es da keine Interessenskollision gegeben hat.

Ich schreibe ein Buch. Ich schreibe es vor allem für Frauen. „Was soll ich anderen Frauen mit auf den Weg geben? Was ist besonders wichtig, herauszuarbeiten?" frage ich.

„Die Leute mit deiner Emotionalität zu konfrontieren. Das ist wichtig." Da hat sie recht. Das habe ich auch immer getan. Ich habe Arnes Coolheit damit beantwortet, indem ich gesagt habe: Ich bin nicht mehr bereit, meine Gefühle zu verstecken. Ich setze meine Gefühle gegen die Gefühllosigkeit dieser Welt.

Und ich gebe meine Widersprüchlichkeiten zu. Das ist keine Schwäche. Das ist meine Stärke. Wenn ich Unklarheiten habe, kläre ich sie im Gespräch mit anderen. Schleppe sie nicht mit mir herum, bis aus mir selber die Erleuchtung kommt. Ich kläre meine Widersprüche in der Auseinandersetzung mit meiner Umwelt.

Als ich erzähle, in welcher Form ich inzwischen Verständnis für Arne entwickelt habe, reagiert Sabine unerwartet. Mit Arnes Worten könnte man sagen: Sie hört sich das erstmal an.

Ich hatte erwartet, daß sie das interessant findet. Aber sie sagt nur: „Ich bin wahrscheinlich zu ungeduldig für Arne. Ich kann da nicht mehr. Weißt du, Arne ist ein Mensch, der verändert sich nicht. Der dreht sich im Kreis. Da ist so vieles ungeklärt bei ihm ... Arne ist wie ein großes schwarzes Loch. Du kannst alles reinschmeißen ... du hörst es noch nicht mal aufschlagen. Das provoziert ja regelrecht dazu, immer größere Brocken da reinzuschmeißen."

Ich frage Sabine, was sie meint, wie Arne mich wohl empfindet. Daß er sich ganz klar so verhält, daß er mich doch irgendwie ganz gerne mag. Aber doch kaum von sich aus Interesse zeigt, sich mit mir zu treffen. Aber wenn ich bei ihm auftauche, dann verabredet er sich auch mit mir. Und seine Zärtlichkeiten ... da müssen doch Sympathien sein ... Ich möchte mal wissen ... ich versteh das alles nicht ... ich möcht mal wissen, wie er mich empfindet.

„Das ist doch klar", meint Sabine, „du mußt doch ein unangenehmer Mensch für ihn sein, indem du bei ihm immer wieder ins Wespennest stichst. Alles, was er in seine Verdrängungskiste tut. Und d u machst sie immer wieder auf." Sabine lacht. Ich auch.

Ich stelle mir Arne vor, wie er nichts Böses ahnend in ein Zimmer kommt und eine große schwere Holzkiste aufmacht, etwas hineintut, den Deckel wieder zu macht. Dann sehe ich mich zu dieser großen schwarzen Kiste gehen. Ich mache den Deckel auf. Gehe einen Schritt zur Seite.

Arne kommt zurück. Macht die Kiste wieder zu. Geht zufrieden wieder weg. Ich trete wieder aus dem Hinterhalt, mache den Deckel wieder auf. Greife in die Kiste hinein und ziehe etwas ein Stück heraus.

Arne kommt zurück. Will gerade wieder etwas in die Kiste packen. Schiebt alles hinein. Macht den Deckel wieder zu. Ich gehe wieder hin, mache den Deckel wieder auf. Hole ein paar Sachen raus und lege sie auf den Boden vor die Kiste.

Arne kommt zurück, steht vor der Kiste und schüttelt den Kopf. Nun muß er aber mal aufräumen! Hebt alles ganz ordentlich vom Boden auf, steckt es in die Kiste und macht sie zu. Rüttelt noch einmal am Deckel, ob er auch wirklich fest zu ist. Geht weg, bleibt aber hinter der Tür stehen, um neues Unheil zu verhindern, und gleich im Keime zu ersticken. Will sehen, wer da immer so 'ne Unordnung macht.

Ich mach die Kiste wieder auf, will grade etwas herausziehen, da steht Arne auch schon neben mir. Nimmt es mir aus der Hand, legt es in die Kiste und macht den Deckel wieder zu. Ich mache ihn wieder auf. Nehme etwas heraus, lege es auf den Boden vor seine Füße. Arne hebt es auf, wieder rein in die Kiste. Deckel zu. Ich mach den Deckel wieder auf.

Nun wird er aber gleich ärgerlich! Macht den Deckel zu und setzt sich oben drauf. Ich schubse ihn runter, mache den Deckel wieder auf.

Und dieses Spielchen spielen wir nun fast seit einem halben Jahr. Ich sehe es richtig bildlich vor mir, wie Arne und ich neben einer schweren, großen Holzkiste stehen und um den Deckel kämpfen. Mit einer Engelsgeduld. Uns ständig gegenseitig die Finger klemmen, wütend aufeinander werden, aber n i e wirklich g e g e n e i n a n d e r kämpfen, s o n d e r n i m m e r n u r d a r u m, o b d e r D e c k e l a u f o d e r z u g e m a c h t w i r d.

Ein paarmal habe ich in diesem halben Jahr Arne an die Hand genommen und bin mit ihm ins Nebenzimmer gegangen. Wo meine Kiste steht. Habe den Deckel aufgemacht und Arne mit der Nase hineingestoßen. Habe ihm gesagt: „Hier. Ich will keine Geheimnisse vor dir haben." Habe darauf gewartet, daß er sich was raussucht, was ihn interessiert. Und nachfragt, wenn er was nicht versteht. Habe die Kiste aufgemacht und darauf gewartet, daß er zugreift.

Dann ist Arne aufgestanden und seelenruhig zum Fenster gegangen. Hat aus dem Fenster geguckt. Ich gehe zum Fenster, nehme ihn abermals an die Hand. Führe ihn zur Kiste. Er wirft einen flüchtigen Blick hinein. Alles rückwärtsschauend und ohne Substanz. Er will wieder zum Fenster. Ich drücke seinen Kopf sanft in Richtung Kiste. Nun wird es ihm aber zuviel. Arne klappt schnell den Deckel zu und rennt ins Nebenzimmer, um zu gucken, ob seine Kiste auch noch zu ist.

Woher nehme ich eigentlich die Geduld, ein halbes Jahr an einer festverschlossenen Kiste zu rütteln? Was suche ich darin? Einen Schatz?

Als ich von Sabine weggehe, gucke ich noch kurz bei Arne vorbei. Er sitzt wieder an seinem „Schreibtisch". Hat seinen Artikel noch nicht fertig. Ich sage ihm, daß ich ihn eigentlich fragen wollte, ob er am Wochenende Zeit hat. Hat er natürlich nicht.

„Wann hast du den Artikel denn fertig?"

„Montag. Ab Dienstag hab ich wieder Zeit. Aber Dienstag abend treff ich mich mit Sabine."

„Ich weiß, da komm ich her", sage ich.

„Ach, wolltest du auch hierher kommen?", meint Arne. In einem halb fragenden, halb aber schon die Tatsache feststellenden Tonfall.

„Nein. Da komm ich gerade her, mein ich. Ich war eben grad bei Sabine."

„Ach, wolltest du auch hierher kommen?" Mein Gott, muß dieser Mann eine Angst vor mir haben, daß ihm so eine freudsche Fehlleistung unterläuft. Daß es in seinem Gehirn sofort schaltet, daß ich ihn noch nicht mal sich in Ruhe mit Sabine treffen lasse, nachdem er sie Monate nicht gesehen hat. Daß er sofort denkt, die beiden Frauen wollen wieder irgend etwas, was er nicht durchschaut, nicht beeinflussen kann ... gegen ihn ... und so ...

Aber es ist irgendwie klar. Arne hat mich immer so erlebt. Daß ich mir andere Frauen zur Unterstützung „gegen" ihn heranhole. Und daß er nichts dagegen machen kann. Selbst wenn er das in dem Moment gedacht hat, hätte er doch auch sagen können: „Das find ich nicht gut. Ich möcht mich lieber mit Sabine allein treffen." – Aber Arne sagt ganz unbeteiligt, so als wenn es das Normalste von der Welt ist und er es ohne innere Widerstände akzeptiert: „Ach, wolltest du auch herkommen?"

Warum hat dieser Mann so eine Angst vor mir, daß er keine Widerrede wagt? Ich will ihm doch gar nichts tun. Aber er hat mich wahrscheinlich immer so empfunden, daß ich keine Widerrede dulde. Daß er sowieso nichts dagegen machen kann, wenn ich mich in seiner Abwesenheit mit einer anderen Frau abspreche. Und daß er sowieso nicht durchblickt, was die Frauen eigentlich von ihm wollen.

Aber seine Angst ist so groß, und die Sache, vor der er Angst hat, so undurchschaubar für ihn, daß er seine Angst auf keinen Fall zugeben kann. Ganz cool so tut, als wenn es normal ist, daß ich ihm in seine Verabredung mit Sabine dazwischenplatze, ohne ihn vorher zu fragen. Er verabredet sich mit ihr, und ohne daß er gefragt wird, wird daraus ein Treffen zu dritt. Und er spricht sich selber das Recht ab, dagegen einen einzigen Ton zu sagen.

Wenn Arne mich sieht, dann sieht er lila. Und kann damit absolut nichts anfangen. Kann überhaupt nicht differenzieren, wo frau das Recht hat, ihn unter Druck zu setzen, um ihn zu einer Auseinandersetzung zu zwingen, vor der er sich vielleicht drückt. Und wo er das Recht hätte, zu sagen: Nee. Halt mal. Erstmal bin ich mit Sabine verabredet. Und wenn sie und du, wenn ihr was anderes wollt, müßt ihr mich auch mal fragen.

Wir klönen noch ein bißchen über andere Sachen. Machen ab, daß er mich nächsten Sonnabend abend besucht. Ich erzähle ihm ein bißchen von meinem Buch. Daß ich im Moment in erster Linie die politische Perspektive diskutieren möchte. Daß er gerne an der Diskussion teilnehmen kann. Daß „man" sich überlegen müßte, was er vorher noch liest. Ob er alles lesen sollte, was die anderen auch gelesen haben. Ich will ihm die Angst nehmen. Die Angst, daß ich da ein Ding gegen ihn machen werde. Erzähle ihm, daß ich viele Sachen rauslassen werde. Daß ich nur die Sachen reinnehme, die politisch wichtig sind.

Als ich gehe, stelle ich mich neben ihn, fange an, seine Haare zu streicheln. Er umarmt mich. Ich küsse ihn zaghaft auf die Stirn. Er soll keine Angst mehr vor mir haben. Er steckt mit der Nase in meinem Nacken. Ich weiß nicht, ob ich mich aus dieser Umarmung lösen soll. Stehe so ungeschickt da, daß ich mich gar nicht entspannen kann. Versuche mich auf seine Stuhlkante zu knien. Alles gar nicht wie im amerikanischen Serienkrimi.

Aber darauf kommt es gar nicht so an. Diese blöde körperliche Distanz ist erstmal weg, die heute am Anfang wieder da war. Er ist gleich von der Tür weggerannt, als ich in seine Wohnung kam, und hat sich auf seinen Stuhl am Schreibtisch zurückgezogen.

Ich küsse ihn auf die Wange und sage tschüß. Er guckt sich nicht mehr nach mir um, als ich seine Wohnung verlasse.

Draußen auf der Straße wird mir seine Angst bewußt. – Was muß dieser Mensch für eine Angst vor mir haben?

Am Freitag abend fällt mir plötzlich ein, daß ich nächsten Sonnabend gar nicht kann. Ich rufe Sabine an. Sie sieht ihn doch am Dienstag. Ob sie ihm nicht sagen kann, daß ich Sonnabend nicht kann und ob er nicht Sonntag kommen könnte.

„Ja", sagt Sabine, „das Dumme ist nur, daß ich mich Dienstag gar nicht mit ihm treffe, weil ich nämlich nicht kann."

„Aber du mußt ihm doch sowieso noch Bescheid sagen, kannst du nicht bei ihm vorbei gehen?" – Ja, das will sie. Und dann erzähle ich ihr noch die Geschichte von gestern abend. Daß ich zu Arne gesagt habe, daß ich von ihr komme, und er sofort wieder eine Zusammenrottung von Frauen am Dienstag auf sich hat zukommen sehen. „Wie würdest du den Satz verstehen?", frage ich Sabine.

„So, wie du ihn gemeint hast", sagt sie.

Und dann frage ich sie nochmal, wann sie denn bei Arne vorbeigeht. Und daß sie ihm sagen soll, daß ich Dienstag abend Zeit hätte und mich dann mit ihm treffen will. Daß wir ihn uns ja sozusagen austauschen können, wenn wir beide am verabredeten Termin keine Zeit hätten.

„Oder weißt du was?", meint sie, „geh du doch Dienstag abend einfach hin."

„Nee. Das will ich nicht. Erstens will ich, daß er mal wieder zu mir kommt. Und außerdem will ich nicht bei ihm aufkreuzen, wenn er seelisch nicht auf mich vorbereitet ist, der arme Kerl." Dann würde seine eigene freudsche Fehlleistung noch zur Self-fulfilling prophecy werden. Das kann ich ihm nicht antun.

Wir müssen beide lachen. Sabine will spätestens Montag bei ihm vorbeigehen und es ihm sagen.

Als Arne mich am Dienstag besucht, gebe ich ihm den Ordner mit dem Manuskript mit. Ich schreibe ja schließlich ein Buch über ihn, weil ich Klarheit über seine Person und unsere Beziehung haben will. Ich möchte mich so bald wie möglich auch mit ihm darüber auseinandersetzen. Wir klönen ein bißchen über seine politische Arbeit. Ein bißchen über mein Buch. Wir schalten den Fernseher ein und schalten ihn wieder aus, weil es uns zu blöd ist, was da wieder an Sex and Crime über uns herfällt. Ich lege mich ins Bett und lese, Arne sitzt am Schreibtisch und liest. Ich werde müde. Stecke mir meine Ohrenstöpsel in die Ohren und mache das Licht aus. Eigentlich würde ich ihn jetzt gerne neben mir liegen haben und mich an ihn ankuscheln. Hoffentlich kann ich schlafen heute nacht. Nicht, daß ich wieder so unruhig bin, weil ich mir irgendwas erhofft habe und der Kerl jetzt am Schreibtisch sitzt und Mao liest. Arne kommt ins Bett. Keine Berührung. Ich gebe ihm ein Kopfkissen ab. Ich schlafe ein. Ich schlafe gut. Ich bin nicht unruhig.

Zwei Wochen später bringt Arne mir den Ordner wieder. Er sagt nicht viel dazu. Er sagt, daß er die Stelle mit der Kiste sehr treffend fand. Daß er gelacht hat und sich kaum wieder einkriegen konnte.

Viel mehr sagt er nicht. Ich frage auch nichts. Obwohl ich schon gerne wissen möchte, wie er es denn nun findet. Wie sich jemannd fühlt, der gerade ein Buch über sich gelesen hat. Ein Buch, das ich geschrieben habe.

Arne sagt nichts. Er weiß nun alles über mich. Wie ich so im letzen halben Jahr gefühlt und gedacht habe. Wie ich ihn empfunden habe. Er weiß alles über mich. Ich weiß kaum etwas über ihn. Ich frage nichts. Ich bin müde geworden. Müde, mich noch einmal am Deckel der großen, schwarzen Kiste zu schaffen zu machen. Ich kriege ihn ja sowieso nicht auf. Ich habe begriffen, daß es nur einen gibt, der den Deckel aufmachen kann. Und das ist Arne. Ich kann ihm nur beim Auspacken helfen, wenn er mich darum bittet. Ich werde nie mehr an der Kiste rütteln. Ich kann nur warten, ob Arne sie mir vielleicht mal von alleine aufmacht. Wenn er das nicht tut, muß ich mich damit abfinden.

Ihm sei die absolute Dominanz der Sexualität in meinem Buch aufgefallen. Er kritisiert das nicht. Er sagt das einfach so. Aber frau merkt doch, daß er da irgendwie nicht viel mit anfangen kann. Daß er das vielleicht „politisch falsch" findet, auch wenn er das nicht sagt. Ich weiß selber, daß die sexuelle Unterdrückung der Frau „nur" ein Nebenwiderspruch ist. Daß die Grundlagen der Frauenunterdrückung nicht in der Sexualität liegen. Daß die frauenverachtende Sexualität hier nur e i n Instrument zur Unterdrückung der Frau ist. Das weiß ich alles selber. Aber wenn frau jahrelang in diesem „Nebenwiderspruch" eine ganz besonders massive Unterdrückung erfährt, dann kann der Nebenwiderspruch zum Hauptwiderspruch werden. Dann kann es für mich erstmal der wichtigste zu lösende Widerspruch werden. Und überhaupt ist Nebenwiderspruch nicht gleichbedeutend mit Nebensache. Auch wenn in unserer Gesellschaftsordnung die Unterdrückung der Frau ein Nebenwiderspruch ist. Für mich bestimmt dieser Nebenwiderspruch immerhin 24 Stunden meines Tagesablaufes.

Mir ist das neulich grad aufgefallen, in was für Kleinigkeiten sich das auswirkt. Als ich mit Tom in „Planten un Beton" spazieren gegangen bin. Uns kommt eine Gruppe Männer entgegen und Tom geht mitten durch sie durch. Ich wollte grade einen Bogen um sie schlagen. Fühle mich tierisch unwohl, als wir an ihnen vorbeigehen. Warte. Warte, daß was kommt. Aber es kommt nichts. Und erst in dem Moment ist mir bewußt geworden, daß ich auf das obligatorische „Hallo Süße" gewartet habe. Auf das Pfeifen und auf das Schnalzen. Und daß es nicht kam, weil ich einen Mann neben mir gehen hatte. Daß ich „Besitz" eines anderen Mannes war. Ich habe kein Recht darauf, nicht angeschnalzt zu werden. Aber ein Mann hat das Recht darauf, daß „seine" Freundin nicht angeschnalzt wird.

Wo lebe ich hier? Mir wird erst jetzt bewußt, wie pervers meine „normale" Art des Zick-Zack-Laufens auf der Straße eigentlich ist. Wenn ich ein Mann wäre, würde ich nicht im Slalom durch die Öffentlichkeit jonglieren. Aber ich bin eine Frau. Mir ist dieses defensive Ausweichen vor Anmachen schon so in Fleisch und Blut übergegangen, daß ich es nicht einmal mehr merke. Daß ich erst wieder mal einen Mann an meiner Seite haben muß, damit mir auffällt, was Männerfreiheit bedeutet auf unseren Straßen. Männer haben den Territorialanspruch auf die Öffentlichkeit. Frauen bestenfalls ein Transitvisum.

Was nützt mir der Hinweis auf den Nebenwiderspruch, wenn er mein Leben bis in solche Kleinigkeiten hinein beherrscht?

Auch sexuelle Unterdrückung ist ein Nebenwiderspruch. Sicher. Aber mein Leben ist durch diese Form der Unterdrükkung beherrscht gewesen. Für mich war das immer das Gebiet, wo ich mich am wenigsten wehren konnte. Für mich ist das erstmal die Hauptfront geworden. Ich habe meinen Schwerpunkt auf den Kampf gegen jede Art von frauenverachtender Sexualität gelegt. Das ist mein Schwerpunkt. Ich ordne diesen Kampf in unser aller Kampf für eine menschlichere Gesellschaft ein. Ich ordne ihn ein. Aber ich ordne ihn nicht unter. Deshalb hat in meinem Buch die Sexualität die absolute Dominanz.

Arne hört mir zu. Er sagt nichts dazu. Aber an der Art und Weise, wie er nachdenklich in die Luft guckt, merke ich, daß er es wirklich in seinem Kopf ankommen läßt, was ich gesagt habe.

Aber ich kämpfe nicht nur gegen etwas. Ich kämpfe auch für etwas. Für eine andere Sexualität. Ich kann und will keine theoretischen Worte dafür finden, wie diese „andere Sexualität" aussehen soll. Es wären Schlagworte. Jeder könnte sie unterschreiben und doch etwas anderes damit meinen.

Wie diese „andere Sexualität" aussehen kann, habe ich in diesem Buch oft genug beschrieben. Ich habe sie mit sehr emotionalen Worten beschrieben. Ich habe das bewußt gemacht. Ich wollte Lust machen. Lust auf diese andere Art von Sexualität.

Frauen werden mich verstehen. Was bei Männern angekommen ist, wird sich zeigen.

Mehr konnte ich nicht tun.

Als Arne weg ist, werde ich unruhig. Stelle fest, daß ich frustriert bin. Daß ich doch mehr erwartet hatte von unserem ersten Gespräch, nachdem er den Ordner gelesen hat. Wieder einmal erwartet hatte, daß es Arne doch jetzt endlich wie Schuppen von den Augen gefallen ist, daß ich die richtige Frau für ihn bin. Aber statt dessen kommt er nach dem Fußball mal eben kurz hier vorbei, unterhält sich ein bißchen mit mir, ist müde vom Fußball. Ich bin auch müde, weil ich drei Tage krank war. Wir schlafen beide eine Stunde, gucken noch zusammen Tagesschau, und dann geht Arne. Sagt noch, er möchte das Manuskript nochmal ohne Zeitdruck lesen, wenn es ganz fertig ist. Und dann ist er weg.

Arne ist weg und ich bin unruhig. Brauche wieder einmal ein, zwei Tage um mich wieder zu beruhigen. Aber nach zwei Tagen bin ich dann auch wieder ganz ruhig. Habe nicht mehr den Drang nach Altona zu fahren. Wie früher. Ich bin zwar immer noch nicht mit Arne fertig, aber ich habe hier zu tun. Ich schreibe mein Buch. Ich habe gar keine Zeit, da jetzt hinzufahren.

Zeit? Hatte ich denn früher Zeit? Ich habe mir doch jetzt diese Woche jeden Abend was vorgenommen. Und die freien Abende sitze ich an der Schreibmaschine. Wenn ich w o l l t e, könnte ich nach Altona fahren. Liegt es an der Zeit, wenn meine Fahrten nach Altona immer seltener werden? Vor zwei Monaten bin ich auch an Abenden, die ich mir eigentlich zum Schreiben reserviert hatte, plötzlich hingefahren. War mir Arne wichtiger als das Buch.

Und plötzlich sage ich, ich habe keine Zeit, nach Altona zu fahren, weil mein Buch fertig werden muß. Mir ist mein Buch wichtiger geworden als Arne.

Und plötzlich sind es auch zwei vollkommen verschiedene Dinge: Mein Buch und meine Beziehung zu Arne. Mein Buch ist meine politische Arbeit. Meine Beziehung zu Arne ist meine Beziehung zu Arne. Das sind zwei Paar verschiedene Schuhe. Und die einen ziehe ich immer seltener an.

Ich lebe allein. Und ich schreibe ein Buch. Ich schreibe ein Buch, um anderen Frauen Mut zu machen. Mut, in dieser Welt mit Männern zu leben, statt zu überleben. M i t Männern, oder g e g e n Männer, vielleicht ganz o h n e Männer, oder aber auch t r o t z Männern. Ich will Mut machen, indem ich zeige, daß unsere privaten Probleme nicht unsere privaten Probleme sind. Ich selber habe mich jahrelang mit diesen „privaten" Problemen alleine rumgeplagt. Bis ich in Frauengruppen, und in Gesprächen mit Frauen überhaupt, festgestellt habe, daß es den anderen genauso geht. Daß es leichter ist, meine Probleme zu lösen, wenn ich mit anderen darüber rede, die die gleichen Probleme haben. Und dabei habe ich Mut gewonnen. Mut, auch meine intimsten Probleme anderen zu offenbaren. Habe gelernt, daß mir das nicht schaden kann, wenn andere solidarisch mit diesen Informationen über mich umgehen. Daß es mir immer wieder geholfen hat, andere zu Rate zu ziehen. Und selbst wenn andere meine Offenheit ausnutzen: Dann verhalten d i e sich übel. Nicht ich. Mir ist nichts mehr peinlich. Ich habe keine Geheimnisse mehr. Ich hätte Sylvia nicht zu sagen brauchen, daß ich eifersüchtig auf sie bin. Hätte ich nicht tun brauchen. Ich brauche meine Schwächen und verwundbaren Stellen nicht einer Frau zu zeigen, die ich eine Stunde kenne. Ich hätte nach Hause gehen können und im stillen Kämmerlein alleine darüber nachdenken können. Aber was hätte mir das gebracht? Hätte mich das nicht viel verwundbarer gemacht?

Ich habe auch gelernt, daß es Männer gibt, die mich in meinem Kampf um Gleichberechtigung unterstützen. Daß ich mit meinen Problemen manchmal auch zu Männern gehen kann. Aber ich habe auch gelernt, daß ich in vielen Situationen erstmal mit Frauen reden muß. Daß Frauen mich besser verstehen, weil sie oft das Gleiche erlebt haben. Daß ich in vielen Situationen nur von Frauen Unterstützung bekommen kann, weil Männer vor ihrem Erfahrungshorizont gar nicht begreifen k ö n n e n, was ich ihnen sagen will. Daß es noch sehr lange dauern wird, bis Frauen und Männer wirklich die gleiche Sprache sprechen werden. Und daß wir da nur Schritt für Schritt hinkommen. Und bis wir da sind, werde ich immer wieder das Bedürfnis haben, mich unter Menschen aufzuhalten, die meine Sprache sprechen. Und das sind Frauen. Manchmal zweifle ich daran, daß es überhaupt mal eine gemeinsame Sprache geben wird. Daß Männer überhaupt eines Tages begreifen werden, wie sie sich uns gegenüber tagtäglich verhalten. Du diskutierst hundertmal dasselbe, und sie machen es doch immer wieder. Manchmal ist es so traurig, daß frau da schon wieder drüber lachen kann.

utopie

dieses bittere lachen
über die ignoranz
und dummheit
der männer befreit uns
augenblicklich,
schwester.

später dann

wollen wir herzhaft
lachen können,
mit ihnen.

Für diese Utopie kämpfe ich. Ich bin nicht gegen Männer. Aber ich bin gegen das, was sie im Kopf haben.

Und manchmal bin ich auch gegen das, was sie in der Hose haben. Irgendeine Frau hat mal geschrieben, daß der Kopf des Mannes 24 Stunden am Tag um seinen Schwanz kreist. Eine ganz lustige Vorstellung. Aber gar nicht mehr so lustig, wenn frau bedenkt, daß das leider für diverse Vertreter des männlichen Geschlechts nicht unzutreffend ist. Der Stecken und Stab, mit dem sie die Welt regieren möchten.

Ich bin keine „Schwanz ab"-Feministin. Sie dürfen ihn ruhig behalten. Aber ich bin dagegen, daß sie aus den paar Zentimetern, die sie mehr in der Hose haben als wir, den logischen Schluß ziehen, sie hätten auch mehr im Kopf. Diese Art von Logik geht mir ab.

Am Donnerstag besucht Sabine mich. Sie hat sich Dienstag mit Arne getroffen. Erzählt von ihm. Daß sie angenehm überrascht gewesen sei. Daß er sich verändert hätte. Daß er besser zuhören kann, wenn man ihm was erzählt. Nicht mehr nur so tut, sondern wirklich zuhört. Und das sagt Sabine. Sabine, die vor zwei Wochen noch nur genervt von ihm war. Ganz skeptisch geguckt hat als ich gesagt habe, ich hätte Verständnis für ihn entwickelt. Arne sei ein Mensch, der verändert sich nicht. Der dreht sich im Kreis, hat sie gesagt. Und nun war sie angenehm von ihm überrascht.

Er hat ihr erzählt, daß er immer nicht schlafen kann, wenn er bei mir ist. Daß er in den Nächten immer so unruhig ist. Ich muß lachen. Jetzt, wo ich in aller Seelenruhe wegknacken kann, wenn der Kerl neben mir im Bett liegt, jetzt kann er nicht schlafen. Ist unruhig.

Und daß es ihm schwerfällt, mit mir zu reden. Das hat er ihr auch noch gesagt. Warum, weiß er selber nicht. Als Sabine den Kampf um die große, schwarze Kiste zur Erklärung anführt, wehrt er ab. Aber sagt auch nichts anderes dazu.

Aber es ist auch egal. Es fällt ihm schwer, mit mir zu reden. Das heißt, daß er mir gegenüber seine Kiste mit noch größerer Sorgfalt verschließt als anderen gegenüber. Ich muß das als Tatsache akzeptieren. Auch, wenn ich noch nicht einmal eine Begründung dafür habe. Ich muß das akzeptieren. Auch wenn es mich traurig macht.

Als ich abends im Bett liege, kann ich plötzlich weinen. Ich weine um Arne. Ich weine, weil mir heute klar geworden ist, daß es keinen Sinn mehr hat, um ihn zu kämpfen. Ich habe ein halbes Jahr um ihn gekämpft. Ich kann nicht mehr. Wenn ich Arne nächste Woche den Ordner mit dem fertigen Manuskript bringe, werde ich das nicht als Vorwand nutzen, den Abend mit ihm zu verbringen. Ich werde gleich wieder gehen. Ihm den Ordner geben und ihm sagen, daß er sich Zeit lassen kann mit dem Lesen. Daß er mich erst wieder anrufen soll, wenn er Lust hat. Daß er mir den Ordner auch einfach so wiederbringen kann, ohne mit mir darüber zu reden. Daß ich ihn nicht mehr unter Druck setzen will. Daß ich ihn auch nicht mehr besuchen werde. Und dann werde ich gehen. Mich nicht von ihm zum Essen einladen lassen. Es hat keinen Sinn, wieder einen Abend mit ihm auf diese Weise zu erheischen. Ich muß Abschied nehmen. Ich sehe ihn an und habe das Gefühl, für immer zu gehen. Ich will gehen, bevor ich anfange zu weinen.

Ich liege in meinem Bett und weine um Arne. Endlich kann ich wieder weinen. Vielleicht bringen mich die Tränen, die ich um Arne vergieße, weiter als die Worte, die ich um ihn verliere.

Nein. So darf ich das auch nicht sehen. Es steht nicht alternativ. Es gehört beides zusammen. Das Schreiben klarer Sätze ist genauso wichtig, wie das Weinen konfuser Tränen.

Und jetzt stehe ich vor dem Problem, dieses Buch abzuschliessen, ohne daß die Geschichte, die zu diesem Buch geführt hat, abgeschlossen ist. Ich kann nicht sagen, ob ich über Arne hinweg bin. Ob das jetzt die letzten Nachwehen sind. Ich weiß es nicht. Ich habe mir im letzten halben Jahr ein paarmal eingebildet, jetzt sei es endgültig vorbei. Ich will mir nichts mehr vormachen. Ich weiß es nicht.

Aber ich weiß etwas anderes. Ich weiß, daß ich viel gelernt habe im letzten halben Jahr. Vor allem viel über mich selber gelernt habe. Ich habe begriffen, daß ich den Märchenprinzen endgültig begraben muß. Erst wollte ich es nicht wahrhaben, daß er gestorben ist. Habe an seinem Kadaver gerüttelt und gezerrt, damit er in meiner Phantasie wieder die Gestalt annimmt, die er hatte, bevor ich Arne kennenlernte. Aber er richtete sich nicht in jugendlicher Schönheit wieder auf. Er ging immer mehr in Verwesung über. Er war tot und er blieb tot. Aber er war doch meine einzige Hoffnung gewesen. Immer wenn ich unter der „Sinnlosigkeit" meines Lebens gelitten habe, hatte ich die Perspektive vor Augen: Eines Tages wird er kommen. Und die Zeit bis dahin gilt es nur zu überbrücken. Die Hoffnung auf den Märchenprinzen war der Boden, auf dem ich jahrelang gewandelt bin. Auf einem zerfallenden Kadaver werden die Schritte wackelig. Der Boden brach mir unter den Füßen weg.

abgründe
tun sich auf. ich falle

zu neuen höhen.

Der Boden, auf dem ich jetzt die ersten Schritte mache, ist neu und ungewohnt. Ich begehe ihn barfuß. Habe die passenden Schuhe noch nicht gefunden. Überall liegen spitze Steine und ich muß aufpassen, wo ich hintrete.

Aber er ist fest. Unheimlich fest. Kein bißchen schwankend. Ich habe Halt. Stehe wirklich mit meinen eigenen Füßen auf dem Boden. Brauche den Märchenprinzen mit seinem Pferd nicht mehr.

Wenn da mal wieder einer ankommt, zu Fuß, und zufällig in die gleiche Richtung will wie ich, dann können wir ja vielleicht zusammen gehen. Aber ich werde nicht mehr stehenbleiben, um auf einen zu warten. Ich gehe meinen Weg.

meine mauern
schützen
vor dem kalten
wind. sind
fest und brüchig und

hauchdünn. staub nur
in deinen erstaunten
händen.

Was ist da eigentlich passiert im letzten halben Jahr? In den ersten Monaten habe ich alle meine Kraft darauf verwandt, zurückzuschlagen, damit er sieht, daß ich mir das nicht gefallen lasse, wie er mich behandelt. Erst als ich mir und ihm das gezeigt hatte, konnte ich meine Gedanken darauf ver(sch)wenden, wie sein Verhalten wohl zustande kommt. Wie frau ihn wohl am sinnvollsten dabei unterstützen könnte, sich mit sich selber auseinanderzusetzen. Habe gedacht, daß das mein folgenschwerster Fehler war, daß ich seine Ausgangsbedingungen zu wenig im Auge hatte. Es reicht scheinbar nicht, wenn er zum wiederholten Male von einer Frau zu hören kriegt, daß seine Unzuverlässigkeit menschenverachtend ist. Daß seine Unoffenheit jede Beziehung tötet. Daß seine Probleme nicht weg sind, wenn er sie erstmal in der großen schwarzen Kiste verstaut hat. Daß er sie dadurch nur besser verpackt mit sich herumschleppt. Daß die Kiste ihm selber auf den Schultern drückt. Auch wenn er selber mit markiger Handbewegung abwehrt und behauptet, sie sei ganz leicht zu tragen. Ganz offensichtlich reicht es nicht, wenn ihm sein Verhalten immer wieder vor Augen geführt wird. Er findet keinen Zugang, sich damit auseinanderzusetzen. Wie kann ich ihm dabei helfen, den Zugang zu finden?

In diese Phase meines Verständnisses hinein kam dann meine Verunsicherung. Selbst wenn Arne wieder mit mir zusammen sein wollte: was könnte mir diese Beziehung denn geben? Ich habe es doch selbst gesehen, als er noch wollte. Ich habe es doch selbst gesehen, wie wenig er in der Lage ist, auf mich einzugehen. Selbst bei gutem Willen. Er ist gar nicht in der Lage, sich mit einem anderen Menschen so auseinanderzusetzen, daß eine intensive Beziehung daraus werden kann. Mit Arne ist eine Beziehung möglich, wie ich sie früher hatte: zum Ausquatschen ist die Freundin da. Körperliche Nähe zwischen Frau und Mann. Verbale Nähe nur zwischen Frau und Frau. Er hat sich weder mit Anke, noch mit Sabine, noch mit mir als umfassende Persönlichkeit auseinandergesetzt. Und das ist doch die Grundlage jeder intensiven Beziehung. Was könnte mir eine Beziehung mit Arne schon geben? Was nützt mir die schönste Sexualität mit ihm, wenn das die einzige Ebene ist, auf der er mir Wärme und Geborgenheit geben könnte? Wann habe ich in Gesprächen mit Arne Wärme und Geborgenheit erfahren? Wirkliches Verständnis und Eingehen auf das, was ich sage. Wann habe ich das von Arne erfahren? Wann hat Sabine das von ihm erfahren? Was nützt es mir, wenn ich mich zwar in der Sexualität mit ihm wohlfühle, aber auf allen anderen Ebenen gegen seine Ignoranz und Unsensibilität ankämpfen muß?

Aber genau das ist es wahrscheinlich. Auf der Ebene, wo ich mich am schlechtesten wehren kann, unterdrückt Arne mich nicht. Auf allen anderen Ebenen habe ich viel mehr Kraft zu kämpfen. Deshalb wäre ich bereit, diesen Kampf aufzunehmen.

Arne braucht eigentlich eine Therapie. Das hat selbst Anke gesagt, die er ja nun noch mehr an sich ran läßt als mich. Mir ist klar, daß ein Partner kein Therapeut sein kann. Ich kann keinen Menschen therapieren, von dem ich eigentlich geliebt werden möchte. Ich würde viel zu stark dazu tendieren, das aus ihm herauszuinterpretieren, was ich gerne hören möchte, als das, was wirklich da ist. Ich bin wirklich vollkommen ungeeignet, mich ihm als Vertrauensperson anzubieten. Und er will mich ja auch gar nicht.

Aber es kann doch sein, daß der Dussel einfach nur noch nicht begreift, wieviel Gutes ich ihm tun will. Wenn er das endlich begreifen würde, wäre ich trotz aller Einseitigkeit dazu bereit, mich mit seinen Problemen auseinanderzusetzen. Rein gefühlsmäßig wäre ich dazu bereit. Würde ihm Wärme und Geborgenheit geben wollen, ohne selber das Gleiche von ihm zu bekommen. Würde mich emotional ausbeuten lassen: die Jahrtausende alte Rolle der Frau.

Ich erinnere mich an einen Fall, wo sich die Genossinnen aus einer WG mal gemeinsam geweigert haben. Die Männer sind mit ihren politischen Problemen immer zu einem Genossen gegangen, mit ihren persönlichen Problemen zu den Genossinnen. Und Frauen gehen mit ihren Problemen natürlich auch zu Frauen und nicht zu Männern: Doppelbelastung sogar auf dieser Ebene! Diese Art von emotionaler Ausbeutung sollten Frauen sich nicht mehr gefallen lassen. Ich würde einem Mann etwas geben, was ich selber mir dann nur von anderen Frauen holen könnte. Von ihm würde ich das nie bekommen. Ich würde mich in die weibliche Rolle fügen, daß Frauen für die Gefühle von Männern zuständig sind. Wir stützen sie emotional, und sie ziehen dann gestärkt ins feindliche Leben. Und wir sitzen dann da und müssen mit unserer übrig gebliebenen Energie uns noch untereinander stützen. Ich würde mich benutzen lassen, wenn ich das mitmachen würde. Ich will nicht nur Kraft geben, ich will auch Kraft bekommen aus so einer Beziehung. Von Arne könnte ich sie nicht bekommen. Was kämpfe ich eigentlich noch darum, Vertrauensperson für ihn zu werden? Was kämpfe ich eigentlich noch darum? Ich hätte gestern abend bei Arne vorbeigucken können. Ich habe es nicht getan. Ich bin mit Barbara und Petra zum Bahnhof gegangen und nach Hause gefahren. Ich bin froh, mich so entschieden zu haben. Es tat mir nicht leid. Ich stehe wirklich gefühlsmäßig hinter dieser Entscheidung, nicht zu Arne zu gehen. Ich fühle mich wohler, ihn nicht zu sehen.

Ich bin nicht mit ihm fertig. Ich habe meine Gefühle noch nicht verarbeitet. Aber es wäre mir zu anstrengend, noch einmal auf ihn zuzugehen. Ich habe ein halbes Jahr um seine Zuneigung und um sein Vertrauen gekämpft. Es ist nicht so, daß ich das beides nicht mehr haben will. Ich wünsche es mir nach wie vor – aber ich kann nicht mehr kämpfen. Ich habe alle Register gezogen. Ich kann nichts mehr dafür tun. Wenn noch etwas passieren kann zwischen uns, dann muß Arne jetzt auf mich zukommen.

Mir ist klar geworden, warum ich jetzt anders entscheide als vor zwei Monaten, obwohl meine Gefühle dieselben sind. Meine Gefühle sind nicht geringer geworden. Daran liegt es nicht – und trotzdem fahre ich nicht mehr nach Altona. Was ist anders? Es tut immer noch weh, wenn ich an ihn denke. Jedesmal, sowie ich an Arne denke, tut es weh. Es tut wahnsinnig weh. Ich bin nicht drüber weg. Und trotzdem will ich nicht hinfahren. Ich will ihn sehen, ich warte auf seinen Anruf – aber ich will nicht hinfahren. Ich will ihn nur sehen, wenn ich nicht wieder an ihm zerren muß. Ich will ihn nur sehen, wenn er mir was zu sagen hat. Wenn er zu erkennen gibt, daß er was von mir will. Ich kann nicht zum hundertsten Mal die Initiative ergreifen. Ich bin hilflos, ratlos, ausgepowert. Ich weiß nicht mehr, wie ich ihn noch ansprechen könnte. Ich habe alles getan, was in meinen Möglichkeiten stand. Ich weiß nichts mehr. Ich habe alle Register gezogen.

Das ist der Unterschied. Meine Gefühle sind zwar noch dieselben, aber vor zwei Monaten waren da immer noch Sachen, die ich noch nicht ausprobiert hatte. Immer noch Sachen, von denen ich erhofft hatte: wenn ich ihm das jetzt sage, dann reagiert er vielleicht. Das ist was ganz Neues, was er von mir noch nicht gehört hat! – Jetzt hat er den Ordner. Es gibt nichts Neues mehr, da steht alles drin. Alles. – Mehr kann ich ihm nicht sagen. Wenn er darauf nicht reagiert, dann weiß ich auch nichts mehr. Es gibt nichts Neues mehr. Und diesen Punkt mußte ich erst erreichen, bevor ich aufhören konnte, um ihn zu kämpfen.

Es ist eigentlich gar nicht so, daß ich *nicht mehr* kämpfen *kann*, sondern es ist endlich so, daß ich *aufhören kann*, um ihn zu kämpfen, das ist gar kein passives Abschlaffen, – das ist ein aktives Können: nämlich das Aufhören können. Das ist eine aktive Entscheidung, die ich mir hart genug erarbeitet habe.

Und es hat so lange gedauert, weil von Arne nichts gekommen ist. Er hat mir eine ganz wichtige Möglichkeit genommen, sich mit unserer Beziehung auseinanderzusetzen, indem er nichts gesagt hat. Seine Gedanken hat er ein halbes Jahr lang für sich behalten. Und das, was sich in seinem Kopf abspielt, ist nun mal die Hälfte unserer Beziehung. Und diese Hälfte hätte ich so dringend gebraucht, um schneller Klarheit zu bekommen. Um klarer Klarheit zu bekommen. Und diese Möglichkeit hat er mir verwehrt. Hat gesagt: „Das ist meins! Sieh du doch zu, wie weit du mit deiner Hälfte kommst. Meine kriegst du nicht!" Er hat wirklich alles getan, um es mir schwer zu machen.

Als ich mal wieder einige Tage mit dem Kaufen von Stoff und dem Nähen von langen Röcken und Dirndlschürzen beschäftigt bin, geht mir plötzlich auf, was ich da eigentlich mache. Es ist ja nicht so, daß ich irgendwie lange Kleider ganz gerne mag. So einfach ist es ja nicht. Es ist ja ganz gezielt die Proletenmode früherer Jahrhunderte, auf die ich abflippe. Die heutige Mode finde ich beschissen. Ich kann nie in einen Laden gehen und ein Kleid oder einen Rock kaufen, weil ich das alles nicht leiden mag, was da auf der Stange hängt. Ich muß mir fast alles selber nähen. Was treibt mich dazu, immer mehrere paar Hosen und Röcke übereinander zu tragen? Zuhause werde ich schon scherzhaft die „Kolchose-Bäuerin" genannt. Irgendetwas muß das doch zu bedeuten haben, daß ich gerne so rumlaufe wie die Frauen „früher". –

Früher. Das war die Zeit, als die Männer noch nicht solche Schweine waren. Da trugen die Frauen noch einfache Dirndlkleider und die Männer waren noch treu. So ist es in Volksliedern vom Feinsliebchen, in alten Filmen. Nicht nur im Märchen. Und dagegen stand die Realität: Ich in Jeans und die Männer wollen nur mit mir bumsen. Diesen Widerspruch habe ich dann pseudo-gelöst, indem ich gesagt habe: nee! Das mache ich nicht mehr mit. Ich ziehe keine engen Jeans mehr an. Ich will alles so, wie es früher war, als die Frauen auch ohne enge Hosen begehrenswert waren und die Männer noch nichts von Mehrfach-Beziehungen geschwätzt haben. Mir wird bewußt, daß ich mit meiner Kleidung genau das signalisieren will: Ich bin kein in sexy-Jeans verpacktes Sexualobjekt. Ich warte auf den Liebsten. Auf den, der es ernst meint.

Jaja! Früher, als die Frauen noch Dirndlkleider trugen und die Männer noch treu waren. Nicht solche Schürzenjäger wie heute. Schürzenjäger? – Schürzen...? Woher kommt denn der Ausdruck überhaupt? Der muß ja wohl aus eben dieser Zeit stammen. Als die Frauen noch Schürzen trugen und die Männer noch... Also waren die Männer früher auch nicht anders. Alles Lug und Trug in den Volksliedern, in den Märchen, in alten Filmen. Auch die Feinsliebchen von damals sind von ihren Typen genauso angeschissen worden wie wir heute. Auch wenn in den Volksliedern nichts von Mehrfach-Beziehungen und sexueller Revolution gesungen wird.

Aber ich lebe hier und heute. Mein Dirndlkleid wird mir nicht viel nützen. Ich muß die Auseinandersetzung mit den realen Männern hier und heute aufnehmen. Und nicht mit irgendwelchen Hirngespinsten. Seit mir das klar geworden ist, ich meinen eigenen Tick endlich durchschaut habe, ist mir wohler. Ich mag mich zwar immer noch am liebsten mit Pluderhose unterm Rock und Dirndlschürze darüber. Aber ich mache mir keine Illusionen mehr, daß ein Typ, der bei dieser Aufmachung auf mich anspringt, was anderes von mir will, als wenn ich Jeans anhätte.

Arne besucht mich. Bringt mir den Ordner mit den Manuskripten wieder. Fängt plötzlich von alleine an, mit mir über seine Sexualität zu reden. Daß er ja eigentlich eine „Beziehung" möchte. Aber solange er keine hat, möchte er eben auch mal..., ohne daß von den Frauen gleich solche Ansprüche kommen.

Oder ob er sich „einen greifen“ soll? (Wieder eine von diesen Vokabeln, die ich auf den Tod nicht ausstehen kann!) „Einen greifen“: Das hört sich so nach Klammeraffe an. Ein albernes Wort!

Hat er mein Buch nicht gelesen oder was ist? Ich schreibe doch nun klar und deutlich, daß das ein Konflikt ist, mit dem ich selber nicht klarkomme. Daß ich keine Lust habe, zu onanieren. Aber halt auch selten jemannden kennenlerne, mit dem ich wirklich Lust habe. Und wenn dieser seltene Fall schon mal eintritt, dann kommen meine ganzen unemanzipierten Verhaltensängste. Ich kann keine Männer anmachen! – Die Schwierigkeiten hätte er nicht, kriege ich von Arne zum wiederholten Male zu hören. „Wenn ich mich mit 'ner Frau gut unterhalten hab und sich da so'n Draht entwickelt hat, dann frag ich einfach, ob sie nicht mal Lust hat mitzukommen“ – Auf meine Frage, wie das denn nun bei ihm aussieht, sagt er, daß da auch gar nichts gelaufen ist bei ihm in letzter Zeit. Nur mit zwei Frauen aus seiner BI. Und da war es vorher auch klar, daß es nur für eine Nacht ist. Bei ihm ist also nichts gelaufen. Außer mit zwei Frauen aus seiner BI. Und die eine hätte ihn angesprochen. So einfach läuft das also woanders. Wenn man sich mal gut unterhalten hat, fragt man: Hast du nicht mal Lust mitzukommen? Und das ist dann auch klar, daß es für eine Nacht ist. So einfach läuft das bei anderen. Nur ich habe also diese Schwierigkeiten.

„Ach, glaub das doch nicht”, sagt Uschi zu mir. „Die Frauen, die öfter sowas für eine Nacht machen, sind meistens auch ganz doll auf der Suche. Auch wenn's unbewußt ist.” – „Aber ich denk immer, die fühlen sich insgesamt wohler als ich.”

Aber Uschi hat recht. Die leiden vielleicht nicht grade unter dem Konflikt, daß sie keine Männer anmachen können. Aber daß die sich deshalb zufriedener fühlen als ich, ist noch lange nicht gesagt. Ich habe früher auch den Typen mit einem strahlenden Lachen gesagt: „Aber natürlich. Ich will auch nur für eine Nacht!“ Ich habe es auch selbst geglaubt, was ich da gesagt habe. Aber entweder habe ich mich dann wirklich wohl gefühlt mit dem Typen und mich dann aber auch verknallt. Oder mir war auch hinterher klar, daß es wirklich nur für eine Nacht war. Das waren dann aber auch die Nächte, wo's so toll gar nicht war. Es kann ganz angenehm sein, okay. Aber dieser Rausch ...

dieser gemeinsame Rausch ... der ist eigentlich nur da, wenn man sich ineinander verknallt hat, der fehlt. Alles andere kann vielleicht ganz angenehm sein, aber es ist doch irgendwie nur halber Kram. – Aber die anderen machen es doch auch. Irgendwas muß da doch dran sein, an diesem „halben Kram“. Ein paar Tage bin ich wieder total verunsichert. Rede mit anderen Leuten darüber. Aber alle die, von denen ich weiß, daß sie mit ihren Gefühlen wirklich offen umgehen, nicht solche Verdrängungskünstler sind, die sexuelle Revolution auch schon hinter sich haben ... alle die Leute sagen mir dasselbe: daß sie skeptisch sind, wenn andere mit einem zu glatten Lächeln erzählen, daß sie öfter mal für eine Nacht und so ...

Mir wird klar, wie ich Arne hochstilisiert habe: Der Mann, der eine ganz andere Sexualität hat als andere Männer! Einen Scheißdreck hat er. Er geht genauso auf Aufreiße wie andere Typen. Er ist sehr viel zärtlicher als andere Männer. Ja, das ist er wirklich. Aber ansonsten ist er ein Mann wie jeder andere. Ein Mann. Und kein Märchenprinz. Und er ist sich dessen bewußt, daß er mit seiner Zärtlichkeit die Frauen auch reihenweise ins Bett kriegt.

Und dann kommt mir auch alles wieder hoch, was ich die ganze Zeit verdrängt habe. Daß Arne auch mit mir geschlafen hat, als er nicht mehr in mich verliebt war. Zu einem Zeitpunkt, wo er auch gar nicht mehr bereit war, sich inhaltlich mit mir zu beschäftigen. Ich habe den Morgen mit ihm geschlafen, weil ich die Illusion hatte, ihm dadurch wieder näher zu kommen. Ich habe die ganze Zeit versucht, auch mit Worten zu ihm vorzudringen. Ich habe um unsere Beziehung gekämpft und in diesem Rahmen mit ihm geschlafen. Weil ich ihm nahe sein wollte. Arne ist überhaupt nicht mehr auf mich eingegangen zu diesem Zeitpunkt. Aber mit mir geschlafen hat er trotzdem. Ich habe das zwar gespürt, als ich mit ihm geschlafen habe, aber ich habe es wieder verdrängt. Oder die Story, die Sabine mir erzählt hat: Nachdem er mit ihr geschlafen hat, dreht er sich auf die Seite und will einschlafen. Sie möchte aber in seinem Arm einschlafen. Fühlt sich benutzt, als er sich umdreht und einknackt. Er empfindet das als Störung seiner Nachtruhe, daß sie ihn umarmen möchte. Als Sabine mir das damals gesagt hat, habe ich verwirrt den Kopf geschüttelt und gemeint: „Du redest doch nicht von Arne! Das kann ich mir von dem nicht vorstellen.“ – Doch. Sie hat von Arne geredet. Arne ist ein ganz normaler Mann. Ein

Mann, der sehr viel zärtlicher ist als andere Männer. Aber ein ganz normaler Mann, der eine genauso oberflächliche Sexualität praktizieren kann wie andere Männer. Und weil sich seine Zärtlichkeit so wohltuend von dem abhob, was ich bei anderen Typen bisher erlebt habe, habe ich dann alles in ihn hineinprojiziert, was ich mir für eine Sexualität wünsche.

bleischwer
gehetzt
amschreibtischfestgenagelt.
satzfetzen schleudern
mich gegen die wand.
flucht sinnlos.
spätestens
heute nacht
verstricke ich mich wieder
im eigenen netz.

In diesem Herbst wird ein Buch von mir erscheinen. Ein halbes Jahr habe ich daran gearbeitet. Oft hat es Spaß gemacht. Manchmal mußte ich mich an meinen Schreibtisch zwingen. In den letzten Wochen habe ich starke Zweifel gekriegt, ob ich vielleicht die eine oder andere Aussage nicht klar genug herausgearbeitet habe. Oder Sachen ganz falsch eingeschätzt habe. Inzwischen bin ich davon überzeugt: Ich habe bestimmt Fehler gemacht. Habe Widersprüche offen gelassen, weil ich sie nicht lösen konnte. Aber alles in allem bin ich mit meinem Produkt sehr zufrieden. Ich bin davon überzeugt, daß mein Buch eine sinnvolle Diskussionsanregung werden kann. Daß ich Probleme aufgreife, in denen wir alle drinstecken. Ich bin zum ersten Mal davon überzeugt, eine sinnvolle politische Arbeit geleistet zu haben. Bin mir klarer darüber geworden, in welcher Richtung ich weiterarbeiten will. In diesem Herbst wird ein Buch von mir erscheinen. Ich freue mich darauf, mit anderen Frauen darüber zu diskutieren. Und natürlich auch mit Männern. Ich hoffe, daß ich mit meinem Buch eine Diskussion belebe, die immer noch zu stark vernachlässigt wird: die politische Diskussion um private

Probleme. Mir ist mein politisches Arbeitsfeld klarer geworden. Das hat mich unheimlich gestärkt. Hat mich so gestärkt, daß ich wirklich den Märchenprinzen, und nicht nur Arne hinter mir lassen konnte. Ich habe Spaß an meinem eigenen Leben und an meiner eigenen Arbeit; deshalb ist Arne in den Hintergrund gerückt. Ich brauchte nicht mehr wie früher mich in einen anderen zu verknallen, um über den Einen hinweg zu kommen.

Ich merke, wie ich allmählich wieder auftaue und auf Menschen zugehen kann. Auf einer von diesen Riesenfeten quatsche ich plötzlich Leute an, mit denen ich mich noch nie länger unterhalten habe. Und das Merkwürdigste ist: Wenn ich von Isolation, Einsamkeitsgefühlen, Ängsten jemanden anzusprechen ... rede, dann nicken alle. Ich brauche nicht viel zu erklären. Es ist ja gar nicht „mein" Problem. Vielen geht es ähnlich. Verdammt! Wenn wir das alle Scheiße finden, warum tun wir denn nicht alle was, um diese kalte norddeutsche Atmosphäre aufzubrechen? Man grüßt irgendjemanden ganz freundlich, weil man neulich mal drei nette Worte miteinander gewechselt hat, und ... bleibt mit einem schiefen Grinsen in der Luft hängen ... man kennt sich nicht mehr ... und aus Angst vor dem nächsten unerwiderten Lächeln, lächelt man das nächste Mal gar nicht erst. Vielleicht ausgerechnet bei jemand, der selber gerade lächeln wollte.

Als mir das so klar wird, werde ich mutiger. Ich grüße alle, die mir über den Weg laufen. Lieber einmal zuviel als zuwenig. Auf der Fete am Abend vor dem 1. Mai lächelt mich ein junger Mann an. Ich kenne ihn nicht. Aber er kennt mich, sagt er. Ich erinnere mich trotzdem kein Stück an ihn. „Doch ja, natürlich, irgendwie kommst du mir bekannt vor", lüge ich freundlich aber überzeugt, daß ich es nicht schlimm finde, was ich da mache. Unterhalte mich unheimlich lange und dufte mit ihm. Als er sagt, daß er nach Hause will, frage ich: „Sag mal, hast du Lust, daß wir uns mal wiedertreffen? Wir können ja mal unsere Telefonnummern austauschen." – Doch, findet er auch gut. Und dann bietet er mir an, ob ich nicht noch auf einen Tee mit zu ihm kommen möchte.

Aha! So läuft das also. Es ist kurz vor Mitternacht. Ob ich nicht noch auf einen „Tee" ... Ich insistiere hartnäckig auf der Telefonnummer. Wenn ich nachts halb zwölf nach einer Telefonnummer frage, dann meine ich die Telefonnummer. Und nicht einen „Tee". Ich möchte seine Briefmarkensammlung jetzt nicht sehen! – Aber irgendwie tut mir das ganz gut, mal wieder hautnah gespürt zu haben, wie sowas läuft: für eine Nacht. Ich fand ihn wirklich nett. Ich hätte vielleicht sogar Lust gehabt, mit ihm zu schmusen. Aber ich hätte keine Lust gehabt, mit ihm zu schlafen. Und wenn einer schon ein derart klischeehaftes Angebot macht: nachts halb zwölf einen Tee... dann hat der mit großer Wahrscheinlichkeit auch das Klischee in der Birne: Wenn Mann und Frau die Nacht in einem Bett verbringen, dann muß „es" auch passieren. Wenn er mich offen gefragt hätte, hätte ich vielleicht gesagt: Ich habe Lust, mit dir in einem Bett zu liegen, aber ich hab keine Lust, mit dir zu schlafen. – Aber wenn die Kommunikation so verklemmt über Tee und ähnliches laufen muß, dann weiß ich nicht, woher plötzlich im Bett die Vertrautheit kommen soll, daß man wirklich schön miteinander schlafen kann.

Ich gehe nach Hause. Als ich alleine im Bett liege, wird mir bewußt, daß ich ja auch öfter mal was für eine Nacht haben könnte. Das wäre ganz einfach gewesen heute. Und ich fand ihn wirklich nett! Aber es ist nicht das, was ich will. Es ist wirklich nicht das, was ich will! – Als ich das Brigitte erzähle, lacht sie sich halb tot über den „Tee". – „Ja. Sowas kenn ich auch von früher. Aber irgendwann wird das dann auch fade. Schon die Mühe, sich am nächsten Morgen mit verquollenen Augen aus einem fremden Bett hochzuquälen und in seine Sachen zu steigen. Mehr bleibt da doch wirklich nicht von über. Und in meiner Jungmädchenzeit hab ich dann natürlich auch immer gedacht, daß da mehr bei rauskommt, als dieser eine Abend. Und die Typen haben dann auch noch die Unverschämtheit besessen, nach meiner Telefonnummer zu fragen. ‚Ich ruf dich mal an', und dann haben die natürlich nicht angerufen. Die ersten Male hab ich mich dann gewundert. Hab gedacht: das ist ja komisch! Bis ich geschnallt hab: das läuft so! Meine Freundin hat das auch grad neulich gesagt: Was willst du da eigentlich in so'm fremden Bett. Du hast zuhause dein eignes. Schön warm. Und du mußt morgen sowieso früh raus. Was willst du denn von dem Typen. Die macht das jetzt auch nicht mehr." – Brigitte und ich lachen. Ich bin nicht die einzige Frau, die keinen Bock mehr auf one-night-shows hat. Die das fade findet. Fade! Fade ist der richtige Ausdruck. Aber dieser Ausdruck zeigt auch, daß andere Frauen das auch zur Genüge mitgemacht haben. Daß die auch wissen, wovon sie reden. Neulich hat mal eine Frau zu mir gesagt: „Ich bin inzwischen auch soweit, daß ich nicht mit einem Mann ins Bett gehe, wenn ich vorher absehen kann, daß es langweilig wird." Langweilig! Langweilig und fade. Es ist wirklich interessanter, mit einem guten Buch im eigenen Bett zu liegen. Ich habe wirklich mehr davon, mir abends noch 'n schönen Kakao zu kochen und ein Märchen zu lesen, als mit einem Typen zu schlafen, mit dem ich am nächsten Tag nicht mehr viel zu tun habe. Auf dem nächsten Termin sagt man sich dann ganz locker verkrampft: „Hallo!" Es ist ja nichts Besonderes, eine Nacht miteinander verbracht zu haben. Fade und langweilig. Diese Worte zeigen doch, daß andere Frauen das auch länger mitgemacht haben, als sie eigentlich wollten. Das heißt doch, daß die sich auch was anderes davon erhofft haben. Auch wenn es „klar" war, daß es nur für eine Nacht war. Ich habe auch keinen Bock mehr, mit einem Typen ins Bett zu gehen, mit dem ich mich „mal gut unterhalten" habe. Mir reicht das nicht. Ich möchte menschliche Wärme und echte Zuneigung spüren. Auch am Morgen danach noch. Es kann immer mal sein, daß sowas dann doch nicht länger dauert. Sicher. Das kann immer mal sein. Aber diese Dinger, die von vornherein auf eine Nacht gebucht sind ... „Es ist doch nichts Besonderes ..." nein danke! – Ich koche mir noch einen Kakao, putze Zähne und gehe ins Bett. In mein eigenes. Als ich am nächsten Morgen aus meinem Zimmer komme, läuft Jan ganz geschäftig auf dem Flur rum. Warum ist er denn am frühen Morgen schon so emsig? Und was guckt er mich so böse an? – „Warum stinkt es denn hier so?", frage ich. – „Ja, guck mal in die Küche", kriege ich zur Antwort. Oh! Da stehen ja die Reste von meinem Kakao. Der ganze Herd ist heiß und den Topf können wir wohl wegschmeißen. Muß ich müde gewesen sein gestern abend! Ich hätte mich wirklich auf keine Briefmarkensammlung mehr konzentrieren können.

1. Mai. Demo. Ich habe unheimlich gute Laune. Kurz vor der Abschlußkundgebung ertönt vom Lautsprecherwagen Musik von den „bots". Gleich hinter dem Lautsprecherwagen geht der Frauenblock. Wir tanzen mit einer Schlange von zehn Frauen nach vorne, und plötzlich kommt uns die Idee, den Bullenwagen einzukreisen, der ganz vorne langsam fährt. Die Musik ist dufte, wir haben gute Laune, tanzen mit zehn bis fünfzehn Frauen um dieses häßliche grün-weiße Auto herum. Die Bullen sind einen

Augenblick etwas verwirrt, dann besinnen sie sich der PS, die sie unter der Motorhaube haben und geben Gas. Genau auf die beiden Frauen zu, die gerade vorne vor dem Wagen sind. Die Frauen spritzen auseinander, was sollen sie sonst auch tun? Bei „Mensch gegen Auto" zieht in der Regel der Mensch den kürzeren. Und im selben Moment, ehe frau sich's versieht, thront plötzlich Arne auf der Kühlerhaube. Hat gesehen, daß die Frauen zu schwach sind, um das Auto aufzuhalten und springt tapfer als kühner Retter in die Bresche. Wenn die Frauenbewegung ihn nicht hätte...

Als ich ihn zehn Minuten später auf seine gute Tat anspreche, meint er: „Ich dachte, wir könnten den aufhalten." – So'n Quatsch! Wir hatten nie vor, den Bullenwagen aufzuhalten. Wir haben ihn lächerlich gemacht. D a s war der Sinn unserer Aktion. Ein Haufen lebenslustiger junger Frauen mit Frauenzeichen und Anti-AKW-Plaketten, die tanzend und singend die Staatsgewalt einkreisen. Was will denn der Prinz Eisenherz da vorne auf der Kühlerhaube?

Zuhause erzähle ich das Jan und Uschi. Nachdem das erste Gelächter verklungen ist, meint Jan: „Er ist so'n richtiger Don Quichotte. Der Ritter von der traurigen Gestalt. Mutig springt er in die Bresche, wo keine zu schlagen ist!"

Ich habe mich mit einem Typen aus Arnes BI verabredet. Der einzige, der mich immer noch grüßt. Oder sagen wir mal: fast der einzige, obwohl auch er mich nur als „Freundin von..." kennengelernt hat. Als ich ihn besuche, sage ich ihm das: „Weißt du, ich hab dich angesprochen, weil du der einzige bist, der mich noch kennt. Die anderen aus Arnes BI scheinen mich nicht mehr zu kennen, obwohl sie mich nicht seltener gesehen haben als du. Für die bin ich halt ein paar Wochen als die Freundin von Arne aufgetaucht. Als Individuum bin ich nicht wahrgenommen worden." – „Das kann ich mir vorstellen", sagt er. Ich erzähle ihm, daß ich auch versucht habe, mit Arne darüber zu reden. Aber der hat einfach nicht geschnallt, was ich eigentlich meine. Und ich habe dann gedacht, ich versuch's einfach. Alle Ängste beiseite geschoben. Alle Ängste, als unscheinbare Freundin eines Polit-Mackers wahrgenommen zu werden. Hab mich ganz mutig ein paarmal in den Kreis seiner BI reingesetzt. Und jetzt, ein halbes Jahr später, erinnern die meisten nicht einmal mein Gesicht. Also liegt es nicht nur an mir, daß ich davor

Angst habe. Es ist ja ein paarmal ganz real so gewesen, daß ich Leute grüßen wollte, weil ich dachte: Ach, die kennst du doch aus Arnes BI ... und dann wie üblich mit meinem freundlichen Lächeln in der Luft hängengeblieben bin. Leute, mit denen ich mal am selben Tisch gesessen habe. Verlange ich zuviel? – Ich bin nicht nur die Freundin von ... verdammt noch mal. Ich bin Svende. In erster Linie bin ich Svende. Begreift das denn keiner? – Doch! Mindestens einer hat das doch begriffen. Und das war Rainer. Der hat mich jedesmal gegrüßt, wenn er mich sah. Und nicht nur irgendwie beiläufig, sondern so, daß ich das Gefühl hatte: Der freut sich, wenn er mich sieht. Wieso eigentlich? Wir kennen uns doch kaum. Ha! Reingefallen! Jetzt betrachte ich es selber schon als unnormal, wenn jemand mal diese unmenschliche norddeutsche Atmosphäre durchbricht. Jetzt wundere ich mich schon selber, von jemandem als Svende, und nicht als „Freundin von ..." wahrgenommen zu werden!

Und dann bin ich halt einfach mal zu ihm hingegangen: „Du, ich würd gern mal mit dir klönen. Ich weiß selbst nicht, wieso. Kannst du mir mal deine Nummer geben?" Und dann hat er sie mir gegeben. War gar nicht erstaunt, daß ich ihn gefragt habe. Und jetzt sitze ich hier bei ihm und trinke mit ihm Kaffee. Was er mir von Arne erzählt, paßt so haargenau in alles das rein, was ich inzwischen über ihn weiß. Alle Leute haben die gleichen Schwierigkeiten mit Arne. Es war nicht mein Versagen, daß ich mit Arne nicht klargekommen bin. Ich beneide die Frau nicht mehr, die als nächste eine Beziehung zu Arne haben wird. Ich beneide sie weiß Gott nicht mehr.

Am Wochenende mache ich einen Wen-Do-Kursus. Selbstverteidigung für Frauen. Um endlich mal keine Angst mehr haben zu müssen. Um endlich wirksam zuschlagen zu können, wenn mich noch mal einer antatscht, von dem ich nicht angetatscht werden möchte. Wen-Do ist wirklich besser als die ganzen anderen Sachen, wo du erstmal stundenlang auf Judo-Rolle vorwärts, Judo-Rolle rückwärts getrimmt wirst. Du lernst wirklich in erster Linie, dich als Frau zu wehren.

In einer Diskussion geht es um die Ignoranz der Leute in der Öffentlichkeit, wenn eine Frau angemacht wird. Eine Frau meint, daß es auch an der Angst der Leute liegt, zurückgewiesen zu werden mit ihrer Unterstützung: „Mischen Sie sich da nicht ein. Es ist Privatsache, wenn mein Freund mich verprügelt." –

Ja natürlich. Sie hat recht. Andere Leute haben Angst vor dieser Reaktion. Deshalb sitzen sie still daneben, wenn in der S-Bahn eine Frau verprügelt wird. – „Als ich dann laut gesagt habe: Warum hilft mir denn hier keine Frau? Da haben auch welche eingegriffen. Weil sie die Sicherheit hatten, daß sie nicht zurückgewiesen werden." – Mir leuchtet das ein, was sie sagt. Das nächste Mal werde ich es auch so machen. Als ich vom Wen-Do-Wochenende nach Hause komme, fühle ich mich stark. Ich habe viele neue Sachen gelernt. Der Typ da vorne ... wie der da rumlungert, an dem komm ich bestimmt nicht ungeschoren vorbei... Das sieht frau schon von weitem, daß das mal wieder einer ist, der sein männliches Selbstbewußtsein darüber aufbauen muß, daß er Frauen nachpfeift, nachschnalzt, „hallo Süße" flüstert und sich freut, wenn die Frauen sich genervt und verunsichert auf die andere Straßenseite drücken. Es geht den Typen in erster Linie darum, Frauen zu verunsichern. Das weiß ich spätestens, seit ich das Buch „Der Mann auf der Straße" gelesen habe. Den Gefallen werde ich ihm nicht tun. Wenn ich ihm zeige, daß ich nicht verunsichert bin, daß ich mich nicht genervt und still an ihm vorbeischleiche, dann kann er kein Erfolgserlebnis verbuchen. Mal sehen ... aha ... schnalzen liegt also an ... nicht sehr einfallsreich. „Findest du das witzig, hier rumzulungern und zu schnalzen?" Er reagiert nicht. Ich bleibe stehen. „Findest du das witzig?" Er guckt irritiert in die andere Richtung. Damit hat er nicht gerechnet. „Schieß in den Wind", sagt er, nachdem er sich wieder gefangen hat. „Findest du das witzig?", frage ich wieder. „Ich find das nicht witzig. Ich finde das ziemlich primitiv." Er ist sichtlich genervt. Wiederholt monoton sein „Schieß in den Wind." Nicht sehr einfallsreich. „Schieß du doch in den Wind", sage ich noch und gehe gemessenen Schrittes weiter. Jetzt sieht er mich von hinten. Auf meinem Rücken prangt ein riesiges Frauenzeichen. Wie gut, daß ich heute ausgerechnet diesen Pullover anhabe. Dann weiß er gleich, aus welcher Richtung der lila Wind weht. Ich habe den männlichen Territorialanspruch auf die Öffentlichkeit angegriffen. Ich habe mich nicht mit meinem Transitvisum zufrieden gegeben. Ich fühle mich wohl!

Ich befinde mich auf den letzten Metern meines Buches. Bin dabei, das Manuskript druckreif zu bearbeiten. Muß alles noch ein paarmal durchlesen. Ich kann nur jeder Frau empfehlen, ab und zu mal Tagebuch zu schreiben. Es tut gut, immer wieder die Sachen lesen können, die Arne sich geleistet hat, als er noch mit mir zusammen war. Oder auch Sabine gegenüber. Immer wieder vor Augen zu haben, wie er sich einer Frau gegenüber verhält, zu der er eine „Beziehung" hat. – Und ich konnte auch zum ersten Mal ganz cool die schönen Sachen lesen, die ich mit ihm erlebt habe. Ich beneide die Frau nicht mehr, die als Nächste eine „Beziehung" zu ihm haben wird. Ich beneide sie weiß Gott nicht ... – und ich hoffe, daß sie mein Buch liest, – und sich mal von mir zum Tee einladen läßt...

Nachwort an Männer

Arne ist ein ganz normaler Mann. Ein Mann wie Du. Er hat nur das Pech gehabt, daß eine Frau ein Buch über ihn geschrieben hat.

Du hast Glück gehabt. Dieses Buch hätte genausogut über Dich geschrieben werden können.

Arne ist ein ganz normaler Mann. Ein Mann wie Du. Und er ist eigentlich ein wirklich netter Kerl.

Nachwort an Frauen

Ich will mich nicht als besonders emanzipiert profilieren. Ich will andere Frauen, die sich noch nicht so intensiv mit ihrer Unterdrückung auseinandergesetzt haben, nicht als unemanzipierter abstempeln. Ich wollte keine Frauen anmachen in meinem Buch.

Ich habe es wohl manchmal doch getan, weil ich oft sehr traurig und verzweifelt bin, wie selbstverständlich Frauen den ganzen Alltags-Chauvinismus hinnehmen und dabei verdrängen, daß sie gegen ihre eigenen Interessen handeln. Oder mir sogar in den Rücken fallen. Alles überspitzt finden, was ich fordere. – Ich bin nicht wütend auf diese Frauen. Ich bin nur traurig und verzweifelt, weil sie nicht nur meine, sondern auch ihre eigene Unterdrückung bejahen. – Dies ist ein Konflikt, mit dem ich am wenigsten klar komme. Eigentlich sind sie meine Schwestern und ich will mit ihnen zusammen kämpfen. Aber was soll ich tun, wenn sie mich nicht als ihre Schwester akzeptieren und sich gegen mich stellen?

Emanzipation ist kein Wettbewerb.
Emanzipation ist ein Prozeß, in dem wir Frauen uns gegenseitig unterstützen sollten. Männer versuchen, dieses Wasser oft auf ihre Mühlen zu lenken, indem sie eine Emanzipationshierarchie aufzustellen versuchen: Guck mal, die ist viel emanzipierter als Du!

Was Männer emanzipiert finden, hat uns nicht zu interessieren. Das können wir Frauen schon selbst entscheiden! Wir emanzipieren uns, weil wir endlich frei und selbstbewußt leben wollen. Wir emanzipieren uns nicht, damit Männer uns gut finden!

Männer finden immer nur das emannzipiert, was ihnen nicht wirklich gefährlich werden kann. Wenn Frauen gegen Atomkraftwerke kämpfen und nicht so oft mit diesen pingeligen Frauenthemen ankommen: Das finden Männer emannzipiert.

Besinnen wir uns wieder darauf, daß es Emanzipation heißt und nicht Emannzipation! Verweigern wir die Teilnahme an diesem Wettbewerb! Was können wir dabei denn schon gewinnen? ... ein anerkennendes männliches Wort ... oder vielleicht sogar einen Mann selber!?

Das sind doch alles nur Trostpreise. Was wir gewinnen wollen, gewinnen wir nicht in einem Wettbewerb, sondern nur in einem Gemeinschaftskampf:

Freiheit statt Chauvinismus!

„Ein schlechtes Buch

ist das geworden", habe ich mir in den letzten Monaten manchmal gedacht.

Es liegt ein Dreivierteljahr zwischen der Zeit, in der ich es geschrieben habe, und dem Zeitpunkt, zu dem es erscheint. Ein Dreivierteljahr, in dem in meinem Kopf schon wieder neue Gedanken laut geworden sind. Wenn das Buch endlich „auf dem Markt" ist, werden mich Leute für Sachen anmachen und kritisieren, die ich inzwischen selber anders sehe, die ich heute vielleicht auch nicht mehr so machen würde ... und ... und ... und ...

Auch wenn ich es „politisch wichtig und richtig" finde, das Private öffentlich zu machen, so ist es doch immer noch m e i n Privatleben, das jetzt für jede(n) zugänglich auf den Ladentischen liegt. Auch wenn ich mich bewußt dafür entschieden habe, dieses Buch so und nicht anders zu schreiben, habe ich doch manchmal wirklich Angst vor meiner eigenen Offenheit gekriegt. – Was werden „die Leute" über mich denken? ... reden?

Habe ich auch alles gut genug erklärt? Sind meine Positionen auch wirklich haltbar? Unangreifbar?

Sie sind es nicht. – Aber was wäre eine unangreifbare Autorin? – Das wäre ja kein Mensch mehr.

In eigener Sache

Svende